Di, 20.3.24

Knaur.

Knaur.

Im Knaur Taschenbuch Verlag ist bereits folgender Titel der Autorin erschienen:
Ohne eine Spur

Über die Autorin:
Mary Stanley lebt nach Stationen in London und Tübingen heute in Dublin. Ihre Spezialität ist die Durchleuchtung mörderischer Familienstrukturen. Bei Knaur veröffentlichte sie die psychologischen Krimis *Die Schule der Schweigenden* (vergr.) und *Ohne eine Spur*.

Mary Stanley

AUS NÄCHSTER NÄHE

Kriminalroman

Aus dem Englischen
von Michaela Grabinger

KNAUR TASCHENBUCH VERLAG

Die englische Originalausgabe erschien 2003
unter dem Titel *Revenge* bei Headline Book Publishing, London

Besuchen Sie uns im Internet:
www.knaur.de

Deutsche Erstausgabe August 2010

Ein Unternehmen der Droemerschen Verlagsanstalt
Th. Knaur Nachf. GmbH & Co. KG, München.

Umschlaggestaltung: ZERO Werbeagentur, München
Umschlagabbildung: Trevillion / © Myles Wickham
Redaktion: Kerstin Kubitz
Satz: Adobe InDesign im Verlag
Druck und Bindung: GGP Media GmbH, Pößneck
Printed in Germany
ISBN 978-3-426-50517-5

2 4 5 3 1

Für Roger Latham,
den so sehr Vermissten

*Mein Dank gilt meiner Lektorin
und Freundin Flora Rees*

Und Jehova sprach:
Weil die Töchter Zions hoffärtig sind,
und einhergehen mit gerecktem Halse
und blinzelnden Augen,
und trippelnd einhergehen
und mit ihren Fußspangen klirren:
so wird der Herr den Scheitel der Töchter Zions
kahl machen,
und Jehova ihre Scham entblößen.

JESAJA 3,16–17

PROLOG

Millicent McHarg saß auf einem schmiedeeisernen Verandastuhl im Garten hinter dem Haus, dort, wo der grünbeleuchtete Buddha residierte. Sie trug ihren Wintermantel, den Fuchspelz und die Nerzstola ihrer Großmutter und den Filzhut mit der Straußenfeder. Diese Feder, so sagte sie selbst, steckte sie nur dann in den Hut, wenn es einen Sieg zu feiern galt. Dennoch war sie in grüblerischer Stimmung. Selbst jetzt, als sie wie hingesunken dasaß, kamen ihre Größe, ihre Eleganz und die feinen Gesichtszüge zur Geltung.

Die Trauerfeier war vorbei; nun dachte sie über das weitere Vorgehen nach. Sie hob den Blick und betrachtete das Haus mit ihrer seitlich angebauten Wohnung. Die Lichter brannten schon, und die Wärme, die von innen herausstrahlte, bewog sie fast, hineinzugehen. Sie drehte sich um und ließ den Blick über den Obstgarten wandern. Einen Moment lang glaubte sie zwischen den Bäumen eine Bewegung bemerkt zu haben, schob aber, da sie nicht zur Versponnenheit neigte, den Gedanken an ein Gespenst sofort wieder weg. Sie war mit anderen Dingen beschäftigt. Sie dachte an ihre Enkeltöchter im Haupthaus und ging die Möglichkeiten durch.

Sie würde den Abriss der Handlung für ein neues Buch schreiben. Der Titel würde *Göttliche Gerechtigkeit* lauten, vielleicht aber auch *Rache*. Nein, dachte sie. Ich werde das Buch *Aus nächster Nähe* nennen. Ich werde es nie veröffentlichen, aber es mir zunutze machen. Mein Gott, ich werde es ihm geben und ihn beim Lesen beobachten, und dann werde ich es erfahren. Ich werde das Buch mit tatsächlich existierenden Menschen bevölkern. Und in Gedanken erstellte sie die Liste:

– *Millicent McHarg,* Großmutter und Schriftstellerin, von den Kindern Grammer genannt
– *Maria McHarg,* ihre Schwiegertochter, Mum genannt
– *Prunella McHarg,* die älteste Enkelin, zu Beginn der Geschichte siebzehn Jahre alt und Plumpud genannt
– *Daphne McHarg,* die mittlere Enkeltochter, vierzehn Jahre alt und Daffers genannt
– *Maya McHarg,* die jüngste Enkelin, adoptiert, vier bis fünf Jahre alt, genannt Dumpling

Diese Menschen lasse ich die Geschichte erzählen, beschloss Millicent. Und Theresa Carmody beziehe ich mit ein. Auch sie darf ihre Geschichte erzählen.
Es war eisig auf der Veranda, der Plan nahm rasch Gestalt an. Die in den Garten führende Tür ihrer Wohnung wurde geöffnet, und Waldorf erschien auf der Schwelle.
»Millie!«, rief er. »Sitzt du tatsächlich bei diesem Wetter hier draußen? Bist du das?«
»Ja, ich – wer sonst!«, antwortete sie, und diese Antwort gab ihre Selbsteinschätzung ziemlich gut wieder.
»Ich dachte, ich hätte dort drüben zwischen den Bäumen ein Gespenst gesehen«, bemerkte er leichthin.
»Ach was«, entgegnete Millicent McHarg. »Ich glaube kaum, dass ein Gespenst es wagen würde, hier herumzulungern.«
»Da hast du recht.« Waldorf, ein großer, schlanker, humorvoller Mann, nur wenig älter als Millicent, hatte einen Oberklassenakzent und trug gern Ansteckblumen. Ein regenschirmschwingender Mann, der es liebte, in Rätseln zu sprechen.
»Ich gehe zu den Mädchen rein«, verkündete er.
»Ich komme gleich nach. Muss gedanklich noch letzte Hand an ein neues Buch anlegen.«

»Für mein Gefühl hast du heute schon genug geleistet«, entgegnete er trocken.
Hast du eine Ahnung!, dachte sie.
Die Tür fiel hinter Waldorf ins Schloss. Millicent hob den Kopf. Einen Augenblick lang glaubte sie, ihre Enkelinnen im Haus lachen zu hören. Sie seufzte. Ihr wurde wieder bewusst, dass die Mädchen schon seit Weihnachten kein einziges Mal mehr so gelacht hatten und dass sie ihre Enkeltöchter erst nach langer Zeit wieder so würde lachen hören.

ERSTES KAPITEL

Prunella McHargs Geschichte

Ich habe zwei Schwestern. Ich bin die Älteste. Und die, in die man die größten Hoffnungen setzte. Das ist bei jedem ältesten Kind so. Die Kinder an mittlerer Stelle sind hin- und hergerissen zwischen der Wut darüber, nicht das älteste, und der Verzweiflung darüber, nicht das jüngste zu sein. Das Nesthäkchen zieht immer sein Ding durch. Ständig bekomme ich zu hören, dass ich es so nicht sehen darf. Dass das ein Irrtum ist. Ständig heißt es, wir sind alle gleich, aber eben auch unterschiedlich. Ständig heißt es, an jede von uns seien dieselben Ansprüche gestellt worden, wir seien alle gleich erzogen worden und hätten alle dieselbe Liebe bekommen. Ich weiß zwar, dass andere Leute das für wahr halten und dass es in gewisser Hinsicht ja auch wahr ist, aber inzwischen bin ich mir in so vielen Dingen nicht mehr sicher. Ich weiß nur, dass wir drei Schwestern sind.

Ich bin eine von drei Schwestern.

Und ich bin Plumpud.

Wie soll ich mich beschreiben? Grammer, meine Großmutter, sagt, dass wir von Momenten im Leben geprägt werden, die uns verändern und zu dem machen, was wir sind. Ein solcher Moment war, als Dumpling kam. Daffers kam natürlich auch, aber ich erinnere mich nur noch daran, dass ich ins Krankenhaus mitgehen und sie anschauen durfte und dass sie mich ansah und zu brüllen begann. An die Zeit, als sie noch nicht da war, kann ich mich kaum erinnern. Das heißt, wie das Leben vor ihr war, weiß ich schon noch, aber wie es ohne sie war, weiß ich nicht mehr.

Bis zum letzten Weihnachtsfest hatte sich in meinem Leben eigentlich nichts Bedeutsames ereignet. Wir leben sehr komfortabel in einem großen Haus in Dublin. Grammer wohnt in der Anliegerwohnung, die vor meiner Geburt gebaut wurde. Grammer sagt, wir können uns das ganze Leben hindurch immer wieder entscheiden. Aber manchmal kann man sich eben nicht entscheiden – dann passiert einfach etwas, und das Leben verändert sich von Grund auf.
Ständig heißt es, ich soll nicht so viel nachdenken, aber wie soll man den menschlichen Geist abschalten und an gar nichts denken? Pablo Picasso wurde 1881 geboren. Solche Daten sage ich mir ständig vor. Auguste Rodin wurde 1840 geboren. Jetzt haben wir das Jahr 2003, und ich kam vor achtzehn Jahren auf die Welt, obwohl ich letztes Weihnachten erst siebzehn war. Daffers wurde 1987 geboren. Das Geburtsdatum von Dumpling kennen wir nicht, aber in ihren Personalpapieren steht 1998. Daffers und Dumpling sind meine Schwestern. Die Namen haben wir uns gegenseitig gegeben. Nicht nach langem Überlegen, sondern weil es einfach so kam.
Namen. Namen werden durch die Jahrhunderte hindurch von unseren Vorfahren an uns weitergegeben. Wir tragen einen bestimmten Namen, bis unsere Familie ausstirbt. Der andere Name – der Vorname – wird uns gegeben, und zwar normalerweise von denen, die uns auf die Welt gebracht haben. Manchmal ist ein solcher Name nicht gut gewählt. Wir können ihn verändern, ablegen, verdrehen – aber in gewisser Weise prägt er uns.
Ich wurde auf den Namen Prunella getauft. Was löst dieser Name in Ihnen aus? In mir gar nichts, aber das änderte sich, als ich in die Schule kam. Einigen anderen Kindern fiel bei diesem Namen offenbar das Wort »prune«* ein.

* »prune« bedeutet »Backpflaume«, aber auch »Muffel« (Anm. d. Übers.)

»Mum«, sagte ich nach einem weiteren grauenhaften Schultag zu meiner Mutter ...

Prunella McHarg ist nicht nett,
Prunella McHarg ist ein Depp.

»Mum«, sagte ich, »warum habt ihr mich Prunella genannt?«

»Weil du einfach wie eine Prunella ausgesehen hast, als ich dich im Krankenhaus im Arm hielt«, antwortete Mum. Sie saß mit Daffers, meiner jüngeren Schwester, am Küchentisch. Daffers' richtiger Name ist Daphne, aber sie wurde schon als ganz kleines Kind von mir umbenannt, weil ich meinen dreijährigen Mund nicht dazu bringen konnte, die schwierige Stelle in der Mitte auszusprechen. Ich glaube, das Problem war das n.

Ich setzte mich zu den beiden. Mum machte gerade einen Obstsalat, sie hatte Orangen, Äpfel, Pflaumen, Birnen, eine Banane und eine Dose Erdbeeren vor sich auf dem Tisch. Die Erdbeeren aus der Dose kamen in den Obstsalat, weil ich dieses gezuckerte Kompott so liebte. Während Mum die Früchte klein schnitt und in eine große Schüssel gab, pickte Daffers heimlich die Bananenscheiben aus dem Salat und schob sie sich in den Mund. Dabei schwangen ihre blonden Locken hin und her, weil sie den Kopf ständig von einer Seite zur anderen drehte, um mich immer wieder mit ihren blauen Augen anzusehen. Sie lauschte unserem Gespräch so konzentriert, dass sie zu schlucken vergaß und ihre Backen immer dicker wurden.

»Aber wie sieht denn eine Prunella aus, Mum?«, fragte ich.

»Na, eben genau wie du«, sagte Mum völlig unbeeindruckt und mit dieser bestimmten Logik, zu der Erwachsene manchmal greifen, wenn sie einem Kind etwas erklären sollen.

Ich dachte an den Reim, den meine Klassenkameradinnen gesungen hatten, als ich in den Korridor trat.

Prunella McHarg, die Backpflaume,
Immer hat sie schlechte Laune!

Das Versmaß haute nicht hin, aber für mich als Sechsjährige hatte ein korrektes Metrum nicht gerade die höchste Priorität im Leben.

»Mum«, hakte ich nach. »Was ist eine Backpflaume?«

Mum kniff die Augen kaum merklich zusammen, aber als sie den Blick zu mir hob, war ihre Miene genauso offen und freundlich wie vor meiner Frage.

»Eine Backpflaume ist eine gedörrte Pflaume. Schmeckt sehr gut.« Sie nahm eine Pflaume vom Tisch und begann sie klein zu schneiden. »Möchtest du ein Stück frische Pflaume? Dörrpflaumen gibt man beispielsweise in den Pudding, Plumpudding.«

Daffers, die in diesem Augenblick bemerkte, dass ihr Mund fast überquoll, schluckte alles hastig hinunter, schnappte nach Luft und sagte: »Plumpud.«

Ob sie glaubte, es würde gleich Plumpudding geben, was mir am wahrscheinlichsten erschien, weil sie sehr gern aß, oder ob sie glaubte, meine Mutter hätte mich gerade mit »Plumpudding« angesprochen, fanden wir nie heraus.

Jedenfalls blieb mir, leicht verkürzt, dieser Name, und bei Einbruch der Dunkelheit hieß ich Plumpud.

»Ihr könnt sie doch nicht Plumpud nennen«, sagte Grammer beim Abendessen. Grammer, das war Millicent McHarg, Mums Schwiegermutter und landesweit bekannte Bestsellerautorin von Liebesromanen ganz unverwechselbarer Art. So hatte man sie in den Zeitungen dargestellt, aber sie selbst sagte, sie schreibe einfach über die Soap-Operas, auf die das Leben anderer Leute hinausläuft. Und sie ist nicht nur schriftstellerisch tätig, sondern außerdem auch die Großmutter von Daffers und mir.

Und natürlich auch die von Dumpling. Aber damals war Dumpling noch nicht auf der Welt.
»Was ist so schlimm daran, Grammer?«, fragte ich.
»Plumpud.« Der Blick aus Daffers' großen blauen Augen wanderte von einem zum anderen, und ihre blonden Locken wippten. Sie hatte den Mund voller Hähnchenfleisch. Unter dem Tisch schwang sie ein Bein vor und zurück, vielleicht, weil sie mich treten wollte.
»Sprich nicht mit vollem Mund, Daphne!«, sagte Grammer.
»Daphne hat sie Plumpud genannt«, sagte Mum. Sie versuchte, Grammers Blick zu erhaschen – unauffällig zwar, aber nicht unauffällig genug für mich.
»Was ist denn so schlimm daran, Grammer?«, fragte ich noch einmal.
»Ach, eigentlich nichts, mein Schatz«, antwortete Grammer und streckte die Hand mit dem zerdellten silbernen Servierlöffel nach einer Ofenkartoffel aus. »Ich fand es nur ein bisschen ungewöhnlich, das ist alles.«
»Sie ist ein sehr zierliches Kind«, sagte Mum vor sich hin. Die Bemerkung war an niemanden speziell gerichtet, außer vielleicht an die grünen Bohnen in der Gemüseschüssel. »Und er gefällt ihr.«
»Na dann«, sagte Grammer. »Daphne, setz dich gerade hin und reich mir die Butter!«
Und so wurde ich umgetauft, und Daphne reichte Grammer die Butter.
In der Schule erzählte ich natürlich keinem, dass ich jetzt Plumpud hieß. Aber ich dachte daran, wenn sie wieder das *Prunella-McHarg*-Lied sangen. Nach ein paar Tagen hörten sie auf damit, wahrscheinlich, weil ich sie einfach ignorierte. Und im Herzen tat es mir nicht mehr weh, denn ich war jetzt Plumpud McHarg.

Grammer sagt, die Familiennamen kommen von den Vorfahren, und unser Name stammt noch aus der Zeit lange vor der Ansiedlung englischer und schottischer Bauern in Ulster und kommt aus dem schottischen Hochland und Tiefland, und nie dürften wir das vergessen. Sie sagt, Daffers und ich dürften keinen anderen Namen annehmen, wenn wir heiraten. Sie sagt, wir müssen unseren Familiennamen mit Stolz tragen.
Daffers fragte sie, ob sie bei ihrer Hochzeit ihren Namen abgelegt habe.
Mum nähte gerade Namensetiketten in unsere Schulröcke, als Daffers diese Frage stellte, und sie begann zu lächeln. »Für Grammer gelten eigene Gesetze. Das dürft ihr nie vergessen!«
Grammer machte »Pfffff« oder so ähnlich.

Das ist alles lange her. Viel Wasser ist seitdem unter der Brücke durchgeflossen oder, wie Grammer sagt, durchs Klo gespült worden. Daffers und ich waren damals, als ich in Plumpud umbenannt wurde, einfach noch kleine Mädchen, und zu meinem Glück blieb ich ziemlich dünn, so dass das *plump* in meinem Namen keine Rolle spielte. Ich blieb größer als Daffers, und mein letzter Wachstumsschub mit ungefähr fünfzehn sorgte dafür, dass Daffers mich nicht mehr einholte. Für sie natürlich ein weiterer Grund, sich zu beklagen.
»Warum bist du nicht größer?«, beschwerte sie sich bei Mum.
»Es tut mir leid«, erwiderte Mum ohne die geringste Spur von Ironie in der Stimme. Mum ist nicht ironisch. Aber sie ist auch nicht klein, sie hat lange Beine, so wie ich, und ist ziemlich schlank. Aber eben nicht ganz so groß wie ich.
»Dad war groß, stimmt's?«, fragte Daffers und verzog das Gesicht in Gedanken an ihren abwesenden Vater.
»*Ist* groß«, rief Grammer von ihrem Sessel vor dem Fenster aus.

»Ich habe ihn schon so lange nicht gesehen, dass ich es nicht mehr weiß«, entgegnete Daffers.

Grammer sagt, Männer sind rätselhaft. Man gibt ihnen Erde, damit ihre Saat wachse, aber nie reichen die Wurzeln tief genug. »Das heißt nicht, dass sie einen nicht lieben«, fügt sie stets hinzu. »Es gibt keinen besseren Mann als euren Vater.«
Daffers meinte, na klar sagt Grammer das, schließlich ist unser Vater ihr Sohn. Aber das sagte sie nicht vor Grammer.

Manchmal machte Mum mit Dad Urlaub. Er arbeitete im Ausland – tut er immer noch –, und sie fliegt irgendwohin und trifft sich mit ihm. Als wir klein waren, brachte sie uns die schönsten Dinge von diesen Reisen mit. Besonders begeistert waren wir alle von dem über einen Meter hohen Buddha, der seinen Platz zwischen der Veranda und dem Obstgarten bekam. Ein Elektriker installierte grüne Scheinwerfer, die vom Boden aus nach oben strahlen und den Buddha nachts wie eine Kultstätte aussehen lassen. Das aufregendste Mitbringsel überhaupt aber war Dumpling.
»Stellt keine Fragen. Fragt einfach nicht«, sagte Mum, als wir mit offenem Mund dastanden und das in eine Decke gehüllte Kind auf Dads Arm anstarrten. Damals brachte Mum auch Dad mit nach Hause. Mum wirkte so besorgt – außer dann, wenn sie das dick verpackte Bündel ansah. Sobald sie die großen schwarzen Augen des Kindes, seine zarte, fast durchsichtig goldene Haut betrachtete, wurde ihr Blick weich.
»Wie heißt es?«, fragte Daffers.
»In ihren Papieren steht, dass sie Maya heißt«, erwiderte Mum zu unserem Unverständnis.
»So eingewickelt sieht sie aus wie diese Klößchen in der Suppe, die wir in der Schweiz gegessen haben«, meinte Daffers und

hatte dem Kind damit unwillentlich einen Namen gegeben. Dumpling.*

Dumpling hatte eine gewölbte Oberlippe.

»Kollagenimplantate wird sie jedenfalls nie brauchen«, sagte Grammer nachdenklich, während sie Dad das plötzlich Dumpling genannte Bündel aus dem Arm nahm.

Dumpling war von Anfang an völlig still. Sie weinte nur selten, und wenn, dann tat sie es lautlos.

»Die wird uns nachts wach halten«, prophezeite Daffers, sichtlich wütend darüber, dass ihr Lärmpegel von nun an übertroffen werden würde. Aber Dumpling hielt uns nicht wach. Die friedliche, sanfte, stille Dumpling.

Die Spielzeugkartons wurden vom Speicher geholt, und nach und nach bekam Dumpling, was darin war. Daffers und ich hatten die Bauklötze aufeinandergestapelt, aber Dumpling legte sie immer in Reihen nebeneinander hin. Anfangs war schwer zu erkennen, ob ihrer Art zu spielen ein System oder Muster zugrunde lag, aber mit der Zeit wurde es klar. Dumpling legte ein Klötzchen hin, dann zwei, dann drei, dann vier, jedes fein säuberlich gerade auf den Boden, so dass sie aussahen wie eine von der Seite betrachtete Treppe. Sie hatte ein rosarotes Schwein, ein Plüschtier mit Ringelschwänzchen, das Dad auf der Heimreise in irgendeinem Flughafen gekauft hatte. Daffers mit ihrer Vorliebe für das Naheliegende gab dem Schweinchen den Namen Rosarotes Schwein. Dumpling führte es mit der Hand an den Bauklötzen entlang. Damals dachte ich – und ich denke es immer noch –, dass Dumpling die Welt anders sieht als wir. Grammer meint, dass sie die Dinge willkürlich entweder aus der Seitensicht oder von oben betrachtet. Dumpling

* dumpling = Klößchen (Anm. d. Übers.)

hatte eine Kassette mit Kinderreimen; am liebsten mochte sie »This Little Piggy Went to Market«, aber auch »Tom, Tom the Piper's Son« gefiel ihr gut. Sie legte die Kassette in unsere Stereoanlage und konnte auch zu ihren Lieblingsreimen vor- und zurückspulen. Manchmal zog sie, während sie sich »This Little Piggy« anhörte, ihre Schuhe und Socken aus und deutete auf ihre Zehen. Der Anblick brach mir jedes Mal das Herz.

Auch mit dem Rekorder unserer Nachbarin Theresa Carmody hörte sie sich ihre Kasette an.

Dumpling und Theresa Carmody hatten einander auf Anhieb ins Herz geschlossen, wie Theresa immer wieder gern bemerkte. Allerdings schloss Dumpling die meisten Menschen auf Anhieb ins Herz, mit Ausnahme von Daffers. Und das war ziemlich klug von Dumpling. Sie kennen doch die Redensart »Feindes Geschenke haben Ränke«? In diesem Fall galt es sich vor Daffers zu hüten, die ganz bestimmt nicht mit Geschenken ankam. Zumindest damals nicht. Und das kapierte Dumpling ziemlich schnell. Nicht das mit den Geschenken – Dumpling hatte keinen Begriff von Geschenken. Wenn ihr etwas gefiel, deutete sie einfach darauf. Gab man es ihr, betrachtete sie es als ihr Eigentum. Grammer meinte, wir könnten ihr zu Weihnachten die Wohnzimmeruhr schenken, dann wären wir das Ding auf elegante Art los und Dumpling würde sich freuen.

Grammer konnte die Wohnzimmeruhr nicht ausstehen. Aber Mum mochte sie, und so blieb sie auf dem Kaminsims. Ich glaube, sie gehörte mal Mums Mutter.

Grammer sagte: »Man darf sich an nichts binden. Eines Tages muss man ja doch alles zurücklassen.«

Dumpling hätte zu ihren Ausfahrten im Buggy noch die Küchenspüle mitgenommen, hätte sie sie tragen können. Sie wurde fast überallhin mit dem Buggy gefahren, weil Mum sagte, sie wäre schwächlich. Grammer zwang sie normalerweise zu gehen, davon würden ihre Beine kräftiger. Aber wenn Grammer etwas zu erledigen hatte, setzte sie Dumpling in den Buggy und flitzte los.

Theresa Carmodys Kassettenrekorder hatte ein kleines Mikrophon, in das sprach man hinein, und die Stimme wurde aufgenommen. Dumpling steckte sich das Mikrophon an den Pulli oder an die Latzhose und tat so, als würde sie hineinsprechen.

Nur dass sie dabei schwieg.

Dumpling war ein stilles Kind.

Als Theresa Carmody einige Jahre vor der Ankunft von Dumpling nebenan einzog, hatte sie das Haus mit »Wurstgeld« gekauft. So sagte sie damals.

»Was soll das heißen, Grammer?«, fragten Daffers und ich wie aus einem Mund, nachdem wir an Theresas Einzugsparty teilgenommen hatten, die bis zwei Uhr morgens dauerte.

Grammer brachte uns beide um elf Uhr nachts mit der Begründung nach Hause, es sei schließlich nicht Silvester, und Mädchen in unserem Alter bräuchten ihren Schönheitsschlaf. »Und ich auch«, fügte sie nachdrücklich hinzu, als wir zum Protest ansetzten.

Grammer war zu ihrer Zeit eine Schönheit gewesen, aber Mum sagt immer, wir sollten im Zusammenhang mit diesem Thema niemals die Vergangenheitsform verwenden. Grammer ist die wahrscheinlich bestaussehende Frau in ihrer Altersgruppe, jedenfalls von allen Frauen ihres Alters, die ich kenne. Sie ist groß und hat stabile Knochen. Sie sagt, dass gute Knochen gut bleiben, wir aber wegen des Kalziums Milch trinken müssen, um solche Knochen zu bekommen.

»Was heißt ›Wurstgeld‹?«, fragten wir.

Wie wir erfuhren, war Theresa Carmody mit der Fleischwarenfamilie Wallace verwandt, deren Wurstproduktion einst preiswürdig gewesen war, an der seit kurzem jedoch der Ruch eines Skandals haftete. Grammer meinte, manche Leute hätten einfach nicht das geringste moralische Empfinden, und man könnte eben nicht einfach herumgehen und alles und jedes, was einem über den Weg läuft, abschlachten.

»Diskretion und Gewissen«, sagte sie mit Nachdruck. »Immer beides anwenden!«

Ich hielt mich daran.

Daffers nicht. Grammer auch nicht, glaube ich.

Theresa Carmody hatte Dutzende von Leuten zu ihrer Einzugsparty eingeladen. Sie hatte sich das Haar mit einer Unmenge winziger glänzender Klammern hochgesteckt und trug wunderhübsche Ohrringe. Sie reichte Platten mit Würstchen herum, in denen Cocktailspießchen steckten. Nur die wenigsten nahmen davon, während sich alles auf die Käsewürfel, die Nachos, die Essiggürkchen und die Schoko-Erdbeeren stürzte. Mir schmeckten die Erdbeeren mit dunkler Schokolade am besten, Daffers die mit weißer.

In jeder Familie sind die Mitglieder, vor allem die Kinder, unterschiedlich groß und haben einen unterschiedlichen Geschmack. Grammer meinte, genau das hält die Erde in Bewegung. Daffers sagte, die Erde drehe sich um ihre eigene Achse, und ihrer Meinung nach könnten wir von Glück reden, dass wir alle miteinander noch nicht ins All geschleudert worden wären. Aber das sagte sie nicht vor Grammer.

Daffers mag Geographie, Geologie und Meteorologie. Früher zumindest. Theresa Carmody mochte Grammer. Sie bezeichnete Grammer als ihre Ikone. Das lag daran, dass Grammer Bücher schrieb, die veröffentlicht wurden, und genau das war Theresas Ziel. Sie sprach in ihren Kasettenrekorder hinein und

tippte dann alles in ihren Laptop. Grammer schrieb gleich aufs Papier, auf liniertes Papier, mit einem Kuli.
Mum ging jeden Morgen um acht in die Arbeit. Nach der Ankunft von Dumpling nahm sie sich drei Monate frei – aufgelaufener Krankenurlaub, sagte sie – und begann erst wieder zu arbeiten, nachdem Grammer ihr geraten hatte, berufstätig zu bleiben. Dass Grammer bei uns wohnte und dass es Dumpling die meiste Zeit über vollauf genügte, mit ihren Bauklötzen und allem, was sich sonst noch aneinanderreihen ließ, auf dem Boden zu sitzen, machte die Sache einfacher.
Wenn Daffers am Tisch saß und ihre Mathehausaufgaben machte, setzte sich Dumpling neben sie und sah zu. Daffers hatte neuerdings Geometrie und jammerte herum, weil sie nicht verstand, warum die drei Winkel eines Dreiecks zwei rechten Winkeln beziehungsweise hundertachtzig Grad entsprechen. Dumpling zog ein großes Plastikdreieck aus der Kiste mit ihren Geheimnissen, die sie hinter dem Sofa aufbewahrte, und riss ein Blatt aus Grammers Schreibblock. Sie zog eine Gerade quer über das Papier, nahm das Plastikdreieck und markierte alle Winkel des Dreiecks an der Geraden. Ich konnte es zunächst gar nicht glauben. Daffers beachtete sie natürlich überhaupt nicht. Ich schaute zu Grammer hinüber, die gerade ein Lesezeichen bemalte, das sie ihrem Freund Waldorf zum Geburtstag schenken wollte, und sah, dass ihre Augen immer größer wurden. Wir blickten uns fassungslos an und beobachteten dann wieder Dumpling, die dort am Tisch saß mit ihrem Dreieck, dem Bleistift und dem Blatt Papier.
»Einstein«, sagte ich.
»Euklid«, sagte Grammer.
»Ich kapier's einfach nicht«, nölte Daffers, den Blick starr auf ihr Mathematikbuch gerichtet.
Grammer stand auf, trat an den Tisch und sagte: »Ich zeig's

dir.« Sie nahm ein Dreieck aus Daffers' Geometriekasten und zeichnete, genau wie Dumpling es gemacht hatte, die Winkel an der Geraden ein.

»Ach so«, sagte Daffers. »Verstehe. Und ist das bei jedem Dreieck so oder nur bei dem da?«

»Bei jedem«, sagte Grammer.

Nach diesem Ereignis beobachteten wir Dumpling noch aufmerksamer, falls das überhaupt möglich war. Manchmal ging sie in die Küche und deutete auf den Schrank, in dem die Nudeln aufbewahrt wurden. Sie hatte es auf die Tüten mit den kleinen Formen abgesehen. Die legte sie zu Mustern aus, die wir nicht immer verstanden. Eines Tages legte sie sie so aus:

X
Xx
Xxx
Xxxxx
Xxxxxxx
Xxxxxxxxxxx
Xxxxxxxxxxxxx
Xxxxxxxxxxxxxxxxx
Xxxxxxxxxxxxxxxxxxx
Xxxxxxxxxxxxxxxxxxxxxxx

Grammer und ich sahen uns das Ganze eine halbe Ewigkeit an. Es waren Farfalle. Eine Zeitlang überlegten wir, ob die Form der Nudeln von Bedeutung war.

»Ich verstehe die Reihenfolge nicht«, sagte Grammer leise. »Eins, zwei, drei, fünf, sieben, elf, dreizehn, siebzehn, neunzehn, dreiundzwanzig. Die Neun fehlt.«

»Die Fünfzehn auch.« Ich versuchte fieberhaft, das Muster zu entschlüsseln. »Und die Einundzwanzig.«

In diesem Augenblick begann Daffers, die am Tisch saß, zu klagen: »Was ist denn jetzt eine Primzahl? Kann mir vielleicht mal einer sagen, was eine Primzahl ist?«
Da sahen wir, Grammer und ich, erst uns und dann die in Nudelform auf dem Boden liegenden Primzahlen an.
»Eine Primzahl«, sagte Grammer sehr langsam, »ist eine Zahl, die nur durch sich selbst und durch eins teilbar ist.«
Dumpling räumte die Nudeln weg und legte sie in ihre Schatzkiste.

Grammer sagt: »Jeder Mensch kommt mit Begabungen auf die Welt. Manchmal ist nicht recht klar, worin diese Begabungen bestehen – aber sie sind da, sind in jedem von uns verborgen.«
»Ich kann gar nix«, sagte Daffers.
»Es heißt *gar nichts*«, verbesserte Grammer sie. »Und außerdem kannst du sehr wohl etwas. Du hast nur noch nicht herausgefunden, worin du am besten bist. Aber ich weiß es.«
Daffers verdrehte ihre blauen Augen und wartete auf die weiteren Ausführungen, die unweigerlich folgen würden.
»Ich habe erst in den besten Jahren zu schreiben begonnen«, erklärte Grammer. »Bis ich es einfach probierte, wusste ich nicht mal, dass ich es konnte.«
»Aber du hast doch gesagt, du weißt, was *ich* kann«, nölte Daffers. Daffers nölte praktisch immer.
»Ja. Aber wenn ich es dir sage, sparst du dir vielleicht die Mühe, daran zu arbeiten. Du musst es selbst herausfinden. Es ist ein Teil von dir.«
Daffers war hervorragend im Streitanzetteln. Sie brauchte nur Dumpling zu ärgern oder herumzuzicken.

Theresa Carmody sang Dumpling »Silence is Golden« vor. Im Sommer breitete sie auf der Wiese in ihrem Garten eine Wolldecke aus und legte sich im rosaroten Bikini darauf. Das schwarze Haar hatte sie sich hochgesteckt, damit auch ihr Nacken braun wurde. Sie löste die Haken des Bikinioberteils und cremte sich mit Sonnenmilch ein – Sonnenschutzfaktor vier, weil ihre Haut schnell bräunt. Daffers hat sehr helle Haut, meine ist mittelhell. Grammer sagte, wir sollten Sonnenhut und Sonnenbrille tragen, um Falten im Gesicht zu vermeiden.

»Ätzend«, sagte Daffers.

»Unerlässlich«, sagte Grammer.

»Mum, muss ich wirklich?«, jammerte Daffers.

»Grammer hat recht. Ein Werk der Schönheit ist ein Glück für immer«, sagte Mum lächelnd. »Später einmal wirst du dankbar dafür sein.«

Daffers machte ihr eigenes Ding. Sie hat viel von Grammer, und als sie eine Woche mit Samson und Delilah (richtige Namen: Sam und Delia – er berühmt für seine Muskeln, sie für ihre Schönheit) und ihrer Freundin Daisy, Samsons und Delilahs einziger Tochter, am Meer verbrachte, legte sie sich so lange in die Sonne, bis ihre helle Haut rot war und ihre Augen geschwollen waren und sie ins Krankenhaus musste. Richtig verbrutzelt, so beschrieb Grammer sie damals.

»Du kannst ein Kamel zum Wasser führen – saufen muss es selbst«, sagte Grammer.

Theresa Carmody hatte eine Schwester namens Polo. Polo hatte ziemlich kurzes blondes Haar. Daffers sagte, ihr Haar sei nicht geschnitten, sondern abgesäbelt worden. Und es war wirklich sehr ungleichmäßig.

»Schon mal was von ›androgyn‹ gehört?«, sagte Grammer zu Mum.

»Was ist ein Drogün?«, wollte Daffers wissen und sprach damit aus, was auch ich mich fragte.
Grammer setzte zu einer Antwort an, da ihrer Meinung nach jede Frage ein Recht auf Beantwortung hatte, doch da erlitt Mum plötzlich einen Hustenanfall, bat Daffers, ihr ein Glas Wasser zu holen, und schüttelte, den Blick auf Grammer gerichtet, wie wild den Kopf.
Als Mum in die Waschküche gegangen war, um die Maschine zu füllen, richtete unsere Großmutter, die gerade Lavendel für ihre Frisierkommode zerstieß, das Wort an Daffers und mich: »Eines lasst euch gesagt sein, Mädchen: Weiblichkeit ist für Frauen gedacht und Männlichkeit für Männer. Ihr müsst entscheiden, was ihr sein wollt – ob lesbisch oder hetero, spielt dabei keine Rolle –, und das dann durchziehen. Ihr dürft es niemals so weit kommen lassen, dass andere sich bei eurem Anblick fragen, ob ihr Männlein oder Weiblein seid und auf wen ihr es abgesehen habt!«
Daffers sah mich an. Ich sah Daffers an. Nein, Grammer war keine Schwulen- und Lesbenhasserin, und wir auch nicht. Die Phase des pubertären Kicherns über sexuelle Themen, das bei unseren Altersgenossinnen manchmal geradezu hysterische Züge annahm, hatten wir irgendwie übersprungen. Grammer war sehr offen und klar in Bezug auf die Gleichheit der Menschen unabhängig von Herkunft und Stellung im Leben, wie sie es nannte. Jetzt aber gab sie uns einen Rat, den wir als unklar empfanden.
Etwas später hörte ich Mum zu Grammer sagen: »Sie werden dieser Polo unweigerlich wieder begegnen. Also besser keine Kommentare über androgyne Menschen!«
Einige Zeit danach stellte ich Grammer ein paar Fragen zu diesem Thema, doch sie hüllte sich in eine Unbestimmtheit, die ich nicht durchdringen konnte.

Und wirklich kam diese Polo oft auf Besuch zu ihrer Schwester Theresa Carmody. Und in der Tat stand Theresas sanfte, weibliche Ausstrahlung in krassem Gegensatz zu dem Pferdegesicht und der Grobschlächtigkeit von Polo.
»Warum sie wohl Polo heißt?«, fragte Daffers, als wir aus dem Fenster in meinem Zimmer auf Theresa Carmodys Garten hinaussahen, in dem Theresa in einem hübschen Sommerkleid auf einem Stuhl saß. Polo trug weite Karo-Shorts und saß mit gespreizten Beinen da. Beide waren klein und schlank, und Polo hätte vielleicht gar nicht mal schlecht ausgesehen, hätte sie auch nur das Geringste aus sich gemacht. In ihrem Gesichtsausdruck lag irgendwie immer etwas Höhnisches.
»Vielleicht hat es etwas mit Polopferden zu tun«, sagte ich.
»Was ist das?«
»Polo ist ein Sport. So ähnlich wie Hockey, aber auf Pferden. Wahrscheinlich heißt sie deshalb Polo.«
»Auf jeden Fall sitzt sie schon mal so da, als würde sie reiten«, erwiderte Daffers zustimmend und begann loszuwiehern.
»Mensch, Daffers!«, sagte ich. »Das Fenster ist offen!«
Polo hatte im Ausland gelebt und war erst seit kurzer Zeit wieder da. Seitdem stattete sie ihrer Schwester, unserer Nachbarin, regelmäßig Besuche ab. Ich weiß nicht, aus welchem Teil Dublins sie kam, aber wahrscheinlich hatte sie kein Haus, sondern eine Wohnung, so dass man es ihr nicht verdenken konnte, wenn sie sich ständig bei Theresa aufhielt. Denn in unserer abgeschiedenen Sackgasse hatten alle wunderschöne Gärten mit Veranda, Rasenflächen, Obstbäumen und Himbeersträuchern.
Irgendwann erzählte uns Theresa, dass Polo in Wirklichkeit Mintalla hieß – zumindest klang es so. Dass daraus »Polo« geworden war, fanden wir McHargs sofort einleuchtend.
Als dieses Gespräch zwischen Daffers und mir stattfand, lebte Dumpling bereits bei uns. Wie gut ich mich an den Nachmittag

erinnere! Hinter der Hecke saßen die beiden Schwestern in Theresa Carmodys Garten. Es muss ein Wochenende gewesen sein, oder aber Mum hatte Urlaub, denn unter der Woche schälte sie nie Erbsen. Dazu blieb einfach keine Zeit. Jedenfalls saß Mum am Gartentisch, und Dumpling saß auf dem Rasen. Dumpling legte sich Grashalme nebeneinander auf den Oberschenkel. Ich sah, dass Mum sie betrachtete und dann den Blick wieder auf die Erbsen richtete. Ich drehte mich zu Daffers um, die gerade aus meinem Zimmer ging. Und als ich wieder hinaussah, war Dumpling weg. Ich blieb am Fenster stehen und wunderte mich, wo sie geblieben war.

Vielleicht hat Grammer sie genau in der Sekunde gerufen, als ich mich nach Daffers umdrehte, dachte ich.

Doch dann sah ich sie plötzlich auf der Wiese im Nachbargarten hinter Theresa Carmody sitzen. Theresa lag mit geschlossenen Augen ausgestreckt auf einer Liege, während Polo immer noch saß und jetzt Dumpling betrachtete. Ich nahm an, dass Dumpling durch die Hecke gekrochen war, obwohl ich das nicht für möglich gehalten hätte. In diesem Augenblick sah Mum sich wieder um und bemerkte, dass Dumpling weg war. Verwirrt drehte sie den Kopf hin und her auf der Suche nach unserem verschwundenen Baby. Für uns war Dumpling immer noch ein Baby, weil sie so klein war; dabei war sie damals schon gar kein richtiges Kleinkind mehr.

Ich wollte Mum nicht zurufen, wo Dumpling war, weil man das nebenan gehört hätte, und so sauste ich nach unten und lief in den Garten, wo Mum gerade im Himbeergestrüpp suchte. Wir gingen die Hecke ab, um herauszufinden, an welcher Stelle Dumpling so schnell in den anderen Garten hatte gelangen können, und fanden sie auch. Ganz unten in den Ligustersträuchern entdeckten wir einen schmalen Zugang, der von unserem Garten in den leicht abschüssigen Nachbargarten führte.

»Theresa!«, rief Mum durch die Hecke. »Ist Dumpling bei dir im Garten?« Sie wollte nicht sagen, dass ich sie gesehen hatte, weil das vielleicht nach Ausspionieren geklungen hätte.

»Nein«, rief Theresa durch die Hecke zurück.

Mum und ich warfen uns einen Blick zu.

»Wir glauben aber, dass sie sich durch die Hecke gezwängt hat«, rief Mum.

»Nichts zu sehen«, entgegnete Theresa. »Und wir waren die ganze Zeit hier.«

»Könntest du bitte nachschauen, ob sie im Haus ist?«

»Was, wenn sie sie nicht finden?«, fragte ich Mum entsetzt.

»Ich komme zum Vordereingang«, rief Mum durch die Hecke. »Plumpud hat sie vom Fenster aus gesehen. Sie muss durch die Hecke gekrochen sein. Ich bin gleich da.«

Mum und ich rannten zu Theresa Carmodys Haustür. Die Erbsen waren vergessen. Theresa öffnete uns. Auf der Hüfte trug sie Dumpling.

»Sie war in der Küche«, sagte sie. »Sie hat sich an Polo und mir vorbeigeschlichen – wir haben sie beide nicht bemerkt. Wir haben uns gesonnt.«

Mum streckte die Arme aus und nahm Dumpling entgegen. Dumpling klammerte sich an jeden Menschen, der sie gerade hielt, so wie sich ein Koala-Baby an seine Mutter oder seinen Vater klammert. So war sie. Manchmal, wenn man einfach nur dastand und überlegte, was man als Nächstes tun sollte, kam sie und legte einem ihre Arme um die Beine. Ich hob sie dann immer hoch und drückte sie an mich, und sie presste ihr Gesicht an meinen Hals und hauchte in kleinen Zügen heißen Atem an meine Wange. Sie hatte dunkle Augen und ganz glatte Haare. Wenn sie schlief, ging ich manchmal in ihr Zimmer und betrachtete sie. Die Daumen standen von ihren kleinen Fäusten ab, und sie schlief unruhig. Sie drehte sich von einer Seite

zur anderen in ihrem Bettchen; manchmal fuhr sie mit den Fäusten durch die Luft. Ihre Lider waren nie ganz unbewegt. Als wären ihre Augen im Schlaf die ganze Zeit aktiv.
Dann hätte ich sie jedes Mal am liebsten immer nur gedrückt und gedrückt.

Sie sammelte Dinge, indem sie einfach Anspruch darauf erhob. Grammer meinte, in Geschäften sollten wir sehr gut aufpassen, weil Dumpling sich dort nach Belieben bediente. Vielleicht, meinte Grammer, gibt es dort, wo Dumpling hergekommen ist, keine Geschäfte, und vielleicht hätte sie deshalb keinen Begriff davon. Da sie nur sehr ungern etwas zurückgab, war es einfacher, dafür zu sorgen, dass sie erst gar nichts in die Finger bekam.
Mum sagte, Dumpling müsste vieles erst lernen, und wir sollten bei ihr auch mal mit der Faust auf den Tisch hauen.
»Wie wär's mit zwei Fäusten, Maria?«, sagte Grammer.
»Du weißt, was ich meine«, erwiderte Mum.
Aber Dumpling war so lieb und süß, dass es schwerfiel, konsequent zu bleiben.
»Es ist zu ihrem eigenen Besten«, sagte Mum. »Es ist für ihre Sicherheit. So können wir sie schützen. Ich habe immer Angst, sie könnte ausreißen …«
Ich glaubte nicht, dass Dumpling ausreißen würde. Das heißt, ich wusste zwar, dass sie manchmal in Theresa Carmodys Garten hinüberging, und auch, dass wir sie manchmal nicht fanden, weil sie einfach verschwunden war, aber ich glaubte Dumpling fest bei uns verankert. Meiner Überzeugung nach wusste sie, dass wir sie sehr, sehr liebhatten, und Liebe hält – sagt Grammer – die Welt in Bewegung.
Grammer sagt aber auch, dass außerdem die Vielfalt und der Zufall dafür sorgen, dass sich die Erde immer weiterdreht.

ZWEITES KAPITEL

Daffers' Geschichte

An Weihnachten gingen Grammer und Waldorf mit uns ins Weihnachtsspiel. Waldorf ist Grammers Freund. Er ist sehr groß, und Grammer sagt immer, er sieht aus wie der Schauspieler Leslie Phillips, ist aber noch witziger. Außerdem sagt sie, dass er wie Leslie Phillips redet, aber als Waldorf auftauchte, wusste ich noch nicht, wer Leslie Phillips ist, und ich konnte gar nicht sagen, ob das stimmt. Aber witzig war er. Ich hatte ja gedacht, dass Plumpud das Weihnachtsspiel zu kindisch findet, aber sie sagte es nicht, also musste ich es auch nicht sagen. Wir saßen in einer Loge im zweiten Rang. Zuerst dachte ich, so hoch oben sieht uns ja keiner, aber dann war ich froh, dass uns keiner sehen konnte. Waldorf kam nämlich mit einem Picknickkorb und einer Kühltasche an. Muss man sich mal vorstellen!

Grammer war nicht gerade begeistert, dass wir Mädchen Champagner trinken – Waldorf sagte immer »Schampus« –, aber er meinte: »Irgendwann müssen sie doch anfangen zu leben, Millie.«

Millie – so nannte er Grammer. Auf allen ihren achtundvierzig in vierzehn Sprachen übersetzten Büchern steht Millicent McHarg. Auf Japanisch sieht ihr Name richtig toll aus. Kringel, Häkchen und so eine Hieroglyphe. Grammer weigerte sich, Dumpling an dem Champagner auch nur schnüffeln zu lassen. Ich an Dumplings Stelle wäre sauer geworden. Aber weil Dumpling so ist, wie sie ist, schaute sie mit dem Daumen im Mund erst Grammer und dann den Champagner an und sagte nichts.

Als Grammer auf dem Klo war, schaute sich Dumpling das Champagnerglas ganz genau an. Es waren nur noch ein paar Tropfen drin, und die probierte sie. Waldorf lachte und sagte: »Ja, so sind sie, die Mädels!«, und Dumpling strahlte ihn an und rümpfte ihre kleine Nase. Als Grammer zurückkam, saß Dumpling wieder ganz ruhig da und lugte über das Logengeländer, und noch bevor Grammer irgendwas sagen konnte, ging der Vorhang hoch. Ich hasse den eisernen Vorhang vor der Bühne, der immer unten ist, bevor das Weihnachtsspiel beginnt. Jedes Mal frage ich mich: Soll er jetzt eigentlich die Schauspieler schützen oder das Publikum? Und vor was eigentlich? Oder vor wem? Soll er die Schauspieler vor marodierenden Zuschauern retten? Ich liebe das Wort marodieren. Wenn es den eisernen Vorhang nicht gäbe, würde doch wohl kaum auch nur ein einziger Zuschauer im Traum daran denken, auf die Bühne zu springen und irgendwen anzupöbeln! Ich selbst am allerwenigsten, so hoch oben, wie wir saßen. Das Schöne an einer Loge ist, dass man da irgendwie für sich bleibt; dafür hat man keine besonders tolle Sicht. Grammer sagte, ich hätte den besten Platz und sollte still sein.
Dumpling saß auf Plumpuds Schoß und winkte den Zuschauern und den Schauspielern und Schauspielerinnen auf der Bühne zu. Hinter dem hochgezogenen Vorhang senkte sich eine große weiße Gans auf den Bühnenboden, aber weil wir so hoch oben saßen, sahen wir ungefähr zehn Minuten lang nur die riesigen orangen Schwimmfüße, die direkt unter der Vorhangkante schwebten. Dumpling deutete immer wieder fasziniert darauf. Ich dachte schon, sie würde gleich was sagen, denn während sie ihren kleinen Zeigefinger in Richtung Gänsefüße ausgestreckt hielt und damit durch die Luft stieß, drehte sie den Kopf abwechselnd zu Grammer und zu Waldorf.

Plumpud flüsterte: »Das ist eine Gans, Dumpling. Warte ein bisschen, gleich siehst du mehr von ihr.« Dass es sich um ein großes weißes Federvieh handelte, hatte Plumpud nur wegen des ziemlich verräterischen Titels der Vorstellung – *Mutter Gans* – gecheckt.

Weil Grammer nie flüstert, fügte sie laut hinzu: »Das ist eine Gans, Dumpling.«

Dumpling stieß den Finger wie wild in Richtung der beiden Füße, die auf unserer Augenhöhe in der Luft hingen.

Ich aß eine Praline und wartete ab, was passieren würde. Waldorf schenkte Champagner nach und stellte die rätselhafte Frage: »Hat einer von euch mein Jo-Jo gesehen?« Dumpling hopste derweil auf Plumpuds Schoß auf und ab und deutete hektisch auf die orangeroten Füße.

Plumpud flüsterte ihr zu: »Schon gut, Dumpling. Gleich gibt es mehr Gans.« Sie klang wie Mum an Weihnachten.

Dumpling glitt von Plumpuds Schoß und versuchte, über das Logengeländer zu steigen. Ich beugte mich vor und sah runter, weil ich wissen wollte, auf wem sie gelandet wäre, wenn Plumpud sie nicht zurückgehalten hätte. Sie hätte mindestens drei Kinder da unten zerquetscht.

Plumpud wirkte ziemlich erschöpft. Waldorf wühlte im Picknickkorb und zog erstaunlicherweise Papier und Buntstifte hervor.

Dumpling nahm das Papier und einen orangen Buntstift und zeichnete die Schwimmfüße, aber mit einem Männerkörper. Von meinem Platz aus sah er aus wie ein Erhängter, weil der Kopf eindeutig an einem Seil hing. Die Gans war inzwischen dabei, langsam auf die Bühnenbretter zu sinken. So was Hässliches hatte ich ja noch nie gesehen. Als die Gans auf der Bühne gelandet war, hockte sie sich hin und legte ein großes goldenes Ei. Während das Publikum gespannt zuschaute, lösten die

Schauspieler die Haken von den Drahtseilen, an denen das Vieh herabgelassen worden war, und im Gänsehals öffnete sich eine Luke, aus der ein Gesicht heraussah.

Schon dass die Gans auf die Bühne gesunken war und der goldene Haufen hatten Dumpling total erstaunt. Als dann auch noch der Hals aufging, war sie völlig von den Socken. Sie löste sich aus Plumpuds festem Griff, glitt vom Schoß und beugte sich mit weit aufgerissenen Augen über das Logengeländer. Sie war so außer sich, dass sie nicht wusste, was sie tun sollte, und den Finger, mit dem sie die ganze Zeit auf die Gans gedeutet hatte, richtete sie jetzt auf sich selbst, dann auf Waldorf und dann auf mich.

»In der Gans ist ein Mann«, erklärte Plumpud.

Dumplings Lippen begannen zu beben, und ihre Augen wurden feucht. Da checkte ich, dass das nichts mehr mit normaler Aufregung zu tun hatte, sondern mit echter Angst und Verzweiflung.

»Ist ja gut«, sagte Plumpud flüsternd. »Das ist eine ganz liebe Gans.«

Lieb – so ein Quatsch! Kein Wunder, dass das Kind so verstört war. Hier wurde *Mutter Gans* ganz anders aufgeführt, als ich die Geschichte kannte. Auf der Bühne hockte ein mörderisches, mit Pfeil und Bogen bewaffnetes Tier. Da hatte jemand zwei Geschichten miteinander verwechselt. Das Ganze erinnerte mehr an den Sheriff in *Robin Hood* als an *Mutter Gans*.

Plumpud versuchte die weinende Dumpling zu beruhigen. Und Grammer gönnte sich noch ein bisschen Champagner. Ich nahm mir die leckerste Praline aus der Schachtel und steckte sie Dumpling zu, als Plumpud gerade nicht hinschaute.

Ich fand es nun mal nicht schön, wenn sie weinte.

Aber zuvor biss ich die Hälfte ab. Es war eine Praline aus weißer Schokolade – meine Lieblingssorte. Und es klappte tatsächlich: Dumpling setzte sich wieder auf Plumpuds Schoß und drückte ihr Gesicht in Plumpuds Pulli und hielt sich eine Weile an ihr fest. Als sie wieder losließ, war auf Plumpuds Pulli ein Fleck aus verschmierter weißer Schokolade. Danach ließ Dumpling sich vom Weihnachtsspiel so richtig mitreißen, deutete aufgeregt hin, wenn sich auf der Bühne was tat, und begann fast zu kichern, als die Zuschauer den Ausruf der Gans »Nein, ist er nicht!« grölend mit »Doch, ist er schon!« beantworteten.

Ich finde das immer ziemlich öde, deshalb schnappte ich mir noch eine Praline. Ich musste mich irgendwie ablenken, weil Schokolade mich immer ans Krankenhaus erinnert. Und bei Krankenhaus muss ich an Schmerzen denken.

Fünf Tage lang lag ich mit dem Sonnenbrand im Krankenhaus, und alle fanden: Selber schuld. Dabei wollte ich doch nur so braun wie Theresa Carmody werden. Gut, vielleicht war das zu viel verlangt. Keiner in meiner Familie sagte laut: »Ich hab's dir gesagt«, aber man kennt ja diesen besorgt daherkommenden Blick.

Mum sagte: »Wie konnte das nur passieren, mein Schatz?«

Und es tat höllisch weh. Sogar an den Lippen hatte ich Blasen. Plumpud brachte mir eine Tafel weiße Schokolade. Ich roch sie und wollte ein Stück essen, aber meine Lippen waren so wund, dass ich schon allein die Vorstellung, den Mund aufzumachen, unerträglich fand. Plumpud sagte, wenn ich wieder daheim bin, würde sie mir Eis aus weißer Schokolade kaufen. Ich bekam nicht mal die Augen auf, so geschwollen waren die.

Eine von den Krankenschwestern fragte meine Mum, ob ich schlecht sehen würde. Schlecht sehen! Was glaubte die denn – dass ich nur so tat, als wären meine Lider so verbrannt, damit ich nichts sehen musste? *Sie* wollte ich allerdings wirklich nicht sehen. Wenn die den Mund aufmachte, hätte man glauben können, sie wäre in einem Bauernhof mit Viehzucht aufgewachsen – und zwar nicht im Wohngebäude, wenn Sie verstehen, was ich meine.

»Muh!«, sagte ich zu Mum, weil ich wusste, dass *ihr* klar war, was ich meinte. Ich bezog das auf die Krankenschwester, aber Mum, die genau wusste, worauf ich hinauswollte, meinte: »Keine Angst, mein Liebling, bald bist du wieder so hübsch wie eh und je.«

Kurz bevor ich ohnmächtig wurde, hatte ich mich im Spiegel im Wohnmobil von Samson und Delilah am Strand von Brittas Bay betrachtet und bei dem Anblick Angst bekommen, ich könnte mein ganzes restliches Leben wie eine aufgeplatzte Tomate aussehen.

Ich brüllte, bis sie kamen und mir noch eine Spritze gaben.

Samson und Delilah machten sich wahnsinnige Sorgen; wahrscheinlich hatten sie Schiss, Mum und Grammer würden sie verklagen. Samson war Anwalt und rechnete immer mit dem Schlimmsten.

Sie besuchten mich mit Daisy, und als Daisy mein Gesicht betrachtet hatte, fragte sie: »Wird Daffers sterben?« So wie sie die Frage stellte, klang es, als würde sie mir allen Ernstes nahelegen, ins Gras zu beißen. (»Ins Gras beißen« war ein Ausdruck von Grammer, den sie immer gebrauchte, wenn sie die Todesanzeigen in der Zeitung las: »Ach du meine Güte, der Soundso hat ins Gras gebissen!« Ich sah dann immer einen Mund voller Grashalme und Erde vor mir.)

Später sagte Daisy, sie hätten alle Angst gehabt, ich könnte sterben, aber sie hätte gewusst, dass ich durchkommen würde. Außerdem erzählte sie mir, dass Delilah wahnsinnige Schuldgefühle gehabt hätte. Ständig hätte Delilah zu Mum gesagt: »›Lichtschutzfaktor 30‹ stand auf der Flasche – ›Lichtschutz-

faktor 30‹!« Und Mum hätte gesagt: »Ich weiß, Delia, ich weiß. Mir ist schleierhaft, wie das passieren konnte.«
Ha! Also, ich weiß, wie es passiert ist. Hätte Mum mir eine vernünftige Sonnenmilch mit niedrigem Lichtschutzfaktor gekauft, eine, wie sie auch alle anderen hatten, hätte ich die Faktor-30-Milch nicht in den Messbecher schütten, durch die Faktor-4-Milch von Theresa Carmody ersetzen und die Faktor-30-Milch in die Flasche von Theresa umfüllen müssen. Was blieb mir denn übrig?
Grammer sagte: »Von nichts kommt nichts.«
Grammer sagte, sie würde dem Sonnenmilchhersteller einen Brief schreiben. Na, dann fällt bei der ganzen Sache ja doch ein bisschen Anwaltsarbeit für Samson ab, dachte ich.
Alles tat weh. Sogar das Bettzeug tat mir weh. Sie legten mich auf eine Wassermatratze, aber es tat immer noch weh. Nur nach den Spritzen, die mich schläfrig machten, wurde es besser. Mum sagte, sie würde mich nie wieder aus den Augen lassen. Grausame Vorstellung.
Plumpud kam mich mit Dumpling besuchen, aber Dumpling schaute aus dem Fenster und lutschte Daumen. Das sah ich durch meine Wimpern hindurch. Da konnte ich die Augen zwar wieder aufmachen, aber ich hatte keine Lust dazu.
Sie flößten mir mit einem Strohhalm Getränke ein. Bis dahin hatte ich Strohhalme immer gut gefunden. Aber wenn man Durst hat und die Lippen verbrannt sind, trinkt es sich nur sehr langsam mit einem Strohhalm. Grammer sagte immer: »Gebt mir eine Flasche Wein und einen Strohhalm, und ich bin glücklich.«
Waldorf war genauso. Er trank alles. Grammer und Waldorf hatten sich bei einem literarischen Lunch kennengelernt. Mum war überzeugt, dass er einen schlechten Einfluss auf Grammer hatte, aber ich fand, es war genau andersrum. Mum sagte

immer, die beiden wären eine tödliche Kombination, andererseits wäre es schön, dass Grammer so glücklich wäre.
Grammer war sowieso immer glücklich – das sah jeder. Aber es machte ziemlich Spaß, mit Grammer und Waldorf wegzugehen. Man hatte immer das Gefühl, es könnte etwas Überraschendes kommen, ein Einkaufsbummel oder ein Mittagessen oder ein Theaterbesuch. Grammer sagte, wer keine Freude kennt, hat nicht gelebt. Aber ich denke mal, dass jeder Mensch was anderes unter Freude versteht. Sie sagte: »Glück und Freude muss man genießen, wo immer man sie findet – das Leben ist kurz.« Aber ich hatte ja auch nur versucht, mich zu freuen und glücklich zu sein – und was hatte es mir gebracht? Dass ich im Krankenhaus auf einer schwabbeligen Wassermatratze lag und keine weiße Schokolade essen konnte.
Ich weiß noch, wie Grammer ins Krankenhaus rauschte. Sie hatte sich die prächtigste Feder in den Filzhut gesteckt. »Maria«, sagte sie zu Mum, »du gehst jetzt heim und legst dich hin! Ich bleibe bei Daphne. Ohne ein bisschen Schlaf nützt du niemandem, ganz zu schweigen von den Augenringen, die du vom Wachbleiben bekommst!«
Grammer war mal eine Schönheit, das wussten wir von Mum, aber Grammer sagte immer, an Schönheit muss man arbeiten. Außerdem, sagte sie, liegt die Schönheit im Auge des Betrachters, was für mich immer ein Widerspruch war. Wenn man für schön gehalten wird, braucht man doch nicht an seiner Schönheit zu arbeiten, dann finden einen ja sowieso alle perfekt. Gilt man aber nicht als schön, dann vertut man nur Zeit, wenn man sich für die anderen verschönern will.
»Herzensgüte steht ins Gesicht geschrieben« – das war auch so ein Spruch von Grammer, den sie immer sagte, wenn sie Plumpud, Dumpling und mich betrachtete. Ich hatte immer

das Gefühl, er war gegen mich gerichtet, aber das kann an meinen Schuldgefühlen gelegen haben.

Grammer blieb bei mir im Krankenhaus.

»Jetzt habe ich jede Menge Zeit und kann an meinem neuen Buch weiterschreiben«, sagte sie. Sie hatte ständig ein Buch in der Mache und sagte immer, Schreiben bestünde zur Hälfte darin, sich die Geschichte im Kopf zurechtzulegen. Mum war oft nicht da, wenn wir eine Mutter am dringendsten gebraucht hätten, aber Grammer war die perfekte Großmutter, und so ging uns nichts ab.

Mum war an dem Abend nicht mit ins Theater gegangen. Dad hatte sich für Weihnachten angekündigt. Ich tue immer so, als wäre das, was er im Ausland macht, streng geheim und topsecret. In Wirklichkeit habe ich keinen Schimmer, was er da macht, aber ab und zu sieht man ihn im Fernsehen, irgendwo, wo Dürre herrscht oder auch nicht, keine Ahnung.

Jedenfalls kam Mum nicht mit ins Theater, weil er an diesem Abend heimkommen sollte, und sie wollte alles herrichten. Es sollte eine Überraschung werden – dass Dad heimkam, meine ich –, aber ich hatte schon geahnt, was los war. Um halb elf war das Weihnachtsspiel zu Ende, und Waldorf stieg mit uns ins Taxi. Er wollte uns zu Hause absetzen und dann zu sich fahren, wo immer das ist. Grammer sagt, er wohnt in einem Hotel, aber ich glaube, dass er irgendwo eine Wohnung hat und sich nur mit Grammer im Hotel trifft.

Als wir bei uns zu Hause ankamen, war einiges los. Offenbar feierte Theresa Carmody eine Fete – überall parkten Autos, und ihre Haustür stand offen. Auf dem Rasen in ihrem Vorgarten tanzten Leute, obwohl es eiskalt war. In unserem Haus brannte kein einziges Licht. Aber im Haus daneben, das seit ungefähr einem halben Jahr zum Verkauf stand, bis dann eine

Woche zuvor das *Verkauft*-Schild davor aufgestellt wurde – Mann, in dem Haus brannten wirklich alle Lichter, und davor stand ein gigantischer Möbelwagen. Weil die Straßenbeleuchtung offenbar nur im Sommer funktioniert, wenn man sie nicht braucht, lag die Straße, abgesehen vom Licht in den Häusern, völlig im Dunkeln, und die Möbelpacker liefen hektisch vom Haus in die Dunkelheit und wieder zurück und schleppten Sachen, die offenbar einer Familie gehörten.
Wir stiegen aus dem Taxi, und Waldorf sagte, er würde uns zur Sicherheit reinbegleiten, ein Glas Schampus trinken und dann mit einem anderen Taxi nach Hause fahren. Theresa Carmody kam aus ihrem Vorgarten zu uns und sagte, wir müssten alle auf einen Weihnachtstrunk zu ihr kommen. »Rein mit euch!«, rief sie. »Rein mit euch!«
»Wir müssen erst die Kinder ins Bett bringen«, meinte Grammer.
»Ach, Grammer!«, nörgelte ich. Es ist einfach ungerecht. Nur weil Dumpling noch ein Baby ist, wirft Grammer uns alle in einen Topf.
»Unsinn!«, sagte Theresa Carmody. »Dumpling kann auf dem Sofa sitzen und den Weihnachtsbaum anschauen.«
Theresa Carmody klang von Tag zu Tag mehr wie Grammer. Ich kenne nämlich sonst keinen Menschen, der »Unsinn!« so sagen kann wie Grammer.

Dann machte Plumpud etwas ganz Komisches. Sie ist ja so rein und brav und gut. Ihr Haar war ordentlich zurückgesteckt wie immer, und sie trug Dumpling auf dem Arm, was beim Aussteigen aus einem Taxi ganz schön schwierig ist. Grammer unterhielt sich mit Theresa Carmody, und Waldorf holte den Picknickkorb und die Kühltasche aus dem Kofferraum – tja, er hatte die Dinger mitgebracht, dann sollte er sie auch ins Haus

tragen. Ich stand da, betrachtete den Möbelwagen und hörte zu, wie Grammer mit Theresa Carmody verhandelte, als Plumpud mir plötzlich Dumpling in die Arme drückte, obwohl sie genau wusste, dass ich es peinlich finde, sie zu tragen.
Plumpud zog den Gummi vom Pferdeschwanz und ließ ihr Haar locker fallen. Ich bekam den Mund gar nicht wieder zu. Grammer und Theresa Carmody hatten sich inzwischen darauf geeinigt, dass wir alle eine halbe Stunde bei ihr bleiben würden. Waldorf kramte in Grammers Tasche nach dem Hausschlüssel, und Plumpud stand da und sah aus wie Nicole Kidman in *Eyes Wide Shut* oder wie der Film hieß. (Total überschätzt, fanden meine Freundinnen und ich – während Madonna in *Body of Evidence* super und der Sex da viel besser war. Behauptete jedenfalls Daisy, die Tochter von Samson und Delilah. Ich habe beide Filme nicht gesehen.)
Und dann checkte ich, um was es Plumpud ging. An der Hauswand stand ein Junge und schaute zu, wie die Möbel aus dem Lastwagen getragen wurden. Er war groß und hatte kurze blonde Haare. Er trug eine dunkle Hose und einen Pulli, aus dem der Hemdkragen hervorsah. Plumpud war richtig zappelig vor Aufregung. Sie nahm mir Dumpling wieder ab und sauste wie ein geölter Blitz auf den Möbelwagen zu.
»Hiya«, sagte sie.
»Hiya«, sagte der Junge.
Mannomann, ich würde mich das nicht trauen, dachte ich, aber Plumpud ging einfach zu ihm hin.
»Ziehst du hier ein?«, fragte sie.
Also, entweder zieht er ein, oder er will den Möbelwagen entführen, dachte ich.
»Klar«, sagte der Junge.
Er hatte eindeutig zu viele amerikanische Sendungen gesehen. Aber das trifft ja auf jeden zu.

»Wir wohnen da«, sagte Plumpud und deutete auf unser Haus.
Dumpling, die schon fast geschlafen hatte, riss die Augen auf und hielt den Daumen auf halbem Weg zum Mund in die Luft. Sie war genauso baff wie ich.
»Wir haben uns ja schon eine Ewigkeit nicht mehr gesehen«, sagte der Junge.
Da fiel bei mir endlich der Groschen. Sie waren miteinander bekannt, wie Grammer es ausgedrückt hätte. Grammer benutzt Redewendungen wie »miteinander bekannt sein«, was manchmal ziemlich nervt, weil es auch kürzere, einfachere Ausdrücke gibt, aber dann denkt man manchmal wieder: Mensch, toller Ausdruck! Auf jeden Fall hätte mir klar sein müssen, dass sie miteinander bekannt waren, denn auf einen Fremden wäre Plumpud nie so zugegangen.
»Das sind meine Schwestern«, sagte sie.
Meine Güte, sie ist immer so höflich.
»Hallo«, sagte der Junge zu Dumpling und mir.
Er war genauso höflich wie sie. Grammer sagt, Gleich und Gleich gesellt sich gern. Für mich würde das bedeuten, dass ich, falls ich je erwachsen werde und heirate – und mit beidem eilt es bei mir nicht –, einen Mann habe, der sich nicht konzentrieren kann, ununterbrochen an Sex denkt und gern Kricket und Tennis spielt.
»Das ist Dumpling.«
Während Dumpling vorgestellt wurde, winkte sie mit ihrer kleinen Hand. Ihr Gesicht konnte ich nicht sehen, aber an der Art, wie sie winkte, erkannte ich, dass sie dabei strahlte. Dumpling liebt Männer.
Samson und Delilah haben einen Hund, Poppy. Delilah behauptet, Poppy wären Männer lieber als Frauen. Es macht Delilah fast verrückt, dass sie zwar Poppy füttert und zum

Tierarzt bringt und so, dass Poppy aber, sobald Samson ins Zimmer kommt, nur noch eine zittrige, wabbelige Masse ist und bei Samsons Anblick vor Aufregung sabbert und schlabbert. Ich versteh's auch nicht.

Als Grammer sich mit Theresa Carmody geeinigt hatte, kam sie zu uns und fragte, was los sei.

»Grammer«, sagte Plumpud aufgeregt. Ich an ihrer Stelle hätte mich mitsamt dem Jungen in die Büsche verdrückt. So macht man das mit Jungs, sagt Daisy. »Grammer, darf ich vorstellen: Das ist Ronnie. Ronnie, das ist meine Großmutter.«

Grammer schaute ihn sich gründlich an und entdeckte offenbar etwas, das ihr gefiel, denn sie sagte: »Schön, dich kennenzulernen. Zieht ihr hier ein?«

So labern die Leute. Sagen Sachen, die völlig offensichtlich sind und klar auf der Hand liegen. Aber so reden sie nun mal. »Ganz schön nass, was?« beispielsweise, wenn es tagelang geregnet hat und man schon daran denkt, Noah eine Mail zu schreiben und um eine – am besten backbord gelegene – Kajüte auf der Arche zu bitten. Das mit backbord weiß ich, weil Grammer mir mal das Wort »nobel« erklärt hat und dabei sagte, dass die Leute, die mit dem Schiff nach Indien fahren, auf dem Hinweg eine Backbord- und auf dem Rückweg eine Steuerbordkabine haben. Ich weiß nicht, warum es überhaupt Leute gibt, die mit dem Schiff nach Indien fahren. Das dauert doch ewig! Da wäre man ja zu Fuß schneller. Hat sogar Hannibal hingekriegt.

Jedenfalls fing Grammer, noch bevor Ronnie was sagen konnte, damit an, dass das ein fröhliches Haus wäre, in das er da einzieht. Dass sie die Vorbesitzerin um ein Haar über den Haufen gefahren hätte, sagte sie nicht.

»Ein wunderbares Haus für eine Familie. Ein fröhliches Haus, ja, so würde ich es nennen. Sind deine Eltern gerade drin, Ronnie?«

Manchmal drückt sich Grammer so aus, und man weiß sofort, dass das entweder in irgendeinem Buch oder auf irgendeinem Buchumschlag steht. Ich sehe sozusagen vor mir, wie *Das fröhliche Haus* in rosaroter Kursivschrift auf dem Cover ihres nächsten Romans steht. Aber durchaus auch möglich, dass das der Titel ihres letzten Buchs war und ich die rosa Kursivschrift deshalb so deutlich vor mir sehe.

»Ronnie«, sagte Grammer, »ich nehme an, dass deine Eltern jetzt einen Drink gebrauchen können. Wir gehen zu Theresa Carmody – frag sie doch, ob sie nicht mitkommen wollen!«

Würden *wir* irgendwen zu jemand anderem einladen, würde Grammer uns einen Monat Hausarrest aufbrummen. Für jede Generation gelten eigene Regeln, sagt sie. Aber es war schon richtig, Ronnies Eltern zu Theresa Carmody einzuladen, denn Theresa Carmody hasste es, allein zu sein, und holte sich alle möglichen Leute ins Haus. Ihre Schwester Polo beispielsweise, die aussah wie ein kleines Pferd.

Wir gingen erst mal zu uns, damit Waldorf den Picknickkorb und die Kühltasche abstellen konnte. Beim Aufsetzen auf den Boden klirrten die leeren Flaschen. Dann ging's sofort zu Theresa Carmody hinüber. Polo stand an einen Verandapfosten gelehnt. Sie trug – dreimal dürfen Sie raten – karierte Shorts. Ich schwöre es! Shorts mit Schottenkaro. Und Socken und Laufschuhe. Bei einer Party. Muss man sich mal vorstellen! Als Gott den guten Geschmack verteilte, bedachte er nicht jeden damit, hat Grammer mal gesagt. Und außerdem sagte sie: *Im Zweifelsfall bleibenlassen!* Dieser Tipp, meinte sie, gilt für alles, aber besonders für die Kleidung.

»Und wenn es kein Zweifelsfall ist?«, fragte ich sie manchmal. »Wenn man beispielsweise völlig überzeugt ist, dass man in karierten Shorts gut aussieht?«

»Keine meiner Enkeltöchter käme je auf den Gedanken, in karierten Shorts gut auszusehen«, erwiderte sie, richtete sich auf und zog den Hals in die Länge. »Um einen Zweifelsfall handelt es sich, wenn man ein Kleid anprobiert und sich in Bezug auf die Farbe unsicher ist. Das ist ein Zweifelsfall. Dann geht man aus dem Laden raus und denkt darüber nach oder erbittet die Meinung eines vertrauenswürdigen Menschen. Nie die Verkäuferin fragen!« Das war eines ihrer Lieblingsthemen. Grammer muss irgendwann mal schlechte Erfahrungen mit einer gemeinen Verkäuferin gemacht haben. Sie hat sogar ein Buch mit dem Titel *Das Doppelleben der Dorothy Dea* geschrieben, in dem Dorothy Dea ihrem Mann morgens das Frühstück macht und wartet, bis er in die Arbeit gegangen ist. Dann düst sie ans andere Ende der Stadt, wo sie heimlich als Verkäuferin in einer schicken Boutique arbeitet, wo sie je nach Verkaufserfolg bezahlt wird. Weil sie prozentual beteiligt ist, drängt sie ihren ahnungslosen Kundinnen, die sie offenbar stets um Rat bitten, die schauerlichsten Teile auf. Mir kam das Ganze ein bisschen unglaubwürdig vor. Ich meine, wenn man aus einer Boutique rauskommt und wegen der Tipps der Verkäuferin aussieht wie Homer Simpson, würde man doch nicht mehr dort hingehen und wieder um Rat bitten. Aber in Grammers Buch kommen die Kundinnen immer wieder, und Dorothy verdient so viel, dass sie mit ihrem Mann nach seiner Frühpensionierung eine traumhafte Kreuzfahrt machen kann. Auf der Kreuzfahrt läuft es dann ziemlich gut für Dorothy, weil ihr Mann mitten auf der Reise beim Captain's Dinner tot umfällt und sie beim Ersten Offizier landet und mit ihm den besten Sex ihres Lebens hat.

Kann sein, dass ich *Das Doppelleben der Dorothy Dea* mit *Die Liebe meines Lebens* verwechsle. Aber in jedem Buch gibt es eine kleine Tragödie, irgendwelche herzzerreißenden Ereignisse und ein Happy End. So lautet die Formel für ein glückliches Leben, sagt Grammer. »Bloß kein Blut«, sagt sie, wenn wir Schulaufsätze schreiben. »Eine eure Lehrerin befriedigende Arbeit versetzt sie in eine für die Benotung günstige Stimmung.«

Aber Miss McCracken, meine Englischlehrerin, konnte man nicht befriedigen. Daisy (die Tochter von Samson und Delilah) sagte mal, dass man eine ganze Rugbymannschaft bräuchte, um sie zu befriedigen.

Wir gingen also in Theresa Carmodys Haus, vorbei an Polo mit ihren karierten Shorts, die uns von oben herab musterte. Polo ist Theresas Schwester. Vom Aussehen her würde man das nie denken. »Darf ich um einen Tanz bitten?«, fragte Waldorf sie. Polo hielt es nicht für nötig, darauf zu antworten. Sie reckte das Kinn und starrte in den Himmel.

Waldorf und Grammer tanzten in der Diele Tango, und Plumpud, Dumpling und ich gingen in die Küche. Es duftete wunderbar nach Würstchen, aber Grammer hatte uns stark abgeraten, und ich musste warten, bis Plumpud und Dumpling weitergingen, erst dann konnte ich mir mit einem Cocktailspießchen ein paar nehmen. Dann kam Polo Carmody rein und begaffte mich mit einem Glas in der Hand.

Polo Carmody hatte irgendwas an sich, was einem die Gänsehaut über den Rücken jagte. Sie starrte vor sich hin, und man wusste nie, was sie eigentlich anstarrte, bis man nach einer Weile überzeugt war, selbst der Angestarrte zu sein, ohne zu wissen, warum.

Weil Grammer nicht da war und mich nicht wegen meiner Manieren zurechtweisen konnte, nahm ich mir noch ein Würstchen und wollte gerade in die Diele gehen, als Polo plötzlich sagte: »Du da – wohin willst du?«

Wörtlich. Kein Witz! Ich wollte schon sagen »Aufs Klo«, und

dann wollte ich »Zu meinen Schwestern« sagen, aber dann bekam ich nicht übel Lust, ihr klarzumachen, dass sie sich um ihre eigenen verdammten Angelegenheiten kümmern soll. Schließlich war es nicht ihr Haus, sondern das ihrer Schwester, und für meinen Geschmack verbrachte sie dort sowieso viel zu viel Zeit.

Ich stopfte mir das Würstchen in den Mund, so dass ich nicht sprechen konnte, ohne sie anzuspucken, deutete auf meinen Mund, lächelte sozusagen würstchenmäßig, zuckte die Achseln und ging durch die andere Tür in den Esszimmerbereich der zwei ineinander übergehenden Zimmer. Aber da war niemand, den ich kannte, denn Plumpud und Dumpling waren verschwunden, und ich hatte Angst, Polo könnte mir nachgehen, und ich wusste einfach nicht, was sie wollte. Deshalb stellte ich mich hinten am Erkerfenster hinter den Vorhang.

Die Außenbeleuchtung war eingeschaltet, und ich konnte in Theresa Carmodys Wintergarten hinter der Küche, links von meinem Versteck hinter dem Vorhang, reinsehen. Außerdem sah ich ihre Veranda und den ganzen Garten, weil alle Außenlampen brannten. Ich setzte mich aufs Fensterbrett und schaute raus und sah, dass Polo in den Wintergarten gegangen war. Sie musste direkt von der Küche aus reingegangen sein. Auf einem Korbstuhl saß ein Mann, und Polo ging zu ihm und blieb vor ihm stehen. Ich sah sie ganz deutlich. Und der Mann, der da saß, schob eine Hand in die ausgebeulten Hosenbeine ihrer karierten Shorts.

Ungelogen.

Ich sah nicht, wer er war, aber ich sah seinen Jackenärmel. Er trug irgendwas Grünes aus Samtstoff, und Polo stand nur da und starrte aus dem Wintergartenfenster, und er fummelte unter ihrer Hose herum.

Ich fragte mich, was Grammer dazu sagen würde. Und dann

fiel mir plötzlich ein, dass, wenn ich sie sehen konnte, sie mich vielleicht auch sehen konnten. Und obwohl ich wusste, dass sie mich noch nicht gesehen hatten, bekam ich richtig Angst. Ich hatte Angst, mich zu bewegen, ich wollte sie nicht auf mich aufmerksam machen. Ich versuchte, nicht hinzuschauen. Mir kam der Gedanke, dass das, was die da machten, ins Schlafzimmer gehörte und ganz bestimmt nicht in den Wintergarten anderer Leute während einer Party.

Daisy – meine beste Freundin – sagte mal, dass ihr erster Sex in einem Aufzug stattfinden wird. Sie hatte irgendwo gelesen, dass es, wenn der Aufzug hochfährt, doppelt so lang dauert und dass das besser ist.

Also, ich weiß nicht. Ich glaube, ich hätte Angst, dass die Tür aufgeht oder so. Ich hätte es nämlich furchtbar gefunden, wenn ich bei so was wie dem, was die zwei da machten, beobachtet worden wäre. Ich wusste zwar, dass ich ganz anders aussah als Polo Carmody, aber hätte mir jemand die Hand in die Unterhose geschoben, hätte ich mit ziemlicher Sicherheit irgendwie das Gesicht verzogen und nicht nur einfach aus dem Fenster gestarrt mit einer Miene, als würde ich an meine Hausaufgaben denken oder ans Abendessen. Polo sah aus, als würde sie darüber nachdenken, was die Würste bei Dow Jones kosten. Dow Jones ist, glaube ich, eine Metzgerei.

Ich konnte den Blick gar nicht mehr abwenden von der Hand des Mannes und auch nicht von Polo, wie sie da stand, und die ganze Zeit hoffte ich, dass ich durch die Spiegelung der verschiedenen Fensterscheiben unsichtbar blieb. Plötzlich fletschte Polo Carmody die Zähne – klein und spitz, fast wie Kinderzähne. Sie machte den Mund auf und beugte sich vor zu dem Mann, und er steckte ihr einen Finger in den Mund, und sie lutschte daran oder biss rein. Dann schloss sie die Augen, und es sah aus, als würde es sie schütteln.

Sie wirkte nicht so, als würde ihr das großen Spaß machen. Umso weniger kapiere ich, warum sie das mit sich machen ließ. Ich hatte immer geglaubt, so was würden zwei Leute gemeinsam tun, als Paar eben – dass es auch so ging, hätte ich nicht gedacht. Ich nahm mir vor, es Daisy zu erzählen.

Daisy sagt, ein perfekter menschlicher Orgasmus kann Glas zum Zerspringen bringen.
»Man erreicht da eine irre Tonhöhe«, erklärte sie Joan Kennedy und mir. Joan und ich warfen uns einen Blick zu. Ich glaube, wir beide dachten dasselbe: Warum hatten wir davon noch nie etwas gehört, und warum standen, wenn das stimmte, Betten nicht in Besenschränken statt in Schlafzimmern mit Fenstern? Aber ich wollte nicht fragen, denn Daisy gibt einem immer das Gefühl, dass man noch gar nicht gelebt hat.
Joan Kennedy kaute auf ihrer Unterlippe rum, sagte aber nichts.
»Die meisten Aufzüge haben einen Spiegel«, murmelte ich nachdenklich vor mich hin.
»Was hat denn das eine mit dem anderen zu tun?«, fuhr Daisy mich an.
»Du hast doch gesagt, dass dein erstes Mal in einem Aufzug sein wird.«
»Und?«
»Na, Spiegel sind nun mal aus Glas«, sagte ich. Es ging mir nicht darum, sie zu übertrumpfen, wirklich nicht – ich wollte die Sache nur klarstellen.
»Ach, da mach dir mal keine Sorgen«, erwiderte Daisy. »Das Silberzeug, das auf dem Glas ist, damit es spiegelt, hält alles zusammen. Der Spiegel kann gar nicht zerbrechen.«
Hoffentlich hatte sie recht. Etwas Schlimmeres, als mit runtergezogenem Schlüpfer und gespickt mit Spiegelscherben aus

einem Aufzug gezogen zu werden, konnte ich mir nämlich nicht vorstellen.

Tja, und nun stand Polo Carmody da in Theresa Carmodys Wintergarten und zuckte nicht schlecht, und das Glas zerbrach nicht. Ich war wirklich gespannt darauf, welche Erklärung Daisy *dafür* haben würde!

DRITTES KAPITEL

Theresa Carmodys Geschichte

Ein paar Tage vor Weihnachten schmiss ich eine Party, und genau da, glaube ich, fing alles an. Damals wusste ich natürlich nicht, dass ich die Welt so in Aufruhr bringen würde. Ausgerechnet die Welt der McHargs. Wenn ich es gewusst hätte … wenn ich es irgendwie geahnt hätte, hätte ich diese Nacht übersprungen und nie wieder eine Party geschmissen. Ich habe seitdem nie wieder eine Party geschmissen.

Ich fand es toll zu lachen und mich zu unterhalten und gesetzte Essen zu geben und zu tanzen. Als ich nach Dublin zurückzog, kaufte ich dieses große Haus mit viel zu vielen Zimmern, in dem es so still war, außer wenn ich Freunde zu Gast hatte. Ich liebte Menschen, ja, ich liebte Menschen. Und ich liebte die McHargs. Wer hätte sie nicht geliebt? Das waren die spannendsten, aufregendsten Leute, die mir je begegnet waren. Nachdem ich neben ihnen eingezogen war, wurden Millicent McHarg und ich Freundinnen. Sie wohnten schon ewig dort. Millicent war nach ihrer Heirat in das Haus gezogen und nach dem Ende der Ehe dort geblieben. Ihre Schwiegertochter Maria zog ein, nachdem sie geheiratet hatte, und bekam Plumpud und Daffers. Ein paar Jahre nach meinem Einzug kam Dumpling. Ich gehörte zu den wenigen, die Dumplings wahre Geschichte kannten. Millicent hatte sie mir eines Nachmittags erzählt. Wir saßen oft in meinem Garten und tranken Piña Colada, während die Sonne auf uns niederbrannte. Millicent hatte ihr Haar mit einem bunten Tuch zusammengebunden. Wir lagen in der Sonne, und Millicent erzählte mir, dass etwas passiert sei und Maria sich im Ausland mit George treffen

werde; und dass sie Familienzuwachs mitbringen werde. Ach so – George war Millicents Sohn und Marias Ehemann.
Völlig baff hörte ich mir die Geschichte an – eine entsetzliche Geschichte von einem Kind, einem kleinen Mädchen mit nur einem Fuß, das George und sein Kameramann am Rand eines Dorfes unter einem Galgen gefunden hatten.
»Rache«, sagte Millicent.
»Wofür? Rache wofür?«, fragte ich.
»Das weiß nur Gott allein. Nicht mein Gott vielleicht und auch nicht deiner. Aber irgendjemandes Gott.«
Als der Hubschrauber im Tiefflug über dem Dorf kreiste, entdeckten sie etwas und beschlossen, es sich näher anzusehen. George hob das Kind auf, und sie flogen sofort wieder weg. Eine Frau – wahrscheinlich die Mutter des Kindes – war gehängt und das kleine Mädchen unter dem Galgen zurückgelassen worden.
Ich weiß noch, wie ich dort im Garten saß und die Hitze des Tages zu verdunsten schien, während ich mir diese grauenhafte Geschichte anhörte.
Maria McHarg hatte eine Freundin, eine Schwedin, die ihr sehr ähnlich sah. Diese Schwedin, Pia Soundso, hatte zwei Jahre zuvor ein Kind aus demselben Land adoptiert, und dieses Kind war in ihren Reisepass eingetragen. Maria würde mit zwei Pässen, ihrem eigenen und dem der Schwedin, hinfliegen, um das gerettete Kind zu sich nach Hause zu holen.
»Das klappt nie im Leben«, sagte ich zu Millicent McHarg. »Um Gottes willen, Millie – überleg mal, was passiert, wenn sie erwischt wird!«
»Es wird klappen«, entgegnete Millicent. »Dafür sorgt schon George.«
Es kam dann so, dass sie den falschen Pass gar nicht brauchten, weil George und das Team die Kleine in die Nachbarprovinz

brachten, wo einiges Geld den Besitzer wechselte und Dokumente ausgestellt wurden.

»Für dreißig Silberlinge«, sagte Millicent. »Die am vernünftigsten ausgegebenen Silberlinge aller Zeiten.«

Ich hatte Silberlinge immer mit Verrat in Zusammenhang gebracht. Doch hier ging es offenbar um das Gegenteil von Verrat, um etwas, das Leben und Hoffnung spendete. Und so kam es, dass Dumpling, wie sie genannt wurde, bei den McHargs lebte, und sie und ich schlossen einander sofort ins Herz.

Die McHargs gehörten zu den Menschen, die etwas in Angriff nehmen, die an einer Sache wachsen und völlig unaufgeregt mit Ereignissen umgehen können. Ich glaube, dass diese Fähigkeit von Millicent ausging, einer wirklich erstaunlichen Frau. Sie war eine nationale Größe, erfolgreiche Verfasserin von Liebesromanen mit leicht schrägem Touch. Falls es so etwas wie eine Kummerkastentantenautorin gibt, dann trifft diese Bezeichnung haargenau auf Millicent zu.

Ich hätte gern selbst einen Roman geschrieben, hatte es aber erst zu ein paar unveröffentlichten Kurzgeschichten gebracht. Ich schaffte es einfach nicht, mir eine längere Handlung auszudenken – und wenn doch, dann konnte ich sie immer nur kurz erzählen!

Millicent versuchte mir zu helfen. Sie sagte: »Bleib dran, Theresa. Wenn dir das Schreiben Freude bereitet, dann tu es!«

»Vielleicht sollte ich lieber Sachbücher schreiben als Romane«, sagte ich. »Vielleicht ist irgendwas Geschichtliches einfacher.«

»Ach, da gibt es wohl keinen Unterschied. Du darfst nicht vergessen – Geschichte ist etwas, das nie passiert ist und von jemandem erzählt wird, der nicht dabei war.«

Ich hielt das für ein Millicent-McHarg-Originalzitat, aber sie versicherte mir, es sei von Ramón Gómez de la Serna, wer auch immer das war.

»Schreib einfach irgendwas«, riet sie mir. »Egal ob es veröffentlicht wird oder nicht. Natürlich ist es schön, veröffentlicht zu werden, aber du hast das Geld ja nicht nötig.«

Damit hatte sie recht. Meine Schwester Polo und ich stammen aus einer reichen Familie und haben uns beide mit allem immer nur nebenbei beschäftigt. Schon in der Schule immer alles nur nebenbei gemacht – allerdings war das keine gewöhnliche Schule. Wir wurden auf die beste Privatschule der Schweiz geschickt, und als Polo flog – wegen abweichenden Verhaltens mit einem Mädchen aus ihrem Stockwerk –, schickte man uns einfach in ein anderes Internat. Von dort gingen wir dann auf ein amerikanisches Privatcollege, wo wir weiterhin alles immer nur nebenbei machten und Spaß hatten.

Spaß haben – für mich hieß das Partys feiern, sich die Nächte um die Ohren schlagen, auf der Straße tanzen und auf dem Fluss Stechkahn fahren. Und Polo – also, was Polo Spaß machte, weiß ich nicht genau. Das war nie so recht klar. Sie beobachtete gern Leute, und ich sagte immer: »Mensch, hör endlich auf so zu gucken, als würdest du jeden höhnisch angrinsen!«

Ich glaube, es war ihr Gesichtsausdruck, der so abstoßend wirkte. Sie war meine Schwester, und ich liebte sie, weil wir alles gemeinsam gemacht hatten – wir waren gemeinsam groß geworden, gemeinsam zur Schule gegangen, gemeinsam endlos oft zwischen Schule und zu Hause hin und her geflogen, alles, was mit dem Erwachsenwerden zu tun hat –, aber es war schwer, ihr nahezukommen. Ich erzählte ihr immer alles, aber sie erzählte mir nur selten etwas. Und wenn sie es dann doch mal tat, war ich mir nicht sicher, ob ich das überhaupt hören wollte. Wir waren zwar im Internat alle immer mal wieder in ein anderes Mädchen verknallt – das gehört zum Erwachsenwerden dazu –, aber nicht jede setzt so eine Verknalltheit dann auch in die Tat um. Jedenfalls war sie mit diesem Mädchen aus ihrem Stockwerk in gegenseitigem Einvernehmen zusammen gewesen, und eines Nachts stellten die beiden mit einem anderen Mädchen etwas an. Und dieses Mädchen hielt nicht den Mund, sondern plauderte alles aus. Natürlich wurde das Ganze vertuscht, und Daddy musste kommen und allen möglichen Leuten Geld geben, damit die Sache unter Verschluss blieb. Polo sagte, sie sei betrunken gewesen und könne sich an nichts erinnern. Sie seien alle betrunken gewesen und hätten alle mitgemacht, und es sei keine Gewalt angewendet worden, aber das Mädchen, das sich beklagt hatte, wies einige Blutergüsse auf und beschwerte sich ziemlich lautstark.

Daddy war wütend, aber er bezahlte alles, erkaufte das Schweigen, und wir wechselten die Schule. Er meinte, in einem anderen Internat wäre es einfacher für mich, und außerdem wollte er, dass ich Polo im Auge behielt – und das tat ich auch. Aber es war nicht leicht. Polo machte ihr eigenes Ding, und sie hatte diese Fähigkeit, neben mir zu stehen und dann von einer Sekunde auf die andere verschwunden zu sein.

In den Staaten geriet sie in Schwierigkeiten. Ich versuchte Daddy klarzumachen, dass es besser wäre, wenn sie nicht so viel Geld zur Verfügung hätte, weil sie anfing, nebenbei Drogen zu nehmen; aber dann erlitt Daddy nach diesem Krach auf dem Rückflug von den Staaten einen Herzinfarkt, und plötzlich hatten wir das gesamte Familienvermögen geerbt.

Ich hatte erwartet, dass es Polo nach dieser Sache nicht gutgehen würde, aber es kam anders. Wir blieben in den Staaten und machten unser eigenes Ding. Sie zog nach Manhattan und begann ein bisschen zu redigieren und journalistisch zu arbeiten. Ich besuchte Schreibkurse in Boston und machte weiter Party. Und irgendwie verflogen die Jahre.

Als ich das Haus neben den McHargs gekauft hatte und endlich wieder daheim und zur Ruhe gekommen war, stellte ich zu meinem größten Entzücken fest, dass nebenan diese komplette Familie wohnte. Maria und ich waren ungefähr gleich alt und mochten uns sehr, auch wenn ich sie nicht besonders oft sah, weil sie die meiste Zeit über in der Arbeit war. Millicent war wie eine Freundin, Mutter und Großmutter gleichzeitig. Und dann gab es noch die kleinen Mädchen. Erst Plumpud und Daffers, total faszinierend wegen ihrer Unterschiedlichkeit sowohl im Aussehen als auch im Verhalten. Und dann kam Dumpling dazu. Sie war so bezaubernd – pechschwarzes kurzes Haar und unglaublich süße braune Augen und ganz volle Lippen. Und wie tapfer sie war, die Kleine! Gut, sie kannte es nicht anders, aber manchmal sah man ihr in die Augen und wunderte sich einfach nur. Es war ziemlich unwahrscheinlich, dass sie sich an irgendetwas erinnern konnte, ich weiß, aber ich weiß auch, dass ich Erinnerungen an die Zeit vor meinem zweiten Geburtstag habe – nicht viele, aber ein paar. Stundenlang saß ich mit Dumpling im Garten, las ihr vor, sang ihr etwas vor und hatte einfach Freude an ihr. Das war keine Uneigennützigkeit. Mit Uneigennützigkeit habe ich es überhaupt nicht. Ich genoss ihre Gesellschaft, und ich genoss es, diese Kinder aufwachsen zu sehen. Plumpud war das sanfteste, höflichste Kind, das man sich vorstellen kann, und sie wurde sehr groß. Sie war entgegenkommend und introvertiert, und manchmal erzählte mir Millicent, dass Maria und sie sich Sorgen machten, weil Plumpud in der Schule keine Freundinnen hatte. Sie hatte keine echten Freunde – ganz im Gegensatz zu Daffers: Die besaß eine ganze Gefolgschaft von Freundinnen, allen voran eine namens Daisy. Millicent erzählte mir, dass Daisys Eltern gute Freunde von Maria waren, meinte aber, Daisy sei für ihr Alter ziemlich frühreif. Solche Tratschereien liebte ich.

Manchmal stellte mir Daffers bestimmte Fragen – ungewöhnliche Fragen –, und immer kam heraus, dass hinter der jeweiligen Vermutung oder Vorstellung Daisy stand.
»Theresa«, sagte sie eines Tages zu mir, »stimmt es eigentlich, dass man schwanger wird, wenn man sich unter einem Stachelbeerstrauch Zungenküsse gibt?«
Sie war noch ziemlich jung, als sie mir diese Frage stellte. Ich fand es so süß, dass ich ja sagte.
Das sind die irrtümlichen Vorstellungen von Kindern. Aber sie sind nicht die Einzigen, die etwas falsch verstehen. Ich feierte mal wieder eine Party und merkte nicht, was gleichzeitig geschah. Meine einzige Sorge war, dass es genug zu essen und zu trinken gab, gute Tanzmusik und viel zu lachen. Die Voraussetzungen stimmten. Und ich hatte es mal wieder drauf, wie immer. Es war eine tolle Party. Ich hatte sie erst in letzter Minute geplant, und als ich bei den McHargs anrief, hob niemand ab, nur der Anrufbeantworter sprang an. Deshalb behielt ich das Fenster im Blick, und als das Taxi vorfuhr, ging ich raus und zwang sie förmlich, mitzumachen.
Millicent war nicht begeistert, sie meinte, die Mädchen seien müde. Während des Weihnachtsspiels war irgendetwas vorgefallen, und sie machte sich ein wenig Sorgen um Dumpling. Dumpling hieß in Wirklichkeit Maya – Daffers' lustiger Beschreibung nach wurde der Name mit zwei Strichen und einem Schnörkel geschrieben –, aber Dumpling passte viel besser zu ihr. Vielleicht später, wenn sie größer ist, nicht mehr, aber dann kann man ja immer noch auf den alten Namen zurückgreifen.
Ich überredete Millicent reinzukommen. Waldorf und sie werten jede Party enorm auf, und die Mädchen hatte ich ohnehin immer gern um mich. Wahrscheinlich gab es mir das Gefühl, alle Altersgruppen zu vereinigen.

Auch Christian und Gervaise Holt waren da. Gervaise war aus den Staaten gekommen, um hier Weihnachten zu feiern. Er wirkte genauso weich wie sein Bruder, aber, anders als Christian, auch irgendwie aalglatt. Christian kenne ich schon ewig. Wir sind wie Bruder und Schwester – das heißt, inzwischen. Denn früher, als ich ungefähr neunzehn war, hatten wir eine kurze Affäre. Meine allererste, um genau zu sein. Ich hatte Lust auf etwas ganz Besonderes gehabt. Polo war zwar ein Jahr jünger als ich, mir aber um Lichtjahre voraus, und von einigen ihrer sexuellen Eskapaden wusste ich – ging auch gar nicht anders, schließlich hatte ich ihretwegen die Schule wechseln müssen –, und ich fand, dass man seine Jungfräulichkeit kaum besser verlieren könnte als in einem Flugzeug. Und so saß ich auf unserem – Polos und meinem – ersten allein absolvierten Flug in die Staaten neben Christian Holt. Muss ich noch mehr sagen? Selbst Polo war beeindruckt. Das war eine der wenigen Gelegenheiten, bei denen ich sie wirklich lachen sah. »Mitgliedschaft im Mile High Club und deine Unschuld verloren – alles in einem Aufwasch!«, rief sie johlend.
»Nicht so laut!«, sagte ich. »Die Leute können dich hören.«
»Wieso macht man so was überhaupt, wenn es dann keiner erfahren darf?«, entgegnete sie kichernd.
Ich sah das etwas anders. Und aus ihrem Mund klang es ziemlich kühn, wenn man bedachte, wie verschwiegen sie mit all dem umging, was *sie* auf diesem Gebiet so trieb. Jedenfalls hatte ich während dieses Flugs mein erstes mit einer Penetration verbundenes sexuelles Erlebnis. Millicent liebte diese Geschichte auch sehr.
»In der Toilette, im Stehen?«, fragte sie. »War das nicht reichlich unbequem?«
Sie liebte Einzelheiten, und ich gestehe, dass es mir Spaß machte, ihr alles zu erzählen. Ungefähr ein Jahr später beschrieb sie

die Szene in einem ihrer Romane, aber so, dass ich nicht zu erkennen war. Niemand hätte in dem naiven reichen Mädchen mich vermutet. Und der Sex, den sie beschrieb, war wirklich erstklassig. Sie weiß einfach mit Worten umzugehen. Schließlich hatte es sich damals in der Toilette mehr oder weniger auf rein-raus beschränkt. Für ein Vorspiel war es zu beengt gewesen; allerdings hatten Christian und ich diesbezüglich schon ein bisschen vorgearbeitet, als wir noch nebeneinander auf unseren Plätzen saßen und Polo links von mir schlief.
Als Millicent kurz darauf Christian kennenlernte, freute sie sich sehr, und die beiden freundeten sich so an, dass Millicent während einer Lesereise in den Staaten mit ihm in der Wohnung seines Bruders in Manhattan übernachtete, wobei Gervaise damals allerdings nicht da war.

Ich tanzte mit allen und machte meine Freunde voller Stolz miteinander bekannt. Die Leute sind immer so beeindruckt von Millicent, und wenn Waldorf dabei ist, sind die beiden einfach ein hinreißendes Paar. Nirgendwo – nicht einmal in Argentinien – habe ich Leute so Tango tanzen sehen. Einfach atemberaubend. Nach dem Tango tanzten sie Foxtrott. Und dann sang Waldorf auf die Melodie von »Don't Cry for Me, Argentina« »Don't Cry for Me, Millie McHarg«.
Und Millicent versicherte ihm, dass sie nie um ihn weinen werde.

Sie blieben nicht lange. Und meinem Eindruck nach war alles in Ordnung, völlig in Ordnung. Hätte ich einen anderen Eindruck gehabt, hätte ich etwas getan. Da bin ich mir ganz sicher.

VIERTES KAPITEL

Marias Geschichte

Irgendwie erinnerte mich diese Nacht an die Nacht, in der Plumpud zur Welt kam, ich habe keine Ahnung, warum. Es war richtig Dezember, auf dem Weg zum Flughafen funkelten in den Fenstern der Häuser die Lämpchen an den Weihnachtsbäumen. Unser Haus sah besonders interessant aus. Plumpud hatte rings um die Fensterecken Schneespray gesprüht und mit gewohntem künstlerischem Geschick eine Schneemannschablone gemacht. Mit dieser Schablone sprühte sie den Schneemann auf die Mitte des großen Wohnzimmerfensters. Dann malte sie ihm mit Fensterfarben einen weißen Hut, schwarze Augen und eine orangerote Nase, wunderschön. Allerdings fand Daphne offenbar, dass dem fertigen Schneemann etwas fehlte, denn sie nahm eine Karotte und klebte sie ihm an der Außenseite des Fensters mit Sekundenkleber ins Gesicht. Nachts sah man sie nicht, aber tagsüber ragte diese lange Karotte mitten aus dem Fenster. Ich hatte keine Ahnung, wie wir sie je wieder wegbekommen sollten, aber Grammer meinte, ich solle mir keine Gedanken machen, dafür sei nach Weihnachten genug Zeit.

In dieser bestimmten Nacht waren Grammer und Waldorf mit den Mädchen zum Weihnachtsspiel gegangen. Sie und ich hatten so getan, als müsste ich noch etwas für das Fest vorbereiten und für George, der sein Kommen angekündigt hatte. In Wirklichkeit sollte er schon in dieser Nacht eintreffen. Wir sagten den Mädchen nichts davon, weil Grammer und ich sie mit ihm überraschen wollten, wenn sie nach Hause kamen.

Und dann stellte sich heraus, dass wir sehr gut daran getan hatten, nichts zu sagen.
Auf der Fahrt zum Flughafen ging ich im Kopf noch einmal die Checklisten mit allem durch, was in den letzten Tagen vor Weihnachten noch erledigt werden musste. Die Geschenke waren gekauft und sorgsam oben in meinem Kleiderschrank verstaut, und Grammer hatte Wein und andere Getränke bestellt, die bereits geliefert worden waren. Die Gans war bestellt, sie musste am Weihnachtstag abgeholt werden. Ich versuchte mich vom größten Ereignis des Abends abzulenken – der Heimkehr meines Mannes.
Grammer sagt immer, Männer seien ein Mysterium, total geheimnisvoll, und ich habe George oft zum Spaß *Geheimnisvoller Mann* genannt. Als ich es zum ersten Mal sagte, meinte er lachend: »Im Grunde sind wir alle recht einfach gestrickt. Alles andere als ein Geheimnis. Wir brauchen unser Zuhause und unsere Arbeit und die Liebe einer guten Frau.« Er sagte es mit schleppender Aussprache, um mich, wie immer, zu necken.
»Aber wenn du ein Zuhause brauchst«, entgegnete ich vorsichtig, »warum bist du dann nie da?«
Er gab mir keine Antwort.
Zu Beginn unserer Beziehung fragte ich mich eine Zeitlang, ob er vielleicht vor mir weglaufe. Später überlegte ich, ob er möglicherweise seine Mutter floh. Dann wurde mir klar, dass es keines von beidem war, sondern dass er einfach so tickte oder dass es mit etwas anderem zusammenhing, das ich nicht verstand. Wir verbrachten die Flitterwochen dort, und da erzählte er mir die Wahrheit, und plötzlich ergab alles einen Sinn. Es war die erste von zahlreichen Reisen, die ich in den folgenden Jahren dorthin unternahm.
In den Siebzigern gab es einen Song über einen Mann, der zwar

in jeder Streikpostenkette steht, aber für die Frau, die ihn liebt, nicht da ist. Das hätte ein Song über George sein können – nur dass er sich natürlich nicht so sah. Er glaubte, für mich und die Mädchen da zu sein.

Und mit der Zeit gewöhnte ich mich daran. Nachdem Daffers auf die Welt gekommen und George zu spät für die Geburt eingetroffen war, sagte Grammer, es sei in jedem Fall besser, einen Mann zu haben, der seine Frau wirklich liebt, aber nur selten daheim ist, als einen Mann, der zwar da ist, seine Frau aber nicht liebt. Ich konnte ihr damals nicht zustimmen, aber man gewöhnt sich an alles. Mein erfülltes Leben und mein voller Terminkalender führten dazu, dass ich mich manchmal fragte, wie ich ihn in all das überhaupt hätte einpassen können, wenn er ständig zu Hause gelebt hätte.

In der Nacht, in der Plumpud zur Welt kam, spürte ich während der ganzen Fahrt ins Krankenhaus so wie in jener Nacht auf der Fahrt zum Flughafen diese Aufregung, vermischt mit Nervosität. Grammer besaß damals noch ihren Führerschein, es war, bevor sie unser Auto und die Haustür der Nachbarin zu Schrott gefahren hatte. Ich habe nie so recht herausgefunden, wie sie es damals schaffte, ungestraft davonzukommen. Die Auffahrt zum Nachbarhaus sah völlig anders aus als unsere, deshalb nahm ich ihr die Behauptung, sie hätte sie mit unserer verwechselt, nicht ab; die Polizei allerdings schon. Dann verkaufte die Nachbarin das Haus, und Grammer bekam, was sie wollte, auch wenn sie ihren Führerschein letztlich doch verlor.

Grammer fuhr uns ins Krankenhaus. George und ich saßen auf der Rückbank, weil der Sicherheitsgurt am Beifahrersitz zu stark in meinen prallen Bauch schnitt. »Keine Angst!«, rief mir Grammer von vorn zu, als sie beim Herausfahren aus der Sackgasse die Kurve zu eng nahm und über die Bordsteinkante holperte. Der vordere linke Kotflügel dieses Autos war so zerdellt, dass wir ihn gar nicht mehr aushämmern ließen – es wäre reine Geldverschwendung gewesen. Und ich hatte keine Angst. Vor der bevorstehenden Entbindung sowieso nicht, denn George hielt meine Hand, und Grammer würde sowohl daheim als auch im Krankenhaus alles beaufsichtigen.

»Gott ist gut«, sagte Grammer, nachdem Plumpud im Rotunda Hospital auf die Welt gekommen war. Dasselbe empfand ich, als ich in jener Nacht über die East Link Bridge zum Flughafen fuhr – dass Gott gut und ich in Sicherheit war. Es herrschte Flut, die Liffey stand hoch, und als ich über die Brücke fuhr, spiegelten sich im zitternden Wasser die Lichter am Ufer.

Wir Mütter tun unser Bestes im Lauf unseres Lebens. Wir lernen aus den Fehlern der Vergangenheit und begehen dann neue, während wir weiterziehen auf unserer Reise, und ich dachte in jener Nacht, dass Gott gut und ich in Sicherheit wäre. Und in Sicherheit bedeutete für mich, dass auch meine Liebsten in Sicherheit waren.

Später habe ich darüber natürlich immer wieder nachgedacht. Ich habe kein »Wäre doch nur«, »Hätte doch nur« und kein »Warum nur?« ausgelassen. Ich habe in Gedanken sogar Grammer angegriffen, habe sie immer und immer wieder gefragt: »Warum?« Ich habe George angegriffen: »Wo warst du? Warum warst du nicht da, als wir dich brauchten?« Hundertmal habe ich zu Waldorf gesagt: »Du, gerade du als Außenstehender, hättest es doch sehen müssen!«

Und zum Schluss gab ich natürlich mir selbst die Schuld.

Als ich das Haus verließ, sah ich, dass Theresa Carmody wieder mal eine Party veranstaltete, und mir war klar, dass sie bei meiner Rückkehr unweigerlich vorbeischauen oder dass dann ein Zettel mit der Aufforderung *Komm doch auf einen Drink rüber!* im Briefkasten liegen würde. Theresa Carmody hatte gern Gesellschaft, und wenn sie jemanden hereinbat, meinte sie es ehrlich, auch wenn schon hundert Leute im Haus waren. Ihr lag daran, das Haus mit Musik und Gelächter und mit Schluckspechten zu füllen. Außerdem fiel mir auf, dass vor dem Haus auf der anderen Seite von unserem ein Möbelwagen stand. Das war das Haus, das Grammer im Sommer des Vorjahres mit ihrem Auto praktisch demoliert hatte. Wenig später war die Besitzerin ausgezogen, seither hatte es leer gestanden, und am Pfosten des Gartentors hatte ein Schild mit der Aufschrift *Zu verkaufen* gehangen. Letzte Woche war dann ein *Verkauft*-Schild angebracht worden, und wir rechneten damit, im neuen Jahr neue Nachbarn zu haben. Nun zogen dort jetzt schon Leute ein, gerade rechtzeitig für Weihnachten.

Ich war zu früh am Terminal und hatte vor Georges Ankunft noch Zeit für einen Kaffee. Der Flughafen war beleuchtet wie ein Winterzauberland, mit Begrüßungsschildern und tanzenden Schneemännern. Das Flugzeug landete, aber George kam nicht. Es überraschte mich nicht allzu sehr – ich wusste aus Erfahrung, dass ich nun eben auf den nächsten oder auch übernächsten Flieger warten musste. Einmal war ich wieder nach Hause gefahren und erhielt zwei Stunden später seinen Anruf mit der Frage, wo ich denn steckte, warum ich nicht am Flughafen sei. Er sitze gerade in der Bar, und solle er jetzt mit dem Taxi heimfahren?

Grammer sagt den Mädchen ständig: »Wer ein böses Gesicht macht, kriegt Falten!« Ich habe gelernt, nie ein böses Gesicht zu machen – es hat ja keinen Sinn. Es ändert nichts, und wie Grammer immer sagt: »Es macht Falten.« Sie rät zu Pragmatismus und Stoizismus angesichts des Mysteriums Mann.

Ich kaufte mir eine Schachtel Zigaretten. Ich rauche nur, wenn George da ist. Im Ausland raucht er sehr viel, zu Hause wenig. Ich leiste ihm dabei Gesellschaft.

Während ich in der Bar saß und sehr langsam ein Glas Mineralwasser trank und die erste Zigarette seit vier, fünf Monaten rauchte, dachte ich über Grammer und George nach. Ich fand es interessant, dass meine Schwiegermutter, eine Frau, die zu allem eine Meinung hatte, behauptete, sie könne die Männer nicht verstehen und am allerwenigsten ihren eigenen Sprössling. Die männlichen Figuren in ihren Romanen sind willensstarke Menschen, die das schönere Geschlecht schier von den Beinen reißen und auf tropischen Inseln oder an windgepeitschten Küsten dem Sonnenuntergang entgegentragen. Ihr eigener Ehemann riss tatsächlich ein Mädchen von den Beinen und trug es gen Sonnenuntergang, aber dieses Mädchen war nicht Grammer, und den letzten Sonnenuntergang ihres Lebens bekam das Mädchen zu sehen, als ihr Flugzeug ins Meer stürzte. Grammer blieb das Haus, das Geld und natürlich George, ihr Sohn. Zwischen den Zeilen in ihren Romanen, in denen es nur so wimmelt von männlicher Leidenschaft und dahinsinkenden Frauen, liegt nicht zu knapp der gute Rat verborgen, nicht ungewollt schwanger zu werden und sich keine Geschlechtskrankheiten einzufangen, und in letzter Zeit zeigten Grammers Bücher eine gewisse Tendenz, die Frau von heute darin zu unterweisen, wie man ein erfolgreiches Doppelleben führt, in dem die jeweiligen Männer glücklich sind und auch die Frau ihre Erfüllung findet.

Ich wartete eineinhalb Stunden, in deren Verlauf ich ab und zu aufstand und nach den Ankunftszeiten der diversen Flüge sah, mich dann wieder auf irgendeinen freien Stuhl setzte und geistesabwesend auf den großen Fernsehbildschirm in der Ecke starrte. Ich verstand zwar, weil es so laut war, kein Wort, aber es verkürzte mir die Wartezeit. Ich spürte den erwartungsvollen Kitzel, dieses Gefühl, das man in Flughäfen immer hat, den Liebeskitzel gewissermaßen. Menschen, die hoffnungsvoll, sehnsüchtig, gebannt auf andere Menschen warten ... Von alldem begann ich mich allmählich ausgeschlossen zu fühlen. Zu guter Letzt beschloss ich, daheim anzurufen und unseren Anrufbeantworter abzuhören. Und tatsächlich war eine Nachricht von George darauf, die Ankündigung, dass er nun doch nicht mehr an diesem Tag komme, sich aber am nächsten melden werde. Ich weiß nicht, warum er mich nicht auf dem Handy angerufen hatte. Es hätte mir viel Zeit gespart.

Gerade als ich die Bar verlassen und nach Hause fahren wollte, sah ich ihn plötzlich im Fernsehen. Wegen des Lärms verstand ich nicht, was er sagte, aber offenbar hatte in irgendeinem heißen Land eine Flutwelle ein ganzes Dorf mit sich gerissen. Ich sah, wie Palmen und strohgedeckte Dächer ins Meer gezogen wurden, und dann war da plötzlich George, mit kugelsicherer Weste, angegurtet in dem darüberfliegenden Hubschrauber, und beobachtete das alles oder kommentierte es.

Ich knöpfte meinen Mantel zu und lief hinaus in die bittere Nacht. Die bittere Nacht? *Ich* war verbittert. Er stand wohl in jeder Streikpostenkette und auf jedem Schlachtfeld, nur bei mir war er nicht.

Wenn George in jener Nacht nach Hause gekommen wäre, hätte unsere Geschichte eine andere Wendung genommen. Wenn wir den Mädchen erzählt hätten, dass wir ihn erwarteten, wären sie zu Hause geblieben, und die Ereignisse wären anders verlaufen. Wenn George das Flugzeug erwischt hätte ... Wenn Theresa Carmody nicht schon wieder eine Party gefeiert hätte ... Wenn die neuen Nachbarn nicht eingezogen wären ... Wenn nicht ein Küstenabschnitt und Dörfer von einer Flutwelle zerstört worden wären ... Wenn, wenn, wenn ...

Ich fuhr langsam nach Hause. Ich war nicht nur enttäuscht, ich war auch wütend. Weil man andere Menschen nicht ändern kann, versucht man, Zugeständnisse zu machen und sie so zu nehmen, wie sie sind. Aber George war manchmal so herzlos, dass mir das schwerfiel. Und in jener Nacht war es so. Von Minute zu Minute schwand die Wahrscheinlichkeit, dass er es bis Weihnachten nach Hause schaffen würde, und ich war nur froh, dass Grammer und ich den Mädchen nicht gesagt hatten, dass er in dieser Nacht hätte heimkommen sollen.

Als ich zu Hause ankam, war Theresa Carmodys Party in vollem Gange. In der Diele standen eine Kühltasche mit zwei leeren Champagnerflaschen und ein Korb mit in Geschirrtüchtern eingeschlagenen Gläsern, Sandwiches und einer leeren Pralinenschachtel. Grammer und die Mädchen waren also zurückgekommen.

Das Ganze sah schwer nach Waldorf aus, und ich musste lachen. Für den Fall, dass George je in den Sonnenuntergang einer anderen hinein verschwinden würde, hatte ich hier vor mir den Beweis dafür, dass man die Scherben aufsammeln und trotzdem noch Spaß haben konnte. Grammer hatte Georges Nachricht auf dem Anrufbeantworter offenbar abgehört, denn ich fand einen Zettel mit der Mitteilung, ich solle nach nebenan gehen: *Verlass das Schiff! Geh zu Theresa Carmody! Die Nacht ist noch jung, und Du bist es auch!*

Mir war nicht danach, zu Theresa Carmody zu gehen. Ich machte mir einen Drink und ging hoch, zog die Vorhänge vor und befreite mich von meinen Stöckelschuhen. Als ich einen Blick aus dem Fenster warf, sah ich, wie der Möbelwagen aus der Sackgasse herausfuhr, und ich fragte mich, in welchem Chaos die neuen Nachbarn diese Nacht wohl verbringen mussten. Als ich so am Fenster stand, die Hand schon am Vorhang, um ihn zuzuziehen, sah ich drei Personen aus dem Nachbarhaus kommen. Von meinem Blickwinkel aus hielt ich sie zuerst für drei Erwachsene, aber als sie unsere Auffahrt passierten, bemerkte ich, dass es sich um einen Mann, eine Frau und einen Jugendlichen handelte. Einen Moment lang dachte ich, sie würden spazieren gehen. Dann bogen sie zu Theresa Carmodys Haus ab, und mir wurde klar, dass sie zu ihr wollten. Das verwunderte mich, denn wenn ich gerade irgendwo neu eingezogen wäre, hätte ich am ersten Abend niemals die Kraft, auf eine Party mit lauter Leuten zu gehen, die ich nicht kenne. Warum machten sie das? Herrschte in ihrem neuen Haus etwa nicht das blanke Chaos? Ich hätte garantiert das Bettzeug und die Bettbezüge gesucht, damit wir wenigstens etwas zum Schlafen hätten. Hätte ich mich in einer etwas geselligeren Stimmung befunden, wäre ich ihnen nachgegangen. Schließlich war ich eingeladen, es wäre völlig normal gewesen. Aber ich war müde und enttäuscht, und außerdem warf ich immer wieder einen Blick auf die Uhr, weil ich die Spätnachrichten sehen und herausfinden wollte, wo genau George in dieser Nacht eigentlich war.

Könnte ich die Zeit doch nur zu diesem Augenblick zurückdrehen und irgendwie die Kraft aufbringen, die Stöckelschuhe wieder anzuziehen und zu Theresa Carmody hinüberzugehen!

Doch es kam nun einmal so, dass ich die Vorhänge in meinem Zimmer zuzog und nacheinander in die Zimmer der Mädchen im hinteren Teil des Hauses ging und auch dort die Vorhänge zuzog und die Tagesdecken von den Betten nahm. Nur Plumpuds Vorhänge ließ ich offen, denn sie wollte den Mond und die Sterne immer greifbar haben, wie sie es einmal ausdrückte. Manchmal legte ich eine in Silber- oder Goldfolie verpackte

Praline auf Plumpuds und Daphnes Kissen. Als wir einmal in einem ganz besonders entzückenden Hotel in der Schweiz wohnten und sie in ihre Zimmer gingen, waren ihre Nachthemden auf den Betten ausgebreitet, und auf jedem Kissen lag eine Praline. Und manchmal mache ich das eben auch für sie, nur so zum Spaß. In jener Nacht machte ich es. Für Dumpling allerdings nicht, sie war noch zu klein.

Unten setzte ich mich vor das kaum noch glühende Holz im Kamin und sah mir die Nachrichten an. Noch eine Flutwelle, noch eine Überschwemmung – und schon morgen nur mehr Geschichte. Für einige Menschen ging es um Leben und Tod, aber am nächsten Tag würde es vergessen sein.

Aber immerhin archiviert? Ich habe keine Ahnung. Ich sah nur dieselben paar Sekunden mit George im Hubschrauber. Einmal mehr fragte ich mich, wie der Kameramann ihn hatte aufnehmen können. War sein Hubschrauber von einem anderen Hubschrauber aus gefilmt worden? Oder hing der Kameramann draußen an einem Trapez und richtete die Kamera auf die Leute, die noch an Bord waren? Schwer zu sagen. Es folgte ein Panoramablick, und wieder sah ich die Wassermassen, die Hütten, Bäume und Tiere mit sich trugen. Und wahrscheinlich auch Menschen – aber zum Glück sah ich keine.

Die wenigen Sekunden Kontakt mit George waren schnell vorbei. Danach fühlte ich mich noch leerer. Plötzlich bedauerte ich es, mich nicht aufgerafft zu haben und nicht zu Theresa Carmody gegangen zu sein, aber wenn mir schon vorhin nicht danach gewesen war, dann jetzt noch viel weniger. Ich hätte dafür vom Sofa aufstehen müssen, und dazu fühlte ich mich nicht in der Lage. Dann begann es zu regnen, ich hörte die Tropfen ans Fenster prasseln. Als Kind hatte ich irgendwann mal geglaubt, dass Regen aus den Tränen Gottes bestand, der um Seine Kinder weinte. Ich stellte mein Glas ab, rollte mich auf dem Sofa zusammen und döste vor mich hin in dem sicheren Wissen, dass Plumpud, Daffers und Dumpling mit Grammer bei Theresa Carmody waren.

Wenn dies ein Roman von Millicent McHarg wäre, würde George am Fenster auftauchen – vielleicht sogar auf einem Schimmel –, und ich würde gerettet werden, ehe der Regen das Haus fortspült. Stattdessen dachte ich an ihn, als ich so dalag und genau wusste, dass draußen vor dem Fenster kein Schimmel und auch kein George erscheinen würde; ich dachte an ihn, so wie ich ihn gerade auf dem Bildschirm gesehen hatte: Sein dunkles, lockiges Haar war über der Stirn zerzaust, wahrscheinlich schwitzte er stark in der tropischen Hitze, obwohl er es immer schaffte, so auszusehen, als könnte ihm das Klima nicht das Geringste anhaben. An Kinn und Oberlippe war ein leichter Bartschatten zu sehen, und während sein Blick das Wasser absuchte, hatte er diesen bestimmten Gesichtsausdruck.

In diesen Gesichtsausdruck hatte ich mich vor langer Zeit verliebt. Anfangs bewirkte er, dass George auf mich extrem selbstbewusst wirkte, so als könnte ihn nichts jemals aus der Fassung bringen, doch wenn ich ihn später hin und wieder zufällig dabei ertappte, wie er etwas anderes ansah, glaubte ich in seinen Augen die Tiefe seiner Menschlichkeit zu erkennen. Dieser Blick und diese Menschlichkeit hatten zwei Jahre zuvor Dumpling aufgehoben und sie in Sicherheit gebracht. Was geschah, nachdem er sie aus dieser alptraumhaften Situation gerettet hatte, fange ich gar nicht erst an zu beschreiben – der dringende Anruf, der mich in Dublin erreichte, das hastige Ausleihen eines Reisepasses, den ich schließlich gar nicht brauchte, weil ich meinen eigenen benutzen konnte, dann meine Ankunft in dem von ihm gemieteten Haus, in dem er und einige andere sich um dieses völlig stumme kleine Mädchen kümmerten. Während mich diese Ereignisse gänzlich aus der Fassung brachten, blieb er die Ruhe selbst, vollkommen konzentriert auf seinen Plan, sie nach Hause zu bringen. Und er brachte sie nach Hause. Erst dann wurde er unruhig. Nachts ging er im Garten auf und ab – in der Nacht unserer Rückkehr –, immer im Obstgarten hin und her, um sich schließlich auf einen Verandastuhl zu setzen und sich die x-te Zigarette anzuzünden.

»Maria, was haben wir getan?«, sagte er.

Ich antwortete erst nicht, weil ich nicht wusste, was er meinte. Es war nun einmal geschehen, die Papiere waren gekauft, es gab keinen Weg zurück. Dumpling schlief in unserem Haus in einem Land weit entfernt von ihrer Heimat, weit entfernt von dem Ort, an dem man sie zurückgelassen hatte, falls zurücklassen das richtige Wort ist im Zusammenhang mit einem Kind, dessen Mutter man erhängt hatte und das selbst auf dem Boden unter dem Galgen liegen gelassen worden war.

»Was haben wir getan?«, sagte er noch einmal.

»Du hast ein winziges Kind gerettet«, erwiderte ich vorsichtig. »Du hast dein Leben riskiert, um es zu retten. Und du hast es geschafft.«

»Aber war das wirklich richtig?«

»Wie kannst du daran zweifeln!« Ich dachte an die schlafende Dumpling, an das saubere, warm zugedeckte, süßlich nach Babypuder und Babycreme duftende Kind mit dem schwarzen Haarschopf, das oben in seinem Bettchen lag. »Wie kannst du nur daran zweifeln?«

Aber ich wusste, wie sehr und warum er daran zweifelte. Viele Jahre zuvor hatten wir uns den ersten *Superman*-Film angesehen, und hinterher hatte ich darüber gewettert und geschimpft, dass Superman die Welt zurückdreht und damit die Zeit zurückspult, um Lois Lane zu retten. »Er hatte kein Recht dazu«, sagte ich damals. »Wir haben kein Recht, in den Lauf der Dinge einzugreifen.« Ich war jung und voller Idealismus, und ich glaube, es erschien mir ungerecht, dass Superman, nur weil er Lois Lane liebte und nur weil er übermenschliche Kräfte besaß, die Möglichkeit hatte, seine Liebste zu retten.

Später erzählte mir George, dass er bei der Arbeit oft daran denken müsse. Er war dort als Beobachter tätig, als reiner Beobachter, der weder die eine Guerillagruppe davor warnen durfte, dass hinter dem nächsten Berg eine andere Guerillagruppe lauerte, noch, bildlich gesprochen, vor eine Kugel springen durfte, um das Leben eines Kindes zu retten. Die Rolle des Beobachters besteht darin, zu beobachten. Zu beobachten und sonst nichts.

»Ein Lumpenbündel vom Boden aufheben«, sagte ich sanft, »und ihm das Leben schenken ... Da müssen die Götter doch lächeln.«

Grammer sagt den Mädchen immer, dass man die Welt nicht mit engem Blick betrachten dürfe. Wahrscheinlich hat sie ihn nach diesem Motto erzogen.

»Und wenn später irgendwer nach ihr gesucht hat?«, fragte er. Dann schüttelte er den Kopf.

Mir war klar, dass er diese Gedanken laut aussprach, um das alptraumhafte Auffinden Dumplings zu verarbeiten. Ich nahm mir eine Zigarette aus der Schachtel vor ihm auf dem Tisch.

»Glaubst du, sie hätte überlebt, wenn sie noch eine Nacht lang dort gelegen hätte?«

Natürlich gibt es auf eine solche Frage keine Antwort. An manchen Orten auf unserem Planeten liegen Leben und Tod sehr nah beieinander – jedenfalls erscheint es mir so. Aber als meine Mutter im Sterben lag, war es, als würde sich ihr Leben immer weiter in einen schrecklichen Ort hinein ausdehnen, wo es nur Phasen des Schmerzes und Phasen der Schmerzfreiheit

gab, und als der Tod dann endlich kam, ging es so schnell, dass ich meinen Augen nicht traute. Und als meine Augen ihren Tod wahrnahmen, verstand mein Gehirn es nicht.
Grammer, die damals im Krankenhaus eine Frau besuchte, die im Nebenbett lag, und die ich fast immer gesehen hatte, wenn ich bei meiner Mutter war, trat zu mir und hielt meine Hand. So kam ich in die Familie McHarg.

Ich träumte. Dann weckten mich die Stimmen der Kinder in der Diele und das Gelächter von Grammer und Waldorf. Sie stürmten ins Wohnzimmer.
»Versuch mal, nachts am St. Stephen's Green ein Taxi zu bekommen!«, rief Grammer.
»Plumpud hat mit dem Nachbarjungen getanzt«, sagte Daphne mit diesem stichelnden Unterton, obwohl sie inzwischen hätte wissen müssen, dass Plumpud auf Sticheleien nicht reagierte und alles offen erzählte. Zu meiner Überraschung wurde Plumpud rot.
Dumpling kam herein. Sie kletterte zu mir aufs Sofa und musterte ihre Schuhe. Dann begann sie mit den Armen zu rudern und sah mich an.
»Das Weihnachtsspiel hat ihr sehr gefallen«, sagte Grammer.
Wir sprangen alle für Dumpling ein mit den Wörtern, die sie unserer Meinung nach benutzt hätte, um die Aufführung zu beschreiben oder zu erklären.
»Sie hat was von Grammers Champagner getrunken!«, sagte Daphne. Daphne petzte ständig – ein unschöner Zug, der mir aber immerhin Einblick in das verschaffte, was gerade los war.
Ich sah Dumpling stirnrunzelnd an.
»Das stimmt nicht, Daphne«, sagte Grammer.
»Natürlich stimmt es!«
»Widersprich mir nicht!«, sagte Grammer.

»Erzähl's ihr, Waldorf«, forderte Daphne Waldorf auf, der gerade zur Tür hereinkam.
»Was denn?«, fragte Waldorf, lächelte mich an und sagte mit seiner wunderbaren, sonoren Stimme: »Guten Abend, meine Liebe.«
»Das mit dem Schampus«, rief Daphne.
»Was? Was?«, sagte Waldorf. »Noch mehr Champagner? Ach, du meine Güte.«
Daphne gab auf. Dumpling lehnte sich an mich. Ihre Augenlider zuckten – ein sicheres Zeichen dafür, dass sie mehr als reif fürs Bett war.
»Ich bring dich nach oben, Dumpling.« Ich strich ihr über das schwarze Haar und sah in ihre tiefdunklen Augen.
»Du siehst völlig fertig aus, Maria«, sagte Grammer. »Ich mach das schon.«

Grammer war gut zu mir. Manchmal fragten mich Freundinnen, wie ich es nur schaffte, mit meiner Schwiegermutter zusammenzuleben, aber das war nur selten ein Problem. Als George und ich heirateten, war mir durchaus klar, dass er sich wegen seiner Arbeit immer wieder lange im Ausland aufhalten würde, und Grammer sagte: »Hör mal, ich bin praktisch allein in diesem riesigen Haus. Wir könnten einander Gesellschaft leisten. Seitlich bauen wir eine Wohnung an – die Baugenehmigung haben wir schon ...«
Delia, eine Freundin von mir, meinte, Grammer habe diesen Vorschlag gemacht, damit sie mich im Auge behalten könne, wenn George weg sei, aber das glaubte ich nicht. Grammer war einmalig – ja, sie mischte sich ein, aber ich hatte nie Grund dazu, mich wegen dieser Einmischungen zu beschweren. Sie waren immer praktisch oder lustig, immer fürsorglich, und für einen Menschen wie mich, dessen Eltern tot waren ... also,

ich mochte es. Ich hörte auf Delia, weil sie schon verheiratet war, und dachte, vielleicht hat sie recht, obwohl mir mein Bauchgefühl etwas anderes sagte, aber schließlich folgte ich doch meinem Gefühl. Grammer ließ die Wohnung bauen – mit viel Stil, viel Flair und großer Extravaganz – und kündigte an, dass sie das Haus nie anders als durch die Vordertür betreten werde.

»Um Gottes willen«, sagte Delia, »bloß keine Verbindungstür!«, aber George und ich fanden, dass es sowohl für Grammer als auch für mich gut wäre, wenn es zwischen ihrer Küche und dem Raum, der gerade zu meiner Küche wurde, eine Tür gäbe. Und ich habe es nie bereut. Freundin, Vertraute, Schwiegermutter und Mutter – das alles wurde Grammer für mich zwischen dem Augenblick, als wir uns im Krankenhaus begegneten, und heute.

»Ab in die Heia!«, sagte Waldorf, während er die an mich geschmiegte Dumpling vom Sofa hob. »Gib deiner Mum einen Kuss, und dann nichts wie hinein ins Land der Träume!«

Dumpling lächelte, und ich küsste ihre sanfte Stirn. Grammer und Waldorf brachten Dumpling, die schlaff in seinen Armen lag, nach oben. Sie winkte Plumpud und Daphne noch zu.

Daphne machte einen neuen Anlauf. »Plumpud hat mit dem Nachbarjungen getanzt.«

»Nebenan ist eine neue Familie eingezogen«, erklärte Plumpud und ließ sich neben mir auf dem Sofa nieder, dort, wo eben noch Dumpling gesessen hatte.

»Ich habe sie vom Fenster aus gesehen«, sagte ich, um mehr aus ihr herauszubekommen.

»Ronald, Maureen und Ronnie Fielding«, teilte Daphne uns mit.

Plumpud verbesserte sie: »Fields.«

»Und Plumpud hat mit Ronnie getanzt. Sie kannte ihn schon.«
»Wir haben uns im Sommer bei Daisy kennengelernt.«
»Er ist ziemlich groß«, fügte Daphne liebenswürdigerweise hinzu. »Hat die Pickelphase hoffentlich schon hinter sich.« Einen Moment lang klang sie wie Grammer.
»Nett?«, fragte ich.
Plumpud nickte.
»Bei Theresa Carmody waren wahnsinnig viele Leute«, sagte Daphne. »Grammer und Waldorf haben wie immer Tango getanzt, und ich habe Christian Holt kennengelernt.« Christian Holt war ein Schriftsteller, den Grammer hin und wieder erwähnte – einer aus Theresa Carmodys Gefolge. »Und seinen Bruder Gervaise. Und Polo Carmody.«
»Wir waren die einzigen jungen Leute«, sagte Plumpud.
Jugendliche definieren den Begriff »jung« immer so eng …
»Im Garten wurde getanzt, bis es anfing zu regnen«, fügte Daphne hinzu. »Und es gab jede Menge zu essen.«
»Theresa Carmody hat Elvis Presley gespielt«, sagte Plumpud, »und Grammer sagt, genau das soll bei ihrem Begräbnis gespielt werden.«
»Ziemlich makaber«, sagte ich, aber ich lächelte dabei. Grammer war berühmt für ihre theatralischen Pläne im Zusammenhang mit den Trauerfeierlichkeiten nach ihrem Tod. Nachdem sie *Apocalypse Now* gesehen hatte, war sie eine Zeitlang völlig begeistert von Wagner. Und nachdem sie sich *Live and Let Die* angeschaut hatte, war der Song fast zwei Monate lang »ihr« Lied. George sagte, dass er ihn für eine Einäscherung nicht sehr passend finde, aber Grammer ließ sich damals nicht davon abbringen.
»Einen bestimmten Elvis-Song?«, fragte ich.
»›Wooden Heart‹.«

»Polo ist irgendwie komisch«, sagte Daffers unvermittelt.
In diesem Augenblick kamen Grammer und Waldorf zurück, und Waldorf setzte sich in einen Sessel und fragte: »Hat jemand mein Comic-Heft gesehen?«
»So, Dumpling liegt warm eingepackt im Bett«, sagte Grammer. »Das Weihnachtsspiel hat sie ein bisschen durcheinandergebracht, aber ich denke, das ist jetzt überstanden.« Die Bemerkung hatte etwas Schneidendes, und sie betonte das Wort *denke*.
»Durcheinander?«, fragte ich.
»Als die Gans auf die Bühne gesenkt wurde, bekamen wir oben im Rang nur ihre runterhängenden Füße zu sehen. Das ... das hat sie aufgeregt.«
Ich spürte, dass Grammer mich ansah, und merkte, dass sie mir gerade etwas mitteilte.
»Es hat ihr Angst gemacht«, sagte Plumpud. »Sie konnte nur die Füße sehen. Aber das würde jeden Menschen irritieren – nur ein Paar Füße, die da so herumhängen.«
Ich versuchte mir die eben beschriebene Szene vorzustellen, und plötzlich war mir völlig klar, was Grammer sagen wollte. Die Mädchen wussten natürlich weder, wie George Dumpling in Wirklichkeit aufgefunden hatte, noch hatten sie eine Ahnung von dem Zufall, der den Hubschrauber mit George und den anderen an jenem Tag in genau dieses Dorf geführt hatte. Obwohl ich zugeben muss, dass ich mich fragte, ob es wirklich ein Zufall gewesen war. Manchmal hatte ich das Gefühl, George wollte etwas anderes andeuten. Aber so war er nun mal, und ich ging der Sache nie nach. Wenn er es mir erzählen wollte, würde er es tun; wenn nicht, dann nicht. Jedenfalls war Dumpling alt genug gewesen, um sich an das, was sie gesehen hatte, zu erinnern, und, womöglich noch erschreckender, alt genug, um das Geschehen bewusst mitbekommen zu haben –

nicht in Worten vielleicht, aber ganz sicher in Gefühlen –, warum auch immer die Frau dort hängen gelassen und Dumpling selbst dort liegen gelassen wurde. Ich ertrug es nicht, darüber nachzudenken, und mit Dumpling konnten wir natürlich nicht darüber sprechen und sie auch nicht dazu bringen, davon zu erzählen, weil sie völlig stumm war. Ich seufzte.

»Ich gehe zu ihr und gebe ihr noch einen Kuss«, sagte ich, stand vom Sofa auf und schlüpfte in meine Schuhe.

»Holst du mir einen Champagner aus meinem Kühlschrank, Plumpud?«, sagte Grammer.

Als ich zurückkam, tranken die Mädchen Kakao, und auf dem Tisch standen Gläser und eine Flasche Champagner.

»Auf Weihnachten!«, sagte Waldorf zu mir, hob sein Glas und reichte mir meines.

»Auf Weihnachten und auf eine gute Heimkehr«, erwiderte ich, in Gedanken bei George im Hubschrauber, obwohl ich wusste, dass das mehrere Stunden zurücklag. Mit ein wenig Glück war er inzwischen an einem sicheren Ort, in einem Hotel, wahrscheinlich im Bad – oder er saß in der Bar und gönnte sich einen Schlummertrunk. Zeitunterschiede bedachte ich nur selten. In Wirklichkeit war er wahrscheinlich schon auf, um den neuen Tag zu beginnen.

»Da war ein Mann mit lila Augen«, sagte Daphne plötzlich.

»Gervaise Holt«, erklärte Grammer.

»Ja«, sagte Plumpud, »der erste Mensch mit lila Augen, den ich je gesehen habe.«

»Die Japaner«, sagte Waldorf, den Blick zur Decke gerichtet.

»Wie meinst du das – die Japaner?«, fragte Daphne.

»Lila, grün – alle möglichen Farben.«

Die Mädchen starrten ihn gespannt an, und Grammer sah aus, als würde sie im nächsten Augenblick Notizbuch und Stift hervorholen und ihn interviewen.

»Tatsache. Sie färben sich das Haar mit Henna – oder mit irgendeinem Färbemittel, keine Ahnung. Und sie tragen alle Kontaktlinsen.«

»Wirklich?«, fragte Grammer, hellwach auf ihrem Stuhl.

»Jawohl.«

»Aber Gervaise ist kein Japaner«, warf Daphne zaghaft ein.

»Nein.« Waldorf sah sie lächelnd an. »Aber er hat lila Augen.«

»Kontaktlinsen?«, fragte Daphne. »Aber warum?«

»Warum führt ein Mensch irgendeine Veränderung an sich herbei?«, fragte Waldorf.

»Der Schönheit wegen«, sagte Grammer.

»Um nicht gewöhnlich auszusehen«, meinte Daphne.

»Um zu verbergen, wie er wirklich aussieht«, sagte Plumpud.

Gute Antwort, dachte ich. Hatte nicht jede Verschönerung den Zweck, zu verbergen, wie man in Wirklichkeit aussah? Dass Grammer jede Form von Kosmetik als Verbesserung empfand, wusste ich. Aber ich selbst war mir da nicht so sicher.

»Warum sollte man denn bitte lila Augen haben wollen?«, fuhr Daphne fort.

»Wahrscheinlich, weil man findet, dass lila Augen besser oder interessanter aussehen als die eigenen«, sagte ich.

»Und wenn Gervaise Holt heute Abend nur seine eigenen Augen gehabt hätte«, sagte Grammer, »würden wir uns jetzt nicht beim Champagner darüber unterhalten. Also hat er mit den lila Kontaktlinsen genau das erreicht, was er wollte.«

»Hast du je seine eigenen Augen gesehen, Grammer?«, wollte Daphne wissen.

»Ich habe ihn erst heute Abend kennengelernt. Seinen Bruder Christian kannte ich natürlich – und bei meiner letzten New-York-Reise übernachtete ich sogar in Gervaises Wohnung, aber er selbst war nicht da. Allerdings – jetzt, wo ihr es sagt«, fügte sie hinzu, »fällt mir ein, dass dort ein Foto von ihm stand, und darauf hatte er ganz fahle Augen. Kein Wunder, dass sie ihm lila besser gefallen.«

»Ich hätte auch gern lila Augen«, sagte Daphne.

»Unsinn!«, fuhr Grammer sie an. »Du hast wunderschöne blaue.«

Daphne lächelte. Sie hatte das Kompliment, das sie wollte, bekommen. Manchmal wunderte ich mich darüber, wie unterschiedlich meine drei Kinder waren. Plumpud – distanziert, großzügig, gewissenhaft, gehorsam und höflich; ich hätte noch so viel mehr über sie sagen können, aber das waren ihre hervorstechendsten Charakterzüge. Dumpling – nun, Dumpling musste ja anders sein als die beiden anderen. Aber man hätte auch annehmen können, dass die beiden sie, weil sie als ganz kleines Kind zu uns gekommen war, irgendwie beeinflusst hätten. Darauf wies jedoch bisher so gut wie nichts hin. Merkwürdigerweise sieht unsere kleine Dumpling immer dann, wenn sie sich konzentriert, Plumpud bemerkenswert ähnlich. Und dann ist da noch Daphne, bildhübsch, aber voller Komplexe und voller Angst – in vielerlei Hinsicht ein typisches mittleres Kind, obwohl sie bis vor zwei Jahren die Jüngste war. Und wahrscheinlich verzogen, wie die Jüngsten oft sind, zu nachgiebig behandelt und zu nachgiebig sich selbst gegenüber. Grammer bezeichnete Daphne als ein Rätsel. Ihre Person und ihre Fähigkeiten mussten ununterbrochen bestätigt werden, dabei besaß sie gleichzeitig ein merkwürdiges Selbstvertrauen, das diese Tatsache Lügen zu strafen schien.

Plumpud dagegen wirkte zwar sicher, aber nicht in Bezug auf sich selbst. Sie schloss nur schwer Freundschaften, dennoch suchten Gleichaltrige oft ihre Nähe. Einen besseren Bezug hatte sie offenbar zu Menschen, die älter oder jünger als sie waren, und meistens suchte sie sich Leute aus, deren Alter stark von ihrem abwich. Und aus diesem Grund hatte ich ihr Erröten im

Zusammenhang mit dem Nachbarjungen Ronnie Fields so interessant gefunden.

Ich hätte mich in ihrem Alter auf den Partys von Theresa Carmody und wahrscheinlich auch in ihrer Gesellschaft unwohl gefühlt, aber Plumpud war da anders. Obwohl das wahrscheinlich mehr über Theresa Carmody besagt als über Plumpud, denn alle drei, Plumpud, Daffers und Dumpling, waren gern nebenan. Ich fragte mich, ob Plumpud sich in Zukunft mehr für die Nachbarn von gegenüber interessieren würde.

»Polo ist ziemlich schräg, was?«, sagte Daffers. Im Nachhinein glaube ich, dass sie eine ähnliche Bemerkung kurz zuvor schon einmal gemacht hatte, doch in diesem Moment war ich mehr um Dumpling besorgt und wollte nachsehen, ob sie schon eingeschlafen war.

»Ich sehe noch mal kurz nach Dumpling«, sagte ich. Der Mutterinstinkt ist ein sehr starker Instinkt, aber manchmal entgeht uns etwas. Manchmal geraten wir in einen Hinterhalt.

FÜNFTES KAPITEL

Dumplings Geschichte

Rote Lederschuhe mit kleinen Herzen. Kleine rote Schuhe mit einem Lederherz. Feine Herzen mit … Ich lag in meinem Kinderbett und konnte schweigend alle Wörter der Welt benutzen. Sie tanzten in meinem Kopf. Grammer brachte mir Wörter bei, die herumwirbeln. Die hüpfen und tanzen. Die singen und springen. Sie sprangen herum wie ein Spielzeug zum Aufziehen. Aufziehzeug. Zickzackspiel.

Ich war Dumpling.

Dumpling, Däumling, Schützling, Liebling.

Aufstehen vom Schlamm. Aufstehen vom Boden. Nie nach unten sehen, immer nach oben. In den Himmel und noch weiter. Wolken. Luft. Raum. Ein Götter-Himmel – das sagte Waldorf immer. Wenn die Wolken tief hingen und sich dann teilten … Als Mum mir einen Gutenachtkuss gegeben und mich richtig zugedeckt hatte, schaute sie mich an und sagte: »Gott ist gut.« »Gott« ist »gut« mit einem O statt dem U und noch einem T. »Im Anfang war das Wort, und das Wort war bei Gott, und Gott war das Wort.«

Mum sagte, für Grammer gelten eigene Gesetze. Gesetz. Netz. Ohne Gesetz. Ohne Netz. Grammer schrieb Bücher, auf denen vorne drauf Männer mit schwarzen Haaren und Frauen mit blonden Flechten zu sehen waren – so nannte Grammer das Haar von Frauen. Grammer hatte einen blauen Filzhut. Fluthilz. Hitfulz.

Wenn man mit den Fingernägeln über ihren Filzhut strich, bekam man Lust, in den Hut zu beißen, weil dann so ein Schauder durch die Fingernägel ging. Einmal biss ich in den

Filzhut, weil ich wissen wollte, wie er schmeckt, aber da ging ein Schauder durch meine Zähne. Ich habe nie wieder hineingebissen.

Grammer hatte eine Schublade voller Federn, und sie dachte immer sehr gründlich darüber nach, welche sie nehmen sollte. Manchmal zog sie die Schublade ganz heraus und legte sie aufs Bett, und dann durfte ich ihre Federn putzen. So macht man das mit Federn, man putzt sie. Als Vogel würde man an ihnen herumpicken und sie mit dem Schnabel glatt streichen. Ich setzte mich aufs Bett und nahm die Federn vorsichtig heraus und reihte sie nebeneinander auf. Am besten gefiel mir die Pfauenfeder, die sie ganz billig in Hongkong gekauft hatte. Ich glaube, sie haben mich damals über Hongkong hinausgebracht.

Sie hatte dreiunddreißig Federn. Manche waren künstlich – zum Beispiel die silberne mit der langen Nadel, die so glatt durch den Hut ging. Grammer sagte, diese Nadel ist bei Bedarf eine gute Waffe. Waffe darf. Gut bewafft. Hahnenfeder mit Chinchilla-Maserung, bronzefarbene Hahnenfeder, Feder aus dem Schwanz eines Diamantfasans, Ringfasanenfeder, eine Adlerfeder für die Jagd.

Aber als wir zum Weihnachtsspiel gingen, trug sie eine fünfunddreißig Zentimeter lange gebleichte und rosarot gefärbte Straußenfeder. Ich wusste nicht, ob es wirklich eine Straußenfeder war, sie behauptete es. Sie war mit einer Hutnadel befestigt – ebenfalls eine tödliche Waffe, sagte Grammer. Sie trug eine lila Lederhose. Mum sagte immer, Leder könnten nur ganz bestimmte Frauen tragen. Rotes Leder. Lila Leder. Offenbar braucht man dafür lange Beine, aber weil für Grammer eigene Gesetze gelten, konnte sie eine lilafarbene tragen.

Nach dem Weihnachtsspiel lag ich im Bett und dachte über die Reise nach. Grammer sagt, das Leben ist eine Reise und jeder

muss aus seiner Reise etwas möglichst Schönes und Besonderes machen, ohne andere Menschen zu verletzen.
Etwas Schönes und Besonderes. Besonders etwas Schönes. Etwas besonders Schönes.

Der Geheimnisvolle Mann hatte helle Haut und dunkle Haare mit grauen Strähnen. Er sagte: »Du bist etwas Besonderes.« Ich verstand nichts, aber ich merkte mir das Wort, um irgendwann damit zu spielen.
»Besonderes.«
Es klang nach weichem Käse. Er hatte ein Muttermal auf der Stirn, und er hatte braune Augen. Seine Haare waren lockig. Meine Haare waren glatt.

Ich wusste, bald würde Mum »Rache« sagen, und Grammer würde sagen: »Rache serviert man am besten kalt.« Dann würden sie sich ansehen, und Grammer würde sagen: »Überlass das mir.«
Damals wussten sie das noch nicht. Ich wusste manchmal Dinge, bevor sie passierten. Als wären Vergangenheit und Zukunft miteinander vermischt. Manchmal fror ich, wenn es warm war im Zimmer, und manchmal war mir warm, wenn das Zimmer kalt war.
Eis war kalt. Ich mochte Eis mit Götterspeise, das gab es bei meinem Willkommensfest. Plumpud machte die Götterspeise, und der Geheimnisvolle Mann trug mich ins Haus. Sein Kinn fühlte sich ein bisschen rauh an, aber zuvor, als ich in einem der Flugzeuge auf seinem Schoß saß und er einschlief, lag sein Kinn auf meiner Stirn und war ganz glatt. Meine Stirn war glatt, und mein Haar war ganz weich – Grammer sagte, es hat die Farbe einer Rabenschwinge, und wenn meine Haare länger sind, wird sie eine Locke abschneiden und sie an einer Hutnadel fest-

machen lassen und an ihrem Filzhut tragen. Das ist dann ihre Rabenfeder.
Daffers hatte blonde, lockige, kurzgeschnittene Haare. Plumpuds Haare waren braun und zu einem Pferdeschwanz gebunden. Wenn meine Haare gewachsen sind und Grammer die Locke für ihre Hutnadel abgeschnitten hat, will ich, wenn dann noch genug Haare übrig sind, eine Frisur wie die von Plumpud.
Plumpud und Daffers sind meine Schwestern. Eine Leihgabe auf der Reise durch die Zeit, wie Grammer sagt.
Daffers sagte, am Anfang waren Mum und Dad da, dann kam Plumpud, dann sie selbst, und an einem schlimmen Tag, an dem der Wind von Osten wehte, traf ich ein. Grammer sagte, im Anfang war das Wort, und das Wort war bei Gott, aber so wie es viele Wörter gegeben hat, hat es auch viele Götter gegeben. Manchmal, sagte sie, betrachtet sie einen Vogel am Himmel und kann das Zeichen Gottes erkennen, und manchmal betrachtet sie mich und weiß, dass Götter vielerlei Gestalt haben können. Vielerlei. Allerlei. Mancherlei.
Wenn Plumpud mir die Schuhe anzog, sagte sie: »Kommt's Händchen, schnürt's Bändchen, schon sind sie zu.« Dabei hatte ich Schnallenschuhe. Daffers zog mir die Schuhe aus, ohne die Schnallen zu öffnen. Sie zog einfach daran. Meine Schuhe waren rot. Vorne bei den Zehen waren kleine Herzen auf das Leder genäht. Lederherzen. Herziges Leder. Meine Strumpfhose war ganz weiß. Außer wenn ich durch die Hecke in das Loch kroch.
Eins-Zwei war zwölf, wenn man die Ziffern nebeneinanderschrieb. Wenn man sie zusammenzählte, waren sie drei. Wenn man die Eins von der Zwei abzog, war das eins, und wenn man die Zwei von der Eins abzog, blieb weniger als nichts. Die Eins, man konnte nicht viel mit ihr machen. Aber sie war etwas Be-

sonderes. Etwas Besonderes. Besonders besonders. Wie ich. Wie Dumpling.
Zwischen unserem Garten und dem Garten von Theresa Carmody ist eine Hecke. Theresa Carmodys Garten liegt tiefer als unserer. In der Hecke war ein Loch – oder im Loch war eine Hecke. Wie herum, wusste ich nicht. Durch das Loch konnte ich in Theresa Carmodys Garten hinunterkriechen. Theresa Carmody hatte einen Kater. Er hieß Kater. Er war grau und hatte einen weißen Hals und einen langen Schwanz mit weißer Spitze.
In unserem Garten gab es ein Rotkehlchen. Es hatte eine orangerote Brust. Theresa Carmody band Kater ein Band mit einem Glöckchen um den Hals, weil Grammer ihr von meiner Furcht erzählt hatte, Kater könnte unser Rotkehlchen mit der orangeroten Brust erwischen. In Theresa Carmodys Besteckschublade lag immer eine Tüte Fruchtgummis. »Einen für Theresa«, sagte sie, »und einen für Dumpling.« Das war unser Geheimnis, weil Grammer und Mum behaupteten, Süßigkeiten würden die Zähne kaputt machen. »Ist doch nur ein klitzekleiner Fruchtgummi«, meinte Theresa.
Manche Menschen wissen nicht, wann man aufhören muss. Solche Leute gibt es überall auf der Welt. Grammer sagt, von jedem Menschen gibt es irgendwo eine Kopie. Und mit mehreren Kopien auf einem Haufen hat man doppelt so viele Scherereien. Vielfache Scherereien. Menschen, die nicht wissen, wann man aufhören muss.

Theresa Carmody hatte einen Kassettenrekorder. »Wenn ich tot und im Himmel bin«, sagte sie, »kriegst du meinen Kassettenrekorder, Dumpling.« Ihr Kassettenrekorder war klein und hatte ein Mikrophon, das man am Pulli feststecken konnte. Sie sprach etwas hinein, und alles wurde aufgenommen.

Dann spulte sie zurück und tippte es ab. Grammer sagte, ein Buch könne man auf viele Arten schreiben, und zu jedem Menschen passe da etwas anderes.
Theresa Carmody hatte schwarze Haare. Sie sagte, das Schwarz sei aus der Schachtel. Im Supermarkt standen reihenweise kleine Schachteln mit gefärbten Haaren in Fläschchen. Grammer sagte: »Lass dich nicht täuschen – man kauft da nur das Haar, nicht das Gesicht!« Theresa Carmodys Haare waren zu dick, als dass sie in so eine kleine Schachtel gepasst hätten. Sie trug ihre Haare hochgesteckt.
Nur geneckt.

Rings um mein Bett waren Gitterstäbe. Zehn Stäbe, fünf Stäbe, zehn Stäbe, Kopfende. Zehn Stäbe, fünf Stäbe, zehn Stäbe, Kopfende ... Zwischen den Stäben waren Räume. Jeder Zwischenraum war genau einen Stab weiter zu Ende. Mum sagt, ich sei zu groß für mein Gitterbett. Aber das stimmt nicht. Ich bin genau richtig groß für mein Bett, und mein Bett ist genau richtig groß für mich. Mum sagt: »Du bist zu alt, um noch in einem Gitterbett zu schlafen«, aber Grammer sagt: »Lass sie doch, Maria. Sie ist noch so ein Zwerglein.« Zwerglein im Bettlein.
Ich schlief bei Mum im Bett. Jede Nacht legte sie mich in mein Gitterbett, aber wenn wir morgens aufwachten, lag ich immer neben ihr in ihrem großen Bett. Sie sagte, ich hätte die Geschicklichkeit eines Mini-Houdini. Grammer sagte, wo der Kopf durchkommt, schafft es auch der restliche Körper. Mum sagte, auf jemanden so Kleinen wie mich treffe das zu, aber Grammer solle es nicht versuchen. Laut sagte sie: »Du in deinen besten Jahren, Grammer, solltest es besser nicht mehr ausprobieren.«
Grammer lachte.

Was heißt das eigentlich, »in den besten Jahren«? Mum sagt immer, Grammer sei eine Frau »in den besten Jahren«. Es ist ein Grammer-Ausdruck. Daffers behauptet, Grammer sei sechsundsiebzig. Grammer behauptet, sie sei sechsundsechzig. Wenn Grammer sechsundsiebzig ist – und so wie Daffers darauf aus ist, alles herauszufinden, stimmt das auch –, dann ist Grammer acht Neuntel plus vier. Bedeutete »besten« eine bestimmte Zahl? Eine zahlenmäßige Bestimmung? Oder hat der Ausdruck eine ganz eigene Bedeutung? Gebraucht man ihn, wenn man neun mal acht plus vier meint? Bedeutet er immer neun mal acht plus vier oder nur jetzt gerade? Könnte er nächstes Jahr neun mal acht plus fünf bedeuten?

Dreimal zweiundzwanzig ist sechsundsechzig. Von diesen Zahlen ist nur die Drei eine Primzahl. Aber die anderen Zahlen sind interessant, weil man sie Zwei-Zwei und die andere Sechs-Sechs schreibt. Grammer war Sechs-Sechs. Behauptete sie jedenfalls. Daffers sagte: »Das glaubst du doch selbst nicht – sie ist sechsundsiebzig.« Das ist Sechs-Sechs plus zehn. Wenn man die Ziffern Sechs-Sechs verkehrt herum schreibt, wird Neun-Neun daraus.

Grammer trug ein Korsett. »Man sollte jede Verbesserung mindestens einmal ausprobiert haben.«

Waldorf sagte: »Wuff!«

Ein Hunde-Wuff bedeutete Gebell. Es gab ganz unterschiedliches Gebell. Begrüßungs-Gebell. Der-Briefträger-ist-da-Gebell. Santa-Claus-ist-oben-auf-dem-Kamin-Gebell. Samson und Delilah und Daisy hatten einen Hund. Wuff, wuff!

Das »Wuff!« von Waldorf klang nach heiseren Pflaumen. Er legte die Hände an Grammers Kurven und sagte: »Ich glaube, ich habe mein Jo-Jo gefunden.«

Grammer kicherte. Grammers Kichern war wie eine Schachtel

Pralinen beim Weihnachtsspiel. Die Schokolade schmolz auf der Zunge und berührte jede Geschmacksknospe. Knospen, die schmecken. Schmackhafte Knospen. Ihr Lachen drang ins Ohr und kitzelte einen so lang, bis man selbst zu kichern anfing. Innen im Kopf.

Einmal kitzelte mich Theresa Carmody. Sie sagte zu Grammer, dass sie mich dazu bringt, laut zu lachen. Ich verschloss meine Ohren und meine Geschmacksknospen, den Blick auf die von einem Fläschchen dunkel gemachten Haare auf ihrem Kopf, verschloss meine Nase vor dem Duft ihres Parfüms, meine Gedanken vor den Fruchtgummis in ihrer Besteckschublade, das Gefühl der Finger auf meiner Haut. Alles verschloss ich. Und machte mich auf die Reise zurück – weit zurück zu den Umrissen und den Schreien und der ersten und der letzten Stille.

Grammer schrie: »AUFHÖREN!«

Theresa Carmody machte Tee.

»Dumpling, meine Süße«, sagte Grammer. Sie hielt mich auf dem Schoß. Ganz fest. Busenwarm. Warmbusig.

Ich merkte, dass ich im Garten auf Theresa Carmodys Schottenkaro-Decke war. Vorkriegsdecke, sagte Grammer.

»Ist ja gut, Dumpling«, sagte mir Grammer sanft, traulich und leise ins Ohr. Die Wörter kitzelten mich im Kopf. So wie Grammers Lachen bewegten sie sich langsam an den Härchen in meinen Ohren entlang, bis ich wieder wusste, wie Lächeln ging.

»Alles in Ordnung mit ihr?«, fragte Theresa Carmody. »Es tut mir so leid, ich wollte nicht …«

»Wir trinken jetzt keinen Tee«, sagte Grammer. »Ich glaube, wir gehen jetzt besser nach Hause.«

Sie tauschten einen Erwachsenenblick aus. Keine Verärgerung. Grammer wusste es nun mal am besten.

Für Grammer gelten eigene Gesetze, und Grammer weiß es am besten. Mum weiß es auch am besten. Das ist der Mutterinstinkt, sagt Grammer, aber den haben nicht nur Frauen. Daffers behauptete einmal, Spinnenweibchen fressen ihre Babys. Männliche und weibliche Babys. Gleichberechtigung. Daffers sah mal einen Film, in dem Garibaldifische ihr Nest putzten, ein Weibchen verführten und es dann fortjagten, damit es nicht die Eier fraß, die es gerade gelegt hatte. Grammer sagte, es gibt auch Männer mit diesem Instinkt. Und dass es Frauen gibt, die ihn nicht haben. Vor den Frauen ohne Mutterinstinkt sollten wir uns hüten.
Das Rotkehlchen mit der orangeroten Brust wurde mit Mutterinstinkt großgezogen. Seine Mutter war ganz vernarrt in das Kleine. Brachte ihm Würmer ins Nest in der Hecke. Katers Mutter brachte ihm das Jagen bei. Schwer zu sagen, ob das eine schlechte Lehre war oder guter Mutterinstinkt.

Ich lag in meinem Gitterbett und lauschte den Geräuschen, die von unten heraufdrangen. Durch die offen stehende Tür hörte ich, wie Grammer und Waldorf durch die Küche nach nebenan in Grammers Wohnung gingen. Waldorfs heisere, pflaumige Stimme sagte: »Wo ist mein Jo-Jo?«
Unter Grammers Korsetts, dachte ich.
Maureen Fields hatte kein Korsett. Daffers glaubte, der Name wäre Fielding. Plumpud behauptete, Fields. Aber die Familie bestand auf jeden Fall aus Ronald und Maureen und Ronnielein Fields. Maureen Fields' Hände waren wie die Hände eines Schmetterlings. Ich fand, sie war ein Schmetterling. Sie drehte den Kopf von links nach rechts. Sie war gelassen. Nicht ausge-

lassen. Ausgesprochen gelassen. Ronald Fields war hart. Unter seiner Jacke steckten dicke Muskeln.
Er tanzte mit seinem Schmetterling im Haus von Theresa Carmody. Sie schwebte beim Tanzen. Er brauchte seine Muskeln, damit sie bei ihm blieb. Wenn er sie locker ließ, versuchte sie davonzukreiseln.
Er war Kriminalpolizist, Detective. Stark beansprucht. Stark belastet. Gestresst. Er verschlang sie mit den Augen. Er wandte sich zum Sofa, auf das Plumpud mich gesetzt hatte. Grammer und Waldorf tanzten im Flur Tango.
»Wie klein sie ist!«, sagte Ronald Fields, den Blick auf mich gerichtet. Er beugte sich hinunter, so dass sein Gesicht ganz dicht vor meinem war. Er hatte ein breites Gesicht. Einen dicken Hals. Ein Herz voller Liebe zum Schmetterling. Plumpud tanzte mit dem langbeinigen Ronnie. Mit dem reinhäutigen Ronnie. Dem lächelnden Ronnie. Mit Ronnie, der so tat, als wäre er der tollste Typ im Raum …
Als Plumpud sah, dass Ronald Fields sich zu mir hinunterbeugte, ließ sie den weißzahnigen Ronnie stehen und kam sofort zu mir.
»Das ist Dumpling«, sagte sie in beschützendem Ton.
Ich sah meine roten Lederschuhe an und streckte die Zehen. Zwei Schuhe. Fünf Zehen, die ich strecken konnte.
»Möchtest du tanzen?«, fragte mich Detective Fields.
Ich sah Plumpud an. Wir steuerten auf unbekanntes Terrain zu. Aber er liebte den Schmetterling. Und Plumpud mochte den gemeinsamen Sohn der beiden, Ronnielein Fields.
Plumpud lächelte mich an. »Tanzen, Dumpling?«
Ich streckte die Arme in die Luft, und Ronald Fields hob mich hoch wie der Geheimnisvolle Mann, und ich saß in seiner Armbeuge, während er mit dem Schmetterling tanzte.

War er vielleicht der Geheimnisvolle Mann? Ich hatte ihn lange nicht mehr gesehen. Ronald Fields roch nach Mann. Wie der Geheimnisvolle Mann. Sein Kinn war ein bisschen rauh – jedenfalls fühlte es sich an meinen Fingern so an. Kein winziges Muttermal an der Stirn. Kein Muttermal am Kopf. Aber dunkle Augen wie der Geheimnisvolle Mann.
Der Schmetterling berührte ihn am Arm, um mich in den Tanz mit einzubeziehen. Er warf ihr einen Blick zu, und ich war ausgeschlossen. Ich schaute ihm in die Augen und zog seinen Blick zurück auf mich. Als sein Blick genau auf meinen traf, lächelte ich, so dass er alle meine kleinen weißen Zähne sehen konnte. Da lächelte er auch.
»Was für ein Winzling«, sagte der Schmetterling.
Ich streckte die Zehen, damit sie aussahen wie die Zehen des Schmetterlings.
»Zwei Ballerinas«, sagte der Detective. »So viel Glück auf einmal!«
Plumpud winkte mir lächelnd zu. Ich winkte zurück mit der Hand, die auf der Schulter von Detective Ronald Fields lag. Als ich meine Hand nach dem Winken wieder dorthin legte, berührte ich dabei seine Haare.
Sie fühlten sich anders an als die Haare des Geheimnisvollen Mannes. Detective-Mann und Geheimnisvoller Mann waren zwei verschiedene Menschen.
Ich freute mich für Mum. Es hätte ihr nicht gefallen, wenn der Geheimnisvolle Mann mit dem Schmetterling davongeflogen wäre. Von da nach da geflogen wäre.

Schlafenszeit. Schlafbereit.

»Ronnielein«, sagte der Schmetterling zum Detective-Mann, während sie tanzten und er mich im Arm hielt, »wirkt sehr glücklich.« Ihre Stimme und die Laute, die sie von sich gab, klangen ungewohnt. Sie hatten denselben Unterton wie bei Grammer. Von irgendwo anders her. Aus einem anderen Land. Singsang aus dem Norden. Trällernd ansteigende Stimmen.

Ronnielein kam mir gar nicht klein vor. Er war fast so groß wie sein Vater. »Lein« muss eine andere Bedeutung haben. Ronnielein konnte tanzen. Viel besser als Plumpud. Aber Plumpuds Geschlurfe bemerkte er offenbar gar nicht, oder es machte ihm nichts aus.

»Möchtest du etwas trinken?«, fragte er sie.

»Alles in Ordnung, Dumpling?«, fragte Plumpud mich.

Ich nickte. Ich war beschäftigt. Es gab so viel zu sehen. Ein Mann mit lila Augen kam und betrachtete den Schmetterling. Dann richtete er den Blick auf mich. Hinter dem Lila war noch etwas anderes.

Grammer kam mit Waldorf ins Zimmer. Ich hörte sie sagen: »So viele Leute, die wir nicht kennen. Ein Riesenspaß!«

Grammer lernte für ihr Leben gern Menschen kennen. Zu uns, ihren Mädchen, sagte sie, bei der Beobachtung der menschlichen Natur bekommt man die seltsamsten Widersprüche zu sehen. Und aus jedem Widerspruch kann eine Geschichte werden.

»Schau mal«, sagte der Schmetterling zum Detective-Mann, der mich auf dem Arm trug, »ist das nicht Millicent McHarg?«

Grammer kam zu uns. »Hallo, ich bin Millicent McHarg.«

Die beiden freuten sich sehr. Jeder freut sich, Grammer kennenzulernen. Und Grammer lernte für ihr Leben gern Menschen kennen.

Grammer nahm dem Detective-Mann die kostbare Dumpling ab. Alle machten sich miteinander bekannt. Sie drückte mich fest an sich, und ich war eingehüllt in ihr Parfüm.

Der Mann mit den lila Augen gesellte sich zu uns und sagte: »Sie haben mal in meinem Apartment in New York übernachtet, Ms. McHarg.« Das sagte er zu Grammer.
»Meine Freunde nennen mich Millie«, sagte Grammer.
»Ich bin Gervaise Holt«, sagte der Mann mit den lila Augen.
»Der Bruder von Christian?«, fragte Grammer.
»Wir sind Ronald und Maureen Fields«, warf der Schmetterling ein. »Wir sind die neuen Nachbarn von Theresa Carmody.«
»Und wir sind ihre alten Nachbarn«, sagte Grammer und drückte ihre Dumpling ganz fest. »Freut mich sehr, Sie kennenzulernen.«
So was sagen die Leute, wenn sie sich zum ersten Mal begegnen. Von nun an würden wir alle nebeneinander wohnen. Zu den Fields' gab es noch kein Eingangsloch. Noch nicht.
»Wollen wir tanzen?«, fragte Gervaise Holt.
»Meine Dumpling muss ins Bett«, entgegnete Grammer.
Der Mann mit den lila Augen berührte meine Hand mit einem Finger. Sein Finger fühlte sich trocken an, und es waren kleine Abdrücke darauf, und auf einem der Abdrücke war ein Tropfen Blut zu sehen. Ich betrachtete das Blut, und ich gruselte mich. Der Mann mit den lila Augen folgte meinem Blick und sah den Blutstropfen. Er schnitt eine Grimasse, zog ein weißes Taschentuch aus der Hosentasche und tupfte das Blut ab. Scheußlich. Es quoll gleich wieder neues Blut hervor. Seine Augen wurden schmal, und er schlang das Taschentuch um die Wunde. Ich schlang die Arme um Grammers Hals und seufzte. Schlafenszeit.
Waldorf kam und nahm Grammer ihr Bündel ab. Das war ich. Plumpud wurde von dem Drink, den sie mit Ronnielein Fields in der Küche trank, weggerufen.
Daffers kam aus ihrem Versteck hinter dem Vorhang hervor.

Sie hatte etwas gesehen. Das verrieten ihre Augen. Sie hielt sich dicht bei Grammer.
Der Schmetterling und der Detective-Mann lernten die anderen Enkeltöchter kennen. Der Mann mit den lila Augen auch. Daffers sah dem Mann mit den lila Augen nicht ins Gesicht. Sie starrte seine Hände an. Er entfernte das Taschentuch. Die Wunde blutete nicht mehr, er stopfte das weiße Stoffquadrat in die Tasche zurück. Er sah Daffers an. Daffers betrachtete den Abdruck und kam näher zu Grammer und mir. Der Mann mit den lila Augen zuckte nicht mit der Wimper. Wie eine Schlange. Er sah Plumpud an, ein Mundwinkel ging nach oben. Plumpud bemerkte es nicht. Sie hatte nur Augen für Ronnielein.
»Jetzt müssen wir aber wirklich los«, sagte Grammer. Ich hielt mich an Waldorf fest. Wirklich losmüssen heißt manchmal, noch länger reden. Schnattern. Schnattern. Wie Zähneklappern.
Aber wir mussten wirklich los, man konnte es an Grammers Gesicht erkennen. Ronnie Fields sah Daffers an. Er lächelte nicht. Ronnie Fields sah Plumpud an. Sein Mund öffnete sich zu einem breiten Grinsen. Ronnielein mochte Plumpud.
Gute Nacht. Gute Nacht. Gute Nacht.

Ringsumher sind Stäbe an meinem Gitterbett. Zehn Stäbe, fünf Stäbe, zehn Stäbe, Kopfende. Zehn Stäbe, fünf Stäbe, zehn Stäbe, Kopfende.
Schlaf. Falsch. Schlafenszeit. Schlafbereit. Im Schutz der Gitterstäbe.

SECHSTES KAPITEL

Millicents Geschichte

Ich war wütend auf George, weil er in dieser Nacht nicht heimgekommen war. Er ähnelte in vielem seinem Vater. Manchmal hatte ich das Gefühl, dass nicht einmal die andere Seite der Welt weit genug entfernt für ihn war. Aber wenigstens hatten Maria und ich den Mädchen nicht gesagt, dass er kommen würde. An Weihnachten im Jahr zuvor war er das letzte Mal nach Hause geflogen; allerdings hatte Maria ihn zwischendurch einmal kurz besucht. Eine Frau sollte ihr Leben nicht damit verbringen, auf die Rückkehr eines Mannes zu warten, und das hatte ich Maria auch immer wieder gesagt. »Mach dein eigenes Ding, Maria«, sagte ich. »Leb dein eigenes Leben. Verwirkliche dich selbst!«

Als Georges Vater, seine Geliebte im Schlepptau, via Ozean vom Antlitz der Erde verschwunden war, erntete ich Mitleid von Krethi und Plethi, weibliche Version. Diese Undankbarkeit der Männer gegenüber den Frauen! Diese Demütigung! Und wie tapfer ich war! Ich setzte mich auf einen Verandastuhl und dachte über die Natur des Menschen nach. Ich saß mit verschränkten Füßen da, richtete den Blick zum Himmel und fragte mich, was ich jetzt fühlen sollte.

Niemand hatte mir je gesagt, was zu tun sei, wenn man entdeckt hat, dass der eigene Lebenspartner sein Ding in die eigene beste Freundin steckt. Ich hatte einfach nicht gewusst, wie man mit so etwas umgeht. Ich hatte so getan, als wenn nichts wäre, hatte so getan, als wüsste ich nicht, was in Wirklichkeit abging. Meine beste Freundin, Jeannie O'Brien, saß mir gegenüber. Am liebsten hätte ich sie aufgefordert, sich einfach ins

Knie zu ficken, aber gut erzogen, wie ich war, saß ich da, trank Kaffee und bemühte mich, ihr nicht zuzuhören.
In Wirklichkeit war es so, dass *sie* sich betrogen fühlte, aber sie wusste nicht, dass ich das wusste. Ich hatte zumindest gewusst, dass Dirk McHarg sein Ding nicht in der Hose lassen konnte. Jeannie O'Brien dagegen war das nicht klar gewesen. Sie hatte geglaubt, die Einzige zu sein, für die er es herausholte. Und so kam es, dass ich, völlig aus der Bahn geworfen, mit der Tatsache fertig zu werden versuchte, dass Dirk McHarg weg war, und zwar diesmal für immer, während Jeannie O'Brien gleichzeitig völlig aufgelöst war, weil sie ihren wöchentlichen Stecher verloren hatte.
Diese Wörter kannte ich damals nicht, und wenn doch, so hätte ich sie mit Sicherheit nie von mir gegeben oder auch nur niedergeschrieben. Aber das Altwerden hat den Vorteil, dass mich Arschlöcher inzwischen einen Scheißdreck kümmern, und damals, an jenem Tag, an dem mein Witwentum entstand, fing ich an zu begreifen, dass ich allem und jedem gewachsen war.
»Du Arme«, sagte Jeannie O'Brien mit ihren rotgeränderten Augen und dem zerknüllten Papiertaschentuch in der Hand. »Du Arme …«
Ich Arme, dachte ich – dass ich nicht lache! Man hatte mich zur Höflichkeit erzogen, deshalb saß Jeannie O'Brien auf meiner Veranda und beklagte mein Schicksal, während ich immer nur dachte: Verpiss dich endlich, du blöde Kuh! Nicht gerade die Sprache, deren sich eine Dame befleißigen sollte, und noch viel weniger die Sprache, deren ich mich jemals laut bedient hätte.
An diesem Tag wusste ich nur, dass sich mein Leben von Grund auf verändert hatte. Ich, der so sehr daran gelegen gewesen war vorzugeben, sie wüsste nicht, wen Dirk bumste – ja, bumste, ein tolles Wort, wenn man wütend ist! –, sah mich zu der Er-

kenntnis gezwungen, dass alle Welt wusste, dass er in Begleitung einer Frau ins Meer gestürzt war. Und wer es noch nicht wusste, würde es am Abend aus den Nachrichten erfahren oder spätestens am nächsten Tag in der Zeitung lesen. Und wer es dann noch nicht wusste, dem würde es mündlich zugetragen werden.

Ich wünschte mir, Jeannie O'Brien würde den Mund halten, damit ich einen klaren Gedanken fassen könnte, denn ich war, um ehrlich zu sein, völlig konfus. Ich hatte eine vierzehnjährige Ehe hinter mir, und in diesen vierzehn Jahren war mir sechs Jahre lang bewusst gewesen, dass Dirk mit seinem Liebesknochen und seinen Krapfen (wie er es zu nennen pflegte) die Runde machte.

Es gab mehrere Möglichkeiten, aber aufgrund meines Gefühlswirrwarrs und der Erkenntnis, dass meine Demütigung demnächst allgemein bekannt sein würde, versuchte ich geradezu fieberhaft, meine Gedanken zu sammeln.

Ich konnte in die Offensive gehen und es aussprechen. Ich konnte sagen: »Jeannie, meine Liebe, ich weiß, du bist jetzt sehr verletzt. Ich weiß, wie das ist, glaub mir. Schließlich hast du ja auch mich verletzt, als du deine Affäre mit Dirk anfingst. Aber wie Dirk jetzt sagen würde, wenn er könnte, sprich, nicht unten bei den Fischen schwömme: ›Das hatte doch nichts zu bedeuten. Du bist mein Ein und Alles!‹«

Ich hätte Jeannie O'Brien gern weh getan und wusste auch, wie das zu schaffen war, aber gewisse Überlegungen hielten mich davon ab. Erstens war mir klar, dass ich in der stärkeren Position sein würde, solange ich nichts verriet. Zweitens fand ich es interessant zu beobachten, wie sie sich im Selbstmitleid suhlte, während sie vorgab, mich zu bemitleiden. Und drittens wurde mir bewusst, dass ich noch gar nicht erkannt hatte, welche Gefühle Dirks Ableben eigentlich in mir hervorrief, und dass ich

besser nichts sagte, bevor ich mir darüber Klarheit verschafft hatte.
»Nun hör schon auf zu weinen, Jeannie«, sagte ich zu Jeannie O'Brien, die mit ihrem erbärmlich mageren Hintern auf einem meiner Verandastühle saß. Wie oft hatte Dirk ihren mickrigen Arsch wohl gestreichelt? Oft. Dieser Dreckskerl! Diese Schlampe! »Weinen betäubt den Verstand, verstopft die Nase, rötet die Augen und macht Falten.«
Es überraschte mich selbst, wie vernünftig ich klang. Ich überlegte mir, dass ich wohl am besten genau auf diese Art eine Zeitlang weitermachte.
»Du bist so tapfer, Millie«, sagte Jeannie O'Brien und legte sich das zarte Händchen aufs Herz beziehungsweise, wie mir schlagartig einfiel, die knochige Faust auf den zu klein geratenen Busen.
Faszinierend, dachte ich. Absolut faszinierend, wie unterschiedlich man etwas wahrnehmen kann. Alles liegt im Auge des Betrachters. Ist das nun Projektion oder Wahrnehmung? Hängt es davon ab, wie Jeannie sich selbst projiziert, oder davon, wie ich sie wahrnehme? Oder davon, wie ich sie wahrnehmen *will?* Wenn ich ein Buch über sie schreiben würde, wie würde ich die Geschichte anlegen? Würde sie sich mit zartem Händchen aufs Herz klopfen oder ihre knochigen Finger um ihre 65er-AA-Brust krallen?
Dieser Gedanke überraschte mich selbst. Und obendrein hatte ich Dirk, das in seiner Hose aufbewahrte Feingebäck, das Flittchen, das mit untergegangen war, und die Tatsache, dass bald alle von meinem Betrogensein erfahren würden, völlig vergessen. Als Figur in einer elisabethanischen Tragödie hätte Jeannie O'Brien »Weh' mir!« gesagt. Unter den gegebenen Umständen äußerte sie sich ähnlich, wenn auch moderner, und ich begann alles ein wenig klarer zu sehen. Ich wusste, dass ein langer Weg

vor mir lag, ohne zu diesem Zeitpunkt eine genaue Richtung erkennen zu können, aber gleichzeitig erkannte ich, dass die Beobachtung meiner »besten« Freundin und ihres Verhaltens dazu führte, dass ich keinen Gedanken mehr an Dirk McHarg verschwendete. Und das war gut.

Die Lösung lag offenbar darin, sich abzulenken. Und wenn es anfangs mein Wunsch gewesen war, Jeannie O'Brien möge in ihrem eigenen Arschloch verschwinden, so wollte ich jetzt plötzlich, dass sie noch länger bei mir auf der Veranda saß, damit ich ihr Verhalten begreifen konnte. Und je länger ich sie beobachtete, umso deutlicher sah ich, wie ich nie werden wollte. Drama-Queens sind widerlich, sagte ich mir. Stoisch, standhaft und tapfer zu sein war die bessere Alternative. Ich reckte ein wenig das Kinn und setzte die Beobachtung der mit ihrem erbärmlichen Arsch unbehaglich auf dem harten Verandastuhl herumrutschenden Drama-Queen fort. Ich schlug die Beine übereinander. Ich empfand die Stühle nicht als unbequem, Jeannie dafür umso mehr. Zuerst dachte ich, es könnte daran liegen, dass mein Hintern breiter, fester und besser gepolstert war. Aber dann fiel mir ein, dass ich mir ein Kissen mit nach draußen genommen hatte und es somit kein Wunder war, dass ich bequemer saß als sie. Das wurde sofort im Kopf notiert. »Millicent«, oder so ähnlich, sagte ich mir, »nimm immer ein Kissen mit!«

»Was wirst du denn jetzt tun, du Arme?«, fragte Jeannie O'Brien.

Na ja, dachte ich bei mir, eigentlich hätte ich jetzt gern einen Scotch.

Aber das sprach ich nicht aus, denn erstens wollte ich den Scotch nicht zusammen mit Jeannie trinken, und zweitens wollte ich nicht, dass die Leute zu hören bekamen, die arme Millicent McHarg würde neuerdings zur Flasche greifen –

und ich war mir ziemlich sicher, dass genau das innerhalb der nächsten vierundzwanzig Stunden die Runde machen würde. Ich reckte das Kinn noch ein bisschen höher. »Ich werde um meinen geliebten Mann trauern und dann mal sehen, was die Zukunft bringt«, erklärte ich voller Mut und Überzeugung. Wow – ich staunte über mich selbst!

»Wie tapfer du bist, Millie«, erwiderte Jeannie O'Brien. »Einfach unglaublich tapfer. Macht dich denn der Gedanke, dass er mit Anne Pollock zusammen untergegangen ist, nicht fertig?«

»Anne Pollock?« Ich nahm mit ruhiger Hand meine Kaffeetasse vom Tisch und dachte an den doppelten Scotch, den ich mir später genehmigen würde.

»Du weißt schon«, sagte meine beste Freundin. »Die andere Frau. Die im Flugzeug.«

»Wer?«, fragte ich und hoffte, ausreichend interessiert und neugierig geklungen zu haben.

»Anne Pollock«, wiederholte meine beste Freundin, nunmehr wild entschlossen, mir nichts zu ersparen.

»Tja, arme Anne«, sagte ich traurig. »Und ihre arme Familie. Sie werden sehr trauern um diese wunderbare Frau.«

Jeannies Mund öffnete sich und schloss sich wieder, fast wie bei einem Fisch – vielleicht ein bisschen wie bei einem Fisch, der gerade jetzt, während wir sprachen, der armen Anne Pollock ein Stück Fleisch aus dem Leib knabberte. Ein großer Fisch, stellte ich mir vor, mit Zähnen und mit einer schönen Flosse. Zuerst stellte ich mir den Fisch mit großen Zähnen vor, aber dann kam mir der Gedanke, dass kleine Zähne besser waren. Dutzende solcher Fische, die in mehreren Reihen hintereinander gemütlich vor sich hin knabberten.

»Sie war eine großartige Assistentin. Beinahe hätte ich gesagt, ich weiß gar nicht, wie der arme Dirk ohne sie auskommen wird …« Ich musste fast kichern. »Aber jetzt braucht er sie ja nicht mehr.« Und auch du, meine liebe Freundin Jeannie – setzte ich meinen inneren Dialog fort –, wirst keine Gelegenheit mehr haben, an seinem Liebesknochen zu knabbern oder seine beiden Krapfen zu drücken.

Ich lächelte tapfer. »Ich sollte die Eltern von Anne Pollock anrufen und ihnen meine Unterstützung anbieten. Sie sind bestimmt untröstlich.«

»Ich glaube, du hast einen Schock«, sagte Jeannie O'Brien und zerrupfte das Papiertaschentuch in ihrer Hand.

»Ja, schon möglich«, gab ich mit unverzagter, leiser Stimme zu. »Aber das ist doch völlig normal. Schließlich verliert man nicht jeden Tag seinen geliebten Ehemann.«

In Wirklichkeit war ich natürlich nicht so unverblümt, wie es hier klingt. Einige der von mir bei der Wiedergabe verwendeten Ausdrücke kannte ich damals noch nicht, da sie einem eher modernen Jargon angehören. Aber meine Schärfe und gedankliche Klarheit erstaunten mich wirklich selbst.

Allmählich wurde mir bewusst, dass ich, um abgelenkt zu sein, eine berufliche Beschäftigung brauchte und dass ich das »Mitleid« meiner Freundinnen weder brauchte noch wollte, denn letztendlich konnte ich immer nur auf mich selbst zurückgreifen.

Mein Sohn George – ich ertappte mich bereits dabei, dass ich statt des gewohnten »wir« und »unser«, »ich« und »mein« dachte – war oben in seinem Zimmer und zerlegte beziehungsweise zerstörte die Modellflugzeuge, die er mit großer Akribie gebaut hatte. Plötzlich fiel mir ein, dass ich wegen der anderen Frau mit ihm reden musste. Schon bald würden die Leute ihm von ihr erzählen, das lag nun einmal in der Natur des Menschen. Ich überlegte, wie ich am besten vorgehen sollte.

Wenn ich ihm die Wahrheit sagte, würde er, möglicherweise zu Recht, die Überzeugung gewinnen, dass alle Männer Geliebte haben. Wenn er dies aber in einer so frühen Lebensphase lernte – an dem fraglichen Tag war er gerade mal zwölf Jahre alt –, würde es ihn vielleicht hart und gefühllos machen und er würde mit der falschen Einstellung zu Beziehungen erwachsen werden. Andererseits tat ich ihm vielleicht geradezu einen Gefallen, indem ich die Wahrheit sagte. »Nichts ist heilig«, könnte ich sagen. »Also – nichts wie ran, Junge!«

Aber wenn ich ihm die Wahrheit über seinen Vater sagte, was sollte ich dann meinen Freundinnen sagen? Ich konnte es ihnen gegenüber schlecht abstreiten, denn er würde es unweigerlich ihren Söhnen erzählen. Oder vielleicht doch nicht. Meiner Erfahrung nach sprachen Männer nicht mit Männern; sie sprachen lieber mit Frauen.

Es gab so vieles zu bedenken, dabei saß Jeannie O'Brien noch immer auf der Veranda und sprach von einer Totenwache.

»Eine Totenwache?«, fragte ich verblüfft.

»Ja – du weißt schon, Gebete eben.«

»Gebete?«, wiederholte ich. »Für wen?«

»Na ja, für Dirk.«

»Für Dirk?« Ich konnte mir beim besten Willen nicht vorstellen, warum Dirk plötzlich darauf Wert legen sollte, dass man Gebete für ihn sprach. »Jeannie«, sagte ich behutsam, »Dirk ist tot. Er kommt nicht zurück.«

Sie sah mich völlig entgeistert an, und mich beschlich der Gedanke, dass mir möglicherweise irgendetwas entgangen war.

»Ich meinte eine Beerdigungsfeier.«

»Ach so«, sagte ich nach kurzem Nachdenken. »Aber, Jeannie, selbst wenn das Flugzeug gefunden wird, was der nette Herr, der hier war, offenbar nicht für sehr wahrscheinlich hielt – wegen der Meerestiefe und irgendwelcher Statistiken und so weiter –, dann wird von Dirk und allen anderen wohl nicht mehr allzu viel übrig sein.«

»Ich dachte eher an einen Gedenkgottesdienst«, erwiderte Jeannie.
»Ach so.« Daran hatte ich nicht gedacht. Vielleicht stand ich ja wirklich unter Schock. »Ein Gedenkgottesdienst«, wiederholte ich. Etwas Schlimmeres konnte ich mir gar nicht ausmalen. Alle Frauen, die Dirk gekannt hatte, würden anwesend sein – mein Gott, was für eine Vorstellung!
»Das macht man nun mal so«, meinte Jeannie.
»Man?«, fragte ich verwundert. »Du meinst Frauen, deren Ehemänner ins Meer stürzen?«
Jeannie nickte. Plötzlich wurde mir klar, dass es ihr darum ging, in der Öffentlichkeit für ihn zu beten, sich von ihm zu verabschieden. Na gut, wenn das alle so erwarteten, musste ich mich wohl dazu bereit erklären.
»Ja«, sagte ich, »wir machen das mit dem Gedenkgottesdienst.« Und dann fügte ich hinzu: »Etwas Denkwürdiges.«
Etwas sehr, sehr Denkwürdiges.

Ja, ich habe gelernt, Partys zu lieben. Auf Partys kann man glänzen. Ich war ein bescheidener Mensch gewesen, dazu erzogen, zwar gesehen, aber nicht gehört zu werden. Wahrscheinlich war ich sogar dazu erzogen worden, nicht einmal gesehen zu werden. Viktorianische Eltern waren äußerst repressiv. Meine Eltern aßen abends entweder mit Freunden oder zu zweit im Speisezimmer, während ich mein Essen in der Küche einnahm. Waren Gäste da, durfte ich kurz heraus, meine Mutter bürstete mir hastig und zackig das Haar, dann wurde ich hineingeführt, um gute Nacht zu sagen. Als Kind fragte ich mich, warum ich immer nur zwei, drei Minuten bleiben durfte. Ich lernte, meine kleine Hand vorzustrecken und die Hand von Mr. und Mrs. Soundso zu schütteln, und sehr schnell hatte ich herausgefunden, dass ich nicht gern zum »Knuddeln« auf

Onkel Todds Schoß saß, weil er etwas Hartes in der Hose hatte und mich, während er mit mir plauderte, an dem Ding entlang auf und nieder hopsen ließ. Kinder lernen früh, was sie mögen und was nicht, auch wenn sie es noch gar nicht ausdrücken können.

In meiner Ehe – und ich heiratete, lange bevor ich gefestigt war, in geistiger und emotionaler Hinsicht, meine ich – war ich eine wunderbare Gattin. Heute sage ich: »Hinter jedem großartigen Mann steht eine noch großartigere Frau«, aber für diese Erkenntnis brauchte ich eine gewisse Zeit, und erst als Dirk für immer weg war, konnte ich zeigen, was in mir steckte.

Die Witwenschaft ist nicht automatisch eine Befreiung, aber für eine Frau wie mich, die in der Lüge gelebt, das Wissen um Dirks Affären ausgeblendet und so getan hatte, als wäre alles in Ordnung in unserem großen, komfortablen Haus, in dem ich staubsaugte und staubwischte, dass alles nur so blitzte – einer solchen Frau bot die Witwenschaft die Chance, mit der Lüge aufzuräumen. Ich musste entscheiden, mit welchen Teilen der Lüge ich aufräumen wollte oder ob ich einfach ich selbst werden, mich neu erfinden und mich zu einem Menschen entwickeln wollte, der sich wohl fühlt in seiner Haut.

»Wir müssen Kontakt zur Kirche aufnehmen«, sagte Jeannie O'Brien.

»Warum das denn?«, fragte ich. Sie mischte sich ganz schön ein.

»Wegen des Gedenkgottesdienstes.«

»Den organisiere ich zusammen mit dem Bestattungsinstitut.«

»Aber du brauchst doch gar kein Bestattungsinstitut!«, wandte Jeannie O'Brien dramatisch, aber dennoch informativ ein. »Keine Leiche«, fügte sie hinzu, als ich sie leicht verständnislos ansah.

Keine Leiche, dachte ich. Gab es da nicht ein Buch mit diesem

Titel – *Keine Leiche in Gaza*? *Keine Leiche in Dublin 4*, dachte ich. Das klang irgendwie anders. Nicht ganz so extravagant wie Gaza. Keine Ahnung, warum ich mir Gaza glamourös vorstellte.

»Keine Leiche«, sagte ich noch einmal. »Aber dann gibt es auch keine Seele, und warum sollte ich dann jemanden von der Kirche bestellen?«

»Weil die Seele vom Körper unabhängig ist«, erklärte Jeannie O'Brien.

»Ach«, sagte ich. »Bist du dir sicher?«

»Natürlich bin ich mir sicher, liebe Millie. Der Körper wird begraben, und die Seele kommt in ...« Sie stockte. War auch kein Wunder. In Anbetracht der Umstände von Dirk McHargs Ableben konnte sie schlecht sagen, dass die Seele in den Himmel kommt. Das hier war kein Fall von Asche zu Asche und Staub zu Staub. Hier ging es eher um Fleisch zu Fisch und Fisch zum Markt. Meine Güte, dachte ich, vielleicht mache ich eines Tages einen Fischfond aus ihm.

Dann ging sie endlich, weil sie für ihren Mann und ihre Kinder etwas zum Abendessen einkaufen musste.

»Schaffst du es allein?«, fragte sie mich.

»Aber natürlich«, versicherte ich ihr in meinem neuen beherzten Tonfall. »Ich muss über vieles nachdenken, und dafür ist jetzt genau der richtige Zeitpunkt.«

»Denk nicht zu viel nach«, riet sie mir. Ihr Wissen darüber, wie man mit einem toten Ehemann umgeht, schien keine Grenzen zu kennen.

Sie sagte, sie finde allein hinaus. Ich blieb auf dem Verandastuhl sitzen und dachte darüber nach, wie ich am besten mit meiner Mutter fertig werden und meinem Schatz Dirk eine schöne Abschiedsfeier gestalten könnte.

Ich hatte Dirk McHarg nämlich geliebt. Ich hatte ihn aus Liebe geheiratet und weil ich ihn achten und ehren wollte. Ich hatte mich daran gehalten – und was hatte es mir gebracht? Ich zog Bilanz. Ich hatte meinen Lebenspartner verloren. Aller Voraussicht nach würde ich es nun mit einem Haufen Demütigungen und jeder Menge Mitleid zu tun bekommen. Auf der Habenseite standen ein wundervoller Sohn, ein schönes Haus, ziemlich viel Geld und die Tatsache, dass ich von jetzt an nicht mehr vorgeben musste, Dirk wäre ein guter und treuer Ehemann.

Wie soll ich es anpacken?, überlegte ich. Mitleid wollte ich nicht. Man würde mir, ob mir das nun gefiel oder nicht, Beileid bekunden, aber ich musste dafür sorgen, dass die Demütigungen zumindest öffentlich abgewendet würden.

Bevor ich das Abendessen zubereitete, rief ich meine Mutter an und erzählte ihr, was passiert war. Nach anfänglichem Schweigen stellte sie mir eine merkwürdige Frage. »Bist du sicher, Liebes?«

»Inwiefern?«

»Dass Dirk tot ist. Bist du dir absolut sicher?«

Natürlich war ich mir absolut sicher. So etwas erfindet man nicht. »Mutter, sein Flugzeug ist abgestürzt«, sagte ich. »Du wirst es heute Abend in den Nachrichten sehen. Es ist eine Tatsache.« Unabänderlich. Unumstößlich. Final.

»Hattest du etwas damit zu tun?«, fragte meine Mutter. Aus der Sicht dieser Frau waren meine Fähigkeiten offenbar grenzenlos.

»Selbst wenn eines in meinem Garten stünde und ich einen Schraubenschlüssel zur Hand hätte, wüsste ich nicht, wie man sich an einem Flugzeug zu schaffen macht.« Um ehrlich zu sein – ich glaube nicht, dass ich das laut sagte. Meine Mutter war nicht der Typ Mensch, an dem man seine ironische Ader ausleben konnte.

»Ich brauche deine Hilfe, Mutter«, sagte ich. Meine Mutter und Hilfe gingen nicht immer Hand in Hand.
»Hm«, machte sie.

»George«, sagte ich, während ich die Kartoffeln schälte. Wir waren in der Küche, nur wir beide. Das war nichts Ungewöhnliches. Dirk war so oft weg gewesen, dass wir es uns immer miteinander gemütlich gemacht hatten, wenn wir allein waren. George deckte gerade den Tisch. »Stell Weingläser hin«, sagte ich. »Wir machen eine Flasche auf.«
»Aber Dad würde es gar nicht gut finden, dass ich trinke«, wandte George entgeistert ein.
Dad wird es nie erfahren, dachte ich, aber ich sprach es nicht aus.
»Ich glaube, dein Dad würde dich jetzt als den Herrn des Hauses betrachten«, sagte ich, »und ein Schluck Wein wird dir nicht schaden. Im Weinregal im Arbeitszimmer deines Vaters liegt eine ganz ausgezeichnete Flasche Châteauneuf-du-Pape. Die hat er sich für eine besondere Gelegenheit aufgehoben. Entkork doch bitte die Flasche und lass den Wein atmen.« Ein wirklich wunderbarer Wein. Dreizehn verschiedene Rebsorten enthielt er. Jedenfalls hatte Dirk, der in Sachen Wein päpstlicher als der Papst gewesen war, das in seinen Vorträgen immer behauptet. Ich verwende hier bewusst die Wörter »päpstlich« und »Papst« – ein kleines Spiel mit dem Wort *pape,* das »Papst« bedeutet. Die südländische Sonne und steiniger Boden, so in etwa dozierte er immer. Ein bisschen arg heiß und staubig, dachte ich – das Wetter natürlich, nicht der Wein.
Ja, Dirk besaß ein Arbeitszimmer – wer hätte das gedacht? Er benutzte es zwar nur selten, belegte es aber total. Wenn ich an meiner Nähmaschine arbeiten wollte, musste ich sie in die Küche schleppen, auf dem Küchentisch aufbauen und nach

dem Nähen – das bei Dirks Rückkehr aufzuhören hatte, weil er es hasste, wenn Dinge verstreut herumlagen, sogar in den Gästezimmern – wieder verstauen. Ab und zu hatte ich mich dagegen aufgelehnt – allerdings nie lauthals. Es waren immer nur kleine Sprüche im Kopf gewesen, »Das ist nicht fair« beispielsweise. Und jetzt kam mir die Idee, sein Arbeitszimmer auszuräumen, die Nähmaschine auf seinen Schreibtisch zu stellen und sie jahrelang dort stehenzulassen, ohne sie je wieder zu benutzen.

»Hör zu, George«, sagte ich. »Wir müssen reden.« Zu diesem Zeitpunkt war die Sache noch nicht offiziell bekanntgegeben worden, aber von dem netten Herrn, der mich aufgesucht hatte, wusste ich, dass am Abend sowohl im Radio als auch im Fernsehen darüber berichtet werden würde. Das Telefon hatte ich ausgehängt, weil ich keine Lust auf Anrufe hatte.

George und ich saßen gemütlich am Tisch, aßen Lammkoteletts mit Kartoffelpüree, Erbsen und Karotten. Und tranken unseren Châteauneuf-du-Pape.

»Wenn jemand unter tragischen Umständen sein Leben verloren hat«, sagte ich behutsam, »werden alle möglichen Mutmaßungen angestellt und Andeutungen gemacht. Wenn beispielsweise jemand bei einem Autounfall stirbt, heißt es schnell, wahrscheinlich war Alkohol im Spiel. Und wenn eine Frau mit im Auto saß, die einfach nur vom Pub nach Hause gefahren wurde, heißt es, wahrscheinlich hatten sie eine Affäre miteinander. So sind die Menschen nun mal. Klatschsüchtig und nicht besonders liebenswert.«

George schob sich ein Stück Lamm in den Mund und kaute. Ich fragte mich, woran er jetzt wohl dachte. Darüber hinaus fragte ich mich, wie deutlich ich wohl werden müsse, denn aus seiner Miene sprach völlige Ungerührtheit.

»Schmeckt lecker, das Fleisch«, sagte er.
Ich interpretierte das als seine Art, mir mitzuteilen, dass er das Gespräch in dieser Form nicht fortgesetzt sehen wollte. Ich trank schweigend einen Schluck Wein.
»Wer war mit Dad im Flugzeug?«, fragte er nach einer Weile.
»Na ja, der Pilot«, sagte ich. »Und Anne, seine Assistentin, ein nettes Mädchen. Ich habe sie immer gemocht.«
»Die Assistentin des Piloten?«
»Nein, Dads Assistentin.«
Wieder herrschte eine Zeitlang Schweigen.
»Er musste beruflich oft ins Ausland«, verkündete mein zwölfjähriger Sohn.
»Genau. Und es war ein Glück für ihn, eine so gute Assistentin zu haben. In letzter Zeit hat sie ihn überallhin begleitet. Für ihre Angehörigen ist das so traurig.«
George nickte.

Um neun Uhr sahen wir uns die Abendnachrichten an. Über Dirk McHargs Tod wurde gleich zu Beginn berichtet. Zuerst sah man ein Foto von Dirk McHarg mit seiner hohen Stirn und dem dicken, lockigen Haar; das winzige Muttermal hatte er für dieses offizielle, ein paar Jahre zuvor aufgenommene Foto sorgsam kaschiert. Dann kam die Aufnahme eines kleinen Flugzeugs in einem Feld; offensichtlich sollte diese Maschine ein ähnliches Modell darstellen wie das, in dem Dirk, Anne Pollock und der Pilot ins Wasser gestürzt waren. Es folgte ein Bild vom Wasser, aber ich sagte mir, dass das überall aufgenommen worden sein konnte.
George sah mich an und sagte: »Glaubst du, wir würden ihn finden, wenn wir ihn suchen würden?«
Ich schüttelte den Kopf. Was für eine Idee! »Das ist ein großes Meer«, erklärte ich ihm. »Und es ist sehr tief.«

Er nickte.
»Wir bereiten ihm ein großes Abschiedsfest«, sagte ich. »Vielleicht ein paar Gebete in der Kirche und anschließend etwas im Gemeindesaal.«
»Wann?«
»Morgen beginne ich mit der Organisation.« Ich wollte das alles so schnell wie möglich hinter mich bringen, aber ich musste dabei auch George mitbedenken.
»Dad naschte gern Süßes«, warf George ein.
Das kannst du laut sagen, dachte ich. »Ja, Süßes hat er gern vernascht«, bestätigte ich. »Wir werden ihm alle Ehre machen.«

Und wir machten ihm alle Ehre. Eine Menge Leute fanden sich in der Woche darauf zusammen. Der Gottesdienst war kurz und bestand nur aus Gebeten für die auf See Gebliebenen. Eine Totenrede hatte ich mir verbeten – ich wollte keine ironischen Bemerkungen zu hören bekommen, und ich wollte nicht rührselig werden. Es war ein Tag des erhobenen Hauptes. Hinterher empfingen George und ich alle Trauergäste und alle, die uns geholfen hatten, im Gemeindesaal. Meiner Mutter ging ich, soweit es möglich war, aus dem Weg. Es gab Tee und Kaffee, und auf den Tischen standen Platten mit Schoko-Liebesknochen und Krapfen. Die Konditorei hatte kleine Krapfen gemacht, ungefähr halb so groß wie die üblichen, und die Liebesknochen gab es in zwei unterschiedlich langen Ausführungen: winzige, die man auf einmal in den Mund stecken konnte, und etwas längere. Es sah großartig aus, und ich glaube, Dirk hätte sich über meinen geistreichen Einfall gefreut. Die Gesichter einiger bestimmter Frauen zu beobachten war überaus interessant. Als Jeannie O'Brien sah, wie ich das Gebäck präsentiert hatte, blieb ihr der Mund offen stehen. Dasselbe passierte Marjorie Whelan, unserer Nachbarin. Erst als sie »Sein

Feingebäck!« hervorstieß, wurde mir klar, dass auch sie sich an meinem Mann gütlich getan hatte.
»Was hast du gesagt, Marjorie?«, fragte ich sie zuckersüß und umhüllt von meiner neuen Würde.
»Ach, nichts ...«, erwiderte Marjorie, den Blick auf die Köstlichkeiten gerichtet.
Und Josephine Holland, die ununterbrochen an ihrem Daumen lutschte – tja, dachte ich, etwas anderes wirst du jetzt eine Zeitlang nicht zu lutschen haben. Es gab noch mehr Frauen, die ich kannte und die das Gebäck mit einiger Bestürzung betrachteten. Die Männer langten kräftig zu, ohne die Anspielung auch nur im Geringsten zu verstehen. Und für George und seine Freunde war es ein wahres Festmahl.
Ich hatte mir für den Anlass extra einen Hut mit einem netzartigen Schleier gekauft, der über die Augen hing. Am Montag war ich in die Stadt gefahren und hatte mir eine kosmetische Behandlung gegönnt, und obwohl ich das Schminken sehr wohl beherrschte, ließ ich es mir dort vorführen, wenn man das so nennen kann. Dann kaufte ich mir eine Menge sehr guter Produkte und übte. Glatte Haut, Jugendlichkeit und Würde – ich wappnete mich wahrlich umfassend. Ein paar Dessous, und schon hatte ich einen bislang nie angestrebten Stil. Jetzt kann's losgehen, Millicent McHarg, sagte ich mir.

»Und – wie findest du es, Jeannie?«, fragte ich meine sogenannte beste Freundin.
»Was denn?«
»Na, das Ganze.«
»Das Ganze?«
»Das hier.« Ich machte eine Armbewegung, die den gesamten Raum umfasste. »Dirks Abschiedsfeier. So viele Leute sind gekommen – Geschäftsfreunde, Verwandte, Freunde. Sehr viele

Freunde. Er war ja so beliebt.« Wir standen an einem Tisch, und Jeannie hielt eine Tasse Tee in der Hand, genau wie der Pfarrer. »Und er hatte so viele weibliche Freunde, das ist wundervoll«, fuhr ich fort. »Das gibt mir das Gefühl, nicht ganz so allein zu sein.«

Jeannie schluckte schwer. Ich glaube, sie hatte einen kleinen Schock erlitten.

»Vielleicht hätte ich ein Streichquartett engagieren sollen«, sagte ich grüblerisch zu Jeannie und dem Geistlichen. »Dirk hat ja so gern getanzt.«

»Getanzt?«, fragte sie.

»Ja, wir haben oft im Schlafzimmer getanzt, bevor wir ins Bett gingen«, log ich.

»W-w-wirklich?«

In diesem Augenblick wurde der Pfarrer von jemandem abgelenkt, der ihn am Ellbogen zupfte, um seine Aufmerksamkeit auf sich zu ziehen.

»Aber ja«, sagte ich. »Dirk liebte Foxtrott.« Ich kicherte ein bisschen. »Und dann tat er immer so, als wäre er ein Jagdhund, und stellte mir nach – ›sein Füchslein‹ nannte er mich. Ach, diese Jagden und wie sie immer endeten werde ich sehr vermissen.«

Hugh, Jeannies Mann, kam zu uns und sagte: »Du siehst fantastisch aus, Millie!«

»Du sollst Mitgefühl für sie zeigen!«, fauchte Jeannie ihn an.

»Aber sie sieht wirklich fantastisch aus«, entgegnete Hugh. »Ich würde sogar sagen, dass ich dich noch nie so gutaussehend erlebt habe, Millie.«

»Ich versuche George zuliebe, meine Trauer zu verbergen.«

»Du musst dich ja so betrogen fühlen«, sagte Nachbarin Marjorie, die sich zu uns gesellt hatte.

Du Luder!, dachte ich. Du gehst mit meinem Mann ins Bett,

erscheinst bei seiner Totenfeier und hast nichts Besseres von dir zu geben als eine fiese Bemerkung. Marjorie Whelan war gute zwölf Jahre jünger als ich. Ich habe nie verstanden, warum manche Männer mit Mädchen, die wesentlich jünger sind als sie selbst, eine Affäre haben oder sie gar heiraten. Worüber reden sie denn mit diesen Frauen, deren Sichtweise mehr als ein Jahrzehnt von ihrer eigenen entfernt ist?

Marjories Feststellung löste in Hugh offenbar ein gewisses Unbehagen aus.

»Betrogen?«, sagte ich. »Ja, natürlich. Ich fühle mich von Gott betrogen, weil er zugelassen hat, dass mein geliebter Dirk so früh starb. Aber ich kann auf so vieles zurückgreifen. Ich habe ja meine wunderschönen Erinnerungen. Wir haben so viel miteinander geteilt. Er hat mir immer alles erzählt, ich wusste immer, was er gerade beruflich und zu seinem Privatvergnügen machte. Er liebte es, mir das alles mitzuteilen. So ein Austausch ist ein wahres Aphrodisiakum.« Ich sah ihr offen ins Gesicht und lächelte sie aufmunternd an. Mit dir beschäftige ich mich später, dachte ich.

»Ich vermisse alles, was wir miteinander geteilt haben«, fuhr ich fort. »Ich vermisse es, wie wir immer über seine Beobachtungen anderer Menschen gelacht haben. Er imitierte ja so gern andere Leute – vor allem Frauen. Da war er richtig gemein«, sagte ich strahlend. »Na ja, *tempi passati*. Und jetzt habe ich meine Erinnerungen – schöne Erinnerungen – und das Geld aus der Versicherung. Mir kann nichts mehr passieren. Und der arme Dirk ist tot. Marjorie, du musst *unbedingt* einen Liebesknochen essen!« Ich legte ein Eclair und zwei von den kleinen Krapfen auf einen Kuchenteller. »Sie sind wirklich lecker. Und es ist ja wahrlich genug da.«

Marjories Mann Gerald, der zwei Monate zuvor von daheim ausgezogen war – jetzt wusste ich, warum –, kam zu unserer kleinen Gruppe, lüftete den Schleier an meinem Hut und gab mir einen Kuss.

»Schön, dass du so strahlst«, sagte er.

»Danke, Gerald«, erwiderte ich tapfer. »Ich tue mein Bestes in diesen schweren Tagen.«

»Ich muss jetzt ins Büro zurück«, sagte er, »aber ich rufe dich nächste Woche an, vielleicht hast du ja Lust auf ein kleines Abendessen …«

Ein kleines Abendessen? Mir war nach mehr als nur einem kleinen Abendessen!

»Danke, Gerald. Ja, ruf mich an! Ich brauche jetzt meine Freunde – und erst in Zeiten wie diesen erweist sich, wer die wahren Freunde sind.«

Nachdem Gerald gegangen war, sagte ich zu Marjorie: »Irgendwie ist das jetzt wie damals, als Gerald dich verließ und ich mich deiner annahm – ich bin dir wirklich dankbar, dass du so für mich da bist.«

Ich achtete darauf, dass nicht die kleinste Spur von Ironie in meiner Stimme lag. Die neue Rolle gefiel mir. Ich hatte das Gefühl, in sie hineinwachsen zu können, falls man mich ließ, auch wenn noch einige Lücken gefüllt werden mussten, Lücken sowohl in Bezug auf mein Wissen als auch auf meinen Charakter. Die Angehörigen meiner Generation waren in vieler Hinsicht wirklich auf der Höhe, ließen jedoch hier und dort zu wünschen übrig.

Mit »Wissen« war die richtige Einschätzung meiner Freunde und Bekannten gemeint. Am Morgen dieses Tages hatte ich nur von ein paar Frauen gewusst, die mit Dirk geschlafen hatten, und dieses Wissen hatte ich mir dadurch erworben, dass ich genau beobachtete, wie er die Frauen in unserem Freundeskreis ansah, wenn wir mit ihnen zusammen waren. Ein sehnsüchtiger Gesichtsausdruck, ein anzügliches Lächeln, verräterische Blicke ... Doch nach dem Gedenkgottesdienst und der Feier hatte ich mindestens ein halbes Dutzend weitere identifiziert. Wahre Freunde sehen dir in die Augen, und du weißt, dass sie es ehrlich meinen, wenn sie dir ihr Beileid bekunden. Du spürst, dass sie selbst traurig sind, weil sie einen Freund verloren haben, und sie gehen sogar noch darüber hinaus und zeigen dir ihre Trauer, und ihr Mitgefühl ist echt. Freundinnen, die es mit deinem Mann getrieben haben, können dir nicht richtig in die Augen sehen. Ich lernte viel an diesem Tag.

Meine Mutter stand ein wenig abseits – nicht abseits genug für meinen Geschmack – und hatte mich im Auge. Immer wenn ihr Blick auf die Gebäckstücke fiel, zog sie einen Schmollmund. Ich weiß nicht, ob sie die Anspielung überhaupt verstand. Ich hielt mich fern von ihr, weil sie dazu neigte, mich zu schwächen und mir das Gefühl zu geben, nicht zu genügen.

George war wunderbar – er würde einmal ein guter Mann sein. Das wusste ich einfach. Ich gebe zu, dass mir damals noch nicht recht klar war, was einen »guten Mann« ausmacht, aber ich ahnte, dass es so etwas gab und dass George mit ein bisschen Glück einer werden würde.

Und es wurde tatsächlich ein guter Mann aus ihm – irgendwo dort drüben in Südostasien, in einem Hubschrauber, so wie Waldorf und ich ihn sahen, als wir um Mitternacht die Nachrichten einschalteten. Manchmal dachte ich, dass er seinen Vater suchte, wenn er von so hoch oben nachforschte und beobachtete. Ich konnte ehrlich sagen, dass ich bei seiner Erziehung mein Bestes getan hatte – er war robust und zuverlässig, interessant und faszinierend, aber immer nur aus der Ferne.

»Ob er es schafft, an Weihnachten hier zu sein?«, sinnierte ich laut. Nachdem ich ihn an dem Trapez, oder was immer das da ist im Hubschrauber, hängen sehen hatte, war mein Ärger etwas abgeflaut.

Waldorf strich mit der Hand über meinen in Leder gehüllten Schenkel und sagte mit heiserer Stimme: »Ah, ich liebe es, wenn du Leder trägst.«

Ich weiß, dachte ich. Nur seinetwegen trug ich eine lila Lederhose. Ich könnte ein, zwei Bücher über Männer und ihre Fetische schreiben. Habe ich sogar schon getan.

Ich lächelte ihn an. »Ich habe so eine tolle Überraschung für dich als Weihnachtsgeschenk.«

Er stieß ein kehliges Kichern aus. »Ich für dich auch.«

»Wenn George nicht kommt, wird Maria am Boden zerstört sein.« Ich nahm meinen Gedankengang von eben wieder auf, und das Bild meiner ewig wartenden Schwiegertochter schoss mir durch den Kopf.

»Das Mädel braucht mal einen richtig guten …« Waldorf sprach das Ende des Satzes nicht aus.

»Fick?«, sagte ich.

Er nickte und streckte Daumen und Zeigefinger aus, um den Reißverschluss an meiner Lederhose zu öffnen.

»Wir müssen ihr irgendeine Ablenkung verschaffen«, schlug ich vor, während ich auf dem Sofa ein Stück zur Seite rutschte, damit er besser rankam.

»Lass mich raten, welche Farbe dein Korsett hat«, sagte Waldorf. Er war ein unglaublich zielstrebiger Mann. Wenn er einmal losgelegt hatte, konnte ihn nichts mehr aufhalten.

»*Oh là là!* Ist das neu?« Er fingerte an dem dünnen, spitzenartigen Lycragewebe herum, in dem ich steckte.

»Ja«, antwortete ich. »Aber das ist nicht dein Weihnachtsgeschenk.«

Er stöhnte vor Erregung auf. »Das hier reicht erst mal völlig aus, Millie, meine Liebste!«
Genau, dachte ich. Über Maria und über mögliche Ablenkungen denke ich morgen nach.

SIEBTES KAPITEL

Plumpuds Geschichte

Als wir nach dem Weihnachtsspiel aus dem Taxi stiegen und ich Ronnie Fields hinter dem Möbelwagen stehen sah, traute ich meinen Augen nicht. Ich hatte ihn im Sommer bei Daisy kennengelernt. Daisy wohnt draußen in Foxrock. Sie ist mit meiner Schwester Daffers befreundet, aber ich war damals auch dort, weil Samson und Delilah, die Eltern von Daisy, eine Gartenparty feierten und die ganze Familie McHarg eingeladen war.

Ronnie Fields war der Cousin eines Cousins von Daisy und einfach umwerfend. Er lag so da im Gras mit seinen langen braunen Beinen und seinen weißen Shorts. Er hatte blonde Härchen an den Armen, und er trug ein dunkelblaues T-Shirt. Seine Augen hatten dieselbe Farbe wie das T-Shirt. Er hatte eine vollkommen gerade Nase und weißblondes, sehr kurz geschnittenes Haar; nur vorn stand ein kleiner Schopf vor.

Ich sah ihn nur dieses ein Mal, aber als wir nach den Ferien wieder in der Schule waren, sagte Daisy zu Daffers, ihr Cousin hätte gesagt, Ronnie hätte gesagt, er würde mich gern wiedersehen. Ich wusste nicht, ob ich Daffers das glauben sollte, als sie es mir erzählte, weil Daffers normalerweise nie die Wahrheit sagt, aber der Gedanke, er könnte mich vielleicht gern wiedersehen, war schön, und ich dachte das ganze Trimester hindurch immer wieder daran.

Als das *Verkauft*-Schild vor dem Nachbarhaus aufgestellt wurde, kam ich natürlich nicht im Traum auf die Idee, dass Ronnies Eltern es gekauft haben könnten und dass sich an Weihnachten Ronnie persönlich in unserer unmittelbaren Nachbarschaft häuslich niederlassen würde.

Als wir zu Theresa Carmody gingen, um bei der ersten ihrer vielen Vorweihnachts-Partys mitzufeiern, war ich wahnsinnig aufgeregt, weil die Fields' nun nebenan wohnten. Ich hatte überhaupt nicht damit gerechnet, dass sie noch am selben Abend bei der Party auftauchen würden. Offenbar hatte Theresa Carmody den Möbelwagen gesehen, während wir beim Weihnachtsspiel waren, und war hinübergelaufen, um die Familie zu begrüßen und um weitere Leute aufzutreiben, mit denen sie ihr Haus füllen konnte.

Viel später erzählte mir Ronnie, dass seine Eltern eigentlich vorgehabt hatten, die Betten aufzustellen, er aber zu bedenken gab, dass man nicht oft im Leben schon am Abend des Einzugs in ein neues Haus zur Party eines Nachbarn eingeladen wird und dass sie auf jeden Fall hingehen sollten. Dann würde er vielleicht schneller Freunde finden, sagte er; schließlich sei es nicht gerade angenehm, in seinem Alter in einen anderen Stadtteil zu ziehen.

Und so begegneten wir uns bei Theresa Carmody, und ich setzte Dumpling aufs Sofa, weil sie irgendwie schwerer wird, wenn sie müde ist – aber wahrscheinlich spüre ich in Wirklichkeit einfach ihr Gewicht stärker, wenn ich müde werde, ich weiß auch nicht. Aber ich war nicht müde, ich war nur aufgeregt. Und dann kam er rein. Ronnie Fields mit den langen Beinen und dem blonden Haar mit dem Schopf vorn dran.

Und er war überhaupt nicht schüchtern. Er ging gleich auf mich zu – genau, wie ich es getan hatte, als ich ihn draußen auf der Straße sah.

Kurze Zeit später beobachtete ich eine Weile seinen Dad und erkannte genau, woher Ronnies Eigenarten stammten. Er war wirklich überhaupt nicht schüchtern. Er legte mir zum Beispiel die Hand auf den Arm. »Komm, wir tanzen«, sagte er, und dann tanzten wir. Eine Hand auf meiner Schulter. »Durstig? Komm, wir holen uns was zu trinken, in der Küche stehen alle möglichen Flaschen.« Und als er dann jedem von uns ein Glas Cola einschenkte, sagte er: »Unsere Gastgeberin hat doch bestimmt nichts dagegen, dass ich ein paar Eiswürfel rausnehme.« Dann ging er an den Kühlschrank und holte Eiswürfel. Genauso war er auch im Sommer bei Daisy gewesen. »Möchtest du was trinken?«, hatte er gefragt, und dann war er losgezogen und hatte mir etwas zu trinken gebracht.

Theresa Carmodys Haus war voll mit schön angezogenen Leuten. Grammer und Waldorf tanzten in der Diele. Theresas Haus ist völlig anders als unseres. Vor ihrem Einzug ließ sie die Wand zwischen Wohn- und Esszimmer einreißen und im hinteren Teil des Hauses Erkerfenster einsetzen, die denen im vorderen Teil entsprechen. »Tja, Wurstgeld reicht lange«, sagte Grammer.

Außerdem entfernte Theresa Carmody die Wand zu dem Raum, der in unserem Haus das Arbeitszimmer ist, so dass ihre Diele die ungefähr fünffache Größe von unserer hat – lang genug zum Tangotanzen und so breit, dass die Leute, die im Vorgarten getanzt hatten, hineingehen konnten, als es zu regnen begann. Waldorf trug ein schwarzes Jackett aus einem ganz weichen Stoff. Dumpling liebte dieses Jackett – sie strich mit ihren kleinen Händen darüber, streichelte es wie ein Kätzchen. Wenn sie schnurren könnte, hätte sie es bestimmt getan. Waldorf trug eine jahreszeitlich passende Blume im Knopfloch, einen Stechpalmenzweig mit Beeren, wegen Weihnachten. Daffers meinte, im Jahr zuvor hätte er sich einen Mistelzweig eingesteckt, aber daran konnte ich mich nicht erinnern.

Daffers »machte den Dumpling-Trick«, wie wir bei uns zu Hause sagen. Bei der Party, meine ich. Sie war plötzlich verschwunden, aber irgendwann kam sie hinter dem Vorhang an den hinteren Erkerfenstern hervor, so dass sie vielleicht doch die ganze Zeit da gewesen war.
Ronnie zog an der Theke in Theresas Küche zwei Stühle hervor, und wir setzten uns und tranken mit Strohhalmen unsere Cola und aßen Nüsse und Datteln. Es gab jede Menge lecker aussehende Sachen, aber ich hatte keinen Hunger. Das lag wahrscheinlich an der Aufregung.
Ronnie sagte: »Wir könnten zusammen in die Schule gehen.«
Das erstaunte mich. »Wie meinst du das?«
»Schule ... nebeneinander ... auf der Straße ... zu Fuß«, erklärte er.
»Ach so. In welche Schule gehst du denn jetzt?«, fragte ich ihn. Als wir uns im Sommer bei Samson und Delilahs Party unterhielten, hatte er eine Schule am anderen Ende der Stadt erwähnt.
»Ich wechsle die Schule«, sagte er. »Ich wechsle in diesen quadratischen Kasten hinter deiner Schule, der so ziemlich das Scheußlichste an moderner Architektur ist, was man sich vorstellen kann.«
Daffers und ich besuchten eine Mädchenschule. Ein Stück weiter – genauer gesagt: fast zwei Kilometer weiter – stand eine Schule, deren Schüler graue Hosen und dunkelblaue Blazer trugen.
»Ach so«, sagte ich noch einmal.
»Es sei denn, du gehst lieber allein.« Er sah mir in die Augen.
Nein, nein, dachte ich – ich würde dafür zahlen, dass ich mit dir zur Schule gehen kann! Ich wäre überglücklich, wenn ich mit dir zur Schule gehen könnte!
»Ich würde sehr gern mit dir zur Schule gehen«, sagte ich und

hoffte, dass es nicht zu begeistert klang. Meine Klassenkameradinnen sagen immer, dass man cool bleiben und sich mehr unter Kontrolle haben muss und so, aber von solchen Dingen verstehe ich nichts.

»Trägst du dein Haar manchmal offen?«, fragte er.

Ich fummelte an meinem Pferdeschwanz herum und nickte, obwohl ich es nie offen trage. Ich hatte mein Haar gelöst, als ich ihn draußen auf der Straße sah, aber dann hatte ich es wieder zusammengebunden, ich weiß auch nicht, warum.

»Lass es doch mal frei fallen, jetzt gleich«, sagte er und hielt den Kopf geneigt, während er mir zusah.

Ach, ich war Wachs in seinen jugendlichen Männerhänden. Ich streifte den Gummi ab und ließ mein Haar auf die Schultern fallen. Dann schüttelte ich leicht den Kopf, damit sich die Strähnen voneinander lösten.

»Steht dir wirklich gut so«, sagte er.

Ich habe dunkelbraunes, stark gewelltes Haar, und ich binde es zusammen, damit es mich nicht stört. Ich schob mir das Gummiband übers Handgelenk, und weil ich fand, dass das albern aussah, schob ich es so weit unter den Pulliärmel, dass man es nicht mehr sah.

Am liebsten hätte ich gesagt: »Ich liebe dein Haar. Ich finde es schön, wie es an deinem Kopf anliegt, und wie dunkel deine Augen sind, dunkelblau, und wie dein Hals in den Hemdkragen übergeht. Ich finde deine Fußknöchel wunderschön und deine kräftigen Handgelenke und deine sauberen, gepflegten Fingernägel.« Stattdessen sagte ich, und ich klang dabei genau wie meine Mum: »Dann besteht deine Familie also nur aus dir und deinen Eltern?«

»Hier, heute? Ja. Die anderen sind zu Hause geblieben.«

»Die anderen?« Jetzt war ich überrascht. Mit meiner blöden Bemerkung hatte ich nur mein Schweigen kaschieren und mich

daran hindern wollen, »Ich liebe deine Nase« oder etwas Ähnliches zu sagen, was sehr gut hätte sein können.
»Ja, mein Bruder und der Hund.«
»Ach so.« Ein Bruder und ein Hund. »Wie ist er so?«
»Der Bruder oder der Hund?«
»Na ja, beide.« Es war mir egal. Ich wollte nur, dass er weitersprach und nicht auf den Gedanken kam, ich wäre zu langweilig, als dass er weiter mit mir in Theresa Carmodys Küche sitzen oder mit mir in die Schule gehen wollte.
»Beide haben es faustdick hinter den Ohren!«, antwortete er lachend.
O mein Gott – wenn er lachte, bildeten sich in den Augenwinkeln winzige Fältchen. Er hatte strahlend weiße Zähne, und ich konnte seine Zunge sehen.
Seine Zunge.
Hör auf, Plumpud, befahl ich mir selbst. Aufhören! Aber ich konnte nicht. Seine Zunge war dunkelrosa.
»Wie alt sind die beiden?«, fragte ich, den Blick auf seinen Mund gerichtet.
Der eine war genauso alt wie Daffers – ein Schulwegbegleiter für meine Schwester. Der andere war vierundachtzig – in Hundejahren.
»Ob es ihm schwerfallen wird, sich hier einzuleben«, sagte ich.
Ronnie lächelte. »Ich glaube, keiner von den beiden wird sich hier so schnell einleben wie ich.«
Wegen mir?
»Ich hatte schon immer Lust darauf, mal neben einem Mädchen zu wohnen.«
Wie meinte er das? Wieder wusste ich nicht, was ich sagen sollte. Ich blickte ihn an, und dann trank ich wie eine Wilde mein Cola und wusste nicht, wo ich hinsehen sollte.

»Unser altes Haus war weit draußen, richtig einsam. Meine Mutter ist froh, jetzt näher an der Stadt zu wohnen. Sie ist Ballettlehrerin und hat im Augenblick einen meilenweiten Weg zur Arbeit. Für meine Eltern wird es leichter, in die Arbeit zu kommen. Die neue Schule ist ganz nah, und …« Er stockte.
Ich hielt den Strohhalm mit den Lippen fest und betrachtete Ronnie.
»Das Beste ist, dass nebenan ein Mädchen wohnt.«
Mein Herz stimmte ein Lied an. Hätte ich doch nur Alice geheißen. Denn als Alice hätte ich mein eigenes Lied gehabt – Sie erinnern sich doch an den Song »Living Next Door to Alice«? Den spielte Dad jedes Mal, wenn er nach Hause kam.
Ronnie war so wahnsinnig locker, einfach unglaublich. Ich spürte, dass ich rot wurde. Ganz kurz schoss mir der Gedanke durch den Kopf, dass er mit dem Mädchen von nebenan Daffers oder Dumpling gemeint haben könnte, aber im Herzen wusste ich, dass er mich meinte.
Mich, Plumpud. Plumpud mit dem Pferdeschwanz. Adrett. Gepflegt. Nichts Besonderes.
So, jetzt ist es heraus! Ich war nichts Besonderes. Grammer sagt, jeder Mensch ist etwas Besonderes. Sie sagt, jeder Mensch ist einzigartig, und jeder hätte besondere Eigenschaften, aber ich sehe wirklich nicht nach jemand Besonderem aus.
Ronnie Fields war der erste Junge, dem offenbar daran lag, mit mir zu reden. Und ich wollte mit ihm reden. Ich musste nur noch herausfinden, wie das ging.
»Welches Zimmer hast du?«, fragte ich ihn – und hätte mir am liebsten sofort die Zunge abgebissen. Es klang so … Ich weiß auch nicht – so dreist irgendwie. Es war mir so peinlich, dass ich keinen klaren Gedanken fassen konnte.
Ich erklär jetzt mal die Lage der Häuser. Wenn man darauf zufuhr, stand das von Theresa Carmody direkt vor unserem,

dann kam unseres und dann das der Fields'. Es waren Häuser im viktorianischen Stil, jeweils mit einem Garten; unseres unterschied sich am meisten, weil hinten, zu den Fields' hin, Grammers Wohnung angebaut war. Soweit ich wusste, entsprachen die oberen Zimmer genau den unseren. Bei uns war mein Zimmer das erste im hinteren Teil des Hauses; von meinem Fenster aus konnte ich in Theresa Carmodys Garten sehen. Dumplings Zimmer lag in der Mitte des hinteren Hausteils mit Blick auf unsere vergrößerte Küche, und dann kam, unmittelbar vor Grammers Wohnung, das Zimmer von Daffers. Von ihrem Fenster aus hatte man den besten Blick in unseren Garten, und man sah von dort auch Grammers Veranda – im Grunde eine Verlängerung von unserer – und die Mauer, die uns von Ronnie Fields' Garten trennte.

Mein Zimmer war das größte im hinteren Teil des Hauses, aber Mums nach vorne liegendes Zimmer war wesentlich größer. Wie sich herausstellte, schlief Ronnie Fields im Pendant meines Zimmers in seinem Haus.

»Oh.« Ich wusste nicht, was ich als Nächstes sagen sollte.

»Welches ist deins?«, fragte er.

»Das gleiche«, murmelte ich.

»Ich kann von meinem aus in euren Garten sehen.« Ronnie streckte die Hand nach einem Cocktailwürstchen aus.

»Das würde ich lieber nicht essen«, riet ich ihm. »Grammer sagt, dass man nicht genau weiß, was in den Würstchen von Wallace drin ist, weil die praktisch alles schlachten.«

Ronnie Fields lachte. Komisch, wie normal manches klingt, wenn es die Großmutter sagt, und wie befremdlich, wenn es aus dem eigenen Mund kommt.

»Na, dann lass ich das mal besser bleiben«, sagte er, was ich sehr nett fand – schließlich hätte er sich über Grammer und mich auch lustig machen können, aber das tat er nicht.

»Schade, dass dein Zimmer nicht am nächsten zu meinem liegt«, sagte er.

Am liebsten hätte ich gefragt: »Warum findest du das schade?«, aber ich hatte Angst davor, weil ich mir überhaupt nicht vorstellen konnte, was er darauf antworten würde. Stattdessen sog ich weiter an meinem Strohhalm und hielt den Blick auf mein Glas gerichtet.

In diesem Augenblick kam ein Mann mit lila Augen in die Küche und musterte uns. »Immer schön sauber bleiben, ja?«, sagte er. Es war wohl irgendwie neckisch gemeint, klang aber ein bisschen unheimlich.

»Klar doch«, entgegnete Ronnie blitzschnell. »Das ist Ms. McHarg.« Er sprach es so aus, dass es wie »Miss McHarg« klang. »Und ich bin Ronald Fields junior.«

Ich lachte. Der Mann sah Ronnie ein paar Sekunden lang ganz intensiv an. Dann drehte er sich um und ging.

»Ziemlich finsterer Bursche«, meinte Ronnie, und ich stimmte ihm zu.

Dann kam Polo, Theresa Carmodys Schwester, herein und musterte uns.

»Dich kenne ich noch gar nicht, oder?«, sagte sie zu Ronnie.

Er stand auf und stellte sich vor. »Plumpud kennst du ja sicherlich.«

Sie nickte. Sie lächelte nur selten. Als Daffers klein war, malte sie mal einen Obstgarten mit allen möglichen Obstbäumen. Und einen dieser Bäume nannte sie Polo-Baum, weil an ihm, wie sie sagte, böse Früchte hingen. Sie kann sich nicht mehr daran erinnern, aber ich schon. Im Gegensatz zu Grammer und Mum wusste ich, was sie damit meinte.

»So was Ähnliches wie Zitronen«, sagte sie, nachdem Grammer sie um eine Erklärung gebeten hatte, und fügte hinzu: »Mit Insekten drin.«

Grammer und Mum warfen sich schweigend einen Blick zu. Polo setzte sich zu uns an den Tisch und griff nach einem Würstchen.
»Die würde ich an Ihrer Stelle nicht essen«, warf Ronnie Fields ein, aber ich unterbrach ihn sofort und sagte: »Die sind kalt, Polo.« Und dann sagte ich zu Ronnie: »Polo ist übrigens die Schwester von Theresa Carmody.« Ich war ziemlich stolz auf meine schnelle Reaktion.
»Ist ja witzig.« Ronnie Fields hatte die Sache mit den Würstchen sofort gecheckt und spielte wunderbar mit. Er schob Polo einen Teller mit Essiggürkchen und Käse hin und sagte: »Essen Sie lieber etwas davon.«
»Nein«, entgegnete sie eisig. »Ich will ein Würstchen. Die schmecken mir auch kalt.« Sie sah mich an, und ich versuchte zu lächeln. »Was macht ihr beiden da eigentlich?«
Ich wusste nicht, worauf sie hinauswollte, denn es war ziemlich offensichtlich, dass wir Cola tranken und uns unterhielten. Und dass wir etwas dagegen hatten, dass sie bei uns saß und uns anstarrte.
»Wir trinken Cola und unterhalten uns«, antwortete Ronnie ganz ruhig und gelassen, aber ich hörte trotzdem etwas heraus – einen Anflug von Ärger über ihre Frage, vielleicht auch eine gewisse Verwunderung. »So, und jetzt entschuldigen Sie uns bitte, wir wollen tanzen«, fuhr er fort. Und er nahm mich einfach so bei der Hand, und wir gingen und ließen Polo allein.
In der Diele sah er mich an und flüsterte mir zu: »Auf diese Nervensäge können wir wirklich verzichten, oder?«

Ich hätte mich das nicht getraut.
Genau wie Daffers mochte ich Polo nicht, aber ich wusste nicht, warum eigentlich. Bei manchen Leuten hat man ja das

Gefühl, dass sie so ähnlich denken wie man selbst – bei Mädchen und Frauen, meine ich. Sie haben auch ihre Periode, und man weiß, dass sie optimistisch sind, und dass sie, wenn sie sie sehen würden, Dumpling sofort ins Herz schlössen. Ich glaube, die Liebe zu Dumpling ist mein Parameter – ist das das richtige Wort? Dumpling musste man einfach lieben, und wenn es jemand nicht tat, dann konnte ich diesen Menschen einfach nicht sympathisch finden. Dann fehlte einfach etwas. Polo mochte Dumpling nicht. Sie interessierte sich nicht im Geringsten für sie.

Dann wurden wir gerufen, weil Grammer fand, dass es für uns Mädchen Zeit wäre, nach Hause zu gehen. Der Mann mit den lila Augen berührte Dumpling, und Dumpling umfing mit den Armen Grammers Hals, und ich hätte ihn am liebsten angeschrien, er soll sie in Ruhe lassen. Aber natürlich tat ich es nicht.

»Schade, dass du gehen musst«, sagte Ronnie zu mir.

»Bleibst du noch sehr viel länger?«

Da lachte er wieder – ich weiß gar nicht, warum – und sagte: »Nein. Wir wollten nur kurz hallo sagen. Kann sein, dass meine Eltern noch ein bisschen bleiben, aber ich gehe jetzt.«

Ich war froh darüber.

Polo sagte: »Auf Wiedersehen, Plumpud.« Ich sah sie erstaunt an, denn ich hatte gar nicht gewusst, dass sie meinen Namen kannte. Auf jeden Fall war es das erste Mal, dass sie ihn aussprach.

Ich sagte: »Gute Nacht, Polo.« Daffers nahm Grammers Hand, und Grammer schaffte uns hinaus. Ronnie folgte uns. Ich hatte schon geglaubt, ich hätte ihn im Gewühl verloren. Er legte seine Hand auf meine Schulter. Am liebsten hätte ich gesagt: »Sehen wir uns morgen?«

»Wir sehen uns doch morgen, oder?«, fragte er.
Ich merkte, dass ich übers ganze Gesicht strahlte. Dann gingen wir heim.

Mum lag auf dem Sofa. Sie sah grauenhaft aus – irgendwie müde und traurig, völlig fertig. Auch Dumpling war müde, erzählte aber mit den Händen geschäftig von der Gans im Weihnachtsspiel und vom Tanzen auf der Party.
Ich wollte sofort ins Bett und an Ronnie Fields denken, daran, wie ich mit ihm in Theresa Carmodys Küche gesesssen und in ihrer Diele mit ihm getanzt hatte. Und ich wollte mir vorstellen, dass er gleich nebenan im selben Zimmer lag wie ich. Ich fragte mich, ob sein Bett wohl an derselben Stelle stand wie meines und ob er eine ähnliche Aussicht hatte wie ich, der Position des jeweiligen Hauses entsprechend natürlich, und in welcher Farbe bei ihm die Wände gestrichen waren. Noch die kleinste Kleinigkeit wollte ich wissen und hatte keine Ahnung, wie ich sie erfragen sollte.
Die Häuser sind alt, in jedem Schlafzimmer befindet sich ein Waschbecken, und in dieser Nacht stellte ich mich, nachdem ich mir die Zähne geputzt und die Haare gebürstet hatte, vor den Spiegel und überlegte, ob ich mein Haar am nächsten Tag offen tragen sollte. Oder würde es dann stören? Ich betrachtete meine Augenbrauen und meine Wimpern. Daffers beklagt sich immer darüber, dass meine so dunkel und ihre so hell sind, sie findet das unfair, und als ich mich jetzt im Spiegel ansah, war ich zum ersten Mal froh, dass sie so dunkel waren – ich fand, dass mein Gesicht dadurch irgendwie intensiver wirkte, mehr Kontur hatte. Mit dem offenen Haar, das auf meine Schultern fiel und mein Gesicht umrahmte, fand ich mich plötzlich nicht mehr ganz so bieder und gewöhnlich. Also, ich fand mich auch nicht gerade umwerfend – aber eben auch nicht mehr bieder.

Und ich konnte gar nicht mehr aufhören zu lächeln. Immer wieder dachte ich daran, wie Ronnie einfach so seine Hand auf meine gelegt und gesagt hatte: »Komm, wir trinken was« oder »Komm, wir tanzen« oder »Komm wir irgendwas«.

Komm wir irgendwas ... wirklich ein toller Gedanke! Ich zog einen frischen Pyjama an, einen aus zartrosa Fleece mit kleinen Wölkchen darauf, und betrachtete mich noch einmal im Spiegel. Und plötzlich überkam mich die Lust. Nicht Lust nach mir selbst, sondern Lust *an* mir selbst. Wie soll ich das erklären? Lust, weil ich jung und gesund und rank und schlank war und weil im selben Zimmer im Nachbarhaus Ronnie Fields mit seinem weißblonden Haar und den dunkelblauen Augen war. Ich strich mit den Händen über meinen Körper und versenkte mich in den Gedanken, wie gerne ich mich von ihm berühren ließe.

Dann sah ich die Praline auf dem Kopfkissen. Wenn Mum sich wegen irgendetwas Sorgen macht, legt sie uns eine Praline aufs Kissen. Ich fragte mich, was los war.

Ich wollte mir die Praline für den nächsten Tag aufheben und legte sie in mein Nachtkästchen. Normalerweise hätte ich sie gleich ausgewickelt und verschlungen, aber in der Stimmung, in der ich war, hatte ich keine Lust auf Schokolade. Außerdem hatte ich noch den Pfefferminzgeschmack meiner Zahnpasta im Mund.

Als ich mich gerade hinlegen wollte, bemerkte ich, dass die Deckenlampe noch brannte. Auf dem Weg zur Tür, neben der sich der Schalter befindet, fiel mir plötzlich etwas ein. Ich wollte wissen, ob ich von meinem Fenster aus Ronnie Fields' Garten sehen konnte.

Ich trat ans Fenster, beugte mich so weit nach links wie möglich und blickte zu seinem Garten hinüber, aber in der Dunkelheit war nichts zu sehen. Deshalb schaute ich schließlich in unseren eigenen Garten hinunter. Die Lampen in Theresa Carmodys Garten brannten noch und warfen ihr Licht in einen Teil unseres Gartens. Ich sah ein Stück Veranda, die Hollywoodschaukel, die Umrisse unseres Buddhas und die vorderen Obstbäume. Ich fragte mich, wann Dad zurückkommen würde. Es waren nur noch ein paar Tage bis Weihnachten.

Plötzlich glaubte ich in unserem Garten etwas gesehen zu haben, was sich bewegte. Ich trat ganz dicht an die Fensterscheibe heran und erkannte Kater, den grauen Kater von Theresa Carmody. Dann blickte ich zu Theresas Garten hinüber und stellte zu meinem Entsetzen fest, dass ich von ihrer Veranda aus beobachtet wurde. Zwei Personen standen dort nebeneinander und sahen zu meinem Fenster hinauf, und weil bei mir noch Licht brannte, war ich deutlich zu erkennen. Ich ging sofort vom Fenster weg und schaltete die Lampe aus. Und wenn schon! Machte doch nichts, wenn einen jemand am Fenster stehen sah. Aber es machte eben doch etwas. Es war mir total unangenehm, ich fühlte mich unbehaglich. Ich kannte die beiden und wusste jetzt, dass sie mich beobachteten. Plötzlich hatte ich ein ganz hässliches Gefühl. All die schönen Gedanken und Empfindungen wegen Ronnie Fields waren wie weggeblasen.

Schnell stieg ich ins Bett und blieb dort zitternd sitzen und war einfach … ach, ich weiß nicht, wie ich es ausdrücken soll. Aufgewühlt – das trifft es wohl am besten, glaube ich. Als Polo Carmody kurz zuvor in die Küche gekommen war und Ronnie und mich gefragt hatte, was wir da machen, hatte ich ganz stark das Gefühl, dass der Mann mit den lila Augen ihr gesagt hatte, sie solle das herausfinden. Und nun standen sie dort zusammen in Theresa Carmodys Garten und sahen zu meinem Fenster herauf.

Aber dann sagte ich mir: Sei nicht albern! Die sind doch nicht

in den Garten gegangen, um zu deinem Fenster hinaufzuschauen! Du bist bei brennendem Licht ans Fenster getreten, und sie waren eben zufällig gerade dort und haben natürlich zu dem Licht hochgeblickt. Trotzdem hoffte ich, dass sie mich nicht beim Ausziehen gesehen hatten, obwohl ich das nicht direkt vor dem Fenster getan hatte.
Nach einigen Minuten schlich ich mich aus dem Bett, ging zum Fenster zurück und schaute hinaus. Da mein Zimmer dunkel war, konnte ich diesmal unmöglich gesehen werden. Ich glaube, ich wollte einfach sichergehen, dass sie weg waren.
Aber sie waren nicht weg.
Sie standen noch immer an derselben Stelle und blickten noch immer zu meinem Fenster hinauf. Und obwohl ich so gut wie sicher war, dass sie mich nicht sehen konnten, trat ich vom Fenster weg, ging zurück ins Bett und sagte mir, dass ich nur einfach statt an die beiden an Ronnie zu denken bräuchte.
Ich fragte mich, warum sie immer noch da waren. Schließlich war es draußen dunkel und kalt und ziemlich ungemütlich. Es hatte zwar aufgehört zu regnen, aber eine schöne Nacht war es wirklich nicht. Dann versuchte ich, vernünftige Erklärungen zu finden, und sagte mir, sie wollten einfach ein bisschen frische Luft schnappen. Oder sie gefiel ihm (obwohl ich es mir nicht vorstellen konnte und auch keinen Grund dafür fand), und er hatte die Gartenlampen eingeschaltet, um sie aus dem Haus zu locken. Oder er gefiel ihr (was mir ebenso unerklärlich gewesen wäre), und sie hatte ihn hinausgelockt, weil sie mit ihm auf der Veranda tanzen wollte.
Und als sie dann beide draußen standen, wussten sie vielleicht nicht, was sie sagen oder tun sollten, und starrten deshalb zu unserem Haus hinauf. Oder so ähnlich.
Ich war froh, als ich Mums Schritte auf den Treppenstufen hörte – froh darüber, dass wir alle in unserem Haus und in Sicher-

heit waren, und während ich mir wünschte, Dad würde bald heimkommen, driftete ich schon weg, hin zu dem Ort, von dem Grammer behauptet, dort erfüllten sich die Träume, dorthin, wo Ronnie Fields Hand in Hand mit mir durch den Obstgarten ging und wo Dumpling zwei Füße hatte und sprechen konnte.

Aber plötzlich standen im Obstgarten nur noch Zitronenbäume, und Dumpling weinte laut, und es wurde unerträglich. Ich wachte auf. Alles war ruhig, aber ich wusste ja, dass ich, wäre auf dem Treppenabsatz kein Teppichboden gewesen, hätte hören können, wie sie zu Mums Bett hinüberschlurfte.

Ich war völlig durcheinander und begann über Dinge nachzudenken, die ich besser gemieden hätte, weil ich wusste, dass ich nicht mehr würde einschlafen können, sobald ich einmal damit anfing. Warum werden wir geboren? Was ist der Sinn des Ganzen? Grammer sagt, es ist eine unglaubliche Chance, und unsere Aufgabe ist es, sie zu nutzen. Nutze den Tag! Außerdem sagt sie, diese Generation wird einmal dafür bekannt sein, dass sie Unzucht trieb und Zeitung las. Das ist ein Zitat von Albert Camus, und ihrer Meinung nach liegt er damit völlig richtig. Außerdem handele es sich um die Generation, von der es einmal heißen wird, sie hätte die elementarsten Umgangsformen aufgegeben, und um die Ära, an die man sich erinnern wird, weil in sie der Tod der Ritterlichkeit fiel. Waldorf war ritterlich. Ronnie Fields auch.

Ich war nie jemand, der sich im Bett herumwälzt oder hin und her dreht, aber in dieser Nacht konnte ich, nachdem ich aufgewacht war, einfach nicht wieder einschlafen. Schließlich stand ich auf und zog meinen Morgenmantel und meine Hausschuhe an. Ich hatte keine Ahnung, wie spät es war, aber ich schlich im Dunkeln in meinem Zimmer herum, weil ich Angst hatte, Aufmerksamkeit von außen auf mein Zimmer zu ziehen. Auch ohne ans Fenster zu treten, erkannte ich am hereinfallenden Licht, dass die Lampen in Theresa Carmodys Garten noch immer brannten. Ich sah nicht hinaus, sondern schlich mich aus meinem Zimmer und ging in die Küche und ließ die Jalousien hinunter, ehe ich das Licht anknipste. Ich machte mir in der Mikrowelle heiße Milch mit Honig und wollte gerade das Radio einschalten und ein bisschen Musik hören, als Grammers in unsere Küche führende Küchentür aufging und sie den Kopf hereinstreckte.

»Alles in Ordnung, Plumpud?«, fragte sie.

Sie sah so toll aus, nicht wie die Großmütter der anderen, sondern wie meine. Wie die einzige, die ich je gehabt hatte. Sie trug einen scharlachroten Satin-Schlafanzug im chinesischen Stil und violette Pantoletten mit kleinen Absätzen und ganz viel Flaum vorn drauf, und ihr Gesicht war mit Nachtcreme eingeschmiert. Sie bezeichnete sich immer als Sklavin ihrer Gewohnheiten – und zu denen zählte nun mal ihre Nachtcreme.

»Ist Waldorf noch da?«, fragte ich.

»Glaubst du im Ernst, ich würde zulassen, dass er mich sieht, wenn ich wie ein Vampir ausschaue?«, gab sie zurück. Ich verstand, was sie meinte, denn ich hätte es auch nicht zugelassen, dass mich jemand so sah. Ich meine nicht den roten Schlafanzug oder die violetten Pantoffeln, sondern die dick aufgetragene weiße Creme. Ihrer Meinung nach hatte Doris Day wegen so einer Nachtcreme immer so jung ausgesehen, und wenn es bei Doris Day in Downtown L. A. funktioniert hatte, musste es auch bei Millicent McHarg in Dublin 4 funktionieren. Sie behauptete immer, nicht im Traum dächte sie daran, Waldorf bei sich übernachten zu lassen, aber ich bin mir ziemlich sicher, dass es vorkam. Sie meinte, sie müsste ein Vorbild für uns Mädchen sein, doch Daffers fand, sie wäre ein wesentlich besseres Vorbild, wenn sie zugeben würde, dass sie ihn doch bei sich übernachten ließ. Aber vor Grammer sagte sie das natürlich nicht.

Grammer trat in unsere Küche und sah sich um. »Kalt ist es hier«, sagte sie. »Komm doch mit rüber zu mir.«

In ihrer Küche war es gemütlich, weil sie einen Aga-Herd hatte. Sie machte sich eine Tasse Tee, und wir setzten uns auf ihr Sofa, und als ich mit meiner Honigmilch fertig war, schmiegte ich mich an sie, und sie hielt mich im Arm.

»Hast du schon mal daran gedacht, ein Buch über Daffers, Dumpling und mich zu schreiben?«, fragte ich.

Als sie antwortete, spürte ich ein Lächeln in ihrer Stimme. »Dafür ist noch genug Zeit, wenn ich sehe, welchen Verlauf eure Geschichten nehmen. Aber wenn ich jemals ein solches Buch schreibe, wird es die Erde bis ins Innerste erschüttern!«

»Glaubst du, Dad wird an Weihnachten hier sein?«

»Eine Garantie gibt es nicht«, sagte sie, »aber so viel kann ich dir sagen: Wart einfach ab!«

Jetzt musste ich lächeln. Ich an Dads Stelle hätte mich nicht getraut, nicht aufzutauchen.

»War er ein braves Kind?«, wollte ich wissen.

»Also, das ist eine völlig andere Geschichte. Ich glaube, ich bringe dich jetzt besser zurück ins Bett.« Sie sagte, sie würde mitkommen und mich zudecken – sie ist wirklich die Allerbeste. Aber ich sagte, ich würde das auch allein schaffen.

Sie gab mir einen Gutenachtkuss.

Als ich raufging, stand niemand auf Theresa Carmodys Veranda, und die Gartenlampen waren ausgeschaltet.

Diesmal schlief ich tief und fest.

ACHTES KAPITEL

Dumplings Geschichte

Daffers stellte die Eier auf den Frühstückstisch. Frühes Tischstück. Vier weichgekochte Eier. Langsam weich gekocht, bis das Klar weiß war und das Gelb flüssig, aber nicht roh. Grammer sagte, Polo Carmody ist hartgesotten.
Mum sagte: »Schsch, pas devant les enfants!« Mum war in die Arbeit gegangen. »Das Büro aufräumen«, hatte sie gesagt.
»Lass das Grübeln!«, sagte Grammer zu Mum.
»Aber was, wenn …«
»Bloß kein *was, wenn*! *Was, wenn* bringt dich keinen Schritt weiter!«
Drei Mädchen, drei Küsschen, dann war Mum weg. Spät gestartet. Drei Mädchen weg, Küsschen für Mum. Mum fuhr mit dem Auto weg. Motorengeheul vor dem Haus. Rrrrrrrrrrrrrr.
Jeden Tag sagte Grammer: »Das muss sie wirklich mal nachsehen lassen.« Früher fuhr Grammer Auto, aber sie hatte keinen Führerschein mehr, weil sie mit dem Auto die Auffahrt der Nachbarin hochfuhr und direkt in die Haustür krachte. Das hat mir Daffers erzählt. Daffers sagte, Grammer mochte die Nachbarin nicht. Die Nachbarin hieß Marjorie Whelan. Ich konnte jedes Geräusch von der Straße erkennen. Jedes Auto. Unterschiedliche Geräusche.
Die Eier standen in ihren kleinen Bechern auf dem Tisch. Daffers betrachtete sie und rieb sich den Schlaf aus den Augen.
»Warum muss ich eigentlich so früh aufstehen?«, fragte sie anklagend.
»Früh?«, sagte Grammer. »Zehn Uhr ist nicht früh. Früh ist,

wenn der Milchmann kommt. Früh ist, wenn der erste Vogel zwitschert.«

»Also, heute hat jedenfalls noch kein Vogel gezwitschert«, gab Daffers völlig richtig zurück.

»Das liegt an der Nässe.«

»Es liegt daran, dass es kalt und dunkel und mitten in der Nacht ist«, entgegnete Daffers.

Plumpud zwinkerte mir zu. Ich wurde von Plumpud zugezwinkert. Wenn ich zwinkerte, blinzelte ich mit beiden Augen. Ich wusste nicht, wie Plumpud das Zwinkern gelernt hatte. Ich übte vor dem Spiegel, aber wenn ich zu zwinkern versuchte, konnte ich nicht richtig sehen, ob ich zwinkerte.

»Zehn Uhr ist fast schon die Mitte des Tages, Daffers«, sagte Grammer.

In Grammers Welt war zwölf Uhr die Mitte des Tages, weil zwölf Uhr die Mitte der Nacht war. Für mich lag die Mitte der Nacht zwischen zwei und drei Uhr.

Daffers schmollt. Tllmosch. So klang es, als Grammer mit der Faust auf den Tisch schlug.

»Mach … nicht … so … ein … Gesicht!«, sagte Grammer.

Runter vom Stuhl, und dann schleppte ich mich über den Boden – viel schneller. Ich schaltete die Stereoanlage ein. Bevor ich meine Musik anstellen konnte, ging das Radio an. »Und hier die Zehn-Uhr-Nachrichten. Eine Flutwelle …«

Knöpfe drücken. Knöpfe gedrückt. »Kleiner Georgie, Pudding und Pie …«

Grammer lachte. Plumpud kam her und umarmte Dumpling. Sogar Daffers lächelte. Während des Eieressens ertönten Kinderlieder. Daffers hatte einen hellblauen Pyjama an.

»Was machen wir heute, Grammer?«, fragte sie.

»Alles Mögliche«, sagte Grammer. Sie hatte auch noch ihren Schlafanzug an, obwohl es schon Mitte des Tages war. Als sie

ganz nah kam, um heißen Kakao in meine Tasse zu gießen, auf der D U M P L I N G stand, roch ich Waldorf.
»Hast du gut geschlafen, Plumpud?«, fragte sie Plumpud. Plumpud war angezogen. Als Einzige von uns. Sauber und geduscht und die Haare gewaschen. Die Haare hingen ihr locker rechts und links ums Gesicht.
»Ja, danke, Grammer.« Plumpud lächelte verträumt in ihre Tasse hinein. Plumpud dachte an etwas Schönes.
Brrrr. Brrrr. Das Telefon.
»Ich, ich!«, sagte Daffers.
Plumpud drehte sich mit einem Ruck auf ihrem Stuhl herum.
»Ich gehe dran«, sagte Grammer. Sie griff nach dem Telefon und nahm den Hörer ab. »Halloooo, Millicent McHarg am Apparat«, sagte sie mit schwungvoller Stimme. Es klingt, als würde sie mit jemandem am Nordpol sprechen, sagte Daffers immer.
»George? Du kommst augenblicklich nach Hause!« Grammer bedeckte die Sprechmuschel mit der Hand. »Mädchen, ihr geht jetzt hoch und zieht euch an!«
Plumpud und Daffers tauschten einen Blick. Daffers öffnete den Mund, um zu widersprechen. Grammer sagte immer, dass Daffers' Mund ein Amorbogen ist. Grammer benutzt wunderbare Wörter, und jedes hat eine andere Bedeutung. Plumpud hob mich hoch, schaltete meine Kinderlieder aus und sagte: »Komm schon, Daffers.«
Grammer sah uns finster an.
Daffers ließ die Tür offen.
»Ist mir völlig egal, dass es unmöglich ist, George«, sagte Grammer. George war Dad. Nie gesehen. Immer ungesehen. »Wenn du es gestern geschafft hast, mit dem Flugzeug von dort wegzukommen, schaffst du es auch, heute hierherzufliegen … Ist mir völlig egal, dass du mit dem Hubschrauber

geflogen bist. Dann kommst du eben mit dem Hubschrauber hierher.«

Stehenbleiben auf der Treppe. Plumpud, Daffers und ich. Sechs Ohren spitzen sich Grammers Stimme entgegen.

»SOLL ICH HINFLIEGEN UND DICH HOLEN?«

Daffers warf Plumpud einen Blick zu. Plumpud warf Daffers einen Blick zu. Sie machten große Augen und zogen die Mundwinkel herab. Beide sahen gleich aus.

»Haaaaaaaaah!«, sagte Grammer.

Plumpud ließ mich beinahe fallen. Ich hielt mich gut fest.

»Alles in Ordnung, Dumpling«, sagte Daffers.

Das überraschte Plumpud, und mich auch.

Wir gingen hinauf. Daffers und ich, um uns anzuziehen. Plumpud wusch mir das Gesicht mit einem hellblauen Waschlappen. Sie nannte es babyblau. Sie trug ihr babyblaues Kapuzenshirt und eine weiße Hose. Plumpud wusch mir die Hände mit Wasser und Seife. Trocknete sie sorgfältig zwischen den Fingern ab.

»Eine schöne frische Strumpfhose«, sagte Plumpud. Sie hatte mich auf den Lehnstuhl in meinem Zimmer gesetzt. Sie hatte vergessen, mir die Zähne zu putzen. Aber Grammer würde das kontrollieren. Grammer sagte immer, eure Beißerchen sind eure besten Freunde. Ich wartete, bis sie sich umgedreht hatte und mir zeigte, welche Kleider sie aus dem Schrank nahm, und öffnete den Mund und grinste ganz breit mit zusammengebissenen Zähnen.

»Wir haben ja deine Zähnchen gar nicht geputzt«, sagte Plumpud. Grammer sagte Beißerchen. Plumpud sagte Zähnchen. Daffers hatte gerade das Wort Schneidezahn gelernt. »Ich muss noch schnell Schneidezähne putzen«, sagte sie, und Mum verzog pikiert das Gesicht. Dienstags spielte Mum abends immer Bridge. Dann gab es kein Pik-Gesicht. Vier Asse. Schwarz rot

rot schwarz. Am schönsten sind die Herzen. So rot und voller Liebe. In Plumpud schlug ein lächelndes Herz. Ich fragte mich, ob Ronnie Fields schon auf war.
»Wuff! Wuff!«
Plumpud und ich sahen uns an. Meine Zähnchen waren voller Zahncreme.
»Spül schnell aus!«, sagte Plumpud. »Und warte hier einen Moment.« Wo hätte ich denn schon hingehen sollen in Strumpfhose, Unterhose und Unterhemd?
Plumpud ging hinaus, blieb oben an der Treppe stehen und lauschte. Das Geräusch klang wie Hundegebell.
»Was ist das?«, hörten wir Grammer sagen, die noch immer Kontakt mit dem Nordpol hatte, aber nicht durchs Telefon.
»Das ist unser Hund.« Das war die Stimme eines Jungen.
»Bist du sicher? Bist du ganz sicher? Der sieht eher aus wie ein Babyelefant«, rief Grammer Richtung Nordpol.
Plumpud kam zu mir ins Zimmer gelaufen. »Kannst du ganz kurz hier warten, Dumpling? Ich bin gleich wieder da. Geh nicht weg und mach keinen Unsinn!« Sie war total aufgeregt. Sie war in Panik. Grammer feuerte aus allen Rohren. Plumpud rannte zur Treppe.
»Bist du das, Ronnie?«, fragte sie.
Ich sah mich in meinem Zimmer um. Wunderschönes Gelb. Schlüsselblumengelb, sagte Plumpud. Aber oben an der Treppe wäre es jetzt interessanter gewesen. Ich schlurfte hin und setzte mich auf die oberste Stufe. Das war »der Bus«. Vom Bus aus konnte ich den Elefanten hören, aber nicht sehen.
Wuff, wuff, wuff!
»Oh, ist der schön!«, sagte Plumpud. »Oh, oh! Aaaaaaah!«
»Oh, Entschuldigung!«, sagte die Jungenstimme. Ronnie Fields kam zu Besuch. Gab seine Karte ab, hätte Grammer gesagt.

»Platz! Platz! Tut mir wirklich leid. Alles in Ordnung, Plumpud?«
Ich lugte vom Bus aus durchs Treppengeländer hindurch, und was sah ich? Plumpud in ihrem babyblauen Fleece-Shirt rücklings auf dem Boden, und der kleine Elefant leckte ihr übers Gesicht.
»Ist das eine Zirkusnummer?«, fragte Grammer so laut, dass die Eisbären aus ihrem Winterschlaf hochgeschreckt wären.
»Entschuldigen Sie bitte, Mrs. McHarg«, sagte Ronnie Fields. Grammer sagte immer, der erste Eindruck zählt. Hoffentlich hatte er am Tag zuvor einen besseren Eindruck gemacht.
»Bring dieses Vieh um Himmels willen zurück in den Zoo und komm das nächste Mal mit einem Strauß Blumen!«, sagte Grammer.
Daffers saß neben mir im Bus und blickte mit ihren großen blauen Augen aus dem Fenster. Daffers zuckte. Ich sah sie an. Daffers lachte.
Meine Güte, das sah nicht gut aus. Plumpud lag wie ein hellblauer Käfer auf dem Rücken, die weißen Beine in die Luft gestreckt. Der Elefant ließ sie nicht los. Ronnie Fields, immerhin Rugby-Spieler, versuchte den Elefanten von ihr wegzuziehen. Grammer stand mit violettem Flaum an den Füßen und in einem chinesischen Schlafanzug aus roter Seide da, der mit grimmigen blauen, goldäugigen Drachen bestickt war. Die Drachen waren wütend.
»Grammer«, winselte Plumpud. »Bitte …«
Es war nicht zu erkennen, ob sie um Hilfe bat oder darum, dass Grammer aufhörte, sich über Ronnie Fields lustig zu machen. Denn Grammer machte sich über ihn lustig, nur wusste Ronnie Fields das nicht.
»Wie heißt er denn?«, fragte Grammer.
»Ronnie Fields«, antwortete Plumpud, die, weil sie gerade zu

Tode geleckt wurde, die Frage missverstanden hatte. »Du hast ihn doch gestern kennengelernt.«
»Das Vieh meine ich«, sagte Grammer mit übertrieben deutlicher Aussprache, während Plumpud versuchte, auf die Beine zu kommen.
Der Mahut zog den Elefanten von meiner Plumpud weg und sagte: »WC.«
»WC?«, wiederholte Grammer ungläubig – jedenfalls klang es oben im Bus so.
»Nach W. C. Fields«, erklärte der Mahut.
Plumpud stand ganz hellblau und mit sehr rosarotem Gesicht auf, und ihr schön gebürstetes Haar stand in allen Richtungen vom Kopf ab. Der Elefant balancierte begeistert auf den Hinterbeinen. Plumpud hatte es ihm angetan.
Grammer hielt immer noch das Telefon in der Hand und sprach jetzt hinein. »Du kommst besser sofort nach Hause, George!«
Für Dumplings Ohren war nur die eine Seite des Gesprächs zu hören.
»Natürlich kannst du!«
»Das ist doch lächerlich!«
»Ein Elefant namens Wasserklosett.«
»Nein, wir haben natürlich keinen Elefanten.«
»Was soll das heißen, du würdest es mir durchaus zutrauen?«
»Nein, der neue Freund von Plumpud hat einen.«
»Mach allen eine Weihnachtsfreude, komm heim und sieh selbst!«
Plumpud, der Mahut und der Elefant sahen einander liebevoll an. Ich klopfte mit winzigen silbrigen Fingernägeln ans Busfenster. Da fiel ich Plumpud wieder ein.
»Dumpling, mein Schatz!«, rief sie. »Ich bin schon da. Ronnie, setz dich ins Wohnzimmer …«
»Du kannst da nicht mit dem Vieh rein«, sagte Grammer. »Es

sei denn, du versprichst, die Uhr auf dem Kaminsims zu zerstören.«

»Ich gehe wieder nach Hause«, erklärte der Mahut. »Bin dann gleich nebenan. Komm einfach rüber, wenn du fertig bist, Plumpud.«

»Ich nehme Dumpling mit«, sagte Plumpud. Sie liebte ihre Dumpling. Ich steckte den Daumen in den Mund und wartete.

Grammer ging mit dem Telefon in der Hand in die Küche, um auf dem Umweg über den Nordpol mit Südostasien zu telefonieren.

»Seit dem Tag, an dem dein Vater starb«, schrie sie so laut, dass es die Eisbären am Nordpol hören konnten – bestimmt zitterten sie vor Angst im Schnee –, »habe ich kein ›Nein‹ mehr gelten lassen, und ich fange jetzt bestimmt nicht wieder damit an!«

Ich trug eine frische weiße Strumpfhose, ein Trägerkleid aus Jeansstoff und ein rosa T-Shirt. Plumpud nannte es puderrosa.

»Wo ist deine Jacke?«, fragte sie mich. Sie machte mein Bett, und in der Zwischenzeit holte ich meine Schuhe, die hatte sie vergessen. Plumpud war mit den Gedanken ganz woanders.

Ich suchte im Schrank nach meinen roten Lederschuhen, die Grammer am Abend zuvor dort hineingestellt hatte. Mitten zwischen meine Geheimnisse. Schuhschachteln ordentlich ganz hinten. So hinten und so ordentlich. Solche Geheimnisse. In meinen Schachteln. Ich setzte mich auf den Boden, damit Plumpud mir die Schuhe zumachen konnte. *Kommt's Händchen, schnürt's Bändchen.*

»Und hoch mit dir!«, sagte Plumpud und hob sich ihre Dumpling auf die Hüfte.

Ich zeigte auf die Treppe, und wir gingen hin. Runter, runter,

runter in die Diele, wo die limettengrüne Regenjacke mit dem Eskimopelz an der Kapuze ging. Grammer sagte einmal, helle Farben sind gut, vor allem auf einer vom Wasser überfluteten Insel. Und als sie das sagte, sagte sie, dass sie damit nicht das Meer meint.

Plumpud sagte, man darf nicht Eskimo sagen, es heißt »Inuit«. Grammer sagte Eskimo-Inuit-Inuit-Eskimo, völlig egal. Plumpud sagte, den Eskimos ist es nicht egal.

Reißverschluss von lindgrüner Jacke an Dumpling zugezogen, Plumpud reißverschlossen in schneeweißer Jacke. »Auf Wiedersehen, Grammer«, rief Plumpud. »Ich nehme Dumpling mit, bin bald wieder da.«

Der Mahut und der Elefant warteten im Haus nebenan. Die Verandatür stand offen. Die Haustür auch. Der Elefant sonnte sich auf der Veranda. Die Fenster waren beschlagen. Tropf, tropf, machte das Wasser am Fenster. Tropf, tropf, sabberte der Elefant.

»Ziemliche Hektik bei uns«, sagte Ronnie Fields zur Begrüßung.

Jemand steckte den Kopf durch die Haustür.

»Hallooo!«, sagte Ronald Fields. Schwellende Muskeln unter dem T-Shirt und ein Grinsen, das sein Gesicht zerteilte. »Maureen«, rief er, »wir haben Besuch.«

Der Schmetterling erschien. »Kommt nur rein, Mädels!«

»Sie haben bestimmt wahnsinnig viel zu tun«, sagte meine Plumpud höflich. »Wir wollen Sie nicht stören.«

»Kommt nur rein! Wir können zehn Minuten Pause gut gebrauchen.«

Merk's dir, Plumpud. Wir dürfen zehn Minuten bleiben. Ticktack, tick-tack.

»Wir sind um sechs Uhr aufgestanden.«

»Und ziemlich erschöpft.«

»Aber voller Vorfreude.«
»Wir wollen es schön haben an Weihnachten.«
»Trinkst du Kaffee? Möchtest du ein Glas Milch, Dumpling?«
»Dumpling darf keine normale Milch trinken«, sagte Plumpud.
»Milchunverträglichkeit, wissen Sie.« Sie war sehr erwachsen, kümmerte sich um ihre Dumpling.
Unverträgliche Kühe traten Dumpling in den kleinen Bauch. Soja für Dumpling. Ziege für Dumpling. Nichts, was »Muh« macht.
Überall standen Kartons. Hoch aufeinandergestapelt. Das Haus war durchschichtet mit Kartons.
Der Schmetterling nahm mich aus Plumpuds Armen. Meine Plumpud lächelte ihren Mahut an. Der Elefant ließ sich auf ein riesiges Kissen fallen. Sein Kopf und seine Vorderpfoten lagen auf dem Berg des Kissens, sein restlicher Körper hing zum harten Küchenboden hinunter. Er schnarchte. Wie Grammer vor dem Fernseher.
Ich zeigte mit dem Finger auf den Elefanten.
»Möchtest du neben ihm sitzen?«, fragte die Schmetterlingsfrau. Sie trug einen grauen Jogginganzug. Plumpud hätte silbergrau gesagt. Der Schmetterling huschte mit Dumpling zu dem schnarchenden Elefanten, ging in die Hocke und setzte mich neben seinen heißen Körper. Ich spürte, wie sein Herz schlug. Er öffnete eines seiner riesigen schwarzen Augen und sah nach, ob das schon das Abendessen war. Dann wedelte er mit dem Schwanz, der klopfte auf den Boden – eins, zwei, dann schnarch. Zuerst dachte ich, er hält mich für sein nächstes Fressen, aber sein Herz schlug ganz gleichmäßig, und ich lächelte.
»Wie süß du lächelst«, sagte der Schmetterling. »Ronald, schau mal, wie ihr Gesichtchen strahlt! Ach, wie schön!«
»Ich ziehe dir mal diesen warmen Anorak aus«, sagte Ronald

mit seinen schwellenden Muskeln. Reißverschluss auf, ausziehen, dann drückt jemand Dumpling ein großes Chocolate-Chip-Cookie in die Hand.
Mampf.
Der Elefant hatte es gefressen und schnarchte sofort weiter.
Heißer Kaffeeduft schwebte durchs Zimmer, während der Schmetterling durch die Küche huschte und ganz in Silbergrau fast auf Zehenspitzen herumwirbelte. Ich hätte auch gern die Füße gestreckt. Ich sah ihr zu. Sie bewegte sich wie eine Ballerina. Ronald Fields sah ihr auch zu.
»Meinst du, dass wir es schaffen?«, fragte der Schmetterling.
»Na klar«, antwortete Ronald Fields. »Morgen stellen wir den Christbaum auf, und alles wird so eingeräumt sein, dass Dumpling glaubt, wir hätten schon immer hier gewohnt.«

Und dann kam Daffers' Doppelgänger herein. Als das Schaf Dolly geklont wurde, hatte der Nachwuchs dasselbe Geschlecht. Das hat Plumpud mir erzählt. Daffers' Doppelgänger war ein Junge. Ein blonder, ungekämmter Wuschelkopf mit einem Das-ist-nicht-fair-Gesicht. Grammer hätte gesagt, und sagte es später wirklich: »Er ist jetzt eben in dem Alter. Er braucht Freiraum, er braucht Zeit – vielleicht ist ja noch Hoffnung.«
Grummelgrummel, so klang es, als er sprach. Ich wusste nicht, was das heißen sollte, aber der Schmetterling wusste es. »Ja, mein Schatz, ich mache nur erst schnell Kaffee ...«
Der Elefant schlug mit seinem mächtigen Schwanz auf den Linoleumboden. Rumms, rumms, rumms.
»Ah, mein Schnuckel WC!« In der Stimme des Wuschelkopfklons lag sehr viel Zärtlichkeit. Das überraschte Dumpling. »Ach du Schande, wer ist das denn?«
»Achte auf deine Sprache, Liebling!«, sagte der Schmetterling.

Es war eine sanfte Ermahnung, wie ein farbenprächtiger Schmetterling sie äußern würde, wenn eine Biene auf der Blüte landet, die er gerade selbst angesteuert hat. »Das ist Dumpling. Sie wohnt nebenan. Sie ist unsere neue Nachbarin.«

»Ach du liebe Güte, ist sie nicht noch ein bisschen zu jung, um ganz allein in dem Haus zu wohnen?« Kicher. Kicher. Kicher. Wuschelkopfhumor.

Der Schmetterling ließ sich auf diesen Gedankengang gar nicht erst ein, sondern sagte mit mütterlicher Ernsthaftigkeit: »Sag Dumpling guten Tag, mein Schatz! Sie wohnt dort natürlich nicht allein. Sie hat zwei Schwestern und alle möglichen anderen Leute.«

Mir war klar, dass der Schmetterling von Grammer und Waldorf sprach und sich plötzlich fragte, wer wohl sonst noch in dem Haus und der Wohnung nebenan wohnte.

»Sie ist die Enkelin von Millicent McHarg. Stimmt's, Dumpling?«

Ich nickte und lächelte den Wuschelkopf zaghaft an. Er war in einem schwierigen Alter. Hormonell aktiv, aber von der Gesellschaft gegängelt, sagte Grammer. Es war nicht ganz klar, was sie damit meinte, aber Grammer hatte meistens recht.

»Wer, bitte schön, ist Millicent McHarg?«, fragte der Wuschelkopf.

»Die Romanautorin, Schatz«, sagte der Schmetterling. »Du weißt schon – *die* Millicent McHarg.«

Wuschelkopf-Schatz bückte sich und kraulte den breiten Bauch des Elefanten, dessen Schwanz noch immer den Boden bearbeitete. »Ah, guter Hund!«, sagte er, ohne einen einzigen Gedanken an Romane und Romanautorinnen zu verschwenden. Sein Gesicht war dicht an meinem. Er sah mir in die Augen. »Magst du WC?«, fragte er.

Dumpling nickte.

»Wie lange wohnst du schon hier?«
Es wurde sehr still in der Küche. Der Schmetterling lauschte. Ronald war der Kriminalbeamte. Er lauschte auch. Ich sah den Wuschelkopf an und streckte einen Finger an einer Hand und dann noch einen Finger, den ich in der Mitte bog.
»Eineinhalb Jahre?«, fragte er.
Dumpling nickte. Es waren mehr als eineinhalb Jahre, aber eindreiviertel Jahre konnte ich mit den Fingern schlecht zeigen.
»Redest du nicht?«
Dumpling schüttelte den Kopf.
»Das hat Zeit«, sagte Ronald, der Kriminalbeamte.
»Mädchen quatschen sowieso immer viel zu viel.«
Dumpling lachte. Mein Lachen. Innen drin in meinem Kopf. Grinsen in meinem Gesicht. In der Küche ertönte ein Seufzer. Die Kaffeemaschine begann zu blubbern und zu schlubbern. Dampf strömte heraus. Tassen klapperten auf dem Tisch, und Plumpud und der Mahut kamen herein.
»Und – ist unser Haus genauso wie eures?«, fragte der Kriminalbeamte.
»Im Prinzip schon«, antwortete Plumpud.
»Außer dass bei ihnen keine Kartons herumliegen«, sagte der Mahut.
In meinem Schrank lagen Kartons. Alle meine Schachteln. Voller Geheimnisse. Niemand wusste, was in meinen Schachteln war. Außer mir.

Am Nachmittag – nach der Mitte von Grammers Tag – setzte Grammer mich in den Buggy. Normalerweise wollte sie, dass ich ging. Sie meinte, das wäre gut für mich. Aber an diesem Tag setzte sie mich, um ihre und meine Kraft zu sparen, in den Buggy und fuhr mit mir in die Innenstadt. Der Buggy ließ sich bequem zu einem flachen, schirmähnlichen Ding zusammen-

klappen. Er war weiß mit roten Herzen. Daffers meinte, für einen Jungen wäre er völlig ungeeignet. Aber ich war kein Junge. Ich bin ein kleines Mädchen.
Grammer sagte immer, kleine Mädchen sollen so viel Lärm machen, wie sie nur können, aber nicht, wenn sie auf sie aufpasst.
Ich stand neben Grammer, während sie den Buggy zusammenklappte. Sie nahm mich und den Buggy und stieg in den Bus, hielt dem Fahrer kurz ihren Seniorenausweis unter die Nase und nahm, mich auf dem Schoß, Platz. Platz nehmen ist ein Grammer-Ausdruck. Wahrscheinlich kriegt man ihn nur schwer über die Lippen. Wenn man klein ist.
Der Bus ist gut für einen intensiven Kontakt mit dem Proletariat, sagte Grammer immer. Sie unterhielt sich mit jedem. Das waren alles ihre Fans. Sie sagte, sie wären fantastisch. Fantastisch.
In der Stadt mussten wir auf einer Rolltreppe ganz hoch hinauffahren. Vor der Rolltreppe hieß es auf einem Schild, dass die Mitnahme von Buggys und Rollstühlen verboten war, aber da für Grammer eigene Gesetze galten, fuhr ich, praktisch liegend, mit dem Gesicht zur Decke, im Buggy hinauf. Ich hielt Rosarotes Schwein am Schwänzchen, und Grammer sagte, ich soll es bloß nicht fallen lassen, weil es dann am Boden, den die Leute mit ihren Schuhsohlen berühren, mit Bakterien verseucht wird. Rosarotes Schwein hatte ein Ringelschwänzchen, war ganz weich und hatte blaue Knopfaugen. Plumpud sagt, es ist mir so heilig wie den Indern die Kühe. Daffers versteckte es manchmal. Einmal legte sie es ins Klo, aber dummerweise – aus Daffers' Sicht – fand Grammer es dort. Es ließ sich gut waschen und duftete, als es aus der Waschmaschine und dem Trockner kam, nach Rosen – sagte jedenfalls Grammer. Danach steckte sie es jedes Mal, wenn es gewaschen wurde, in

einen Kissenbezug, damit sein kleiner harter Rüssel sich nicht an der Kante neben der Waschmaschinentür verfing. Einmal verfing er sich nämlich, und Schwein wurde herumgeschleudert, aber sein Rüssel nicht. Der Rüssel blieb an der Türkante hängen. Ich saß auf meinem kleinen roten Stuhl vor der Waschmaschinentür und sah zu. Als Grammer Rosarotes Schwein herausholte, sagte sie: »O nein!« Und sie sagte noch oft *O nein*, während sie es wieder in Form zog und zupfte. Der Rüssel hatte sich so geringelt, dass er schweinchenhafter aussah als der Schwanz. Dann sagte sie, jetzt muss es noch mal gewaschen werden. Und getrocknet. Und dass es einen Tag oder noch länger dauern kann, bis es klappt. Als ich Rosarotes Schwein zwei Tage später zurückbekam, sah es viel, viel besser aus. Niemand hätte je gedacht, dass es eine Rüsseloperation hinter sich hatte. Es sah wirklich wie neu aus – sogar die aufgegangene Naht am Schwänzchen war genäht. Es war ein Klon meines ersten Rosaroten Schweins. Anders, aber dasselbe. Wie das Klonbaby von Dolly. Dasselbe. Aber mit schwachen Nieren. Schwachstellen. Rosarotes Schwein war der erste perfekte Klon. Keine Schwachstellen. Gestärkt. Die Augen von Rosarotem Schwein hatten denselben Ausdruck wie die von Daffers, nur dass es nicht ständig mit ihnen rollte, so wie sie, und es verdrehte auch nicht langsam ein Auge nach innen und dann wieder nach außen, während Grammer und Mum sagten: »Hör sofort damit auf, Daphne!«

Immer wenn ich mich in meinem Buggy zurücklehnte, dachte ich an Flugzeuge. Plumpud sagte, mit den Flugzeugen haben die Menschen eine Möglichkeit gefunden, der Schwerkraft zu trotzen. Grammer sagte, mit Flugzeugen kann man am schnellsten von A nach B kommen, vor allem, wenn man auf einer vom Wasser überfluteten Insel lebt. Um von Wasserorten zu ande-

ren Orten zu kommen, braucht man Papiere. Ich hatte Papiere.
Dumpling-Papiere. Mit Geld gekauft an einem fernen Ort.
Grammer probierte in einem Geschäft Hüte an. Keiner war so schön wie ihr Filzhut mit den Federn. Sie setzte auch mir Hüte auf und sagte: »Dumpling, du bist mit einem Gesicht gesegnet, das mit jedem Hut gut aussieht. Pelz, Rüschen, Spitzen, Baumwolle – ein richtiges Hutgesicht.« Sie sah auf ihre Armbanduhr. Es war so weit. Sie musste zu ihrem Treffen.
Der Doorman nahm meinen Buggy – *schwupps,* und weg war er. Die Tür öffnete sich, und Grammer und Dumpling betraten das Hotel. An den Decken hingen Kronleuchter. Es roch nach Bohnerwachs und Christbaumkiefer. Goldene Christbaumkugeln. Rote Schleifen. Winzige Blinklichter. Die Leute drehten sich nach uns um. Fantastisch.
Grammer hielt meine Hand. »Nur keine Eile, Dumpling«, sagte sie, während wir durch die Lobby gingen.
»Millicent! Millicent! Sie sehen wundervoll aus!« Das waren sie, die Leute von ihrem Verlag. Ihr Agent. Übers Wasser zu unserer Insel gereist. Und – große Überraschung – der Mann mit den lila Augen. Er verzog den Mund zu einem Lächeln. Seine Augen, die lächelten nicht. Hinter dem Lila lag etwas anderes.
Ich konnte nicht hinter das Lila sehen.
Im Zwischengeschoss waren Tische und Stühle aufgestellt. Grammer bestellte sich Scotch mit Soda. »Lieber was Verdünntes«, sagte sie. »Ich fahre mit meiner Enkelin im Bus nach Hause.«
»Nehmen Sie sich ein Taxi! Nehmen Sie sich ein Taxi! Nichts verdünnen – es ist doch Weihnachten. Ein großartiger Tag. Ihr neunundvierzigster Roman. Wir sind begeistert, wirklich begeistert!«

Alles wurde wiederholt. Nicht einmal, nicht zweimal, sondern öfter und mit großer Freude. Und mit Erfolg. Grammer produzierte die Ware. Und die Ware war ganz ausgezeichnet, wie ihr Verleger meinte.
Ich betrachtete die Schuhe des Mannes mit den lila Augen. Er hieß Gervaise. Gervaise Holt. Über seine Schuhe waren geknöpfte Socken gestreift. Später sagte Grammer zu Mum: »Gamaschen. Ist das zu fassen, in der heutigen Zeit? Gamaschen!«
Er hatte einen schmalen Mund. Aber dicke Lippen. Es fiel ihm schwer zu lächeln. An Grammers Feder war eine Hutnadel. Eine tödliche Waffe. Einsatzbereit. Nicht bereit genug.
»Ich gehöre jetzt zum US-Team«, erklärte der Mann mit den lila Augen.
»Gut«, sagte Grammer.
Nicht so gut. Gott ist gut mit einem O und einem T statt dem U.
Ich aß Chips und trank Orangensaft. In dem Orangensaft waren eine Kirsche, eine Orangenscheibe und ein Schirm. Am Rand waren ringsum winzige Zuckerkristalle. Die Chips lagen in einer Schale aus geschliffenem Glas. Ich hielt den Schirm über sie für den Fall, dass es auf sie regnete. Dann hielt ich ihn über Rosarotes Schwein, und wir aßen gemeinsam die Chips.
Grammer trank Whisky, und alle lachten mit ihr. Sie erzählte verwickelte, verschlungene Geschichten, aber die anderen hörten zu und verfolgten sie konzentriert. In meinem Kopf erzählte ich Rosarotem Schwein eine Geschichte von einem kleinen Mädchen mit einem schlüsselblumengelben Zimmer und einer Farm, auf der ihr Schwein lebte. Im Schrank hatte das Mädchen Schachteln mit aufregenden gesammelten Sachen. In meinem Schrank waren Schachteln, aber in denen waren lauter Geheimnisse, die nur ich sehen konnte. Jede Schachtel hatte ein

eigenes Gedächtnis. Wenn ich eine Schachtel öffnete, tanzten die Wörter wie Musiknoten in der Luft, und ich konnte sie lesen und hören.
Aber nicht zu oft. Besser die Schachteln geschlossen halten, damit die Geheimnisse nicht entwischten.

NEUNTES KAPITEL

Millicents Geschichte

Ich nahm Dumpling zu dem Treffen mit den Verlagsleuten mit. Ich dachte, das würde ihr guttun – viele Lichter und eine schöne Stimmung in der Stadt, und das Hotel war in Höchstform, so wie alle Hotels, wenn sie sich weihnachtlich aufputzen. Der Christbaum stand in der Lobby, und im Kamin brannte ein Feuer. Es herrschte viel Betrieb.

Dieser merkwürdige Gervaise Holt war auch da. Er gehörte jetzt zum Team und lud mich nach New York ein – diesmal wollte er aber dort sein. Bei meinem letzten New-York-Aufenthalt – das muss gewesen sein, bevor ich Waldorf kennenlernte – war Christian Holt, der Bruder von Gervaise, dort gewesen. Nacht für Nacht haben wir Manhattan unsicher gemacht, Christian und ich.

Da ich selbst keine Brüder oder Schwestern habe, faszinierte es mich immer, wie unterschiedlich Geschwister sein können. Das konnte ich schon an meinen Enkeltöchtern sehen, und bei Christian und Gervaise erst recht. Die Unterschiedlichkeit, meine ich.

Christian war ungefähr in Marias Alter, ein lockerer, lässiger Mann – und gutaussehend, sollte ich hinzufügen –, mit dem man viel Spaß haben konnte. Gervaise dagegen war völlig anders. Immer wenn er einen Satz zu Ende gesprochen hatte, glaubte ich, entweder nicht richtig zugehört oder das Ganze nicht verstanden zu haben. Wahrscheinlich hatte ich einfach keinen Draht zu ihm. Auch er war, wie sein Bruder, ein gutgebauter Mann, aber da endete die Ähnlichkeit bereits. Sein Gesicht hatte etwas Verlebtes, er wirkte ziemlich abgebrüht.

Die Verlagsleute waren bester Laune. Na ja, ich hatte ihnen schließlich einen Haufen Geld eingebracht. Und sie mir. Aber während wir tranken und uns unterhielten, hatte ich die ganze Zeit über das Gefühl, dass Gervaise Holt die Beobachterposition einnahm. Und mir war noch nicht mal klar, wen er eigentlich beobachtete.

»Sagen Sie, lachen Sie eigentlich nie, Gervaise?«, fragte ich ihn, und zwar nach einem besonders guten Witz, in dem es um eine Unterhose und eine Flasche Champagner ging. Der Inhalt des Witzes ist mir im Augenblick entfallen, aber er war so lustig, dass drei von uns sich die Tränen aus den Augen wischen mussten.

Gervaise allerdings zählte nicht dazu.

Dumpling saß in einem ziemlich eleganten Sessel, vor sich ein Gurkensandwich, das sie geflissentlich ignorierte, und eine Schale mit Chips, die sie ganz und gar nicht ignorierte, und lächelte – ich nahm allerdings an, dass dieses Lächeln dem Gurkensandwich galt oder ihrem Rosaroten Schwein oder was weiß ich, denn den Witz wird sie nicht verstanden haben.

Gervaise hob den Blick zu mir. »Ich mag Witze, Millicent, aber ich lache selten laut.«

Dein Pech, du aalglattes, präpotentes Arschloch, dachte ich. Kurz bevor ich dazu ansetzte, ihm mitzuteilen, dass meine Freunde mich Millie nennen, fiel mir plötzlich ein, wie wenig ich ihn in dieser Kategorie wissen wollte. Als die Leute dann aufbrachen, weil alle zum Flughafen mussten, auch Jasper, mein Agent, fragte mich Gervaise, wohin ich jetzt ginge. Bis zu diesem Augenblick hatte ich vorgehabt, mit Dumpling schnurstracks nach Hause zu fahren, aber der anzügliche Ton, in dem er die Frage gestellt hatte, ließ erkennen, dass er, egal wohin ich ginge, mitkommen werde, deshalb sagte ich: »Ich statte meiner Mutter einen Besuch ab.«

Alle reagierten einigermaßen überrascht, was ich mir gar nicht erklären konnte.
»Wo wohnt sie denn?«, fragte Jasper und durchbrach damit das Schweigen, das ich nur als fassungslos bezeichnen kann.
»Im Altersheim«, sagte ich. »Und zwar, dank Ihnen allen, in einem sehr guten.« Und fröhlich winkte ich dem letzten Vertrag zu, den ich gerade unterschrieben hatte.
»Geht es ihr gut?«, wollte Jasper wissen. Ich hatte den Eindruck, dass er nicht recht wusste, was er sagen sollte. Ich verstand gar nicht, warum. Schließlich hat jeder Mensch Anspruch auf eine Mutter.
»Ja – wenn man bedenkt, dass sie Ende neunzig ist«, sagte ich. Und das stimmte sogar. »Sie ist nicht gerade sehr mobil«, fügte ich hinzu, »aber ihre Lebensqualität ist durchaus zufriedenstellend.« Ich weiß nicht, wie ich klang – wahrscheinlich wie die Sprecherin einer Anti-Sterbehilfe-Initiative.
»Bleiben Sie über Weihnachten hier, Gervaise?«, fragte Jasper. »Oder fliegen Sie zum Big Apple zurück?«
»Ich bleibe noch ein bisschen.«
Ich hätte gern gewusst, wo, fragte ihn aber nicht danach. Ich wollte nicht, dass er glaubte, es würde mich auch nur im Entferntesten interessieren. Auf jeden Fall brachte er sämtliche Voraussetzungen mit, um zu einer Figur in einem meiner Romane zu werden – und damit meine ich nicht den Helden.

Auf der Hoteltreppe verabschiedeten Dumpling und ich uns von den anderen. Hände wurden geschüttelt, Weihnachtsglückwünsche ausgetauscht; ich bat, bestimmten Mitarbeitern des Verlags schöne Grüße auszurichten, und wir versprachen uns gegenseitig ein baldiges Treffen in New York. Der Taxifahrer legte Dumplings Buggy in den Kofferraum, und ich setzte

mich neben das Kind auf die Rückbank. Ganz fest umklammerte sie meine Finger mit ihrer kleinen Hand.
Das Taxi brachte uns direkt zum Altersheim. Ich hatte sowieso vorgehabt, am nächsten Tag hinzufahren, da war es auch schon egal, dass ich es ein bisschen früher tat. Vielleicht würde mich meine Mutter erkennen, vielleicht auch nicht, aber welchen Tag wir schrieben, wusste sie ganz bestimmt nicht.
Ich sagte dem Taxifahrer, er solle warten. Das Personal im Altersheim hat nämlich immer sehr viel zu tun, und die Aussicht, am Empfang herumzuhängen und auf ein Taxi zu warten, war nicht besonders reizvoll.
»Mutter.« Ich beugte mich hinunter und küsste meine alte Mutter, die in einem Rollstuhl vor dem Fenster saß.
»Wo warst du denn, Millicent?«, wollte sie wissen. Ihre Stimme klang erstaunlich kräftig für einen so gebrechlichen Menschen.
»Ich musste in die Stadt«, antwortete ich. »Ein Treffen mit den Leuten vom Verlag.« Ich wusste nicht, ob ihr das diesmal überhaupt irgendetwas sagte.
Es sagte ihr etwas.
»Und – hast du den neuen Vertrag bekommen?«
»Ja.« Ich musste erst ein bisschen im Nebel stochern, bis ich herausgefunden hatte, auf welcher Wellenlänge sie war.
»Anwälte? Hattest du einen Rechtsbeistand dabei?«
Ich versicherte ihr, dass mein Agent dort gewesen war.
»Neue Ausdrücke«, sagte sie knurrig. »Immer diese neuen Ausdrücke. Und – haben sie die Leiche gefunden?«
Jetzt waren wir auf vertrautem Terrain. Höchstwahrscheinlich sprach sie von Dirks Leiche. Ich spielte mit dem Gedanken, ihr zu sagen, Dirks Leiche sei endlich gefunden worden, aber das hätte möglicherweise eine ganze Reihe von Erkundigungen nach sich gezogen, deshalb blieb ich bei der Wahrheit.

»Nein, bisher keine Spur von der Leiche.« Und meiner Überzeugung nach würde es die auch in vierzig Jahren nicht geben.
»Ist auch besser so«, sagte meine Mutter. »Sehr viel besser sogar. Dann können sie dich nicht so leicht mit dem Mord in Verbindung bringen. Diese DNA-Sache könnte nämlich bedeuten, dass sie an seinem ganzen Körper deine Fingerabdrücke finden.«
O mein Gott. Sie glaubte wieder, ich hätte Dirk umgebracht. In einem Flugzeug über der Südsee. Was zwar nicht sehr wahrscheinlich war, aber nun einmal zu ihren Gedankengängen zählte – oder sollte ich besser sagen: Gedankenflügen?
»Und wen hast du da heute mitgebracht?«, fragte sie, während sie Dumpling anstarrte, die, ihr Plüschschwein umklammernd, im Buggy saß.
»Das ist Dumpling«, sagte ich. »Erinnerst du dich an Dumpling?«
»So was kriegen wir hier drin nie zu essen«, erwiderte meine alte Mutter und zog sich die Wolldecke enger um die Knie.
Dumpling sah mich an. Ich sah Dumpling an. Dumpling winkte ihrer Urgroßmutter mit dem Schwein zu.
»Roastbeef«, sagte meine Mutter. »Nie mal einen Yorkshire-Pudding. Nie eine anständige Kartoffel. Pass auf deine Zähne auf!«, fügte sie, an mich gewandt, hinzu. Mit den Zähnen hatte sie es immer schon gehabt. »Putz sie dir, bevor du schlafen gehst, morgens nach dem Aufstehen und bevor du ein Verhütungsmittel benutzt. Und sag jetzt bloß nicht, du würdest nicht verhüten! In deinem Alter solltest du wirklich gescheiter sein.«
Da war mir klar, dass es eine muntere halbe Stunde werden würde.
»Habe ich dir schon mal von der Nacht erzählt, in der du gezeugt wurdest?«

Ah, wunderbar! Neues Terrain! Jede Neugier, die ich in Bezug auf meine Zeugung jemals empfunden haben mochte, war wie weggeblasen. Obendrein vermischte sie die Tatsachen ständig mit irgendwelchen Fantasien, mit Illusionen und mit den Romanen, die sie gelesen und von denen ich einige selbst verfasst hatte.

»In einem Sarg«, erklärte sie mit Nachdruck. »In einem Sarg habe ich dich empfangen, in der Todesnacht deines Vaters.«

Diese Fehlinformation hatte sie bereits drei anderen alten Leuten und deren Besuchern gegeben. Ich konnte nur hoffen, dass sie allesamt taub waren. Bisher hatte ich immer gedacht, die Fähigkeit meiner Mutter, mich in Verlegenheit zu bringen, hätte ihren Höhepunkt erreicht, als ich siebzehn war.

Falsch gedacht.

Nur gut, dass ich in Begleitung von Dumpling und nicht von Daffers oder Plumpud war.

»Grundgütiger!«, rief meine Mutter unvermittelt und mit großem Nachdruck. »Sag bloß nicht, du hättest vergessen zu verhüten!« Dabei beäugte sie Dumpling, als sähe sie das Kind zum allerersten Mal. »Essig und ein Schwämmchen – das einzig Wahre. Und sag jetzt bloß nicht, ich hätte dir keine Ratschläge gegeben! Als Mutter wird man eben nie fertig mit der Arbeit! Nie! Wer ist dieses Kind?«

Ich machte einen neuen Anlauf. »Das ist Dumpling.«

»So was kriegen wir hier nicht«, sagte meine Mutter. »Ich weiß schon gar nicht mehr, wann ich das letzte Mal einen Yorkshire-Pudding gegessen habe … Für einen Yorkshire-Pudding würde ich meine Eckzähne geben.«

Schon passiert, Mutter, schon passiert, dachte ich. Wirklich, es war so. Nun ja, einen Eckzahn, nicht beide. Ein Unfall. Ich hatte irgendwann einmal im Winter Yorkshire-Pudding gemacht und meine Eltern zum Abendessen eingeladen – alles lange her, in der Dirk-Zeit, noch vor der Geburt von George. Während der Zubereitung glitt mir der Ehering vom Finger – eindeutig ein Unfall, aber meine Mutter glaubte offenbar, ich hätte ihn absichtlich in ihren Yorkshire-Pudding getan. Für den Verlust dieses Zahns musste ich lange büßen. Ich hatte schon geglaubt, sie hätte es vergessen, aber im Alter kommen die eigenartigsten Dinge hoch, und ich konnte nur hoffen, dass sie jetzt nicht damit ankommen würde. Nicht meinet-, sondern ihretwegen. Ich versuche jedes Mal, im Guten von ihr zu scheiden. Oder doch zumindest im Bestmöglichen.

»Und wer sind Sie?«, fragte sie mich plötzlich verwundert. »Sie sehen meiner Tochter sehr ähnlich. Sie hieß Millicent. Ich habe keine Ahnung, was mit ihr passiert ist.«

Ich überlegte, ob ich »Ich bin Millicent« sagen sollte, aber was hätte das gebracht? Sie nahm nun mal zu einem bestimmten Zeitpunkt alles auf eine ganz bestimmte Art wahr.

»Wie war Ihre Tochter denn so?« Augenblicklich bereute ich die Frage, denn mir schwante, dass die Antwort zwar für ihre Mitbewohnerinnen recht unterhaltsam, für mich aber weniger erfreulich ausfallen könnte.

»Ein wunderbares Kind«, sagte sie und lächelte Dumpling an.

Ich wusste nicht, ob sie von mir als Kind sprach oder von Dumpling im Buggy, deren dunkle Wimpern über den kleinen Wangen zuckten. Ich fand, das war ein gutes Abschiedswort.

Als ich mich zu meiner Mutter hinunterbeugte, um ihr einen Kuss zu geben, schien sie zu schlafen. Ihre Stirn war staubtrocken, ihre Haut dünn, fast durchsichtig. Die Knochen zeichneten sich darunter ab wie bei einer Totenmaske. Ich berührte ihre Hand.

»Auf Wiedersehen«, sagte ich flüsternd.

Als ich den Buggy umdrehte und zur Tür ging, winkte Dumpling mit dem Rosaroten Schwein.

Bei meiner Rückkehr war Maria da.
»Waldorf hat nach dir gefragt«, sagte sie.
Gut, dachte ich. Ich konnte jetzt ein bisschen Aufmunterung durchaus vertragen. »Was hat er gesagt?«
»Ach, er wollte nur wissen, ob irgendwer sein Jo-Jo gesehen hat«, sagte Maria.
Wir lächelten beide.
»George hat angerufen«, sagte ich. »Ich habe es nicht für dich aufgeschrieben, weil ich es dir persönlich sagen wollte.«
Sie erwiderte nichts. Ich sah ihr an, wie gekränkt sie war. Und ich konnte ihr nichts versprechen, obwohl ich mir sicher war, dass er es schaffen würde, an Weihnachten da zu sein. Zumindest hatte ich das Gefühl, dass er es versuchen würde.
»Er klang gut. Er versucht sein Möglichstes, um nach Hause zu kommen.«
Sie nickte. »Ich habe mit den Kollegen im Restaurant zu Mittag gegessen«, sagte sie. »Ein herrliches Gefühl, zehn Tage lang nicht arbeiten zu müssen.«
»Ich finde, wir sollten morgen Abend ein paar Leute zu einem kleinen Umtrunk einladen«, sagte ich. »Nur ein paar Stunden. Nachbarn, Freunde – wir telefonieren ein bisschen herum, dann sehen wir schon, wen wir zusammenkriegen. Na, was meinst du?«
»In Ordnung.« Das ist das Tolle an ihr. Wenn sie pragmatisch und stark sein muss, ist sie es auch. Sie weiß einfach, wann man aus einer Sache das Beste machen muss.
»Wir tauen ein paar Sachen aus dem Tiefkühlschrank auf, und mit dem Alkohol, den wir im Haus haben, könnten wir Napoleons Armee einen Monat lang versorgen.« Was braucht man mehr für eine Party?
Dann kam Plumpud mit ihrem neuen Freund Ronnie Fields. Seinen Elefanten hatten sie zum Glück irgendwo gelassen –

wahrscheinlich in einem Zirkuszelt, wo er auch am besten hinpasste.
»Mum«, sagte Plumpud glückstrahlend, »das ist Ronnie Fields, der gerade nebenan eingezogen ist.«
Ich ließ die drei allein und ging hinüber in meine Wohnung, um Waldorf anzurufen und wegen der Party herumzutelefonieren. An der Verbindungstür in der Küche warf ich einen Blick zurück. Dieses Bild hat sich in mein Gedächtnis eingebrannt – Maria, die Dumpling gerade auf einen Stuhl am Tisch hebt, auf dem Buntstifte und Papier liegen. Ronnie Fields stand daneben und sah zu, und die sonst so ruhige Plumpud sagte breit grinsend irgendetwas zu ihrer Mutter. Sie trug ihr Haar offen, ganz weich umrahmte es ihr Gesicht, und ihre grünen Augen funkelten. Nur ein Augenblick, dann war ich drüben. Aber aus irgendeinem Grund erinnerte ich mich später gerade an diesen Augenblick so gut – als Plumpud so glücklich aussah.

Wir organisierten die Party in Rekordzeit. Plumpud und Daffers fragten die Nachbarn, und Maria und ich riefen jeweils ein halbes Dutzend Leute an. Alle freuten sich, denn der Abend vor dem Weihnachtstag kann ziemlich langweilig sein. Den Beginn setzten wir für den frühen Abend an: »Kommt zwischen sechs und sieben«, sagten wir den Leuten. Manche von ihnen hatten Kinder, die bestimmt zu einer vernünftigen Zeit ins Bett sollten. Außerdem – wer wollte schon am Weihnachtstag übernächtigt sein? Ein paar Stunden waren eine lange Zeit, und Maria würde ein bisschen Ablenkung haben.
Doch als dann alle versammelt waren – Samson und Delilah und die kaltschnäuzige Daisy, die neuen Nachbarn und etwa ein Dutzend weitere Gäste, darunter einige alte Freunde aus längst vergangenen Zeiten –, wer tauchte da um zwanzig vor

sieben auf? George! Die Mädchen rangelten miteinander darum, sich in seine Arme zu werfen. Plumpud hielt seinen rechten Arm umklammert, und Daffers hüpfte vor ihm herum wie ein Springteufel, oder muss ich, politisch korrekt, sagen: wie eine Springteufelin? Aber wer weiß, vielleicht gibt es diese Form von politischer Korrektheit inzwischen gar nicht mehr. Wie auch immer – Maria lächelte ein wenig zaghaft.

»Donnerwetter!«, sagte Waldorf. »Wer braucht da schon mein Comic-Heft?«

»Warum hast du nicht angerufen?«, fragte Maria. Nicht böse, nur verblüfft. »Ich hätte dich am Flughafen abgeholt.«

»Ich hatte Angst, es könnte wieder etwas dazwischenkommen«, antwortete George. »Wollte dich nicht zum zweiten Mal innerhalb von achtundvierzig Stunden enttäuschen.«

Er sah aus wie immer. Braungebrannt. Ein bisschen zerknittert, aber schließlich war er zu diesem Zeitpunkt über zwanzig Stunden unterwegs gewesen. Nachdem es ihm gelungen war, sich von Plumpud zu lösen und Daffers auszuweichen, umarmte er Maria, bis sie zu quieken begann.

»Ich kriege keine Luft mehr«, sagte sie.

»Gut so.«

»Donnerwetter«, rief Waldorf. »Hat irgendwer mein Jo-Jo gesehen?«

»Hat irgendwer Dumpling gesehen?«, fragte Plumpud.

Keine Spur von unserem kleinen Liebling.

Als die Würstchen in Blätterteig hereingebracht wurden, tauchte sie wieder auf. Es muss da ein Versteck im Sofa geben, denn ich weiß genau, dass wir dahinter nach ihr gesucht hatten. Sie kam heraus, setzte sich auf den Boden und sah George an. Sie schaute und schaute. Als würde sie ihn zum ersten Mal sehen.

Aber das lag wohl daran, dass ein ganzes Jahr vergangen war.

»Ist das meine kleine Dumpling?«, fragte er. »Die Winzigste in der Familie McHarg?«
Er kniete sich vor sie hin und breitete die Arme aus. Nie habe ich sie flinker gesehen. Kaum zwei Sekunden, und sie lag in seinen Armen. Die umstehenden Gäste wichen zurück, um sich die Szene anzusehen.
Dumpling verfügt über mehrere Ausdrucksmöglichkeiten – lächeln, weinerlich sein, teilnahmslos oder verträumt dreinblicken … Ich denke, das sind so ziemlich alle. Aber in diesem Augenblick hatte sie einen völlig neuen Gesichtsausdruck. Ich glaube, es war Verwunderung.
Nachdem sie sich umarmt hatten, berührte sie ihn am Kinn und strich mit ihren kleinen Fingerspitzen über seine Bartstoppeln – wahrscheinlich lag seine letzte Rasur zwei Tage zurück. Dann fuhr sie über seine Stirn – er hat eine gute Stirn, muss ich sagen. Die hat er von meiner Familie geerbt, eine schöne, hohe, glatte Stirn mit ganz leichten Geheimratsecken, was jeden Mann attraktiv macht. Dumpling berührte jeden Quadratmillimeter und betrachtete kurz das winzige Muttermal an der Schläfe. Sein Vater hatte genau an derselben Stelle auch eines gehabt. Ein genetisches Manko, das von den McHargs herrührt, wie ich vermute. Jedenfalls sah Dumpling sich die Konturen von Georges Ohren an und strich ihm mit dem Finger über die Nase. Und dann gab sie ihm einen Kuss, und fertig.
Dumpling weigerte sich rundweg, ihn loszulassen. Nach einiger Zeit versuchte er sich von ihr zu lösen, aber sie blieb einfach auf einem seiner Schuhe sitzen, umklammerte ihn mit allen vieren und hielt sein Bein fest. Er fand heraus, dass er so sogar gehen konnte, was ihm einen großen Lacherfolg bescherte, auch von Dumpling selbst. Doch dann hob er sie hoch, und sie umklammerte im Sitzen seine Hüften mit den Beinen und streichelte unablässig sein Gesicht.

Plumpud ging mit Ronnie, den seine Mutter Maureen »Ronnielein« nannte, und einem Tablett mit Kanapees herum. »-lein« war allerdings eine höchst unpassende Nachsilbe für den Burschen. Daffers hatte inzwischen diesen sehr ungewöhnlich aussehenden Jungen mit dem zerzausten blonden Haarwust kennengelernt, der mir wenig später als ein weiterer neuer Nachbar vorgestellt wurde. Da hatten wir nun also Ronald und Maureen, einen Kriminalbeamten und eine Ballettlehrerin, dann Ronnielein, der mindestens einen Meter achtzig groß war, einen Elefanten namens WC, den sie als Hund ausgaben, und einen als blonder Mop verkleideten Jungen namens Raleigh.

»Raleigh?«, wiederholte ich, nur um auch ganz sicher zu sein, dass ich recht gehört hatte.

»Wie Walter«, erklärte er mir. Daffers blickte leicht ratlos drein, was nicht verwundert. Dieses Mädchen liest nichts und hört nur zu, wenn es um die Erdkruste geht oder um Krusten auf dem Tisch.

»Wer ist Walter?«, fragte sie.

»Ach, so ein Kerl mit einem Umhang und einem Sack Kartoffeln«, erklärte Waldorf beflissen. Der Stechpalmenzweig in seinem Knopfloch sah ganz frisch aus – mir gefällt wirklich, wie sehr er auf solche Kleinigkeiten achtet. Wäre George nicht da gewesen, dann hätte Dumpling wie eine Klette an Waldorf gehangen und an dem Zweiglein herumgespielt und so getan, als würde sie die Beeren abknabbern, nur damit er sich aufregt. Sie liebt es, wenn er »Ach Dumpling, mein Herz, lass das bleiben!« sagt, es bringt sie jedes Mal zum Lachen. Nicht hörbar natürlich.

Dann kam Theresa Carmody in einem schwarzen Kleid aus fließendem Stoff und einer schwarz-silbernen Boa. »Millie! Millie!« Sie strahlte, als hätte man ihr gerade eine neue Glühbirne eingesetzt. »Darf ich dir Tony vorstellen?«

Ein Blick auf Tony genügte, und schon wusste ich, wer ihr gerade eine neue Glühbirne eingesetzt hatte. Theresa Carmody hat wirklich ein Faible für die merkwürdigsten Männer. Wenn einer auch nur ansatzweise über ein schlaffes Handgelenk verfügt – schon ist sie dabei. Als hätte sie eine ganz bestimmte Übung zur Kräftigung des Handgelenks für diese Männer parat – die sogenannte »Bring-mich-mit-deinen-Fingerspitzen-zum-Orgasmus«-Übung. Genau diesen Glanz strahlte sie an diesem Abend aus, und Tony Fonzetti – so, glaube ich, hieß er – streckte mir die Hand mit genau so einem schlaffen Gelenk entgegen.

»Sehr erfreut«, sagte ich.

Seine Hose war zu kurz – nicht unten am Saum, sondern am Bund. Sie reichte nicht ganz bis zu seinen Hüften hinauf und war viel zu eng – so eng, dass man alles, was er in sie hineingestopft hatte, mehr als erahnen konnte. Und er trug ein weißes Hemd, durch das man seine Körperbehaarung sehen konnte – die gesamte Brust und dann weiter runter und noch weiter runter. Dickes, dunkles Haar, das teilweise aus den klaffenden Öffnungen zwischen den Knöpfen hervorlugte. Sehr seltsam. Er war glatt rasiert, und sein Kopfhaar war einen Tick zu lang.

Ich konnte den Blick nicht von seiner Brust wenden und auch nicht von dem Bereich darunter, obwohl ich immer wieder versuchte, woandershin zu schauen. Er sah an sich hinunter, um herauszufinden, was dort so sehr meine Aufmerksamkeit erregte.

»Aaaaah!«, rief er. Es klang, als würde er gleich ausrasten.

»Liebling, was ist denn?«, fragte Theresa Carmody.

Ich hatte schon immer den Verdacht, dass sie stark kurzsichtig ist, und in diesem Augenblick zeigte es sich ganz deutlich. Tony Fonzetti starrte, genau wie ich, völlig entsetzt auf sein weißes Hemd. »Mein Gott, was ist das?«, sagte er. Wie erstarrt stand er da und sagte immer wieder: »Mein Gott, was ist das?«

»Was ist was?«, fragte Theresa Carmody.

Mir war inzwischen klargeworden, dass tatsächlich irgendetwas ganz und gar nicht stimmte, denn wer außer einem Gorilla geht schon mit einer Brust und einem Körper herum, deren Behaarung zwischen den Knopflöchern hervorquillt!

»Hast du ihm möglicherweise etwas Falsches zu essen gegeben, Theresa?«, fragte ich.

»Was soll das Ganze?«, entgegnete Theresa, den Blick auf Tony Fonzetti gerichtet.

Der öffnete mit zitternden Fingern mehrere Hemdknöpfe, und noch mehr Haar fiel heraus.

Mittlerweile hatte auch Theresa bemerkt, dass etwas Merkwürdiges vor sich ging. Sie griff nach dem Haar und sagte: »Was zum Teufel – o mein Gott!« Und dann zog sie ihm etwas aus dem Hemd, was ganz nach einer Perücke aussah. »Mein Haarteil – das habe ich vorhin die ganze Zeit gesucht. Was zum Teufel hat es da drin verloren?«

Ich muss sagen, Tony Fonzetti sah ohne das ins Hemd geschobene Ding wesentlich besser aus, aber es war ihm schrecklich peinlich. Alle lachten, und Theresa freute sich – weniger darüber, dass ihr Haarteil nunmehr allgemein bekannt war, als vielmehr deshalb, weil die Tatsache, dass es in Tonys Hemd gesteckt hatte, auf eine merkwürdige Intimität hinwies. Ich persönlich glaube ja, dass er es sich unters Hemd geknöpft hatte, weil er wissen wollte, wie das ausah, und dann vergessen hatte, es herauszunehmen.

Daphne und Raleigh lachten so schallend, dass ich ihnen sagen musste, sie sollten aufhören. Daphne krümmte sich, die Knie fest aneinandergepresst, und sah aus, als würde sie gleich in die Hose pinkeln.

»Sei's drum, Millie, meine Liebe«, sagte Theresa Carmody, küsste ihr Haarteil und stopfte es in ihre Handtasche. »Ich wollte dich fragen, ob eines der Mädchen so nett wäre und nachher Kater reinlässt und Futter nachschüttet, falls die Schüssel leer ist. Tony und ich verbringen die Nacht im Hotel – einfach so zum Spaß und weil wir am Weihnachtsmorgen den Zimmerservice genießen wollen. Morgen Abend bin ich wieder da. Falls aber doch nicht – wäre es möglich, dass die Mädchen … na ja, dass sie Kater rein- und rauslassen, bis ich zurückkomme?«

Daphne, die eben noch hysterisch lachend ganz in der Nähe gestanden hatte, war plötzlich verschwunden, deshalb fragte ich Plumpud, ob sie Theresa den Gefallen tun würde. Theresa gab ihr einen Schlüssel.

»Nimm dir, was du willst«, sagte sie zu Plumpud. »Im Kühlschrank sind Sachen zum Essen, Getränke und so weiter. Und im Esszimmer liegt eine Schachtel Pralinen. Das Licht habe ich angelassen. Also – viel Spaß! Kater sitzt auf der hinteren Veranda und wartet darauf, dass du ihn reinlässt. Und morgens, könntest du ihn da wieder rauslassen? Irgendwann, wenn es dir passt.«

»Ich komme mit«, sagte Ronnie Fields. Ich beobachtete ihn. Er war nicht besitzergreifend, nein, das war es nicht. Es war etwas anderes. Eine für sein Alter ganz erstaunliche Selbstsicherheit. Plumpud lächelte ihn an.

»Gut«, sagte Theresa, »dann macht es euch richtig gemütlich!«

Und dann verschwand sie mit Tony Fonzetti und seiner glatten Brust, machte sich auf den Weg, um in irgendeinem Hotel den Zimmerservice zu genießen.

Die Party war noch immer voll in Schwung, als ich hörte, wie Plumpud zu Maria sagte, sie werde jetzt mit Ronnie nach nebenan gehen und sich um Kater kümmern, und danach würden sie WC Gassi führen. Oder umgekehrt. Vielleicht habe ich nicht richtig zugehört, oder die beiden ließen es offen.

»Dauert das lange?«, wollte Maria wissen.

»Nein, Mum, nicht besonders lange«, antwortete Plumpud.

»Wenn wir fertig sind mit unserem Rundgang, bringe ich sie sofort nach Hause«, sagte Ronnie.

»Falls wir dann schon im Bett sind«, sagte Maria, »schau bitte kurz herein, damit ich weiß, dass du zurück bist.«

George kam zu uns. Dumpling hing noch immer an ihm. »Ich habe ein kleines Mitbringsel für dich«, sagte er zu Plumpud.

»Willst du das nicht für morgen aufheben, Dad?«, hörte ich sie sagen.

»Nein.« Er kramte in seiner Hosentasche. »Das ist für heute.« Er zog drei kleine Päckchen hervor, die mit Bändern in verschiedenen Farben verschnürt waren. Das mit dem grünen Band gab er Plumpud.

»Und das soll ich schon heute aufmachen?«, fragte sie.

Er gab ihr einen Kuss auf die Stirn und sagte ja. Dumpling nutzte die Gelegenheit und küsste ihn auf die Wange, als er sich zu Plumpud hinunterbeugte.

»Für dich habe ich auch etwas, Dumpling«, sagte er. »Du bekommst es, wenn ich dich ins Bett bringe.«

»Wenn Dad dir ein Geschenk macht, Dumpling«, sagte Maria, »schläfst du dann heute Nacht in deinem eigenen Bett?«

Dumpling nickte.

Plumpud hatte inzwischen ihr Geschenk ausgepackt – es war ein Ring mit einem grünen Stein, der zu ihren Augen passte.

»Wunderschön«, sagte sie. Ihre Augen glänzten und funkelten. Sie steckte sich den Ring an den Mittelfinger der linken Hand, streckte den Arm aus und betrachtete ihn. Dann dankte sie George, gab ihm einen Kuss und verließ mit Ronnie Fields das Haus.

ZEHNTES KAPITEL

Marias Geschichte

Als George am Abend vor Weihnachten auftauchte, konnte ich es kaum glauben. Am Tag davor hätte ich um ein Haar mittags im Büro mit einem Kollegen geschlafen. Es hatte sich schon seit einiger Zeit angebahnt. Alle Voraussetzungen dafür waren gegeben.

Ich war einsam, und ich war enttäuscht. Einsam, weil George nur etwa alle sechs Monate nach Hause kam. Und diesmal war er ein ganzes Jahr lang weg gewesen. Gut, manchmal traf ich mich mit ihm an irgendeinem exotischen Ort, meistens auf halbem Weg zwischen zu Hause und dem jeweiligen Dritte-Welt-Land, in dem er sich gerade aufhielt. Und enttäuscht? Na ja, dass George an Weihnachten nicht da sein würde, brachte das Fass endgültig zum Überlaufen. Der Abend, als ich am Flughafen auf ihn wartete und er, typisch, auf den Anrufbeantworter zu Hause sprach, anstatt mich auf dem Handy anzurufen, was meine Wartezeit um über eine Stunde verlängerte – ich hatte es nun wirklich satt.

Martin Garner, mein Kollege im Büro, war ein sehr attraktiver Mann – breitschultrig, intelligent, lustig und mit trockenem Humor gesegnet. In der Woche zuvor hatten wir bei der Weihnachtsfeier heftig miteinander geflirtet. Genauer gesagt hatten wir bei den letzten drei oder vier Weihnachtsfeiern heftig miteinander geflirtet, und jedes Mal hatte danach ein, zwei Tage lang im Büro der eine die Nähe des anderen gesucht; er war unter irgendwelchen Vorwänden mehrmals zu mir an den Schreibtisch gekommen und hatte sich nah zu mir hinuntergebeugt, während er mir irgendetwas zeigte.

Doch jedes Mal hatte die Vernunft gesiegt. Bei mir zumindest. Bei ihm auch, vermutete ich. Es war nichts weiter als ein Flirt zwischen zwei Menschen, die sich ganz offensichtlich sympathisch fanden. Ich nahm an, dass er sich zu Hause langweilte, und ich war, wie gesagt, einsam.

Ich versuche gar nicht, die Anziehung – die auf jeden Fall gegenseitig war – kleinzureden, denn es bestanden nicht nur besagte Grundvoraussetzungen, sondern es gab zusätzlich einiges, was dem Ganzen eine gewisse Würze verlieh. Bestimmte Eigenheiten an ihm fand ich sehr reizvoll – zum Beispiel wenn er mir zuzwinkerte, sobald unser Langweiler vom Dienst vom Leder zog, oder wenn er mir eine Kusshand zuwarf und dem Kuss mit dem Blick folgte, bis er unweigerlich auf meinem Schreibtisch landete. Außerdem roch er fantastisch. Sandelholzseife, glaube ich.

An besagtem Tag kam Martin zu mir an den Schreibtisch und fragte mich, ob ich Lust auf einen letzten vorweihnachtlichen Drink hätte.

»Also, auf einen vorweihnachtlichen Drink in jedem Fall«, sagte ich mit der pedantischen Genauigkeit, für die ich bekannt war. »Allerdings bezweifle ich, dass das mein letzter Drink vor dem Festtag sein wird.«

»Du weißt genau, was ich meine«, sagte er. »Einen letzten vorweihnachtlichen Drink mit mir.«

Ich verkniff mir ein Grinsen. Ich fand es toll, ihn zu necken, aber das hätte ich ihm nie verraten.

»Weißt du, Maria McHarg«, sagte er, »manchmal wirkst du so, als würdest du gestärkte Schlüpfer tragen.«

Es war das erste Mal, dass er meine Unterwäsche angesprochen hatte, und aus einem mir völlig unerfindlichen Grund fiel mir keine andere Erwiderung ein als: »Stimmt, ich liebe dieses steife Gefühl.«

Wir schwiegen, und unsere Blicke trafen sich. Und dann hörte ich plötzlich, was ich da gesagt hatte. »Ich meine natürlich die Stärke in meinen Schlüpfern, du weißt schon ...« Mein Gott, was redete ich denn daher? Stärke in meinen Schlüpfern! Als würde ich sie buchstäblich mit Stärke füllen. O mein Gott.
»Ich weiß genau, was du meinst«, sagte er. Seine Stimme war plötzlich tiefer und klang ein wenig belegt.
Also, ich wusste nicht, was ich gemeint hatte. Ich dachte die ganze Zeit: War das eine Freudsche Fehlleistung? Versuchte ich ihm allen Ernstes klarzumachen, dass er mich ...? Mir fielen nicht einmal die richtigen Ausdrücke dafür ein.
»Wie sehen sie denn aus, deine Schlüpfer?«, flüsterte er mir ins Ohr.
Ich tat so, als hätte ich es nicht gehört, und begann, auf meinem Schreibtisch für den Weihnachtsurlaub Ordnung zu machen. Und es war mir ja auch wirklich wichtig, alles ordentlich zu hinterlassen, damit nach den Feiertagen alles schön dalag und leicht zu finden war. Ich machte auf schwer beschäftigt und äußerst tüchtig und tat so, als hätte ich gar nicht mitgekriegt, was los war.
»Hi, Maria, hi, Martin!« Tessa und Joe standen plötzlich an der Tür. »Kommt ihr nach in den Pub?«
»Ja, ich komme dann nach«, sagte ich. Das war meine Chance gewesen zu sagen: »Wartet kurz, ich komme gleich mit.« Doch stattdessen sagte ich: »Ja, ich komme dann nach.«
Sie gingen und schlossen die Tür.
»Also, wie sehen sie aus?«, fragte Martin noch einmal. Diesmal flüsterte er nicht. »Sag's mir.«
»Was soll ich sagen?« Ich versuchte meiner Stimme einen barschen Unterton zu geben.
»Sag mir, wie deine Schlüpfer aussehen.«
Ich wusste gar nicht, ob ich diese Frage überhaupt beantwor-

ten konnte. Zunächst konnte ich mich nicht einmal daran erinnern, welches Modell in welcher Farbe ich an diesem Morgen angezogen hatte. Ich öffnete den Mund und schloss ihn wieder. Martin war so unglaublich attraktiv, und dieses Geplänkel war unglaublich aufregend.

»Ich als dein Chef sollte das wissen, finde ich«, sagte er.

»Du bist doch gar nicht mein Chef«, entgegnete ich, obwohl er auf der bürointernen Gehalts-Richterskala über mir rangierte.

»Im Moment empfinde ich mich sehr wohl als deinen Chef.« Der Schlafzimmerblick, den er dabei aufsetzte, war umwerfend.

»Und als mein Chef glaubst du darüber unterrichtet werden zu müssen, welche Unterwäsche die Mitarbeiterinnen hier tragen?«

»Nein, das betrifft nur ganz bestimmte Mitarbeiterinnen. Diejenigen, die mich ganz besonders interessieren.«

»Oh.« Mehr fiel mir zu dieser Mitteilung nicht ein.

»Fangen wir doch mal mit der Farbe an.«

Schlagartig fiel mir wieder ein, welchen Schlüpfer ich am Morgen aus der Schublade gezogen hatte. French Knickers aus schwarzer Spitze. Und – o nein, ich trug auch noch halterlose Strümpfe. Ich dachte nur noch: Bestimmt wird er mich für eine Schlampe halten. Ich weiß nicht, warum, aber genau das dachte ich.

»Schwarz«, sagte ich flüsternd.

»Na so was! Ich finde, wir sollten hier abschließen und in mein Büro gehen. Ich will es mir ansehen.« Seine Stimme klang angenehm fest, sie war tief und hatte diese unglaubliche Heiserkeit, und es war völlig unvorstellbar, nicht zu tun, was er mir sagte. Ich konnte kaum aufstehen. Ich zitterte fast vor Erregung.

Er ging zur Haupteingangstür, verriegelte sie und steuerte dann auf sein Büro zu; in der Tür blieb er einige Sekunden stehen und sah mich an. Ich trug sehr hohe Stöckelschuhe, einen schicken schwarzen Rock, einen schwarzen Pullover mit V-Ausschnitt und, der weihnachtlichen Stimmung halber, einen duftigen roten Seidenschal. Martin wartete an seiner Tür, bis ich meinen Schreibtisch verließ; dann ging er in sein Zimmer. Als ich an der Tür ankam, saß er hinter seinem Schreibtisch.

»Komm rein«, sagte er. »Und schließ die Tür hinter dir.«

Ich hatte das Gefühl, ein völlig neues Gebiet zu betreten. Bei der Büroparty hatten, als ich mit ihm tanzte, meine Brüste an seiner Brust gerieben. Das erste Mal war es Zufall gewesen, beim zweiten Mal hatte er es bewusst so arrangiert, und beim dritten Mal machte ich einen Rückzieher. Aber jetzt gab er die Befehle, und ich gehorchte und war völlig gefangen in dieser Atmosphäre. Nicht eingesperrt, sondern eine durchaus willige Gefangene.

Ich schloss die Tür hinter mir und blieb auf dem Teppich zwischen der Tür und seinem Schreibtisch stehen.

»Und?«, sagte er. »Ich möchte diesen schwarzen Schlüpfer sehen.«

Es war helllichter Tag, und die Lampen in seinem Büro brannten – heller ging es nicht, und ich war mir total unsicher, ob ich den Reißverschluss öffnen und aus meinem schwarzen Rock steigen oder den Rock heben sollte. Der Gedanke »Was hast du da eigentlich vor, Maria McHarg?« kam mir überhaupt nicht. Im Hinterkopf sagte zwar eine Stimme »Maria, du bist verrückt geworden«, aber das war mir egal. Ich fühlte mich gekränkt und allein und wollte ein bisschen Aufregung in meinem Leben haben.

Ich beschloss, den Rock zu lüften. Mein Gott, er war so eng! Es war einer dieser Röcke, deren Reißverschluss man normalerweise öffnet und den man dann zusammen mit dem

Schlüpfer hinunterzieht, wenn man pinkeln muss, weil es so schneller und einfacher geht. Ich schob ihn langsam und vorsichtig nach oben und fragte mich, ob auch die Schlüpferbeine mit hochrutschen würden. Sie taten's nicht. Ich spürte mit den Fingern, dass der Spitzenbesatz der Schlüpferbeine dicht an meinen Schenkeln lag.

Martin sah mir in die Augen, bis ich den Rock hochgeschoben hatte; dann richtete er den Blick auf das, was er hatte sehen wollen. Ich hörte ihn scharf die Luft einziehen und wusste nicht, wohin schauen. Die Situation war unglaublich erotisch, aber ich hatte keine Ahnung, was ich als Nächstes tun sollte. Wahrscheinlich war ich einfach aus der Übung. Was aber nicht heißt, dass ich jemals in einer solchen Situation gewesen wäre.

Er stand auf und ging um seinen Schreibtisch herum. »Ich glaube, du legst den Schlüpfer besser ab«, sagte er und lehnte sich direkt vor mir an die Schreibtischkante.

»Ablegen?«, fragte ich leise.

»Ja.« Er imitierte meinen Flüsterton. »Du weißt schon – ausziehen.«

Nun war ich schon so weit gegangen, ich hatte meinen Rock für ihn hochgeschoben und wollte auf keinen Fall aufhören. Ich fühlte mich unglaublich sexy und war total auf die Situation konzentriert. Die Atmosphäre in seinem Büro wurde von Sekunde zu Sekunde dichter. Ich begann die French Knickers abzustreifen; dabei zwang ich mich dazu, ihm ins Gesicht zu sehen. Dass ich nicht wusste, wohin mit dem Blick, war das Schwierigste für mich. Am liebsten hätte ich auf seinen Hosenschlitz geschaut, um zu sehen, ob sich dort etwas tat – ich weiß auch nicht, warum. Schließlich hörte ich ja an seiner Stimme, dass sich durchaus etwas tat. Ich hatte solche Lust, einen Blick darauf zu werfen, aber ich fand es dann doch zu unanständig.

Das Wort *unanständig* übte, kaum war es mir in den Sinn gekommen, eine starke Faszination auf mich aus. Warum sollte es *unanständig* sein, auf seinen Hosenschlitz zu sehen, während ich eifrig dabei war, für ihn den Schlüpfer herunterzulassen? Wie konnte das *unanständig* sein? Aber so empfand ich es nun mal.

Der Satinschlüpfer glitt an meinen Beinen hinunter; ich senkte den Blick und sah den kleinen schwarzen Stoffhaufen rings um meine Füße. Ich stieg daraus heraus. Martin atmete jetzt sehr schnell.

»O mein Gott, trägst du immer Strümpfe?«, fragte er. Offenbar hatte der Spitzenbesatz des Schlüpfers die Abschlussbänder der Strümpfe verdeckt, und Martin hatte gedacht, ich trüge eine Strumpfhose.

Ich trage nicht immer Strümpfe. Ich ziehe welche an, wenn ich mich aus irgendeinem Anlass in Schale werfe, aber auch wenn ich niedergeschlagen bin, weil Strümpfe mir merkwürdigerweise Auftrieb geben, aber ich fand es besser, einfach »Ja« zu sagen, anstatt das alles zu erklären. Ich wäre gar nicht in der Lage gewesen, es zu erklären.

»Ja«, sagte ich, und meine Stimme klang genauso belegt wie seine.

»Mannomann«, sagte er. »Dreh dich um.«

Wer A sagt, muss auch B sagen, dachte ich und drehte mich langsam um.

Ich fühlte mich unglaublich verdorben, als ich so in seinem Büro stand, mit dem Rücken zu ihm, mit nacktem Po, in schwarzen Strümpfen und High Heels und den Rock zur Taille hochgeschoben. Er trat von hinten an mich heran und zog mich rückwärts zum Schreibtisch, an den er sich gleich wieder lehnte. Mit der einen Hand hielt er meine Brüste und legte die andere kurz auf meinen nackten Bauch. Dann fuhr er mit gespreizten Fingern nach unten, bis einer seiner Finger fand, wonach er gesucht hatte.

Schon bei der allerersten Berührung drehte ich fast durch. Ich hatte sofort einen unglaublich intensiven Orgasmus.

»Das hat aber jetzt jemand wirklich dringend gebraucht«, flüsterte er in mein Ohr, während mein Körper wie mit Schockwellen durchzogen wurde und meine Knie zitterten.

Ich gab mich dem Gefühl hin, aber ein bisschen glaubte ich mich auch verteidigen zu müssen. Am liebsten hätte ich gesagt: »Ich habe meinen Mann seit einem halben Jahr nicht mehr gesehen.« Doch dann dachte ich, dass ich George aus der Sache besser raushielt. Es hätte vielleicht geradezu lächerlich prüde und selbstgerecht geklungen. Außerdem wollte ich nicht, dass meine Gedanken in diese Richtung gingen.

Er hielt mich in den Armen, bis ich aufhörte zu zittern. Dann führte er mich um den Schreibtisch herum und drückte meinen Oberkörper auf die Schreibtischunterlage hinunter. Ich spürte, dass er an seinem Reißverschluss herumfummelte, und als er so weit war, griff er mit einer Hand nach vorn und versuchte mich von neuem zu erregen. Ich schreckte hoch und traf ihn, genau in dem Moment, in dem das Telefon zu klingeln begann, unabsichtlich mit der Hand, und dann ging der Lautsprecher an, und wir hörten seine Frau laut und deutlich sagen: »Martin? Vergiss ja nicht, auf dem Heimweg den verdammten Truthahn abzuholen. Und sag denen, dass sie den Magen und das ganze andere Zeug, das da immer drin ist, rausnehmen sollen! Es ist mir schnurzegal, dass deine Mutter es für die Sauce will, ich will das Zeug nicht in meiner Küche haben! Bist du dran, Martin?«

Ich stand über den Schreibtisch gebeugt. Martin, kurz davor, in mich einzudringen, war über mir. Unsere Münder befanden sich direkt neben dem Lautsprecher. Ich versuchte nicht zu atmen.

»Ja – ja, ich bin hier.«
»Du bist so still. Na, egal – hör zu, ich habe eine geniale Idee. Sag denen, sie sollen den Magen und die Hoden separat verpacken, dann schlage ich das Zeug in Geschenkpapier ein und schenke es deiner Mutter zu Weihnachten.«
Ich begann zu kichern. Ich konnte nicht anders. Es war grauenhaft – die Situation war einfach zu grotesk. Die sexuell aufgeladene Atmosphäre in seinem Büro war durch die Wörter *verdammter Truthahn* und *Magen* schlagartig verschwunden. Und die Vorstellung von den Hoden eines Truthahns – hätte ich nicht mit dem Gesicht nach unten halb auf dem Schreibtisch gelegen, wäre ich wahrscheinlich zusammengebrochen. Die Vorstellung, dass jemand das alles verpackt und der eigenen Schwiegermutter als Überraschungspräsent überreicht, machte mich fassungslos.
»Ich glaube nicht, dass es sich dabei um Hoden handelt«, sagte Martin mit der pedantischen Genauigkeit, von der ich immer geglaubt hatte, sie sei typisch für mich.
»Ist mir völlig egal, was es ist – Herz, Leber oder was anderes. Jedenfalls war der verdammte Truthahn bestimmt wesentlich netter als deine Mutter!«
Ich begann zu hüsteln. Ich war unter Martin gefangen und konnte mir nicht einmal die Hand auf den Mund legen.
»Was ist das für ein Geräusch, Martin?«
Martin hustete laut. »Entschuldige, ich trinke gerade Kaffee und habe mich verschluckt.« Er hatte mir die Hand auf den Mund gelegt. »Also, bis später«, sagte er in den Lautsprecher hinein.
»Bis später«, sagte sie. »Und denk an den verdammten Truthahn!«
Dann brach die Verbindung ab.

Mein Lachdrang verflog ebenso schlagartig wie der Drang, auf dem Schreibtisch meines sogenannten Chefs gevögelt zu werden. Wir richteten uns auf. Er zog sich die Hose hoch und steckte das Hemd hinein, während ich hektisch meinen Rock glatt strich. Ich hielt mich nicht einmal damit auf, den Schlüpfer wieder anzuziehen, sondern knüllte ihn zusammen und verließ Martins Büro. An meinem Schreibtisch steckte ich ihn dann in meine Handtasche.

»Tut mir leid, Maria«, sagte er von der Tür seines Büros aus. »Alles in Ordnung?«

Mir ging es wahrscheinlich um einiges besser als ihm. Immerhin hatte ich einen Orgasmus gehabt und eine gewisse Erleichterung erfahren.

»Für mich ist die Sache zwar aufgeschoben, aber nicht aufgehoben«, sagte er.

»Ich verspreche, dass ich an dich denke, während wir unseren Truthahn essen«, sagte ich und lächelte innerlich, weil es bei uns Gans geben würde.

Ich war hin- und hergerissen zwischen Aufgeregtheit und Schuldgefühlen. Die Schuldgefühle hatte ich wegen seiner Frau, die wahrscheinlich mit einer Schwiegermutter zusammenleben musste, die sie offensichtlich hasste und von der sie wahrscheinlich ebenfalls gehasst wurde, während ich in der wunderbaren Situation war, eine wirklich einmalige Schwiegermutter zu haben, ohne die ich nicht hätte arbeiten gehen und meine Kinder behütet zurücklassen können. Ich hatte Martins Frau irgendwann bei einer Feier kennengelernt – wo, wusste ich nicht mehr –, und sie hatte einen recht netten Eindruck auf mich gemacht. Ich wollte ihr in keiner Weise übel. Aber wenn man einer Frau nicht übelwill, wie kann man sich dann hinreißen lassen und tun, was ich gerade getan hatte? Eine Ehe ist doch für immer gedacht. Zu einer Ehe gehören doch Verbindlichkeit und Monogamie – das ist doch der ganze Witz an der Ehe. In Gesundheit und in Krankheit. In Einsamkeit und in Lust. Man legt sich auf einen bestimmten Menschen fest und hat dann kein Recht mehr, mit einem anderen herumzumachen, egal was passiert.

Ich räumte ein bisschen auf und holte meinen Mantel. Ich war sehr aufgewühlt.

Ich musste noch runter in den Pub, etwas trinken mit meinen Kollegen, und so tun, als wäre alles in schönster Ordnung. Aber nichts war in Ordnung, gar nichts. Ich sah einem einsamen Weihnachtsfest entgegen – nicht einsam in dem Sinn, dass ich nicht im Kreis der meisten meiner Lieben sein würde, sondern einsam, weil mein Mann nicht da sein würde und ich mich immer öfter fragte, wie es um sein Engagement für die Familie bestellt war. Ein Jahr ist viel, wenn man in dieser Zeit weder die Mutter noch die Ehefrau noch die Kinder besucht hat. Und mir war klar, dass wir in diesem Zeitraum keinen körperlichen Kontakt gehabt hätten, wenn ich nicht zwischendurch weggeflogen wäre und mich mit George getroffen hätte. Dabei gab ich George gar nicht mal die Schuld daran. Ich wusste, was für ein hartes Jahr hinter ihm lag. Aber ich fand, dass ich wirklich verständnisvoll gewesen war und ihm die nötige Auszeit weg von daheim gegeben hatte. Und auf der anderen Seite Martin, der, obwohl seine Frau zu Hause war und Weihnachten vor der Tür stand, nach mir gierte. Einsame Menschen, dachte ich. Menschen, die voneinander getrennt sind, obwohl sie zusammen sein sollten. Menschen, die zusammen sind, obwohl sie voneinander getrennt sein sollten. Zum Glück tauchte Martin nicht im Pub auf. Ich sage »zum Glück«, aber ich bin mir nicht einmal sicher, ob ich das so meinte. Ich wollte ihn nämlich wiedersehen, obwohl mir jede Zelle meines Gehirns sagte, dass ich unverzüglich Ausschau nach einem anderen Job halten solle und nie wieder mit ihm allein sein dürfe. Als mein Glas zur Hälfte geleert war, fiel mir ein, dass ich vergessen hatte, meinen Schlüpfer wieder anzuziehen, was es sehr schwierig machte, das, was in der Arbeit passiert war, gedanklich beiseitezuschieben.

Das alles hatte mich natürlich den ganzen Abend hindurch und auch am nächsten Tag immer wieder beschäftigt, und deshalb überkam mich, als George mitten während der Party auftauchte, eine überwältigende Erleichterung darüber, dass Martin und ich keinen richtigen Sex miteinander gehabt hatten. Ich dachte auch die ganze Zeit, George würde es spüren, dass mich ein anderer berührt hatte, aber er wurde so sehr in Beschlag genommen von den drei Mädchen, die jeweils mehr als ein Drittel von ihm wollten, dass mir Zeit blieb, mich von seinem überraschenden Eintreffen zu erholen.

Er hatte allen etwas mitgebracht. Plumpud und Daffers bekamen jeweils einen Ring mit einem Stein in der Farbe ihrer Augen, obwohl Plumpud an diesem Abend so drauf war, dass ihre Augen stärker funkelten als der Stein. Dumpling bekam einen winzigen Teddy aus Silber mit einem Amethyst im Nabel. Der Teddy hing an einem Kettchen, und sie legte ihn zusammen mit ihrem Kleid für den Weihnachtstag zurecht, wobei sie ihn vorsichtig über den Kleiderbügel mit ihren Weihnachtssachen hängte. Ihre neuen schwarzen Lackschuhe stellte sie vor den Bügel auf den Boden. Sie ist ein so gewissenhaftes Kind, sehr ordentlich und genau, was allerdings Lügen gestraft wird, wenn sie in Geschäften alles Mögliche unter sich versteckt, sei es im Einkaufswagen, sei es im Buggy.

Sie ertrug es fast nicht, als George sie im Bettchen in ihrem Zimmer allein ließ. Normalerweise legte sie sich hin, und sofort war der Daumen im Mund, aber an diesem Abend stand sie immer wieder auf und sah ihn flehentlich an.

»Ich trinke nur schnell unten ein Glas mit Mum«, sagte er. »Gleich komme ich wieder und sehe nach dir. Und du musst schlafen, weil in ein paar Stunden Santa Claus kommt.«
Santa Claus, der sie bis dahin immens fasziniert hatte, war angesichts von Georges Anwesenheit völlig uninteressant geworden.

Plumpud führte mit Ronnie Fields den Hund Gassi, der, wie Grammer meinte, eher einem Zirkustier ähnelte; danach wollten sie Theresa Carmodys Kater füttern. Plumpud sagte irgendetwas in der Art, die Ansicht, Tiere gehörten in den Zirkus, sei politisch unkorrekt, aber Grammer ignorierte sie einfach. Daphne war mit gutem Geld bestochen worden und räumte den Geschirrspüler ein und staubsaugte den Wohnzimmerboden. Sie hatte einen extrem stubenreinen Jungen namens Raleigh kennengelernt und dazu gebracht, ihr zu helfen. Wie sich herausstellte, gehörte er zu den Fields, was mir, warum auch immer, zuvor entgangen war. Er hatte eine unglaubliche Menge Haare – dick, blond und lockig, ganz anders als Ronnies Igelkopf. Und er ähnelte Daphne, weil er ungebärdig und ziemlich wild war, doch als es darauf ankam, holte er den Staubsauger und trug Gläser und Teller in die Küche, sammelte Papierservietten und Cocktailspießchen ein und warf sie in den Müll.
Die Eltern von Ronnie und Raleigh, Maureen und Ronald Fields, waren nur auf eine Stunde zur Party gekommen, weil sie noch in der Nacht die letzten Umzugskartons auspacken wollten. Sie gefielen mir auf Anhieb. Es waren nette Leute. Ich stellte es mir toll vor, sie als Nachbarn zu haben.

Gegen halb elf verschwanden Grammer und Waldorf, und George und ich gingen zu Bett. Normalerweise schliefen wir in der ersten Nacht nach seiner Rückkehr immer miteinander, aber weil wir Plumpud noch zurückerwarteten, gingen wir es sehr langsam an, beide in dem Wissen, dass wir jederzeit unterbrochen werden könnten.

Um zehn vor zwölf, als Georges rechte Hand gerade meine linke Brust erkundete, ging die Tür auf, und Plumpud sagte: »Hoffentlich habe ich euch nicht geweckt. Wollte euch nur sagen, dass ich wieder da bin.«

George sagte: »Gute Nacht, Plumpud. Bis morgen.«

Ich murmelte auch »Gute Nacht« und lauschte Plumpud nach, bis die Tür wieder geschlossen war. Ich bin mir sicher, dass sie ganz normal klang. Ich bin mir völlig sicher, dass ich nichts Ungewöhnliches heraushörte.

Ich bin mir sicher, ihre Schritte auf dem Treppenabsatz gehört zu haben. Ich bin mir sicher, dass ich die Klospülung hörte, aber da war Georges Mund schon abwechselnd an meinen Brustwarzen, und ein langsamer, beständiger Rhythmus baute sich auf, während wir uns mit Hilfe unserer Körper wieder gründlich miteinander vertraut machten. Irgendwann am Abend hatte er sich rasiert, sein Gesicht war glatt, als es über meinen Körper jagte auf der Suche nach den Stellen, an denen ich am liebsten angeknabbert wurde.

In dieser Nacht wurde mir zum ersten Mal bewusst, dass George mit anderen Frauen schlief.

Ich weiß nicht genau, wie ich darauf kam, aber es hatte sicherlich mit meinem Erlebnis tags zuvor zu tun und mit der Tatsache, dass ich mehr Hemmungen hatte als sonst nach halbjähriger Abwesenheit und zölibatärem Leben. Und irgendwie erkannte ich die Auswirkungen an George und an seinem Verhalten im Bett, an seiner Kontrolliertheit, seiner Geduld, seiner gemächlichen Geschicklichkeit. Am meisten erstaunte mich, dass ich es nicht schon früher in Betracht gezogen hatte. Zum ersten Mal in meinem Leben fühlte ich mich gezwungen, einen Orgasmus vorzutäuschen, nur damit er nicht merkte, dass auch ich Böses getan hatte.

Wegen des Vorfalls in der Arbeit war ich nicht gerade in bester Form. Und ich hatte das Gefühl, nicht genug Zeit zum klaren Denken zu haben. Im Grunde spielt das alles keine Rolle, es ist unwichtig, aber damals war es wichtig. Es war wichtig, während wir miteinander schliefen, und er sollte ja nicht bemerken, dass ich nicht ganz so erregt war wie sonst, wenn er heimkam. Deshalb schlang ich meine Beine um seine Hüften, legte eine oscarverdächtige Orgasmus-Show hin und versuchte, dabei nicht an Martin Garner und den Truthahnmagen zu denken.

»War es schön?«, fragte George.

»O ja«, antwortete ich, und das war nicht einmal gelogen.

Es gab jede Menge zu erzählen in dieser Nacht im Bett – von den Mädchen, von Georges Reisen und von Grammer und Waldorf. Er hatte Waldorf schon mehrmals gesehen, schien aber jedes Mal wieder überrascht zu sein, dass es ihn immer noch gab. Er fragte nach den neuen Nachbarn, die er gerade erst kennengelernt hatte, aber ich konnte ihm nicht viel über die Familie erzählen. Ein Kriminalbeamter und eine Ballettlehrerin, zwei nette Jungs und ein Hund. Und dann fragte er, wohin die frühere Nachbarin, Marjorie Whelan, gezogen sei, aber auch das wusste ich nicht.

Am liebsten hätte ich ihm gesagt, dass es mir reichte, dass ich diese Ehe so nicht mehr ertragen könne, dass ich ihn entweder hier haben oder nicht hier haben wolle, aber nicht dieses ständige Kommen und Gehen. Am liebsten hätte ich ihm gesagt,

dass er wie ein Geist in meinem Leben sei und ich keine Freiheit hätte.
Aber ich sagte nichts. Ich musste erst nachdenken. Ich hatte erkannt, dass er nicht treu war, wenn er weg war, und das musste ich erst einmal für mich bewerten. Ich brauchte Zeit. Das Komische war, dass ich vermutlich mit Grammer darüber reden würde. Sie war im Grunde meine beste Freundin und ganz bestimmt meine engste Vertraute.
Diese Gedanken wälzte ich, während wir flüsternd im Dunkeln miteinander sprachen. Und irgendwann schliefen wir ein.

Mitten in der Nacht standen wir auf und holten die Geschenke, die die Mädchen von Santa Claus bekommen sollten, ganz leise und vorsichtig aus dem Kleiderschrank, in dem ich sie säuberlich aufgereiht hatte. Bei uns hängen die Mädchen ihren Strumpf an die Türklinke, und Santa Claus legt ihnen die Geschenke vor die Zimmer. Es gab also keinen Grund, die Zimmer zu betreten und die Mädchen dadurch möglicherweise zu wecken. Bei Dumpling befürchteten wir sogar, sie allein dadurch zu wecken, dass wir die Geschenke behutsam vor ihrer Tür auf den Boden legten. Ich fand es erstaunlich, dass sie noch nicht in unserem Schlafzimmer aufgetaucht war, denn sie hat ziemlich starre Gewohnheiten.
Bevor wir uns schlafen gelegt hatten, war George zu ihr gegangen und hatte erzählt, sie hätte noch immer dort gestanden, wo er sie zuletzt hatte stehen sehen, in der Ecke ihres Bettchens, den Blick zur Tür gerichtet. Er hatte sie noch einmal geküsst und sie dazu gebracht, sich hinzulegen, damit er sie zudecken konnte. Er hatte ihr versprochen, dass der Morgen schneller da sein würde, wenn sie schliefe, und dass er den ganzen Weihnachtstag mit ihr verbringen würde.
Wir hängten die Weihnachtsstrümpfe wieder an die Zimmer-

türen und schlüpften leise zurück ins Bett. Es war kalt, und er nahm mich in die Arme. So schliefen wir ein, warm und geborgen und einander ganz nah.

Denn so fühlt man sich im eigenen Haus. Man glaubt sich am sichersten Ort der Welt. Man hält so vieles für selbstverständlich. Mir jedenfalls ging es so. Grammer hatte mir schon vor langer Zeit von Georges Vater, ihrem Ehemann Dirk, und dessen Frauengeschichten erzählt. Sie hatte diese Frauengeschichten als Tatsachen hingestellt, als etwas, das sie erfahren, verarbeitet und dann damit zu leben gelernt hatte. Aber sie hatte auch erzählt, dass sie sich, erst nachdem er für immer weg war, in ihrem eigenen Haus sicher gefühlt hatte. Davor hatte sie das Gefühl gehabt, dort nicht richtig hinzugehören, das Gefühl, dass irgendetwas nicht stimmte. Sie sagte, sie hätte ziemlich viele Dämonen austreiben müssen, ehe sie zu ihrem inneren Gleichgewicht und ihrer Gelassenheit gefunden hätte.

Ich fand Grammer zwar noch nie gelassen, aber ich glaube, ich wusste in etwa, was sie meinte. Es habe Jahre gedauert, sagte sie, bis sie das, was geschehen war, aufgearbeitet habe. Nachdem Dirk ins Meer gestürzt war, ließ sie einen Gedenkgottesdienst abhalten, das gab ihr offensichtlich ein bisschen Kraft. Und dann begann sie damals, die Leute und das Verhalten der Leute zu beobachten, um herauszufinden, was sie an Menschen bewundernswert, was verachtenswert fand, und dann begann sie zu schreiben. Sie schrieb Geschichten, die sie gern als ihr Leben gehabt hätte, so in etwa sagte sie. Einerseits sind das banale Geschichten im Soap-Opera-Stil, in denen die wahre Liebe siegt, nachdem sie zahlreiche Hindernisse überwunden hat. Aber sie hatte damals herausgefunden, dass die Leute genau das wollten, und weil es im wirklichen Leben ganz anders zugeht, war das Nächstbeste, ihre Bücher zu lesen. In

Grammers Fall reichte es offensichtlich, solche Geschichten zu schreiben.

Manchmal sagte sie: »Ich muss da noch eine Sache zum Abschluss bringen, Maria.« Erst in dem Sommer, in dem sie ihren Wagen schließlich Marjorie Whelans Auffahrt hinaufjagte, habe sie endlich ihren Frieden gefunden. Und dass Marjorie Whelan daraufhin ihr Haus verkaufte und wegzog, bereitete ihr eine Riesenfreude.

»Was hat dir Marjorie Whelan denn getan?«, fragte ich sie. Mir war klar, dass es etwas ziemlich Schlimmes gewesen sein musste, wenn es Grammer dazu gebracht hatte, so weit zu gehen. Marjories Veranda war ebenso demoliert wie ihr Auto, das danebengestanden hatte. Und Marjorie konnte offenbar von Glück reden, dass sie es, als Grammer auf sie zufuhr, geschafft hatte, auf die Veranda zu springen und von dort ins Haus zu flitzen.

»Vor langer Zeit, als Dirk ins Meer stürzte und mir endlich klarwurde, wie viele meiner Freundinnen eine Affäre mit ihm gehabt hatten ...« Sie machte eine lange Pause – ganz untypisch für Grammer, die normalerweise zu jedem Thema etwas zu sagen hat. »Weißt du, Maria, dass Männer Affären haben, ist eine Tatsache. Ich weiß das. Als ich heiratete, wusste ich es nicht, aber es wurde mir ziemlich schnell klar. Es ist nun mal so. Es liegt in der Natur der Sache. Aber dass sie Affären mit deinen eigenen Freundinnen haben, das war mir nicht klar. Die Vorstellung, dass er Affären hatte, die ich nicht mitbekam, machte mir nichts aus, aber dass ich es meinen Freundinnen von den Augen ablesen konnte, wenn sie bei mir zum Abendessen eingeladen waren und nicht nur mein Essen vernaschten – das ging mir gegen den Strich.«

Als ich frühmorgens so neben George lag, dachte ich an Grammers Worte. Ich dachte daran, dass George ganz zweifellos

Affären hatte. Ich dachte an Martin Garner, und mir kam der Gedanke, dass ich mich dessentwegen, was geschehen und was nicht geschehen war, nicht schuldig zu fühlen brauchte.

»Die sexuelle Begierde gehört nun einmal zum Menschen«, hatte Grammer gesagt.

Und warum sollten meine Sehnsüchte und Interessen da anders sein? Wem tat ich denn weh, wenn ich mich von Martin Garner berühren ließ? Das war doch harmlos, einfach nur angenehm, völlig ungefährlich, ganz aus dem Augenblick heraus … Wahrscheinlich war er mit dem magenlosen Truthahn nach Hause gefahren und hatte weitergemacht mit den Weihnachtsvorbereitungen, so wie George aus seinem anderen Leben in Asien zurückgekehrt war und so wie ich heimgekommen war und meine Mutterrolle weitergespielt hatte.

Ich war so sehr mit mir beschäftigt. Ich. Ich. Ich. Als hätte ich nicht gewusst, dass eine Mutter nie sich selbst an die erste Stelle setzen darf.

ELFTES KAPITEL

Plumpuds Geschichte

Jedes Mädchen in meiner Klasse war schon mindestens einmal geküsst worden. Ich untertreibe – jedes Mädchen in meiner Klasse war schon Dutzende Male geküsst worden. Nur ich nicht. Ich war nicht besonders kontaktfreudig. Die Hälfte von ihnen log das Blaue vom Himmel herunter, um sich interessant zu machen oder um durchblicken zu lassen, wie beliebt sie waren, aber Grammer sagt, Lügen haben kurze Beine, was sollte das also? Ich glaube, damit will ich sagen, dass ich schon mal mit dem Gedanken gespielt hatte, so zu tun, als hätte ich einen Freund, damit ich in Ruhe weiterleben konnte und von ihnen in Frieden gelassen wurde. Aber dann erkannte ich, dass, wenn man einmal angefangen hat zu lügen, die Lüge sozusagen wächst und man sie mit anderen Lügen stützen und ausbauen muss. Deshalb ließ ich es bleiben.

Grammer sagt, alles kommt zu dem, der wartet. Sie sagt aber auch, wenn man etwas will, soll man es sich holen. Vieles, was sie sagt, steht in totalem Widerspruch zueinander, aber ich glaube, das heißt einfach nur, dass man jeweils selbst entscheiden kann, was man macht.

Ich hatte Ronnie Fields nicht gesucht. Als er nebenan auftauchte, konnte ich mein Glück kaum fassen. Und noch weniger fassen konnte ich, wie sehr er in den zwei Tagen vor Weihnachten mit mir zusammen sein wollte. Wir verbrachten jede freie Minute miteinander, entweder auf Spaziergängen mit WC oder bei ihm oder mir zu Hause. Ich mochte ihn so gern, und ich hatte ein bisschen Angst, er würde mich nur wie eine

Schwester mögen. Ich hatte keine Erfahrung darin, das, was ich da fühlte, zu rechtfertigen, und wusste nicht genau, was eigentlich los war.

Bei dem Umtrunk, der am Weihnachtsabend bei uns stattfand, sagte Theresa Carmody, sie wolle weg, und fragte mich, ob ich bereit sei, Kater hinein- und hinauszulassen, und während sie mich das fragte, sah ich Ronnies Gesicht direkt neben ihr, und er nickte mir zu, als wollte er mich unbedingt dazu bringen, ja zu sagen.

Ich hätte es sowieso gemacht, denn Theresa Carmody war nett. Sie war eine gute Nachbarin, wie Grammer immer sagte, und sehr freundlich. Sie war lieb zu uns allen, besonders zu Dumpling, deshalb hätte ich keine Sekunde gezögert, mich in ihrem Haus um Kater zu kümmern. Aber Ronnies Nicken sagte plötzlich alles, und ich spürte, dass ich leicht rot wurde. An diesem Tag hatte ich schon mehrmals gedacht, er würde mich gleich küssen.

Ich hatte beim Auspacken der Umzugskisten in seinem Haus mitgeholfen, und wir leerten gemeinsam eine Kiste, und unsere Gesichter kamen sich so nahe, dass ich seinen Atem einatmen konnte, und ich hatte das Gefühl, wir würden uns immer näher und näher kommen. Aber dann geschah nichts, und deshalb dachte ich, dass er mich vielleicht nur als eine Art Schwester betrachtete. Er wirkte ja immer so souverän und vermittelte den Eindruck, stets genau zu wissen, was er tat, deshalb deutete die Tatsache, dass er mich noch nicht geküsst hatte, in meinen Augen darauf hin, dass er es auch später nicht tun würde. Trotzdem war ich den ganzen Tag über nervös, wie auf heißen Kohlen sozusagen, und schrecklich aufgeregt.

Ich hatte solchen Spaß mit ihm! Ständig brachte er mich zum Lachen. Und wenn er mich gerade mal nicht zum Lachen brachte, gab er mir das Gefühl, der wichtigste Mensch im Raum zu sein. Gut, ich weiß, ich war die meiste Zeit der einzige andere Mensch im Raum, aber es war alles so wirklich und so aufregend und ein riesen-, riesengroßer Spaß.

Dann kam Dad heim, und das machte das Ganze perfekt. Ich hatte das Gefühl, es gab nichts, was ich jetzt noch brauchte. Meine ganze Familie bei uns zu Hause. Und Waldorf. Und nebenan die Fields, vor allem Ronnie. Und sie waren alle so lieb. Irgendwo habe ich einmal gelesen: »Mein Becher fließt über«, und ich verstand genau, was damit gemeint war.
Theresa Carmody gab mir ihren Hausschlüssel, aber wir gingen erst hin, als sie schon eine ganze Weile weg war. Irgendwann sagte Ronnie: »Sollten wir nicht mal nach ihrem Kater sehen?« Ich war einverstanden. »Ich komme besser mit«, sagte er. »Das Haus ist groß und dunkel, ich will nicht, dass du da allein drin bist.«
Ich verschwieg ihm, dass ich schon öfter allein in Theresa Carmodys Haus gewesen war und mich nicht gefürchtet hatte. Ich war sogar schon unzählige Male allein drin gewesen, zum Beispiel in der Zeit, als Theresa Carmody zwei Wochen im Urlaub war und Kater mitgenommen hatte – ich weiß nicht mehr, wohin sie gefahren war, aber in der ersten Nacht rief sie sehr spät an und sagte, sie sei überzeugt, den Bügeleisenstecker in der Steckdose gelassen zu haben. Daraufhin ging ich hinüber und sah nach. Ich ging im Dunkeln hinüber, holte den Ersatzschlüssel unter dem bestimmten Stein im Vorgarten hervor, und tatsächlich hatte sie das Bügeleisen angeschaltet gelassen, und ich zog einfach den Stecker raus. Sie war manchmal ein bisschen nachlässig, wenn sie das Haus verließ, aber ich glaube, etwas wirklich Gefährliches hat sie nur dieses eine Mal getan, und immerhin war es ihr wieder eingefallen. Und ich war auch bei anderen Gelegenheiten drüben gewesen, hatte zum Beispiel

ihre Milch hineingestellt oder den Milchmann abbestellt, weil sie es vergessen hatte. Es machte mir nichts aus, allein in ihr Haus zu gehen, aber das wollte ich Ronnie auf keinen Fall sagen.

Dann schenkte Dad mir einen wunderschönen Ring mit einem grünen Stein. Das hielt uns ein bisschen auf. Dann sagte Ronnie unseren Eltern, wir würden auch noch mit WC hinausgehen – um für uns ein bisschen Zeit zu gewinnen. Mum und Dad sagten, das sei in Ordnung, und so zogen wir los.

Zuerst führten wir WC aus – es dürfte die kürzeste Runde seines Lebens gewesen sein. Einmal in rasantem Tempo um den Häuserblock, schon brachte Ronnie ihn wieder zurück in seine Küche, und wir gingen zu Theresa Carmodys Haus. Sie hatte eine Lampe in der Diele brennen lassen, und mit ihrem Schlüssel, den ich in der Tasche hatte, schlossen wir die Tür auf.

»Ich sehe mal nach, ob Kater schon reinkommen will«, sagte ich auf dem Weg durch die Küche.

»Möchtest du Cola trinken?«, fragte Ronnie. »Sie hat doch gesagt, wir sollen uns bedienen.«

Ich stimmte sofort zu, obwohl mir überhaupt nicht nach einem Getränk mit Kohlensäure war, aber es war natürlich sinnvoll, wenn jeder ein Glas in der Hand hielt, weil wir dann einen Grund haben würden, uns hinzusetzen und es uns gemütlich zu machen, während wir tranken.

Auf der Veranda war von Kater nichts zu sehen. Als ich zurückkam, war Ronnie verschwunden.

»Wo bist du?«, rief ich.

Er war ins Wohnzimmer gegangen und stellte gerade die Gläser auf den Couchtisch. Auf dem Tisch stand eine Schale mit Salzmandeln, die nahm er, setzte sich aufs Sofa und stellte sie auf seinem Knie ab. Dann klopfte er auf den freien Platz neben sich. »Komm, setz dich her.«

Ich kam mir ein bisschen unbeholfen vor, weil ich nicht wusste, was ich tun sollte. Einerseits interpretierte ich bestimmte Sachen in seine Bewegungen und Gesten hinein, andererseits sagte ich mir: »Das ist doch nur brüderlich-schwesterlich gemeint, also hör auf, vor dich hin zu fantasieren, Plumpud!«

Ich setzte mich verlegen auf die Sofakante. Er stellte die Schale mit den Salzmandeln auf den Tisch zurück und wandte sich zu mir ... Grammer hat mir mal ein Buch über Körpersprache geschenkt. Sie sagte, das sei wirklich eine Quelle des Wissens, aber letztlich sollte man immer auch auf den eigenen Instinkt vertrauen.

Seine übereinandergeschlagenen Beine zeigten mehr oder weniger zu mir hin, was dem Buch zufolge ein Hinweis darauf ist, dass diejenige Person Interesse an einem hat, obwohl ich ja immer fand, dass es, wenn jemand den Fuß auf jemand anderen hin ausrichtet, eher so aussieht, als wollte er ihn treten. In diesem Fall war aber eindeutig dem Buch zu glauben und nicht meinem eigenen Instinkt.

»Deine Haare sind wirklich schön so«, sagte er.

Ich trug mein Haar offen. Schon den ganzen Tag. Plötzlich kam mir der Gedanke, dass er trotz all seiner Gewandtheit und seiner angenehmen Art vielleicht auch ein bisschen schüchtern war.

»Danke«, sagte ich. Ich sagte mir, wenn ich schüchterner rüberkäme als er, würde er vielleicht die Regie übernehmen. Aber ich glaube, er hatte die Regie längst übernommen; er wartete nur noch den richtigen Augenblick ab. Er beugte sich zu seinem Glas vor, aber anstatt es zu ergreifen, schob er die Hand unter mein Haar und strich es mir von der einen Schulter.

Unsere Blicke trafen sich, und ich lächelte ihn einfach nur an.

Ganz schüchtern. Ganz scheu. Mir fällt das richtige Wort nicht ein. Einfach ein Lächeln.
Er rückte ein bisschen näher heran, und dann küsste er mich sanft auf den Mundwinkel. Es war das schönste, wunderbarste Gefühl der Welt. Mir fiel ein, dass Grammer mal zu uns Mädchen gesagt hatte, dass man im ganzen Leben nur einen einzigen ersten Kuss bekommt und deswegen gefälligst dafür zu sorgen hat, dass man ihn von jemandem kriegt, von dem man wirklich geküsst werden will, damit man ihn genießen kann und er es wert ist, immer daran zurückzudenken.
Ich hatte ein Riesenglück. Ich bekam den Kuss von dem Menschen, von dem ich meinen ersten Kuss wirklich haben wollte. Es kam mir so vor, als hätten wir reinweg alles. Wir wohnten nebeneinander. Es hatte keine Eile. Alles war so wirklich und so echt. Als würde man einen Teller mit perfekt zubereiteten Schoko-Erdbeeren gereicht bekommen, die niemals zur Neige gingen und von denen man naschen konnte, wann immer man wollte. Das klingt vielleicht albern, aber genau das ging mir durch den Kopf. Zeit und Raum und alles andere war auf unserer Seite.
Wir küssten uns weiter. Es war wie ein Dahinschmelzen. Ich war so froh, dass ich in der Schule nie die Lüge erzählt hatte, ich sei schon geküsst worden – so froh, auch noch ein reines Gewissen zu haben. Dadurch wurde alles noch aufregender, noch wirklicher. Immer wenn sich unsere Lippen trafen, hatte ich nicht nur dieses Gefühl, ein Riesenglück zu haben, dann war mir auch, als würden Funken durch meine Adern sprühen.
Nach einer Weile sagte Ronnie: »Vielleicht sollten wir mal nachsehen, ob Kater jetzt zurückgekommen ist.« Ich wollte schon aufstehen und nachsehen, aber er legte mir zwei Finger auf den Arm und sagte: »Du bleibst hier. Bin gleich wieder da.«

Er stand auf und ging durch die beiden ineinander übergehenden Zimmer und in die Küche. Ich hörte, wie die Tür geöffnet und wieder geschlossen wurde, und ich hörte ihn sagen: »Nun komm schon, Miezchen.«

Ab da kann ich mich an absolut nichts mehr erinnern.

Ich wachte zu einem Zeitpunkt auf, von dem ich später erfuhr, dass es der Weihnachtsmorgen war. Ich lag in meinem Bett und fühlte mich schlecht. Nicht krank, sondern wund und verletzt und zerschrammt. So hatte ich mich noch nie gefühlt. Es war anders als bei einer Grippe, wenn alles verstopft und man einfach krank ist. Es fühlte sich so an, als hätte mich jemand verprügelt. Ich lag da in der Dunkelheit des Wintermorgens und hörte, wie Mum und Dad von ihrem Zimmer aus »Fröhliche Weihnachten!« riefen, und ganz allmählich wurde mir bewusst, dass ich keine Erinnerung an das Heimkommen hatte, nicht die geringste Erinnerung daran, wie ich mich ausgezogen hatte und ins Bett gestiegen war. Ich fühlte mich krank und bekam richtig Angst. Ich wollte die Nachttischlampe einschalten, aber ich konnte meine Hände nicht bewegen, und im frühmorgendlichen Licht, das durch den nicht ganz zugezogenen Vorhang hereindrang, sah ich meine Kleider neben dem Bett auf dem Boden liegen. Mein Körper fühlte sich merkwürdig an, so als würde er gar nicht zu mir gehören. Zuerst konnte ich meine Hände nicht bewegen, aber als ich es dann doch schaffte und mich abtastete, spürte ich, dass ich meinen BH und meinen Schlüpfer anhatte. Die Angst wurde immer größer, bis sie schließlich reines Entsetzen war. Es war, wie wenn man in einen Raum hineinblickt, der voller Spinnweben ist, und versucht, irgendwie durch sie hindurchzusehen. Das Letzte, woran ich mich deutlich erinnerte, war eine Schale mit Salzmandeln auf dem Couchtisch von Theresa Carmody. Dann erinnerte ich mich noch daran, dass Ronnie irgendetwas sagte. Dann an nichts mehr.

»Santa Claus war da«, sagte Mum.

Ich wollte, dass sie zu mir hereinkam. Ich wollte, dass sie mich hielt und alles wiedergutmachte. Ich wollte sie rufen, aber meine Zunge war irgendwie im Mund festgeklemmt, und dieses Gefühl des nackten Entsetzens wuchs und wuchs, bis ich nichts anderes mehr empfand als eine alles verzehrende Angst. Ich hörte, wie Daffers oben an der Treppe ihren Strumpf von der Tür nahm, und fragte mich, ob Dumpling schon wach war, aber eigentlich wollte ich nur, dass Mum zu mir kam.

Die Tür ging auf, und Dumpling steckte den Kopf herein. Langsam tapste sie über den Boden zu meinem Bett, blieb davor stehen und betrachtete mich. Ich wollte nicht, dass sie mich so sah. Ich wollte, dass sie wegging. Ich wollte, dass Mum oder Grammer kamen und mir halfen. Unsere Blicke trafen sich, und ich versuchte wegzuschauen, aber gleichzeitig flehte ich sie mit meinen Augen an, damit sie verstand, dass etwas nicht stimmte, obwohl ich ihr keine Angst machen wollte. Dumpling sah mich an, dann trippelte sie zur Tür und verschwand. Ich hörte sie auf dem Treppenabsatz, und da wusste ich, dass sie Hilfe holte.

Mum kam, geschoben und gezogen von Dumpling. Sie schaltete das Licht ein, als sie das Zimmer betrat. Ich sah es ihrem Gesicht an, dass sie wusste, irgendetwas stimmte nicht. Ich sah es in ihren Augen.

»So, Dumpling«, sagte sie zu meiner Schwester, »du gehst jetzt zurück zu Dad und schaust dir weiter deine Geschenke an. Setz dich aufs Bett. Plumpud und ich ... kommen gleich nach.«

Dumpling sah mich an mit ihrem kleinen, weisen Gesicht. So undurchdringlich. Trotzdem spürte ich, dass sie die Situation zu erfassen versuchte; dann ging sie hinaus.
Mum setzte sich neben mich. Sie hob mein Kinn an. Ihre Augen schienen etwas zu erkennen, aber ich wusste nicht, was. Dann schlug sie langsam die Bettdecke auf – nur bis zu meiner Taille.
»Wer hat dir das angetan, mein Liebling?«, fragte sie mich. Ihre Stimme klang sanft, aber ich wusste, dass sie etwas verbarg. »Alles ist gut, mein Schatz. Ich bin da. Jetzt ist alles gut.«
Ich spürte Tränen auf meinen Wangen, aber ich war mir nicht sicher, dass es meine waren.

ZWÖLFTES KAPITEL

Daffers' Geschichte

Am Abend vor Weihnachten räumten Raleigh Fields und ich unten auf.

»Das bringt uns Pluspunkte ein«, sagte er. »Am Weihnachtstag muss dann wer anders aufräumen. Wir machen unsere Arbeit jetzt und können dafür morgen nach dem Plumpudding sitzen bleiben.«

Er kannte sich offenbar ziemlich aus damit, wie es in Familien zuging. Allerdings hatte er es daheim auch nicht gerade mit vielen Frauen zu tun – das einzige weibliche Wesen bei ihm war Maureen, seine Mum. Sogar der Hund war ein Junge. Dass Raleigh so selbstbewusst war, gefiel mir ziemlich. Bei ihm konnte ich sein, wie ich war – ganz anders als bei Daisy. Bei Daisy musste ich manchmal lügen. Sie durfte jeden Film schauen, den sie schauen wollte, ich nicht. Sie sagte immer, ich sollte mir einfach ein Video ausleihen oder heimlich ins Kino gehen oder so, aber Grammer wäre ausgeflippt, wenn sie das rausgefunden hätte – und sie hätte es rausgefunden. Grammer fand immer alles raus.

Grammer hätte Raleigh stubenrein genannt. Er war ziemlich gut im Geschirrspülereinräumen und sehr lieb zu Dumpling.

»Möchtest du ein Stück Käse?«, fragte er sie.

Sie nahm den Käsewürfel, steckte ihn sich in die Tasche und blieb einfach weiter auf Dads Fuß sitzen. Dumpling kann keinen Käse essen, weil der von der Kuh stammt, und wahrscheinlich hob sie ihn in der Tasche auf, damit er ihr nicht schaden konnte. Ziegen- und Schafskäse darf sie, und das reicht ihr auch.

Dad hatte Plumpud und mir Ringe mitgebracht. Der von Plumpud hatte so einen grünen Stein drauf. Meiner war wahnsinnig schön, mit einem funkelnden blauen Stein. Raleighs Bruder Ronnie sagte, das wäre genau die Farbe meiner Augen. Aber ich fand, dass es eher die Farbe von Raleighs Augen war. Raleigh sagte, wir könnten am Weihnachtstag zusammen Tennis spielen – wir könnten über die Mauer vor meiner Schule klettern, weil der Hausmeister bestimmt außer Gefecht wäre. Das heißt betrunken. Daisy sagte mal, ihre Eltern wären freitagnachts mal total hacke gewesen und am Samstag dann außer Gefecht.

Ich glaubte nicht, dass Mum oder Dad mich am Weihnachtsabend rausgehen lassen würden, aber der Tag danach klang gut. Raleigh meinte, wir könnten mit dem Rad hinfahren. Gleich nach Weihnachten sollte er in der Jungsschule hinter unserer Schule anfangen.

Jedenfalls half er mir beim Aufräumen, und genau in dem Moment, als ich dachte, Mum würde gleich sagen: »Ich glaube, du gehst jetzt besser nach Hause, Raleigh«, sagte er es selbst. Ganz plötzlich sagte er: »Ich glaube, ich gehe jetzt besser heim. Wegen Santa Claus und dem ganzen Kram.«

Dad lächelte und drehte den Kopf weg.

Grammer und Waldorf ließen sich gerade mit einer Mischung aus Champagner und Brandy volllaufen. Waldorf behauptete, das wäre das beste Schlafmittel überhaupt.

Grammer sagte: »Wir sollten die jungen Leute jetzt allein lassen, Waldorf.«

Daraufhin sagte er: »Mmm – und wo ist mein Jo-Jo?«

Raleigh lachte. »Bin schon weg. Bis morgen, Daffers.« Dann verschwand er, und ich ging schlafen.

Ich schickte Daisy von meinem Handy aus eine SMS. Ihre Eltern und sie waren nur bis neun geblieben. Ich sage *nur*, aber ehrlich gesagt war ich heilfroh, als Daisy ging. Sie sagte ja ständig Zweideutigkeiten. Zweideutig sein heißt Anspielungen machen und bestimmte Dinge durchblicken lassen. Meistens war das ja auch ziemlich witzig, aber wenn Raleigh dabei war, konnte ich es nicht ausstehen. Schließlich war er gerade erst nebenan eingezogen, und ich hoffte eben, dass er ein guter Tennispartner werden würde.

Na gut, ich spiele nicht oft Tennis. Würde ich aber, wenn ich dürfte. Früher habe ich richtig gern gespielt, aber Daisy meinte, es wäre uncool. »Wer rennt schon um ein Rechteck rum und versucht einen Ball zu erwischen, der gerade mal so groß ist wie eine Zwiebel!« Das war das Problem mit Daisy: Sie war so damit beschäftigt, cool zu sein, dass sie dabei ganz vergaß, auch mal Spaß zu haben. Früher habe ich total gern Tennis gespielt, aber Daisy hat es mir ausgeredet. Ausgespöttelt eigentlich eher. Weihnachten mochte ich auch total gern, aber wenn ich mit Daisy zusammen war, musste ich das verbergen; Weihnachten war auch uncool.

Am Weihnachtstag wachte ich mit diesem schönen Gefühl auf, das man hat, wenn man weiß, dass man Geschenke kriegt und es lustig wird. Ich blieb noch ein bisschen liegen und hörte Dumpling auf dem Treppenabsatz und Mum und Dad, die überall im Haus fröhliche Weihnachten wünschten. Dann holte ich mir meinen Strumpf, und als ich ihn von der Türklinke nahm, schlurfte Dumpling durch den Flur und stieß Plumpuds Tür auf. Plumpuds Strumpf hing noch dran.

»Morgen, Dumpling«, rief ich ihr zu. Immerhin war Weihnachten.

Ich setzte mich mit meinem Strumpf aufs Bett und packte aus. Es waren ganz schön viele Sachen drin, Sachen, die ich mir wirklich gewünscht hatte, und auch ein paar Überraschungen.

Dann hörte ich, dass Mum in Plumpuds Zimmer ging. Typisch, dachte ich. Typisch, dass Plumpud als Erste Mums Aufmerksamkeit kriegt. Das ist immer so bei den Ältesten. Die kriegen immer die ganze Aufmerksamkeit.

Erst eine Weile später kriegte ich das Gefühl, dass irgendwas nicht stimmte. Es schlich sich ganz langsam in mich rein – so ein Gefühl von Durcheinander. Ich stand auf und ging zu Plumpuds Zimmer und war erstaunt, weil ihr Strumpf noch immer an der Tür hing. Ich drückte die Tür auf und ging rein.

»Morgen, Plumpud, Morgen, Mum«, sagte ich. »Fröhliche Weihnachten und viele schöne Geschenke!«

Mum drehte den Kopf zu mir und sah mich an, und ihr Blick war voller Entsetzen.

»Hol deinen Dad«, sagte sie. »Schnell, lauf los und hol deinen Dad!«

Plumpud lag in ihrem Bett. Sie war wahnsinnig blass, fast weiß, und sie hatte Blutergüsse. Sie kriegt schnell Blutergüsse, das war schon immer so bei ihr, und am Hals und an der Brust hatte sie lila und rote Flecken. Und sie weinte leise vor sich hin.

Das erinnerte mich daran, wie Dumpling immer weinte, und ich bekam richtig Angst.

»Hol Dad und bleib dann bei Dumpling«, sagte Mum.

Ich konnte den Blick nicht von meiner Schwester abwenden. Ich war total geschockt. Sie sah furchtbar aus. »Plumpud«, sagte ich. »Plumpud!«

Ich war wie gelähmt, und Mum brüllte: »Du holst jetzt deinen Dad, Daphne!« Da machte ich mich auf den Weg. Ich ging rückwärts zur Tür raus, und mein Blick klebte an Plumpud, bis ich draußen an der Treppe war. Dad hatte Mums Gebrüll natürlich gehört, und als ich in sein Schlafzimmer kam, war er schon aus dem Bett.

Ich stieg in das Bett von Mum und Dad und setzte mich neben Dumpling, die sich gerade anschaute, was in ihrem Strumpf war. Sie hatte viele ganz süße Sachen bekommen und legte sie alle nebeneinander auf die Decke.
Draußen vor der Tür war die Hölle los. Dad hatte Grammer geholt und den Arzt angerufen, aber da hatte sich nur der Anrufbeantworter gemeldet und gesagt, er sollte seine Nummer hinterlassen. Ich hörte, wie Mum sagte: »Sollen wir sie ins Krankenhaus bringen?« Da sagte Grammer sanft wie sonst nie: »Ich rede mit ihr, Maria. Du, George, machst erst mal Tee. Na los!«
Dad sagte: »Wie meinst du das – Tee machen?«
Da sagte Grammer so, dass es schon wieder ein bisschen mehr nach Grammer klang: »George, du gehst jetzt runter und machst Tee. Maria, du gehst unter die Dusche und ziehst dich an. Hier muss endlich was passieren, und zwar sofort!«
Dann war Waldorfs Stimme von der Treppe her deutlich zu hören. Er hatte anscheinend dort gestanden und gelauscht. »Komm, George, hilf mir in der Küche.« Er klang überhaupt nicht wie Waldorf. Normalerweise redet er ja immer von irgendwas anderem, zum Beispiel dass er sein Jo-Jo sucht oder sein Comic-Heft, keine Ahnung. Aber jetzt klang er schrecklich. Ich weiß auch nicht ... so beherrscht irgendwie.
Ich hörte Mum duschen, und dann kam sie ins Schlafzimmer und bat mich, Dumpling rauszutragen.
Ich wollte gerade fragen, wie es Plumpud ging und was eigentlich passiert war, aber sie sagte: »Verdammt noch mal, Daphne, du wirst jetzt einmal im Leben nicht diskutieren, sondern einfach tun, was man dir sagt!«
Das war total unfair, weil ich ja gar nicht diskutierte. Diskutieren ist überhaupt nicht mein Ding. Aber ich sah, dass sie wirklich fertig war, deshalb sagte ich nichts, sondern hob Dumpling

aus dem Bett und sagte ihr, sie sollte ihre Geschenke dalassen und dass wir sie dann holen würden, wenn sie angezogen war. Sie winkte den Sachen auf Mums und Dads Bett noch zu. Ich merkte, dass sie sich in einen kleinen Plüsch-Orang-Utan verguckt hatte, der ihr aus der Hand glitt, als ich sie hochhob.

»Komm, Dumpling«, sagte ich, »den nimmst du mit.«

Ich hielt sie ein bisschen tiefer, und sie beugte sich runter und nahm ihn vom Bett und drückte ihn fest an sich. Das fand ich gut, denn ich wünschte mir auch, jemanden an mich zu drücken oder von irgendwem fest gedrückt zu werden.

Ich gab ihr ganz schnell einen Kuss, als sie gerade nicht hinsah.

Wir hörten Grammer in Plumpuds Zimmer reden, aber die Tür war zu, alles klang gedämpft. Ich zog Dumpling an. Sie hatte alles schon am Tag zuvor rausgelegt; sogar das Geschenk, das Dad ihr mitgebracht hatte, hing über ihrem Kleid. Plötzlich wusste ich nicht, ob Mum überhaupt wollte, dass ich ihr das anzog. Der Tag fühlte sich so gar nicht wie Weihnachten an, und das waren eindeutig ihre schönsten Sachen. Ich zog sie ihr aber trotzdem an, weil ich nicht wusste, was ich sonst tun sollte.

Als Dumpling angezogen war, holte ich alle Geschenke von Mums und Dads Bett und legte sie in Dumplings Zimmer auf den Boden und sagte ihr, dass sie sich beschäftigten sollte. Dann ging ich duschen und machte mich fertig.

Fertig für was? Das war mir überhaupt nicht klar.

Inzwischen hatten sich auch Dad und Waldorf angezogen. Irgendwie versammelten wir uns alle unten. Grammer war auch da, das bedeutete wahrscheinlich, dass Mum bei Plumpud war. Ich hörte Grammer sagen: »Wir müssen einen Arzt holen.«

Dad fragte: »Krankenhaus?«

»Nein, noch nicht«, sagte Grammer. »Erst der Arzt, dann sehen wir weiter.«
»Warum nicht ins Krankenhaus?«
»Plumpud will nicht ins Krankenhaus. Davon lässt sie sich nicht abbringen.«
Waldorf unterbrach sie. »Wo wohnt denn euer Arzt? Der ist doch ein Freund der Familie, oder? Ich fahre gleich los und hole ihn.«
Noch nie hatte Waldorf so normal geklungen.
»Sollen wir Plumpud mitnehmen?«, fragte Dad.
»Nein«, sagte Waldorf. »An irgendwelchen Leuten vorbeigefahren zu werden wäre das Letzte, was sie jetzt braucht. Ich ziehe los, suche den guten Mann und bringe ihn hierher.«
Und das machte er auch.

Ungefähr eine halbe Stunde später kam Dr. Fairbrother, den meine Eltern Richie nannten, mit Waldorf bei uns an.
Aus dem sonst üblichen warmen Weihnachtsfrühstück wurde nichts. Ich setzte mich mit Dumpling hin, und wir aßen Cornflakes. Ich verzog nicht mal das Gesicht, als ich ihr die Sojamilch in die Schüssel goss. Sie hatte ihr Rosarotes Schwein und ihr neues Plüschtier dabei. Ich sagte ihr, dass der Orang-Utan Gunkey hieß. Irgendwie sah er so aus, als würde er Gunkey heißen, keine Ahnung. Sie streichelte ihm den Kopf und tat so, als würde sie ihn mit ihren Cornflakes füttern. Dann verzog sie das Gesicht, so wie ich sonst immer, und da wusste ich, dass Gunkey keine Sojamilch mochte, und ich musste lächeln.
Es war schön, einen Grund zum Lächeln zu haben.
Dr. Fairbrother blieb eine halbe Ewigkeit oben. Als er runterkam, lauschte ich an der Tür. Waldorf war anscheinend bei Plumpud geblieben, denn alle, Mum, Dad und Grammer, waren jetzt unten. An den Lauten, die Mum von sich gab, er-

kannte ich, dass sie entweder weinte oder versuchte, nicht zu weinen.

»Ihr müsst die Polizei verständigen«, sagte Dr. Fairbrother. »Ich habe eine Blutprobe entnommen, aber in der Klinik gibt es eine Spezialabteilung, und ich möchte unbedingt, dass man sie dorthin bringt.«

»Sie will nicht ins Krankenhaus«, sagte Grammer.

»Ich weiß. Aber wir müssen jetzt jede Möglichkeit in Betracht ziehen, weil sie alle Hilfe brauchen wird, die wir ihr geben können.«

Dann hörte ich Dads Stimme. »Wovon sprechen wir hier eigentlich? Was genau ist mit ihr passiert?«

In meinem Kopf hämmerte das Blut. Ich glaube, irgendwie wusste ich schon, was gleich kommen würde. »Betäubt und sexuell missbraucht.«

Dad holte es aus ihm raus. Dr. Fairbrother meinte, es sähe nach Vergewaltigung aus.

Betäubt und vergewaltigt.

Menschen wie uns passierte so was nicht. Das konnte gar nicht sein. Wir saßen sicher in unserem großen Haus mit Menschen, die uns liebten. Plumpud, Dumpling und ich.

Anscheinend mussten jetzt Spezialisten her. Leute, die jeden Tag mit so was zu tun haben. Da draußen gab es Leute, die Opfern wie Plumpud die Hand hielten, die wussten, was zu sagen und was zu tun war. Leute, die wussten, welche Tests gemacht werden mussten, was man mit diesen Tests tun musste, Leute, die wussten, wie man den Täter fand, Leute, die dafür sorgten, dass es Plumpud wieder besserging.

»Den bringe ich um«, sagte Dad.

»Ich halte es für wesentlich hilfreicher, George, wenn du zunächst einmal Plumpud an erste Stelle setzt«, sagte Dr. Fairbrother. »Vergiss alles andere und konzentriere dich auf sie.«

Sie riefen im Krankenhaus an. Dumpling und ich taten dabei so, als wären wir beschäftigt. Dann fuhren Mum und Dad mit Plumpud und Dr. Fairbrother weg.

Waldorf und Grammer kamen zu Dumpling und zu mir rein, um mit uns zu reden.
Grammer sagte: »Daphne, ich weiß nicht, wie viel du mitbekommen hast, aber normalerweise hast du sehr gute Antennen. Also frag, wenn du etwas wissen willst. Andernfalls würde ich dir gern ein paar Fragen stellen.«
Ich schwieg. Ich wollte nur, dass das alles aufhörte. Ich zuckte die Achseln.
»Hast du Plumpud gestern Abend nach Hause kommen hören?«, fragte sie.
Ich machte eine Bewegung, halb Nicken, halb Kopfschütteln. Ich war mir wirklich nicht sicher.
»Denk nach!«
»Sachte, sachte, Millie«, sagte Waldorf. »Wie wär's mit einer Tasse Kaffee, meine Liebe?«
Merkwürdigerweise schaltete Grammer sofort die Kaffeemaschine ein. Waldorf und ich setzten uns in die Küchensessel.
»Ist alles in Ordnung mit dir, meine Liebe?«, fragte er mich.
Ich sagte ja.
»Gut. Also, je schneller die Teile jetzt aus der Schachtel geholt und fein säuberlich zusammengelegt werden, umso schneller ist das Puzzle fertig.«
Dumpling ging zu ihrer Schatzkiste und holte ein Puzzle raus und legte die Teile auf den Boden. Plumpud hätte gelächelt und gesagt: »Du süßer Spatz, du!«
Ich begann zu weinen. Keine Ahnung, warum. Ich saß am Weihnachtsmorgen in einem von den großen weichen Küchen-

sesseln, und alle Dämme brachen, und ich flennte wie eine Achtjährige.
»Alles wird gut«, sagte Waldorf, während er ein frisch gebügeltes weißes Taschentuch aus der Jackentasche zog und es mir gab. »Sobald die Sache aufgeklärt ist, wird alles gut.«
Dumpling spielte eifrig vor sich hin, und ich versuchte rotzend und schniefend mit dem Weinen aufzuhören.
»Warum weinst du denn?«, fragte Grammer und kam zu uns herüber. Sie war nicht so weit weg gewesen in der Küche, dass sie nicht alles hätte hören können, was wir gesprochen hatten, deshalb ging es ihr wahrscheinlich nur darum, rauszukriegen, warum ich losgeheult hatte.
»Die Blutergüsse«, sagte ich schniefend.
Sie nickte. »Ich weiß. Ich weiß.«
»Versuchen wir's noch mal, Daffers«, sagte Waldorf. »Meinst du, du hast Plumpud gestern Abend zurückkommen hören?«
Ja, sagte ich. Ich hatte sie gehört. Ich hatte sie auf der Treppe gehört. Ich hatte gehört, wie sie Mum und Dad gute Nacht sagte. Das war alles. Ich war richtig müde gewesen und hörte das alles nur ganz weit entfernt. Und dann war ich eingeschlafen.
»Sonst nichts?«, fragte Waldorf.
Ich schüttelte den Kopf.
»Wie klang sie?«
»Keine Ahnung. Wie Plumpud eben«, sagte ich. Ich meine, wenn sie wie jemand anders geklungen hätte, hätte ich das ja sofort gemerkt, und Mum und Dad auch. Oder wenn sie irgendwie geschockt geklungen hätte, das hätten wir doch mitgekriegt. Ist doch klar.
Dumpling war schon dabei, den Rand des Puzzles zu legen. Sie sah zu uns hoch, um nichts zu verpassen.
»Gut gemacht, Dumples«, sagte ich. »Du bist echt schnell.«
Sie sah mich irgendwie argwöhnisch an. Gut, normalerweise

hatte ich nicht viel Zeit für sie, aber Plumpud schon, und Plumpud war nicht da, deshalb brauchte sie jemanden, der ihr ein bisschen Extra-Aufmerksamkeit schenkte.
Waldorf trank seinen Kaffee und sah zu, wie Dumpling sich zur Mitte des Puzzles vorarbeitete. »Du hast wohl die ganze Nacht durchgeschlafen, Dumpling?«, sagte er. Es war mehr eine Frage als eine Feststellung.
Sie hörte auf mit dem Puzzlelegen und begann an ihrem Daumen zu lutschen. Ich stand auf und holte ihr Rosarotes Schwein und Gunkey vom Frühstückstisch.
»Ich gehe jetzt unter die Dusche«, sagte Grammer. Erst da fiel mir auf, dass sie immer noch im Schlafanzug war. Sie zieht sich ja meistens so exotische Sachen an, dass man bei ihr manchmal gar nicht weiß, welche Kleider für den Tag und welche für die Nacht sind.

Kaum war Grammer durch die Verbindungstür in ihre Küche verschwunden, klingelte es an unserer Tür. Ich machte auf. Es war Ronnie Fields mit WC. Er sagte: »Fröhliche Weihnachten, Daffers. Ist Plumpud da?«
Ich starrte ihn einfach nur an. Ich wusste nicht, was ich sagen sollte.
Dann kam Waldorf, Dumpling auf dem Arm, und sagte in Richtung Ronnie: »Wer liest eigentlich gerade mein Comic-Heft?«
Ronnie sagte hallo.
»Hi, Ronnie«, sagte Waldorf.
Dann ging es hin und her mit »Fröhliche Weihnachten«, und die ganze Zeit spürte ich Waldorfs Hand auf meiner Schulter, und da wusste ich, dass ich nichts sagen sollte.
»Ich wollte nur fragen, ob Plumpud auf einen kurzen Spaziergang mitkommen möchte.«

»Ein Verdauungsspaziergang schon vor dem Plumpudding, was?« Waldorf lachte. In diesem Moment klang er so wie immer, aber dann veränderte sich sein Ton und wurde ziemlich förmlich. »Zu meinem Bedauern muss ich dir mitteilen, dass sie mit ihren Eltern weggefahren ist. Wir richten ihr aus, dass du da warst. Nicht wahr, Daffers?«, fügte er hinzu. Seine Hand lag fest auf meiner Schulter.

Ich nickte.

»Okay«, sagte Ronnie Fields. »Dann bis später.« Und die beiden liefen zurück zur Straße.

Waldorf blieb, auf dem einen Arm Dumpling, neben mir stehen, und wir drei sahen Ronnie Fields hinterher, bis er um die Hecke herum verschwand.

»Hat er ihr das getan?«, fragte ich. Ich schaute Waldorf an, um seinen Gesichtsausdruck zu sehen.

Er tätschelte mir die Schulter. »Hör zu, Daffers, meine Liebe«, sagte er. »Ich habe keine Ahnung, wer diese schreckliche Sache begangen hat, und muss gestehen, dass ich persönlich ein Problem damit hätte, zu glauben, dass es dieser junge Mann war. Aber es müssen jetzt viele Fragen gestellt werden, und ich halte es für das Beste, niemandem etwas davon zu erzählen – dann hat nämlich auch niemand Gelegenheit, sich ein Alibi auszudenken. Lass die Wahrheit ans Licht kommen.«

Mir war nicht ganz klar, was er damit meinte. »Und was machen wir jetzt?«, fragte ich.

»Helfen«, antwortete er. »Wir decken den Tisch und richten alles schön her, bis deine Eltern zurückkommen.«

Mir wäre es lieber gewesen, er hätte gesagt: »Bis Plumpud und deine Eltern zurückkommen.« Dann hätte ich ein besseres Gefühl gehabt.

Ich ging hoch. Ich wollte Plumpuds Strumpf auf ihr Bett legen, damit sie ihn gleich hatte, wenn sie heimkam. In ihrem

Zimmer lagen die Kleider auf dem Boden, und ihr Bett war zerwühlt. Ich machte ein bisschen Ordnung, und da sah ich Blut auf ihrem Leintuch. Ich stand da und sah hin. Ich wusste nicht, was ich machen sollte. Ihre Periode, dachte ich. Das muss ihre Periode sein. Sie hat ihre Periode. Das sagte ich mir immer wieder. Ich konnte die Vorstellung, dass jemand sie verletzt und zum Bluten gebracht hatte, nicht ertragen. Blutergüsse waren schon schlimm genug. Bluten müssen war unerträglich.

Plötzlich tauchte Waldorf auf. Er war allein; Dumpling hatte er offenbar bei Grammer gelassen. Er stellte sich neben mich und legte mir die Hand auf die Schulter. Das machte er ziemlich oft an diesem Tag.

»Komm, meine Liebe«, sagte er. »Wir gehen jetzt raus hier.«

»Ich will noch das Bett machen«, sagte ich. »Ich will ein sauberes Leintuch drauftun und ihre Kleider aufräumen.« Meine Stimme klang schon wieder ganz zittrig.

»Nicht jetzt«, sagte er. »Später. Ich glaube, wir lassen es besser erst mal so.«

»Aber warum?«, fragte ich. »Wenn sie vom Krankenhaus zurückkommen, will Plumpud sich vielleicht ein bisschen hinlegen, und … und … und …«

Ich heulte wieder. Er führte mich hinaus.

»Es ist sehr, sehr belastend für uns alle, ganz besonders für dich, ihre liebe Schwester«, sagte er.

Das war ziemlich nett von ihm, denn er wusste genau, dass Plumpud und ich die meiste Zeit wie Hund und Katze aufeinander losgingen. Besser gesagt, *ich* ging auf *sie* los.

»Ich glaube«, sagte er sanft – mit einer ganz neuen Waldorf-Stimme –, »ich glaube, dass bald jemand von der Gerichtsmedizin kommt und etwas von den Kleidern und dem Bettzeug mitnehmen will.«

»Waldorf«, sagte ich krächzend, »Waldorf, glaubst du, dass es hier in ihrem Bett passiert ist?«
Er schüttelte den Kopf. »Ich habe keine Ahnung. Ich habe keinen Schimmer.«
»Das kann nicht sein«, sagte ich. »Das hätte einer von uns gehört. Das hätten wir gehört!«
»Ich glaube, es ist weder für Plumpud noch für dich selbst gut, wenn du dich so hineinsteigerst. Das Beste wäre, wenn du jetzt mit beiden Beinen so fest wie möglich auf dem Boden bliebest. Das wäre die größte Hilfe für deine Eltern. Und für dich selbst«, fügte er hinzu.
Ich wusste nicht, was er meinte. Und ich bin mir nicht mal sicher, dass es mich interessierte.
»Komm jetzt, meine Liebe«, sagte er. »Grammer braucht Hilfe mit der Füllung, und deine Mum kann das nicht machen, sie ist nicht da.«
Er bugsierte mich hinaus und schloss fest die Tür. »Du gehst da erst mal nicht mehr hinein, hast du verstanden?«, sagte er.
Ich nickte. Dann wollte ich ein paar Kleinigkeiten aus Dumplings Strumpf holen und ihr bringen. Waldorf ging mit und steckte alles in den Strumpf zurück und trug ihn nach unten.
»Du bist ein liebes Mädchen«, sagte er, was mich ziemlich überraschte. So was kriege ich nicht oft zu hören.

Ich kann gar nicht sagen, wie schrecklich der Rest des Tages war.
Grammer ließ mich Aprikosen und Sellerie und so für die Füllung klein schnippeln. Mit den Kräutern übertrieb ich es ein bisschen, aber sie meinte, das wäre nicht so schlimm. »Kräutlein sind gut«, sagte sie. Und dann sagte sie noch: »Könnte einen guten Buchtitel abgeben.«
Grammer hat einen richtigen Buchtitel-Tick. Immer wenn sie

sich einen Titel für ein neues Buch ausgedacht hat, wird er vom Verlag geändert. Dann heißt es, der Titel müsste entweder eindeutiger oder dezenter sein – ich weiß nicht mehr, was von beidem.

»Millie, meine Liebe«, warf Waldorf ein, »ich wüsste nicht, ob ich geneigt wäre, ein Buch mit dem Titel *Kräutlein sind gut* käuflich zu erwerben. Es sei denn, es handelte sich um ein Kochbuch.«

»Wo denkst du hin!«, entgegnete Grammer. »Ich dachte eher an zwei empfindliche Männer, Kräutlein, Rührmichnichtans. So ein Buch könnte doch *Kräutlein sind gut* heißen, wenn du verstehst, was ich meine.«

Ich sah zu Waldorf hinüber. Er zwinkerte mir zu. Jetzt war mir klar, warum der Verlag ihre Titel immer änderte.

»Und was machen diese beiden Kräutlein?«, fragte Waldorf.

Ich bekam das Gefühl, dass sie nur so dahinredeten, um die Zeit rumzukriegen.

Die Nudeln wurden für Dumpling vom Schrank geholt, und sie legte sie in einem komischen Muster auf den Boden. Plumpud schaute ihr immer zu, wenn sie das machte. Grammer und Plumpud glaubten, dass wir von Dumpling lernen könnten, wenn wir ihre Denkweise kapieren würden. Ich schnitt die Aprikosen mit der Schere klein und behielt dabei Dumpling im Auge, für den Fall, dass Grammer und Waldorf das nicht taten.

Sie saß immer so merkwürdig auf dem Boden, aber sie war immer unheimlich geschäftig. Sie legte die Penne komisch hin – Seite an Seite, nicht Ende an Ende. Das sah ungefähr so aus: drei Penne nebeneinander, dann eine Lücke. Dann legte sie im rechten Winkel zur letzten von den drei Nudeln noch mal drei hin, dann wieder eine Lücke. Dann legte sie vierzehn Penne nebeneinander hin, die erste davon im rechten Winkel zur dritten von den letzten drei. Dann kam wieder eine Lücke, dann sieben Penne, wieder im rechten Winkel. Das Muster erinnerte mich an irgendwas, aber ich kam nicht drauf. Die nächsten Penne legte sie Ende an Ende aus. Aber da war ich gerade dabei, die Zutaten mit den Semmelbröseln zu vermischen, und sah nicht richtig zu. Doch als sie fertig war, ging sie zu ihrer Schatzkiste – so nannte Plumpud das Ding – und nahm eines von den Spielzeugautos heraus. Es wäre besser für sie gewesen, ein Puzzle zu legen, so sinnlos, wie dieses Spielchen war. Aber ich sagte nichts, schließlich war Weihnachten, und die Situation war auch so schon schlimm genug.

Am frühen Nachmittag rief Dad an und redete mit Grammer. Dumpling hielt ein Schläfchen auf dem Sofa, den Kopf in Waldorfs Schoß. Waldorf und Grammer hatten Schampus getrunken. Er sagte, ich dürfte ein Glas mittrinken. Grammer sagte: »Aber nur ein klitzekleines bisschen!«

Als das Telefon klingelte, regte Dumpling sich im Schlaf, döste aber sofort weiter.

Grammer sagte: »Ja, natürlich bin ich das, George. Was hast du denn gedacht?« Dann sagte sie: »Entschuldige.« Na ja, es hatte ziemlich bissig geklungen, und wahrscheinlich war es für Dad und Mum nicht so toll im Krankenhaus. Nach dem Auflegen sagte Grammer zu Waldorf und mir, dass gleich ein paar Kriminalbeamte kommen würden.

Ungefähr zehn Minuten später klingelte es an der Tür, und als Grammer zurückkam, erschien hinter ihr Ronald Fields. Er hatte einen riesigen Blumenstrauß dabei, den Maureen und er offenbar für die Party am Abend zuvor gekauft, aber wegen dem ganzen Stress mit dem Auspacken und dem Einräumen einfach vergessen hatten.

Grammer schaute Waldorf an, und Waldorf schaute Grammer an, und Ronald Fields schaute der Reihe nach jeden von uns an. Er trug Anzug und Krawatte und grinste in die Runde, als wäre es der glücklichste Tag in seinem Leben.

»Die sind aber schön!«, sagte Grammer, fast verdeckt von den Lilien und Stechpalmen und Farnwedeln und so.

»Herrlich«, sagte Waldorf. »Kann leider nicht aufstehen, lieber Freund, tut mir leid«, und er deutete auf Dumplings Kopf, wegen dem er auf dem Sofa sitzen bleiben musste.

»War sie früh auf wegen Santa Claus?«, fragte Ronald.

»Keine Ahnung, mein Freund«, antwortete Waldorf. »Nicht den geringsten Schimmer. Ich habe geschlafen wie ein U-Boot.«

Waldorf sagte manchmal Sachen, die man nicht verstehen konnte, wenn man nie in, beispielsweise, einem U-Boot war. Bei diesem bestimmten Ausdruck stelle ich mir immer ein langes, graues Stahlrohr unten am Meeresboden vor, das tief und fest schläft. Aber wie kann ein Stahlrohr schlafen? Es ergibt irgendwie keinen Sinn.

Dann klingelte es wieder an der Tür, und Grammer ging raus, und Ronald Fields stand weiter da. Ich merkte, dass er etwas verwirrt darüber war, wie er empfangen wurde. An den beiden Tagen davor waren wir alle freundlich wie noch was gewesen, und jetzt war die Atmosphäre frostig wie in einem Tiefkühlschrank.

Grammer kam sofort wieder und sagte zuckersüß zu Ronald Fields, wir hätten Gäste und er möchte uns bitte entschuldigen. Hau ab, sollte das heißen.

Ich fand das ziemlich peinlich, und ich begann den Ring an meinem Finger hin und her zu drehen, während Ronald Fields uns nacheinander anschaute. Waldorf winkte ihm kurz zu, dann wünschte Ronald Fields uns fröhliche Weihnachten. An der Tür kamen ihm die zwei Gäste entgegen. Wenn Grammer in der Lage gewesen wäre, klar zu denken, wäre sie schon vorher darauf gekommen, dass, wenn ein Kriminalbeamter mit

Blumen zu Besuch ist und zwei andere Kriminalbeamte dazukommen, die drei sich durchaus kennen könnten. Und genau so war es natürlich auch.
»Ronald.«
»Joe.«
»Margaret.«
Hinterher sagte Grammer zu Dad, das Ganze wäre ihr vorgekommen wie die Versammlung einer Freimaurerloge. Ich fragte mich, woher sie das wusste. Joe war Joe Malone, und Margaret war Margaret McGregor, und beide hatten sie hübsche kleine Dienstausweise mit ihrem Foto drauf. Mittendrin wachte Dumpling auf, sah Ronald Fields und wollte, dass er sie hochhob. Er erfüllte ihr den Wunsch. Sie schlang die Arme um seinen Hals. Falls Joe und Margaret enttäuscht waren, weil sie nicht zu Hause sein und mit ihren eigenen Familien Truthahn oder Gans essen konnten, ließen sie sich das auf jeden Fall nicht anmerken.
Sie stellten sich uns einzeln vor, und dann sagte Joe zu Ronald: »Wusste gar nicht, dass du hinzugezogen wurdest.«
Und Ronald sagte: »Ich wohne nebenan. Ich habe nur Blumen vorbeigebracht.«
Und Margaret sagte: »Für das Mädchen?«
Und Ronald sagte: »Na ja, eigentlich für die ganze Familie.« Dann schaute er Margaret und Joe lange an, drehte sich um und schaute uns an. »Was ist passiert?«, fragte er. Seine Stimme klang hart, und Dumpling vergrub das Gesicht an seinem Hals.
Grammer legte sich die Hand an die Stirn.
Waldorf sagte: »Setz dich sofort hin, Millie, du siehst aus, als würdest du gleich ohnmächtig!«
Grammer ist nicht der Typ Mensch, der ohnmächtig wird. Die Wahrscheinlichkeit, dass jemand wegen ihr in Ohnmacht fällt,

ist wesentlich größer, aber ich muss zugeben, dass sie nicht gut aussah. Sie war richtig bleich. Joe und Waldorf halfen ihr auf einen Stuhl. Margaret brachte ein Glas Wasser. Und Ronald Fields stand da, von Dumpling umklammert.

»Kein Wasser – Schampus, Schampus!«, sagte Waldorf. »Der hebt den Blutdruck und die Stimmung!«

Dumpling streichelte Ronald Fields über die Haare, und er drehte sich zu mir und sagte: »Bitte sag mir, was passiert ist.«

»Plumpud ist vergewaltigt worden«, sagte ich.

Ronald Fields schaute uns nacheinander an, als wüsste er nicht, wo er war. Dann sagte er zu Margaret oder zu Joe oder zu wem auch immer: »Ist das wahr?«

»Es sieht ganz danach aus«, sagte Margaret. »Wir warten noch auf die Bestätigung durch das Krankenhaus. Auf jeden Fall ist sie schwer misshandelt worden. Deshalb sind wir hier.«

Mir gefiel das Wort »schwer« nicht. Es machte mir Angst. Es klang schlimmer als Vergewaltigung, aber was dieses Wort bedeutete, wusste ich auch nicht genau.

»Wann?«, fuhr Ronald Fields mich an.

»Gestern Nacht«, sagte ich.

»Ich will in die Ermittlungen mit einbezogen werden!«, sagte er zu Joe.

Da sagte Grammer, ganz grau im Gesicht: »Ich glaube nicht, dass das geht. Ist ein bisschen zu nah dran an zu Hause.«

Ronald Fields gab mir Dumpling, und sie klammerte sich an mich. Plötzlich verstand ich, warum Plumpud sie so gern trug.

»Dann lasst mich wenigstens mithelfen«, sagte Ronald Fields.

DREIZEHNTES KAPITEL

Millicents Geschichte

Als Dirk McHarg mit dreihundertzwanzig Stundenkilometern oder mit welcher Geschwindigkeit auch immer auf dem Meer aufschlug, hielt ich das für die schwierigste Situation meines ganzen Lebens. Im Nachhinein weiß ich, dass ich sie mit einer gehörigen Portion Zynismus meisterte, gemischt mit Pragmatismus und dem Bedürfnis, in Würde weiterzuleben.

Als ich an jenem Weihnachtsmorgen neben Plumpud auf dem Bett saß, war mir klar, dass Dirks Ableben nichts gewesen war im Vergleich zu dem hier. Hätte ich mit Plumpud tauschen können, ich hätte es getan.

Plumpud besitzt eine angeborene Güte, ein liebenswürdiges Wesen, eine Ernsthaftigkeit, eine sanfte Fügsamkeit – ähnlich wie ihre Mutter übrigens –, und was immer ihr zugestoßen sein mochte, ich spürte, dass die durchlittene Angst und der erduldete Schmerz sie zerstört hatten. Zuerst konnte sie überhaupt nicht sprechen, aber als dann die Worte kamen, stellte sich heraus, dass sie keine Ahnung hatte, was geschehen war. Ich glaube, in gewisser Hinsicht empfand ich das als Erleichterung.

Als wir sie fragten: »Wer hat dir das angetan?«, dachte ich, sie wollte mit ihrem Schweigen Ronnie Fields decken. Doch dann wurde nach und nach klar, dass sie weder wusste, was mit ihr geschehen war, noch, wie sie es in ihr Bett geschafft hatte.

Ich konnte nicht glauben, dass es Ronnie Fields gewesen war – es ergab einfach keinen Sinn, aber George und Maria behaupteten hartnäckig, sie sei am Abend zuvor nach Hause gekommen und habe ihnen gute Nacht gesagt, und sie habe normal geklungen. Es musste also danach passiert sein. Und bei Ronnie Fields handelte es sich, soweit man wusste, um die letzte Person, die mit ihr zusammen gewesen war.

»Erinnerst du dich, dass du deinen Eltern gute Nacht gewünscht hast?«, fragte ich sie.

An ihren Wangen rollten langsam Tränen hinab, und sie schüttelte den Kopf.

Ich versuchte es anders. »Ihr wart doch mit dem Hund draußen.« Damit meinte ich den Elefanten von nebenan.

Ich wollte, dass George einen Krankenwagen rief, aber dann spürte ich, dass sie uns zu diesem Zeitpunkt in ihrer Nähe brauchte, dass später noch Zeit genug war für Krankenwagen und Ärzte. Wenn überhaupt eine Chance bestand, Zugang zu ihrem Gedächtnis zu bekommen, dann am ehesten, während sie sich bei uns geborgen fühlte.

Geborgen! Was bedeutet dieses Wort? Wenn man im eigenen Haus im Bett liegt, sollte man sicher und geborgen sein, aber Plumpud war eindeutig nicht sicher und geborgen gewesen.

»Hat Ronnie dir das angetan?«, fragte ich sie so sanft ich konnte.

Sie schüttelte den Kopf. Als sie sprach, klang es, als wäre ihre Zunge ganz dick geworden. »Kann nicht sein«, murmelte sie. »Das hätte er nie gemacht.«

In diesem Augenblick spürte ich, dass sie wirklich nicht wusste, was mit ihr geschehen war. Ich glaube, sie stand unter Schock. Sie konnte kaum die Hände bewegen. Erst nach einer ganzen Weile dämmerte es mir, dass ihr vielleicht nicht einmal bewusst war, dass sie missbraucht worden war.

Ich brachte ihr ein Glas Wasser in der Hoffnung, sie könnte dann besser sprechen, denn es klang so, als wäre ihr Mund ganz trocken und rissig. Ihre Pupillen waren erweitert. Ich

nahm ihre Hand in meine und streichelte sie und versuchte ganz sanft, ihr dabei zu helfen, sich zu konzentrieren.
»Woran erinnerst du dich?«, fragte ich sie.
»Dad ist heimgekommen«, sagte sie. Dann entstand eine lange Pause.
»Und was war dann?«
»Ronnie und ich sind mit dem Hund rausgegangen, dann sind wir in Theresas Haus gegangen, und Kater war nicht auf der Veranda. Da haben wir uns hingesetzt und etwas getrunken.«
»Was habt ihr getrunken?«
Sie dachte eine halbe Ewigkeit lang nach. »Er hat für jeden von uns ein Glas Cola hingestellt.«
»Hast du aus deinem Glas getrunken?«
Sie wusste es nicht mehr. Sie konnte sich offenbar an nichts weiter erinnern. Ich fragte mich, ob er ihr etwas in die Cola getan hatte.
Mir fiel etwas ein, was Maria mir einmal erzählt hatte. Am letzten Schultag hatte die Direktorin zu allen gesagt: »Setzt euch nie auf den Schoß eines Jungen und trinkt nie ein Getränk, das ihr nicht selbst geöffnet habt!« Maria erzählte mir, ihre Klassenkameradinnen und sie hätten daraufhin bei dem Versuch, nicht zu lachen, fast Krämpfe bekommen, aber der zweite Teil des Ratschlags erwies sich nun im Nachhinein als sehr vernünftig.
Nachdem sie in Begleitung von Richie Fairbrother, dem Hausarzt, ins Krankenhaus gefahren waren, nahm ich Waldorf beiseite und sagte: »Es deutet alles auf Ronnie Fields hin, und trotzdem kann ich es nicht so recht glauben.«
Waldorf versteckt sich gern hinter einer Fassade, er findet das amüsant. Ich auch. Er tut so, als würde er sich ständig mit Kleine-Jungs-Sachen beschäftigen, was wirklich lustig ist, aber hinter der vornehmen Sprechweise und all dem »Mein Liebling«, »Meine Liebe« arbeitet ein überaus scharfsinniges Hirn.

»Es ist viel zu früh, um zu sagen, auf wen das alles hindeutet«, meinte er.

»Aber sie war mit Ronnie unterwegs.«

»Ronnie hatte es, wenn du mich fragst, nicht nötig, sie anzugreifen – es sei denn, er steht auf so was.«

»Was soll das heißen?«

»Sie war so lieb zu ihm. Ich hatte den Eindruck, dass sie ihn richtig anhimmelte. Warum hätte er in Eile verfallen sollen? Er ist ein intelligenter Junge. Sie sind gerade erst nebenan eingezogen. Warum sollte er wenige Tage nach seinem Einzug das Nachbarmädchen missbrauchen? Das, was er bekam, gefiel ihm ganz ausgezeichnet, das konnte jeder sehen. Er klopfte gern an und fragte, ob sie mit ihm spazieren gehen wolle. Und ihr gefiel es auch. Er hatte keinen Grund, so etwas zu tun.«

»Und wenn er es doch getan hat?«

»Eile mit Weile«, sagte Waldorf, nun wieder in seiner etwas rätselhafteren Sprechweise.

»Was soll das heißen?«, fragte ich ihn. Das Witzige an Waldorf ist, dass ich mich nie, nie über ihn ärgere. Wenn irgendwer anders so schwerfällig wäre, ich würde schäumen, aber bei Waldorf ist das nicht so.

»Nur keine Hast«, sagte er. »Alles, was im Augenblick zählt, ist Plumpud.«

Als die Kriminalbeamten kamen, war Ronald Fields da, um Blumen vorbeizubringen. Ronald stellte sich sehr schnell auf die Situation ein, auch wenn auf seiner Seite, vielleicht verständlicherweise, eine gewisse Fassungslosigkeit vorherrschte. Aus der Distanz betrachtet, sehe ich da einen wirklich freundlichen Menschen, einen ehrbaren Nachbarn eben, der ein Geschenk ablieferte, das seine Frau und er am Abend zuvor vergessen hatten. Und dieser Mensch betrat ein Minenfeld. Er war klug genug, sofort zu begreifen, wer aller Wahrscheinlichkeit nach der Hauptverdächtige sein würde. Dass er darauf bestand, in das »Team« mit einbezogen zu werden, hing wohl mit der Tatsache zusammen, dass der Kopf seines Sohns auf dem Richtblock lag. Aber ein kleines bisschen hatte ich auch das Gefühl, dass er einfach den Nachbarn helfen wollte, die seine Familie an Weihnachten so freundlich aufgenommen hatten. Dieses Gefühl habe ich immer noch.

Aber an allererster Stelle war ich Großmutter, und der Gedanke, dass Plumpud von wem auch immer verletzt worden war, misshandelt und noch Schlimmeres ... Das war absolut unerträglich.

Gut, ich hatte mich nützlich gemacht, hatte das Abendessen zubereitet, hatte die Kartoffeln, die als Bratkartoffeln auf den Tisch kommen sollten, vorgekocht, den Sellerie geputzt – was, wie ich hinzufügen möchte, eine ziemlich öde Angelegenheit ist. Ich verstehe einfach nicht, warum es noch immer keinen fadenlosen Sellerie gibt. Wir sind in der Lage, Menschen zum Mond zu befördern und Erdbeeren genetisch zu verändern, aber das Sellerie-Problem ist nach wie vor ungelöst. Wahrscheinlich liegt es daran, dass Männer nicht Sellerie putzen müssen. Ja, ja, ich weiß, es gibt weibliche Forscher, aber die arbeiten ganz offensichtlich nicht im Bereich Selleriebearbeitung.

Jedenfalls quälte mich, während ich das alles tat, der Gedanke an Plumpuds Blutergüsse und an das Blut in ihrem Bett.

Anfangs war ich sehr höflich zu Ronald Fields, aber dann wollte ich ihn plötzlich nur noch aus dem Haus haben.

»Sie müssen jetzt gehen«, sagte ich. »Diese Herrschaften« – ich gestikulierte in Richtung Joe und Margaret – »müssen hier ihre Arbeit tun, und zwar sofort.«

Verzieh dich!, dachte ich. Aber gleichzeitig wollte ich nicht, dass er nach Hause rannte und sich zusammen mit seinem Sohn irgendein Alibi zurechtbastelte. Nachdem mir dieser Gedanke gekommen war, fand ich, dass es vielleicht doch besser wäre, wenn er bei uns bliebe. Ich war hin- und hergerissen zwischen dem Bedürfnis, ihn loszuwerden, und dem Wunsch, ihn dazubehalten.

»Margaret«, sagte ich, »kann ich kurz unter vier Augen mit Ihnen sprechen?«

Ich führte die Kriminalbeamtin oder Gerichtsmedizinerin, oder was immer sie war, in die Diele und schilderte ihr ganz offen die Situation. Ich erklärte ihr, dass es sich bei dem Sohn von Ronald Fields um die Person handelte, die zuletzt mit Plumpud zusammen gewesen war, und teilte ihr meine Ansicht mit, dass er so schnell wie möglich verhört werden sollte.

»Ist schon gut«, sagte sie.

Nein, es war ganz und gar nicht gut, egal, was sie sagen würde!

»Wir haben bereits jemanden zu den Fields' geschickt, der sich mit dem Sohn unterhalten soll. Wahrscheinlich geschieht das gerade in diesem Augenblick. Den Namen haben wir im Krankenhaus erfahren. Nur haben wir Ronnie Fields nicht mit Detective Inspector Ronald Fields in Verbindung gebracht. Und die Adresse hat uns auch nicht an ihn erinnert, weil die Fields früher woanders gewohnt haben. Ich glaube, sie sind erst kürzlich hierhergezogen?« Ihre Stimme hatte einen fragenden Unterton, und ich bestätigte, dass sie buchstäblich gerade erst eingezogen waren.

In diesem Moment klingelte das Telefon. Waldorf hob ab. Es war Maureen Fields, die ihren Mann Ronald aufforderte, sofort nach Hause zu kommen, weil ihr Sohn Ronnie gleich ins Polizeirevier gebracht und dort verhört werden sollte.

Ich habe es nicht so mit dem Mitleid. Früher vielleicht schon, aber mit Dirks Tod war das vorbei. Es gibt einfach zu viele vergiftete Arten von Mitleid. »Millie, mein Schatz, ich fühle wirklich mit dir« – ständig bekam ich das damals zu hören. Und gleichzeitig wusste man, dass der eigene Ehemann die Schlampe befummelt hatte. Wenn Freunde von mir – unter meinen wenigen wahren Freunden befanden sich nur wenige Frauen – trauerten oder traumatische Ereignisse durchlebten, zog ich ausschließlich die praktischen Register. Ich sagte nie: »Du Arme«, denn das hätte zur Folge haben können, dass sie nachts schweißgebadet aufwachten und überlegten, ob ich etwas wusste, was sie nicht wussten. Stattdessen brachte ich ihnen geräucherten Lachs oder schickte ihnen eine Kiste Champagner – irgendetwas, das sie tröstete oder ihnen eine angenehme Ablenkung verschaffte, und wenn sie trotzdem nachts wegen irgendeiner Gemeinheit schweißgebadet aufwachten, konnten sie wenigstens an den Kühlschrank gehen und Lachs naschen oder ein Glas Schampus trinken.

Dennoch empfand ich etwas, als ich nach Maureens Anruf Ronald Fields' Gesicht sah. Wie hätte es auch anders sein können? Auch ich habe einen Sohn.

Der Mann wusste offenbar nicht, was er sagen sollte. Er starrte uns nur an.

»Geh heim«, sagte Joe zu ihm.

Ronald richtete den Blick auf mich. Er wollte meine Hände ergreifen, aber ich zog sie zurück.

»Der Himmel stehe uns bei«, sagte er. Sein Gesicht war bleich und angespannt.

Waldorf erklärte Joe und Margaret – ich weiß gar nicht, warum wir so schnell beim Vornamen gelandet waren, aber Waldorf hat da so eine Theorie, dass die Leute, weil ich schon so oft interviewt wurde und sie meine Bücher gelesen haben, mich zu kennen glauben, so dass man schnell beim Vornamen ist (außerdem sagt er, ich sei eine Art Nationalheiligtum) –, jedenfalls erklärte er Joe und Margaret, dass wir alle in Plumpuds Zimmer gewesen seien und möglicherweise Spuren verwischt hätten. Sie meinten, wir sollten uns keine Gedanken machen. Dann wollten sie wissen, wie es am Morgen unten ausgesehen habe.

»Wie meinen Sie das?«, fragte ich.

»Gab es irgendwelche Anzeichen für einen Kampf? Blutspuren? Irgendetwas Ungewöhnliches?«

Ich sah Waldorf an. Waldorf sah mich an. Wir beide sahen Daphne an. Wir schüttelten alle den Kopf.

»Gibt es einen Grund für die Annahme, dass es unten geschah?«, fragte Waldorf.

Zu diesem Zeitpunkt waren die beiden Kriminalbeamten schon, von Kopf bis Fuß in eine weiße Montur gehüllt, mit der Bettwäsche und den Kleidern, die auf dem Boden gelegen hatten, aus Plumpuds Zimmer zurückgekehrt, um sich nun unten in jedem Raum umzusehen.

»Na ja«, sagte Margaret, »es sieht nicht so aus, als wäre es oben passiert. Deshalb müssen wir herausfinden, *wo* es passiert ist. Da passt nichts zusammen. Wir kommen später wieder und sprechen dann mit Ihnen und mit Plumpuds Eltern.«

»Sollten Sie nicht auch mal im Nachbarhaus nachsehen?«, fragte Waldorf.

»Bei den Fields? Nein, bei denen ist gerade ein Kollege.«

»Ich meinte nicht die Fields«, erklärte Waldorf. »Ich meinte das Haus gegenüber, das Haus von Theresa Carmody. Sie ist im Augenblick nicht da, und Plumpud und Ronnie Fields sind hinübergegangen, um den Kater rein- oder rauszulassen, ich weiß nicht genau, was.«

»Um ihn reinzulassen«, sagte Daffers.
Rein – raus. Rein – raus. Der verdammte Kater schrie inzwischen wahrscheinlich schon, weil er rausgelassen werden wollte.
»Wir bräuchten eine Genehmigung, um das Haus zu betreten«, sagte Joe.
»Millie, meine Liebe«, sagte Waldorf, »ich glaube, ich sollte mal hingehen und nachsehen, ob es diesem Kater gutgeht. Margaret und Joe können ja mitkommen und mir behilflich sein.«
»Vielleicht sollte ich hingehen«, sagte ich.
»In Anbetracht der Umstände möchte ich nicht, dass du allein hineingehst. Außerdem glaube ich, dass Daffers und Dumpling dich gern hier bei sich haben möchten.«
Er konnte so klar denken, wenn er wollte! Joe sagte, wenn Waldorf hingehe, werde er mitkommen, einfach nur, damit sie ihr Gespräch fortsetzen könnten. Wir sprachen alle zwischen den Zeilen, wenn Sie verstehen, was ich meine. Natürlich konnte Joe nicht in das Haus gehen und nachsehen, aber wenn er Waldorf begleitete, weil der den Kater rauslassen musste, dann war das etwas ganz anderes.
Waldorf erzählte mir später, es sei dort nichts Ungewöhnliches gewesen. »Alles war aufgeräumt, Millie, keinerlei Unordnung.«
»Sie haben etwas getrunken«, sagte ich. Plumpud hatte gesagt, Ronnie Fields und sie hätten Cola getrunken.
»Also, dann haben sie alles wieder weggeräumt. Es standen keine benutzten Gläser herum.«
Der Geschirrspüler war voll, das Geschirr gespült gewesen. Der Kater hatte im Wintergarten gesessen und auf sein Frühstück gewartet oder was immer Kater morgens wollen, und Waldorf hatte ihm ein Schälchen Milch hingestellt. Waldorf

wollte den Kater rausschmeißen, aber Joe sagte, er solle ihn drinlassen.
»Wir müssen jetzt ins Krankenhaus, aber hinterher kommen wir wieder, und wenn der Kater dann im Haus ist und rausgelassen werden muss, kann ich Sie begleiten. Wir müssen noch mal mit Plumpud reden. Sie hat bisher nicht ausgesagt, dass sie im Haus von Ms. Carmody war.
Arme Plumpud. Mir war sofort klar, dass sie das verschwiegen hatte, weil sie vermeiden wollte, dass die Polizei dachte, Ronnie könnte ihr weh getan haben, und die Aussage, sie sei mit ihm zusammen in Theresa Carmodys Haus gewesen, wäre gleichbedeutend mit der Aussage gewesen, dass er alle Gelegenheit der Welt gehabt hätte …

Sie stellten uns Fragen über Theresa Carmody. Ich hatte sie Waldorf gegenüber einmal als Möchtegern-Autorin bezeichnet, aber dieses milde Urteil konnte ich mir aufgrund meines Erfolgs durchaus leisten. Es faszinierte sie, dass ich, wie sie meinte, eine Formel für das Verfassen von Bestsellern gefunden hatte, aber ich verriet nie das ganze Geheimnis meines Erfolgs, nicht einmal meiner glühendsten Bewunderin. Es ist nun einmal eine Tatsache, dass man, um ordentlich zu schreiben, um die Herzen der Menschen anzurühren, auf Selbsterlebtes zurückgreifen muss. Wie heißt es so schön – jede Fiktion basiert auf der Wirklichkeit.
Meine Ehe war nie idyllisch gewesen, obwohl ich das naiverweise angenommen hatte und ihre Mängel erst, als sie völlig zerrüttet war, erkannte. Und zwar so viele Mängel, dass sie wie eine mottenzerfressene Gardine aussah und ich mich fragte, wie sie auch nur einen Monat lang hatte halten können, geschweige denn viele Jahre.
Aber als diese Ehe dann damit endete, dass mein geliebter Dirk

aus großer Höhe ins Wasser klatschte, erkannte ich auch, dass zur Schau gestellte Tragik alles andere als attraktiv ist – sowohl für einen selbst als auch für den Betrachter. Und dann erkannte ich, dass gewöhnliche Menschen wie ich – wobei ich weiß, dass ich gemeinhin nicht als gewöhnlich gelte, sondern eine ausgesprochene Exzentrikerin bin; dabei war ich die Farblosigkeit in Person und beschloss einfach, mir ein paar Schrullen anzueignen, beziehungsweise entwickelte mich, wie Waldorf einmal bemerkte, zur personifizierten Exzentrik ... Ach, wer weiß das schon, und wen interessiert es überhaupt? Auf jeden Fall erkannte ich, dass gewöhnliche Leute ein Happy End mögen. Ich zum Beispiel. Ich hatte mir gewünscht, von Dirk so geliebt zu werden, wie ich ihn liebte; die Tatsache, dass er nicht der ideale Partner gewesen war oder dass wir nicht ansatzweise zueinander gepasst hatten, war dabei ohne Belang. Aber ich hatte die Formel für das Verfassen eines Romans gefunden: Nimm eine Frau, treib sie in die Enge, brich ihr, wenn es sein muss, das Herz, aber dann gib ihr Liebe, heile sie, rette sie ... Es musste nicht unbedingt der Herzensbrecher selbst sein, der dann den Rest ihres Lebens mit ihr verbringt. Auch ein anderer tut es, einer mit breiteren Schultern, einem hübscheren Gesicht, einem liebevolleren Herzen oder einem größeren Pimmel. Es kann sogar auch ein kleinerer sein.

Völlig egal. Man muss ihr nur einen geben, der sie so liebt, wie sie es verdient, geliebt zu werden.

Aber Theresa Carmody durfte man das nicht sagen. Theresa war mit einem Silberlöffel voll Wurstbrät in ihrem frühreifen Mund geboren worden, oder vielleicht war das Wurstbrät auch mit einem seidenen Kondom umhüllt gewesen. Sie lebte ein Leben voller Menschen und Gelächter und Geld, sie war nie in die Enge gedrängt worden. Oder, anders gesagt: Sie hatte nie über ihren Tellerrand blicken, nie einen Blick in die totale

Dunkelheit des Abgrunds werfen müssen. Sicherlich hatte auch sie schon geweint, weil sie traurig war, Einsamkeit durchlitten, schmerzliche Zurückweisung erfahren – das geht ja jedem so. Aber ich glaubte nicht, dass sie jemals unendliches Leid erlebt hatte oder jemals erleben würde.
Es ist die Erschütterung, die uns verändert.
Wenn wir uns irgendwann im Leben neu erfinden müssen, ist die Erschütterung dabei sehr hilfreich.

»Was willst du?«, hatte Dirk McHarg mich einmal gefragt. Wahrscheinlich bezog sich die Frage auf ein Geburtstags- oder Weihnachtsgeschenk. Und ich hatte geantwortet, dass ich nichts bräuchte. Ich glaubte offenbar, alles zu haben. Aber der Schock des Verlusts änderte alles. Er warf mich aus der Bahn. Es mangelte mir nicht an Geld. Es mangelte mir nicht an einem Dach über dem Kopf. Aber ich war so schwer getroffen, dass ich schreiben musste, um mein Selbstwertgefühl zurückzugewinnen und den Schaden wenigstens teilweise zu beheben.
Waldorf kam erst viel später – er war das Sahnehäubchen auf meinem letzten Kuchen. In *seiner* Konditorei gab es keine Krapfen oder Schoko-Liebesknochen, sondern nur Jo-Jos und noch interessantere Fetische. Und er hatte seine Partnerin verlassen, um mit mir zusammen zu sein.
»Bist du dir wirklich sicher?«, hatte ich ihn gefragt. Obwohl ich so erfolgreich war und so viel Geld besaß und über vierzig Bücher geschrieben hatte, schätzte ich mich selbst so wenig wert, dass der Gedanke, jemand könnte einen anderen Menschen verlassen, um bei mir zu sein, unvorstellbar war.
»Zweifelst du an mir?«, fragte er zurück.
Doch, ja, ich zweifelte an ihm. Aber ich sollte mich irren.
Theresa Carmody flatterte von einem Freund zum nächsten.

Sie machte Party ohne Ende. Sie war eine amüsante Nachbarin. Und genau so beschrieb ich sie Margaret und Joe.
»Sie hat einen neuen Freund – die beiden sind gestern Abend irgendwohin gefahren, in irgendein Hotel, sie hat nicht gesagt, in welches. Aber heute Abend oder morgen müsste sie zurückkommen. So habe ich es jedenfalls verstanden.«
»Und der Freund?«
»Tony irgendwas. Fonsetti oder Fonzetti, ich weiß nicht genau. Ich habe ihn nur einmal gesehen, und zwar gestern.«
»Wovon bestreitet Theresa Carmody ihren Lebensunterhalt?«, fragte Margaret.
»Sie ist gewissermaßen Erbin«, erklärte ich. »Wallace – das Wurst-Imperium. Und nebenbei schreiben ihre Schwester und sie.«
»Kennen wir ihre Schwester?«, fragte Margaret.
»Polo Carmody? Gut möglich. Sie schreibt in einem Boulevardblatt über Sport.«
»Polo Carmody?«, sagte Joe. »Ja, der Name sagt mir was.«

Kurz darauf verließen sie uns – Daphne, Dumpling, Waldorf und mich. Wir gingen ins Wohnzimmer, und Daphne wies darauf hin, dass wir vergessen hatten, die Lämpchen am Weihnachtsbaum einzuschalten. Ich zwang mich dazu, über die Karotte hinwegzusehen, die Daphne ans Fenster geklebt hatte. Sie sah aus wie ein gigantischer Phallus. Dennoch hatte das Kind sie dem Schneemann ins Gesicht gesteckt.
Wir hatten nicht einmal Feuer im Kamin gemacht. Das holten wir jetzt nach. Zumindest Waldorf holte es nach, und ich schob die Gans in den Ofen, während Daphne den Tisch deckte. Dumpling war bei Waldorf geblieben, um ihm zu helfen. Dann rief Waldorf uns herein. Er fand, wir beide sollten den Mädchen jetzt die Geschenke geben. Und er hatte recht. Es war

Weihnachten, und wir mussten alles tun, damit ihre Stimmung nicht in den Keller sank.
Immer wieder sah ich Plumpud vor mir. Sie bekam so schnell Blutergüsse. Ich versuchte, nicht weiter als bis zu den Blutergüssen zu denken. Ich hatte das sichere Gefühl, dass sie noch Jungfrau gewesen war, und das ziemlich starke Gefühl, dass sie es nun nicht mehr war. Ich musste die Erinnerung an das Blut auf dem Leintuch ganz bewusst beiseiteschieben. Zu viel Blut. Viel zu viel Blut.
Unerträglich.
Dumpling freute sich sehr über mein Geschenk, einen kleinen Bauernhof. Sie besaß bereits einen von Lego und einen aus Bauklötzchen. Dieser war anders. Es gehörten diverse Tiere dazu sowie ein Bauer mitsamt Frau. Am meisten aber taten es ihr die zusätzlichen Schweine an, die Waldorf gekauft hatte. Sie stellte alle Tiere in Reihen auf und betrachtete sie mit strahlendem Gesicht. Aber sie stand auch immer wieder auf und tapste zum Fenster hinüber. Sie vermisste die anderen. Weil sie meiner Vermutung nach von der ganzen Sache völlig überfordert war, versuchte ich sie, so gut ich konnte, zu beruhigen, und versicherte ihr, dass Dad, Mum und Plumpud bald wieder zu Hause sein würden.
»Soll ich Plumpuds Bett frisch beziehen?«, fragte ich, laut denkend.
»Wir hätten die beiden fragen sollen«, sagte Waldorf und zog eine Visitenkarte aus der Tasche. »Ich rufe gleich mal an und frage, ob sie mit Plumpuds Zimmer fertig sind.«
Er kam mit der Erlaubnis zurück, das Bett neu zu beziehen. Außerdem hatte Joe gesagt, sie seien im Krankenhaus bald fertig und würden dann zurückfahren.
Waldorf blieb bei Dumpling, während Daphne mich nach oben begleitete, um mir zu helfen. Ich wollte, dass sie ein biss-

chen Zeit mit mir allein hatte, für den Fall, dass sie reden wollte. Nicht dass ich mehr gewusst hätte als sie, aber für alle Fälle.

»Betrifft das alles auch Raleigh?«, fragte sie. Sie klang plötzlich so erwachsen.

»Wie meinst du das?«, fragte ich, während ich den Wäschetrockenschrank durchsuchte.

»Na ja, weil er der Bruder von Ronnie ist.«

Ich wollte fair sein. Ich wollte vernünftig sein. Ich wollte sagen, dass wir nicht wüssten, wer es getan hatte. Und dass wir erst, wenn wir es wüssten, urteilen dürften. Aber ich wollte sie auch beschützen. Wenn dies Ronnie Fields' Werk war, was hatte es dann für Daphne zu bedeuten? Was hatte es dann für jeden Einzelnen von uns Armen zu bedeuten?

Ich reichte ihr die Kissenbezüge. »Glaubst du, dass es Ronnie war?«

Sie schwieg eine halbe Ewigkeit. Ich suchte weiter im Schrank, denn da sie sogar den Matratzenbezug und die Decke mitgenommen hatten, brauchten wir nicht nur Bezüge, sondern auch Bettzeug.

»Ich kann einfach nicht glauben, dass er es getan hat, Grammer«, sagte sie.

»Und warum nicht?« Ich sagte es ganz sanft, um sie zum Reden zu ermuntern.

»Weil ...« Wieder sagte sie lange nichts. »Weil er Raleighs Bruder ist. Und der Sohn von Ronald und Maureen. Er ist viel zu sehr wie sie, um so etwas tun zu können. Sie sind wie ein Paket.«

Ich wusste, was sie damit sagen wollte. Diese Familie war zu intakt für so etwas. Das war der Punkt. Und ich fand, dass sie recht hatte.

»Ich glaube auch nicht, dass er es war, Daphne«, sagte ich.

»Und bis zum Beweis des Gegenteils kannst du ruhig deinem Bauchgefühl vertrauen.«

»Aber wenn er es dann doch war?«

»Warum diesen Gedankenweg gehen, wenn es nicht sein muss?«

»Raleigh geht es jetzt bestimmt sehr schlecht«, sagte sie.

Ihnen allen musste es jetzt sehr schlechtgehen. Einen Moment lang schaffte ich es aus meiner Haut und aus dem schmerzlichen Mitgefühl für meine Familie heraus. George, der nach so langer Abwesenheit gerade erst nach Hause gekommen war, und Maria … Es war unerträglich, auch nur daran zu denken. Diese Eltern litten jetzt Höllenqualen. Aber Ronald und Maureen Fields erging es bestimmt nicht anders. Wahrscheinlich verfluchten sie den Tag, an dem sie neben uns eingezogen waren.

»Meinst du, ich könnte mal rübergehen und mit ihm reden?«, fragte sie. »Mit Raleigh, meine ich.«

»Hör zu, Daphne«, antwortete ich, »ich halte es für besser, wenn du wartest, bis Mum und Dad zurückkommen. Dann bleibt immer noch genug Zeit, um rüberzugehen. Aber jetzt lass es erst mal sein.«

Ich versuchte wirklich – vor allem wenn George da war –, mich nicht allzu sehr einzumischen. Männer brauchen das Gefühl, Herr im eigenen Haus zu sein, und es war wichtig, dass George dieses Gefühl hatte. Maria dagegen passte es durchaus, dass ich den Laden im Alltag am Laufen hielt; wir hatten darüber gesprochen, und sie hatte mir versichert, mein Einsatz sei unverzichtbar.

»Wenn ihr beide nicht da seid, weder du noch George«, hatte sie gesagt, »muss ich die ganze Last allein tragen. Deshalb bin ich froh über das, was du Einmischung nennst.«

Und seither hatte ich völlig freie Hand.

Daphne und ich machten Plumpuds Bett. Im obersten Fach des Wäschetrockenschranks hatte sich eine Ersatz-Bettdecke gefunden, und Daphne erstaunte mich, weil sie den ersten Bezug, nach dem ich gegriffen hatte, vehement ablehnte. »Das Bettzeug muss zu Plumpuds Zimmer passen«, sagte sie. »Bei ihr müssen die Farben doch immer …«
»Aufeinander abgestimmt sein?«
»Genau, das ist es. Aufeinander abgestimmt sein.«
Wenn man das so wiedererzählt, mag es banal erscheinen, aber die Daphne von gestern hätte niemals einen neuen oder korrekten Ausdruck für sich übernommen. Und jetzt stimmte sie die Farben der Bettbezüge für ihre Schwester auf die Farben in deren Zimmer ab und nahm bereitwillig einen Ausdruck an, den man ihr beigebracht hatte. Das war überaus erfreulich, denn wenn es etwas gab, was ich meinen Enkeltöchtern mitgeben wollte, dann einen umfangreichen Wortschatz.
Ich sah mich in Plumpuds Zimmer um.
»Aufgeräumter als meins, was, Grammer?«, sagte Daphne.
»Das weiß ich nicht«, erwiderte ich. »Ich war seit Ewigkeiten nicht mehr drin.«
Sie grinste. Ich auch. Wir dachten beide an Daphne und ihre starke Erkältung etwa sechs Wochen zuvor. Maria war in der Arbeit, und ich spielte Krankenschwester oder Oberschwester oder was auch immer.
Ich brachte dem Kind einen Teller Suppe, und der Löffel glitt mir aus der Hand. Als ich mich bückte, um ihn aufzuheben, fiel mein Blick zufällig auf den Bereich unter ihrem Bett, von wo ein merkwürdiger, an Apfelwein erinnernder Geruch hervorströmte. Ich sah genauer hin und entdeckte, dass sie so ziemlich jeden Apfel aus dem Obstgarten gegessen und die Kerngehäuse einfach unters Bett geworfen hatte.

»Versuchst du dich an der Produktion von Penicillin?«, fragte ich sie.
Sie beugte sich über die Bettkante und lugte hinunter. »Ach, *da* sind die gelandet …«
Freches Gör. Als könnte man mehrere hundert abgenagte Äpfel unters Bett werfen und nichts davon wissen.
»Sobald es dir wieder bessergeht, stehst du auf und beseitigst jeden einzelnen dieser verfaulten, pelzigen Klumpen!«, befahl ich ihr.
»Das kann ich nicht«, jammerte sie. Sie hing immer noch über dem Bettrand; ihr Haar schleifte auf dem Boden, ihr Hintern ragte in die Luft. »Die sehen widerlich aus, so was kann ich nicht anfassen. Außerdem hat die wahrscheinlich jemand ganz anderer dahin getan!«
Ich versetzte ihrem in die Höhe gestreckten Hinterteil einen Klaps, woraufhin sie wütend aufheulte.
»Ich meine es ernst«, sagte ich. »Jeder einzelne kommt weg!«

»Hast du diese Apfelreste jemals weggeworfen?«, fragte ich sie jetzt, während sie die Kissen ihrer Schwester aufklopfte.
Sie schüttelte den Kopf; ihre blonden Locken wippten auf und ab. »Die habe ich ganz vergessen.« Und auf eine für sie völlig untypische Art fügte sie hinzu: »Das muss ich morgen mal machen.«
Ich sagte nichts. Unter anderen Umständen hätte ich etwas gesagt, aber irgendetwas an ihr war in den vergangenen acht Stunden anders geworden, als hätte sich in ihr ein Schalter umgelegt. Sie ging zu Plumpuds Kleiderschrank, holte einen frischen Schlafanzug heraus und legte ihn fein säuberlich aufs Kissen.
»So sieht es schon viel besser aus, oder?«, sagte sie.

VIERZEHNTES KAPITEL

Plumpuds Geschichte

Die Zeit. Sie kroch dahin. Dann verging sie wie im Flug. Dann blieb sie stehen. Ich sah die Sorge in den Augen meiner Eltern. Ich hatte Angst, sie könnten denken, ich hätte irgendetwas genommen. Sie mussten mich da rausholen. Ich wollte wieder ich sein. Meine Hände und Füße spüren. Ich hörte die Fragen, noch bevor sie gestellt wurden. *Wo warst du? Was ist passiert? Hast du irgendetwas genommen? Hast du etwas geraucht? Etwas geschluckt? Sag es uns, wir können dir nur helfen, wenn wir es wissen. Wer hat das mit dir gemacht? Mein Gott, wer hat das mit dir gemacht?*

Meine Arme waren vom Körper abgetrennt. Mein Kopf war voller Sachen, die nichts mit mir zu tun hatten. In Mums Augen war Angst. In Grammers Stimme war großes Verständnis. Sie war beruhigend. Mum sagte auch beruhigende Sachen, aber ihre Stimme beruhigte nicht. Dads Blick war zuerst sorgenvoll, dann wütend.

Ronnie hätte mir das nie angetan.

Kater war draußen, und Ronnie ging los, um ihn hereinzuholen. Mein Glas stand auf dem Tisch. Dann war plötzlich nichts mehr. Meine Stimme kam, dick und pelzig, zurück. Als ich an mir hinunterblickte, sah ich Flecken auf meiner Brust. Die Oberarme waren voller Blutergüsse. In mir war das nackte Entsetzen. War ich gestürzt? Mein Kopf war benebelt, aber nicht so, wie wenn man gegen etwas gestoßen ist, sondern ganz komisch, als würde er gar nicht zum übrigen Körper gehören.

Ich wollte schlafen, aber ich traute mich nicht.

Dr. Fairbrother kam. Er leuchtete mir in die Augen. Seine Stimme war da und wieder weg. Ich überlegte, ob ich vielleicht einen Schlaganfall gehabt hatte, denn ich hatte nicht die geringste Ahnung, was mit mir geschehen war. Urgroßmutter hatte einen Schlaganfall gehabt und war eine Zeitlang auf einer Körperseite gelähmt gewesen. War vielleicht das mit mir passiert?

Dr. Fairbrother beruhigte mich. Er sagte, ich würde wieder ganz gesund werden. Würde gesund werden. Nicht: ich sei gesund. Wann? Wenn die Blutergüsse verblassten? Wenn die Erinnerung zurückkehrte? Wenn ich wieder deutlich sprach? Wenn ich vergessen konnte, obwohl ich keine Erinnerung hatte?

Im Krankenhaus lag ich allein in einem kleinen Zimmer. Ich wurde noch einmal untersucht. Ich war noch nie im Krankenhaus gewesen, außer zu Besuch, und ich wollte nach Hause. Es war Weihnachten, es würde Geschenke geben, und im Wohnzimmerkamin würde ein Feuer gemacht werden mit den Kiefernzapfen, die Daffers und Dumpling und ich vor ein paar Wochen gesammelt und für Weihnachten aufgehoben hatten, und dann würden wir die Geschenke auspacken, und …

Mein Blick fiel auf meine Hand, und ich sah den Ring, den Dad mir am Tag zuvor mitgebracht hatte. Der kleine grüne Stein darauf funkelte.

Im Krankenhaus machten sie unaussprechliche Dinge mit mir. Sie untersuchten Stellen an mir, die noch nie untersucht worden waren. »Bestimmte Prozeduren lassen sich einfach nicht vermeiden«, sagte die Schwester. Sie war freundlich, aber resolut. Ich wollte Mum bei mir haben, aber ich wollte nicht, dass sie erfuhr, was sie mit mir machten. Eine andere Frau hielt meine Hand. So langsam und deutlich, als würde ich kaum

Englisch verstehen, erklärte sie mir: »Wir suchen nach Spuren desjenigen, der dir das zugefügt hat. Sperma, ein Haar – irgendetwas. Wir machen Abstriche und nehmen Proben.«
Ich wusste inzwischen, dass ich vergewaltigt worden war.
Ich kannte das Wort Vergewaltigung. Ich kannte die Bedeutung des Wortes, aber ich wusste nicht, was Vergewaltigung wirklich war, obwohl mich offenbar jemand vergewaltigt hatte. Ich dachte, dass einem dabei etwas weggenommen wird. Ich dachte, es wäre gewaltsames Eindringen.
Und das alles war es auch. Aber ich wusste nichts davon. Ich konnte mich nicht erinnern.
»Bitte«, sagte ich zu der Frau. Sie war von irgendeiner Stelle gekommen, die für solche Dinge zuständig ist. »Bitte«, sagte ich, »heißt das, dass ich mitgemacht habe?«
Sie sah mich an, als hätte sie mich nicht verstanden. »Wie meinst du das?«, fragte sie mich.
»Weil ich mich an nichts erinnere«, sagte ich. »Was bedeutet das, dass ich mich an nichts erinnern kann?«
»Die Polizei nimmt an, dass du betäubt wurdest, bevor es passierte. Deshalb die Blutproben.«
Betäubt.
Vergewaltigt.
Wörter, die ich nicht richtig verstand. Ich wusste nur, dass meine Erinnerung verschwunden war und dass mir alles weh tat. Mein Hals und meine Brüste taten weh. Zwischen meinen Beinen tat es weh.
»Darf ich baden oder duschen?«, fragte ich.
»Sobald wir hier fertig sind«, wurde mir gesagt. »Dann kannst du baden und duschen, wenn du willst.«
Sie warfen sich Blicke zu, während sie sich mit einem Kamm und anderen Instrumenten an mir zu schaffen machten.
»Tut es sehr weh?«, fragte die Ärztin.

Ich nickte. Ich weinte nicht mehr. Grammer sagte immer, es sei besser, nicht zu weinen, weil es einem davon auch nicht bessergeht.

»Kannst du dich daran erinnern, wie du dich gestern Abend schlafen gelegt hast?«

»Nein.«

»Was ist das Letzte, woran du dich erinnerst?«

Ich erzählte ihr, dass wir im Haus unserer Nachbarin gewesen waren, und dass dann plötzlich nichts mehr war. »Mein Ring ist weg«, sagte ich.

»Wann hast du ihn zuletzt gesehen?«

»Gestern Abend. Mein Vater hat ihn mir bei seiner Rückkehr mitgebracht – mein Vater war monatelang fort. Ich habe ihn mir an den Finger gesteckt. Er ist weg.« Plötzlich musste ich weinen. Ich wusste nicht, warum. Ich wollte nur meinen Ring wiederhaben. Ich hatte Angst, Dad könnte denken, ich hätte nicht auf den Ring aufgepasst, und ich wollte Dad nicht kränken.

Ich betrachtete meine Hand, und der Ring war da, und dann fiel mir ein, dass ich kurz zuvor hingesehen hatte, und er war da gewesen.

»Aber er ist ja doch da«, sagte ich. »Ich …« Das verstand ich nicht. Ich hatte gedacht, er wäre weg.

»Schon gut«, sagte die Ärztin. »Deine Erinnerung blitzt jetzt immer wieder kurz auf. Der Ring ist da. Er steckt an deinem Finger. Du brauchst dir also keine Sorgen zu machen.«

Aber ich machte mir Sorgen. Ich verstand es einfach nicht.

»Warum kann ich mich nicht richtig erinnern?«, fragte ich.

»Das ist eine Nebenwirkung der spezifischen Droge, von der wir annehmen, dass man sie dir gegeben hat«, antwortete irgendwer.

Es war so übergriffig. Ich verstand, was sie sagten. Mir war

klar, dass sie ihre Arbeit machten und dass es zu dieser Arbeit gehörte, dass sie mich verarzteten, und auch, dass sie Informationen sammelten. Es gibt Begriffe für das, was sie mit mir machten, aber diese Begriffe reichten nicht einmal ansatzweise hinab in die Tiefen meines Körpers und meiner Seele, die sie offenlegten. Dabei taten sie wirklich ihr Möglichstes. Ich erkannte ihre Freundlichkeit als Freundlichkeit. Freundlichkeit war in der Hand, die meine hielt. Und in Sätzen wie: »Ich beeile mich, sosehr ich kann.« »Ich mache es, so sanft es geht.« »Es tut mir leid – aber wir sind jetzt fast fertig.«
Ich lag da, während sie ihre Arbeit machten, und fragte mich, ob ich mich jemals wieder erholen würde. Im Grunde fragte ich mich sogar, ob ich jemals herausfinden würde, wovon ich mich erholen musste.

»Das war nicht Ronnie«, sagte ich zu der Frau von der Polizei. »So etwas würde er nicht machen.«
»Keine Angst, wir gehen der Sache nach«, erwiderte sie. »Du musst dich jetzt aufs Gesundwerden konzentrieren. Und alles, was dir einfällt, egal was, egal wie klein oder unbedeutend es zu sein scheint, kannst du mir jederzeit mitteilen.«
Ronnie hätte so etwas nicht getan. Das wusste ich einfach. Ich wusste es so, wie ich wusste, dass Dumpling einmal etwas Schreckliches zugestoßen war, vor langer Zeit, bevor sie zu uns kam. Es war wie ein Instinkt. Undefinierbar.
»Hat man Spuren gefunden – das mit der DNA, wovon sie gesprochen haben?«, fragte ich.
Sie schüttelte den Kopf.
»Aber irgendetwas muss man doch gefunden haben!«
»Es sieht nicht danach aus. Es wurden Abstriche gemacht, aber die sind nicht sehr vielversprechend. Als hättest du bereits ein Bad genommen.«

Natürlich – meiner nicht vorhandenen Erinnerung zufolge hätte ich in dieser Nacht genauso gut im Meer planschen können.

Dann durfte ich mich ausruhen. Mum und Dad kamen. Mum hielt meine Hand, und Dad stellte sich ans Fenster. Immer wieder drehte er sich um und sah mich an, wandte sich wieder ab. Nach einiger Zeit ging er hinaus. Ich versuchte zu schlafen, während Mum meine Hand hielt. Ich lag da, aber die vergangene Nacht, diese einzige Leere, war größer als meine Seele, und ich schaffte es nicht, mich vor ihr in den Schlaf zu flüchten.

»Können Sie ihr etwas geben?«, fragte Mum eine Ärztin.

Nein, das ging nicht. Sie hatten immer noch nicht herausgefunden, welche Droge mir verabreicht worden war, und wollten es nicht riskieren, mir etwas zu geben.

»Nicht einmal etwas zur Beruhigung?«

»Vielleicht später, aber jetzt noch nicht«, lautete die Antwort.

In der Schule hatten wir *Hamlet* gelesen. Sie wissen schon, die Stelle, wo er über den Tod nachdenkt und Angst vor den Träumen hat, die ihn überkommen könnten – so kam mir Schlaf jetzt vor. Ich hatte Angst vor ihm. Aber ich hatte auch Angst davor, wach zu bleiben. Ich sehnte mich nach völliger Bewusstlosigkeit. Mum hielt meine Hand und streichelte meine Finger. Dann muss ich eingedöst sein, denn als ich das nächste Mal auf die Uhr sah, standen die Zeiger an einer anderen Stelle.

Sie trank Tee und brachte mich dazu, auch eine Tasse zu trinken.

»Es tut weh«, sagte ich. Nicht das Teetrinken. Es.

Ich merkte, dass die Blutergüsse am Brustkorb und an den Armen gar nicht mal so schmerzhaft waren. Nicht so schmerzhaft wie zuvor, aber vielleicht lag das daran, dass ich an mir hinuntergeblickt und gesehen hatte, wie ich ausschaute. Ich bekam schnell Blutergüsse. Das ist immer noch so. Ich werde blau und schwarz, das sieht dann immer schlimmer aus, als es ist. Aber dafür taten mir andere Stellen richtig weh. Zwischen den Beinen beispielsweise. Und das schwarze Loch in meinem Kopf machte mir schreckliche Angst.

Ich fühlte mich allen Mitgliedern meiner Familie sehr nah; trotzdem gab es Dinge, über die wir nie sprachen. Ich wusste alles, was ein Mädchen wissen muss, wenn es erwachsen wird. Was ich zu Hause nicht erfahren hatte, hatte ich in der Schule gelernt – es gab Unterrichtsstunden, in denen alles erklärt wurde, und wir bekamen Broschüren, die ich auch las. Aber es ist, wie wenn man seine Periode bekommt – auch wenn man etwas darüber gelesen hat und die biologischen Tatsachen kennt, versteht man es doch erst, wenn man sie tatsächlich hat. Erst dann weiß man, dass sich das Leben verändert hat, dass es einen Schritt voran gemacht hat oder so. Was da jetzt mit einem passiert, wird von nun an fünfunddreißig Jahre oder noch länger jeden Monat passieren, außer während einer Schwangerschaft. Und dasselbe gilt wahrscheinlich auch für eine Schwangerschaft – man kennt die Tatsachen, aber anschaulich und wirklich greifbar werden sie erst durch die eigene Erfahrung. Und mit Vergewaltigungen ist es, glaube ich, genauso. Aber wegen der Leerstelle in meinem Kopf schaffte ich es nicht, die Dunkelheit zu überwinden und an den Punkt zu kommen, an dem es möglich gewesen wäre, mir bewusstzumachen, was passiert war, und mich damit zu identifizieren.

Ich war penetriert worden. Ich spürte die Nachwirkungen, aber ich wusste nichts mehr von dem Akt selbst. Ich hätte so gern Mum danach gefragt, aber ich wusste nicht, wie ich das tun sollte. Weil es Dinge gab, über die wir sprachen, und Dinge, über die wir nicht sprachen, obwohl alle in unserer Familie so eng miteinander verbunden waren.

Irgendetwas ließ mir keine Ruhe. Mir war etwas eingefallen, und ich wusste nicht mehr, was. Ich versuchte, die Gedankenkette zurückzuverfolgen.

»Was ist denn?«, fragte Mum, und ich merkte, dass ich ihre Hand ganz fest drückte. Ich hatte Angst.

Schwangerschaft.

Unwissentlich geschwängert werden. Von diesem Vorfall eine grauenhafte Frucht im Leib haben.

»Was ist, wenn ich schwanger bin, Mum?«

»Keine Sorge, mein Schatz«, sagte sie. »Sie geben dir etwas, damit das nicht passiert. Nur keine Sorge.«

Sie hatten schon daran gedacht. Es gab nichts, was sie nicht wussten oder woran sie nicht dachten. Außer, wie man meine Seele öffnen und die Erinnerung in das Loch darin hineinfließen lassen konnte.

»Versprochen?« Ich musste beruhigt werden, immer wieder beruhigt werden. Ich musste sie meinen Namen aussprechen hören oder Koseworte wie *Schatz* oder *mein Kind,* damit ich wusste, dass ich immer noch ihre Tochter und nicht in ihren Augen als ihr Kind verdorben war.

»Versprochen«, sagte sie. »Ich verspreche es dir.«

»Was passiert denn jetzt mit mir?«, fragte ich.

»Nichts passiert jetzt mit dir.« Sie schwieg kurz, wie um über meine Frage nachzudenken. »Was meinst du damit?«

Ich meinte … Aber ich wusste nicht, was ich damit meinte. Ich wusste nicht, was ich tun sollte. Was ich empfinden sollte. Ich wusste überhaupt nichts.

Ich gab ihr keine Antwort. Ich kannte die Antwort nicht. Ich kannte die Frage nicht.

Schon wenige Stunden später fühlte ich mich »normal«. Natürlich wusste ich nicht, was nach einer Vergewaltigung normal war. Aber meine Arme und Beine gehörten wieder zu meinem Körper, und das dumpfe, benebelte Gefühl im Kopf war schwächer geworden. Aber während all diese Körperteile zu mir zurückgekehrt waren, hatte sich gemeinsam mit den normalen Empfindungen etwas Neues eingestellt und ging nicht mehr weg.

Das schiere, erbarmungslose Grauen.

Früher hatte ich auch schon hin und wieder Angst gehabt – dass Dad nicht mehr heimkommen würde, dass Mum etwas passieren könnte, Familiensachen … Ängste, die sich darauf bezogen, dass die Struktur unserer Familie zerstört werden könnte, Ängste im Zusammenhang mit Schmerz und Verlust, von denen einer oder alle getroffen werden könnten. Man versuchte, nicht daran zu denken, nicht darüber zu grübeln, denn wie hätte man sonst morgens aufstehen und zur Schule gehen können? Aber das jetzt war eine andere Art von Angst – sie hatte mit Dunkelheit zu tun und mit der Leere in meinem Kopf, mit dem, was mir zugestoßen war, was man mir angetan hatte, und mit meiner Unwissenheit darüber, wie alles gekommen war und was es nach sich zog.

Ich wollte an schöne Dinge denken. Meine Gedanken schweiften ab, ich konnte mir den Duft der brennenden Kiefernzapfen vorstellen und sah Dumpling vor mir, wie sie in ihrem neuen Weihnachtskleid mit dem Geschenk spielte, das ich für sie gebastelt hatte. Ich hatte eine Tüte Nudeln gekauft und die Nudeln mit Goldfarbe angesprüht, und nach dem Trocknen hatte ich kleine grüne Blätter und Stechpalmenbeeren daraufgemalt. Es hatte ewig gedauert, und sie waren wunderschön geworden. Ich wusste einfach, dass sie ihr gefallen würden. Die

Beeren waren scharlachrot und die Blätter dunkelgrün, und nach dem Trocknen hatte ich sie noch lackiert. Eigentlich hatte ich ihr vorschlagen wollen, sie nach den Feiertagen mit allen anderen Weihnachtssachen wegzuräumen. Sie bewahrte Dinge gern in Schachteln auf, um sie irgendwann wiederzufinden. Ich wusste, dass ihr dieser Vorschlag gefallen würde. Sie hatte viele leere Schachteln in ihrem Zimmer und warf hin und wieder einen Blick hinein, als könnte sie darin etwas sehen, was wir nicht sahen. Ja, das würde ihr gefallen. Es wäre wie mit der Krippe. Als wir klein waren, hassten Daffers und ich es, wenn sie nach Weihnachten weggeräumt wurde, aber wie groß war die Freude, wenn sie im Jahr darauf wieder da war! Ich wusste, dass Dumpling diese Freude ein Jahr später wieder empfinden würde, wenn wir die Schachtel herunterholten und sie ihre Weihnachtsnudeln wieder bekam. Das war dann wie ein zusätzliches Geschenk.

Ich hoffte so sehr, früh genug nach Hause zu kommen, um ihr die Nudeln selbst schenken zu können. Ich wollte die Nacht nicht im Krankenhaus verbringen.

Ich dachte an Ronnie Fields. Ich fragte mich, was er gerade machte, ob er mit WC draußen war und ob er mit ihm nur einmal um den Block ging oder einen richtig langen Spaziergang unternahm. Ich hatte ja gehofft, wir könnten gemeinsam spazieren gehen und er würde mich dabei vielleicht küssen. Oben im Park vielleicht oder, wenn es schon dunkel wurde, unter einer Straßenlaterne, wenn das trübe gelbe Licht durch den Nebel schien, den es irgendwie jedes Jahr am Weihnachtsabend gibt. Und dabei würde er meine Hand halten …

FÜNFZEHNTES KAPITEL

Marias Geschichte

Schuld gibt's bei mir nicht, wie Grammer immer sagt. Ich glaube nicht an Schuld. Aber als George und ich vor dem Krankenhauszimmer saßen, in dem unser ältestes Kind nach einer Vergewaltigung und schwerer Misshandlung verarztet wurde, da fragte ich mich dennoch immer und immer wieder, wie ich das alles hätte verhindern können.

War ich im Bett zu sehr mit George beschäftigt gewesen und hatte deshalb etwas in ihrer Stimme überhört, als sie gute Nacht sagte? Aber George verneinte die Frage beharrlich. Zum ersten Mal erlebte ich, dass er wie seine Mutter klang.

»Tu dir das nicht an«, sagte er. »Schuldzuweisungen oder Selbstbezichtigungen bringen dich nicht weiter.«

Er gab allerdings zu, mit denselben Problemen zu kämpfen wie ich, obwohl er sicher war, dass wir etwas in ihrer Stimme gehört hätten, wenn der Überfall zu diesem Zeitpunkt bereits geschehen gewesen wäre. Die Polizei war derselben Ansicht und ging davon aus, dass sie das Haus noch einmal verlassen hatte.

Aber Plumpud war kein hinterlistiges Kind. Sie gehörte nicht zu den Mädchen, die sich hinausschleichen, sobald sie sich unbeobachtet glauben.

»Wir müssen logisch denken«, sagte George. »Wir müssen herausfinden, aus welchem Grund sie noch mal wegging.«

Für mich gab es nur einen einzigen Grund – um sich mit Ronnie Fields zu treffen. Andererseits … Warum hätte sie das tun sollen? Sie war kurz zuvor mit ihm zusammen gewesen. Wir hatten darauf vertraut, dass sie mit ihm zusammen war und er mit ihr. Ich hatte mich ja so gefreut über unsere neuen Nachbarn, freute mich darüber, dass sie so waren wie wir – normale, anständige Leute mit ähnlichen Werten. Auf den ersten Blick waren sie geradezu perfekt erschienen. Und dass sich Plumpud so schnell und problemlos mit einem so netten Jungen angefreundet hatte, empfand ich als eine Erleichterung. Sie hatte keine Freundinnen. Sie blieb lieber zu Hause. Sie las viel. Sie kam gut mit sich allein zurecht, war aber gern umgeben von der Familie. Und sie war ganz und gar nicht der Typ Mädchen, der vorgibt, ins Bett zu gehen, und sich dann aus dem Haus schleicht.

Das sagte ich der Polizei, aber ich merkte, dass die Beamten das für eine typische Elternreaktion hielten. Und wenn Delia es über ihre Tochter Daisy sagen würde, wäre mein erster Gedanke: Sei doch nicht so naiv! Daisy, würde ich mir dann sagen, wäre doch die Erste, die einen Fluchtweg aus dem Haus fände, wenn sie einen finden wollte. Und Daphne wahrscheinlich auch.

Es war schwer, darüber nachzudenken. Es war schwer, die Vorstellung auszuhalten, eines meiner Kinder könnte so etwas tun. Aber wenn überhaupt, dann am ehesten Daphne. Und wenn Daphne eine Kandidatin für so etwas war, warum dann nicht auch Plumpud?

Jedenfalls hatte Plumpud das Haus verlassen. Das war eine Tatsache, sagte die Polizei.

Viel zu viele Gedanken stürmten auf mich ein. Die verschiedenen Vorfälle, die irgendwie miteinander zusammenhingen und deren Ergebnis war, dass unsere Tochter jetzt, mit Hämatomen übersät, vergewaltigt und unter Drogen gesetzt, in einem Krankenhausbett lag. Und sie war aus dem Haus gegangen, um das geschehen zu lassen.

»Könnte es nicht sein, dass jemand eingebrochen ist und sie gezwungen hat mitzukommen?«, fragte ich.
»Das schließen wir zwar nicht aus«, lautete die Antwort, »aber wir halten es nicht für wahrscheinlich. Sie und Ihr Mann waren wach, und es gibt zwei weitere Kinder, aber niemand hat etwas gehört.«
»Dumpling spricht nicht«, sagte ich. »Sie hätte gar nichts sagen können.«
»Aber wenn Dumpling wegen irgendetwas besorgt ist«, warf George ein, »sucht sie sich Hilfe. Heute Morgen zum Beispiel, da hat sie dich aus dem Bett geholt und in Plumpuds Zimmer gelotst.«
Das stimmte. Und Dumpling war in der Nacht zuvor wach gewesen. Das wusste ich. Mir hatte sehr daran gelegen, dass sie schlief, weil ich George für mich haben wollte, nachdem die Mädchen zu Bett gegangen waren, aber ich wusste, dass Dumpling wach in ihrem Bettchen gelegen und sich irgendwie die Zeit vertrieben hatte, bis sie entweder eingeschlafen war oder geglaubt hatte, es sei bald Morgen und sie könne zu uns ins Zimmer.
Natürlich war es möglich, dass sie geschlafen hatte, aber sie hat einen so leichten Schlaf. Einmal hatte sie sogar gehört, dass morgens um drei in der Küche die Mausefalle zuschnappte, und kam und zerrte mich die Treppe hinunter. Erst nachdem ich mehrere Sekunden lang in der Küche gestanden und alles nur verschwommen wahrgenommen hatte, wurde mir klar, dass die Falle zugeschnappt war. Zum Glück war die Maus entkommen, so dass ich mich weder um eine tote noch um eine lebendige Beute kümmern musste, aber was ich eigentlich sagen will, ist: Dumpling hat ein Ultraschallgehör. Das bestärkte meine Vermutung, dass Plumpud das Haus freiwillig verlassen hatte. Denn in jedem anderen Fall hätte Dumpling etwas gehört.

Inmitten dieses Wechselbads der Gefühle – mein Mitgefühl für Plumpud, die Verzweiflung über das, was ihr zugestoßen war, meine Angst um sie – zerbrach ich mir den Kopf, um eine Erklärung zu finden. Was brachte ein Mädchen in ihrem Alter dazu, sich so spät am Weihnachtsabend noch einmal aus dem Haus zu schleichen?

Ich wollte, dass George nach Hause fuhr und ohne Umschweife eine Antwort von Ronnie Fields einforderte, aber er weigerte sich. Er meinte, wir müssten warten. Sein Platz, sagte er, sei jetzt im Krankenhaus bei Plumpud und mir. Aus seinem Mund klang das reichlich absurd, fand ich. Schließlich hatte ich stets angenommen, sein Platz wäre irgendein Ausguck über irgendwelche Reisfelder in Kambodscha oder wo auch immer. Ich spürte die Frustration hochkochen. Mir war, als hätten sich tausend Gefühle in mir angestaut, ohne dass ich mir Luft machen konnte. Wenn ich in regelmäßigen Abständen zu Plumpud hineingehen durfte, konnte ich kaum mit ihr sprechen. Sie hätte Beruhigung gebraucht, aber ich war so zerfahren und durcheinander und zu nichts weiter fähig, als neben ihr zu sitzen, ihre schmale Hand zu halten und zu sagen: »Es ist alles gut, mein Liebling«, obwohl nichts gut war, gar nichts.

Sie sah so verängstigt aus, so verloren. Wenn George Kaffee holen gegangen war und ich draußen vor der Tür saß, versuchte ich mich in sie hineinzuversetzen, versuchte mir eine solche Gewalttat und das völlige Fehlen jeder Erinnerung vorzustellen.

Und ständig dachte ich – das war das Allerschlimmste –, dass ich ihr wenigstens helfen konnte, während ich, läge ich dort in dem Bett, keinen Helfer hätte. Das war natürlich lächerlich, aber der Gedanke ließ mich nun einmal nicht los. Normalerweise hätte ich Grammer gehabt, aber Grammer war Georges

Mutter, und ich hatte diese grauenhafte Wut auf ihn und begann auch auf sie wütend zu werden, weil sie einen Sohn hatte, der darauf bestand, so weit wie möglich von seiner Familie entfernt zu arbeiten. Von Zeit zu Zeit riss ich mich wieder zusammen und sagte mir: Du wusstest doch, dass er im Ausland arbeiten würde, als du ihn geheiratet hast – aber dann strömten erneut die anderen Gedanken herein, und ich dachte, wenn er am Abend zuvor nicht nach Hause gekommen wäre, hätte ich vielleicht viel mehr mitbekommen und vielleicht alles irgendwie verhindern können.

Meine arme Plumpud.

Wegen Weihnachten war nur ein Minimum an Personal im Krankenhaus, aber sie taten alles für uns, was sie nur konnten. Die Frau vom Frauennotdienst kam und sprach mit George und mir. Sie sprach von Therapie für uns, Therapie für Plumpud, Therapie für alle und jeden, bis ich am liebsten gebrüllt hätte: »Ich will raus aus dieser Gegenwart! Ich will die Zeit zurückdrehen oder vorantreiben – nur weg von diesem Jetzt!«

Dann kam die Ärztin, eine junge Frau, die aussah, als hätte sie seit einem Monat oder noch länger kein Auge zugetan, die Plumpud aber mit einer unglaublichen Sanftheit begegnete.

Die Polizei kam. Wieder sprach eine Beamtin mit Plumpud, während sich ihr Kollege mit uns unterhielt. Wir gingen den Abend durch, bis ich das Gefühl hatte, es stünde in Stein gemeißelt, dass ich viel zu sehr damit beschäftigt gewesen war, mich von meinem Mann vögeln zu lassen, als dass ich hätte hören können, was sich in meinem eigenen Haus abspielte. Erst später stellte sich heraus, dass sich *im* Haus überhaupt nichts abgespielt hatte, sondern dass Plumpud noch einmal weggegangen war. Aber warum? Und wie?

Schließlich kamen die Ärztin und die junge Kriminalbeamtin –

sie hieß Margaret – und sprachen noch einmal mit uns. Weil nur so wenig Personal da war und die Labors buchstäblich geschlossen waren, musste vieles reine Spekulation bleiben.

»Mr. und Mrs. McHarg«, sagte die Ärztin, während sie die Brille von der Nase nahm und sich vor uns auf einen Stuhl setzte, »wir vermuten bisher Folgendes – sichere Erkenntnisse sind erst für morgen oder übermorgen zu erwarten, wenn Plumpuds Blut im Labor untersucht worden ist: Wir sind fast hundertprozentig sicher, dass Ihre Tochter mit Rohypnol oder einem ähnlichen Mittel betäubt wurde.«

»Rohypnol?« Auf diesem Gebiet kannten sich George und ich überhaupt nicht aus.

»Das ist ein Handelsname für Flunitrazepam. Flunitrazepam ist ein Benzodiazepin, ein Schlafmittel, und zwar ein sehr starkes.«

»Ein Schlafmittel?« Ich kam mir vor wie ein Papagei.

»Wie Valium beispielsweise, aber viel, viel stärker.«

»Wie hat man es ihr gegeben?«

»In Tablettenform – wahrscheinlich in einem Getränk. Es hat, wie bereits gesagt, eine sedierende Wirkung. Und eine Menge Nebenwirkungen, darunter Amnesie, Muskelentspannung, die Verlangsamung der psychomotorischen Reaktionen.«

Ich brachte kein Wort mehr heraus. Ich saß da und hörte zu und fragte mich, ob das alles auch nur den geringsten Sinn ergab.

Dann begann George Fragen zu stellen.

»Könnte sie die Tabletten vorsätzlich eingenommen haben?«

»Das ist natürlich immer möglich«, antwortete Margaret von der Polizei nachdenklich. »Ich meine, wenn man sie ihr gegeben hätte, ist es denkbar, dass sie sie in den Mund gesteckt und mit einem Schluck von irgendwas hinuntergeschluckt hat. Aber so etwas nimmt niemand freiwillig. Das Mittel hat entsetzliche Nebenwirkungen. Wir haben hier nicht oft mit dem Zeug zu tun, aber in den Vereinigten Staaten ist es stärker verbreitet. Man nennt die Tabletten dort ›Roofies‹, und sie werden oft dazu benutzt, um eine Frau während eines Dates zu vergewaltigen.«

Ich saß da. Irgendwie war es ja keine richtige Überraschung mehr – schließlich hatte man uns gesagt, dass Plumpud betäubt und dann vergewaltigt worden war. Wir wussten, dass sie sich an nichts erinnern konnte. Alles ergab einen Sinn – und doch sprengte es meinen Verstand. Das war unsere Tochter. Unser Kind. Dem eigenen Kind passiert so etwas nicht.

»Wenn es nicht bei uns im Haus geschah«, sagte George, »– und wenn ich Sie richtig verstanden habe, sind Sie absolut sicher, dass es nicht dort passierte –, wie hat unsere Tochter es dann geschafft, trotz all dieser Nebenwirkungen wieder nach Hause zu kommen?«

»Wir denken, dass sie sich dabei von einer Art Instinkt leiten ließ«, sagte Margaret.

Wie ein verwundetes Tier.

Ich stellte mir vor, wie Plumpud, verletzt und geschunden, irgendwie nach Hause in ihr Bett gekrochen war und dort wach gelegen hatte, und am liebsten hätte ich laut aufgeschrien. Die ganze Wut, der Schmerz, die Frustration stiegen wie in Wellen in mir hoch, und ich saß da und rang die Hände.

»Wie sollen wir sie behandeln?«, fragte ich.

»Wie sollen wir den Täter erwischen?«, fragte George.

»Was machen wir jetzt?«, fragte ich.

Fragen kamen und gingen. Es gab Antworten, die irgendwann sinnvoll zu sein schienen und es später nicht mehr waren.

Unsere Tochter brauchte Zuwendung, sie musste spüren, dass

sich an unserer Liebe zu ihr nichts geändert hatte. Sie fühlte sich offenbar schuldig, vor allem weil es so aussah, als hätte sie sich freiweillig in diese Situation begeben.

»Warum sollte sie sich schuldig fühlen?«, fragte ich. »Sie hat nichts getan.«

Ein Teil des Problems bestand darin, dass sie sich an nichts erinnerte und man sie nicht einmal mit irgendwelchen Tatsachen trösten konnte. Wir konnten ihr sagen, dass es nicht ihre Schuld war, aber vielleicht würde sie uns das nicht glauben. Und obendrein gab es keinerlei Spurenmaterial. Offenbar hatte man sie hinterher gewaschen.

»Gewaschen? Wie kann man durch Waschen Spuren verschwinden lassen?«

Als sie mir erklärten, was man mit ihr gemacht hatte, wäre ich am liebsten gestorben. Sie war vergewaltigt worden. Ob dabei eine Penetration durch ein männliches Glied stattgefunden hatte oder nicht, war unklar. Auf jeden Fall aber war sie mit irgendeinem Gegenstand penetriert worden, denn daher stammten die größeren Risse und das Blut in ihrem Bett. »Positiv« daran war, dass sie sich dadurch aller Wahrscheinlichkeit nach nicht mit einer Geschlechtskrankheit angesteckt hatte. Aber das würden erst die Tests, die bereits durchgeführt worden waren und noch durchgeführt werden sollten, eindeutig zeigen. Selbst nachdem sie gebadet worden war (weil sie, wie man uns sagte, sich unmöglich selbst gebadet oder geduscht haben konnte), hatte sie weitergeblutet.

»Dann könnte es also am Tatort Blutspuren geben«, sagte George, als hätte er plötzlich die Rolle eines Fernsehdetektivs übernommen.

Ich hatte zu weinen begonnen. George wollte weg von mir, um ohne mich mit den Leuten zu reden, weil mein Weinen die Sache nicht besser machte, wie er meinte. Aber ich musste es

hören. Ich musste dabei sein, auch wenn ich das, was man uns mitteilte, nur zum Teil verstand.
»Das kommt darauf an«, erwiderte Margaret. »Wer immer es war, hat ihr sogar die Haare gewaschen. Die Gründlichkeit, mit der man vorgegangen ist, um sie sauber nach Hause zu schicken, legt die Vermutung nahe, dass auch der Tatort sauber zurückgelassen wurde.«
»Das erklären Sie mir bitte mal!«, fauchte George sie an. Auch seine Nerven lagen inzwischen blank.
»Der Täter wusste, dass er keine Spuren zurücklassen durfte. Und er hinterließ auch keine an ihr und wahrscheinlich auch sonst nirgendwo – wenn man von den Rissen und dem Blut absieht.«
»Aber Sie werden nach Spuren suchen?«
»Selbstverständlich. Wir haben bereits gesucht, und wir werden weitersuchen. Vielleicht ermitteln wir den Täter auf diese Weise, vielleicht aber auch nicht.«
»Der Nachbarsjunge«, sagte George.
»Ronnie Fields?«
»Ja. Unter dem Gesichtspunkt, dass er unseres Wissens der letzte Mensch ist, der mit ihr zusammen war, kommt er am ehesten als Täter in Frage.«
»Und kommt er Ihrer Meinung nach auch unter irgendwelchen anderen Gesichtspunkten als Täter in Frage?«
»Ich war weg«, sagte George. »Ich kann die Situation nicht angemessen beurteilen.«
Sie sahen mich an. Es waren jetzt nur mehr Margaret und ein anderer Kriminalbeamter da. Die Ärztin war gegangen, und die Dame vom Frauennotdienst saß wieder bei Plumpud.
Ich schüttelte den Kopf. »Ich habe ihn nur kurz kennengelernt«, sagte ich. Wenn er es tatsächlich getan hat, dann verstehe ich es einfach nicht. Er ist so ...« Ich suchte nach dem

richtigen Wort und fand den Begriff »jungenhaft«. »Es passt überhaupt nicht zu ihm, jemanden zu vergewaltigen« – aber vielleicht macht gerade das einen guten Vergewaltiger aus, dass man es ihm nicht zutraut.

Sie nickten.

»Wer immer es getan hat, hat es unserer Ansicht nach möglicherweise schon mal gemacht. Oder aber das Ganze war sehr gut geplant. Und um so etwas planen zu können, muss der Täter ganz sicher gewesen sein, dass Plumpud noch einmal aus dem Haus gehen würde. Es muss also eine Art Verabredung gegeben haben. Aber da ihr Erinnerungsvermögen bis zu einem bestimmten Zeitpunkt intakt ist, erscheint es unwahrscheinlich, dass sie das Haus aufgrund einer Verabredung verließ.«

»Das verstehe ich nicht.«

»Na ja, sie erinnert sich an alles, was bis etwa Viertel vor elf passiert ist. Danach wird es verschwommen oder ist total weg. Und da sie nach Viertel vor elf nur mit Ronnie Fields zusammen war, kann sie unmöglich ein späteres Treffen vereinbart haben, denn dann wüsste sie jetzt, wer der Täter ist.«

Endlos gingen sie alle Möglichkeiten mit uns durch. Plumpud konnte sich nicht daran erinnern, uns gute Nacht gewünscht zu haben, aber Margaret meinte, das sei nichts Ungewöhnliches bei Rohypnol. Plumpud wusste noch, dass sie in Theresa Carmodys Haus ein Glas Cola getrunken hatte und dass ein Schälchen mit Salzmandeln auf dem Tisch stand, und Ronnie Fields war sich hundertprozentig sicher, sie nach Hause gebracht zu haben.

Margarets Kollege hatte Ronnie Fields vernommen. Er zog einen Packen Notizzettel aus der Tasche und sagte: »Ronnie behauptet hartnäckig, er habe den Kater mehrmals gerufen, aber er sei nicht gekommen. Dann spülten Plumpud und er die

Gläser und ließen sie zum Trocknen im Spülbecken stehen. Er hat dann noch einmal nach dem Kater gesehen, aber der war nicht da. Sie ließen das Licht in der Diele brennen, und der Kater muss die ganze Zeit über in der Küche eingeschlossen gewesen sein. Dann brachte Ronnie Plumpud nach Hause – bis vor die Tür. Sie ist hineingegangen, und er ging nach Hause.«
»Vielleicht ist er gar nicht nach Hause gegangen«, sagte George.
»Sie meinen, er hat draußen gewartet, bis sie wieder herauskam?«
»Ja.«
»Seinen Eltern zufolge kam er rein und saß eine halbe Stunde bei ihnen. Dann sind sie alle schlafen gegangen.«
Ronnie war noch ein Junge, und während wir die Mosaiksteinchen hervorholten und aneinanderlegten, wurde klar, dass hinter dem Angriff auf Plumpud ein skrupelloser, abgefeimter Mensch stand. Ein erfahrener Mensch. Ein Mensch, der genau wusste, was er tat.

Plumpud erhielt eine örtliche Betäubung und wurde genäht. Am späten Nachmittag nahmen wir sie mit nach Hause. Zuerst hieß es, sie müsse im Krankenhaus bleiben. Rohypnol hat weitere Nebenwirkungen, von denen sie uns nichts erzählt hatten. Im Lauf des Tages stellte sich heraus, dass sie unsere Tochter unter anderem in Hinblick auf eine Atemdepression beobachteten. Irgendwer erwähnte, dass die Droge in Kombination mit anderen Betäubungsmitteln oder mit Alkohol bereits mehrfach zum Tod geführt hatte. Ich dachte immer nur: Wie gut, dass Plumpud nur Cola getrunken hatte.
Mir kam kurz der Gedanke, dass wir sicherlich nicht die einzige Familie waren, die so etwas durchstehen musste, aber ich empfand es trotzdem als eine einzigartige Situation, die etwas

Isolierendes hatte, die mir das Gefühl gab, ohne jeden Ausweg ganz in sie eingeschlossen zu sein. Ich versuchte George das verständlich zu machen, aber er sagte nur: »Nichts ist einzigartig.« Vielleicht war das einfach ein rationaler Blick auf die Welt, und vielleicht hatte er recht, aber ich fühlte mich gefangen, und die Vorstellung, dass es Plumpud genauso empfand, machte mich ganz elend.

George saß am Steuer und ich hinten bei Plumpud. Irgendwann war George heimgefahren, um frische Kleidung für Plumpud zu holen, die Grammer zusammengestellt hatte. Er erzählte, dass die Polizei mit ihrem Zimmer »durch« sei und alle Kleidungsstücke, die sie am Tag zuvor getragen haben konnte, mitgenommen habe, aber zu diesem Zeitpunkt war uns beiden bereits klar, dass der Täter überaus raffiniert vorgegangen war.

Sogar die Haare hatte er ihr gewaschen. Die Polizei schnitt ihr eine Locke ab, um das Shampoo zu identifizieren für den Fall, dass es später zur Überführung des Täters beitragen konnte.

Im Krankenhaus hatten sie Plumpud noch einmal gebadet und geduscht. Jetzt duftete ihr Haar nach Apfelshampoo, und ihr Gesicht wirkte wie geschrubbt. Sie trug eine graue Hose und einen lindgrünen Rollkragenpulli. Sie saß auf der Rückbank und lehnte sich an mich. Sie ist ein bisschen größer als ich, aber an diesem Tag hatte ich diesen Eindruck ganz und gar nicht. Sie wirkte kleiner und dünner, als sie tatsächlich war. Ich überlegte, ob das mit der Zerbrechlichkeit zusammenhing, die durch den Überfall an ihr sichtbar geworden war. Auf ihrem Handrücken war ein blauer Fleck, und sie hatte einen Einstich von der Infusionsnadel. Den Einstich hatte ich gesehen, bevor das Pflaster darübergeklebt worden war. Hin und wieder warf sie einen Blick auf ihre Hand, und ich merkte ihr an, dass sie die immer dunkler werdende Verfärbung des Hämatoms registrierte, das sich rings um das Pflaster ausbreitete. Uns war beiden klar, dass auch die blauen Flecken an ihrem Körper sich gerade so veränderten. Dass sie schlimmer wurden, wie es nun einmal ist mit blauen Flecken, dass sie sich dann veränderten und allmählich verblassten.

Sie saß sehr angespannt neben mir, wegen der Nähte. Ich hielt ganz fest ihre Hand.

»Ich habe Angst«, sagte sie, als wir auf unsere Straße zufuhren.

»Sag mir, wovor du Angst hast, und ich werde alles tun, damit es nicht eintritt.«

»Ich habe Angst …« Sie schüttelte den Kopf, ließ ihn hängen. »Ich habe Angst davor, dass die Leute es erfahren. Ich habe Angst davor, wie sie mich ansehen werden. Ich habe Angst, weil ich Angst habe.«

Sie war gefangen in einer Spirale der Angst. Ich weiß nicht, ob sie jemals zuvor in ihrem Leben vor etwas Angst gehabt hatte.

»Zunächst einmal muss niemand davon erfahren«, sagte ich. »Nur wir wissen es. Nur unsere Familie. Und wir lieben dich über alles in der Welt.«

»Aber die Leute kriegen es raus«, entgegnete sie.

»Nein. Es wird nicht nach außen dringen.«

»Aber die Fields …«

»Mit denen reden wir. Sie werden es niemandem erzählen«, sagte George.

»Dein Dad hat recht. Die wollen auch nicht, dass es jemand erfährt.«

»Ronnie«, sagte sie, brach den Satz aber ab.

Ich wusste nicht, was sie gerade dachte. Ich gab mir solche Mühe, mich in sie hineinzuversetzen, in ihr Alter mit all der Verletzlichkeit und Unschuld und den in das Leben gesetzten

Hoffnungen, um herauszufinden, was sie fühlte. Aber ich kam nicht einmal annähernd dahinter.

Ich versuchte sie zum Weiterreden zu bringen, aber sie wollte nicht.

Im Haus war es viel stiller als sonst. Grammer und Waldorf gaben sich wirklich Mühe, aber heute weiß ich, dass ich damals unter Schock stand. Es war einfach zu viel. Wir gingen hinein und machten es Plumpud auf dem Sofa bequem, legten ihre Beine hoch, zogen ihr die Schuhe aus und schoben ihr zwei Kissen hinter den Kopf. Dumpling, die normalerweise nicht von Plumpud gewichen wäre, wollte unbedingt von George hochgehoben werden. Zuerst bemerkte er sie gar nicht, aber dann sagte Daphne mit lauter, durchdringender Stimme: *»Daaaa ... aaad!«*

»Was ist denn?«, fragte er. Es ging ihm so viel im Kopf herum. Aber das galt für uns alle.

Daphne hob Dumpling hoch und gab sie ihm. »Du musst jetzt ein bisschen mit ihr kuscheln«, erklärte sie.

Alles völlig untypisch für Daphne.

»Kann ich dir irgendwas bringen?«, fragte sie Plumpud. »Etwas zu trinken oder so?« Plumpud schüttelte den Kopf. »Ich hole dir deinen Strumpf von oben«, sagte Daphne. »Du hast ihn ja noch gar nicht gesehen.« Und ehe Plumpud ja oder nein sagen konnte, sauste Daphne schon die Treppe hinauf, um Santa Claus' Geschenke zu holen.

Ich sah Grammer an, die kaum merklich den Kopf schüttelte. Manchmal kann sie richtig feinfühlig sein. Nein, das ist nicht fair – Grammer *ist* feinfühlig, wenn auch auf eine exzentrische und ungewöhnliche Art und Weise. Aber ich war wütend an diesem Tag. Wütend auf die ganze Bagage. Mit Ausnahme der Mädchen natürlich. Meiner Mädchen.

Daphne setzte sich neben Plumpud aufs Sofa und ermunterte

sie dazu, sich die Geschenke anzusehen. Waldorf hatte seine Kamera geholt und knipste die beiden. Er fotografierte alle, aber die beiden nahm er zusammen auf, weil es eine so seltene Situation war. Daphne zeigte sich ehrlich besorgt, und von Plumpud ging eine verhaltene Traurigkeit aus, die sie von Zeit zu Zeit zu verbergen versuchte.
»Komm, setz dich her zu deinen Schwestern, Dumpling«, sagte Daphne. »Dann kann Waldorf die drei McHarg-Mädchen fotografieren. Machst du das, Waldorf?«
Irgendwann tätschelte er mir die Schulter und sagte ganz leise, so dass nur ich es hörte: »Weißt du, Maria, selbst an einem Tag wie diesem hast du allen Grund, stolz zu sein!«
Das war so lieb von ihm, und obwohl ich so verstört war, erkannte ich, dass er recht hatte. Und ich *war* stolz. Ich war stolz auf die drei, auf jede in ihrer Art, und Daphne lief zu ungeahnten Höchstleistungen auf. George hatte sich hinter zwei großen Gin Tonics verschanzt, und plötzlich dachte ich an Martin Garner und fragte mich, was er und seine Frau, die Schwiegermutter und der Truthahn wohl gerade machten. Ich wusste, wenn er da gewesen wäre und wenn sich dieser schreckliche Vorfall nicht ereignet hätte – aber was rede ich von Vorfall? Verbrechen. Dieses schreckliche, grauenhafte Verbrechen. Aber wenn Martin da gewesen wäre oder ich bei ihm oder wenn wir beide irgendwo anders gewesen wären, dann hätte ich seine lachenden Augen gesehen und ihn sagen hören: »Na, Lust auf was Hartes, Maria?«, und dann hätten wir beide gelacht.
Stattdessen sah ich zu, wie George seinen zweiten harten Drink hinunterkippte, und ich wäre gern woanders gewesen.

Der Abend kam, wir aßen, zogen an den Knallbonbons – alle gaben sich große Mühe, aber es lag eine furchtbare Erwartung in der Luft, dabei gab es überhaupt nichts zu erwarten. Plumpud musste auf jeden Fall früh ins Bett. Sie saß zwischen Grammer und mir, und hin und wieder sah ich, wie sie ihre Hand zu Grammer hin ausstreckte und Grammer sie auf dem Schoß, auf ihrem schwarz-goldenen Rock hielt. Während sie Plumpuds Hand mit der einen hielt, streichelte sie mit der anderen ihren Handrücken. Dann zog Plumpud die Hand wieder zurück und ergriff ihre Gabel und starrte auf das daran aufgespießte Stück Fleisch.

Nachdem wir noch ein bisschen Plumpudding gegessen hatten, schlug George vor, Plumpud solle sich schlafen legen. Ihre Augen weiteten sich vor Angst. Sie öffnete den Mund, schloss ihn wieder, und Daphne stand auf, ging zu ihr, legte ihr die Arme um die Schultern und sagte: »Keine Sorge, Plumpud.«

»Vielleicht in ein anderes Zimmer, meine Liebe«, sagte Waldorf. Es war nicht klar, an wen er den Satz gerichtet hatte, aber ich fand die Idee ausgezeichnet.

»Wir können dein Bett in unser Schlafzimmer stellen«, sagte ich.

»Oder in meins«, warf Daphne ein.

Dumpling fuchtelte mir ihrem Löffel herum und klopfte sich damit fest an die Brust.

»Oder wir legen sie in das Gästezimmer in meiner Wohnung«, schlug Grammer vor.

»So viele Angebote«, sagte George, an seine älteste Tochter gewandt. »Was wäre dir denn am liebsten?«

Was wäre ihr am liebsten? Was für eine dumme Frage. Ja, was wäre ihr denn am liebsten? Dass sich die Zeit zurückdreht. Sie hätte am liebsten ein echtes Weihnachtsfest gehabt, ohne Vergewaltigung. Wahrscheinlich hätte sie es am liebsten gehabt, wenn Daphne herumgejammert und sich beschwert hätte, weil alle anderen angeblich schönere oder größere Geschenke bekommen hatten als sie.

Was wäre ihr am liebsten?
Ich sah George an und fragte mich plötzlich, was *er* eigentlich am liebsten hätte. Wusste er überhaupt, was er vom Leben wollte? War das alles? Einmal pro Halbjahr nach Hause zu kommen und sich von all diesen Frauen aus drei Generationen umschwänzeln zu lassen, die den Boden unter seinen Füßen anbeteten? Vier verschiedene Generationen sogar, ich hatte seine Großmutter im Altersheim vergessen. Er nennt sie Grandam. Ich fragte mich, ob er sie besuchen würde, während er da war. Er hatte sie schon lange nicht mehr gesehen – seit sie ihn beschuldigt hatte, das Flugzeug konstruiert zu haben, in dem Dirk, sein Vater, ins Südchinesische Meer gestürzt war.
Und ich fragte mich, wie lange er bleiben würde, denn ich wusste, sehr lange würde sein Aufenthalt nicht dauern. Wissen Sie, George mochte es nicht, wenn es nicht glattlief in seinem Privatleben. Wahrscheinlich war das mit ein Grund, weshalb er so viel Zeit im Ausland verbrachte – das ersparte ihm die Beschäftigung mit den Wirren und dem Auf und Ab des Alltags. Das wurde mir erst bewusst, als ich so dasaß und ihn beobachtete. Aber die Mädchen liebten ihn, man erkannte es an ihren Augen. Plumpud sah ihn an und sagte: »Ich weiß nicht, Dad. So viele tolle Angebote«, und dann schenkte sie ihm ein winziges, winziges Lächeln.

Daphne und ich begannen den Tisch abzudecken, und Waldorf sagte, er habe Plumpud immer noch nicht ihr Geschenk gegeben – ob sie mit ihm ins Wohnzimmer mitkommen wolle? George zündete sich eine Zigarette an und starrte an die Decke, während Dumpling mit seinem Feuerzeug spielte.
»George«, sagte ich, denn ich sah es schon kommen, dass das bunte Papier zu den Knallbonbons in Flammen aufging, wenn Dumpling so weitermachte.

»Mmmm?«

»Dein Feuerzeug!«, fauchte ich ihn an. Ich klang wie ein zänkisches Weib. George war so oft weg, und für mich war es so ungewohnt, seine Aufmerksamkeit auf etwas lenken zu müssen, dass ich mich, wenn es dazu kam, immer wie eine grauenvolle Nörglerin fühlte. Dabei wusste ich von anderen Ehepaaren, von Sam und Delia beispielsweise und ganz sicherlich von Martin Garner und seiner Frau, dass manche Frauen ihre Männer ständig beschwatzten und anmeckerten. Offenbar gehört das zu ihrer Beziehung – aber es gehörte nicht zu meiner.

Und wie um alles noch schlimmer zu machen, sah er sich auf dem Tisch um und fragte: »Welches Feuerzeug?«

Ich spürte, wie sich mein Mund zu einem dünnen Strich zusammenzog. »Das Feuerzeug, das dein jüngstes Kind jeden Augenblick anknipsen wird«, sagte ich in eisigem Ton.

Dumpling, die mich noch nie so hatte sprechen hören, ließ das Feuerzeug auf den Tisch fallen. Ihre Unterlippe bebte.

»Dumples«, sagte Daphne, als die wulstige Lippe noch stärker zu beben begann, »jetzt geht's nach oben!« Sie hob das Kind aus dem Stuhl. »Wir sehen uns mal diese Puppe an, die Santa Claus dir geschenkt hat. Ich finde, sie sieht ein bisschen aus wie Plumpud, oder? Und ich finde, wir sollten ihr die Haare hochstecken, genau wie Plumpud. Na, was meinst du?«

Dumpling nickte nachdenklich, und das Feuerzeug und meine wütende Stimme waren vergessen.

Grammer warf George einen grimmigen Blick zu. Ich trug den übrig gebliebenen Plumpudding aus dem Esszimmer und hörte sie noch sagen: »Wenn du hier bist, gibst du dir gefälligst Mühe, George. Hast du mich verstanden!«

Wahrscheinlich tat er ohnehin bereits sein Möglichstes.

SECHZEHNTES KAPITEL

Dumplings Geschichte

Meine neue Barbie-Puppe sah nur ein ganz kleines bisschen wie Plumpud mit langen Haaren aus. Und sie war nicht plüschig und weich, sondern hart und dünn. Das Rosarote Schwein war wabbelig. Meine Plumpie-Puppe nicht. Sie konnte die Knie nicht abbiegen. Daffers und ich zogen sie aus, schälten sie aus einer Schicht Satin nach der anderen, öffneten die winzigen Verschlüsse, die für Dumplings Finger so schwierig waren. Leuchtend weiße Spitzenunterhose, halterlose Strümpfe. Mehr wie Mum als wie Plumpud.

»Schau«, sagte Daffers, »ihre Haare sehen genauso aus wie die von Plumpud.«

Die Haare glänzten und waren ganz weich. Daffers bürstete Barbie das Haar und flocht ihr zwei Zöpfe. »Findest du es so schöner oder hochgesteckt, Dumples?«

Dumples war ihr neuer Name für mich. Ich bekam ihn an diesem Weihnachtstag. Es war ein dunkler Tag ganz ohne Licht, außer dem Kaminfeuer und den Lämpchen am Christbaum. Flimmernde, funkelnde, schimmernde, leuchtende Lämpchen.

Meine Plumpie-Puppe hatte keine Hüften. Plumpud hatte Knochen, die ihre Hose hielten. Die Plumpud-Puppe hatte viele, viele Anziehsachen.

»Was sollen wir ihr anziehen?«, fragte Daffers. Sie nahm eine Jeans und ein paar Sweatshirts, einen engen Lederrock und einen roten Pulli, eine schwarze Hose und eine Kapuzenjacke. Wir entschieden uns für die schwarze Hose und die Kapuzenjacke.

»Normalerweise ist Weihnachten nicht so wie heute«, sagte Daffers.
Ich sah sie an. Ich wartete darauf, dass sie mir mehr erzählte.
»Heute ist Plumpud etwas Schlimmes passiert.«

Dumpling sah den Schmerz in Plumpuds Augen. Sie hatte Flecken am Hals und an der Brust. Es tat Plumpud weh.

Der Geheimnisvolle Mann war heimgekommen, und der Geheimnisvolle Mann war Dad. Glaube ich. Er schlief in Mums Bett. Dumpling blieb allein in ihrem Gitterbett.
Das tat Dumpling weh.

In der Nacht hörte ich Stimmen.
»Gute Nacht, Dad. Gute Nacht, Mum.«
Plumpud ging ins Bett.
Still war es oben an der Treppe. Die Tür von Plumpuds Zimmer wurde geöffnet. Ein halbes Knarren, kein ganzes. Warum nicht? Stille. Dann Plumpuds Füße auf dem Teppichboden, sie ging ganz leise hinunter. Knarrgeräusche aus Mums Schlafzimmer, wo der Geheimnisvolle Mann war. Die Haustür wurde geöffnet und wieder geschlossen. Stille. Plumpud war aus dem Haus gegangen. Es ist dunkel dort draußen, Plumpud. Komm zurück. Stille. Stille. Stille.

Kommt Santa Claus?
Ich hörte ein Auto auf der Straße. Es fuhr nicht vorbei. Es blieb stehen. Santa Claus kommt nicht mit dem Rentier, sondern mit dem Auto. Ich kannte das Geräusch des Autos. Ich hatte es schon mal gehört. Irgendwer musste es Santa geliehen haben.
Dumpling verkroch sich unter der Bettdecke und wartete auf

den dicken roten Mann mit dem Sack voller Überraschungen. Überraschung gesackt. Stille.

Schläfrigkeit schlich sich heran. Daumen im Mund. Auf Nachtgeräusche lauschen. Knarren aus Mums Schlafzimmer. Stille. Schlaf.
Jemand hat meiner Plumpud weh getan, während ich schlief.

Mit der Hose und der Kapuzenjacke sah die Plumpie-Puppe schon mehr aus wie Plumpud. Wir banden ihr das Haar nach hinten, so dass sie genauso ordentlich und sauber war wie Plumpud.
»Gefallen dir deine Geschenke?«, fragte mich Daffers.
Ich nickte. Buntstifte. Filzstifte. Papier. Eine Kiddywink-Schere, so nannte Grammer sie immer. Puzzles. Die Plumpie-Puppe. Gunkey. Ganz viele tolle Sachen. Einen Ball. Ein Klebeband. Neue Geschichten. Wunderschöne goldene Formen mit Stechpalmenblättern und -beeren.
Glückliche Dumpling.
Aber kein Feuerzeug für Dumpling. »Klick« machte der Daumen des Geheimnisvollen Mannes, und aus dem viereckigen silbernen Ding schoss Feuer. Mum nahm zum Feuermachen Streichhölzer. Grammer zündete die Kerzen mit Streichhölzern an. Der Geheimnisvolle Mann, jetzt Dad, benutzte ein Feuerzeug. Ein Fingerschnipsen, und sofort war das Feuer da. Geschnipstes Sofort-Feuer.
Ich überlegte, ob Plumpud Santa Claus entgegengegangen war.
Santa Claus in einem Auto, nicht auf einem Rentier mit roter Nase.

SIEBZEHNTES KAPITEL

Plumpuds Geschichte

Ich saß Waldorf gegenüber in einem Sessel.

»Du bist sehr mitgenommen, meine Liebe«, sagte er. »Das war wohl alles viel zu viel.«

Er hatte recht. Ich konnte mich vor Müdigkeit kaum mehr bewegen.

»Möchtest du, dass dir jetzt irgendwer erst einmal alle Entscheidungen abnimmt?«, fragte er mich.

Er saß da, und plötzlich war er der einzige Mensch, der etwas Sinnvolles sagte. Er wusste einfach, dass mit mir nicht mehr viel anzufangen war.

Ich nickte.

»Es reicht, wenn wir morgen oder übermorgen mit dem Nachdenken anfangen«, sagte er. »Im Augenblick halte ich es für das Beste, wenn dein Vater und ich die drei Betten in ein Zimmer stellen. Dein Bett, das von Daffers und das von Dumpling. Was meinst du?«

Das klang gut. Ich wollte nicht allein sein, aber mir war klar, dass ich immer jemanden ausschließen würde, wenn ich mich für einen Menschen entschied, mit dem ich das Zimmer teilen wollte.

»Und Grammer? Und Mum?«, fragte ich.

»Was soll mit ihnen sein? Sie wollen dein Bestes. Und das Beste für dich ist jetzt, wenn du mit deinen Schwestern in einem Zimmer schläfst.«

Er hatte recht.

Ich blieb sitzen, während er Dad holte, und die beiden gingen nach oben, um die Betten umzustellen.

Grammer kam herein und setzte sich auf die Armlehne meines Sessels. Ich hatte das Gefühl, gleich wieder weinen zu müssen. Es war alles so grauenhaft.
»Waldorf hat recht«, sagte sie. »Du musst jetzt ins Bett und denkst am besten an gar nichts.«
»Das ist ein bisschen schwierig«, erwiderte ich. Wie sollte ich denn an nichts denken, obwohl ich Hunderte von Fragen im Kopf hatte und keine einzige Antwort. Und wahrscheinlich würde es nie irgendeine Antwort geben. Jedenfalls hatten sie das im Krankenhaus gesagt.
»Wir können morgen reden. Oder übermorgen oder wann immer du willst. Und wenn du über das, was geschehen ist, nicht mit uns reden willst, dann finden wir andere Menschen, mit denen du reden kannst«, sagte Grammer. »Aber jetzt gehst du erst mal ins Bett und denkst an nichts anderes als an deine Geschenke.«
Grammer kann sehr bestimmt sein, wenn sie sich etwas in den Kopf gesetzt hat.
»Meinst du, ich könnte noch mal ein Bad nehmen?«, fragte ich sie. Sie sah mich an, und ich fragte mich, was sie wohl dachte.
»Ja, natürlich«, sagte sie. »Komm mit nach oben. Mum hat mir erzählt, dass die Leute im Krankenhaus gesagt hätten, du solltest in den nächsten Tagen Salzbäder nehmen, aber ich werde zusätzlich etwas ganz Besonderes ins Wasser geben, damit du richtig gut schlafen kannst.«
Sie ließ das Wasser ein und fügte ein paar Tropfen Lavendelöl hinzu, auf das sie schwor. Sie sagte immer, das sei die allerbeste Einschlafhilfe. Auf mein Kissen tröpfelte sie auch etwas von dem Öl. Und dann wollte Dumpling natürlich auch ein paar Tropfen in ihrem Bettchen, und Daffers sagte: »Und ich kriege gar nichts, Grammer?« Aber das Witzige daran war, dass Daffers das, glaube ich, gar nicht ernst meinte. Es war eher so, als

würde sie sich selbst nachmachen. Auch Dumpling merkte es und hob den Blick zu ihr und lächelte mich dann irgendwie verschwörerisch an. Das war wunderschön.
Waldorf und Dad hatten Dumplings Bettchen und mein Bett in Daffers' Zimmer gestellt. Nicht weil ihr Zimmer das größte war, sondern weil Waldorf offenbar das Gefühl hatte, dass ich meinem Zimmer am besten erst einmal fernblieb. Daffers' Bett und meines standen nebeneinander, und Dumplings Bettchen stand quer dazu am Fußende. Sie legte sich auf die Seite, damit sie uns zwischen den Gitterstäben hindurch sehen konnte. Irgendwie war es süß, dass sie immer noch in einem Gitterbett schlafen wollte. Mum hatte vorgehabt, ihr ein Bett zu kaufen, aber Dumpling hatte sich an die Gitterstäbe geklammert und den Kopf geschüttelt. Außerdem war sie so winzig, dass sie noch immer in das alte Bettchen von Daffers und mir hineinpasste.
»Fast wie die Waltons«, sagte Daffers.
Dann ging es hin und her mit »Gute Nacht, Mom, gute Nacht, John Boy«, und dann legten wir uns schlafen.

Mein größter Wunsch war, Ronnie zu sehen. Aber gleichzeitig hatte ich vor nichts mehr Angst. Vor nichts mehr Angst? Ich weiß nicht. Ich wusste nur, dass ich in seiner Nähe sein und mich vergewissern wollte, dass zwischen uns alles in Ordnung war. Und gleichzeitig hatte ich solche Angst davor, dass er mich hassen könnte für das, was mit mir passiert war. Oder dass er mich hassen könnte, weil er Fragen in Bezug auf die Nacht zuvor hatte beantworten müssen. Dann fiel mir ein, dass Grammer gesagt hatte, ich solle an nichts anderes denken als an meine Geschenke, und so dachte ich an die schönen Kleider unten im Wohnzimmer und an die Farben mit den schönen Namen – Gebrannte Umbra und Kastanienbraun … wunderschöne Namen, und Jadegrün. Und dabei fiel mir wieder der grüne Ring ein, den Dad mir von seiner letzten Reise mitgebracht hatte, und ich streckte den Arm aus und berührte den Ring auf dem Nachtkästchen, und ich wusste, dass er in der Nacht zuvor nicht an meinem Finger gewesen war. Ich wusste nicht, was das zu bedeuten hatte, aber ich wusste, dass es wichtig war. Ich hatte schon den ganzen Tag über so ein komisches Gefühl gehabt, dass irgendetwas mit dem Ring war, aber ich wusste nicht, was. Ich spielte mit dem Gedanken, aufzustehen und hinunterzugehen und es Mum oder Grammer zu erzählen, aber bevor ich das schaffte, war ich schon eingeschlafen.

Ich wachte auf, weil der Regen ans Fenster prasselte. Daffers' Zimmer kam mir so anders vor als meines. Wenn ich genau hinhörte, konnte ich ihre Atemzüge von Dumplings Atemzügen unterscheiden. So leise wie möglich stieg ich aus dem Bett und trat ans Fenster. Ich hob den Vorhang hoch und sah hinaus in die Dunkelheit. Es dauerte eine Weile, bis sich meine Augen angepasst hatten und ich hinter den Regen blicken konnte. Die Bäume wurden vom Himmel durchgepeitscht und waren kaum zu erkennen. Nach einiger Zeit ließ der Regen nach, und hinter den wandernden Wolken erschien der Mond, und ich sah die kahlen Äste der Bäume unten in unserem kleinen Obstgarten. Auch die Umrisse des riesigen Buddhas neben der Veranda sah ich, aber das grüne Licht war ausgeschaltet. Die Mauer zwischen dem Garten der Fields und unserem war gerade noch so eben zu erkennen. Nach und nach konnte ich verschiedene Gegenstände im Garten der Fields ausmachen. Erst nach mehreren Minuten registrierte ich, dass ihr Küchenlicht oder irgendein anderes Licht im Erdgeschoss brannte und dass ich deshalb mehr von ihrem Garten sah. Ich fragte mich, wer nebenan noch auf war und was dort geschah. War Ronnie noch wach, konnte er auch nicht schlafen, so wie ich? Von Daffers' Fenster aus konnte man nichts von Theresa Carmodys Garten sehen. Ich blieb so lange stehen, bis ich mich vor Kälte kaum mehr bewegen konnte; dann schlich ich mich aus dem Zimmer. Ich holte mir Hausschuhe und Morgenmantel aus meinem Zimmer und ging nach unten. Einen Moment lang fragte ich mich, ob ich vielleicht schlafwandelte, weil ich mich wie in einem Traum bewegte. Ich wusste nicht, wohin ich eigentlich wollte. Ich wollte einfach die Haustür öffnen und hinausgehen und vielleicht herausfinden, was ich in der Nacht zuvor getan hatte, aber in der Diele bog ich in die Küche ab und schaltete das Licht ein. Der Raum war noch warm, und ich machte mir eine Tasse Tee.

Alles war so unglaublich traumartig, als wäre das gar nicht ich, sondern ein anderes Mädchen in meinem Schlafanzug, das nachts nach unten geht, um sich ein bisschen Trost zu verschaffen. Ich holte meine Geschenke aus dem Wohnzimmer, wo sie auf einem Haufen lagen. Zwei Plastiktüten brauchte ich, um sie in die Küche tragen zu können. Ich setzte mich aufs Sofa und sah mir alles noch einmal genau an. Ich kam mir vor wie ein Glückskind, aber wie ein Glückskind, dem das Glück vergällt worden war.

Grammer sagte, Mädchen sollten nicht zu viel über sich grübeln. Daffers fand das reichlich kühn aus Grammers Mund, aber ich glaubte nicht, dass Grammer viel über sich grübelte. Sie war eher der Typ Mensch, der einfach weitermacht, wenn es mal nicht so gut gelaufen ist. Für mich ist sie wie eines dieser altmodischen Schiffe, an deren Bug die Büste einer Frau hängt. Ein bisschen so war Grammer, immer erhobenen Hauptes, immer in vorderster Reihe, entschlossen dem Wind trotzend. Manchmal machte sie peinliche Sachen, zum Beispiel wenn man bei der Schulspielaufführung Angst haben musste, dass

ihre gigantische Hutfeder mindestens fünf Leuten hinter ihr die Sicht versperren würde, oder wenn man sein Solo gesungen hatte und sie den Beifall mit ihren »Da capo! Da capo!«-Rufen übertönte.
Mum sagte, dass man sie nur unglaublich bewundern konnte – dass sie in ihrem Leben Katastrophen überwunden und für viele Angehörige ihrer Generation Symbolcharakter hätte.
Ich holte die kleinen Farbtuben hervor und fragte mich, aus welchem Geschäft sie wohl stammten, denn solche wunderschönen Farben hatte ich noch nie gesehen. Wenn ich mit der Schule fertig bin, möchte ich Kunst studieren. Ronnie sagte, er auch. Ich hoffte, dass wir dieselbe Kunstakademie besuchen würden, aber darüber hatten wir noch gar nicht gesprochen. Es schien noch so viel Zeit zu sein bis dahin ... Ich versuchte mir einzureden, dass ja immer noch viel Zeit blieb, aber kaum hatte ich angefangen darüber nachzudenken, schon hatte ich das Gefühl, dass überhaupt keine Zeit mehr blieb bis dahin.
Wenn ich an Ronnie dachte, spürte ich förmlich seine Hände – er hatte meine Brüste damit umfangen. Das war das schönste Gefühl gewesen, das man sich vorstellen kann. Als ich jetzt daran dachte, kam das aufregende, prickelnde Gefühl nicht wieder. Eigentlich empfand ich gar nichts außer Entsetzen. Ich schob die Gedanken beiseite und drückte ein bisschen Fuchsiarot aus der kleinen Tube. Eine richtige Dumpling-Farbe. Sie sah so wundervoll aus in kräftigen Farben. Ihre Jacke mit dem weißen Pelzbesatz an der Kapuze war richtig grell limettengrün. Mein Ring war smaragdgrün. Ich wusste, dass er in der Nacht zuvor nicht an meinem Finger gewesen war. Ich holte mir einen Pinsel aus dem Küchenschrank in der Ecke, in dem Grammer und ich unsere Kunstsachen aufbewahrten. Dumpling bewahrte ihre Spielsachen und den Kleinkram in einer Kiste auf, aber ihre Buntstifte und Filzstifte liegen auf

dem untersten Regalbrett im Küchenschrank. Grammer sagt, Mädchen lernen anhand von Vorbildern, und Dumpling sei der lebende Beweis dafür.
Als Ronnie mich zum ersten Mal küsste, hob ich ihm einfach mein Gesicht entgegen. Ich fragte mich, ob ich das ganz instinktiv gemacht oder ob ich es vom Fernsehen gelernt hatte. Er war so zärtlich zu mir. Ganz viele kleine Küsse und dann die Frage: »Ist das schön?«, »Gefällt dir das?« Wenn die Mädchen in der Schule über solche Sachen sprachen, ging es immer nur darum, wie lange man geküsst wurde oder wie tief der Junge einem die Zunge in den Mund steckte. Ich fand die Vorstellung von einer fremden Zunge ganz tief in meinem Mund immer ziemlich beängstigend. Wie sollte man denn atmen, wenn man gerade eine Erkältung mit einer verstopften Nase hatte? Und wie konnte man dann noch schlucken?
Jetzt würde er mich nicht mehr küssen wollen. Nie wieder. Er hatte erfahren, was mit mir passiert war. Vielleicht glaubte er, dass ich es gewollt hatte. Schließlich hatte ich ihn kaum gekannt und mich von ihm küssen lassen. Und dann ging ich mitten in der Nacht aus dem Haus, und irgendjemand erwischte mich und tat mir diese schreckliche Sache an.
Ich hatte meine Palette beim letzten Mal nicht abgewaschen. »Kriminell«, hätte Grammer gesagt, wenn sie es gewusst hätte. Deswegen musste ich lächeln, während ich die Palette unter laufendem Wasser säuberte und zum Trocknen auf Küchenpapier legte. Grammer sagt, man soll alles so zurücklassen, wie man es wieder vorfinden möchte. Das gilt nicht nur für die Palette, sondern auch für das Badezimmer, die Haarbürste und die Fächer im Kleiderschrank. Daffers beherzigte diesen Ratschlag nie, außer natürlich wenn es ums Bad ging, denn da hatten Grammer und Mum den Daumen drauf.
Ich malte eine Schale mit Salzmandeln auf einem Tisch und

zwei Gläser. Ich hätte gern Ronnies Beine gemalt, denn als ich an den Tisch dachte, sah ich seine Beine deutlich vor mir. Sie waren sehr lang, und er trug eine dunkle Hose und schwarze Socken. Mir gefielen die Fußknöchel von Männern. Wenn die Männer standen, sah man sie nicht, aber wenn sie saßen, sah man die Knöchel dicht unter dem Saum des Hosenbeins. Der Hals von Männern gefiel mir auch, diese kleinen Höcker am Ende des Schlüsselbeins und dann diese kleine Mulde. Frauenhälse sehen auch so aus, aber sie sind trotzdem nicht so interessant. Ich holte Kohlestifte von Grammer heraus und zeichnete ein paar Hälse.

Dann zeichnete ich einen grünen Ring in einer goldenen Fassung. Und mit einem Mal fiel mir wieder ein, was mit mir geschehen war, und ich wollte etwas zeichnen, das es irgendwie darstellte, aber mir fiel nichts anderes ein als ein mit Kohle gezeichnetes schreiendes Gesicht. Ein paar Sekunden lang wusste ich ganz genau, was Munch ausgedrückt hatte, als er das Bild *Der Schrei* malte. Munch hatten wir kurz zuvor in der Schule durchgenommen, und ich hatte noch Zitate aus seinem Tagebuch im Kopf. Im Januar 1892 hatte er beschrieben, wie er mit Freunden spazieren gegangen und plötzlich stehen geblieben war und sich an etwas gelehnt hatte, und der Himmel war blutrot, die Wolken flammten über dem blauschwarzen Fjord, und er *stand da und zitterte vor Angst*. Er schrieb, er habe gefühlt, wie *ein langer, unendlicher Schrei durch die Natur ging*.

Dieser unendliche Schrei, der durch die Natur geht – diesen Schrei kannte ich. Dieser Schrei war ich.

Plötzlich ging die Tür auf, und Grammer kam aus ihrer Wohnung herein. »Mein Liebling«, sagte sie, als sie mich sah. »O mein Liebling.«

Ich hob überrascht den Blick.

»Du siehst sehr müde aus«, sagte sie. »Was machst du denn da?«
Ich erklärte, dass ich nur ein bisschen malte und zeichnete, weil ich nicht schlafen konnte. Sie sah sich die Sachen an. Eigentlich wollte ich gar nicht, dass sie sie sah, aber ich konnte sie nicht verstecken, ohne die Farbe zu verwischen, weil alles noch feucht beziehungsweise die Kohle noch frisch war.
»Geht es dir gut, mein Schatz?«, fragte sie mich. Dann schlug sie sich mit der Hand an die Stirn und sagte: »Nein, natürlich nicht – wie sollte es dir gutgehen? Waldorf meinte, ich solle mal rübergehen und nachsehen, ob du nicht auf bist und durchs Haus streunst. Ich fand das lächerlich und sagte, du würdest bestimmt tief und fest schlafen. Aber da habe ich mich wohl geirrt.«
Ich erwiderte nichts. Grammer hatte gerade zum ersten Mal zugegeben, dass Waldorf bei ihr übernachtete. Ich war froh, dass sie es gesagt hatte. Ich fand es schön, dass sie es mich wissen ließ, auch wenn sie das gar nicht beabsichtigt hatte. Plötzlich war ich hundemüde, und mein ganzer Körper schmerzte.
»Du musst jetzt zurück ins Bett«, sagte Grammer. »Ich würde dich ja zu mir mitnehmen, aber wenn bei euch jemand aufwacht und feststellt, dass du nicht da bist, wäre das ein Riesenschreck. Komm, ich bringe dich nach oben.«
Doch mein Körper rührte sich nicht. Er war wie aus Blei. Grammer räumte das Zeichenpapier und die Farben weg und legte sie ins Esszimmer. Dann holte sie ein Kissen und eine Bettdecke aus ihrer Wohnung und bettete mich auf das Küchensofa. Sie dämpfte das Licht, setzte sich neben mich auf einen Stuhl und hielt meine Hand.
Ich hörte sie sagen: »Ach, Plumpud, alles wird gut.« Dann war ich eingeschlafen.

Ich träumte, dass ich durch einen Obstgarten ging, aber es war nicht unserer. Es standen Bäume dort, an denen Zitronen hingen. Ich wollte eine Zitrone pflücken, weil Dad gesagt hatte, er brauche eine Zitronenscheibe für seinen Gin Tonic, aber immer wenn ich nach einer der herabhängenden Früchte griff, die durchaus erreichbar zu sein schien, war sie viel weiter weg, als ich gedacht hatte. Ich blickte zu Boden, weil ich dachte, ich würde auf langen, weichen Grashalmen gehen, aber in Wirklichkeit war alles voller Schlamm, und meine Füße und Beine wurden immer schmutziger. Mit jedem Schritt wurden meine Beine schwerer, bis ich die Füße kaum mehr aus dem Dreck herausbekam. Ich glaubte Stimmen zu hören, die mich riefen, oder jemanden, der ein Lied sang. Ich blieb stehen, um zu lauschen. Ich wollte den Stimmen zurufen und sie bitten, herzukommen und mir zu helfen, aber ich wusste nicht, aus welcher Reihe zwischen den Obstbäumen sie kamen. Dann kam Wind auf, und die Stimmen und Geräusche zerstoben in verschiedene Richtungen, und ich ging langsam und schwerfällig zwischen den Zitronenbäumen umher und versuchte sie zu finden. Ich glaube, es waren Kinderstimmen, denn von Zeit zu Zeit hörte ich Gelächter – das Kichern und Gackern kleiner Kinder, und dieses Gelächter wollte ich unbedingt finden, damit ich mitmachen konnte. Als ich aufwachte, war es Morgen, und ich dachte an nichts anderes als an ein Bad. Der Traum war so realistisch gewesen, dass ich glaubte, meine Füße seien voller Schlamm.

Ich lag noch immer eingehüllt in Grammers Gästedecke, als die Familie in die Küche kam.

»Heute gibt es das warme Frühstück, das für den Weihnachtsmorgen geplant war«, sagte Mum fröhlich, während sie sich zu mir hinunterbeugte und mich küsste. »Steh doch schon mal auf, Plumpud, und zieh dich an. Wenn du wieder runterkommst, ist alles fertig.«

»Vorher muss ich aber baden«, sagte ich.
»Schon wieder?« Mum wirkte überrascht. »Bist du sicher?«
»Ich fühle mich schmutzig.«
Sie zog einen Schmollmund.
»Ach, lass sie doch«, sagte Dad. Er klang gereizt.
Ich kuschelte mich in die Bettdecke, weil ich nicht wusste, was ich tun sollte. Normalerweise ist es überhaupt kein Problem, wenn wir baden oder duschen wollen. Ich überlegte, ob es jetzt ein Problem war, weil Dad glaubte, dass das Wasser nicht reichen würde. Schließlich ist er manchmal in Ländern, in denen es nicht einmal fließendes Wasser gibt, ganz zu schweigen von heißem.
Er hatte nach Mums Einwand zwar »Ach, lass sie doch« gesagt, aber es hatte eher nach etwas anderem geklungen, eher nach: »Ach, lass sie doch rumnerven, wenn sie unbedingt rumnerven will«, oder so ähnlich.
Ich sah beide an und wusste nicht, was ich tun sollte.
»Na los«, sagte er. »Geh nach oben.«
Ich stand vorsichtig vom Sofa auf. Alles tat immer noch weh. Grauenhaft. Die genähte Stelle zwischen meinen Beinen schmerzte schlimmer als am Tag zuvor. Daffers, die Dumpling im Arm trug, sagte: »Dumples, du setzt dich jetzt hierher und spielst, und ich gehe mit Plumpud nach oben und lasse ihr ein Bad ein. Plumpud soll doch ganz viele Salzbäder nehmen, oder nicht, Mum?«
Mum, die gerade mehrere Bratpfannen aus dem Schrank holte, antwortete nur mit einem knappen »Ja«.
»Na, dann ist das wohl der beste Start in den Tag für sie«, sagte Daffers.
In diesem Augenblick erinnerte mich Daffers an Grammer. »Ein Bad am Morgen vertreibt Kummer und Sorgen!«, zitierte sie unbeschwert unsere Großmutter. Ich konnte zwar kaum

gehen, aber ich wollte nicht, dass jemand das merkte, weil Mum und Dad offenbar in einer ziemlich komischen Stimmung waren.
Auf der Treppe musste ich mich am Handlauf festhalten und mich fast hochziehen.
»Tut es sehr weh?«, fragte Daffers.
Ich hätte ihr gern von der Naht erzählt und wie weh es tat, aber stattdessen erzählte ich ihr von dem Traum mit den Zitronenbäumen und dem Schlamm und dem Dreck und dass ich unbedingt baden musste, weil ich mich so schmutzig fühlte, und sie sagte immer wieder: »Mensch, Plumpud! Mensch, Plumpud!«, und sie klang wirklich schockiert.
Ich sagte: »Was ist denn, Daffers?« Denn ich wusste nicht, worauf sich ihre Reaktion bezog. Da legte sie den Arm um mich, und wir stapften gemeinsam die Treppe hinauf, und als wir im Bad waren und sie das Wasser einließ und mich fragte, wie viel Salz sie hineingeben soll, sah ich, dass sie weinte, aber sie versuchte ihre Tränen zu verbergen.
»Was ist denn?«, fragte ich noch einmal.
Sie wollte mir weismachen, sie hätte Salz in die Augen bekommen, aber sie hatte die Schachtel noch gar nicht berührt, deshalb konnte das gar nicht sein.
»Bitte sag mir, warum du weinst. Ich weiß nicht, was ihr alle denkt, und das ist ein scheußliches Gefühl.«
»Ich weine um dich«, sagte sie. »Ich weine, weil ich nicht ertrage, was man mit dir gemacht hat.«
»Es geht mir gut«, erwiderte ich. »Wirklich. Es tut nur ein bisschen weh. Die Leute im Krankenhaus waren nett.«
»Das meine ich nicht«, sagte sie.
Dann meinte sie also die Vergewaltigung und das alles.
»Möchtest du, dass ich bei dir bleibe, während du badest?«, fragte sie mich.

Ich hatte seit ungefähr meinem siebten Lebensjahr, als wir manchmal noch zusammen gebadet hatten, nicht mehr nackt vor ihr gestanden, und ich wusste nicht, was ich sagen sollte.
»Ich greif auch nicht rein und spritz dich nass«, sagte sie in Anspielung auf unser letztes gemeinsames Bad, bei dem sie mich fast ertränkt hatte. Sie ließ die Wanne volllaufen und gab dann einen Schwall von Grammers Lavendelöl ins Wasser, das Grammer auf dem Fensterbrett zurückgelassen hatte.
»Tu lieber nicht zu viel rein«, sagte ich.
»Das ist gut für dich. Es hilft bei allen möglichen Sachen«, entgegnete Daffers. »Es hilft nicht nur beim Einschlafen, sondern lindert auch den Schmerz. Es ist gut für deine Haut.«
Mir war, als hörte ich Grammer sprechen. Diese Daffers war so anders als die, die ich bisher gekannt hatte.
Ich zog mich langsam aus. Als ich die Beine hob, um in die Wanne zu steigen, tat es sehr weh, aber als ich dann saß, war es in Ordnung. Das heiße Wasser tat mir gut, und ich fühlte mich wieder sauber. Ich genoss es. Ich fragte mich, wie lange sie mich wohl drinlassen würden.
Daffers saß auf dem Badezimmerhocker und versuchte aus dem Fenster zu sehen. Aber ich hatte ihren Gesichtsausdruck bemerkt, als ich meinen Schlafanzug auszog, und mir war klar, dass sie es vermied, auf die Blutergüsse zu schauen. Ich hockte mit angezogenen Knien in der Wanne, die Arme um die Beine geschlungen, hatte den Kopf daraufgelegt und spürte, wie der Dampf aus dem Wasser meine Poren reinigte, und ich dachte: Solange ich hier sitzen kann, ist alles gut.
Nach einer Weile fragte Daffers, ob sie mir etwas zum Anziehen aussuchen soll. Am liebsten hätte ich ihr gesagt, dass ich eigentlich gar nicht aus der Badewanne rauswollte, aber ich hatte das Gefühl, dann würde sie Mum holen, und ich wollte absolut nicht, dass Mum heraufkam.

»Wolltest du jemals Krankenschwester werden?«, fragte ich Daffers, um alles ein bisschen hinauszuzögern, denn je länger sie auf dem Hocker saß, umso länger konnte ich in der Wanne bleiben.

»Nö«, sagte sie. »Viel zu mühselig.«

»Du bist dafür zu rührselig?«

Sie lachte. »Nein, nicht zu rührselig – es wäre mir zu mühselig.«

Es war schön, sie lachen zu hören. Das Bad war voller Dampf, und der Spiegel und das Fenster mit der Buntglasscheibe waren beschlagen, und ich saß in der Wanne und ließ immer wieder heißes Wasser ein, damit es schön warm blieb, und auf Daffers' Stirn bildeten sich Schweißperlen, und nach und nach verschwanden ihre Locken, und ihr Haar hing schlaff herunter, aber sie blieb sitzen und plauderte mit mir.

Na ja, plaudern ist nicht das richtige Wort. Es war eher so, dass sie irgendeine Bemerkung machte und mich dann verstohlen ansah. Ich hatte mich noch nicht richtig im Spiegel betrachtet, deshalb wusste ich nicht, wie schlimm es war. Erst als ich aus der Wanne gestiegen war und mir ein Badetuch umgelegt hatte und Daffers mir Unterwäsche holte, betrachtete ich mich gründlich in dem beschlagenen Spiegel. Was ich durch den Dampf hindurch sah, war so schlimm, dass es mir sinnlos erschien, in das Schlafzimmer von Mum und Dad zu gehen und mich dort in dem langen Spiegel anzuschauen. Warum sich noch mehr quälen?

Sollte ich es wirklich jemals wissen wollen, brauchte ich nur die Polizei zu fragen, denn Margaret, die Kriminalbeamtin, hatte viele Fotos von mir gemacht, die wahrscheinlich in meine Akte gewandert waren. Einige Blutergüsse hatte sie sogar vermessen.

Daffers und ich gingen nach unten. Dad glaubte offenbar, ich säße immer noch in der Wanne, weil er richtig miese Laune hatte und ich ihn sagen hörte: »Ich weiß wirklich nicht, was das mit dem warmen Frühstück soll. Heute ist nicht Weihnachten, warum also so tun, als ob?« Da fühlte ich mich schrecklich, weil ich dafür verantwortlich war, dass alle anderen keinen schönen Weihnachtstag gehabt hatten.

Ich blieb in der Diele stehen, aber Daffers stieß die Küchentür so schwungvoll auf, dass sie gegen das dahinterstehende Regal knallte, und sagte: »Wir tun jetzt einfach so, als wäre es der Weihnachtsmorgen. Vielleicht fühlt sich Plumpud dann ein bisschen besser!« Grammer stand da und sah aus, als würde sie gleich irgendjemanden umbringen, und ich wusste nicht mehr, wer weshalb auf wen sauer war.

Ich hätte am liebsten drauflosgeweint, aber ich hatte Angst, damit alles noch schlimmer zu machen. Und dann sagte Daffers: »Das duftet ja köstlich, Mum«, und zog mich am Arm in die Küche.

Sie bugsierte mich zu meinem Platz am Tisch und setzte Dumpling neben mich. Dumpling war auch komisch drauf und schlug ständig mit einem Löffel auf den Tisch und legte den Finger an den Mund, als wollte sie Ruhe haben. Wir drei Mädchen saßen nebeneinander, und Dad stand auf, ging aus der Küche und schlug die Tür hinter sich zu. Mum verteilte Speck und Eier auf unseren Tellern, als Waldorf auftauchte und sagte, den Kopf zur Bratpfanne gewendet: »Wer liest gerade mein Comic-Heft?« Da mussten Daffers und ich lachen, und ich dachte, vielleicht wird doch noch alles gut.

Daffers fragte mich, ob sie mir das Frühstück klein schneiden solle, und ich sagte: »Jetzt bist du aber wirklich eine Krankenschwester!« Und wir mussten wieder über das witzige Missverständnis im Bad lachen, und ich dachte die ganze Zeit: Was passiert als Nächstes? Denn nach dem Frühstück würde sich der Rest des Tages in die Unendlichkeit hinein erstrecken.

Dann klingelte es an der Tür, und ich hörte Dad in der Diele mit Ronald Fields reden, aber er bat ihn nicht herein oder so. Durch die geschlossene Tür konnte ich nicht verstehen, was sie sagten, ich hörte nur die Stimmen. Ich fand nicht einmal heraus, worum es ging. Grammer warf erst Mum und dann Waldorf einen Blick zu. Sie biss sich auf die Lippe, und ich hatte nicht die geringste Ahnung, was sie alle dachten.

Mum fragte: »Hättest du lieber Rührei?«

Ich sah mich um, weil ich nicht wusste, wen sie angesprochen hatte, und bemerkte, dass ich die Einzige war, die nicht aß; sie hatte mich gemeint. Ich schüttelte den Kopf und versuchte das Essen auf meinem Teller zu essen, aber ich bekam nichts hinunter.

»Möchtest du dich wieder hinlegen?«, fragte Mum.

Ich schüttelte noch einmal den Kopf. Ich wusste nicht, was ich tun wollte oder wo ich sein wollte.

ACHTZEHNTES KAPITEL

Millicents Geschichte

Man sagt einem Kind, dass alles gut wird, und weiß genau, dass das nicht stimmt. Ich saß in dieser Nacht noch lange neben ihr und sah zu, wie sie im gedämpften Licht der Küche schlief. Sie sah verhärmt aus, und sie hatte dunkle Ringe unter den Augen. Dasselbe Kind, das gerade mal sechsunddreißig Stunden zuvor gelacht hatte und fröhlich und voller Lebensfreude gewesen war. Ich hoffte nur, dass sie nicht schlecht träumte – aber wie hätte sie schöne Träume haben können?

Ich hatte grauenhafte Träume gehabt, nachdem Dirk McHarg verschwunden war. Ich träumte davon, dass er und Anne Pollock, seine Schlampe von Sekretärin, wiederauftauchten, dass sie mit ihren langen Beinen und ihrem Pferdegesicht hinter ihm in unser Haus geschlendert kam. »Wir sind wieder da«, rief er in meinen Träumen. Und ich, in dem Glauben, wach zu sein, sah, wie er das Gepäck in die Diele warf. »Gut, dass wir zurück sind«, sagte er dann. »Anne, meine Süße, komm, darf ich dich mit Millicent bekannt machen?« Und dann musste ich dieses Mädchen wiedersehen. Ein Mädchen, das ich früher ziemlich gern gemocht hatte – in den Jahren vor meiner Nemesis. Sie war nicht besonders helle oder besonders attraktiv, verfügte aber offenbar über dieses spezielle *je ne sais quoi,* das den guten alten Dirk so anturnte. In meinem Traum hatte ich sogar seine Hemden gebügelt für den Fall, dass er zurückkam.

Seine Sachen wegzugeben war irgendwie komisch gewesen. Da erfährt man, dass der eigene Ehemann im Meer versunken ist und nie mehr wiederkommt, und steht dann da mit einem vollgestopften Kleiderschrank und der Frage: Wohin damit?

Ich wartete den Gedenkgottesdienst ab und packte danach alle seine Sachen in Tüten und trug sie hinaus, damit die Müllabfuhr sie mitnahm. Ein Paar Manschettenknöpfe behielt ich für George – mehr aufzubewahren hätte nichts gebracht. Alle guten Kleidungsstücke wären völlig aus der Mode gewesen, wenn sie George endlich gepasst hätten, und ich wollte die Sachen sowieso nicht im Haus haben. Ich füllte Dirks Schrank mit neuen Kleidern für mich – meinen neuen Stil hatte ich damals noch nicht gefunden. Die Suche danach kostete mich Zeit, zahlreiche Fehlgriffe und viel Übung. Im Lauf der Jahre sollte ich Gefallen an lebhaften Farben finden, aber das wusste ich damals noch nicht. Ich lernte, Leder und Seide zu lieben und das Gefühl von Federn auf der Haut.

Während ich bei Plumpud saß, überlegte ich, was man tun könnte, um ihr zu helfen, das alles zu überstehen. Für eine junge Witwe mag es gut und schön sein, sich auf den Erwerb von Hüten zu verlegen und das Romanschreiben zu erlernen, um die Betrügereien und den Tod des Ehemanns zu überwinden, aber auf ein Mädchen im Teenager-Alter, das gerade vergewaltigt worden war, lässt sich diese Vorgehensweise eher nicht anwenden. Mit Drogen betäubt und vergewaltigt. Nicht dass es ein Spaziergang gewesen war, als Frau Mitte dreißig plötzlich ungeschützt und allein zu sein, aber irgendwie hatte ich es geschafft, alles in den Griff zu bekommen. Damals bereits erwachsen gewesen zu sein hatte dabei keine unwesentliche Rolle gespielt – ebenso wenig wie die Tatsache, dass ich verstand, was mir zugestoßen war, was mir Dirk angetan hatte und wie er zu Tode gekommen war. Es war nur darum gegangen, die Sache vollständig zu erfassen und sich dann das weitere Vorgehen zu überlegen. Aber das hier war ein Kind – und mit siebzehn *ist* man noch ein Kind. Plumpud war wirklich noch ein kleines Mädchen. Sie hatte keine Erfahrung mit den harten Seiten des Lebens. Sie war behütet und beschützt, wurde umsorgt und geliebt. Aber betäubt und vergewaltigt zu werden? Ich konnte mir vieles vorstellen, was mit Trostpflastern und Ablenkungen zu mildern war, aber das – das nicht.

Als Waldorf am nächsten Tag im Wohnzimmerkamin Feuer gemacht hatte und ich mit Plumpud allein davorsaß, sah sie mich immer wieder an und öffnete den Mund, als wollte sie mich etwas fragen oder mir etwas mitteilen, aber dann schloss sie ihn wieder und starrte ins Feuer oder aus dem Fenster.
Schließlich sagte ich zu ihr: »Du kannst mir alles sagen, Plumpud, das weißt du. Ob du es glaubst oder nicht – ich verkrafte alles, und vielleicht kann ich dir sogar die eine oder andere Antwort geben.«
Nach einer Weile sagte sie zu mir: »Grammer, wenn man seine Jungfräulichkeit verliert, soll das doch etwas Aufregendes und Schönes sein, nicht wahr?«
Verstehe, dachte ich. Und wie ich verstand! Meiner Enkeltochter lag jenes wertvolle Gut am Herzen, das ich einst für mein Ehebett aufbewahrt hatte und das bei den nachfolgenden Generationen, nach allem, was man las und hörte, höchstens das erste Date überlebte. In diesem Augenblick kam mir der Gedanke, dass sie ihre Jungfräulichkeit in gewisser Hinsicht gar nicht verloren hatte.
»Plumpud«, sagte ich, »für eine Frau ist Sex etwas, das sich zu neunzig Prozent oberhalb des Halses abspielt.«
Sie sah mich verwirrt an.
»Du musst mir das jetzt einfach glauben«, fuhr ich fort. »Ich weiß es einfach. Es passiert alles nur im Kopf. Erregung entsteht im Gehirn. Du wirst irgendwann zu hören bekommen, Männer würden mit ihrem Penis denken, und ich bin mir ziemlich sicher, dass das auf die meisten zutrifft. Aber nicht auf

alle. Ich kann nicht behaupten, dass es grundsätzlich bei allen so ist.« Es wäre schließlich unfair gewesen, die ganze Bagage so abzuqualifizieren. Ich habe nicht mit der gesamten männlichen Hälfte der Weltbevölkerung geschlafen – gut möglich, dass es hier und da eine Ausnahme gibt. Und darum geht es doch gerade in der Statistik – um die Ausnahmen.

»Ich will damit Folgendes sagen, Plumpud: Wenn sich der Sex bei einer Frau im Kopf abspielt, dann muss sie daran in irgendeiner Form beteiligt sein, und somit ist eine Vergewaltigung für eine Frau nichts Sexuelles. Eine Vergewaltigung ist ein Verbrechen – ein Gewaltverbrechen. Ein Verbrechen, das mit extremer Gewalt und solcher Übergriffigkeit einhergeht, dass es durch keine noch so harte Strafe geahndet werden kann, aber die vergewaltigte Frau selbst hat dabei nichts von sich hergegeben. Sie hat ihre Jungfräulichkeit nicht verschenkt, sie ist immer noch Jungfrau.«

»Aber das ist doch jetzt alles vorbei, Grammer! Wer immer mir das angetan hat, hat mir meine Jungfräulichkeit genommen!«

Waldorf hatte mir geraten, so offen wie möglich mit ihr zu reden. Mädchen ihres Alters hätten größte Hemmungen, über diese Dinge zu sprechen, und es sei meine Aufgabe, diese Barriere zu überwinden, um an sie heranzukommen und ihr klarzumachen, dass man an sie herankommen kann. »Und was ist mit ihrer Mutter?«, hatte ich Waldorf gefragt. Er hatte mich nur schweigend angesehen. Waldorf hatte, seinen eigenen Worten zufolge, die Schule des legalisierten Analverkehrs durchlaufen. »Es war Bestandteil des Systems«, hatte er mir erklärt. Ich war geschockt gewesen, was nicht oft vorkommt, aber immerhin, meinte er, habe er es überlebt. Und genau darum geht es wahrscheinlich.

Deshalb blieb ich Plumpud gegenüber hartnäckig. »Deine Jungfräulichkeit ist nicht nur etwas Körperliches, sondern auch etwas in deinem Kopf, mein Schatz«, sagte ich. »Und das hat der Mensch, der dir das angetan hat, überhaupt nicht berührt. Das ist völlig unangetastet geblieben.«

»Weil ich mich nicht daran erinnern kann, meinst du?«

»Nein. Dass du keine Erinnerung daran hast, ist gut, aber ich halte das nicht für das Wichtigste. Ich glaube, du musst das Ganze als Gewaltverbrechen begreifen. Für den Mann, der es getan hat, war es ein sexueller Akt, ich weiß, und ich weiß auch, dass es ein gegen deine Sexualität gerichtetes Verbrechen war. Aber wenn du dich erst einmal körperlich davon erholt hast, wirst du sehen, dass du immer noch intakt bist. Dass es, wenn du deine Jungfräulichkeit eines Tages ›verschenkst‹, wenn du daran beteiligt bist und etwas freiwillig und gern herschenkst, dass es dann im besten Sinn des Wortes das erste Mal für dich sein wird.«

»Aber ich fühle mich wie zerrissen. Irgendwer hat mich zerrissen«, wandte die wunde, verletzte, zerrissene und genähte Plumpud ein.

Und sie war wie zerrissen, und sie fühlte sich zerrissen – wie hilft man jemandem, darüber hinwegzukommen? Ich in meinem Alter habe gut philosophieren über Jungfräulichkeit und über Gemütszustände, aber für ein Mädchen in Plumpuds Alter, das weiß, dass es brutal behandelt wurde, und das zutiefst erschüttert ist angesichts dessen, was man ihm angetan hat, ist das etwas völlig anderes. Für ein Mädchen, das weiß, dass der Zauber der Liebe, nach dem man verlangt hatte, zerstört ist. Lernen wir mit den Jahren, uns in Geduld zu üben? Oder liegt es am Unterschied zwischen der Verletzlichkeit eines Enkelkindes und dem eigenen abgebrühten Umgang mit dem Leben, dass wir die Kraft haben zu widerstehen? Ich weiß es nicht. Ich weiß nur: In diesen wenigen Tagen und während der Gespräche mit meinem ältesten Enkelkind wollte ich schlicht und einfach nicht, dass dieses Mädchen mir entglitt. Ich erkannte die Gefahr sehr wohl. Hin und wieder machte sie einfach zu, und ihr Gesicht wurde leer. Dann tat ich alles, um sie festzuhalten.

George war zu nichts, zu rein gar nichts zu gebrauchen. Ich habe keine Ahnung, was in ihm vorging oder welche Denkmuster er entwickelte. Ich fragte mich, ob das nicht Teil des Problems war – dass ich in seiner Jugend möglicherweise nicht genug mit ihm geredet hatte, dass es etwas mit den verschiedenen Generationen zu tun hatte. Dass die Zeit, die wir unseren eigenen Kindern widmen, nur die Übung für unsere Enkel ist. Und wenn das stimmt, dann gnade Gott denen, die keine Großeltern haben.

Maria, die wunderbare, liebe Maria, hatte offenbar keine Ahnung, wie sie Kontakt zu Plumpud finden sollte. Ich machte mir Sorgen, dass auch dies meine Schuld sein könnte, und sprach in der Abgeschiedenheit meiner eigenen Wohnung mit Waldorf darüber. »Könnte es sein, dass meine Nähe zu den Mädchen und die viele Zeit, die sie mit mir verbringen, die Beziehung zwischen ihnen und Maria beeinträchtigt hat?«

Er verneinte die Frage. Kinder bräuchten Beziehungen zu allen Verwandten, und jede dieser Beziehungen sei anders, egal ob es um die Eltern, die Großeltern oder die Geschwister gehe.

»Hast du je versucht, eines der Mädchen von einer engen Beziehung zu ihrer Mutter abzubringen?«, fragte er mich.

Die Antwort lautete selbstverständlich nein. In Wahrheit gehen Eltern und Kinder ihre eigenen Bündnisse miteinander ein, bauen ihre eigenen Bindungen auf und entwickeln ihre jeweils eigene Art, miteinander zu sprechen.

Am Tag nach Weihnachten entschuldigte Maria sich und unternahm einen langen Spaziergang. Desgleichen am Tag darauf, und am übernächsten ebenfalls. Dann erklärte sie, wegen irgendeiner Sache im Büro müsse sie ein paar Stunden in die Arbeit.

George verbrachte währenddessen viel Zeit damit, alte Zeitungen zu lesen und fernzusehen.

»Mir gefällt das alles nicht«, sagte ich zu Waldorf.

Er riet mir, dafür zu sorgen, dass meine Verbindung zu den anderen intakt blieb. »Du bist die treibende Kraft in der Familie. Bleib dran!«

Im Rückblick bin ich mir ziemlich sicher, dass er recht hatte, aber zum Zeitpunkt des Geschehens war ich in einem Dilemma gefangen, das einerseits aus meinem Bedürfnis bestand, Plumpud zu helfen, und andererseits aus meinen Befürchtungen, ich könnte sie damit von George und Maria wegtreiben.

Hätte man mich eine Woche zuvor gefragt, ob ich glaubte, dass sie ihrer Mutter nahe sei, hätte ich ja gesagt. Jetzt war klar, dass ich damit falschgelegen hätte. »Es gibt so eine Nähe und so eine Nähe«, sagte Waldorf. Und damit hatte er recht.

»Meiner Meinung nach sollte man ihr erlauben, sich mit Ronnie Fields zu treffen«, sagte ich am Tag nach Weihnachten zu George und Maria.

George schüttelte den Kopf.

»Ich bitte dich, George!«, sagte ich vorwurfsvoll. »Glaubst du allen Ernstes, dass Ronnie Fields das getan hat?«

»Ich weiß es nicht«, erwiderte er.

»Und du, Maria?«, fragte ich meine Schwiegertochter.

»Ich bin hin- und hergerissen. Zuerst dachte ich, er muss es gewesen sein, dann wieder wusste ich genau, dass er es nicht war – so gehen meine Gedanken hin und her, und ich weiß es einfach nicht.«

»Es steht nicht dafür, dieses Risiko einzugehen«, meinte George.

»Aber wenn Ronnie es nicht war – und dieses ›wenn‹ erwähne ich nur aus Rücksicht dir gegenüber, weil ich inzwischen keine Sekunde lang mehr glaube, dass er es getan hat –, dann wäre es doch besser für Plumpud, wenn sie ihn sehen könnte. Vielleicht könnte er ihr helfen. Es ist ja nicht so, dass er sie nicht sehen wollte«, fügte ich mit Nachdruck hinzu.
Und das stimmte. Er hatte zweimal bei uns geklingelt, beide Male zusammen mit seinem Vater, und beide Male hatte George sie weggeschickt. Beim letzten Mal hatte ich gehört, wie Ronald Fields zu seinem Sohn sagte, er solle wieder nach Hause gehen, weil er allein mit George sprechen wolle.
»George«, sagte er, als Ronnie weg war, »ich habe großes Mitgefühl. Ich weiß, dass es kaum etwas Schrecklicheres geben kann, aber Ronnie hat damit nichts zu tun, und er möchte bei ihr sein. Vielleicht kann er ihr ja helfen.«
»Nein«, sagte George, was ziemlich kühn war für jemanden, der selbst nicht gerade viel zur Sache beitrug.
»Hör zu, George.« Ronald Fields wappnete sich für einen neuen Versuch. »Ich kann mir vorstellen, wie du dich fühlst …«
»Wie kannst du es wagen?«, entgegnete George. »Wie kannst du es wagen zu behaupten, du wüsstest, wie ich mich fühle?«
»Ich wollte nur sagen, dass mein Sohn gern bei deiner Tochter wäre und dass sie ihn vielleicht gerade braucht. Einen Freund …«

»Was ist bloß mit George los, Waldorf?«, fragte ich. »Warum schaffen Maria und er es nicht, die Situation und sich selbst von außen zu betrachten?«
Waldorf wusste darauf keine Antwort. Er sagte nur, seiner Meinung nach sei es am besten, beharrlich zu bleiben, dann würden George und Maria sich mit ein bisschen Glück wieder fangen.

»Und wann? Wenn Plumpud sich so sehr zurückgezogen hat, dass die beiden Ronnie Fields endlich als eine Alternative zu ihrem katatonischen Zustand sehen können?«

Doch George blieb stur, und alles Reden half nicht. So etwas muss genetisch bedingt sein. Er erinnerte mich an Dirk und an die guten alten Zeiten, als ich ihn bat, mich zu irgendeiner Feier zu begleiten – und sehr viel später wurde mir dann natürlich klar, dass er seine Gründe gehabt hatte, weshalb er nicht mitkam. Wahrscheinlich kollidierten diese Termine mit seinen Fickzeiten. Oder es war peinlich, mit der eigenen Ehefrau bei einem Abendessen zu erscheinen, wenn man die Gastgeberin und mindestens zwei andere weibliche Gäste gevögelt hatte. Wer weiß das schon? Vielleicht war er auch einfach nur müde und wollte die Beine hochlegen, weil er wusste, dass er dem Begriff Homo erectus aller Wahrscheinlichkeit nach dessen wörtliche Bedeutung verleihen würde, wenn er zu der Party mitging. George wollte nicht, dass Plumpud sich mit Ronnie Fields traf, obwohl es ihr vielleicht gutgetan hätte. Sie bat ihn darum. Genauer gesagt: Sie bettelte darum, aber er sagte immer nur: »Deine Mutter und ich halten es für besser, dass du ihn nicht siehst.«

»Die Eltern wissen es nun mal am besten«, sagte ich irgendwann zu ihr. Aber sie hob nur wütend den Blick und entgegnete: »Ach, wirklich? Wie willst du das wissen? Woher sollten sie wissen, was das Beste für mich ist?«

»Du kannst ihm mit meinem Handy eine SMS schicken«, sagte Daphne. Ihr Handy war monatelang von der Schule beschlagnahmt gewesen, aber am letzten Tag vor den Ferien hatte sie es zurückbekommen. Plumpud besaß kein Handy. Sie hätte nun einmal, meinte sie, nicht diese Art von Freundschaften, bei der man einzeilige Nachrichten verschicken oder erhalten möchte.

Als Daphne diesen Vorschlag machte, tat ich so, als hätte ich nichts gehört. Schließlich wollte ich den Beschlüssen ihrer Eltern nicht offen entgegenarbeiten.
»Ich weiß gar nicht, ob Ronnie ein Handy hat«, sagte Plumpud.
»Doch, er hat eins«, sagte Daphne hastig und fast euphorisch. »Schau, ich habe mir von Raleigh seine Nummer besorgt!« Und sie reichte ihrer Schwester das Handy.
Ich wollte schon sagen: »Ich wusste gar nicht, dass du dich mit Raleigh getroffen hast«, doch dann hielt ich es für besser, wie zwei der drei weisen Affen zu handeln, und sagte nichts und tat, als hätte ich nichts gehört.
Plumpud nahm das Handy. Daphne hatte sich richtig toll gemacht, das muss ich sagen. Sie zeigte Plumpud, wie das Ding funktionierte, und Plumpud saß da und spielte an dem Handy herum.
Waldorf sah von seinem Buch auf – er hatte sich in Michael Frys *The Scottish Empire* vertieft – und sagte: »Gerade habe ich mir gedacht, ich hätte nicht übel Lust, euch Mädchen jeder ein weiteres Geschenk zu kaufen.«
George und Maria waren nicht da. Maria war ins Büro gefahren, und George war mit Dumpling Milch und Zeitungen kaufen gegangen. Wir vier saßen vor dem Küchenkamin.
»Super«, sagte Daphne. »Und was?«
Daphne kommt gern direkt zur Sache. Sie verschwendet keine Zeit, kann dabei aber, wenn es sein muss, durchaus subtil vorgehen. Wobei es sich, das muss ich hinzufügen, um eine merkwürdige neue Subtilität handelte, die noch wenige Tage zuvor nicht existiert hatte.
»Ich dachte an eine neue Hülle für dein Handy«, antwortete Waldorf. »Und an ein eigenes Handy für Plumpud. Vielleicht wäre das ganz nützlich.«

Und wie nützlich es sein würde, wenn Plumpud Ronnie SMS-Mitteilungen schicken könnte! Manchmal liegt Waldorf einfach goldrichtig.
Die beiden Mädchen sahen ihn erstaunt an.
»Geil«, sagte Daphne. »Ich möchte eine mit Smileys drauf oder diese neue mit den süßen wolligen rosaroten Schäfchen.«
»Dumpling würde sich bestimmt für die Schäfchen entscheiden«, sagte ich.
Plumpud sagte nur: »Danke, Waldorf.« Dann beschäftigte sie sich wieder mit dem Handy. Die Vorstellung, ein eigenes Handy zu haben, verlieh ihr plötzlich Antrieb. »Was soll ich ihm denn schreiben?«, fragte sie, den Blick auf das Handy gesenkt.
»Schreib einfach hallo«, sagte Daphne. »Ronnie will doch nur, dass du Kontakt zu ihm aufnimmst.«
»Hast du mit ihm gesprochen?«, fragte Plumpud. Ihre Augen wirkten riesig in dem blassen Gesicht. Riesig und voller Hoffnung.
»Nicht direkt«, sagte Daphne. Dass sie sich mit dieser Formulierung absichern wollte, musste sie nicht hinzufügen. »Er hat mir über Raleigh mitgeteilt, dass er gern wüsste, ob es dir gutgeht.«
Das klang zwar ziemlich dürftig, aber Plumpud begann, ihm eine SMS zu schreiben. »Ich sage einfach, dass es mir gutgeht, und frage ihn, wie es ihm geht. Wie findet ihr das?«
Ich fand, dass unter den gegebenen Umständen mehr wohl nicht möglich war.
»Wenn dir das SMS-Schreiben Spaß macht, Plumpud«, sagte Waldorf, »gehen wir zwei morgen einkaufen, und Daphne bekommt ihre Handyhülle mit den wolligen Schäfchen.«
Plumpud lernte das SMS-Schreiben im Handumdrehen. Ihre Nachricht an Ronnie wurde sofort beantwortet. Sie strahlte

übers ganze Gesicht. Waldorf und ich tauschten einen Blick aus, und wir nickten einander zu. Auf Plumpuds bleichem, traurigem Gesicht lag ein Lächeln.
»Also, es geht ihm gut, und … oh!«, sagte sie. Das Lächeln war immer noch da, aber sie führte den Satz nicht zu Ende.
»Schau mal«, sagte Daphne, die ihrer Schwester über die Schulter sah, »er schickt dir einen Kuss.«
»Hör auf damit, Daffers!« Plumpud versetzte Daphne einen Schlag mit einem Kissen, und plötzlich schoss mir der Gedanke durch den Kopf, dass wir einfach möglichst schnell Normalität herstellen mussten, damit Plumpud wieder normal werden konnte.
»Was schreibst du ihm jetzt?«, wollte Daphne wissen.
»Ich habe ihm gesagt, dass ich ihn vermisse.« Plumpud wirkte sehr verlegen. Ich fand sie so liebenswert, so unschuldig. Und ich dachte, warum von allen Mädchen auf der Welt ausgerechnet unsere süße Plumpud?

Die Zeit lastete schwer auf ihr, das spürte man. Sie hatte sich immer zu beschäftigen gewusst, aber jetzt hing sie nur im Haus herum. Natürlich hatte sie noch nicht viel Kraft, das war mir klar, aber die alte Plumpud hätte gemalt oder gelesen oder mit Dumpling gespielt. Diese Plumpud dagegen lag auf dem Sofa und starrte aus dem Fenster oder saß im Bad; umso schöner war es zu sehen, wie sie eifrig Daphnes Handy benutzte oder ihre Schwester anlächelte.
Ich dachte viel über George nach in diesen paar Tagen und kam zu dem für mich zwingenden Schluss, dass Kinder so wie einer ihrer beiden Elternteile werden. Bei George war die Fähigkeit, sich von ihm unangenehmen Dingen komplett abzuschotten, nicht ganz so stark ausgeprägt, während Dirk das Talent besessen hatte, einfach zuzumachen. Aber beide zeigten offen ihr

Missfallen in Bezug auf alles, womit sie nicht umgehen konnten. Natürlich gibt es keine Regeln für den Umgang mit Vorfällen wie dem, den Plumpud durchlitten hatte, aber an Waldorf sah ich, dass nicht alle Männer so reagierten wie George. Waldorf war so lieb zu ihr und gleichzeitig so scharfsinnig. »Millie, meine Liebe«, sagte er, »ich bin nicht Plumpuds Vater, vielleicht macht es das leichter für mich.«

»Aber du stehst doch auch unter Schock«, entgegnete ich.

»Ja, ich stehe unter Schock und würde den, der das getan hat, am liebsten umbringen«, sagte er wütend und gleichzeitig sehr bestimmt.

Eine so extreme Äußerung war untypisch für Waldorf. Ich glaube, genau in diesem Augenblick kam mir der unbewusste oder verborgene Gedanke, dass Plumpud vielleicht am besten zu helfen wäre, wenn derjenige, der es getan hatte, vom Angesicht der Erde entfernt würde.

Später an diesem Tag sprach ich noch einmal mit George.

»Hast du überhaupt eine Vorstellung davon, wie schmerzhaft das alles für Plumpud ist?«, fragte ich ihn.

Er faltete die Zeitung zusammen, die er gerade las, setzte sich aufrecht hin und sah mich an. »Es hieß doch, dass die Schmerzen in ein paar Tagen weg sind.«

»Ach, hieß es das?«, sagte ich. »Wo hieß es das denn, bitte?«

»Im Krankenhaus – die Ärztin hat es gesagt und die Schwestern.«

»Glaubst du nicht, dass sie damit nur den körperlichen Schmerz meinten?«

»Was hätten sie denn sonst damit meinen sollen?«

»George«, sagte ich, so ruhig ich konnte, »gerade du hast Dinge gesehen, die nie geschehen dürften, aber nun mal geschehen. Du hast gesehen, was Kriege und Hungersnöte und Überschwemmungen anrichten. Du hast Dumpling gerettet. Du hast ihre Mutter an einem Galgen hängen sehen. Du hast Entsetzliches gesehen … Zum Teufel noch mal – ich spreche doch nicht von körperlichen Schmerzen, sondern von dem, was in Plumpuds Kopf vor sich geht. Das ist nämlich genauso real wie körperlicher Schmerz. Das ist Qual und Folter und verschwindet nicht einfach so. Gerade du müsstest das wissen!«

Er machte ein finsteres Gesicht.

Ich dachte an Waldorfs Worte, für einen Vater sei es vielleicht zu schwierig, Unterstützung zu geben, aber verdammt noch mal …

»Hör zu«, sagte ich, »du hast in deinem Leben weiß Gott einige wunderbare Dinge gemacht, aber auch ein paar grauenhafte. Glaub bloß nicht, dass ich nicht Bescheid wüsste!«

Ja, ich wusste Bescheid. Ich wusste genau, was er und diese Schlampe Marjorie Whelan über Jahre hinweg miteinander getrieben hatten. Warum hätte ich sonst versucht, sie auf ihrer eigenen Auffahrt über den Haufen zu fahren?

»Worauf spielst du an?«, wollte er wissen.

Ich hatte nicht die geringste Lust, über Marjorie Whelan zu diskutieren – was lässt sich schon über eine Frau sagen, die mit dem Vater *und* dem Sohn vögelt? Deshalb kam ich auf Plumpud zurück.

»Plumpud braucht deine Hilfe.«

»Die bekommt sie.«

»Nein, die bekommt sie nicht. Du magst glauben, du würdest ihr helfen, aber da irrst du dich. Sie ist einsam und verletzt und voller Angst, und obendrein fühlt sie sich abgelehnt.«

»Abgelehnt?« Er war ehrlich erstaunt.

»Sie braucht das Gefühl, von dir geliebt zu werden.«

»Aber ich liebe sie doch!«

»Dann zeig es ihr auch«, sagte ich. »Komm hinter deiner Zeitung oder dem Fernseher hervor und lass es sie wissen. Nimm sie in den Arm. Drück sie an dich. Gib ihr das Gefühl, ein ganz besonderer Mensch zu sein. Und hör ihr zu.«

NEUNZEHNTES KAPITEL

Plumpuds Geschichte

Wir schrieben uns SMS, bis kein Geld mehr auf Daffers' Handykarte war. Dann gab mir Waldorf sein Handy. Ronnie schaffte es ganz toll, mit den Kürzelwörtern, die auch Daffers immer benutzte, eine Menge zu sagen. Zuerst tauschten wir nur kleine Kurznachrichten aus, aber als wir dann beide das Gefühl hatten, dass wir wirklich in Kontakt miteinander standen, schrieben wir über andere Dinge. Wir tasteten uns gewissermaßen erst einmal aneinander heran, um dann ganz banale Sachen schreiben zu können. Ich schrieb beispielsweise *Ich habe zu Weihnachten Farben bekommen. Dumpling haben die bemalten Nudeln richtig gut gefallen.* Während er ungefähr so schrieb: *WC hat Vase ent2gebrochen, dg.* Da musste ich jedes Mal lachen. *Raly Weihn8sgesch Criket-Schl, will im Gartn Bäume fälln.* Jede SMS endete mit vielen *xxxx*. Alle verstanden, dass es mir damit jetzt viel besserging, nur Mum und Dad nicht, aber sie waren nicht da, und Grammer sagte, es sei schon in Ordnung.

Ronnie schrieb, wir sollten uns treffen, aber niemandem davon erzählen. Ich wusste zwar nicht, wie das gehen sollte, aber er meinte, wenn Daffers und ich spazieren gingen, könnten sein Bruder und er dazustoßen. Er fragte mich, ob es möglich wäre, dass ich mich in seinen Garten schleiche, denn ganz am Ende, hinter den Bäumen, hatten sie einen kleinen Bereich mit Stühlen und einer Feuerschale, dorthin könnten wir uns setzen, wenn ich Lust hätte. Sie hätten auch Holz und Kohle, die wir in der Feuerschale verbrennen könnten. Das klang gut, aber ich hatte Angst, Dad oder Mum könnten sehen, wie ich durch seine Gartenpforte ging. Ich wollte mich einfach nur mal richtig mit ihm unterhalten. Das Simsen war toll, aber als wir so in Kontakt miteinander gekommen waren, wollte ich immer mehr, immer mehr.

Als Mum und Dad zurückkamen – Dad war mit Dumpling unterwegs gewesen, und Mum musste für ein paar Stunden ins Büro –, brachte ich Daffers dazu, einen Spaziergang vorzuschlagen. Sie erzählte Mum, wir würden in den Herbert-Park gehen. Dad sagte, er würde mitkommen, aber Grammer entgegnete: »Ein bisschen frische Luft und nur die beiden Mädels ist jetzt wahrscheinlich das Allerbeste, George.«

Mum fragte: »Und wenn ich mitkomme?«

»Nein, nur Plumpud und ich, Mum«, sagte Daffers. »Wir gehen durch den Park und haben bestimmt viel Spaß, nur wir zwei.«

Und Mum, die ja wusste, dass wir uns normalerweise nicht gut verstanden, dachte kurz nach und sagte dann ja.

Es war wahnsinnig kalt. Wir vermummten uns mit Jacke, Wollmütze und Schal.

»Und wenn sie uns nachgeht?«, fragte ich Daffers, als sie die Haustür hinter uns schloss.

»Das macht sie nicht. Dafür wird Grammer sorgen«, versicherte sie mir.

Wir hatten versprochen, in einer Stunde zurück zu sein. Ich hakte mich bei Daffers unter, und sie sagte: »Hast du Angst?«

Ich hatte keine Angst – nicht in diesem Moment jedenfalls. Ich fühlte mich sicher in Daffers' Begleitung, und ich fühlte mich sicher, weil ich Ronnie sehen würde. Daffers fragte mich, warum ich keine Angst hätte, und nachdem ich es ihr erklärt hatte, meinte sie: »Siehst du – das ist der Beweis.«

»Welcher Beweis?«

»Dass es Ronnie nicht gewesen sein kann«, sagte sie und fügte schnell hinzu: »Nicht dass ich das jemals geglaubt hätte. Aber wenn er es gewesen wäre, hättest du jetzt Angst, auch wenn du dich an nichts erinnern kannst. Also war er es nicht.«
Das war die typische Daffers-Logik, aber ich übernahm sie für mich. Ich wusste, dass es nicht Ronnie gewesen war, aber ich verstand, dass andere Leute das bewiesen sehen wollten.
Trotz der Kälte war es wunderschön draußen. Die eisige Luft schnitt uns ins Gesicht, an den Sträuchern hingen Weißdornbeeren, und die Windschutzscheiben der Autos am Straßenrand waren mit schneeweißem Frost überzogen.
»Wir hätten Brot für die Enten mitnehmen sollen«, sagte ich.
Da griff Daffers grinsend in ihre Jackentasche und zog zwei Kanten Brot von einem geschnittenen Laib heraus. Diese Voraussicht war total untypisch für sie. Ich war richtig beeindruckt.
»Ziemlich schlau, was?«, sagte sie. »Ich habe Mum gesagt, sie soll mir ein bisschen Brot geben, damit du die Enten füttern kannst.«
Die guten alten Enten am Teich sahen pappsatt aus. Offenbar waren wir nicht die Einzigen, die an diesem eiskalten Tag an sie gedacht hatten. Während wir um den Teich herumgingen, ignorierten sie meine Versuche, sie auf mich aufmerksam zu machen.
»Wo treffen wir uns mit Ronnie?«, fragte ich.
Daffers deutete geradeaus auf den Kinderspielplatz, der wegen der Kälte völlig leer dalag; aber von der anderen Seite her tauchten zwei Gestalten auf. Ronnie und Raleigh.
Ronnie ging auf mich zu, während Daffers Raleigh entgegenschlenderte. Ich stand da und sah zu, wie er näher kam. Er sah genauso aus wie bei unserer letzten Begegnung. Er trug schwarze Jeans und eine Bomberjacke in Schwarz und Grau, und er

lächelte die ganze Zeit. Ich wusste nicht, was ich tun sollte. Ich stand da und fragte mich, was jetzt passieren würde, aber als er bei mir angekommen war, legte er einfach die Arme um mich, und ich war völlig eingehüllt von dem Synthetikgewebe seiner dicken Jacke. Ich umarmte ihn auch und drückte ihn ganz fest. Wenn es einen Augenblick wirklichen Glücks gab, dann war es dieser Moment.

»Alles in Ordnung?«, fragte er mich.

Ich nickte nur. Ich war zu aufgewühlt von all den Gefühlen – Angst, Freude, Liebe und Traurigkeit –, als dass ich etwas hätte sagen können.

»Ich habe dich vermisst«, sagte er.

Ich nickte noch einmal in seine Brust hinein. Ich hatte ihn vermisst. Ich hatte ihn erst so kurz gekannt und ihn trotzdem ganz schrecklich vermisst.

»Alles wird gut«, sagte er, entließ mich aus seiner Umarmung und nahm meine Hände in seine. »Meine arme Plumpud.«

Es war schön, dass er das sagte. Nicht das mit dem »arm«, sondern das Wort »meine«. Dieses *meine* hätte ich am liebsten immer wieder gehört. Ich wollte die Sicherheit, die dieses Wort verströmte. Es enthielt keine Ablehnung, keine Ungewissheit und keine Einschränkungen. Nichts sonst brauchte ich, nur dieses Wort.

»Komm, wir gehen ein bisschen«, sagte er. »Sonst erkältest du dich noch. Raleigh und Daffers sitzen auf der Schaukel.«

Ich warf einen Blick zurück zum Spielplatz, und da saßen sie nebeneinander auf den beiden Schaukeln und probierten aus, wer am schnellsten die größte Höhe erreichte. Ich lächelte. Es war ein schönes Bild, ein wundervoller Moment.

»Sie ist nicht der Typ, der schnell klein beigibt«, sagte ich. Dann hörte ich erst, was ich da gesagt hatte, und versuchte den Satz schnell in eine bestimmte Richtung zu lenken, damit er

nicht dachte, *ich* wäre der Typ, der schnell klein beigibt, der Wertvolles von sich selbst schnell hergibt. »Ich meine, Daffers … Daffers will nicht, dass Raleigh höher kommt als sie. Auf der Schaukel, meine ich.«
»Ich habe dich schon verstanden«, sagte Ronnie. Und ich wusste, dass er wusste, dass ich Angst gehabt hatte, er könnte den Satz falsch verstehen.
Als wir uns auf den Weg zurück zum Teich mit den verfetteten Enten machten, steckte ich eine Hand in die Tasche, und Ronnie wollte gerade meine andere Hand in seine Tasche stecken, da fühlte er offenbar etwas, denn er senkte den Blick und sagte: »Ach, du hast ja deinen Ring wieder.« Dann schob er meine und seine Hand zum Aufwärmen in seine Jackentasche.
Ich dachte kurz über diesen Satz nach und sagte dann: »Wie meinst du das?«
»Weißt du nicht mehr?«, fragte er. »Du hast ihn doch bei Theresa Carmody vergessen.«
»Wirklich?«
»Ja, du hast ihn an der Küchenspüle liegen gelassen.«
Ich dachte eine Weile darüber nach. Ich war sehr erschöpft. Es kam mir fast so vor, als wäre es zu viel, darüber nachzudenken, so als würde dadurch eine Tür geöffnet, die zu schwer war, um sie aufzudrücken, eine Tür, durch die ich nicht hindurchgehen wollte.
»Kannst du dich daran nicht erinnern?«
Ich schüttelte den Kopf.
»Plumpud, mein Vater hat gesagt, wenn ich mit dir rede, soll ich allem nachgehen, was merkwürdig klingt oder keinen Sinn ergibt.«
»Ich kann mich kaum erinnern an diesen Abend.«
»Ich weiß. Dad hat es mir erzählt. Bitte glaub nicht, dass ich herumschnüffle oder so, aber …« Seine Stimme verlor sich. Ich

blickte ihn offen an. Er war blass und sah müde aus. »Verhärmt«, hätte Grammer gesagt. So bezeichnet sie Menschen, die gestresst oder krank oder ausgelaugt sind.
»Du schnüffelst doch nicht herum«, sagte ich. »Ich wüsste ja auch gern, was passiert ist. Ich kann das nur verarbeiten, wenn ich es weiß. Grammer sagt zwar, es ist besser, dass ich keine Erinnerung daran habe, weil es dann weniger real ist, aber ich weiß nicht, ich glaube, da irrt sie sich.«
»Ich will es um deinetwillen wissen, aber auch um meinetwillen«, sagte Ronnie. »Dad sagt, du brauchst mehr Schutz als ich, aber du weißt ja, dass ich verhört wurde. Ich habe zwar das Gefühl, dass sie mir geglaubt haben, aber mir geht es erst dann wieder gut, wenn wir die Wahrheit herausgefunden haben.«
Da sprachen wir nun über diese entsetzliche Sache, und es war ganz anders als zu Hause, wo ich mich nicht geborgen fühlte, weil Dad wütend auf mich war und Mum so wirkte, als hätte ich sie enttäuscht, und Dumpling mit ihren Nudeln spielte und zu zittern begann, wenn sie Dad ansah, und Daffers supernett war und ich einen Schmerz in mir hatte, der nicht nur körperlich war, sondern sich auch anfühlte wie wahnsinnig starke Kopfschmerzen mitten im Bauch. Ich blickte Ronnie an und dachte, so muss es sein, wenn man mit jemandem zusammen ist, von dem man geliebt wird – so wie Ronnies Eltern. Ich dachte an Ronald und Maureen und wie sie miteinander getanzt hatten und sich so wohl miteinander fühlten.
»Ich weiß nicht mehr, was ich mit meinem Ring gemacht habe«, sagte ich, »aber im Krankenhaus war ich, ohne zu wissen, warum, erstaunt, als ich sah, dass er am Finger steckte.«
»Du hast ihn vom Finger genommen.«
»Aber warum denn?«
Er fragte mich nach meiner letzten Erinnerung, und ich erzähl-

te von dem Sofa, auf dem wir gesessen hatten, von dem Tisch mit der Glasplatte und der Schale mit den Mandeln.
»Und die Getränke? Erinnerst du dich, dass jeder von uns ein Glas Cola getrunken hat?«
Ich nickte. Ein Erpel mit wunderschönem schillerndem grünem Kopf watschelte, als wir näher kamen, vom Weg weg und sprang in den Teich.
»Und was haben wir danach gemacht?«, fragte Ronnie.
»Danach?«
»Nachdem wir auf dem Sofa gesessen haben.«
»Das weiß ich nicht.«
»Wir sind in die Küche gegangen, und du hast angefangen, die Gläser zu spülen, und dann hast du deinen Ring abgenommen. Du hast noch gesagt, deine Mutter und deine Großmutter würden das auch immer tun. Sie würden ihre Ringe abnehmen, wenn sie irgendetwas waschen oder spülen.«
Ich dachte darüber nach. Es stimmte, dass Mum und Grammer das immer machten. Und wahrscheinlich imitieren wir tatsächlich unsere Eltern, und ich konnte mir gut vorstellen, dass ich das getan und auch gesagt hatte, obwohl ich mich nicht daran erinnerte.
»Und als wir dann gingen und ich dich bis zur Haustür begleitete, fiel dir ein, dass du den Ring liegen gelassen hast. Ich schlug vor, dass wir zurückgehen und ihn holen, aber du meintest, das hätte Zeit bis morgen, denn da wollten wir ja noch mal hin, um den Kater zu versorgen. Am Weihnachtsmorgen würden wir den Ring holen.«
Das klang glaubwürdig. Ich nickte.
»Plumpud«, sagte er plötzlich, »vielleicht hast du es dir anders überlegt, als du zu Hause warst. Vielleicht wolltest du doch zurückgehen und den Ring holen. Könnte das sein?«
Ja, das war gut möglich.

»Es könnte sein«, sagte ich. »Weißt du, Dad hatte mir den Ring eben erst geschenkt und wäre bestimmt nicht sehr erfreut gewesen, wenn ich ihn gleich irgendwo vergessen hätte.«
»Wärst du allein zurückgegangen? Hättest du keine Angst gehabt?«
»Angst davor, ins Nachbarhaus zu gehen? Nein. Das hätte mir gar nichts ausgemacht. Ich gehe ständig bei Theresa Carmody ein und aus. Das tun wir alle, sogar Dumpling. Sie geht durch die Hecke.«
»Aber nachts? Wärst du wirklich einfach so allein hingegangen? Im Dunkeln?«
Ich überlegte. Ich konnte nur ganz langsam denken und nicht recht entscheiden, was ich am wahrscheinlichsten getan hatte.
»Ich glaube nicht, dass das ein Problem für mich gewesen wäre«, sagte ich. »Ich habe mich schon öfter um Kater gekümmert, wenn Theresa weg war. Ich bin schon öfter allein in ihr Haus gegangen.«
»Du hättest also einfach noch einmal hinausgehen müssen, nachdem ich weg war«, sagte Ronnie nachdenklich.
»Aber Mum und Dad sagten, ich sei hinaufgegangen und hätte ihnen gute Nacht gewünscht, und alles sei in Ordnung gewesen mit mir.«
»Gut. Aber vielleicht hast du es dir, nachdem du gute Nacht gesagt hattest, anders überlegt und bist noch mal aus dem Haus gegangen, um den Ring zu holen.«
»Und dann?«
Ronnie schwieg. Er hielt mich an der Hand, und wir gingen um das andere Ende des Teichs herum, und der Himmel wurde schon dunkel, obwohl es erst drei Uhr nachmittags war, und der Wind frischte auf, so dass sich das Wasser im Teich wild kräuselte und die Enten sich auf die kleinen Inseln in der Mitte flüchteten. Die Wege, die mit ihren efeuumrankten Pfosten

und den knorrigen alten Bäumen in alle Richtungen führten, wirkten wie aus einem Märchen. Aber nicht wie aus einem harmlosen Märchen, sondern eher wie aus einem Märchen der Gebrüder Grimm, wo irgendetwas lauert oder im Wald etwas Böses wartet.

»Du kannst dich an nichts erinnern?«, fragte mich Ronnie.

»An nichts. Erst wieder daran, dass ich morgens im Bett aufwachte und mich nicht bewegen konnte. Ich weiß nicht einmal, wie ich dorthin gekommen bin.«

»Dad sagt, dass die Droge, die man dir gegeben hat, als Nebenwirkung Gedächtnisverlust hat.«

»Woher kennt dein Vater sich so gut damit aus?«

»Klingt albern, wenn ich behaupte, dass er Insiderwissen hat«, antwortete Ronnie, »aber er sagt, er wird nicht ruhen, bis alles aufgeklärt und der Täter gefasst ist. Obwohl er gerade Urlaub hat, ist er ständig im Büro und stellt Nachforschungen an. Und die restliche Zeit über ist er am Telefon.«

Es klang sehr sicher und gleichzeitig sehr entschlossen. Und es klang positiver als die Art, wie mein Dad reagierte, aber daran wollte ich jetzt nicht denken. Wenn Dad mich ansah, fühlte ich mich irgendwie schmutzig, und dieses Gefühl konnte ich nicht ausstehen. Es war schon schlimm genug, mich ohne das alles so zu fühlen, wie ich mich fühlte.

»Dad hatte schon mit solchen Fällen zu tun.«

Ich dachte schweigend darüber nach, bis Ronnie mich fragte: »Woran denkst du gerade?«

»Ich finde es merkwürdig – also, nicht gerade schön –, ein Fall zu sein.«

»Du bist kein Fall. Ich wollte damit sagen, dass er mit solchen Verbrechen bereits zu tun hatte, aber das hier ist etwas anderes. Da geht es um mich und um dich.«

»Hasst er mich?«, fragte ich.

Ronnie reagierte völlig erstaunt. Er blieb stehen und drehte mich zu sich, so dass wir direkt voreinander auf dem Weg standen, und sah mich an. »Dich hassen? Warum sollte er dich hassen?«

»Na ja«, sagte ich und versuchte es vorsichtig zu formulieren. »Ich hatte Angst, ihr würdet mich alle hassen. Immerhin seid ihr gerade erst nebenan eingezogen, und dann wirst du gleich wegen einer Vergewaltigung verhört. Und alles ist meine Schuld.«

»Warum ist es deine Schuld?« Er war so verdattert, als wäre ihm dieser Gedanke noch kein einziges Mal gekommen.

»Ich meine nicht wirklich *meine Schuld*«, sagte ich, »sondern eher … na ja, wegen mir eben.«

»Dad sagt, du bist ein Opfer.« Er drückte meine Hand. »Und er sagt auch, dass man sich nach so etwas oft schuldig fühlt. Das ist so, wie wenn man beraubt wird, und hinterher ist man wütend auf sich selbst, weil man die Tasche losgelassen hat oder weil man so dumm war, viel Geld dabeizuhaben oder was auch immer. Ich will das, was dir zugestoßen ist, nicht mit einem Raub vergleichen, sondern nur sagen, dass manche Verbrechen grauenhafte Strafen für das Opfer nach sich ziehen. Dad sagt, nach dem, was dir angetan wurde, hat man oft mit Schuldgefühlen zu kämpfen, und das sei furchtbar ungerecht.«

Ich fand das verblüffend. Und gleichzeitig unglaublich beruhigend. Ich fühlte mich tatsächlich schuldig. Irgendwie hatte ich das Gefühl, mich in eine Situation begeben zu haben, die mit meiner Vergewaltigung endete. Und dann war da noch diese Angst, dass ich, weil ich mich an nichts erinnern konnte, vielleicht gar nicht vergewaltigt worden war, sondern es freiwillig gemacht hatte. Obwohl ich gleichzeitig wusste, dass das keinen Sinn ergab. Denn warum hätte ich zulassen sollen, dass jemand so etwas mit mir machte? Mir Blutergüsse zufügte und mich so schwer verletzte, dass ich genäht werden musste?

»Was denkst du gerade?«, fragte Ronnie noch einmal.

»Ronnie, kannst du das bitte alles noch mal sagen, was dein Dad gesagt hat? Ich muss es noch mal hören.«

Da sagte er alles noch einmal, das mit den Schuldgefühlen und wie ungerecht es ist, dass ein Mensch, dem so weh getan worden ist, zusätzlich auch noch Schuldgefühle auf sich nehmen muss. Ich erzählte ihm, wie schlecht es mir mit Mum und Dad ging und dass Waldorf und Grammer viel mehr Verständnis zeigten. Da meinte er, dass es vielleicht für Eltern schwieriger sei.

»Aber deine Eltern unterstützen dich«, erwiderte ich. Und das freute mich zwar für ihn, aber es machte mich traurig für mich.

»Das heißt nicht, dass dich deine Eltern deshalb weniger lieben«, sagte er. »Es ist einfach ihre Art, darauf zu reagieren.«

Das konnte ich nicht so recht glauben. Sie hatten versucht, mich von Ronnie fernzuhalten, dabei war es so tröstlich für mich, ihn zu sehen. Es war das schönste Gefühl, das ich in den letzten Tagen gehabt hatte. Zum ersten Mal empfand ich so etwas wie Hoffnung. Hoffnung worauf? Ich weiß es nicht. Vielleicht einfach auf die Möglichkeit, dass es ein Morgen geben könnte.

In diesem Moment war ich irgendwie glücklich. In Anbetracht der Tatsache, dass ich vergewaltigt worden war, hatte ich Glück, einen Jungen zu kennen, dem ich wichtig war. Ein anderer hätte mich vielleicht verlassen oder nicht so offen darüber sprechen können. Ronnie konnte das sehr gut. Das war wie ein Geschenk. Ich sagte ihm, wie gut es mir gefiel, dass er einfach darüber sprach und nichts mied, dass er so freimütig und offen war. Aber er sagte nur, dass ich ja auch so sei, was das

Ganze leichter mache. Da musste ich lächeln. In der Schule sagen alle, Gegensätze würden sich anziehen, aber Ronnie und ich, wir waren uns sehr ähnlich. Ich wusste nicht, was das zu bedeuten hatte und ob es überhaupt etwas bedeutete, aber ich fühlte mich gleich besser.

»Gut«, sagte er, »nehmen wir an, du bist zurückgegangen, um den Ring zu holen. Alles danach liegt im Dunkeln. Kannst du dich daran erinnern, wie du zum zweiten Mal nach Hause gekommen bist?«

»Nein.« Ich hatte nicht die geringste Erinnerung daran. »Im Krankenhaus sagten sie, dass ich irgendwann nach Hause gegangen sein muss. Irgendwie. Ich habe keine Ahnung.«

Es klang dürftig. Grammer hatte mir erzählt, dass verwundete Tiere in ihren Bau oder ihre Höhle zurückkehren und ich das irgendwie auch getan haben musste. Ich hatte diese Vorstellung von einem Fuchs mit einem verletzten Hinterlauf, der sich im Dunkeln mühsam nach Hause schleppt. Es fiel mir schwer, in diesem Fuchs mich selbst zu sehen.

Ronnie hatte mir den Arm um die Schulter gelegt. Wir gingen zurück, Richtung Spielplatz. In der Ferne sah ich Daffers und Raleigh, die noch immer vor sich hin schaukelten. Daffers' Gekicher wurde vom Wind zu uns getragen, und ich musste lachen. Ronnie auch. »Siehst du?«, sagte er. »Das wird wieder.«

Raleigh begrüßte mich und schaukelte immer langsamer, bis die Schnüre senkrecht hingen. Daffers wollte noch nicht aufhören, aber dann sagte Ronnie, dass es kalt war, wenn man so herumstand. Da sprang sie auch herunter. Wir vier gingen zurück nach Hause, und Daffers spielte die ganze Zeit den Clown.

»Fang mich, wenn du kannst«, rief sie Raleigh zu und flitzte los. Sie ist eine gute Läuferin, aber sie hatte nicht bedacht, dass die Fields' lange Beine haben, und offenbar hatte Raleigh sie irgendwo zwischen den Bäumen gefangen, denn vor uns ertönte empörtes Kreischen.

»Was machen wir jetzt?«, fragte ich Ronnie. Damit meinte ich, was man nun tun könnte, wie wir die Information über den Ring nutzen könnten.

»Ich weiß es nicht«, antwortete er. »Ich erzähle Dad davon. Ach übrigens – ist der Kater jemals wieder aufgetaucht?«

»Ich glaube, schon. Ich glaube, Waldorf hat sich um ihn gekümmert.«

Daffers und Raleigh waren zu uns zurückgekommen.

»Dem Kater geht es bestens«, sagte Daffers. »Waldorf füttert ihn und lässt ihn rein und raus.«

»Das ist gut«, sagte Ronnie. »Weißt du noch, dass wir uns Sorgen gemacht haben, weil er am Weihnachtsabend nicht zurückgekommen war?« Die Frage richtete er an mich. Ich konnte mich natürlich nicht daran erinnern, aber ich nickte trotzdem.

Ich dachte an Theresa Carmody und fragte mich, wann sie zurück sein würde. Sie war schon seit Tagen weg.

»Der Kater war im Haus«, sagte Daffers, an niemand Bestimmten gerichtet.

»Wann?«, fragte Ronnie.

»Am Weihnachtstag. Der Kater war in Theresa Carmodys Haus, als Waldorf reinging. Er hat ihn gefüttert und rausgelassen.«

»Bist du sicher?«, fragte Ronnie.

»Ja, irgendwer hat es erwähnt.«

»Das ist der Beweis«, sagte Ronnie.

»Wofür?«

»Als wir gingen, war der Kater nicht da, aber am nächsten Tag schon. Also muss ihn jemand reingelassen haben.«

»Vielleicht war ich das. Vielleicht habe ich ihn reingelassen, als ich zurückgegangen bin, um den Ring zu holen«, sagte ich.

»Du musst Dad anrufen und es ihm erzählen«, warf Raleigh ein.

Wir waren nur mehr zwanzig Minuten von zu Hause entfernt, aber Ronnie zog sein Handy hervor und rief seinen Vater an. Ich bekam das Gespräch nur in Teilen mit – es ging um meinen Ring und darum, dass der Kater am Weihnachtsabend weg, aber am nächsten Tag, als Waldorf kam, wieder da gewesen war.

Dann sagte Ronnie zu seinem Vater: »Was? Wann? Ach, du liebe Güte! Und was sollen wir jetzt tun?« Er hörte seinem Vater zu und sagte dann: »Aber die Eltern von Plumpud wissen nicht, dass sie sich mit mir getroffen hat. Wir dürfen es nicht noch schlimmer machen.«

Als er das Handy ausschaltete, sahen Raleigh, Daffers und ich ihn gespannt an.

»Wir sollen heimkommen«, sagte Ronnie.

»Warum, was ist denn los?«, fragte Raleigh.

»Dad war im Büro und hat sich die Akte durchgelesen – wahrscheinlich um alles noch mal zu überprüfen. Und da stand, dass der Kater am Weihnachtstag im Haus war, und ihm fiel ein, dass ich gesagt hatte, der Kater sei am Tag zuvor nicht da gewesen. Und nun gibt es einen Durchsuchungsbefehl für das Haus von Theresa Carmody.«

»Dürfen die da rein, ohne dass sie es weiß?«, fragte Raleigh. Eine Frage, wie sie wahrscheinlich nur Kinder von Kriminalbeamten stellen. Mir oder Daffers wäre sie jedenfalls nicht eingefallen.

»Theresa Carmody ist wieder da«, sagte Ronnie. »Sie sind gerade bei ihr.«

»Wir können nicht zusammen mit euch zurückkommen«, sagte Daffers. »Mum und Dad könnten uns sehen, und dann gibt es Zoff. Sie haben Plumpud verboten, sich mit dir zu treffen, weißt du?«

»Ich weiß«, sagte Ronnie. »Dad meinte, entweder sagen wir, dass wir euch zufällig getroffen haben, oder wir biegen einfach getrennt in unsere Straße ein.«

Ich erzählte Ronnie, dass Waldorf mir am nächsten Tag ein Handy kaufen würde, und er freute sich sehr.

»So einen Großvater hätte ich auch gern«, sagte er.

Daffers lachte. »Er ist nicht unser Großvater, er ist der Freund von Grammer.«

»Freund?«, sagte ich. »Das ist eine komische Bezeichnung für ihn. Er ist einfach Waldorf.«

Während wir zurückgingen – und wir konnten wegen mir nicht sehr schnell gehen –, erzählte Ronnie uns, dass sein Zimmer und das von Raleigh schon vollständig eingerichtet waren, und beschrieb uns die kleine Veranda hinten im Garten und die Feuerschale. Sein Vater hatte den Grill dort aufgestellt, und sie wollten eine kleine Party veranstalten und uns und Theresa Carmody einladen – eine Art Gardenwarming-Party.

»Das muss man sich mal vorstellen«, sagte Daffers. »Seit unserer Geburt leben wir im Nachbarhaus und hatten keine Ahnung, dass es bei euch hinten im Garten eine Veranda gibt. Wir waren nämlich nie in eurem Garten. Grammer mochte die Nachbarin nicht und sagte immer, wir sollen ihr aus dem Weg gehen, deshalb waren wir nie dort.«

»Dann kommt doch mit rein und seht sie euch an«, sagte Ronnie.

»Das geht im Augenblick nicht, weil jetzt Mum und Dad wollen, dass wir euch aus dem Weg gehen«, entgegnete Daffers.

»Komisch, dass du nie über die Mauer gestiegen bist«, sagte Raleigh zu ihr.

»Das hätte ich natürlich sofort getan«, erklärte Daffers, »aber

Grammer hat auf unserer Seite direkt unter der Mauerabdeckung einen Draht gespannt, damit wir gar nicht erst auf solche Gedanken kamen.«

Auf der Brücke über den River Dodder erzählte Ronnie Raleigh und Daffers von meinem Ring und dass ich offenbar zurückgegangen war, um ihn zu holen, und Daffers sagte: »Dann bist du also wirklich zurückgegangen.«
»Sieht ganz danach aus«, sagte Ronnie. »Wie hätte sie sonst den Ring zurückbekommen können?«
Und Daffers sagte mit erstickter Stimme: »Oh.«
»Was hast du denn?«, fragte Raleigh.
»Nichts. Ich muss nur nachdenken.«
Aber Ronnie sagte: »Erzähl es uns, Daffers.«
Sie weigerte sich. »Nein, ich muss wirklich erst nachdenken. Es gibt da so vieles … Ich brauche Zeit zum Nachdenken.«
Nun dachte Daffers normalerweise nicht gerade viel nach, aber ich war zu müde, um mir Gedanken darüber zu machen, was sie meinte. Ich blieb ein paar Sekunden lang auf der Brücke stehen und blickte flussaufwärts, wo die Sonne unterging und der Himmel mit gelbem und blutrotem Feuer gestreift war, und ich dachte an Munch, wie er zu dem Licht über dem Fjord emporsah, und daran, dass sich der Himmel überall auf der Welt ganz unterschiedlich widerspiegelt. Ich versuchte, nicht an den *Schrei* zu denken, aber das war schwierig, weil ich mich anders fühlte als die anderen. Ich weiß nicht, wie ich es erklären soll, aber sie kamen mir so stabil vor und konnten denken, während ich das Gefühl hatte, auseinandergerissen und seelisch zerfetzt worden zu sein. Bis zu unserer Straße hielt Ronnie mich an der Hand.
»Du und Daffers, ihr geht jetzt weiter«, sagte er. »Das ist für alle das Einfachste.«

Aber dann sahen wir die vielen Autos vor Theresa Carmodys Haus, und ich wollte nicht ohne Ronnie durch die Straße gehen. Ich wollte einfach nicht so tun, als wäre ich nicht bei ihm, und deshalb gingen wir zu viert weiter. Theresas Auto stand vor ihrem Haus. Ihre Auffahrt ist genauso lang wie unsere, aber das Tor ist nicht breit genug für einen Wagen, deshalb parkt sie immer davor. Hinter ihrem Auto standen noch drei andere. Das letzte war eben erst gekommen. Margaret, die Kriminalbeamtin, die mich im Krankenhaus befragt hatte, stieg gerade aus.

»Hallo, Plumpud«, sagte sie. Dann begrüßte sie Daffers, Raleigh und Ronnie, beide mit Namen, was mich erstaunte, weil ich nicht gewusst hatte, dass sie sie alle kannte. Aber das war eindeutig der Fall, denn auch sie sprachen Margaret mit ihrem Namen an.

Ich ließ den Blick die Auffahrt entlang zu Theresa Carmodys Haus schweifen, und mich fröstelte.

»Geh schon mal nach Hause, Plumpud«, sagte Margaret zu mir. »Es ist kalt hier draußen. Bringt sie ins Haus.«

Ich stand reglos da und starrte auf das Haus von Theresa Carmody, und ich versuchte, irgendetwas, irgendetwas zu erfassen, versuchte mit aller Kraft, irgendeine Erinnerung daran wiederzufinden, wie ich wegen des Rings zurückgegangen war, aber ich fand nichts. Nur dieses riesige, klaffende Loch in meinem Gedächtnis.

»Komm weiter, Plumpud«, sagte Daffers und zog mich am Arm.

»Warum nur kann ich mich an nichts erinnern?«, sagte ich. Die Frage war an niemand Bestimmten gerichtet, ich rief sie einfach in die kalte Winterluft hinein.

Margaret legte mir die Hand auf die Schulter. »Du wirst dich nie daran erinnern, Plumpud«, erklärte sie mir. »Das ist eine

Nebenwirkung der Droge. Dieser Teil deiner Erinnerung wird nie mehr zurückkehren, so ist das nun mal. Wenn du willst, schaue ich später bei euch vorbei und rede mit dir über alles, damit du es verstehen kannst.«

Sie sagte es auf eine wirklich nette Art, so als würde sie es nachvollziehen können. Und die Vorstellung, mit ihr darüber zu reden, gefiel mir. Ich nickte und sagte: »Ja, das wäre schön.«

»Dann komme ich hinterher noch zu euch. Wenn wir hier drin fertig sind.« Sie machte eine Kopfbewegung hin zu Theresa Carmodys Haus, und ich fragte mich, was, wenn überhaupt, sie darin finden würden.

»Plumpud hat damals in der Nacht ihren Ring im Haus liegen gelassen«, sagte Ronnie. »Aber am nächsten Morgen hatte sie ihn wieder.«

»Das ist mir neu«, sagte Margaret. »Ich habe nur gerade einen Anruf erhalten, dass ich herfahren soll. Niemand hat mir gesagt, warum. Bist du sicher, dass du ihn hier vergessen hast?«

Ich versuchte ihr das merkwürdige Gefühl zu schildern, das ich im Krankenhaus gehabt hatte, und mein Erstaunen, als ich den Ring am Finger spürte, und dass ich nicht gewusst hatte, warum ich so erstaunt war. Dann schilderte ihr Ronnie, wie ich den Ring vom Finger genommen hatte, um die Gläser zu spülen, die er dann abgetrocknet und weggeräumt hatte.

»Warum habt ihr die Gläser nicht in die Spülmaschine gestellt?«, fragte Margaret.

»Wir wollten alles so zurücklassen, wie wir es vorgefunden hatten«, antwortete Ronnie.

»Dann hat dir entweder irgendjemand den Ring gebracht oder du bist zurückgegangen«, sagte Margaret nachdenklich. »Gut. Geht jetzt rein, ich komme dann nach.«

Jemand sollte mir den Ring gebracht haben? War das denkbar? Auf diese Idee war ich nicht gekommen. Ich grübelte darüber, während Daffers und ich das Haus betraten.
Nein, das erschien mir nicht wahrscheinlich. Wenn jemand an der Tür geklingelt hätte, hätten es alle gehört. Nein, ich dachte zwar weiter darüber nach, aber ich wusste, dass es nicht so gewesen war. Und ich wusste mit grauenhafter Klarheit, dass ich zu Theresa Carmodys Haus zurückgegangen war. Und mit derselben Klarheit wusste ich: Was mit mir geschehen war, war in Theresa Carmodys Haus geschehen.

ZWANZIGSTES KAPITEL

Daffers' Geschichte

Eigentlich hätte ich es sein müssen.
Das war mein erster Gedanke, als ich erfuhr, dass Plumpud in Theresa Carmodys Haus zurückgegangen war. Ich meine natürlich nicht, dass ich es hätte sein *müssen,* sondern dass ich es hätte sein *können.* Es hätte zu mir gepasst. Es hätte total zu mir gepasst. Aber es war nicht ich, sondern Plumpud gewesen. Und als ich diesen Gedanken erst mal im Kopf hatte, ging er nicht mehr weg. Nicht mal mir selbst gegenüber und schon gar nicht laut konnte ich meine Gedankengänge zur Sprache bringen. Aber in diesem Augenblick wusste ich, wer Plumpud das angetan hatte. Es gab keinen Zweifel, aber ich konnte es nicht aussprechen, bevor ich nicht alles durchgedacht hatte. Grammer sagt immer, ich rede, bevor ich denke, und am liebsten wäre ich damit herausgeplatzt, aber ich hatte Angst, dass ich dann nicht erklären könnte, warum ich es wusste. Ich hatte Angst, die vielen kleinen Teilchen zu vergessen, aus denen das Puzzle bestand, und ich hatte das Gefühl, wenn ich schwieg, bis ich mir alles zurechtgelegt hatte, dann könnte ich es ihnen sagen und alles hätte seine Ordnung.
Nein, nicht alles hätte seine Ordnung, aber bestimmte Teile. Ich musste nachdenken und mich an alles erinnern, was passiert war. Ich bin nicht wie Plumpud, mein Gehirn arbeitet nicht so schnell und logisch wie ihres. Meine Gedanken stolpern hin und her, bevor ich etwas kapiere. Sogar Dumpling erkennt Dinge schneller als ich. Aber Grammer sagt, wir sind eben verschieden und erreichen unsere Ziele auf unsere eigene Art und sollten nichts überhasten, weil wir und auch andere

dann nichts davon verstehen, und wenn jemand wie ich alles langsam machen muss, dann soll ich eben langsam machen. Irgendwann, sagt Grammer, komme ich auch so ans Ziel, was soll die Eile.

Manchmal, eigentlich fast immer, bin ich aber in Eile, denn wer sitzt schon gern da und versucht eine Matheaufgabe zu lösen, wenn man viel lustigere Sachen machen könnte, und dann beeile ich mich, damit ich fertig werde, und dann dauert es mindestens doppelt so lang. Aber bei diesem Puzzle wollte ich die Teile aneinanderlegen, denn obwohl ich mir ganz sicher war, wollte ich alles klar und deutlich sehen.

Als Plumpud sich auszog und in die Badewanne stieg, sah ich ihre Blutergüsse, und die erinnerten mich an irgendwas, aber es fiel mir nicht ein. Ich wollte mir die Blutergüsse noch einmal anschauen – irgendwas an ihnen erinnerte mich an irgendwas anderes. Und dann war da noch was, das mit Dumpling zu tun hatte, aber ich wusste nicht mehr genau, was.

Plumpud und ich gingen also nach Hause, und als wir auf die Tür zugingen, wurde sie geöffnet, und Dad erschien. Er sah wütend aus. »Wo wart ihr zwei?«, fragte er verärgert.

»Du weißt doch, dass wir einen Spaziergang gemacht haben«, sagte ich. »Wir haben es euch doch gesagt. Wir waren im Herbert-Park.«

Plumpud sah aus, als würde sie gleich losweinen. Ich verstand nicht, warum er so zu ihr war. Jeder sah, dass sie jetzt Freundlichkeit brauchte und jemanden, der ihr sagte, dass sie sicher und geborgen war und niemand ihr je wieder weh tun würde. Auch wenn das nicht stimmte. Jeder sah das, nur Dad nicht.

»Ihr wart länger weg als angekündigt!« Kaum waren wir drin, knallte er die Haustür hinter uns zu.

»Wir haben Margaret getroffen – du weißt schon, die Kriminalbeamtin, die am Weihnachtstag hier war«, sagte ich hastig.

»Na und?«
»Wir konnten ja schlecht sagen, dass wir nicht mit ihr reden wollen«, sagte ich.
»Ihr hättet sagen können, dass sie reinkommen und hier reden soll statt draußen auf der Gasse.«
Gasse? Seit wann war unsere Straße eine Gasse? Aber ich hielt es für besser, ihn nicht zu fragen. Er sagte immer: »Willst du mir frech kommen, Miss McHarg?« Und obwohl die richtige Antwort wahrscheinlich »Ja« gewesen wäre, sagte ich immer »Nein«. Aber mit Hexenkreuz.
»Wir haben gesagt, dass sie mit reingehen und hier mit uns sprechen soll«, log ich nur teilweise. »Sie kommt, wenn sie bei Theresa Carmody fertig ist.« Mit dem Hinweis, dass sie in Theresa Carmodys Haus war, wollte ich ihn ablenken, aber entweder wusste er es schon, oder es interessierte ihn nicht, weil er sich nicht ablenken lassen wollte.
»Manchen Menschen kann man einfach nicht vertrauen«, sagte er.
Schweigend sahen Plumpud und ich ihn an. Es war nicht klar, ob er Plumpud oder mich oder uns beide meinte.
»Wir haben doch nichts getan«, sagte Plumpud trotzig.
Grammer, dachte ich, wo bist du, wenn man dich braucht? Die Diele wirkte plötzlich eiskalt. Ich musste etwas sagen, bevor er noch was sagte. Ich konnte nur noch daran denken, wie brutal das klingen würde, was er vielleicht gleich von sich gab.
»Wir haben die Enten im Park gefüttert«, sagte ich verzweifelt.
»Die Enten?« Er wirkte ehrlich überrascht.
»Ich habe Brot mitgenommen. Dumpling füttert die Enten so gern, und ich auch. Weißt du noch, Dad, als wir klein waren, haben wir mal die Enten auf einem See in der Schweiz gefüttert. War es der Genfer See, Plumpud?« Meinetwegen hätte es

der Chihuahua-See sein können, was weiß denn ich, aber ich wusste, dass Genf in der Schweiz liegt. Zumindest glaubte ich das.

»Ja, ich erinnere mich daran«, sagte Plumpud. »Wir haben Brötchen vom Frühstück als Futter mitgenommen, aber dann waren da gar keine. Enten, meine ich.«

»Und weißt du noch, dass abends immer ein winziges Stück Schokolade auf unseren Kopfkissen lag?«

»Und der Teppichboden in dem Zimmer war so dick, dass du gesagt hast, du würdest gleich versinken.« Plumpud versuchte zu lachen.

Es wurde kein richtiges Lachen, aber plötzlich tauchte Waldorf in der Diele auf und sagte: »Na, ihr zwei! Und – hat irgendwer mein Comic-Heft gesehen?« Er hatte den typischen Waldorf-Gesichtsausdruck. Er sah aus wie dieser Schauspieler, dieser Leslie Phillips. Und er klang auch so. »George«, sagte er, »ist es nicht allmählich Zeit für einen Gin Tonic?«

Wenn ich Schriftstellerin wäre wie Grammer und ein Buch schreiben würde, würde es den Titel *Waldorf kommt zu Hilfe* kriegen. Wenn ich einen Großvater hätte, müsste er genau wie Waldorf sein.

Plumpud und ich gingen nach oben, und da sagte ich ihr das, und sie sagte: »Wer braucht denn einen Großvater? Wir haben doch schon Waldorf.« Und sie hatte recht.

Wenn ich ein Buch schreiben würde, würde ich über jemanden wie Plumpud schreiben. Sie ist eher wie ein wirklicher Mensch als wie eine Figur in einem Buch, wenn Sie wissen, was ich meine. Ihre Haare sind wie die Haare eines wirklichen Menschen. In einem Buch würde stehen: *Sie hatte dickes, gewelltes Haar, das ihre Schultern umspielte,* und dann würde man an jemanden mit dickem, gewelltem Haar denken. Aber die wirkliche Plumpud, meine Schwester, die hat dickes, gewelltes Haar, das ihre Schultern umspielt, wenn sie es offen trägt, und sie hat dieses herzförmige Gesicht, das anders ist als in irgendeinem Buch beschrieben. Es ist einfach wirklicher. *Sie* ist wirklich. Ein wirklicher Mensch mit Gefühlen und voller Freundlichkeit und so. Ich weiß nicht, wie man darüber schreiben sollte. Ich weiß nicht, wie man sie richtig beschreiben könnte, so dass der Leser verstehen würde, dass sie ein wirklich guter Mensch ist und nicht irgend so eine tolle Heldin, sondern ein wirklich anständiger, freundlicher Mensch.

In meinem Zimmer zog sie ihre Jacke aus und warf sie auf ihr Bett. Mein Zimmer sah witzig aus mit allen unseren Betten. Wie ein Drei-Bett-Schlafsaal in einer Erzählung oder so. Na ja, zwei Betten und ein Gitterbett.

»Plumpud?«, sagte ich, während ich meine wollig weiche Kapuzenjacke auszog.

»Mmmm«, machte sie. Sie stand nur so da, ohne etwas Bestimmtes anzusehen. Stand einfach nur so da. Und jeder, der sie gesehen hätte, hätte erkannt, was für ein netter Mensch sie war. Dieser Gedanke ging mir gar nicht mehr aus dem Kopf.

»Was?«, fragte sie.

Ich wusste nicht, was ich sagen sollte. Es gab zu viel zu sagen, und ich wusste nicht, wie.

»Dad meint das nicht so«, sagte ich zaghaft.

»Ach so.«

Aber sie war gekränkt, das wusste ich. Er hatte sie gekränkt, weil er nicht versuchte, sie zu verstehen. Ich dachte darüber nach. Das war ziemlich schwer, weil es eine schrecklich große Sache zum Verstehenwollen oder Nachdenken war. Da stand sie und war verletzt worden, wie Menschen nicht verletzt werden sollten. Ich meine, man wird geboren und hat ein Leben – ein Leben, wie es nun mal kommt. Und für uns kam ein behagliches Leben voller Wärme mit Grammer und Mum, es gab

Apfelkuchen mit Sahne und Roastbeef und so, und wir gingen zur Schule und versuchten zu lernen, was wir lernen sollten, und man erwartete von uns, dass wir erwachsen wurden und dann alles taten, damit wir mit noch mehr Apfelkuchen mit Sahne ein behagliches, schönes Leben führen könnten, verstehen Sie? Aber irgendwas war falsch gelaufen.

Irgendwie war der Wurm drin.

Und da stand die arme Plumpud, und was ihr am Weihnachtsabend passiert war, war schon schlimm genug, auch ohne dass Dad sie mies behandelte.

»Plumpud …« Plötzlich fand ich, dass es nicht mehr der richtige Zeitpunkt war, um mir die Blutergüsse zeigen zu lassen, deshalb sprach ich nicht weiter.

Aber sie machte sich selbst so ihre Gedanken, denn sie fragte mich nicht, was ich sagen wollte, sondern sagte: »Ich glaube, ich nehme ein Bad.«

Das fand ich ein bisschen komisch. Sie badete unglaublich oft in letzter Zeit.

»Vielleicht wartest du besser noch ein bisschen. Margaret wollte doch kommen, und du willst bestimmt nicht, dass sie im Bad mit dir spricht, oder?«

Ich hatte die Gelegenheit verspielt, mitzugehen und mir die Blutergüsse noch mal anzuschauen, aber das würde ich später auch noch tun können. So wie Dad sich benahm, war es kein Wunder, dass sie sich im Bad einschließen würde, und da konnte ich einfach mitgehen. Wir hatten es einmal gemacht, warum also nicht ein zweites Mal? Dann konnte ich mir die Blutergüsse genau anschauen.

»Ach, Margaret hatte ich völlig vergessen«, sagte sie. Und das war die Wahrheit. Man sah es ihr an. Sie hatte Margaret völlig vergessen.

Wir lagen eine Weile auf unseren Betten. Ich glaube, sie schlief irgendwann ein, denn ich starrte nur an die Decke, und nach einiger Zeit merkte ich, dass sie ganz ruhig atmete.

»Ist alles in Ordnung?«, fragte ich sie flüsternd. Als ich keine Antwort bekam, drehte ich mich um und sah sie an. Sie lag mit angezogenen Beinen auf der Seite, drückte eine Hand, zur Faust geballt, auf den Mund und hatte die Augen geschlossen. Ihre Hand war voller Blutergüsse, ganz grün und blau, von der Infusion, die sie im Krankenhaus bekommen hatte.

Ich schwang meine Beine ganz leise vom Bett herunter, ging zu ihr und betrachtete sie genauer. In der Mitte des Blutergusses sah man das Einstichloch. Ich dachte eine Weile darüber nach. Am Weihnachtstag hatte sie eine Tropfinfusion bekommen – so heißt das, glaube ich –, und das war heute deutlich erkennbar. Jetzt sah man einen Nadeleinstich und viele Blutergüsse, während vor ein paar Tagen nur die Blutergüsse zu sehen waren. Na ja, sie hatte einen Verband um die Hand gehabt, vielleicht war der Nadeleinstich doch zu sehen gewesen.

Ich überlegte, was ich tun sollte. Wenn Margaret kam und ich ihr sagte, was ich dachte, würde es vielleicht dumm klingen, oder Dad würde sagen, ich sollte mich da raushalten. Oder es würde Plumpud noch mehr durcheinanderbringen. Ich spielte mit dem Gedanken, es Raleigh zu erzählen, aber er ist genau wie ich und hätte auch nicht gewusst, was man tun soll, und so entschloss ich mich, es Grammer oder Waldorf zu sagen. Ich ließ Plumpud weiterschlafen und ging nach unten.

Auf der Treppe dachte ich an Raleigh. Der ursprüngliche Raleigh hatte offenbar etwas mit Kartoffeln zu tun und schmiss seinen Umhang auf den Boden, damit Königin Soundso keine nassen Füße bekam. Und vor seiner Hinrichtung schrieb er seiner Frau *Ich bin nur Staub,* und danach trug sie seinen Kopf achtzig Jahre lang mit sich herum. Oder so ungefähr. Das erzählte mir Raleigh, als wir im Park schaukelten. So ein

Gespräch mit Daisy? Unvorstellbar! Na ja, über das mit dem Kopf vielleicht schon, aber der Rest bestimmt nicht. Wenn ich so weitermachte, würde ich in Geschichte eine Eins bekommen. Raleigh wusste viele Fakten, aber die waren nicht so langweilig wie der Geschichtsunterricht in der Schule. Er wusste viel über die interessanten Seiten einer Sache, und das ließ den Menschen wirklich erscheinen. Ich erzählte ihm, dass ich mich für Vulkane und für Geröll und für tote Flussarme und solche Sachen interessiere. Weil er darüber nicht viel wusste, konnte ich ihm vom Krakatau erzählen, der 1883 ausgebrochen ist. Die Explosion konnte man noch über sechstausendfünfhundert Kilometer weit hören, und sechsunddreißigtausend Menschen kamen dabei ums Leben, wegen der Lava und der Flutwellen und so. Jedenfalls waren, als sich alles wieder beruhigt hatte, zwei Drittel der Insel verschwunden. Einfach weg. Und im Norden der Insel waren viele kleine neue Inseln entstanden. Ich fand das erstaunlich. Raleigh auch.

Dann sagte ich zu Raleigh, dass unsere Familie ein bisschen wie der Krakatau ist. »Bevor Plumpud vergewaltigt wurde«, sagte ich, »waren wir wie eine große, massive Insel. Jetzt sind wir mehr wie einzelne Inselchen.«

»Wie Satelliten, die einen Mond umkreisen?«, fragte er.

Ich wusste nicht genau, ob ich das gemeint hatte. Ich sagte, dass es mir so vorkam, als wären wir auseinandergebrochen und keine Einheit mehr.

Bei ihm zu Hause war genau das Gegenteil passiert, erzählte er mir. Sein Vater sagte, sie sollten viel miteinander reden und jeder sein Stück dazutun. Dass eine Familie, die miteinander spricht, auch zusammenbleibt. Seine Mutter hatte geweint und geweint, aber sein Vater sagte, alles wird gut, und er würde nicht rasten, bis alles wieder in Ordnung wäre. Um Plumpud machte er sich genauso Sorgen wie um Ronnie. Raleigh erzählte mir, dass sein Vater gesagt hatte, so schlimm das alles für die Fields auch wäre, sie müssten immer daran denken, dass es für Plumpud und ihre Familie viel, viel schlimmer war.

Das fand ich ziemlich großzügig von ihm. Ich wusste, dass er recht hatte und dass es für Plumpud tatsächlich schlimmer war, aber es bewies eine Art Selbstlosigkeit, glaube ich. Unser Dad benahm sich nicht so, als wäre Plumpud etwas Schlimmes zugestoßen. Er hatte offenbar das Gefühl, dass *ihm* etwas Schlimmes zugestoßen war oder dass Plumpud Schuld daran hatte. Dabei war es alles andere als ihre Schuld.

Sie waren alle in der Küche. Dumpling saß auf dem Boden und beschäftigte sich mit einem Geometrie-Set – wahrscheinlich war es meins, denn ich hatte nicht viel Verwendung dafür – und einem Blatt Papier. Grammer und Dad saßen auf dem Sofa, und Waldorf lehnte sich an die Arbeitsfläche. Alle tranken etwas. Mum stand im Kochbereich, um sich herum lauter Gemüse.

Ich ging zu Dumpling und sagte: »Hallo, Dumples. Was machst du denn da?«

Sie sah zu mir hoch und grinste, so dass ich ihre gleichmäßig nebeneinanderstehenden Zähnchen sah. Ich überlegte, wie ich Grammer oder Waldorf aus der Küche locken könnte, weil ich unbedingt ihr oder ihm von Plumpuds Blutergüssen erzählen wollte, aber sie hatten alle einen Drink in der Hand, und ich konnte ja schlecht sagen: »Hey, Grammer, kannst du mal kurz mit rauskommen, damit ich dir was sagen kann, was die anderen nicht hören sollen?«

Ich sah zu Mum hin, die jetzt Zwiebeln hackte, und in ihren Augen standen Tränen. Ich bot ihr an zu helfen. Sie schien ziemlich überrascht zu sein.

»Ja bitte«, sagte sie und fügte, als wäre mir das nicht klar,

»Ratatouille« hinzu. Vor ihr lagen Auberginen, Zucchini, Zwiebeln und Tomaten. Normalerweise war immer alles sehr aufgeräumt, wenn sie kochte, aber an diesem Tag nicht.
Ich schlug eine Zeitung auf und legte sie als Unterlage unter das Hackbrett. Das hatte Mum uns vor Jahren so beigebracht. Sie sagte, wenn man fertig ist, liegt alles, was man nicht braucht, auf der Zeitung und kann weggeworfen werden – das ist viel einfacher, als es hinterher einzeln wegzutun. Na gut, ich weiß, normalerweise war es mir egal, wo der Gemüseabfall landete, aber an diesem Tag leuchtete es mir ein. Theresa Carmody sagte immer, wir sollten einen Komposthaufen anlegen, aber Grammer meinte, die Dämpfe würden das Ozonproblem verschlimmern. Zumindest glaube ich, dass sie es so gesagt hat. Ich fragte mich, was nebenan bei Theresa Carmody abging. Und ich fragte mich, warum Mum sich so merkwürdig benahm. Sie hatte so ein halbherziges Lächeln auf den Lippen, und das hatte nichts mit dem Gemüse zu tun.
Ich schnitt die Auberginen in Würfel – ein bisschen größer als mundgerecht, weil sie beim Kochen schrumpfen. Ich dachte mir, dass ich gern Gemüsebäuerin werden wollte, wenn ich erwachsen wäre, oder Chefköchin. Es ist bestimmt schön, wenn man sieht, wie das eigene Gemüse aus dem Boden wächst, und wenn man es dann zubereitet und serviert. Aber manchmal hing das auch ziemlich vom Zufall ab – das wusste ich vom Obst in unserem Garten. Man konnte nicht ein Jahr im Voraus sagen, wie die Ernte im nächsten Jahr ausfallen würde. Wir hatten zwei Pflaumenbäume, die in manchen Jahren so mit Früchten überladen waren, dass sie kaum mehr aufrecht stehen konnten, und in anderen Jahren erntete man nur so viel, dass es für ein paar Obstkuchen und Obstsalate reichte. Ich stelle es mir ein bisschen schwierig vor, wenn man nicht weiß, wie groß die Ernte wahrscheinlich ausfällt.

Theresa Carmody baute in ihrem Wintergarten Tomaten an. Sie dufteten so wunderbar, wenn sie im Sommer wuchsen. Plumpud behauptete, der Duft wäre besser als der Geschmack, aber das fand ich nicht. Plumpud sah alles auf ihre Art – ganz anders als ich jedenfalls. Ich mochte den Geschmack von irgendwas, ihr gefiel, wie etwas aussah. Sie ist künstlerisch sehr talentiert. Sie hat ein Stillleben in Öl gemalt, und ich schwöre, man könnte glauben, es wäre aus einer Kunstgalerie gestohlen. Das Licht auf den Früchten hat sie einfach perfekt hingekriegt. Und hinten auf dem Tisch stehen ein Silberkrug und ein Silberbecher, und man spürt fast das Gewicht von beidem, so toll hat sie das gemalt. Eigentlich ist es ein Pokal, kein Becher. Grammer verbesserte mich und sagte, es wäre ein Pokal, aber kurz darauf schrieb sie ein Buch mit dem Titel *Der Krug und der Becher*. Der Verlag änderte den Titel natürlich. Es ging darin, glaube ich, um zwei Artisten, und um eine Olympiade. Einer der Artisten macht irgendwas auf dem Hochseil – ich weiß nicht mehr genau, was. Jedenfalls malt Plumpud wunderschöne Bilder. Ein Blick genügt, und schon sieht man, was sie damit sagen will. Plumpud hat mal ein Bild mit einem schreienden Gesicht gemalt. Es lag auf dem Tisch im Esszimmer. Das Gesicht sah Plumpud sehr ähnlich, obwohl ich noch nie gesehen habe, dass sie schreit. Ob sie geschrien hat, als sie …

Es klingelte an der Tür, und ich erschrak so, dass das Messer an der Aubergine ausrutschte und ich mir in den Finger schnitt. Ich schrie auf.

»Was ist jetzt schon wieder?«, sagte Dad verärgert.

Ich wusste nicht, ob er damit sagen wollte: Wer ist an der Tür?, oder: Warum schreist du so herum? Ich gab ihm keine Antwort. Keiner gab ihm eine. Während Mum meine Hand unter den Wasserhahn hielt, ging Dad an die Tür, und ich sagte immer wieder: »Ist schon okay, Mum, ist ja nur ein kleiner

Schnitt«, weil ich in die Diele wollte, um dabei zu sein, wenn Margaret mit Plumpud sprach, aber Mum bestand darauf, dass ich weiter Wasser über die Hand laufen ließ, während sie ein Pflaster holte.

Nach ein paar Minuten kam Dad zurück in die Küche und sagte: »Das war Margaret. Sie wollte allein mit Plumpud reden. Was hältst du davon?« Die Frage war an Mum gerichtet.

»Wo sind sie jetzt?«, wollte Mum wissen.

Sie saßen schon im Wohnzimmer, und ich konnte mich unmöglich noch dazuschleichen.

»Warum will sie Plumpud unter vier Augen sprechen?«, fragte Dad.

»Hast du sie nicht gefragt?«

Er hatte sie nicht gefragt. Während Mum mir die Hand abtrocknete und Desinfektionssalbe aus der Schublade nahm, beobachtete ich alle Gesichter.

»Vielleicht sollte ich reingehen und dabei sein«, sagte ich. »Dann könnte ich Plumpud Gesellschaft leisten ...«

»Sei still, Daphne!«, sagte Dad.

Mann, was wusste er denn schon? Ich musste Margaret oder sonst irgendwem, einfach irgendwem erzählen, was ich wusste, bevor sich Plumpuds Blutergüsse weiter veränderten.

Ich sah zu Grammer hinüber. Sie hatte den Mund zu einem schmalen Strich verzogen, und ich hielt es für keine gute Idee, irgendwem in diesem Raum davon zu erzählen. Dann ging Grammer hinaus und holte ihren Mantel. Sie wollte ein bisschen frische Luft schnappen, sagte sie.

Mit dem Pflaster am Finger schnitt ich in aller Eile das restliche Gemüse; ein bisschen ungeschickt zwar, muss ich zugeben, aber ich wollte fertig werden und so schnell wie möglich raus. Grammer war weg, und ich wollte es unbedingt jemandem erzählen. Ich beschloss, dass ich, falls ich Margaret nicht erwischte, bevor sie ging, zu den Fields hinübergehen würde. Raleighs Vater würde wissen, was zu tun war.

Ich hing erst mal ein bisschen in der Diele herum, was eine Zeitlang klappte, weil ich die murmelnden Stimmen aus dem Wohnzimmer hören konnte und mich Plumpuds Tonfall beruhigte, obwohl ich nicht verstand, was gesprochen wurde. Aber als Margaret dann rauskam, kamen Mum und Dad sofort aus der Küche, und ich wurde gar nicht beachtet. Ich schaffte es nicht mal, Margarets Blick auf mich zu ziehen. Gemeinsam gingen sie zu Plumpud ins Wohnzimmer zurück, und ich spielte mit dem Gedanken, zu Waldorf zu gehen, weil ich die Idee, es Raleighs Vater zu erzählen, aufgegeben hatte, aber Dumpling war in der Küche, und auch wenn sie nie etwas sagte, gab es doch bestimmte Dinge, die sie nicht hören sollte. Schließlich wusste man nie, was in ihrem Kopf vorging. Dann beschloss ich, es doch Ronald Fields zu erzählen, und holte meinen Mantel, und in dem Moment, als ich aus dem Haus schlüpfen wollte, tauchte auf dem Gartenweg plötzlich Grammer auf.

»Was hast du vor?«, fragte sie mich.

Ich druckste ein bisschen herum, weil ich nicht wusste, was ich tun sollte. »Ich weiß etwas«, platzte es aus mir heraus, »und das muss ich irgendwem erzählen, bevor es zu spät ist.«

»Sagst du mir, was es ist?«, fragte sie mich.

Ich sagte ja.

»Dann komm mit in meine Wohnung und erzähl es mir sofort.«

Und das tat ich dann auch.

EINUNDZWANZIGSTES KAPITEL

Theresa Carmodys Geschichte

Ich kam zurück von meinem Weihnachtsurlaub im Four Seasons, das zwar ganz nah ist, gleich am Ende der Straße, aber ich war trotzdem richtig in Weihnachtsstimmung gewesen und richtig sexgesättigt, letztlich aber ab einem bestimmten Punkt dann doch gelangweilt. Tony Fonzetti war spitze im Bett und ein hübscher Anblick, wenn er einem beim Dinner gegenübersaß, aber zwischen seinen Ohren spielte sich absolut nichts ab. Anfangs hatte ich das gar nicht bemerkt. Ich bemerke das am Anfang nie. Ich vermute es zwar bei jedem potenziellen Liebhaber, aber erst wenn ich es tatsächlich erlebt habe, glaube ich es.

Wir blieben vier Tage, die wir größtenteils im Bett verbrachten, was, wie der Zufall es wollte, auch besser so war. Für mich, meine ich. Denn da ich alles bezahlte, unterschrieb ich auch die meisten Zimmerservice-Zettel und hatte somit ein durchgehendes Alibi für die vier Tage.

Ich fuhr nach Hause und parkte den Wagen vor dem Tor. Ich hatte nur eine kleine Reisetasche mitgenommen, weil ich gar nicht vorgehabt hatte, so lange weg zu sein, aber der Inhalt der Tasche hatte völlig ausgereicht. Was braucht man schon, wenn man die meiste Zeit im Bett verbringt?

Ich kam heim, sperrte die Haustür auf und suchte nach Kater, fand ihn aber nicht, weil er draußen herumstreifte. Dann trug ich die Tasche in die Küche, um die paar Klamotten in die Waschmaschine zu stecken. Zu meinem Erstaunen war die Trommel voll mit gewaschener Wäsche. Es war eine Waschmaschinen-Trockner-Kombination, und auch der Trockner war bedient worden. Ich musste also erst mal eine Ladung trockene Wäsche herausnehmen und zusammenfalten. Ich konnte mich nicht entsinnen, die Maschine eingeschaltet zu haben. Meiner Erinnerung nach war die Trommel erst ein bisschen mehr als halb voll gewesen, aber inzwischen waren ja mehrere Tage vergangen, und so etwas behält man normalerweise eben nicht im Gedächtnis. Auch die Spülmaschine hatte jemand eingeschaltet, und ich dachte, dass wahrscheinlich Plumpud das alles gemacht hatte.

Ich nahm die frisch gewaschenen Sachen aus der Maschine und warf sie in einen Plastik-Wäschekorb. Dann steckte ich meine gebrauchten Klamotten in die Trommel. Als ich mit der jetzt fast leeren Reisetasche auf dem Weg nach oben war, klingelte es an der Tür. Ich warf noch einen kurzen Blick in den Schlafzimmerspiegel und musste zugeben, dass ich gut aussah – vier Tage im Bett, auch wenn sie von großer Aktivität geprägt waren, bringen nun mal die Augen zum Strahlen. Ich zupfte meine schwarzen Locken ein bisschen zurecht und strich mir mit dem angefeuchteten Finger über die Augenbrauen. Wenn man mit einem Mann vögelt, ist es wichtig, dass man zwischen den einzelnen Nummern zum Schlafen kommt, und ich hatte das Gefühl, dass ich ausgeruht wirkte und gleichzeitig strahlte. Ich leckte mir über die Lippen und lächelte mich selbst fröhlich an. Dann lief ich nach unten.

Vor der Tür standen mehrere Männer. Sie zeigten mir ihre Dienstmarken im Plastiketui, und ich versuchte zu erfassen, was sie sagten. Einer, der sich als Michael Fogarty auswies, erklärte, sie hätten einen Hausdurchsuchungsbefehl. Es fiel mir richtig schwer, das alles zu begreifen; ich sah von einem Gesicht zum anderen und versuchte herauszufinden, was eigentlich los war.

Michael Fogarty fragte, ob wir uns drinnen hinsetzen und miteinander reden könnten, machte aber auch Bemerkungen wie:

»Ihre Mithilfe wird uns sicherlich weiterbringen.« Und ich hatte entschieden den Eindruck, dass es *mich* nicht weiterbringen würde, wenn ich meine Mithilfe verweigerte. Ich dachte nach, was ich tun sollte. Einen Moment lang fragte ich mich, ob das Ganze vielleicht ein dummer Streich war, aber mir fiel niemand ein, der so etwas tun würde oder was ein solcher Streich überhaupt zu bedeuten hätte.

»Kommen Sie rein«, sagte ich.

Ich führte sie durch die Diele ins Wohnzimmer. Dort war es dunkel, ich schaltete das Licht ein. Dann bemerkte ich, dass der Vorhang zugezogen war. Ich wollte ihn öffnen, aber da sah ich, dass es draußen schon Abend war, und ließ ihn doch, wie er war. Ich hatte mein Zeitgefühl verloren, weil ich die Tage zuvor fast ausschließlich in der Horizontalen verbracht hatte. Wenn man es heftig miteinander treibt, vermischen sich Tag und Nacht irgendwie.

»Worum geht es?«, fragte ich.

»Es wurde ein Verbrechen begangen«, sagte Michael Fogarty, »und wir haben Grund zu der Annahme, dass es sich in Ihrem Haus ereignet hat.«

Ich fragte mich, wie er wohl im Bett war. Er trug eine Lederjacke und hatte sich die Haare nach hinten gekämmt. Er hatte einen scharfen Blick, mit dem er jedes Detail des Raums wahrnahm, während er mich ansprach. Auch ich sah mich um. Alles sah genauso aus, wie ich es zurückgelassen hatte.

»Um welches Verbrechen handelt es sich?«, fragte ich.

»Meine Leute werden sich hier umsehen, während wir uns miteinander unterhalten«, erwiderte er. Den Durchsuchungsbefehl hatte er mir bereits gezeigt, und ich hatte ihn ordnungsgemäß durchgelesen, obwohl mir das alles nichts sagte.

»Also.« Er lehnte sich auf dem Stuhl zurück. »Sie waren weg?«

Aussage oder Frage – ich war mir nicht sicher. Ich nickte. »Können Sie mir verraten, worum es eigentlich geht?«

»Das kommt noch«, entgegnete er. »Aber zuerst erzählen Sie mir, wo Sie waren und mit wem.« Er hatte ein Notizbuch und einen Stift hervorgeholt. Ich sah zu, wie er etwas hineinkritzelte.

»Brauche ich einen Anwalt?«, fragte ich ihn, denn plötzlich war mir der Gedanke gekommen, dass er – worum auch immer es gehen mochte – offenbar wirklich glaubte, es wäre in meinem Haus passiert, und dass ich möglicherweise unter Verdacht stand.

»Nur wenn Sie das für nötig halten«, antwortete er, was natürlich alles und nichts bedeutete. Aber da ich meines Wissens nichts zu verbergen hatte, sagte ich: »Hören Sie, ich bin durchaus bereit, mit Ihnen zu sprechen, aber ich wüsste gern, worum es überhaupt geht.«

»Dazu komme ich gleich, aber zuerst möchte ich die Frage klären, ob Sie weg waren.«

»Ja, ich war weg«, sagte ich. »Ich bin buchstäblich eben erst zurückgekommen – vielleicht fünf oder zehn Minuten, bevor Sie kamen.«

»Haben Sie auf den ersten Blick irgendwelche Veränderungen festgestellt? Befindet sich irgendetwas an einer anderen Stelle als sonst? Ist irgendetwas nicht ganz so, wie Sie es zurückgelassen haben?«

»Nein«, sagte ich. »Das heißt, nicht ganz. Irgendwer hat offensichtlich die Spülmaschine und die Waschmaschine laufen lassen, aber sonst … Und der Kater ist nicht da, aber der war auch nicht da, als ich weggefahren bin. Die Nachbarn sind ab und zu vorbeigekommen, um ihn rein- und rauszulassen. Katzen sind Reviertiere, Sie wissen schon«, erklärte ich für den Fall, dass er mich für verantwortungslos hielt, weil ich den Kater sich selbst überlassen hatte. »Meinem Kater ist doch nichts zugestoßen, oder?«, fragte ich plötzlich sehr erschrocken.

»Ihrem Kater?« Er wirkte überrascht. »Nein. Ihrem Kater ist nichts zugestoßen, nicht dass ich wüsste.«

Wieder klingelte jemand an der Tür. »Soll ich aufmachen?«, fragte ich.

»Ja. Das wird Margaret McGregor sein.«

Ich ging zur Tür, und es war wirklich Margaret McGregor – eine angenehme junge Frau, ungefähr mein Alter, vielleicht ein bisschen jünger, mit einem netten Gesicht. Sie stellte sich vor und fragte, ob Michael Fogarty da sei. Ich führte sie hinein, und die beiden nickten sich zu.

»Darf ich Ihnen Kaffee oder irgendetwas anderes anbieten?«, fragte ich.

Beide sagten gleichzeitig »Nein, danke«. Ich setzte mich hin und wartete.

»Wie weit bist du gekommen?«, fragte Margaret.

»Ms. Carmody hat mir gerade von den Veränderungen erzählt, die sie bei ihrer Rückkehr aus dem Weihnachtsurlaub hier vorfand.«

»Und meinem Kater ist nichts passiert«, fügte ich hinzu. Für Margaret musste das eine etwas zusammenhanglose Bemerkung sein, aber es war das Bedeutsamste, was ich bisher erfahren hatte.

»Welche Veränderungen sind das denn?«, fragte mich Margaret im Tonfall sanfter Neugier.

»Ach, nichts Besonderes«, antwortete ich. »Ich hatte das Haus der Obhut der Nachbarn überlassen, und sie haben offenbar ein bisschen aufgeräumt.«

»Aufgeräumt?«

»Na ja, Spülmaschine und Waschmaschine eingeschaltet. Wofür ich jeweils dankbar bin«, fügte ich hastig hinzu. »Sie

können sich ja vorstellen, wie die Spülmaschine gestunken hätte.«
Margaret nickte. »Und andere Veränderungen? War irgendetwas nicht an seinem Platz? Auch die kleinste Sache ist wichtig.«
»Ich bin gerade erst zurückgekommen und habe mich noch gar nicht richtig umgesehen. Ich habe nichts Bestimmtes gesucht, deshalb ist mir nichts aufgefallen.«
»Möchten Sie sich jetzt mal ein wenig umsehen?«, fragte Margaret. »Wir begleiten Sie. Teilen Sie es uns mit, wenn irgendetwas anders ist als sonst, egal was.«
»Ich finde es an der Zeit, dass Sie mir sagen, worum es geht«, sagte ich. »Wurde bei mir eingebrochen?«
Margaret warf Michael Fogarty einen erstaunten Blick zu.
»So weit waren wir noch nicht gekommen«, erklärte er ihr.
»Obwohl ich danach gefragt habe«, sagte ich. »Mr. Fogarty ist noch nicht dazu gekommen, es mir zu sagen.«
Er nickte Margaret zu, wie um ihr die Erlaubnis zu geben, mich mit der eingeforderten Information zu versorgen. Ich setzte mich und wartete.
»Also«, sagte sie, »auf eine Ihrer Nachbarinnen wurde ein schwerer tätlicher Angriff verübt, und wir versuchen derzeit herauszufinden, wo das geschah.«
»Millie?«, fragte ich. Ich war total schockiert. Ich weiß nicht, warum ich sofort an Millie dachte, aber es war so. »Ist sie unverletzt?«
»Millie geht es gut«, sagte Margaret. »Aber könnten wir jetzt den Rundgang machen und nachsehen, ob etwas anders ist als sonst?«
Wir standen auf und gingen jedes Zimmer durch. Unten sah alles so aus, wie ich es verlassen hatte. Wir gingen weiter zum Wintergarten und dann zurück in die Küche, wo mir wieder

der Korb mit dem Haufen frischer Wäsche in die Augen sprang. Dann gingen wir in die Diele und nach oben. Die Schlaf- und Badezimmer sahen genauso aus wie immer. Die drei Männer, die mit Michael Fogarty gekommen waren, sahen in Schubladen und auf den Betten nach. Ansonsten hatte ich nicht den Eindruck, dass irgendetwas berührt worden war.

»Alles sieht so aus, wie ich es zurückgelassen habe«, sagte ich. »Außer der Wäsche. Es sind viele Handtücher dabei, die ich, soweit ich mich erinnern kann, nicht benutzt hatte, aber das ist das Einzige.«

»Handtücher?«, fragte Michael Fogarty.

»In der Küche. Irgendjemand hat die Waschmaschine eingeschaltet – glaube ich zumindest. Ich kann mich nicht erinnern, sie eingeschaltet zu haben, bevor ich wegfuhr, aber möglich ist es natürlich.«

»Und die Geschirrspülmaschine«, sagte Margaret, wie um mich daran zu erinnern.

»Ja, die Geschirrspülmaschine auch.«

»Was lag denn schon in der Trommel? Woran können Sie sich erinnern?«, fragte Margaret.

»Ich weiß nicht genau.« Ich wusste es wirklich nicht. »Ich habe eine Party veranstaltet, also waren wahrscheinlich Geschirrtücher darin, und wahrscheinlich habe ich auch ein bisschen Unterwäsche und meine Badetücher in die Maschine gesteckt, bevor ich weggefahren bin. Ich kann mich nicht genau erinnern. Wahrscheinlich habe ich einfach gemacht, was ich sonst auch mache. Vielleicht habe ich die Maschine sogar laufen lassen und erinnere mich nicht mehr daran. Ich dachte, sie wäre noch nicht voll gewesen, und normalerweise schalte ich sie nicht ein, wenn sie kaum oder nur zur Hälfte gefüllt ist. Reine Geldverschwendung …«

»Sehen wir uns mal die Sachen in dem Korb an«, sagte Margaret. »Vielleicht können Sie mir ja sagen, was Sie ganz bestimmt selbst in die Maschine gesteckt haben.«

Mir war das alles sehr unangenehm. Wer steht schon darauf, die eigene Unterwäsche durchsuchen zu lassen? Ich hatte einen gewissen Widerwillen dagegen, mir die Sachen vor ihren Augen anzusehen, dachte mir aber gleichzeitig, je schneller ich tat, was sie wollten, umso schneller wäre das Ganze vorbei.

Wir gingen in die Küche, und ich schüttete den Inhalt des Korbs auf den Tisch. Es fanden sich ein paar farbige Slips, ein rosaroter BH, ein schwarzes Spitzenhöschen, mehrere Paar Strumpfhosen und vier Geschirrtücher, von denen ich mir ziemlich sicher war, sie selbst in die Maschine getan zu haben.

»Und das da. Und das da wahrscheinlich auch«, sagte ich, während ich ein weinrotes Badetuch und ein dazu passendes Handtuch herauszog.

»Und diese hier?«, fragte Margaret, auf die restlichen Handtücher deutend.

»Ich kann mich nicht erinnern, sie benutzt zu haben«, antwortete ich. »Soweit ich weiß, lagen die im Wäschetrockenschrank, aber ganz sicher bin ich mir nicht.«

»Sind das Ihre Handtücher?«, fragte Michael Fogarty, während er sie durchsah. Es waren vier Stück.

»Ja.«

Wir gingen wieder ins Wohnzimmer.

»Bitte sagen Sie mir, was mit Millie passiert ist und wie es ihr geht!«, bat ich.

Margaret und Michael warfen sich einen Blick zu.

»Millie geht es, wie gesagt, gut«, erwiderte Margaret.

»Den Umständen entsprechend«, fügte Michael Fogarty hinzu.

Mir war immer noch nicht klar, dass sie es vor mir geheim hielten.

Margaret wandte sich an mich. »Ich muss jetzt zu den McHargs. Ich sage ihnen, dass Sie wieder da sind.«
»Kann ich mitkommen?«, fragte ich.
»Das ist nicht der richtige Zeitpunkt. Ich muss allein mit ihnen reden. Aber ich sage ihnen, dass Sie zurückgekommen sind. Ich gehe jetzt, aber wir werden uns sicherlich noch einmal miteinander unterhalten.«
Wir gaben uns die Hand, und sie ließ mich mit Michael Fogarty zurück, der nun begann, mich nach meiner Beziehung zu den Nachbarn zu befragen. Ich erzählte ihm, wie gut wir uns verstanden.
»Ich mag sie alle wahnsinnig gern.« Das klang zwar ein bisschen überschwenglich, das wusste ich selbst, aber schließlich mochte ich sie ja wirklich alle wahnsinnig gern und war gern mit ihnen zusammen. »Sie sind so etwas wie eine Großfamilie für mich«, sagte ich. »Ich wohne hier allein, und ich mag sie alle wirklich gern, nicht nur als Nachbarn, auch als Freunde. Sie sind zu fünft – ach, im Augenblick ist ja auch George da, aber normalerweise sind es fünf Frauen, mit denen ich sehr gern zusammen bin.«
»Kommen sie einzeln zu Ihnen?«
»Wie meinen Sie das?«
»Haben Sie diese gute Beziehung zu jeder Einzelnen oder nur zu allen zusammen?«
»Zu jeder Einzelnen«, sagte ich. »Die Mädchen kommen oft getrennt hierher. Die Kleine, das Adoptivkind, Dumpling, schlüpft einfach durch die Hecke, wenn sie mich besuchen will. Einmal gab es einen Riesenschreck, als sie sich durch die Hecke davonmachte, deshalb sage ich immer Bescheid, wenn sie hier auftaucht. Im Winter kommt sie allerdings seltener, weil sie mir, wenn ich im Haus bin und die Hintertür verschlossen ist, nicht signalisieren kann, dass sie im Garten ist.«

»Und die anderen?«

»Maria sehe ich wahrscheinlich am seltensten, obwohl wir fast dasselbe Alter haben, aber sie ist den größten Teil des Tages in der Arbeit, und abends hat sie offenbar viel zu tun. Aber Plumpud und Daffers gehen hier ein und aus, manchmal einfach nur, um ein bisschen zu plaudern. Und Millie sehe ich ganz oft. Ich schreibe nämlich auch«, fügte ich hinzu. Natürlich nicht wie Millicent McHarg – von mir ist noch nichts veröffentlicht worden. Ich habe einfach meine Nische noch nicht gefunden. Millicent McHarg ist unglaublich erfolgreich. Ich warte darauf, dass etwas von ihrem Erfolg auf mich abfärbt, das gebe ich zu, aber bisher hat sich nichts getan.

»So. Kommen wir jetzt zu der Frage, wo Sie waren«, sagte Michael Fogarty.

»In den letzten Tagen, meinen Sie?« Auch das war mir unangenehm, schließlich war ich, abgesehen von einem kurzen Aufenthalt im Speisesaal des Hotels, im Bett gewesen. Ansonsten hatten wir den Zimmerservice kommen lassen. »Muss ich das sagen?«, fragte ich. »Ich war nicht hier, und das kann ich beweisen. Aber ich würde lieber nichts Näheres darüber sagen, wenn ich nicht muss.« Normalerweise war es mir egal, wer wusste, was ich tat und mit wem, aber jetzt war es anders.

»Sie müssen es im Augenblick nicht sagen, wenn Sie nicht wollen. Es würde nur alles sehr vereinfachen.«

So gesehen – was hätte ich machen sollen? Also erzählte ich von meinem neuen Freund und dass wir die Weihnachtstage in einem Hotel ganz in der Nähe verbracht hatten.

»Ist das nicht ungewöhnlich?«, fragte er.

»Ungewöhnlich?«

»Dass Sie mit Ihrem neuen Freund zusammen waren und nicht mit Ihrer Familie.«

Ich erklärte ihm, dass bei mir nicht mehr viel los war mit Familie. »Die besteht nur noch aus meiner Schwester und mir. Alle anderen sind eher entfernte Verwandte – Cousins und Cousinen und so. Keine Eltern, niemand, der uns nahesteht. Und Polo – das ist meine Schwester – macht immer ihr eigenes Ding. Deshalb war es für mich überhaupt nicht ungewöhnlich. Es kann sehr einsam werden an Weihnachten«, fügte ich hinzu – wahrscheinlich, um sein Mitgefühl zu erregen.

»Wer hat einen Schlüssel zum Haus?«

»Außer mir und meiner Schwester? Einen Schlüssel hatte ich bei den McHargs gelassen.«

»Das ist alles? Gibt es keine weiteren Schlüssel?«

»Also, einer liegt immer im Vorgarten unter einem Stein – für den Notfall. Falls ich mich mal aussperre oder so.«

»Und wer hat Kenntnis von diesem Schlüssel?«

»Viele Leute. Ich führe eine Art offenes Haus.«

»Wer genau weiß von dem Schlüssel?« Er blieb hartnäckig.

»Keine Ahnung.« Ich versuchte auf Leute zu kommen, die von dem Schlüssel wussten. »Wenn jemand hier übernachten will und ich nicht da bin, sage ich, wo der Schlüssel liegt.«

Er bat mich, rauszugehen und nachzusehen, ob der Schlüssel da war. Er war da, aber ich durfte ihn nicht anfassen. Er rief einen Kollegen zu sich. Der hob ihn mit einer Pinzette auf und steckte ihn in ein Plastiksäckchen.

Er notierte sich meine Angaben über das Hotel und über Tony Fonzetti, obwohl ausgeschlossen war, dass Tony Fonzetti das Verbrechen begangen hatte. Michael Fogarty und die anderen blieben noch ungefähr eine Stunde und sahen alles durch. Dann baten sie mich, anzurufen, falls ich noch etwas fand, was nicht so war wie sonst. Ich glaubte schon, sie würden nie mehr gehen. Inzwischen war ich müde und wollte so gern Millie anrufen, um zu fragen, ob es ihr gutgehe und was passiert sei. Ich konnte nicht verstehen, warum sie es mir nicht sagten.

Fassungslos sah ich mit an, wie sie die Wäsche in der Küche ganz genau unter die Lupe nahmen. Sie zogen den Waschmaschinenfilter heraus und packten widerlich aussehendes Zeug in eine Plastiktüte, die dann verschlossen und beschriftet wurde. Einerseits beobachtete ich das alles mit Interesse, weil es mir wie das Grundgerüst für eine tolle Geschichte vorkam, andererseits tappte ich ziemlich im Dunkeln, weil ich nicht schlau daraus wurde, wonach sie eigentlich suchten. Sie wollten auch unbedingt wissen, was ich alles geputzt hatte, bevor ich wegfuhr.

»Haben Sie Ihr Bad geputzt?«, fragte mich Michael Fogarty.

»Wann?« Ich reagierte gleichzeitig missmutig und neugierig. Ob ich mein Bad geputzt hatte – was war *das* denn?

»Nachdem Sie es zum letzten Mal benutzt hatten.«

»Ach so.« Ich dachte nach. »Am Morgen des Abreisetages habe ich geduscht.«

»Und haben Sie danach geputzt?«

Das glaubte ich nicht. Ich habe eine Putzfrau, die mehrmals im Monat kommt. Ich brause zwar die Kacheln immer ab, aber den großen Schrubber überlasse ich lieber ihr. Während ich das alles erklärte, fragte ich mich, ob ich jetzt wie eine Schlampe klang.

»Sie haben also das Bad nicht geputzt, nachdem Sie geduscht hatten?«

»Äh … nein.«

»Und sollte Ihre Putzfrau an diesem Tag kommen?«

»Am Weihnachtstag? Nein.«

»Ist es möglich, dass sie in der Zwischenzeit hier war?«

»Ausgeschlossen. Sie ist für eine Woche zu ihrer Tochter in den Norden gefahren. Sie kommt erst wieder nach Neujahr hierher.«

»Wann war sie das letzte Mal da?«

Ich musste erst im Terminkalender nachsehen, obwohl ich ziemlich sicher war, dass sie mindestens eine Woche vor Weihnachten nicht mehr da gewesen war. Mein Terminkalender bewies, wie gut mein Gedächtnis manchmal funktioniert, und ich war ziemlich stolz auf mich, als ich ihm das genaue Datum nennen konnte – zehn Tage vor Weihnachten.

»Seit diesem Zeitpunkt haben Sie also das Bad im Grunde nicht mehr geputzt?«

»Ich wohne hier, wie gesagt, vorwiegend allein, und seither hat niemand hier übernachtet, und seither habe ich das Bad auch nicht mehr gründlich geputzt.« Hätte ich gewusst, dass ein solches Interesse an der Sauberkeit in meinem Haushalt entstehen würde, hätte ich das Bad jeden Tag geputzt, aber ich hatte es nun mal nicht gewusst.

Plötzlich sagte ich, dass ich doch nicht sicher sei, ob ich das Badetuch und das Handtuch in die Waschmaschine gesteckt hatte. Ich konnte mich einfach nicht daran erinnern. Auch das notierte er sich.

Als sie gegangen waren und ich noch mal einen Blick in den Spiegel warf, sah ich ganz und gar nicht mehr wie eine sexuell erfüllte Möchtegern-Autorin aus, sondern eher wie eine müde und ziemlich besorgte. Ich wollte gerade meinen Mantel holen und zu den McHargs hinübergehen, um zu fragen, wie es Millicent ging und was um alles in der Welt eigentlich los war, da klingelte es schon wieder, und als ich die Tür öffnete, stand Millicent da und sah wirklich genauso aus wie bei unserem letzten Zusammentreffen – keinerlei Blutergüsse, keinerlei Anzeichen für einen Raubüberfall oder dergleichen.

»Millie«, sagte ich erleichtert, »komm rein. Sie wollten mir nicht sagen, was mit dir passiert ist. Ich wollte gerade zu euch rübergehen.«

Sie kam rein und warf ihre mottenzerfressenen Pelze auf den Garderobenständer. Sie behauptet, die Dinger hätten ihrer Großmutter gehört, und es reiche schon, dass ihre Großmutter zu Staub geworden sei, da wolle sie diese Pelze als Andenken an eine vergangene Epoche in Ehren halten. Wie auch immer, sie kam jedenfalls rein, warf die Pelze auf den Garderobenständer und sagte: »Ich wollte schon längst zu dir. Gut, dass du wieder da bist. Ich habe gewartet, bis sie alle weg waren.«

»Was ist denn nun mit dir passiert?«, fragte ich. »Ist alles in Ordnung?«

»Natürlich ist alles in Ordnung mit mir. Warum sollte es anders sein?«

»Aber was ist denn dann eigentlich los? Du bist doch – so habe ich es verstanden – überfallen worden.«

»Nicht ich«, sagte sie, während sie ins Wohnzimmer rauschte. »Plumpud.«

»Plumpud?« Ich war völlig perplex. »Plumpud?«, sagte ich noch einmal. Ich hätte sie beinahe gefragt, ob sie sicher sei, aber sie war eindeutig sicher.

»Wir halten es geheim, um sie zu schützen. Sie will nicht, dass es irgendwer erfährt, was du sicherlich verstehst. Aber ich muss mit dir reden.«

»Da bist du nicht die Einzige«, murmelte ich. »Aber Millicent, ich war nicht da. Ich weiß nicht, was los war …«

»Das ist mir klar«, sagte sie. »Aber es sieht ganz so aus, als hätte es sich hier abgespielt. Das wird dir der Besuch der Polizei gerade eben wohl deutlich gemacht haben.«

»Ja, natürlich«, sagte ich. »Aber ich dachte, *dir* wäre etwas passiert. Du musst mir unbedingt erzählen, was wirklich geschehen ist.«

Seit meinem Einzug in das Nachbarhaus der McHargs – und ich gestehe freimütig, dass die Tatsache, dass Millicent McHarg ein Haus weiter wohnte, ein Kaufargument für mich war – sind sie und ich miteinander befreundet. Sie ist eine großherzige Frau, fast schon übertrieben generös, humorvoll, geistreich, ein Mensch, in dessen Gesellschaft man sich immer wohl fühlt, und eine Bereicherung des eigenen Bekanntenkreises. Sie hat bei mir gesessen und mir zugehört, wenn ich über die Handlungsstränge meiner Romane sprach, hat meine Sachen an ihre Verleger weitergereicht, die zwar bisher nicht angebissen haben, aber, wie Millicent immer sagt: »Bleib dran, Theresa, irgendwann ist es so weit.« Sie hat mir das wenige anvertraut, was die Familie über Dumplings Vergangenheit weiß, und hat Tee oder Gin mit mir getrunken und mir ihre Sorgen erzählt, als noch nicht sicher war, ob es George gelingen würde, dem Kind Ausweispapiere zu verschaffen, damit es sicher in diesem Land leben konnte. Sie hat mich gnadenlos aufgezogen wegen meines Sexlebens und hat mir selbst einige der witzigsten Bettgeschichten erzählt, die man sich vorstellen kann. Aber jetzt weigerte sie sich, mir mehr zu erzählen, als dass Plumpud überfallen worden war.

»Warum erzählst du es mir nicht?«, fragte ich sie.

»Das ist nicht meine Aufgabe.« Sie wirkte auf mich, als hätte sich etwas in ihr angestaut. Ich konnte es nicht genau sagen, aber obwohl sie so aussah wie sonst, wunderschön gekleidet in tiefen, prächtigen Farben und den Kopf in einem resoluten Winkel geneigt, war irgendetwas anders.

»Wir reden doch sonst immer miteinander«, sagte ich. »Wir haben uns immer alles erzählt, obwohl wir uns noch nicht lange kennen.«

»Ich weiß«, sagte sie. Ihre Stimme klang traurig. »Ich kann dir die Einzelheiten nicht erzählen. Plumpud ist minderjährig, und wir, ihre Familie, haben beschlossen, die Sache so geheim wie möglich zu halten. Das ist Plumpuds größter Wunsch.«

»Aber wenn die Polizei herausfindet, wer es getan hat, wird es ohnehin publik«, wandte ich, logisch argumentierend, ein.

»Wir werden Plumpud beschützen«, sagte sie mit Nachdruck. Und da ich Millicent McHarg ziemlich gut kannte, hätte ich ihr glauben sollen.

»Es reicht, wenn ich dir sage, dass sie schwer misshandelt wurde«, sagte sie. »Und wir tun alles, um die Teile des Rätsels zusammenzufügen, denn sie kann sich an nichts erinnern.«

Ich nahm an, dass ihr jemand einen Schlag auf den Kopf versetzt hatte. Einen gewaltigen.

»Die arme Plumpud«, sagte ich nachdenklich. »Ich bringe ihr Blumen.«

Menschen, die in Schwierigkeiten sind, schenkt Millicent immer etwas. Das ist eine wunderschöne Angewohnheit. Als kurz nach meinem Einzug in dieses Haus mein Onkel starb, schickte sie mir eine Kiste Champagner und einen Karpfen. Offenbar hatte ich ihr gegenüber mal von ihm als dem »alten Karpfen« gesprochen. Nett gemeint natürlich.

Millicent und ich saßen also in meinem Wohnzimmer, und ich machte uns einen Slippery Nipple, einen Cocktail, zwar von Menschenhand zubereitet, erfunden aber von den Göttern. Wir süffelten den Drink, während ich ihr von Tony Fonzetti und seinen Fähigkeiten im Bett erzählte. Wir lachten uns halb tot über mein Haarteil in seinem Hemd bei der Party der McHargs. Dann fragte sie mich, was die Polizei bei mir gemacht habe, und ich erzählte ihr von dem Durchsuchungsbefehl und dass ich mich in jeder Hinsicht kooperativ gezeigt hatte.

»Nicht dass ich es toll fand, als sie meine Unterwäsche durchsuchten«, sagte ich, »oder mich fragten, wie oft ich mein Bad geputzt hätte.«

»Erzähl«, sagte sie. »Erzähl mir alles. Was um Himmels willen haben sie gesucht?«
»Keine Ahnung.« Ich erzählte ihr von den Handtüchern, die ich nicht in die Waschmaschine gesteckt hatte, und dass die Polizei sogar den Filter herausgenommen und eine Menge Haarknäuel und ekliges, schmieriges Zeug daraus entfernt hatte.
»Du hast also keine Ahnung, worauf sie hinauswollten, ja?«, sagte sie lachend.
Dann tranken wir noch einen Slippery Nipple, und ich erzählte ihr, wie sehr sie sich für meine Hausschlüssel interessiert hatten und dass Polo auch einen hatte und dass Dutzende von Leuten wussten, dass immer einer unter dem Stein in der Hecke hinten im Vorgarten lag.
»Mein Gott, bist du vertrauensselig!«, sagte sie.
»Ach was«, entgegnete ich. »Ein Haus ist einfach nur ein Haus, und von dem Schlüssel wissen nur Freunde.«
Sie warf erst einen Blick auf ihre Armbanduhr, dann auf die Kaminuhr und sagte, sie müsse jetzt nach Hause.
»Es gibt Ratatouille und Couscous zum Abendessen. Das meiste hat Daphne gekocht, also muss ich schleunigst zurück.«
Früher hätte sie mich eingeladen, und ich wartete schon fast darauf, dass sie mich fragte, ob ich nicht mitkommen wolle. Stattdessen sagte sie: »Du musst wahrscheinlich auspacken, deshalb bitte ich dich jetzt nicht zu uns. Aber morgen komme ich wieder, dann können wir weiterreden.«
Ich schwankte nicht schlecht, als ich sie zur Tür brachte.

ZWEIUNDZWANZIGSTES KAPITEL

Millicents Geschichte

Als ich von Theresa Carmody nach Hause kam, war das Essen noch nicht ganz fertig. Nach dem reichhaltigen Weihnachtsmahl, dessen Reste wir noch Tage später verspeist hatten, stellte das vegetarische Gericht eine angenehme Abwechslung dar.

»Keine Füllung heute?«, fragte Daphne, als wir uns endlich an den Tisch setzten, aber das war nur ein Scherz, ein Insiderwitz, der ein Lächeln auf Dumplings, Waldorfs, Daphnes und mein Gesicht zauberte. George, der offenbar allem Humor systematisch aus dem Weg ging, sagte: »Hör auf zu meckern, Daphne. Das ist ein hervorragendes Essen.«

Sie sah ihn an. Die alte Daphne hätte gesagt, sie würde überhaupt nicht meckern. Diese Daphne dagegen sah ihn nur schweigend an. Als er sich abwandte und nach der Weinflasche griff, zwinkerte sie Plumpud zu.

Rollentausch, dachte ich. Das jüngere Kind wurde zum älteren. Es war schon merkwürdig. Ich musste nachdenken, was aber reichlich schwierig war angesichts dessen, was sich am Tisch abspielte. Ich musste über das nachdenken, was Daphne mir erzählt hatte, und ich versuchte herauszufinden, wie ich mit Theresa Carmody umgehen sollte, und gleichzeitig wollte ich beobachten, was sich vor meinen Augen ereignete.

»Köstlich, meine Liebe!«, sagte Waldorf, sowohl an Maria als auch an Daphne gewandt.

Daphne schien sich zu freuen, während Maria so wirkte, als hätte sie es nicht gehört. Ich fragte mich, wie es wohl in ihr aussah. Dass es mit ihr und George nicht zum Besten stand, und zwar schon seit Tagen, war offensichtlich. Ich nahm an, dass noch etwas anderes vorgefallen war. Ich hatte es immer noch nicht geschafft, mit den beiden zu reden, seit Margaret mit Plumpud gesprochen hatte; danach waren George und Maria ins Wohnzimmer gegangen. Was immer zwischen Plumpud und Margaret besprochen worden war, es hatte Plumpud nicht im Geringsten geschadet. Sie wirkte so fröhlich wie nie in den vergangenen Tagen. Ich wusste, dass es richtig gewesen war, sie zu dem Treffen mit Ronnie zu ermutigen; auch wenn ich es nicht ausgesprochen hatte, empfand ich mich als die treibende Kraft hinter der Sache. Aber natürlich hatte auch Daphne dabei eine Rolle gespielt. Und Waldorf.

Dumpling löffelte sich mit der für sie typischen Hingabe Couscous in den Mund.

»Ist das Kind nicht inzwischen alt genug, um wie alle anderen auch eine Gabel zu benutzen?«, fragte George gereizt.

»Meine Güte, George«, platzte es aus Maria heraus, »macht denn hier keiner jemals irgendetwas richtig, wenn du da bist?«

Dumpling legte den Löffel aus der Hand, nahm ihre Gabel und aß damit weiter. Ihre Unterlippe bebte, sie versuchte, nicht zu weinen.

»Das ist meine Schuld, Dad«, sagte Daphne. »Dumpling hat mich nachgemacht.«

Ich sah zu ihr hinüber und bemerkte, dass sie ihre Gabel blitzschnell mit dem Dessertlöffel vertauscht hatte. Sie lächelte George an und legte den Löffel hin. Damit war die Sache irgendwie ausgestanden.

»Ich habe vor, morgen in die Stadt zu gehen«, sagte Waldorf. Es sah aus, als spräche er die Weinflasche an. »Hast du Lust mitzukommen, Plumpud?«

Dumpling schlug mit der Gabel auf ihren Teller und blickte Waldorf hoffnungsvoll an. Man sah förmlich, dass sie »Ich

auch, ich auch« dachte, und ihre Unterlippe zitterte kein bisschen mehr.
»Ja, gern«, sagte Plumpud und strahlte noch mehr.
»Ich glaube, da sitzt auch noch eine kleine Dumpling mit am Tisch, die uns vielleicht begleiten möchte«, sagte Waldorf. »Was meinst du, Plumpud, meine Liebe – würde sie uns stören?«
Plumpud sah Dumpling lächelnd an. »Möchtest du mitkommen, Dumpling?«
Dumpling richtete den Blick auf Daffers, wie um sie mit einzubeziehen.
»Dann wird es eine Expedition mit drei jungen Damen!«, rief Waldorf.
»Verwöhn sie nicht so«, warf George völlig überflüssigerweise ein.
»Verwöhnen?«, sagte Waldorf. »Ich wüsste nicht, wie. Sie verwöhnen mich, indem sie mich begleiten. Was kann sich ein Mann mehr wünschen?«
Maria sagte: »Das ist eine gute Idee, Mädchen. Ich muss morgen für ein paar Stunden ins Büro.«
»Schon wieder?«, fragte George.
»Gleich nach Neujahr muss ein bestimmter Vertrag fertig sein«, erklärte sie. »Es geht nicht anders.«
»Ich kann mich nicht erinnern, dass du in früheren Jahren in der Weihnachtszeit gearbeitet hast.«
»In diesem Jahr ist es anders«, sagte Maria und fügte hastig hinzu: »Wegen der Arbeitsbelastung im Büro, meine ich.«
»Plumpud hat morgen einen Termin im Krankenhaus«, gab George zu bedenken.
»Aber der ist ganz früh morgens«, sagte Plumpud schnell. »Ich bin bestimmt um zehn Uhr wieder da, Waldorf, ich kann auf jeden Fall mitkommen.«

»Und wer bringt sie ins Krankenhaus?«, fragte George, als hätte seine älteste Tochter nichts mit ihm zu tun.
»Ich«, sagte Maria. Ihre Stimme klang verärgert, aber ihr Gesichtsausdruck wirkte ziemlich freundlich.
»Ich dachte, du wolltest in die Arbeit. Ich dachte, das wäre in diesem Jahr an Weihnachten vorrangig für dich«, warf George mürrisch ein.
»Ich bringe sie hin und fahre dann ins Büro.«
»Darf ich mitkommen ins Krankenhaus?«, fragte Daphne.
»Schaffst du das überhaupt, danach auch noch in die Stadt zu fahren?«, fragte George, zu Plumpud gewandt, ohne Daphne zu beachten. »Es wird möglicherweise anstrengender, als du dir vorstellen kannst.«
Verdammte Scheiße! Was dachte sich der Mann eigentlich dabei? Zwei Slippery Nipples hin oder her, dem würde ich gleich nach dem Essen gewaltig den Kopf waschen!
Zum Nachtisch gab es Obstsalat. Dann entschuldigte sich Plumpud. Sie wollte ein Bad nehmen.
»Ich komme mit und sing dir was vor«, sagte Daphne.
»Singen?«, fragte Plumpud, und alle lachten, denn Daphne kann alles, nur nicht singen. Nicht eine Note hatte dieses arme Kind im Kopf.
Als sich die beiden Mädchen auf den Weg nach oben machten, sah ich Waldorf an und bewegte den Kopf kaum merklich in Richtung Dumpling, woraufhin er dem Kind eine Partie Ludo vorschlug. Wie ein geölter Blitz sprang Dumpling von ihrem Stuhl auf. Sie hielt noch ein Stück Ananas in der Hand, als sie mit einem breiten Lächeln auf den Lippen die Ludo-Schachtel holen ging.
»Komm, wir spielen im Wohnzimmer«, sagte Waldorf zu ihr, »neben dem Weihnachtsbaum. Das habe ich als Kind auch immer gemacht.« Manchmal kann er richtig nostalgisch werden.

»George«, sagte ich, als sie weg waren, »für jemanden, in dessen Job viel Einfühlungsvermögen gefragt ist, kannst du der uneinfühlsamste Mensch sein, der sich denken lässt.«
»Was soll das heißen?«, fragte er.
»Sieh dich doch mal an! Du verbringst dein Leben in einem Hubschrauber auf der Suche nach Katastrophen und übermittelst diese Tragödien dann auf eine, wie ich immer finde, mutige und einfühlsame Weise in die ganze Welt. Du hast das Leben von Tausenden Menschen zum Besseren hin verändert, indem du Katastrophen und Unglücksfälle ansteuerst, aber in deiner eigenen Familie, in der sich etwas Verheerendes zugetragen hat, bist du alles andere als eine Hilfe.«
Er sah mich so erstaunt an, als hätte er nicht die leiseste Ahnung, wovon ich sprach.
»Grammer hat völlig recht«, warf Maria ein. »Wenn ich dein Verhalten und deine Reaktionen in den letzten Tagen nicht selbst miterlebt hätte, ich hätte es nicht für möglich gehalten. Draußen auf irgendeinem Schlachtfeld beweist du jedenfalls tausendmal mehr Feingefühl!«
»Ich mache doch nur meinen Job«, sagte er. Er wirkte vollkommen verwirrt, so als würde er es wirklich nicht kapieren.
»Aber mit Mitgefühl.«
»Stimmt nicht«, wandte er ein. »Ich mache ihn mit innerer Distanz. Anders kann man gar nicht leben.«
Anders kann man gar nicht leben. *Leben?* Mit innerer Distanz? Jetzt war es an Maria und mir, fassungslos zu sein.
»Bei Dumplings Rettung warst du nicht innerlich distanziert«, sagte Maria. Es war keine Frage, sondern eine Feststellung.
»Das war ein Ausreißer«, erwiderte er.
»Was war ein Ausreißer?«, fragte sie. »Dass du deine innere Distanz einen Moment lang aufgegeben hast oder dass du sie gerettet hast?«

»Beides.«
»Bereust du es, sie gerettet zu haben?«, fragte sie ihn in scharfem Ton. Sie wirkte schockiert.
»Nein. Aber ich bereue es, meine innere Distanz aufgegeben zu haben.«
»Aber du hast ihr das Leben geschenkt. Du hast ihr Hoffnung gegeben. Und wir lieben sie. Sie hat …« Maria suchte nach Worten.
Ich sprang ihr zur Seite. »Sie hat unser Leben bereichert. Sie hat hier eine Existenz, die sie sonst nie gehabt hätte. Und wir auch nicht.«
»Ich sehe jeden Tag Kinder wie sie«, sagte George. »Ich habe kein Recht, in das Leben dieser Kinder einzugreifen, egal wer sie sind.« Es klang grauenhaft moralistisch.
»Indem du sie filmst, indem du ihre Verzweiflung in die Welt hinausträgst, ›greifst‹ du, wie du es nennst, bereits in ihr Leben ein«, erwiderte Maria. »Und genau dieses Eingreifen gibt ihnen ein Fünkchen Hoffnung. Weil du tust, was du tust, kommt Hilfe an den richtigen Stellen an, das Leid wird gesehen, und … Ich verstehe dich einfach nicht. Ich verstehe deine ganze Haltung nicht. Du klingst, als würdest du es bereuen, Dumpling in Sicherheit gebracht zu haben.«
Er antwortete nicht, sondern trank noch einen Schluck Wein.
»Was geht in dir vor?«, fragte Maria.
»Ich bin müde«, sagte er. »Ich war ein Jahr lang da draußen und habe, abgesehen von ein paar freien Tagen, pausenlos gearbeitet. Ich wollte zu Hause ein friedliches Weihnachtsfest feiern.«
»Du bist ein sehr egoistischer Mensch«, sagte sie. Wütend stand sie auf und schubste den Stuhl hinter sich so heftig weg, dass er umfiel. »Glaubst du, irgendeiner von uns wollte, dass dieses Weihnachtsfest so wird? Glaubst du, Plumpud hat darum

gebeten, unter Drogen gesetzt und vergewaltigt zu werden? Glaubst du, das alles ist für irgendeinen von uns leicht?«

Meiner Meinung nach hatte Maria die Krise nicht gerade erstklassig gemeistert, aber George war sie Lichtjahre voraus. Sie hatte sich mit der Zufälligkeit und der Ungerechtigkeit und der Grausamkeit dessen, was passiert war, abgefunden.

»Hier geht es nicht um ein entspanntes Weihnachtsfest für dich«, sagte sie. »Es geht um viel, viel mehr. Das hier ist genauso eine Tragödie wie die, über die du berichtest. Ja, ja, ich weiß, es ist natürlich nicht dieselbe Größenordnung – es sind ja auch nur deine Tochter und deine Familie betroffen. Ich habe letztes Jahr, als du mich brauchtest, alle Hebel in Bewegung gesetzt. Ich bin zu dir geflogen, und wir haben deinetwegen unseren Sommerurlaub gestrichen. Aber wenn du es nicht schaffst, für uns alle Hebel in Bewegung zu setzen, wenn du dich nicht wie ein normaler Mensch benehmen kannst, wenn du nur zu innerer Distanz fähig bist, dann solltest du vielleicht besser nicht hier sein.«

Noch nie hatte ich Maria so wütend und so wortgewandt erlebt. Sie begann, das schmutzige Geschirr in die Küche zu tragen und lautstark die Spülmaschine einzuräumen. George griff nach der Weinflasche und schenkte sich ein weiteres Glas ein.

»Vielleicht könntest du deiner Frau mit dem Geschirr helfen«, sagte ich in eisigem Ton.

Er ignorierte mich, zog seine Zigaretten hervor und zündete sich eine an.

Ich stand auf und ging. Ich konnte nicht fassen, wie ähnlich er seinem Vater geworden war. Und ich fragte mich, ob es daran lag, dass Dirk in den prägenden Jahren da gewesen war und einen starken Einfluss auf ihn ausgeübt hatte. Oder ob dieses Verhalten in seinen Genen begründet war. Ich verstand nicht, warum mein Sohn so egoistisch war, und ich verstand nicht, warum er seinen Egoismus und seine destruktive Art nicht selbst erkannte.

Ich ging in meine Wohnung hinüber und legte mich aufs Bett. Ich fühlte mich ein bisschen benommen. Ich dachte über das nach, was Daphne mir vorhin erzählt hatte, als wir bei mir waren und uns in aller Ruhe miteinander unterhielten. Sie hatte auf dem Bett gelegen, ich hatte in meinem Sessel vor dem Fenster gesessen.
»Was wolltest du mir denn erzählen?«, fragte ich sie.
Sie druckste ein wenig herum, und mir wurde klar, dass ich ihr über ihre Hemmungen hinweghelfen musste, wenn ich etwas aus ihr herausbekommen wollte.
»Du kannst mir alles sagen, mein Schatz, wirklich alles. Es gibt wahrscheinlich nichts, was ich nicht schon gehört habe.«
»Mmm …« Sie schien daran zu zweifeln.
Ich setzte noch einmal an. »In meinem Alter …«
»Die besten Jahre?«, sagte sie mit einem ironischen Lächeln.
»Ja, die besten. Glaub mir, in meinem Alter habe ich, glaube ich, schon alles zu hören bekommen. Alles, was mit dem Leben und mit Sex zu tun hat. All die unterschiedlichen Anomalien des Menschen.«
»Anomalien?«
»Abweichungen, Abnormitäten. Die ganzen schrägen Dinge, die Menschen tun. Und glaub mir, sie tun wirklich schräge Dinge.«
»O ja, das glaub ich dir.«
Ich warf einen kurzen Blick auf ihr Gesicht. Sie lag auf dem Bauch, das Gesicht in die Hände gestützt, und starrte auf den Quilt unter ihr. Es ist ein wunderschöner Patchwork-Quilt aus Seide in Violett, Marineblau, Weinrot und Dunkelgrün, durch-

zogen von goldenen, rosaroten und hellblauen Fäden. Ich hatte ihn bei meinem ersten Aufenthalt in New York gekauft. So wie sie dalag, konnte ich nur ihr Profil sehen.

»Als ich so alt war wie du jetzt«, fuhr ich fort, »war ich natürlich ständig erstaunt über das, was andere Menschen machten. Ich bin sehr behütet aufgewachsen, und mir wurde erst viel später klar, dass es nichts Neues unter der Sonne gibt.«

»Wie meinst du das?«, fragte sie.

»Nun, in deinem Alter wäre es für mich unvorstellbar gewesen, dass jemand Plumpud so etwas antun könnte.« Ich wusste nicht, welche Details sie kannte, und war mir nicht sicher, wie ich sie dazu bringen sollte, mir zu erzählen, was sie loswerden wollte. »Erst als ich verheiratet war, dämmerte es mir, dass nichts Neues unter der Sonne geschieht. Böse Menschen gibt es immer, und jedes Verbrechen ist schon einmal begangen worden. Es gibt nichts Neues.«

»Aber das, was mit Plumpud passiert ist …«

Ich wartete. Sie schwieg und starrte weiterhin auf den Quilt.

»Auch das, was mit Plumpud passiert ist«, sagte ich nach einer sehr langen Pause, »hat es schon gegeben, und es wird traurigerweise wieder passieren. Unsere Aufgabe ist es jetzt, Plumpud zu helfen. Mehr können wir nicht tun. Wir können ihr helfen, indem wir sie verstehen. Indem wir ihr zuhören. Und vielleicht auch, indem wir alle Teile zusammenfügen. Und damit meine ich nicht nur die Teile von Plumpud zusammenfügen, sondern auch, alles, was wir wissen, zusammenfügen und so das Rätsel vielleicht lösen.«

»Wie Humpty Dumpty?«, fragte sie.

»Nein, nicht wie Humpty Dumpty«, sagte ich. »Humpty Dumpty war ein Ei. Ein Ei kann man nicht heil machen.«

Sie lächelte. Ich konnte ihre Mundwinkel sehen.

»Aber«, sagte ich, »wenn wir alles, was wir wissen, zusammenfügen, können wir herausfinden, wer Humpty Dumpty von der Mauer stieß.«

»Ist er nicht von selbst runtergefallen?«, fragte sie.

»Vielleicht hat ihn jemand auf die Mauer gesetzt, weil klar war, dass er herunterfallen würde. Oder jemand hat sich von hinten an ihn herangeschlichen. Irgendein böser Mann …«

»Oder eine böse Frau«, sagte sie.

»Oder eine böse Frau. Aber ich glaube eher, dass es ein Mann war.«

»Und was, wenn es eine Frau war?«

Mein sechster Sinn oder meine weibliche Intuition, wie immer man es nennen will, sagte mir, dass ich darauf sofort eingehen musste und es nicht entwischen lassen durfte.

Ich versuchte, in meiner Stimme so wenig Zweifel wie möglich mitschwingen zu lassen. »Es hätte auch eine Frau sein können.«

»Und wenn ich sagen würde, dass das, was mit Plumpud geschehen ist, tatsächlich eine Frau getan hat?«, fragte sie.

An diese Möglichkeit hatte ich nie gedacht; sie war mir schlicht nicht in den Sinn gekommen. Aber ich versuchte, Daphne sanft anzuspornen, weil ich wissen wollte, worauf sie hinauswollte.

»Dann würde ich sagen, dass du ein sehr kluges Mädchen bist, Daphne. Erzähl mir mehr.«

»Ich bin nicht klug«, entgegnete sie.

»Du hast ein gutes Gespür«, sagte ich. »Und du kannst sehr scharfsinnig sein, wenn du willst. Du bist sehr viel intelligenter, als du vorgibst zu sein. Es passt zu dir, das zu verbergen. Also, erzähl weiter.«

»Es war Polo Carmody«, sagte sie mit stockender Stimme. Sie richtete den Blick auf mich, um zu sehen, wie ich reagierte.

Ich blieb so gelassen wie möglich, während ich versuchte, diese

Mitteilung zu verdauen. »Polo also«, sagte ich. »Aber jetzt erzähl mir alles.«

Sie erzählte mir alles. Ich brauchte eine ganze Weile, um mir das, was da aus ihr herausströmte, klarzumachen und es zu verarbeiten.

»Das, was Plumpud überall hat, auf der Brust und am Hals, das sind Bisswunden. Du hast es doch gesehen, oder, Grammer?«

»Die Blutergüsse?«

»Ja. Das sind Bisswunden.«

»Ja.« Ich nickte. Ich war davon ausgegangen, dass die Blutergüsse durch den kraftvollen Druck sowohl von Fingern als auch eines Mundes entstanden waren. Bis dahin konnte ich Daphne sehr wohl folgen. Offenbar war es ein Schock für sie gewesen, einen Mund mit den Blutergüssen in Verbindung bringen zu müssen. Das hatte außerhalb ihrer Vorstellungskraft gelegen.

»Ja, du hast recht.«

»Polo hat es getan«, sagte sie. »Dumpling hat mir erzählt, dass Plumpud das Haus noch einmal verlassen hat. Jetzt wissen wir ja, dass sie wirklich noch einmal hinausgegangen ist, aber zuerst wussten wir es nicht, und Dumpling hat es mir erzählt – sie hat es uns beiden erzählt, aber wir haben es nicht kapiert. Ich hab's zuerst auch nicht kapiert. Und du? Und dann stand da dieses Auto, das war Polos Auto, ich weiß es genau. Polo hat es getan.«

Jetzt konnte ich ihr nicht mehr folgen.

»Dumpling hat es uns erzählt?« Das verstand ich nicht. Ich sah, dass sie von dem, was sie gesagt hatte, vollkommen überzeugt war. Sie hielt die genannten Fakten für absolut gesichert, aber ich musste sie dazu bringen, mir alles ganz langsam von

Anfang an zu erzählen, damit ich es in die richtige Reihenfolge bringen konnte.

Wie sich herausstellte, hatte Polo an dem Abend, an dem wir beim Weihnachtsspiel und hinterher bei Theresa Carmody gewesen waren, Daphne in der Küche angesprochen, und Daphne hatte sich daraufhin sehr unbehaglich gefühlt. Dann hatte sie sich hinter dem Wohnzimmervorhang versteckt und von dort aus gesehen, wie Polo im Wintergarten etwas mit einem Mann gemacht hatte. An den Namen des Mannes konnte sie sich nicht erinnern.
»Du weißt schon, wen ich meine, Grammer«, sagte sie. »Den mit den lila Augen.«
»Ja«, sagte ich nachdenklich. »Gervaise, der Bruder von Christian Holt.«
»Genau, das ist er. Und während sie das machten, also während sie diese Sache da machten …« Sie brachte nicht über die Lippen, was es war. Mehr, als dass die beiden es nicht zum Äußersten hatten kommen lassen, bekam ich nicht aus ihr heraus, aber es musste auf jeden Fall etwas Befremdliches gewesen sein.
»Du hast doch im Fernsehen oder im Kino schon die ein oder andere Sexszene gesehen«, sagte ich. »War es so ähnlich?«
»So ähnlich«, antwortete sie.
»Und was geschah dann?«
»Er hat ihr den Finger in den Mund gesteckt, und sie hat offenbar draufgebissen, weil, weißt du noch, als er dann später ins Wohnzimmer kam und allen vorgestellt wurde oder sich selbst vorstellte – du weißt doch noch? Also, da hatte er eine Bisswunde an der Hand, die hat sogar geblutet.«
Ja, ich erinnerte mich. Er hatte ein Taschentuch hervorgezogen und die Wunde abgetupft. Damals hatte ich gedacht, er hätte in der Küche irgendetwas geschnitten und sich dabei verletzt.

»Hast du wirklich eine Bisswunde gesehen?«, fragte ich Daphne.
»Ja! Polo hat ganz kleine Zähne, so spitze – und ich habe die Abdrücke von vier Zähnen gesehen, und einer hat geblutet. Einer der Abdrücke, meine ich. Ein Zahn von ihr ist ein bisschen länger als die anderen.«
Na gut, dachte ich. Demnach hatte Gervaise Polo Carmody also einen Finger in den Mund gesteckt, während die beiden im Wintergarten irgendetwas Unaussprechliches machten. Und ihre Zähne waren so scharf oder sie hatte so heftig zugebissen, dass sie durch die Haut gedrungen waren und eine Wunde zurückgelassen hatten.
»Jetzt zeig mir die Verbindung zu Plumpud«, sagte ich, obwohl mir der Zusammenhang allmählich klarwurde.
»Als sie gestern in der Badewanne saß, habe ich ihre Blutergüsse gesehen. Sie verblassen jetzt langsam, deshalb ist überall ganz deutlich der Abdruck von einem Zahn zu sehen. Überall. An vielen verschiedenen Stellen, meine ich.« Sie schwieg eine Weile. Dann schüttelte sie den Kopf. Sie wollte es so korrekt wie möglich formulieren.
»Tut mir leid, das stimmt nicht ganz«, sagte sie. »Ich habe es nicht gesehen – ich glaube nur, dass es da ist. Ich *glaube*, dass ich es gesehen habe. Kannst du dich erinnern, dass man nach ihrem ersten Krankenhausaufenthalt nur die Blutergüsse an ihrer Hand sah, und jetzt sieht man den Einstich der Nadel? Jetzt verblassen die Blutergüsse, und ich glaube, jetzt sind auch die Bisswunden zu sehen. Das habe ich, glaube ich, gesehen, als sie in der Wanne saß, aber ich wusste nicht, was es war …«
Es sprudelte nur so aus ihr heraus: das, wovon sie überzeugt war und was sie mir mitteilen wollte, zusammen mit ihren Mutmaßungen – eine Mischung aus Fakten und Fantasie. Aber

ich verstand sie. Und mit Plumpuds Hand hatte sie recht: Die Stelle, an der die Infusionsnadel eingeführt worden war, ließ sich inzwischen deutlich erkennen, während man am Weihnachtstag nur schwarze und blaue Hämatome und eine Schwellung gesehen hatte.

»Du glaubst mir doch, oder, Grammer?«, fragte sie plötzlich. »Grammer, du glaubst mir doch?« Sie klang besorgt und sehr eindringlich.

»Ja, Daphne«, sagte ich. »Ich glaube dir hundertprozentig. Aber jetzt lass mich nachdenken.«

Sie legte den Kopf aufs Bett und entspannte sich, während sie darauf wartete, dass ich mir überlegte, was nun zu tun sei.

»Eine von uns beiden muss sich die Blutergüsse noch einmal ansehen«, sagte ich. »Und zwar am besten so, dass Plumpud dabei nicht erschrickt oder in Unruhe versetzt wird.«

»Wenn sie das nächste Mal ein Bad nimmt, versuche ich wieder mitzugehen.«

»Gut. Und bei ihrer momentanen Badefrequenz nimmt sie garantiert heute Abend wieder eines.«

»Ist es nicht merkwürdig, dass sie so oft badet?«, fragte Daphne.

»Ich glaube, sie soll Salzbäder nehmen, bis die Naht verheilt ist«, erklärte ich ihr.

»Die Naht?« Sie sah mich entsetzt an. »Die Naht, Grammer?«

Es war mir herausgerutscht. Ich hatte nicht nachgedacht oder einfach angenommen, sie wüsste es.

»Was für eine Naht, Grammer?«

Ich kam nicht darum herum, es ihr zu sagen. Sie saß kerzengerade im Bett.

»Es tut mir leid«, sagte ich, »aber der Täter hat irgendeinen Gegenstand benutzt und sie damit so verletzt, dass sie genäht werden musste.«

Sie sah mich mit aufgerissenen Augen an und ließ das eben Gehörte langsam in ihr Bewusstsein dringen.
»Aber warum tut jemand so was?«, schrie sie. »Warum tut jemand … Wie kann jemand nur so was …?«
Ja, warum? Nicht einmal ansatzweise beschreibt das Wort *böse* die Verderbtheit und Frevelhaftigkeit mancher Menschen. Ich legte den Arm um Daphnes Schulter. Man kann Kinder nicht schützen – man kann es höchstens versuchen. Sie begann zu weinen. Zwischen den gedämpften Schluchzern hörte ich mehrmals den Namen Plumpud.
Nach einer Weile sagte ich: »Hör mir zu, Daphne. Wenn du recht hast – und ich halte das durchaus für möglich –, dann müssen wir jetzt zusammenarbeiten. Wir müssen uns gegenseitig helfen. Plumpud braucht uns jetzt alle auf ihrer Seite.«
»Aber ich bin auf ihrer Seite, Grammer!«, rief sie.
»Das weiß ich, mein Schatz«, sagte ich. »Daran zweifle ich keine Sekunde. Aber wisch dir jetzt die Tränen aus den Augen und erzähl mir die Sache mit Dumpling, denn das habe ich nicht verstanden.« Ich gab ihr ein fliederfarbenes Batisttaschentuch, damit sie sich die Nase putzen und die Augen trocknen konnte. Ich kaufe immer weiße und färbe sie dann. Man braucht schließlich ein bisschen Farbe im Leben. Und weißer Batist lässt sich gut färben. Ich sprühe sie immer mit *Vanilla-Musk*-Parfüm ein – das wirkt so beruhigend.
Sie tupfte sich Augen und Nase ab und sagte: »Riecht gut, Grammer.« Da wusste ich, dass sie es verkraften würde.
Dann lehnte sie sich mit dem Rücken ans Kopfende des Bettes und rief mir ins Gedächtnis zurück, was Dumpling am Weihnachtsmorgen gemacht hatte. Ich sage »rief mir ins Gedächtnis zurück«, aber in Wahrheit hatte ich keinerlei Erinnerung daran. Wahrscheinlich war damals einfach zu viel los gewesen.
»Ich bringe sie dazu, dass sie es noch mal macht«, sagte Daph-

ne. »Und ich stelle ihr ein paar Fragen, dann wirst du es verstehen.«

»Nein, du machst gar nichts«, entgegnete ich. »Zumindest jetzt noch nicht. Du kümmerst dich um Plumpud und um die Blutergüsse, das reicht fürs Erste. Ich muss über Dumpling nachdenken. Ich will nicht, dass es später heißt, wir hätten es ihr eingedrillt.«

»Wie meinst du das?«

»Wenn du es mit ihr übst, sieht es später vielleicht wie ein abgekartetes Spiel aus. Lass es erst mal bleiben. Überlass es mir. Versprochen?«

»Versprochen.«

»Gut. Dann gehen wir jetzt zum Abendessen.«

Zu diesem Zeitpunkt war ich bereits bei Theresa Carmody gewesen und hatte sie zu den Slippery Nipples animiert – nichts bringt einen solchen Kick und löst so gut die Zunge wie Baileys und Sambuca. Sie schwatzte drauflos, und nach und nach dämmerte mir, was sich abgespielt hatte, obwohl mir der Zusammenhang mit Polo noch nicht klar gewesen war. Ich hatte ihn einfach nicht gesehen. Aber die vielen Handtücher – alle gründlich gewaschen. Und wenn die Polizei Haare aus dem Waschmaschinenfilter mitgenommen hatte, war sie offenbar jemandem auf der Spur.

Und das fand ich beruhigend.

Jetzt, nach dem Abendessen, fragte ich mich, ob Daphne bei Plumpud im Badezimmer wohl weiterkam und ob Waldorf und Dumpling noch immer Ludo spielten. Er hatte gesagt, er würde ihr gern das Schachspielen beibringen, was ich für eine wundervolle Idee hielt. Und ich fragte mich, wie George und Maria ihre Differenzen klären würden. Ich hatte nicht den Eindruck, dass sich das von selbst erledigen würde, zumindest nicht im Augenblick.

Ich machte mir eine Tasse Kaffee und dachte über den nächsten Schritt nach. Am nächsten Tag würde ich noch einmal zu Theresa Carmody gehen und einfach ein bisschen improvisieren. Ich überlegte, ob ich Margaret anrufen und sie über das, was Daphne erzählt hatte, informieren sollte oder ob ich Daphnes Mitteilungen nicht vielleicht anderweitig besser verwenden könnte. Ich dachte an Plumpud, die jetzt oben in der Wanne saß, und sinnierte über den Unterschied zwischen körperlichem und seelischem Leid. Die Hämatome verblassten allmählich und würden bald nicht mehr zu sehen sein, das Krankenhaus würde mitteilen, dass auch die Verletzung ausgeheilt sei, aber was brachte das meiner ältesten Enkeltochter? Würde sie Abstand zu alldem finden? Würde sie weitergehen können im Leben? Würde sie überhaupt leben können? Was würde passieren, wenn bewiesen werden könnte, dass Polo Carmody die Täterin war? Was würde das alles für Plumpud bedeuten? Würde sie das in ihrem Bewusstsein und in ihrem Leben unterbringen können? War es besser für sie, es nicht zu erfahren? War es besser für sie, es zu erfahren?

Es ist schon komisch, wie viel klarer sich einem Menschen etwas darstellt, wenn es sich ausschließlich auf ihn selbst bezieht. Aber vielleicht stimmt das auch gar nicht. Vielleicht betrachten wir die Dinge nur ganz unterschiedlich, und man ist besser gerüstet, wenn es um einen selbst geht. Oder ist nur die Rüstung verschieden?

DREIUNDZWANZIGSTES KAPITEL

Plumpuds Geschichte

Irgendwer hatte die Heizung im Bad aufgedreht, es war schön warm. Wahrscheinlich hatte das Daffers schon eine Weile zuvor getan. Während ich mich auszog und in die Wanne stieg, holte sie mir ein frisches Badetuch aus dem Wäschetrockenschrank und einen frischen Schlafanzug und meine Hausschuhe aus meinem Zimmer. Ich konnte kaum glauben, wie nett sie zu mir war. Ich spürte meine Rippen; offenbar hatte ich abgenommen. Ich schaute nicht hin, weil ich dieses Gefühl, die Rippen zu spüren, nicht mochte und gar nicht wissen wollte, ob es stimmte. Ich nahm mir vor, am nächsten Tag mehr zu essen. Aber ich wollte nicht wissen, wie ich aussah. Ich hasste meinen Körper. Ich hasste ihn abgrundtief. Aber dass Ronnie ihn hasste, wollte ich nicht.

Ich dachte ständig an Ronnie und an unseren Spaziergang durch den Park und daran, wie zufrieden die Enten trotz der Kälte gewirkt hatten, und daran, dass er meine Hand gehalten hatte, und daran, dass alles Schlimme gar nicht mehr so wichtig gewesen war, während ich neben ihm ging. Es gab so vieles, worüber ich nicht nachdenken wollte – über Dad zum Beispiel und über seine schlechte Laune und darüber, dass ich ihm nichts recht machen konnte, und über das große leere Loch in meinem Kopf, in das ich nicht hineinsehen wollte, und darüber, dass ich alles Mögliche vergaß und es mir dann wieder einfiel, und darüber, dass das Essen am Abend nach nichts geschmeckt hatte, und über mein Gefühl, dass ich Weihnachten ruiniert hatte.

Aber wenn ich an Ronnie dachte, ging es mir gut.

Ich versuchte mich in ihn hineinzuversetzen. Ich fragte mich, was in ihm vorging. Ich hatte das Gefühl, dass er mich sehr mochte, und dass das, was mir passiert war, daran nichts änderte. Das beruhigte mich. Mir war klar, dass auch er seine Probleme hatte – dass beispielsweise auch seine Weihnachtsferien ruiniert waren. Das sagte mir mein Kopf. Aber tief in mir, wo mein Herz ist, wo meine Gefühle sind, an dieser verborgenen Stelle wusste ich, dass er sich sorgte, und nicht nur um sich, sondern auch um mich.

Und diese Gewissheit gab mir Hoffnung.

Daffers kam wieder herein und ließ sich auf den Boden plumpsen. »Alles in Ordnung?«, fragte sie.

Auch sie gab mir Hoffnung. Ich weiß nicht, warum, aber irgendwie gab mir ihre Freundlichkeit und ihre Schwesterlichkeit das Gefühl, kein schlechter Mensch zu sein. Waldorf war auch ein bisschen so, aber anders.

»Ja, ja«, sagte ich.

»Darf ich mal die Blutergüsse sehen?«, fragte sie.

Welche Blutergüsse?, dachte ich. Die am Hals oder die an der Brust? Oder die, die niemals jemand wirklich sehen kann, weil sie in mir drin sind? Als mir dieser Gedanke kam, wurde mir schlagartig bewusst, dass niemals jemand die Blutergüsse in meinem Inneren sehen durfte. Ich spreche nicht von den körperlichen Blutergüssen, von dem Schmerz zwischen meinen Beinen, von dem Kratzen der Naht oder von dem komischen Gefühl, gequollenes Gelee in mir zu haben. Ich meinte die Blutergüsse in meinem Kopf, von denen nur ich jemals wissen würde. Sie saß auf dem Boden und wartete darauf, dass ich ihr die Blutergüsse zeigte, aber ich dachte immer nur: Das ist wichtig, das ist entscheidend – wenn du es wirklich willst, muss das nie jemand erfahren. Ich hatte das Gefühl, diesen Gedanken immer weiterverfolgen zu sollen, mich immer daran

erinnern zu sollen. Ich nahm mir vor, ihn nie zu vergessen, aber ich hatte Angst, ihn mir nicht merken zu können.
Ich fuhr mit der Hand am Badewannenrand entlang, damit sie die Blutergüsse sehen konnte.
»Die habe ich schon gesehen, Plumpud«, sagte sie. »Ich meine die an der Vorderseite.«
An der Vorderseite! Fast hätte ich gelächelt. Meine Vorderseite, das waren mein Hals und meine Brust, meine kleinen Brüste, meine jetzt so hervorstehenden Rippen. Ich betrachtete die Hand, die ich ihr gerade gezeigt hatte, und mir wurde klar, dass sie und der Rest der Familie gesehen hatten, wie sich diese Blutergüsse in den vergangenen Tagen erst schwarz, dann lila und schließlich blau verfärbt hatten. Ich schloss die Augen und wandte ihr das Gesicht halb zu.
»Meinst du die hier?«
Ich spürte, dass sie näher kam, um sie sich anzusehen, und ich konnte mir nicht vorstellen, warum. Es hatte etwas Übergriffiges, aber nicht, weil sie mich anstarrte. Es hatte mit dem zu tun, was man mir angetan hatte. Es hatte damit zu tun, dass mir etwas geraubt worden war, und diese Tatsache war für kurze Zeit in Form dieser nach und nach verschwindenden Blutergüsse sichtbar geworden.
Ich wartete eine halbe Ewigkeit, bis ich die Augen wieder öffnete. Daffers war immer noch dabei, meine Brust ganz genau zu betrachten.
»Lass es gut sein, Daffers«, sagte ich. »Es sind doch nur Blutergüsse.«
»Hast du sie dir mal angesehen?«, fragte sie.
Ich schüttelte den Kopf. Ich nahm sie natürlich wahr, das schon. Wenn ich mir zum Beispiel den BH anzog und dabei kurz nach unten blickte, nahm ich diese Flecken wahr. Außerdem taten sie weh. Ich sah sie gewissermaßen aus den Augen-

winkeln, aber ich wandte den Blick absichtlich wieder ab. Irgendwie interessierten sie mich nicht. Sie standen für etwas anderes. Dass sie weh taten, war nicht weiter wichtig. Klingt das einleuchtend? Wirklich weh tat mir das, was in meinem Kopf und in meinem Herzen war, nicht die Naht und nicht die schmerzenden Blutergüsse.

Weil sie schwieg, sah ich ihr ins Gesicht, um vielleicht etwas darin zu lesen.

»Das sind Bisswunden«, sagte sie.

Am liebsten hätte ich geschrien. Am liebsten hätte ich immer nur geschrien. Und ich glaube, in meinem Kopf schrie ich wirklich. Ist es wichtig, was es ist? Sind diese Blutergüsse auch nur im Geringsten interessant? Wen schert es, dass es Bisswunden sind? All das war in meinem Kopf, aber ich konnte es nicht aussprechen.

»Das ist mir egal«, sagte ich. »Völlig egal.« Ich zog die Knie an, damit sie nichts mehr sehen konnte. Ich wollte nicht, dass irgendwer das sah. Die Blutergüsse würden verschwinden, das wusste ich. Blutergüsse und solche Sachen verschwinden. Ich musste nur warten, dann wären sie nicht mehr da. Für immer verschwunden.

»Plumpud«, sagte Daffers, »ich glaube, dass das wichtig ist.«

»Was ist wichtig? Nichts ist wichtig! Ich will einfach nur weg von jetzt und hier und entweder zurück in die Zeit vor Weihnachten oder an einen Ort, an dem das alles nicht zählt.«

»Willst du denn nicht wissen, wer es getan hat?«, fragte sie mich. Sie klang verwundert, aber freundlich. Als wäre sie wirklich darauf bedacht, das zu verstehen, und würde mich bitten, ihr dabei zu helfen.

»Ich weiß nicht, was ich will. Wenn ich wüsste, wer es getan hat, müsste ich das verkraften. Und ich verkrafte überhaupt nichts«, sagte ich. Meine Stimme klang komisch, aber ich konnte nichts dagegen tun. »Diesen Menschen kann ich nicht einmal als Menschen bezeichnen, denn welcher Mensch tut einem anderen so etwas an?« Mir war kalt. Ich war innerlich wie tiefgefroren. Als würde ich allmählich etwas begreifen – eine Erkenntnis, die tief in meinem Kopf gewesen war und die ich mir nicht eingestehen wollte.

»Aber«, fuhr ich fort, »welche andere Bezeichnung könnte man schon verwenden – statt Mensch, meine ich?« Ich suchte nach Worten. »Ich kann nicht sagen, dass dieser Mensch ein Tier ist, weil ich nicht glaube, dass ein Tier einem anderen Tier jemals so etwas antut. Ich will nicht wissen, wer das getan hat. Nur so kann ich mich selbst verkraften, mich, Plumpud. Nur so kann ich morgens aufstehen und so tun, als wäre ich ich. Als wäre ich dieselbe wie vor Weihnachten. Als könnte ich irgendwann in der Zukunft wieder dieselbe sein. Mehr kann ich nicht tun. Nein, ich will nicht wissen, wer es getan hat. Ich dachte zwar, ich würde es wissen wollen, aber ich will es nicht wissen.«

Daffers sagte nur: »Oh.« Ich fragte mich, ob sie mich verstand.

»Ich meine es ernst«, sagte ich. »Ich will es wirklich nicht wissen. Zuerst konnte ich überhaupt nichts denken. Aber dann dachte ich, ich müsste es wissen, müsste herausfinden, wer dafür verantwortlich ist. Das war mir unglaublich wichtig. Aber jetzt will ich es nicht mehr wissen. Ich will ihm nicht gegenüberstehen müssen. Bitte sag mir, dass du das verstehst.«

»Ich versuche es ja«, entgegnete sie. »Weißt du, ich fand es total wichtig, dass du es herausfindest, damit dieser Mensch vor Gericht gebracht und ins Gefängnis gesteckt werden kann und so. Ich glaubte, dass es dir dann bessergehen würde und dass du dann wüsstest, dass dieser Mensch es keinem anderen mehr antun kann.«

So gesehen hatte sie vielleicht recht … Aber ich hasste die Vorstellung, vor Gericht zu müssen und dem Täter gegenüberzustehen.
Ich warf einen Blick auf meine Brust. Es waren viele Blutergüsse, und ich sah, was sie meinte, als sie von Bisswunden gesprochen hatte – ja, es waren Abdrücke von Zähnen. Bisher hatte man sie nicht gesehen, weil alles geschwollen und schwarz und blau gewesen war, aber jetzt waren sie deutlich erkennbar, weil die Blutergüsse verblassten und einen grünlichen Ton angenommen hatten. Ich schloss die Augen. Ich wollte diese Wunden nicht sehen. Bald würden sie verheilt und verschwunden sein.
»Du gehst doch morgen ins Krankenhaus«, sagte Daffers.
»Ja?«
»Also, ich finde, du solltest diese Bisswunden jemandem zeigen.« Die Bestimmtheit, mit der sie das sagte, war ganz untypisch für sie.
»Warum?«
»Pass auf – du willst zwar nicht wissen, wer es getan hat, zumindest jetzt im Moment nicht, aber wenn die Bisswunden eine Art Beweis sind, dann muss sie sich jemand anschauen.«
Vielleicht hat sie recht, dachte ich. Aber dann schob ich das Ganze wieder von mir. Ich wollte wirklich nichts damit zu tun haben.
»Kann ich morgen früh mitkommen?«, fragte sie. Ich glaube, das hatte sie schon beim Abendessen gefragt, aber keiner hatte ihr eine Antwort gegeben.
Ich nickte mit geschlossenen Augen und wünschte mir, das Badewasser würde alle meine schlechten Gefühle wegschwemmen.

Am nächsten Morgen nahm ich noch ein Bad, und im Krankenhaus fragte Mum die Ärztin, ob es in Ordnung sei, dass ich so oft badete.
»Wenn es Plumpud guttut«, sagte die Ärztin, »dann ist das ausschlaggebend. Und das Salz im Badewasser fördert auf jeden Fall die Wundheilung.«
Davor hatte ich auf diesem grauenhaften Stuhl gelegen, auf diesem Stuhl mit den Dingern, die die Beine spreizen, und die Ärztin kontrollierte die Naht und sah in mir nach. Ich dachte an schöne Sachen – an Ronnie im Park und daran, dass Waldorf mir ein Handy kaufen würde –, aber es war anstengend, mich darauf zu konzentrieren, richtig anstrengend, mich von dem abzulenken, was mit mir gemacht wurde.
»Sieht gut aus«, sagte die Ärztin. »Ich arrangiere einen Ultraschall-Termin für dich, damit wir überprüfen können, ob es bleibende innere Verletzungen gibt. Und in ein paar Wochen wird noch einmal dein Blut untersucht.«
Ich fragte nicht, wozu. Ich wollte es gar nicht wissen. Daffers und Mum warteten draußen. Ich hätte gern gefragt, was Ultraschall ist, aber ich fürchtete mich vor der Antwort. Doch die Ärztin hatte offenbar gespürt, was ich dachte, denn sie erklärte mir, dass man damit durch mich durchsehen könne, dass man mir den Bauch mit einer Art Gelee einschmieren und der Radiologe eine Art Ball darüberrollen würde und dann auf einem Bildschirm sehen könnte, was in mir drinnen los war.
»Es tut nicht weh. Du liegst einfach da und kannst auf den Bildschirm schauen, wenn du willst.«
»Glauben Sie, dass ich schwanger bin?«, fragte ich.
»Garantiert nicht.«
»Wissen Sie, welche Droge ich bekommen habe?«
»Wie meinst du das?«

»Als ich betäubt und vergewaltigt wurde.«
»Ich hole mal deine Mutter herein, dann kann ich es euch beiden sagen.«
Sie half mir von dem Stuhl herunter, und ich zog mich wieder an und wartete auf Mum. Sie setzte sich neben mich und nahm meine Hand.
»Wir sind so gut wie sicher, dass es Rohypnol war«, sagte die Ärztin. Genau das hatte Margaret am Abend zuvor gesagt. »Das Problem – wenn man das so sagen kann – ist, dass Rohypnol oft keine Spuren im Körper hinterlässt. Normalerweise rauscht es sofort durch den Organismus. Deshalb haben wir keine Laborergebnisse.«
»Ist das gut oder schlecht?«, wollte Mum wissen.
»Dadurch lässt sich nur schwer beweisen, dass Plumpud betäubt wurde. Ich weiß, dass du betäubt worden bist«, versicherte sie mir, denn ich hatte schon den Mund geöffnet, um zu protestieren, und ich glaubte ihr. »Aber sollte die Sache vor Gericht enden, haben wir keine Laborberichte, die beweisen, welche Droge verwendet wurde.«
»Die Sache endet nicht vor Gericht«, sagte ich. Ich hörte meine eigene Stimme, aber ich konnte nicht entscheiden, ob sie gereizt oder entschieden klang. Ich wollte ihnen einfach mitteilen, dass ich niemals vor Gericht gehen würde.
»Falls es jemals dazu kommen sollte«, sagte die Ärztin, »darfst du ganz bestimmt unter Ausschluss der Öffentlichkeit aussagen, das heißt, du musst dazu nicht in den Gerichtssaal. Dein Alter und deine psychische Verfassung werden auf jeden Fall berücksichtigt.«
»Ich werde nicht aussagen«, entgegnete ich. »Ich kann sowieso nichts dazu sagen. Welchen Sinn hätte das denn – ich erinnere mich ja an nichts.«
»Willst du nicht, dass derjenige, der dir das angetan hat, für

lange Zeit ins Gefängnis kommt?«, fragte mich die Ärztin sanft.

Ich versuchte es ihr zu erklären, wie ich es Daffers erklärt hatte. Ich schilderte ihr, dass ich anfangs geglaubt hatte, mit dem Wissen, dass es möglicherweise jemand war, den ich kannte – oder auch jemand, den ich nicht kannte –, nicht leben zu können, dass ich aber immer Angst haben würde, wenn der Täter auf freiem Fuß bliebe.

»Jetzt ist es anders«, sagte ich. »Jetzt will ich es nicht mehr wissen. Ich will mein Leben weiterleben, und das kann ich tun, sobald ich körperlich wieder gesund bin. Aber wenn es einen Prozess oder so etwas gibt, ist das noch eine zusätzliche Sache, die mit dem, was mir passiert ist, zusammenhängt, und dem will ich mich nicht aussetzen.«

»Vielleicht denkst du irgendwann anders darüber«, sagte die Ärztin. »Du durchlebst im Augenblick ein schweres seelisches und körperliches Trauma – der Schock, den du erlitten hast, ist ... ja, er ist grauenhaft. Und du schlägst dich tapfer. Aber wenn du anfängst, das alles zu verarbeiten, wirst du vielleicht irgendwann den Wunsch nach einem Abschluss haben. Und ein möglicher Abschluss wäre eine Haftstrafe für den Täter.«

Ich sah es anders, aber ich hatte keine Lust, weiterzudiskutieren.

In diesem Moment kam Margaret, die Kriminalbeamtin, was mich ziemlich überraschte, weil sie erst am Tag zuvor bei uns gewesen war. Sie war so nett zu mir gewesen, hatte mit mir über das Betäubungsmittel gesprochen und gesagt, es sei völlig normal, dass ich mich wegen der Stunden, die mir fehlten, schockiert und verängstigt fühlte und dass es auch völlig normal sei, wenn zusätzliche Gedächtnislücken entstehen.

Eine Krankenschwester hatte angeklopft und mitgeteilt, dass Margaret da wäre und mit der Ärztin sprechen wolle.

Ich blieb neben Mum sitzen und wartete. Als ich aus dem Fenster blickte, sah ich, dass es schneite.
»Alles in Ordnung?«, fragte Mum.
Ich bejahte ihre Frage und sagte, dass der Schnee Waldorf hoffentlich nicht davon abhalten würde, mit uns shoppen zu gehen, weil ich mich so darauf freute.
»Er ist toll, findest du nicht?«, sagte ich. Auf eine Erwiderung hatte ich es eigentlich gar nicht abgesehen. Es war eher eine Feststellung, aber Mum sagte ganz verkniffen: »Ja. Schön zu wissen, dass es auch noch Männer gibt, die keine Platzverschwendung sind.«
Dazu sagte ich nichts, denn was hätte ich sagen sollen? Aber es wäre mir lieber gewesen, sie hätte es nicht gesagt, weil ich das Gefühl hatte, dass es gegen Dad gerichtet war, und ich wollte nicht, dass sie so etwas dachte oder aussprach.
Bevor mir irgendeine Bemerkung einfiel, wurde Mum nach draußen gebeten. Ich blieb sitzen und sah zu, wie die Schneeflocken langsam herabschwebten. Sie schmolzen, sobald sie das Glas berührten, und kullerten dann die Scheibe hinunter, an deren unterem Ende sich ein immer höher werdender Damm aus matschigem Schnee bildete. Ich fragte mich, ob die Enten im Park dieses Wetter mochten oder ob sie es nicht einmal bemerkten. Wahrscheinlich, dachte ich, wäre ihnen heute ein Besuch mit ein bisschen Brot ganz recht, denn an einem solchen Tag gingen nicht allzu viele Leute spazieren. Dann fragte ich mich, ob sich eine Möglichkeit ergeben würde, Ronnie zu sehen. Am liebsten wäre es mir gewesen, wenn Mum von unserem Treffen gewusst hätte, aber ich hielt es für ausgeschlossen, dass ich es ihr erzählte, ohne dass es daraufhin zum Streit kommen würde.
Margaret betrat mit der Ärztin das Zimmer und begrüßte mich. Ich lächelte sie an. Sie war wirklich sehr, sehr nett.

»Ich möchte mir nur kurz die Blutergüsse an deiner Brust ansehen«, sagte die Ärztin.
»Sie verblassen schon«, sagte ich in der Hoffnung, sie damit von ihrem Vorhaben abzubringen. Ich hatte gedacht, wir wären so gut wie fertig, und verspürte überhaupt keine Lust, mich schon wieder auszuziehen.
»Wir haben sie bei deiner Einlieferung gemessen«, erklärte sie, »und ich möchte gern wissen, wie sie sich entwickeln.«
Ich überlegte, ob vielleicht Daffers etwas darüber ausgeplaudert hatte, aber das war nicht sehr wahrscheinlich. Margaret war unangekündigt aufgetaucht, bestimmt hatte niemand sie herbeigerufen. Ich nahm an, dass die Kontrolle der Blutergüsse einfach das Ende der Untersuchung darstellte.
Ich zog meinen Pulli aus und knöpfte die Bluse auf. Ich glaube, Margaret war am Weihnachtstag auch dabei gewesen; vielleicht hatte sie mitbekommen, wie die Blutergüsse damals vermessen wurden, aber ich war mir nicht sicher. Mir erschien das alles so lang her. Während ich mich auszog, las die Ärztin in meiner Patientenakte, und Margaret sagte: »Beachte mich einfach gar nicht, Plumpud. Tu so, als wäre ich ein Möbelstück.«
»Würdest du bitte auch den BH ausziehen?«, sagte die Ärztin.
Ich tat es. Ich sah keine von beiden an, sondern betrachtete die herabfallenden Schneeflocken und fragte mich, was Ronnie wohl gerade machte. Ich versuchte mir vorzustellen, wie es wäre, wenn Ronnie meine Brüste ansehen würde, aber es gelang mir nicht recht. Der Raum war so steril, er eignete sich einfach nicht für solche Gedanken. Aber als Ronnie meine Brüste berührt hatte, war das sehr schön gewesen.
»Ja«, sagte die Ärztin, »die verblassen sehr schön.«
»Ich messe sie nur noch mal schnell ab«, sagte Margaret. »Und dann fotografiere ich sie.«
Ich sah erschrocken auf.

»Keine Sorge, das ist eine reine Routineangelegenheit«, sagte Margaret. »Dein Gesicht wird nicht auf den Fotos sein.«

»Ich will nicht, dass Sie herausfinden, wer es getan hat«, sagte ich. »Ich will, dass das alles weggeht. Ich will nicht aussagen oder irgend so was.« Es hörte sich quengelig an, aber ich wollte, dass endlich Schluss war.

»Plumpud«, sagte Margaret, »ohne deine Erlaubnis passiert überhaupt nichts. Das ist nur für die Akten, damit wir später, falls es nötig werden sollte, eine vollständige Aufzeichnung des Falls zur Verfügung haben.«

Also setzte ich mich hin und betrachtete die Schneeflocken. Ich nahm wahr, was sie tat, ich sah auch das Blitzlicht, aber ich beachtete es einfach nicht.

»So, das war's schon«, sagte Margaret.

Dann sah ich an mir herunter. Die winzig kleinen Wunden waren noch deutlicher zu erkennen als am Abend zuvor in der Badewanne.

»Sind das Bissspuren?«, fragte ich.

»Ja, ich glaube, schon«, antwortete Margaret leise.

Die Ärztin nickte. »Ganz ohne Zweifel. Sie sind absolut identisch.«

Ich bemerkte, dass die beiden sich einen Blick zuwarfen, und hatte das Gefühl, dass sie an einer Art Verschwörung beteiligt waren – an irgendeinem Plan, von dem ich ausgeschlossen war. Gleichzeitig wusste ich: Wenn ich mitmachen wollte, musste ich nur den Fragen nachgehen, die ich irgendwo in mir hatte. Aber das wollte ich nicht. Ich wollte, dass die Fragen und die Antworten verschwanden. Und deshalb sagte ich nichts.

Auf dem Weg nach draußen hakte sich Daffers im Gang bei mir unter. Ganz kurz schoss mir der Gedanke durch den Kopf, dass sie mich vielleicht verraten und von den Bisswunden erzählt hatte, aber dann wollte ich auch das nicht mehr wissen. Mir war klar, dass man so etwas nicht als Verrat bezeichnen darf, aber ich konnte nicht anders. Während wir zum Auto zurückgingen, war mir mehr danach, mich ins Bett zu legen, als durch die Stadt zu laufen.

Daffers verfiel in einen verschwörerisch klingenden Singsang: »Wir gehen shoppen, wir gehen shoppen!«

Ich nickte. Am liebsten hätte ich mich ausgeklinkt. Ich wollte nur in die Badewanne und dann ins Bett.

»Waldorf hätte doch bestimmt nichts dagegen, wenn wir es erst morgen machen, oder?«, fragte ich hoffnungsvoll.

»Ach, jetzt sei doch nicht so!«, entgegnete Daffers überschwenglich. »Denk an die arme kleine Dumpling, die ist schon so wahnsinnig aufgeregt. Und denk an dein neues Handy!«, fügte sie flüsternd hinzu.

Das hatte etwas für sich. Es stimmte, Dumpling war aufgeregt, und wenn alles glattlief, würde ich ein Handy bekommen, das ich mit ins Bett nehmen und Ronnie damit entweder SMS schicken oder anrufen konnte. Diese Vorstellung war so spannend und beruhigend zugleich, dass ich nickte.

»Es wird super!«, sagte Daffers. »Und zum Mittagessen lädt Waldorf uns bestimmt in ein ganz tolles Lokal ein.«

Essen. Igitt. Allein der Gedanke machte mich krank. Dann schlug Mum vor, dass wir auf dem Heimweg irgendwo etwas frühstückten. Ich hatte schon Angst, Daffers könnte damit einverstanden sein, aber es kam anders. Ich glaube, sie freute sich so auf den Ausflug mit Waldorf, dass sie keine Verzögerung mehr duldete.

Auch Mum wirkte erleichtert darüber, dass wir nirgendwo mehr anhalten wollten.

»Normalerweise arbeitest du doch nicht über Weihnachten«, sagte Daffers.

»Ach, dieses Jahr ist eben alles anders«, erwiderte Mum ausweichend.
»Ich kann mich überhaupt nicht erinnern, dass du schon jemals über Weihnachten gearbeitet hast«, hakte Daffers nach.
Es hatte aufgehört zu schneien, und der Schnee war auch nicht liegen geblieben, aber der Himmel blieb dunkel, und ich war sicher, dass es bald wieder schneien würde.
»Ach, frag mich nicht«, sagte Mum leichthin. »Verträge, Verträge, Verträge – und Abgabetermine. Aber darüber braucht ihr euch keine Gedanken zu machen.«
»Mit Abgabeterminen kenne ich mich aus«, erklärte Daffers. »Ich hasse sie. Die schleichen sich immer so hinterhältig an.«
Wahrscheinlich musste sie nach den Ferien irgendeine Arbeit abliefern, aber man kann eben, wie Grammer immer sagte, ein Kamel zwar zum Wasser führen, saufen muss es dann allerdings selbst.
Mum setzte uns vor der Einfahrt ab und fuhr sofort weiter, und wir beide gingen ins Haus.
»Wo ist Grammer?«, fragte Daffers Waldorf. Komischerweise fragte sie nicht Dad, aber wahrscheinlich lag das daran, dass wir seine Anwesenheit nicht gewohnt sind. Immerhin hob er den Blick von der Zeitung und sagte hallo, aber dann las er weiter. Ich hatte erwartet, dass er mich fragte, wie es im Krankenhaus gewesen war, aber offenbar hatte er es ganz vergessen. Es machte mir nichts aus, dann musste ich wenigstens nicht darüber reden. Ich hätte sowieso nichts zu sagen gewusst.
»Grammer ist weggegangen«, sagte Waldorf. »Und genau dasselbe machen wir auch gleich, sobald ihr fertig seid.«
Dumpling zog los, um ihre kleine Jacke zu holen. Daffers erinnerte sie daran, die Fäustlinge mitzunehmen, weil es draußen so kalt war. Dann kam das Taxi, und wir fuhren los. Waldorf hatte seine Hausaufgaben gemacht, wie er sagte, und lotste das

Taxi zum oberen Ende der Grafton Street, wo es viele große Handyläden gab, die alle zu Fuß erreichbar waren. Es war so toll, ein Handy auszusuchen! Daffers kannte sich mit den Handys und den Tarifen und so weiter bestens aus – sie wusste einfach alles darüber. Sie bekam die neue Handyhülle, die sie sich gewünscht hatte, und ich ein schickes kleines Handy, das ich bequem in die Hosentasche stecken konnte. Dann gingen wir weiter, um Dumpling etwas zu kaufen, denn Waldorf sagte: »Ihr seid alle drei meine Lieben, und keine bleibt unbeschenkt!«

Im Spielwarenladen deutete Dumpling auf verschiedene Sachen, die wir ihr alle zeigten und erklärten. Als Daffers ihr ein Jo-Jo vorführte, lachte Dumpling und deutete auf Waldorf, der den Witz aber offenbar nicht verstand. Dann sah sie sich Unmengen von Plüschtieren und Puzzles an und entschied sich zum Schluss für das Jo-Jo. Sie bestand darauf, dass es weder verpackt noch in eine Plastiktüte gesteckt wurde. Sie schob es sich in die Tasche und klopfte immer wieder liebevoll darauf. Man sah ihr an, dass sie sich unglaublich freute. Sie umarmte Waldorf. Der sagte nur: »Meine Liebe, du weißt, dass ich dir alles gekauft hätte. Einfach alles.«

Und ich glaube, das hätte er wirklich getan.

VIERUNDZWANZIGSTES KAPITEL

Marias Geschichte

An diesen Weihnachtstagen versuchte ich nur noch, völlig mechanisch die Scherben aufzusammeln, die um mich herum entstanden. Es war unsagbar grauenhaft.

Der Mensch zieht aus allem Möglichen Kraft – seien es andere Menschen, seien es irgendwelche Ereignisse. Meine Kraft dagegen schwand von Minute zu Minute. Mir fehlte das, was ich gebraucht hätte, um es durchzustehen. In gewisser Hinsicht war es wie bei einer Entbindung, wenn man so überschwemmt ist von Schmerz, dass man nicht mehr daraus herauskommt und nur noch will, dass es aufhört und dass es, wenn es schon nicht aufhört, wenigstens von vorn anfängt, damit man eine zweite Chance bekommt und diesmal alles im Griff behält.

Es ging alles viel zu schnell, es gab einfach keine Atempause. Die Tage verschwammen miteinander, und George wurde immer schwieriger; ich wusste nicht, wie ich damit fertig werden sollte. Immer wieder fragte ich mich, ob das Problem darin bestand, dass ich nicht daran gewöhnt war, mit ihm umgehen zu müssen. Die Sorgen und Nöte eines Vaters kannte er nicht, weil er nie da gewesen war; jetzt war er zwar da, zeigte sich jedoch eindeutig überfordert. Nicht dass es irgendwelche Richtlinien gab für das, was wir durchmachten, aber jedem mütterlichen Instinkt, jeder natürlichen weiblichen Verhaltensweise, auf die ich normalerweise zurückgegriffen hätte, versuchte er entgegenzuwirken.

Zwei Tage nach Weihnachten büxte ich aus. Das heißt nicht, dass ich Plumpud auch nur im Geringsten im Stich ließ. Ich hatte genug Schuldgefühle, weil ich beschäftigt gewesen war, als sie überfallen wurde, und mir war klar, dass ich nur deshalb so um mich schlug, weil ich mein eigenes Schuldgefühl mindern wollte, obwohl meine rationale Seite darauf bestand, dass es nicht meine Schuld war. Aber ich hatte nun einmal das Gefühl, dass es irgendwo einen Schuldigen gab und dass jeder, wirklich jeder, dieser Schuldige sein konnte.

Um mich ein wenig zu distanzieren und besser mit der Situation zurechtzukommen, machte ich einen Spaziergang, der damit endete, dass ich Martin Garner unter seiner Privatnummer anrief und ihm gegenüber ohne jeden Hinweis auf die Ereignisse bei uns zu Hause andeutete, dass ich wahrscheinlich noch ein bisschen an den Januar-Verträgen arbeiten müsse. Nur um sie fertigzustellen, selbstverständlich. Er hielt das offenbar für eine gute Idee und meinte, er würde mir gern dabei helfen. Bei ihm zu Hause seien nur Mütter und Schwiegermütter – einfach zu viele Frauen, die ihn nervten.

Nach dieser Bemerkung dachte ich mir, wenn auch nur kurz, dass George es vielleicht genauso empfand, aber dann schob ich den Gedanken beiseite. Schließlich war George für sich selbst verantwortlich. Er hatte sich dafür entschieden, im Ausland zu arbeiten und erst in allerletzter Minute nach Hause zu kommen. Es war seine Pflicht, sich einzubringen, aber er tat es einfach nicht.

Allein das Haus verlassen zu können, empfand ich schon als Erleichterung. Während der Schulzeit ist wegen der täglichen Routine alles so viel einfacher, und obwohl ich nie zuvor etwas zu verbergen gehabt hatte, wurde mir jetzt klar, dass ich alles hätte tun können, ohne dass es irgendwer bemerkt hätte.

Ich weiß nicht genau, wie sehr mir bewusst war, was der Anruf bei Martin Garner in Wahrheit bedeutete. Ich redete mir ein, dass ich einfach Kontakt zu einem Menschen außerhalb der

Beengtheit meines Zuhauses wollte, und er eignete sich dafür ideal, weil ich den Eindruck hatte, dass er selbst nicht gerade die schönsten denkbaren Weihnachtstage genoss. Aber damit vertuschte ich natürlich nur, was ich in Wirklichkeit vorhatte. Der Anruf bei Martin Garner war gleichbedeutend mit dem Angebot, mit mir zu schlafen. Und er war verheiratet. Und was sagte das über mich aus?

Dass ich kein besonders guter Mensch war.

Ich fand mehrere Rechtfertigungen. Die eine bestand in der Behauptung, ich wolle ja nur in die Arbeit – aber warum hatte ich dann Martin Garner angerufen? Doch nur, damit er auch dorthin kam. Eine andere Rechtfertigung besagte, jeder Mensch sei für sein Handeln selbst verantwortlich, und wenn Martin beschloss, ebenfalls ins Büro zu gehen, dann war das seine Entscheidung.

Martin hätte natürlich nicht im Traum daran gedacht, in die Arbeit zu fahren, wenn ich ihn nicht angerufen hätte. Ich war wie Eva im Garten Eden. Die Versucherin. Als so jemand hatte ich mich im Leben noch nie gesehen. Ich versuchte, alle Gedanken an seine Frau und ihre Weihnachtstage wegzuwischen, indem ich mir sagte, das alles habe nichts mit mir zu tun.

Wir trafen uns im Büro. Der Hausmeister sperrte mir auf. Ich glaubte, die Erste zu sein, und stellte mir vor, dass ich bei Martins Eintreffen sittsam am Schreibtisch sitzen würde.

Ich setzte mich hin und holte den Vertrag hervor, an dem ich wirklich hatte arbeiten wollen – allerdings war der Abgabetermin Ende, nicht Anfang Januar. Ich blätterte gerade darin herum, als ich plötzlich spürte, dass Martin da war. Er stand in der Tür seines Büros und beobachtete mich. Ich hatte keine Ahnung, wie lange er schon so dastand. Ich bemühte mich, nicht verlegen zu wirken, aber mein Herz setzte einen Schlag aus.

»Ich wusste nicht, dass du schon hier bist.« Ich versuchte nicht ins Stottern zu geraten.
»Und ich dachte schon, du wolltest einen auf kühl machen«, sagte er. Er lächelte mit nur einem hochgezogenen Mundwinkel. Es sah wahnsinnig verführerisch aus, und ich wusste nicht, was ich sagen sollte. Ich hatte erwartet, dass er von draußen hereinkommen würde, und hatte das Lässigsein nur für diesen einen Fall geübt – falsches Timing und die falsche Tür.
»Und – wie war Weihnachten bei den McHargs?«, fragte er.
In diesem Augenblick wurde mir klar, dass ich es ihm nicht erzählen würde. Jeder Gedanke daran, alles bei ihm abzuladen, verschwand schlagartig. Stattdessen ließ ich nichtssagende Bemerkungen fallen wie »Na ja, essen, trinken, Knallbonbons – das Übliche eben«. Die andere Sache wollte ich auf keinen Fall ansprechen.
Er nickte. Offenbar kam ihm das alles sehr bekannt vor.
»Und ein bisschen sehr familienlastig, was?«, sagte er in mitfühlendem Ton.
Ich lächelte resigniert.
Er trat an meinen Schreibtisch und sah sich den Vertrag an. Als er näher kam, spürte ich seinen Atem am Ohr, und wir starrten beide auf das Dokument, als wäre es das Wichtigste auf der Welt. Er beugte sich weiter vor und streifte, glaube ich, mit der Wange mein Haar, als er die Hand sinken ließ und umblätterte.
»Ist das interessanter als die Witze in den Knallbonbons?«, fragte er.
Ich hob den Blick, und unsere Gesichter waren sich so nah, dass ich jede einzelne seiner Wimpern sah, lang, dunkel, kräftig – reine Verschwendung bei einem Mann, dachte ich, aber nicht bei ihm. Graue Augen, an den Außenwinkeln kleine

Lachfältchen, weite Pupillen, glatte Wangen, frisch rasiert, ein Hauch von Aftershave – irgendetwas Würziges, ungemein verlockend. Diesmal war es anders als zuvor. Wir betrachteten uns gegenseitig wie in einem eingefangenen und in die Länge gezogenen Augenblick, und unsere Münder kamen einander näher und näher. Es waren fordernde, gierige Küsse, ich wollte, dass er nicht aufhörte! Ich wollte so ganz und gar versinken in Leidenschaft, dass alles andere ausgelöscht war. Er küsste ringsum den Rand meiner Lippen, erst dann presste er seinen Mund auf meinen. Seine Zunge stieß an meine Zähne und drängte weiter. Er sollte nicht aufhören! Ohne mit dem Küssen aufzuhören, legte er mir die Hände unter die Ellbogen und zog mich vom Stuhl.

»Hast du abgesperrt?«, fragte er.

Ich schüttelte den Kopf.

Wir schlossen die Tür auf dem Weg zu seinem Büro ab. Er hatte seinen Schreibtisch bereits freigeräumt, und das Telefon war ausgehängt und stand auf dem Boden. Er sah, dass ich das registrierte, und während er mich auszuziehen begann, lächelten wir beide, weil wir uns daran erinnerten, aus welchem Grund er das getan hatte. Es war anders als zuvor, aber genauso intensiv. Es war irgendwie langsamer und gelassener, ein bisschen sanfter, aber nicht weniger erregend. Er war, wenn man das so sagen kann, ein versierter Liebhaber. Kein Herumtasten, keine Unterbrechungen, kein Stillstand in den Bewegungen. Er nahm mich auf dem Schreibtisch, stand darübergebeugt davor und drang in mich ein, während ich, den Hintern auf der Schreibtischunterlage, meine Beine um seine Hüften schlang. Er stieß mich sanft, in gleichbleibendem Rhythmus, und mit jedem Stoß entfernte ich mich weiter von den Problemen zu Hause, bis ich nur mehr an seine Bewegungen dachte und wir auf eine Ebene gelangten, auf der Körper und Seele

sich so intensiv miteinander verbinden, dass es keinen Körper und keine Seele mehr gibt, sondern nur noch das Ganze.
Ich fand es furchtbar, als er aufhörte, furchtbar, als es zu Ende war, trotz des Befriedigtseins. Das dort draußen, außerhalb des Büros, war unerträglich für mich, das alles bei uns zu Hause, wo mich Plumpuds fahles Gesicht erwartete und Georges dumpfe Gereiztheit.

Beim nächsten Mal war es wieder anders, und beim übernächsten Mal auch. Ich weigerte mich, daran zu denken, was nach dieser Zeit »zwischen den Jahren« sein würde, wenn die Arbeit wieder begann. Ich wollte mir nicht vorstellen, wie es sein würde, ihm an einem normalen Werktag zu begegnen, wenn auch die anderen wieder im Büro waren, wollte nicht darüber nachdenken, ob es sich weiterführen ließ oder in Peinlichkeit und Frustration enden würde. Das war nicht wichtig. Wichtig war, dass ich für eine Weile das häusliche Grauen, meine Unfähigkeit, die Zeit zurückzudrehen und mein ältestes Kind zu retten, vergessen konnte. Auf dem Heimweg nach dem ersten Mal empfand ich weder Schuld noch Scham. Nur eine körperliche und seelische Erleichterung, zu der mir diese Auszeit verholfen hatte.
Ich fragte mich, wie ich reagieren würde, wenn George dasselbe gemacht hätte. Und plötzlich dachte ich, dass es mir egal wäre.
Zu Hause konnte ich dann eindeutig wieder etwas mehr geben. Natürlich erst, nachdem ich geduscht hatte und mir sicher war, dass mein Gesicht, mein Hals, meine Brüste nicht mehr nach würzigem Aftershave rochen. Ich verbot mir jeden Gedanken an das, was ich im Büro gemacht hatte – zumindest in Anwesenheit der Mädchen. Auf diese Weise konnte ich mehr geben als zuvor. Ich versuchte, niemanden mehr innerlich zu beschul-

digen. Es gab inzwischen zwar niemanden mehr, den ich nicht verantwortlich machte, aber das war bestimmt eine Reaktion darauf, dass ich mir im tiefsten Inneren selbst die Schuld gab. Wenn nur ... Hätte ich nur ... Alle diese *Wenn* und *Hätte,* aus denen unser Leben besteht und mit denen wir leben müssen.

Die Ärztin im Krankenhaus meinte, Plumpuds Genesung schreite gut voran, es müssten aber noch einige Tests durchgeführt werden, bevor sie Entwarnung geben könne. Sie fragte mich, wie Plumpud die Situation psychisch verkrafte.

»Sie ist stiller geworden«, sagte ich. Plumpud war schon immer eher still gewesen, was ganz gut war, weil Daffers Lärm für zwei, wenn nicht für mehr, machte. »Sie ist ein bisschen verschlossen und isst wenig.«

»Hat sie Freundinnen, die sich um sie kümmern?«

»Nein, eigentlich nicht. Sie ist eher eine Einzelgängerin.«

»Sie hat also keinerlei Kontakt zu Gleichaltrigen?«

»Sie hat keine richtigen Freunde«, sagte ich, und während ich es sagte, überlegte ich, ob man die kurze Bekanntschaft mit Ronnie Fields als eine richtige Freundschaft bezeichnen konnte.

»Schade«, erwiderte die Ärztin. »Oft sind es nämlich gerade die Altersgenossen, die eine gewisse Normalität zurückbringen. Und normalerweise kann man ja mit den gleichaltrigen Freunden am offensten reden.«

»Sie kann ja mit uns reden«, sagte ich. Doch dann wurde mir bewusst, dass sie nie mit uns geredet hatte – zumindest nicht mit mir.

»Und – macht sie das?«

»Ich würde die Frage gern mit Ja beantworten, aber ich glaube, das kann ich nicht. Zumindest mit mir hat sie nicht gesprochen – jedenfalls nicht viel.« Es fiel mir schwer, das zuzugeben, aber ich hatte das Gefühl, Plumpud am besten helfen zu können, indem ich bei der Wahrheit blieb. »Sie verbringt viel Zeit mit einer ihrer beiden Schwestern, und sie steht ihrer Großmutter sehr nahe.«

Die Ärztin runzelte die Stirn. »Solange sie mit den beiden spricht, wird ihr das irgendwie helfen. Und Sie haben ja die Telefonnummer der Beratungsstelle – das kann eine große Unterstützung sein. Gespräche tragen dazu bei, sich weniger isoliert und entfremdet zu fühlen.«

Ich nahm mir vor, mit Grammer darüber zu sprechen. Schließlich war sie gewissermaßen diejenige an der Basis, sie verbrachte die Stunden mit den Mädchen, in denen ich im Büro war. Vielleicht konnte sie die Situation besser einschätzen. Ich bereute es, sie nicht ins Krankenhaus mitgenommen zu haben, und beschloss, sie beim nächsten Termin um ihre Begleitung zu bitten.

Ich dachte schon, dass wir gehen könnten, da tauchte Margaret McGregor im Krankenhaus auf. Das verlängerte den Aufenthalt dort um eine halbe Stunde, aber dann hieß es, alles sei in Ordnung, und Plumpud kam bleich und sehr still aus dem Zimmer.

Nachdem ich die Mädchen zu Hause abgesetzt hatte, damit sie ihren Stadtbummel mit Waldorf unternehmen konnten, fuhr ich ins Büro. Als ich aber dort ankam, war mir plötzlich nicht mehr nach dem verabredeten Rendezvous. In den zurückliegenden Tagen war es anders gewesen – eine Entlastung von der Situation zu Hause und von meinen Pflichten, eine Unterbrechung der täglichen Anspannung und dessen, was sich um mich herum abspielte, eine Atempause innerhalb der Trostlosigkeit dieser Weihnachtsferien.

Als ich vor dem Büro bremste und eben in die Tiefgarage einbiegen wollte, merkte ich, dass ich es einfach nicht schaffte, dieses Rendezvous durchzuziehen. Ich rief Martin Garner auf dem Handy an und sagte, dass es nicht gehe. Er klang enttäuscht und gleichzeitig besorgt.

»Ist alles in Ordnung?«, fragte er mich.

Nein, nichts ist in Ordnung, dachte ich. Ich bin aufgewühlt und habe Schuldgefühle und weiß nicht, wie ich damit umgehen soll.

»Einfach genervt vom Familienleben«, sagte ich.

»Und warum stehst du dann vor der Parkgarage?«

Ich warf einen Blick in den Rückspiegel und stellte zu meinem Entsetzen fest, dass Martin Garners Wagen hinter mir stand und er darin saß. Er stieg aus und kam zu mir ans Fenster, das ich auch prompt öffnete, während ich dasaß und mir dämlich vorkam.

»Was ist denn los?«, fragte er mich. Er sah mich so freundlich und besorgt an, dass ich dachte: Wenn er jetzt nett zu mir ist, fange ich an zu weinen. Ich saß nur da und blickte ihn an und wagte es nicht, etwas zu sagen.

»Fahr in die Garage«, sagte er. »Dann trinken wir dort drüben am Eck einen Kaffee.«

Eine Tasse Cappuccino vor mir, eine Zigarette zwischen den zittrigen Fingern, schüttelte ich den Kopf, nachdem er mich gefragt hatte, ob George es herausgefunden habe.

»Nein«, sagte ich. »Aber George ist ein Teil des Problems. Bei uns zu Hause läuft es gerade nicht so gut. Viele Spannungen.«

»Erzähl mir davon. Mit Weihnachten und Spannungen und zu viel Familienleben kenne ich mich aus.«

Mit den Problemen, die ich habe, wirst du dich nicht sehr gut auskennen, dachte ich. Ich wusste nicht, wie ich anfangen sollte, aber ich wollte es jemandem erzählen – einem Außenstehenden.

»Einer meiner Töchter ist etwas zugestoßen«, sagte ich. »Am Weihnachtsabend.«
Er schwieg. Er trank seinen Kaffee und wartete ab, dass ich die richtigen Worte fand.
»Etwas Schlimmes.« Besser konnte ich es nicht sagen.
»Geht es ihr jetzt gut?«
Ich nickte, obwohl ich wusste, dass es ihr natürlich nicht gutging. Ich starrte in meine Tasse. Der Milchschaum war mit Kakaopulver gesprenkelt.
»Hast du mich deshalb neulich angerufen und gefragt, ob ich ins Büro komme?«
Wieder nickte ich. »Ich wollte einfach mal ein bisschen von zu Hause weg.«
»Und, hat es funktioniert?«
»Ja.«
»Und jetzt?«
»Jetzt? Jetzt ist gar nichts. Ich kann keinen klaren Gedanken mehr fassen. Ich komme gerade vom Krankenhaus, sie wurde dort untersucht – sie wurde verletzt, weißt du. Und ich hatte solche …« Wieder fehlten mir die Worte.
»Schuldgefühle?«
»Ja, vielleicht, ich weiß nicht. Eher der Gedanke, dass es mir ja gutgeht – ich kann einfach abhauen und hierherkommen und mit dir zusammen sein. Aber sie kann nicht abhauen von dem, was ihr passiert ist.«
»Schuldgefühle«, sagte er bestätigend.
Wahrscheinlich hatte er recht.
»Du solltest nichts tun, was dir Schuldgefühle verschafft. Wenn du jetzt nach Hause fahren musst, weil du dort gebraucht wirst, solltest du das tun. Ich laufe nicht weg – in ein paar Tagen sind die Ferien vorbei, und ich werde im Büro auch danach derselbe Mensch sein. Und wenn du mich brauchst, bin ich für dich da.«

Seine verständnisvolle Art ließ in mir den Gedanken aufkommen, dass vielleicht jeder Mann außer George mit schwierigen Situationen umzugehen wusste und dass ich die einzige Frau war, die es geschafft hatte, den einzigen Mann auf der Welt zu finden und zu heiraten, der davon keine Ahnung hatte.
»Wie verständnisvoll du bist«, traute ich mich zu sagen.
»Das würde meine Frau nicht behaupten«, erwiderte er. Diese Bemerkung gab mir die Gelegenheit, einen kurzen Blick in sein Privatleben zu werfen, und ich dachte, vielleicht enden alle Ehen auf dieselbe Weise, weil die Gewohnheit alles abtötet. In seinem Tonfall schwang keine Verbitterung mit, aber etwas Ähnliches. Traurigkeit vielleicht. Vermischt mit Resignation. Oder mit Hinnahmebereitschaft gefärbte Ironie.
Martins Freundlichkeit und Ehrlichkeit rührten mich, und ich stellte mir die Frage, ob es diese Eigenschaften in den Ehen von Menschen unseres Alters überhaupt noch gab. In meiner gab es sie eindeutig nicht. In seiner auch nicht. Trotzdem besaß er diese beiden Eigenschaften, denn er zeigte sie ja mir gegenüber, ließ mich an ihnen teilhaben. Ich fand es abgrundtief traurig. Wir saßen da – er hatte seine Hand auf meine gelegt –, und zwischen uns herrschte eine Atmosphäre so voller Verständnis und Behutsamkeit, dass ich sie einfach nur genoss.
Auf dem Heimweg nahm ich die lange Route durch Ringsend und Sandymount, einzig um die Gedanken in meinem Kopf weiterdenken zu können und weil ich nun keine Eile mehr hatte, nach Hause zu kommen. Die Mädchen waren mit Waldorf unterwegs, und ich wusste nicht, was mich bei meiner Rückkehr erwartete.
Und so kam es, dass ich, auf meinem Weg entlang der Küste, George und eine Frau aus einem Haus direkt am Meer kommen sah. Zuerst hielt ich es nicht für möglich, dass er es war, ich dachte, es wäre jemand, der ihm ähnelte, aber als ich vor-

beifuhr, schwand jeder Zweifel daran, dass es sich um meinen Mann handelte. Am liebsten wäre ich stehen geblieben, hätte das Fenster heruntergekurbelt und ihn wissen lassen, dass ich ihn gesehen hatte. Aber ich fuhr weiter, ließ den Moment hinter mir und versuchte alles, was ich beobachtet hatte, im Gedächtnis zu behalten.

Er hatte im Gehen den Arm um sie gelegt und sie fest an sich gedrückt, und irgendetwas an ihr war mir bekannt vorgekommen. Aber erst als ich in unsere Straße einbog, fiel mir ein, wer sie war: Marjorie Whelan, unsere frühere Nachbarin, die Grammer fast über den Haufen gefahren hatte, als sie versehentlich in die Auffahrt der Whelans raste.

Marjorie war gut zehn Jahre älter als ich, vielleicht sogar noch ein bisschen älter, eine Frau, die mir nie sonderlich sympathisch gewesen war, vor allem seit Grammer mir erzählt hatte, dass Dirk McHarg, Georges Vater, in der Ehe eine Affäre mit ihr gehabt hatte. Während ich das Auto auf unserer Auffahrt parkte, dachte ich darüber nach und auch über Grammers Bemerkung im vergangenen Sommer, dass die Sache den Verlust ihres Führerscheins durchaus wert gewesen sei. »Welche Sache?«, hatte ich gefragt. Dreißig Jahre nach dem Verschwinden von Dirk McHarg kam die Rache an Marjorie Whelan damals meiner Ansicht nach reichlich spät.

George hatte sich für Juli angekündigt, doch Mitte Juni geschah etwas, das ihn sehr mitnahm, und so flog stattdessen ich zu einem Treffen mit ihm. Ich war nur eine Woche dort, lange genug, um ihm durch diese schweren Tage zu helfen, aber nicht lange genug, wie mir später klarwurde. Er hatte damals viel gearbeitet, und mehr als eine Woche konnte ich nicht wegbleiben, da Grammer sagte, wenn er nicht nach Hause komme, solle ich mit den Mädchen Urlaub machen. Wenn er im Sommer heimkam, blieb er normalerweise einen Monat. Und in diesem einen Monat blieben wir zwei Wochen zu Hause und verbrachten die restlichen zwei Wochen irgendwo zusammen mit den Mädchen. Es war alles sehr schwierig damals, ich versuchte, ausgleichend zu wirken und alle zufriedenzustellen. Jedenfalls ereignete sich der Vorfall mit Grammers Auto in meiner Abwesenheit.

»Allein der Gesichtsausdruck von Marjorie Whelan, als ich in ihren Wagen und in ihre Veranda krachte! Du hättest sehen sollen, wie sie gehechtet ist!« Grammer war geradezu euphorisch.

Marjorie hatte damals vor der Veranda gestanden. Sie war eine Woche weg gewesen und eben erst zurückgekommen, und Grammer zufolge sprang sie buchstäblich kopfüber auf die Veranda.

»Aber dein Führerschein!«, sagte ich. »Deine Bewegungsfreiheit … deine Unabhängigkeit.« Offenbar war Grammer das Autofahren wesentlich weniger wichtig als mir.

»Na und? Was macht das schon? Ich besitze genug Geld, um mir ein Taxi leisten zu können, und habe mich schon seit jeher für den öffentlichen Nahverkehr interessiert.« Was immer sie damit meinte.

Daraufhin sagte ich nichts mehr. Immerhin hatte Marjorie mit Dirk geschlafen, Grammers Mann, meinem Schwiegervater, der mir, nebenbei gesagt, ans Herz gewachsen war, und Grammer hing nun einmal dem Glauben an eine irdische Gerechtigkeit an. »Irren ist menschlich«, sagte sie oft. »Vergeben göttlich. Und Gott weiß, dass ich kein göttliches Wesen bin.« Was allerdings stimmte.

Der Unfall führte dazu, dass Marjorie Whelan ihr Haus verkaufte. Sie habe ohnehin vorgehabt umzuziehen, sagte sie, das Haus sei zu groß für sie, und sie hege keinen Groll gegen Grammer.

Ich war dabei, als sie das sagte, und erinnerte mich daran, dass ich damals gedacht hatte: Du magst keinen Groll hegen, aber irgendetwas ist da noch. Sie war sowieso nie eine besonders gute Nachbarin gewesen; sie hatte sich immer nur dann für uns interessiert, wenn George zu Hause war.

»Wir sind alte Kumpels«, sagte sie dann immer zu mir. »Ich war für ihn da, als sein Vater starb.«

Da war er zwölf gewesen und sie Mitte zwanzig. Darüber dachte ich jetzt nach. Und plötzlich machte es mir doch etwas aus. So wie die beiden dahinspaziert waren, hatten sie nicht den Eindruck erweckt, nur gute Freunde zu sein. Und je länger ich darüber nachdachte, umso mehr kleine Teilchen fügten sich aneinander, und was dabei herauskam, verschlug mir den Atem.

Bei meiner Rückkehr war Grammer nicht da. Das Haus war leer. Ich machte mir ein Sandwich, setzte mich in die Küche, starrte es an und sagte mir, dass meine Fantasie mit mir durchging, während in mir Erinnerungen daran aufkamen, wie George während seines Urlaubs zu Hause beispielsweise sagte: »Ich geh mal zu Marjorie rüber und lass mir das Neueste erzählen«, oder: »Marjorie braucht einen neuen Boiler – du hast doch nichts dagegen, wenn ich mit ihr zum Haushaltswarenladen fahre, oder?«

Und ich, die nie mit ihr warm geworden war, sagte nichts – einfach weil sie eine alte Nachbarin war, die George schon seit seiner Kindheit kannte, und weil ich nicht das Recht zu haben glaubte, die Ehefrau herauszukehren. Ich halte nichts davon, die Ehefrau herauszukehren. Ich habe Grammer im Lauf der Jahre beobachtet und mir die Geschichten aus ihren ersten Ehejahren angehört und mir oft gedacht, dass man den Lauf eines Männerschicksals nicht beeinflussen kann. Warum sich dagegen auflehnen, wenn es sich in eine bestimmte Richtung entwickelt? Wenn der Preis für eine gute Ehe darin besteht, dass man dem Partner gegenüber seine Autorität spielen lässt, dass man von ihm erwartet, zu tun, was man selbst will, ihn ständig kontrolliert – wer will das denn? Entweder will der Partner mit einem zusammen sein, oder er will es nicht. Und in diesem Augenblick erkannte ich zum ersten Mal ganz klar, dass George im gebräuchlichen Sinn des Wortes nicht mit mir zusammen sein wollte.

Und wollte ich mit ihm zusammen sein?

Was ich in der zurückliegenden Woche getan hatte, beantwortete diese Frage ganz eindeutig. Er war nicht mehr der Mann, den ich geheiratet hatte. Und ich war nicht mehr die Frau, mit der er, laut eigener Aussage, den Rest seines Lebens hatte verbringen wollen.

Ich bekam Kopfschmerzen. Ich warf das Sandwich in den Mülleimer, schluckte ein paar Schmerztabletten und legte mich hin. Das Bett war natürlich nicht gemacht. Ich klopfte die Kissen auf und breitete die Decke aus, ehe ich darunterkroch. Ich wusste nicht, wie es weitergehen sollte.

Aber ich wusste, dass es kein Zurück mehr gab.

FÜNFUNDZWANZIGSTES KAPITEL

Dumplings Geschichte

Rauf und runter ging das Jo-Jo, wenn Daffers damit spielte. Ich konnte das nicht.

»Ich stelle dich auf einen Stuhl«, sagte Daffers, »dann hast du mehr Platz bis zum Boden.«

Aber Waldorf sagte, wir sollen damit warten, bis wir wieder zu Hause sind. Ich glaube, er machte sich Sorgen wegen meiner Schuhe voll Schnee auf dem Hotelstuhl.

In diesem Hotel war ich schon mal gewesen – mit Grammer und dem Mann mit den lila Augen. Diesmal gingen wir in den Speisesaal. Gestärkte weiße Servietten auf dem Tisch und sehr viel Silberbesteck. Bestecktes Silber.

»Für Dumpling Melone, aber ohne den Portwein«, sagte Waldorf zum Kellner. »In kleine Stücke geschnitten, dann hat sie es leichter.«

Das Messer war so schwer, dass ich froh war, kleine Stücke zu bekommen.

»Fisch ohne Gräten ...«

Alles kam genau so, wie es sein musste für Dumpling, alles schmeckte mild und war weich, fühlte sich an wie Kleiderstoff und sah wunderschön aus.

Der Mann mit den lila Augen war wieder da, er saß allein an einem Tisch im Eck. Ich schaute nur auf meinen Teller. Keiner sah ihn, aber er sah uns. Er beobachtete uns, während er seinen Wein trank. Die Kerzen auf dem Tisch steckten in silbernen Haltern, und die Flammen flackerten. Waldorf schob sie ein bisschen zur Seite, damit er uns alle sehen konnte. Plumpud aß dasselbe wie ich, aber nicht so viel. Daffers aß alles – Pastete und Toast Melba, Steak und die gleichen kleinen Kartoffeln wie ich, ganz viel Gemüse und Crème Caramel.

»Ich bin so was von abgefüllt!«, sagte sie. Das hätte sie nicht gesagt, wenn Grammer dabei gewesen wäre. Waldorf lachte. Am Weihnachtstag war Füllung in der Gans. Sie war gefüllt. Das darf man sagen. Eine Kartoffel kullerte von meinem Teller und fiel unter den Tisch.

»Lass sie liegen«, sagte Waldorf.

Plumpud durfte Wein trinken. Der Kellner schenkte ihr ein.

»Schmeckt es dir?«, fragte Waldorf.

Plumpud hatte kleine dunkle Ringe unter den Augen. »Du bist so gut zu uns«, sagte sie zu Waldorf.

Damit meinte sie ihr neues Handy. Ich klopfte auf meine Tasche, in der mein Jo-Jo ganz nah bei mir lag. Es hatte zwei Hälften – glatt und rund und ineinandergesteckt, und in der Mitte die aufgewickelte Schnur. Die eine Seite war rot mit blauen Wirbeln, die andere blau mit roten Wirbeln, und wenn Daffers es nach unten warf, drehten sich das Rot und das Blau so schnell, dass man die Farben fast nicht mehr auseinanderhalten konnte.

Waldorf aß Kaninchen. Es sah nicht so aus wie die in meinem Buch, sondern mehr wie weißes Hähnchenfleisch.

»Na, entdeckst du die Löffel?«, fragte er Daffers.

Sie warf einen Blick darauf. »Aber wir essen doch gar keine Suppe.«

Plumpud und ich konnten gar nicht mehr aufhören zu lachen. Als Plumpud es ihr erklärte, begann Daffers zu kichern und sagte: »Dumples, du hast den Witz kapiert, ich nicht.« Und auch das fand sie lustig und lachte weiter.

Dumples war ein guter Name. Es steckte Mum darin und Plumpud und Pudding. Ich liebe Pudding. Ich habe nicht, wie Daffers und Plumpud, zwei Füße. Ich habe einen echten Fuß und einen, der nur so tut, als ob. Aber das macht mir nichts aus, weil ich mich nicht erinnern kann, wie es mit zwei Füßen war, ich kann es nicht vergleichen. Obwohl, mit zwei Füßen geht es wahrscheinlich einfacher. Aber wenn es sehr kalt ist, so wie an diesem Tag, dann friere ich nur an einem Fuß. Das ist ein Vorteil.

Grammer sagt: »Man soll dankbar sein für das, was man hat.« Ich habe fünf Zehen. Bei mir können nur fünf Zehen frieren.

Einmal habe ich gehört, wie Daffers zu Plumpud gesagt hat: »Hey, Plumpud, wenn du dir irgendwas wünschen dürftest, was wäre das dann?«

Und Plumpud hat gesagt: »Einen echten Fuß für Dumpling.«

So war meine Plumpud.

Wenn ich mir irgendetwas hätte wünschen dürfen, dann hätte ich mir gewünscht, dass die Ringe unter Plumpuds Augen verschwinden, und Schnee, der nicht so kalt ist, und ein Kaninchen – aber nicht zum Aufessen –, und dass Dad so lacht wie an dem Abend, als er heimgekommen ist, und einen Platz im Bett von Mum und Dad, und eine Sonnenblume, die im Winter wächst.

Aber ich liebte mein Jo-Jo. Am allermeisten liebte ich mein Jo-Jo.

SECHSUNDZWANZIGSTES KAPITEL

Millicents Geschichte

Bei dem Gespräch mit Daphne in meiner Wohnung, an jenem Abend vor dem Essen, vereinbarten wir, dass sie mitgehen würde, wenn Plumpud das nächste Mal ein Bad nahm. Und an dem Morgen, an dem Plumpud zur Untersuchung ins Krankenhaus fuhr, bestätigte Daphne, dass die Bisswunden an Plumpuds Brust jetzt klar zu erkennen waren, wobei ein Zahn eine tiefere Spur hinterlassen hatte als die anderen. Sofort nachdem sie morgens weggefahren waren, rief ich Margaret McGregor an und teilte ihr mit, dass nun durch die Veränderung der Hämatome klar umgrenzte Einkerbungen deutlich zu sehen und, wie ich hinzufügte, sicherlich auch abzumessen seien.

»Wo ist Plumpud jetzt?«, fragte sie.

Ich erklärte ihr, dass Plumpud am frühen Morgen zur Untersuchung ins Krankenhaus gefahren war, und sie sagte, sie würde sofort dorthin kommen. Polo Carmody erwähnte ich nicht.

Irgendwie erinnerte mich das Ganze ans Romanschreiben. Auch da gibt es diese vielen Gedankengänge, Einfälle, Handlungsstränge und so weiter, durch die man sich einen Weg bahnen muss, um die Geschichte voranzutreiben. Und wenn die Figuren ein gewisses Eigenleben annehmen, kommen oft, viel zu oft eigentlich, weitere Gedanken und Einfälle dazu. Die muss man, wenn es auf das Ende zugeht, irgendwie in Schach halten, damit man eine Auflösung herbeiführen kann, die den Leser befriedigt und den Figuren ihre Integrität belässt.

Ich wusste nicht, was nun passieren würde. Margaret würde sich die Wunden ansehen und sie wahrscheinlich auch abmessen, aber was dann? Sollte ich ihr vorschlagen, Polo Carmodys Zähne zu vermessen? War sie dazu rechtlich überhaupt befugt? Obendrein quälte mich der Gedanke, dass Daphne gesagt hatte, Plumpud wolle nicht, dass der Fall gerichtlich verfolgt werde. Je länger ich darüber nachdachte, umso besser konnte ich das verstehen und nachempfinden, war mir aber nicht sicher, ob auch andere es so sehen konnten.

Als Dirk, mein geliebter Dirk McHarg, mit seinem Piloten und seinem Flittchen im Südchinesischen Meer versunken war, empfand ich die damit verbundene öffentliche Aufmerksamkeit als ekelhaft, ja geradezu als unerträglich. Ich hatte schon genug mit seinem Tod zu tun, damit, morgens aufzuwachen und zu wissen, dass er nie wiederkommen würde, und mit dem Wissen darum, dass ich nun all die kleinen Teile, die eine Ehe erfolgreich machen oder aber zerbrechen lassen, aufsammeln musste. Dass ich darüber hinaus auch noch mit Scham und Demütigung fertig zu werden hatte, ging wirklich über meinen Verstand, wehalb ich Mittel und Wege suchte, um innerlich zu verarbeiten, dass er zusammen mit einer anderen Frau gestorben und die meiste Zeit in den zurückliegenden vierzehn Jahren untreu gewesen war.

Und jetzt wollte Plumpud ihre Privatsphäre schützen und ihre Anonymität wahren und nicht vor Gericht den Dingen ins Auge blicken, denen sie dort ins Auge blicken musste. Es war schon schlimm genug, dass sie körperliche Verletzungen und seelische Narben davongetragen hatte, dass der Überfall sie so sehr beschädigt hatte, dass sie nur gerade so eben damit fertig wurde – wenn sie denn damit fertig wurde. Warum sollte sie obendrein ihrem Peiniger gegenübertreten? Wenn sie das nicht ertrug, warum sollte sie, das Opfer, dann noch mehr Qualen erdulden?

Ich war wenigstens vollständig erwachsen, als Dirk verschwand, und dennoch war es schwer genug gewesen. Wenn Plumpud damit nicht zurechtkam, dann sollte man es ihr auch nicht zumuten. Aber glücklich war ich nicht damit, es dabei zu belassen. Ich konnte es doch nicht einfach auf sich beruhen lassen! Was, wenn es jemand anderem geschah, einer meiner anderen Enkeltöchter beispielsweise, und ich hätte es verhindern können? Was Plumpud zugestoßen war, konnte ich nicht mehr verhindern, aber ich hatte Verantwortung für die Zukunft.

Das alles wägte ich gegeneinander ab, als ich in dieser Nacht im Bett lag – in der Nacht, bevor Plumpud noch einmal ins Krankenhaus fuhr.

Bei einem letzten Schlummertrunk sagte Waldorf zu mir: »Millie, meine Liebe, treibt dich irgendetwas um?«

Nun, normalerweise treibt mich tatsächlich immer etwas um. Man kann doch nicht leben, ohne dass einen etwas umtreibt! Die Handlung des Romans, an dem man gerade arbeitet, oder das nächste Interview oder die Preise für Hüte … Selbstverständlich treibt einen immer irgendetwas um.

»Nicht mehr als sonst«, antwortete ich. Aber in freundlichem Ton. Ich wollte ihn nicht beunruhigen, und die Tatsache, dass Männer gewöhnlich an gar nichts denken, traf auf ihn nicht unbedingt zu.

»Mehr als sonst, würde ich sagen«, meinte er.

»Es geht nur um etwas, das Daphne mir erzählt hat«, sagte ich. »Darüber denke ich nach.«

»Möchtest du es mir erzählen, meine Liebe?«

»Jetzt noch nicht.« Planen kann ich am besten in aller Stille.

Als Maria mit Plumpud und Daphne ins Krankenhaus fuhr, lag George noch im Bett. »Es wäre so schön, wenn du mitkommen würdest, Grammer«, sagte Plumpud.

Wir saßen allein in der Küche. Ich glaube, in Wirklichkeit wollte sie sagen, dass sie am liebsten gar nicht ins Krankenhaus fahren würde. Sie war entsetzlich blass, und ich hoffte nur, dass Maria die nötige Konzentration aufbringen würde, denn meinem Eindruck nach hatte sie nicht nur viel am Hals, sondern auch auf dem Herzen, und Plumpud musste jetzt für alle, die ihr helfen konnten, an erster Stelle stehen.
Als sie aus dem Haus waren und Dumpling sich unter Waldorfs wachsamem Blick mit ihrem Haferbrei beschäftigte, setzte ich meinen Hut auf, in den ich die Adlerfeder gesteckt hatte, und zog los. Am Gartentor raste Ronnie Fields, vom Elefanten gezogen, an mir vorbei.
»Guten Morgen, Mrs. McHarg«, rief er mir zu.
Ich wollte noch sagen: »Millicent, Herrschaft noch mal, nenn mich Millicent!«, aber da war er schon weg. Mrs. McHarg, wenn ich das schon höre! Das war Dirks ehrbare Frau, die die Waschmaschinentrommel nach fehlenden Socken absuchte und seine Unterwäsche fein säuberlich zusammenlegte, ehe sie sie in seine Kommode einräumte, damit er sie wieder herausholen, tragen und auf den Schlafzimmerboden einer anderen fallen lassen konnte!
Ich bog in die Auffahrt der Fields ein. Ich war schon ziemlich lang nicht mehr dort gewesen, das letzte Mal im Auto. Ich dachte an den Gesichtsausdruck von Marjorie Whelan, als ich ihren Wagen und dann ihre Veranda touchierte. Diese dumme Nuss. »Du hättest mich umbringen können!«, schrie sie. Natürlich hätte ich sie umbringen können, aber ich beschloss, es nicht zu tun. Schlimm genug, dass sie mit Dirk gevögelt hatte, aber fünf Jahre nachdem er in die Welt der Fische abgetaucht war, machte sie sich auch noch an George heran. Frauen, die auf Mrs. Robinson machen – Mrs. Robinson in dem Film *Die Reifeprüfung*, meine ich –, haben eine Menge auf dem Gewis-

sen. Es war ein hartes Stück Arbeit für mich gewesen, George den Auslandsjob schmackhaft zu machen – alles nur, um ihn aus den Tentakeln zu befreien, die sie um ihn geschlungen hatte. Und selbst dass ich Maria ins Haus gebracht hatte – eine ideale Wahl, wie ich immer dachte, weil Maria nett, weich und sehr einsam war –, hatte nicht bewirkt, dass die Verbindung zwischen Marjorie und George sich löste. Was soll's, dachte ich, als ich vor der instand gesetzten Veranda stand – schludrig instand gesetzt, wie ich hinzufügen möchte, aber wahrscheinlich hatte sie nur ein bisschen daran herumgeflickt, um das Haus verkaufen zu können. Ja, was soll's. Sie hatte sich verzogen, und ich hatte geglaubt, George würde sich dadurch Maria wieder annähern. Aber das war wohl ein Irrtum gewesen.

Ich klingelte, und Ronald Fields öffnete die Tür. Aus seiner Haltung sprach einerseits das Gefühl, überwacht zu werden, andererseits die Freude darüber, mich zu sehen.

»Wollen Sie reinkommen?«, fragte er.

Und ob ich reinkommen wollte! Aber ich verstand den nachforschenden Ton, in dem er die Frage gestellt hatte. Schließlich war er seit Weihnachten nicht gerade herzlich willkommen gewesen bei uns.

Er führte mich ins Wohnzimmer, das zu meiner Erleichterung in nichts mehr dem Wohnzimmer Marjorie Whelans ähnelte. Die kitschigen kleinen Verzierungen und der Teppichboden mit dem Blumenmuster waren ebenso verschwunden wie die schweren Vorhänge. Die Fields bevorzugten offenbar eine eher minimalistisch ausgerichtete Innenarchitektur, obwohl mir schleierhaft war, wann sie eigentlich den Teppichboden verlegt und die Vorhänge aufgehängt hatten. Alles wirkte neu und sauber, mit klaren Linien.

»Darf ich Ihnen einen Kaffee anbieten«, fragte er. »In der Küche läuft gerade einer durch.«

»Sehr gern«, antwortete ich in der Hoffnung, den richtigen Ton zu treffen, denn ich musste herausfinden, wo er stand, und dann sicherstellen, dass er ganz auf Plumpuds Seite war.

»Ich sage Maureen, dass Sie da sind.« In der Tür blieb er kurz stehen. »Soll ich sie dazubitten, oder wollen Sie nur mit mir sprechen?«

Der ist auf Zack, dachte ich. Tastet sich auch erst einmal langsam vor, um keinen Fehler zu machen.

»Ich möchte zwar tatsächlich mit Ihnen sprechen«, sagte ich, »aber wenn Sie wollen, kann Maureen gern dabei sein.«

Er nickte. Ich setzte mich, betrachtete die Bilder an den Wänden und wartete. Nach kurzer Zeit kam Maureen herein. Ich stand auf.

»O Millie!«, sagte sie. Ihre Augen waren groß in dem schön geschnittenen Gesicht. »O Millie!«, sagte sie noch einmal, während sie auf mich zuging. Und in diesem Ausruf waren wir Verbündete, die auf derselben Seite standen in einem Krieg gegen Plumpuds Wunden und die Verletzungen, die Ronnie durch diese Wunden zugefügt worden waren. Wir hielten uns bei den Händen, und ich dachte an das Leid, das sie durchlebt haben musste. Meine Anwesenheit empfand sie spürbar als Erleichterung. Und ich war erleichtert über ihre Reaktion.

Wir setzten uns nebeneinander aufs Sofa, und sie sagte: »Ich bin so froh, dass Sie zu uns gekommen sind. Ronald und ich, wir fühlen uns so hilflos. Dabei verstehen wir durchaus, warum Ihre Familie auf unsere Kontaktversuche so reagiert hat, aber wir fühlen uns dadurch ganz furchtbar … so ohnmächtig. Und Ronnie, Millie, der arme Ronnie – er ist so ein lieber Kerl. Er würde Plumpud nie im Leben weh tun, niemals … Und er mag sie so gern.« Sie begann fast zu weinen.

»Ich weiß«, sagte ich. »Ich weiß. Ich glaube, wir haben einfach

Zeit gebraucht, um alles zu verarbeiten – und Plumpud, Sie wissen schon …«

»Natürlich. Wie geht es ihr? Bitte sagen Sie mir, wie es ihr geht!«

»Sie ist … sehr schwach«, sagte ich. Ich hätte sie gern beruhigt, aber es gab nicht viel Positives zu vermelden, denn weiß man es denn jemals wirklich? »Sie ist heute Morgen wieder ins Krankenhaus gefahren.«

Maureen nickte. »Arme Plumpud. So ein sanftes, zartes Mädchen.«

Ronald trug auf einem schwarzen Lacktablett Art-déco-Tassen mit dem Kaffee herein – ein wunderhübscher Farbtupfer. Guter Geschmack, dachte ich. Würfelzucker und eine Silberzange, ein paar Scheiben Früchtekuchen – elegant und gemütlich zugleich. Es gefiel mir.

Er schenkte den Kaffee ein, gab Zucker in die Tasse seiner Frau, rührte für sie um, und stellte die Tasse, hoch über seiner Frau aufragend, vor sie auf den Tisch.

»Möchten Sie ein Stück Kuchen, Millie?«, fragte er.

Ich hatte zwar gerade gefrühstückt, aber es erschien mir unhöflich, nein zu sagen. Normalerweise machte ich mir keine großen Gedanken darüber, ob ich höflich oder unhöflich wirkte, aber in diesem Fall wollte ich alles richtig machen und nahm mir ein Stück.

»Plumpud ist heute Morgen ins Krankenhaus gefahren«, sagte Maureen zu ihrem Mann.

»Ich weiß.«

»Warum hast du mir das nicht erzählt?«

»Das dürfen nur berechtigte Personen wissen«, sagte er ernst, aber nicht abweisend.

»Wegen seiner Arbeit hat er einen gewissen Einblick in die Dinge«, sagte Maureen, an mich gewandt. »Er behält das alles ein bisschen im Blick – wegen Ronnie, aber auch wegen der kleinen Plumpud.«

Wir verzichteten darauf, uns gegenseitig zu fragen, wie wir die Weihnachtstage hinter uns gebracht hatten; wir verschwendeten auch keine Zeit mit Gesprächen über das Wetter, das plötzlich umzuschlagen schien, denn vor dem Fenster tanzten Schneeflocken. Wir konzentrierten uns ganz auf eine Sache.

»Margaret McGregor ist auch ins Krankenhaus gefahren«, sagte ich.

»Ach, wirklich?« Ronald setzte sich und sah mich erwartungsvoll an.

»Ich habe sie angerufen, als Maria mit den Mädchen ins Krankenhaus fuhr.«

»Ach so.«

Und dann erzählte ich ihnen von den Bisswunden und davon, dass Daphne gesagt hatte, sie seien deutlich zu sehen und eine Einkerbung sei tiefer als die anderen.

»Ganz deutlich«, sagte ich mit einer gewissen Eindringlichkeit. »In diesem Punkt war sich Daphne ganz sicher.«

»Ich verstehe«, sagte Ronald nachdenklich.

Ich ließ ihm Zeit, die Mitteilung zu verarbeiten. Mir war klar, dass er intelligent genug war, um zu wissen, dass mehr dahintersteckte.

»Und jetzt?«, sagte Maureen. »Ich meine, kann sich die Polizei zum Abgleich jede Patientenakte im ganzen Land ansehen?«

Ronald hatte den Blick auf mein Gesicht gerichtet. Maureens Frage ignorierte er.

»Und hatte Daphne zu diesem Thema sonst noch etwas zu sagen?«, fragte er vorsichtig.

»Ja. Sie war sich sehr sicher. Mädchen können unglaublich gut beobachten, wissen Sie. Sie sind oft so scharfsinnig und gewitzt, wie man es nicht unbedingt erwarten würde.«

»Erzählen Sie mir auch den Rest?«, fragte er.

Aber ich wollte den Rest nicht einfach erzählen. Ich wollte, dass er zu derselben Schlussfolgerung kam wie ich, und zwar von selbst. Ich hielt das für sicherer. Ich weiß nicht genau, warum, aber es war so. Und normalerweise funktioniert mein Bauchgefühl.

»Ein bisschen später vielleicht – ich kann noch nicht genau sagen, wann, weil es nur geht, wenn Dumpling wieder da ist und George und Maria weg sind. Am besten wäre es, wenn Sie dann zu uns kämen, auf einen Drink oder so, und sich von Dumpling den Rest der Geschichte erzählen ließen.«

»Von Dumpling?« Beide waren sehr erstaunt.

»Dass sie nicht spricht, bedeutet nicht, dass sie nichts wahrnimmt«, sagte ich.

»Ich weiß«, sagte Maureen. »Man sieht genau, dass in dem Kopf dieses kleinen Mädchens eine Menge vor sich geht.«

»Soll Margaret McGregor dabei sein?«, fragte Ronald.

»Besser nicht. Es gibt da nämlich ein kleines Problem.« Ich erzählte ihnen, dass Plumpud nicht wissen wollte, wer der Täter war.

»Vielleicht sieht sie das irgendwann einmal anders«, sagte Maureen. »Sie ist noch immer sehr mitgenommen. Es muss sich schrecklich anfühlen, so missbraucht worden zu sein.«

»Noch dazu, wenn man sich an nichts erinnern kann«, warf Ronald ein.

Schweigend trank er einige Schlucke Kaffee. Dann sagte er: »Und was wollen Sie nun?«

»Ich will, dass die Sache aufgeklärt wird«, antwortete ich. »Ich weiß nicht, wie, aber ich will, dass sie so aufgeklärt wird, dass es nicht noch einmal passiert – dass Plumpud und die beiden anderen Mädchen vor diesem Menschen sicher sind. Gleichzeitig will ich, dass Plumpud eine weitere Tortur erspart bleibt.«

»Das klappt nur, wenn der Täter gefasst, vor Gericht gestellt und weggesperrt wird«, sagte Ronald.

»Sind Sie da ganz sicher?«

»Was soll das heißen?«

»Das weiß ich noch nicht genau«, gab ich zu. »Im Moment ist mir nur wichtig, herauszufinden, ob Daphne sich wirklich sicher ist, den Täter zu kennen.«

»Gut, das Wichtigste zuerst. Sobald das feststeht, machen wir den nächsten Schritt.«

»Ich würde gern mehr über Rohypnol erfahren«, sagte ich. »Wo man es bekommt, wie es aussieht ...«

»Ronald hat Rohypnol von der Arbeit mitgebracht und Ronnie gefragt, ob er solche Tabletten schon einmal gesehen hat«, sagte Maureen.

»Sie stecken in einer Sichtverpackung«, erklärte Ronald. »Der eigentliche Name lautet Flunitrazepam. Rohypnol ist in den Vereinigten Staaten sehr gebräuchlich. Auf der Straße bekommt man eine Tablette für fünf Dollar. Es wirkt wie Valium, ist aber circa zehnmal stärker. Die Wirkung kann man sich unschwer vorstellen – es ist ein sehr starkes Sedativum. Rohypnol war mir zwar ein Begriff, aber ich hatte bisher noch nie etwas damit zu tun. Wie Sie sich denken können, habe ich mich in der letzten Woche ein bisschen darüber belesen. Meiner Meinung nach kamen die Tabletten aus den USA. Früher wurde das Mittel in Europa durch Apotheken vertrieben, aber inzwischen darf es nur noch in Krankenhäusern verabreicht werden.«

»In Krankenhäusern?«

»Ja, als Beruhigungs- oder Schlafmittel.«

»Wie wurde es Plumpud verabreicht – was meinen Sie?«

»Das weiß ich nicht. Normalerweise gibt man es in ein Getränk, meistens in ein alkoholisches. Es wird auch zusammen mit Heroin genommen.«

»Plumpud trinkt so gut wie nie Alkohol. Sie mag eher Limonade und so etwas.«

»Na gut«, sagte Ronald. »Ich weiß jetzt, dass es noch mehr zu berichten gibt, dass Sie darüber aber jetzt noch nicht reden wollen. Wir sprechen uns dann, sobald Dumpling ihre Geschichte erzählt hat. Aber nehmen wir mal an, Plumpud ist zurückgegangen, um ihren Ring zu holen ...«

Ich ließ ihn eine Weile nachdenken.

»Und dann trifft sie im Nachbarhaus auf diesen Mann, wer immer es auch war, und trinkt etwas – aus Höflichkeit oder weil sie sich nicht traut, nein zu sagen.«

Ich nickte. Am liebsten hätte ich gesagt: »Es könnte auch eine Frau gewesen sein«, aber ich wollte ihn nicht mit Informationen versorgen. Ich wusste, dass er früher oder später selbst darauf kommen würde.

»Man verabreicht ihr, ohne dass sie es merkt, das Rohypnol, und das Unheil nimmt seinen Lauf«, fuhr Ronald fort. »Nach einiger Zeit schleppt sie sich nach Hause, kommt am Morgen zu Bewusstsein, hat keine Erinnerung mehr, ist aber eindeutig schwer verletzt.«

»Sie hatte gebadet oder geduscht«, warf ich ein.

»Ich weiß. Es stand im Ermittlungsbericht. Der Täter hat sie gewaschen, bevor sie zurückgegangen ist.«

Darüber hatte ich bisher noch nicht in Ruhe nachgedacht. Dass Polo Carmody Plumpud ins Bad gezerrt, sie gesäubert und ihr die Haare gewaschen hatte, damit – bis auf die Bisswunden – keine Spuren von ihr selbst zurückblieben, hatte ich mir nicht richtig klargemacht. In diesem Augenblick kam mir der Gedanke, dass Polo Carmody, die zwar über körperliche Kraft verfügte, aber eher schmächtig war, dazu wohl kaum in der Lage gewesen sein konnte. Und dann fielen mir wieder die Handtücher in Theresas Küche ein. Allesamt sauber. Ein ganzer Berg Hand-

tücher. Mir wurde klar, dass es zwei Personen gewesen sein mussten. Nicht Polo allein. Sie hätte es nicht geschafft, Plumpud in eine Badewanne zu legen und wieder herauszuheben.
»Entschuldigung – was haben Sie eben gefragt?«
»Ich habe gefragt, ob das zu Ihren Überlegungen passt.«
»Mehr oder weniger«, sagte ich, aber ich war mir nicht völlig sicher.
»Keine Sorge«, sagte er in meine Gedanken hinein. »Wir müssen nur alle Mosaiksteinchen zusammenfügen – manchmal klären sich bestimmte Aspekte erst später.« Seine Stimme war fest und klang beruhigend, und ich hatte das Gefühl, dass er ein gewisses Vertrauen in mich setzte und entschlossen war, meinen Vermutungen zu folgen, auch wenn er sie möglicherweise nur als eine Intuition auffasste.
Ronald ging hinaus, um zu telefonieren. Ich hätte gern gefragt, ob der Anruf mit dem Fall zu tun habe, aber ich tat es nicht. Er ließ mich mein Ding machen, ohne mich zu zwingen, ihn darüber auf dem Laufenden zu halten. Diese Freiheit wollte ich ihm auch lassen.
Kaum hatte er den Raum verlassen, griff Maureen nach meiner Hand. »Männer«, sagte sie ganz langsam, »sehen die Dinge manchmal anders als wir.«
»Ja«, sagte ich. »Wohl wahr.«
»Wenn ich Ihnen helfen kann – wenn ich irgendetwas tun kann, dann dürfen Sie auf mich zählen.«
In diesem Moment wurde sie mir noch sympathischer. Ich spürte, dass sie Verständnis hatte. Verständnis wofür? Ich kaute meinen Kuchen und dachte darüber nach. Ich glaube, sie verstand, dass Plumpud sich weigerte, bei dem üblichen polizeilichen Vorgehen mitzumachen.
»Danke«, sagte ich. »Ich werde es nicht vergessen.« Plötzlich kam mir ein vager Gedanke. »Vielleicht …«

»Ja?«
»Es könnte zu viel verlangt sein ...«
»Nein«, entgegnete sie. »Bitte fragen Sie einfach. Ich möchte doch helfen!«
»Vielleicht – vielleicht dürfte ich mir das Rohypnol einmal ansehen. Sie sagten doch, dass Ronald ein paar Tabletten mitgebracht hat, weil er Ronnie fragen wollte, ob er so etwas schon mal gesehen hat. Aber vielleicht ist das zu viel verlangt.«
Sie schwieg eine Weile, und mir war klar, dass sie meine Bitte zu enträtseln versuchte, dass sie herausfinden wollte, was sich hinter meinen Worten verbarg.
»Das müsste machbar sein«, sagte sie. »Aber vielleicht ist jetzt nicht der beste Zeitpunkt dafür.«
Wir lächelten uns an. Ganz ohne jeden Zweifel – sie hatte mich verstanden.
Ich wollte mir das Rohypnol nicht nur ansehen.
Ich wollte etwas davon haben.

SIEBENUNDZWANZIGSTES KAPITEL

Theresa Carmodys Geschichte

In dieser Nacht konnte ich nicht schlafen. Nachdem Millicent gegangen war – sie hatte mich zwar immer gebeten, sie Millie zu nennen, aber mir gefiel der Name Millicent besser, und als Millicent kannte man sie ja auch in der Öffentlichkeit, und ich freute mich immer, sie als meine Freundin Millicent vorstellen zu können und zu merken, dass jeder sofort wusste, dass sie *die* Millicent war –, nachdem Millicent also gegangen war, genehmigte ich mir noch einen Drink, saß im Wohnzimmer und starrte auf die gläserne Tischplatte. Dann machte ich mir eine Tasse Kaffee.

Als ich in der Küche saß und den Kaffee trank, kam Polo herein.

»Du bist wieder da«, rief sie in der Diele. »Ich habe dein Auto gesehen.«

»Ja, ich bin wieder da«, sagte ich. »Hast du mich vermisst?«

»Jeden Tag habe ich geklingelt«, erwiderte sie lachend.

»Ich hatte so viel zu tun, seit ich zurück bin – ich habe ganz vergessen, den Anrufbeantworter abzuhören«, sagte ich. »Muss ich später unbedingt machen.«

»Ach, da bin wahrscheinlich nur ich drauf. Ich habe ein paarmal angerufen, weil ich wissen wollte, ob du wieder da bist.« Sie stand neben dem Küchentisch und begann die Handtücher zusammenzulegen, die an der Stelle aufgehäuft waren, an der die Polizei sie liegen gelassen hatte.

Ich wollte gerade sagen: »Du errätst nie, was hier los war …« Aber sie kam mir zuvor. »Ich habe die Spülmaschine und die Waschmaschine laufen lassen, während du weg warst.

Die hätten sonst bei deiner Rückkehr gestunken wie die Pest.«

Plötzlich dachte ich: Niemand wusste, dass ich mehrere Tage weg sein würde. Ich hatte immer gesagt, dass ich wahrscheinlich am Weihnachtstag zurückkommen würde. Ich stand auf, um Polo Kaffee einzuschenken, und während ich das tat, dachte ich nach. Ich hatte meine Rückkehr für den Weihnachtstag oder den Tag danach angekündigt und war rein zufällig länger geblieben. Warum hatte sie die Geräte eingeschaltet? Normalerweise haben wir keine Geheimnisse voreinander – na, sagen wir: kaum welche –, aber ich war sehr verwirrt in diesem Moment, und ich wusste, dass sie, wenn ich sie rundheraus fragte, dichtmachen oder nicht die Wahrheit sagen würde. Deshalb beschränkte ich mich darauf, lachend zu sagen: »Die Waschmaschine war aber noch gar nicht voll.«

»Ich habe noch ein paar Handtücher aus dem Wäschetrockenschrank dazugetan«, erwiderte sie. »Ich dachte mir, das könnte nicht schaden.«

Jetzt war ich wirklich baff. Normalerweise kümmert sie sich nicht so um mich, und der Inhalt meines Wäschetrockenschranks interessiert sie eigentlich genauso wenig wie der Inhalt meines Mülleimers.

»Wann hast du sie eingeschaltet?«, fragte ich.

»Vor ein paar Tagen«, antwortete sie ausweichend. »Warum?«

»Ach, nur so. Woher wusstest du, dass ich nicht gleich wieder zurückkommen würde?«

»Das wusste ich doch gar nicht«, sagte sie lächelnd. »Ich dachte einfach, dass es schön wäre, wenn du in ein sauberes Haus zurückkommst.«

»Danke«, sagte ich. »Es kam mir tatsächlich sauberer vor. Sogar das Bad funkelte. Ich bin fast sicher, dass es bei meiner Abreise nicht so gut geputzt war.«

»Nimm es als Weihnachtsgeschenk.« Sie faltete das letzte Handtuch zusammen. »Ich verstaue die mal schnell im Trockenschrank«, rief sie im Hinausgehen.

Ich bereute die drei Slippery Nipples, weil ich nicht mehr klar denken konnte, aber gleichzeitig wusste, dass irgendetwas nicht stimmte.
Meine Schwester Polo besaß einen Schlüssel für das Haus, was ich aber der Polizei gegenüber nicht groß erwähnt hatte. Schließlich war sie meine Schwester, warum sollte sie keinen Schlüssel haben? Ich hatte die ganze Zeit nur über alle anderen Schlüssel nachgedacht, nicht über den von Polo. Mich beschlich ein grauenhaft beklemmendes Gefühl. Sie war meine Schwester – wie konnte ich so von ihr denken? Und was dachte ich überhaupt?
Ich versuchte einen klaren Kopf zu bekommen. Sie blieb eine halbe Ewigkeit oben, und mir fiel ein, dass sie gern mit Drogen herummachte. Das tat sie schon seit Jahren. Einmal hatte ich sie im Wintergarten beim Koksschnupfen erwischt und gesagt: »Nicht in meinem Haus, Polo!«
Sie hatte erwidert: »Sei doch nicht so spießig!«
Und ich hatte gesagt: »Nein, ich meine es ernst!«
Drogen machten mir Angst. Und obwohl ich wusste, dass ich selbst nie welche ausprobieren oder nehmen würde oder was immer man damit machte, fürchtete ich mich davor, dass sie es in meinem Haus tat. Wenn auf meinem Grundstück Drogen gefunden würden, hätte ich die Scherereien damit. Polo war nämlich nicht der Typ Mensch, der eine von ihm verursachte Unordnung selbst wieder beseitigte. Ihre eigene Wohnung hielt sie einigermaßen sauber, aber in meinem Haus räumte sie nicht auf. Sie spülte nie mal schnell einen Teller und stellte nur selten etwas in die Geschirrspülmaschine.

Das beklemmende Gefühl wurde immer stärker. Ich hätte so gern etwas gesagt, sie gefragt, was eigentlich los war, aber ich war benebelt von den drei Drinks und hielt es für besser zu schweigen, bis ich meinen Schwips ausgeschlafen hatte und vernünftig mit ihr sprechen konnte.

Ich hörte sie oben beim Trockenschrank. Die vielen frisch gewaschenen Handtücher. Das war so untypisch für Polo, auch wenn es ein Weihnachtsgeschenk sein sollte. Komische Idee, dachte ich. Wenn sie mir neue Handtücher geschenkt hätte … Aber einfach die alten zu waschen? Und sie jetzt zusammenzufalten und einzuräumen – das war nicht meine Schwester Polo.

Sie hatte zwar hin und wieder durchaus Anwandlungen von Großzügigkeit, aber im Grunde war sie schlicht und einfach egoistisch. Und vorausschauend so gut wie nie. Das hatte sich schon in der Schule gezeigt, als sie Schwierigkeiten wegen dieses Mädchens bekam, das einen Riesenaufstand gemacht hatte. Ich hatte dieses Mädchen gekannt, und selbst wenn ich eine lesbische Neigung gehabt hätte, was nicht der Fall war, wäre ich sehr vorsichtig gewesen mit Avancen gegenüber einer Frau, solange ich mir meiner Sache nicht hätte sicher sein können. Polo dachte über so etwas nie nach. In New York hatte sie sich mit einigen wirklich widerlichen Leuten eingelassen. Das hatte mir Daddy auf der verhängnisvollen Reise erzählt, als er hinflog, um zu retten, was zu retten war – auf der Reise, die mit seinem Tod endete. Aber ich hatte es sowieso schon gewusst. Sie hatte sich immer mit Leuten umgeben, die das Miese in ihr zum Vorschein brachten.

Da – jetzt hatte ich den Gedanken gedacht: »das Miese in ihr«. Es war, als hätte ich laut eingestanden, dass sie etwas Mieses an sich hatte.

Ich bin keine, die viel in sich hineinhorcht. Ich hielt das immer für ziemlich unsinnig. Aber wenn ich so darüber nachdenke, stimmt das vielleicht doch nicht. Als Kind grübelte ich nämlich genauso oft über mich wie alle anderen auch. Aber dann flog Polo von der Schule in der Schweiz, und ich musste mit, weil Daddy sagte, sie bräuchte jemanden, der auf sie aufpasst, und er hatte natürlich beruflich viel zu viel zu tun. Er meinte, das wäre dann auch für mich ein richtiger Neubeginn; allerdings wollte ich gar keinen. Ich fand es furchtbar, diese Schule verlassen zu müssen. Ich hatte viele Freundinnen in meiner Jahrgangsstufe, ich hatte mich gut eingelebt. Am Anfang hatten wir es beide schwer dort. Nicht weil es ein Internat war – Polo und ich waren schon immer auf Internaten gewesen. Das Problem bestand in dem ganzen kulturellen Umfeld, in der Sprache, dem Umgang mit neuen Mädchen, neuen Freundinnen, und darin, dass es lange dauerte, bis man Freundschaften schloss. Aber ich glaube, nachdem wir von dort weg waren, hörte ich auf mit dem Nachdenken über mich und machte einfach weiter. Es blieb mir ja nichts anderes übrig. Ich war sauer auf Polo und auf Daddy und vielleicht auch auf die Schule, aber ich konnte nichts daran ändern. Von einem Tag auf den anderen waren wir auf einem völlig neuen Internat.

Ich weiß noch, dass ich zu Polo sagte: »Da siehst du mal, was du angerichtet hast!« und dass sie erwiderte, es wäre nicht ihre Schuld. Sie hätten nur Unfug gemacht. Aber ich hatte das Mädchen, das alles auffliegen ließ, gesehen und konnte es ihr nicht verdenken – sie hatte schlimme Blutergüsse am Hals und hörte gar nicht mehr auf zu weinen.

Während der Taxifahrt von der alten zur neuen Schule sagte Daddy zu Polo: »Du musst die Konsequenzen deines Handelns bedenken«, aber das tat Polo praktisch nie. Sie kam mit Sprüchen wie: »Woher hätte ich das wissen sollen?« Dabei wussten wir es sehr wohl. Ich jedenfalls wusste es. Ich wusste, dass ich Schwierigkeiten kriegen würde, wenn ich meine Hausaufgaben nicht machte. Und wenn ich am Montag mein gesamtes Geld ausgab, hatte ich den Rest der Woche keines mehr – was allerdings nicht ganz stimmt, weil wir unbegrenzten Zugriff auf Geld hatten. Unbegrenzt ist nicht das richtige Wort, aber wir hatten auf jeden Fall immer jede Menge Taschengeld – unsere »Apanage«, wie Daddy es nannte. Ich musste Polo oft Geld leihen, bekam es aber fast immer irgendwann zurück. Ich glaube, den Ausdruck »Konsequenzen deines Handelns« kannte ich damals noch gar nicht. Millicent McHarg benutzte ihn, und wenn sie es tat, musste ich immer an unsere Schulzeit denken.

Irgendjemand hätte Polo etwas über diese Konsequenzen sagen, sie ihr klarmachen müssen. Mein ganzes weiteres Leben hindurch habe ich versucht, Freundschaften zu schließen, aber gleichzeitig mit niemandem einen allzu vertraulichen Umgang zu pflegen, und ich glaube, das hängt mit meinen Erlebnissen in der Schule zusammen. Dort hatte ich gelernt, dass man Menschen, denen man zu nahesteht, verlieren kann und dass man dann ganz von vorn anfangen muss. Ich habe lieber viele eher flüchtige Bekannte, ich mag es, wenn mein Haus voller Menschen ist, die lachen und Spaß haben, und ich achte darauf, niemandem zu nahezukommen, damit ich nicht verletzt werde. So ist das Leben nun mal, oder? Wir lernen aus Erfahrungen, und wenn es harte Erfahrungen waren, dann lernen wir eine harte Lektion.

An einem Tag kurz nachdem Dumpling nebenan eingetroffen war, einem Sommertag, lag ich im Garten in der Sonne und döste in der Hitze vor mich hin. Polo war auch da. Sie hatte es nicht so mit dem Sonnenbaden – ich glaube, sie fand es langweilig, während ich kaum etwas mehr genoss. Plötzlich wachte ich auf, weil Maria McHarg mir durch die Hecke etwas zurief. Sie fragte, ob Dumpling bei mir wäre. Ich sagte natürlich nein. Es stellte sich dann aber heraus, dass sie doch da war. Ich fand sie in der Küche, wo sie gerade versuchte, eine Schublade herauszuziehen, die Süße – es war die Schublade, in der ich extra für sie eine Tüte Fruchtgummis aufbewahrte. Maria kam dann zur Haustür. Sie war fürchterlich aufgeregt, weil Dumpling verschwunden war. Sie nahm ihre Tochter in Empfang und umarmte sie und sagte, es wäre ja verständlich, dass ich nicht gemerkt hätte, dass Dumpling durch den Garten in mein Haus gelangt war ... Die Geschichte wäre völlig uninteressant und unwichtig, wenn nicht Polo, als ich in den Garten zurückkam, um mich wieder hinzulegen, dagesessen und mich mit einem Lächeln auf den Lippen angesehen hätte. Ich erzählte ihr, was passiert war, und dass Dumpling irgendwie an uns vorbeigeschlichen sein musste.

Da sagte sie: »Ich weiß.«

»Was soll das heißen?«

»Ich habe sie durch die Hecke kommen sehen.«

»Warum hast du denn nichts gesagt? Maria war halb tot vor Angst! Dumpling ist noch so klein – warum hast du nichts gesagt?«

Sie zuckte mit den Achseln – typisch Polo. »War einfach interessant zu beobachten, was passieren würde«, sagte sie.

Dieser Vorfall ließ einen bitteren Nachgeschmack bei mir zurück. Polo hatte alles mitbekommen und war so herzlos gewesen, nichts zu sagen. Das war mir unangenehm, deshalb versuchte ich, nicht weiter über die Sache nachzudenken. Einige Zeit später war ich kurz davor, es Millicent zu erzählen – auch, wie es mir damit ging –, aber ich tat es dann doch nicht, weil ich Angst hatte, es könnte ein schlechtes Licht auf mich werfen, und ich wollte nicht, dass man Dumpling oder den beiden anderen McHarg-Mädchen verbot, mein Haus oder meinen Garten zu betreten.

Denn ich hatte diese Mädchen so gern bei mir! Sie waren so unschuldig, so offen, so anders als andere Kinder. Aber das sind nur Wörter – in Wirklichkeit waren diese Mädchen noch viel mehr als das, was solche Wörter besagen. Dumpling konnte ziemlich raffiniert sein – sie war so süß, so klein! Ich fand es wunderbar, wenn sie sich zu mir herübermogelte. Es war einfach schön, als sie anfing, regelmäßig durch die Hecke zu kommen. Kater bekam von mir ein Band mit einem Glöckchen um den Hals, weil Millicent mir erzählt hatte, dass Dumpling Angst hatte, er könnte das Rotkehlchen fangen. Einmal beobachtete ich Dumpling, wie sie auf dem Rasen saß und das Rotkehlchen direkt auf sie zuhüpfte – Sie hätten ihren Gesichtsausdruck sehen sollen! So neugierig, so voller kindlicher Unschuld! Daffers war anders. Sie war laut. Dumpling dagegen war vollkommen still. Millicent sagte, sie wäre als Baby traumatisiert worden. Es war eine grauenhafte Geschichte, wie George McHarg das kleine Bündel unter einem Galgen sah, an dem die Mutter des Kindes hing, und das Kind hatte man einfach darunter zurückgelassen. Sie flogen mit einem Hubschrauber hin, und George und irgendein anderer Mann stiegen aus und sahen nach. Millicent sagte, sie hätten es nicht gefilmt, sondern sofort gehandelt. Sekunden später waren sie wieder an Bord und hatten Dumpling dabei. Sie musste regelmäßig zur Physiotherapie, und zu Hause machten sie ständig Übungen mit ihr, um die Beine zu kräftigen, und alle paar Monate fuhren sie mit ihr zu einem Spezialisten. Das arme Ding hat nämlich nur einen Fuß. Niemand weiß, warum ihre Mutter erhängt wurde, aber ich habe mir überlegt, dass die Menschen Dumpling, weil sie nicht vollständig war, aus Unwissenheit heraus als eine Schande für ihr Dorf betrachteten und ihrer Mutter die Schuld gaben, weil sie das Kind zur Welt gebracht hatte. Wer weiß? Millicent sagte, dass man das nie erfahren würde, dass der Grund auch der gewesen sein könnte, dass die Mutter nicht verheiratet war – das jedenfalls hatte George behauptet. Aber das Wichtigste war, dass Dumpling in Sicherheit lebte.

Ich hatte wirklich zu viel getrunken. Meine Gedanken schwirrten hierhin und dorthin. Und immer wieder vergaß ich, worüber ich eigentlich hatte nachdenken wollen. Polo kam in die Küche zurück und sagte, sie würde mich bald wieder besuchen, schon am nächsten Tag, glaube ich, und dann ging sie. Ich blieb eine halbe Ewigkeit sitzen und dachte an die McHarg-Mädchen und daran, wie lieb und teuer mir Millicent war, und ich hoffte, dass Polo nichts mit dem zu tun hatte, was meinen Freunden nebenan zugestoßen war – was immer es sein mochte.

ACHTUNDZWANZIGSTES KAPITEL

Dumplings Geschichte

Kleines Mäuschen Dumpling – das sagte mein Dad, als er mich sah. Er war nicht mehr so, wie er als der Geheimnisvolle Mann war, als ich mich nur daran erinnern konnte, wie er sich anfühlte und wie er roch und wie er mich fest an sich drückte und die Erinnerungen an alles zuvor auslöschte.

Jetzt war er einfach nur Dad. Ständig las er Zeitung oder warf Plumpud, Daffers und mir wütende Blicke zu. Wenn er Mum ansah, wirkte er ratlos und sauer, und Grammer ging er aus dem Weg.

Daffers sagte, sein anderes Zuhause ist weit weg, und er ist hier nur zu Besuch. Ich wollte ihn zum Lächeln bringen, aber es ging nicht. Ich zeigte ihm mein Jo-Jo, und er nahm es und betrachtete es ganz genau. »Ja«, sagte er, »so eins hatte ich auch mal. Aber es war gelb.«

Er gab es mir zurück, und ich versuchte es hinauf- und hinunterwirbeln zu lassen, so wie Daffers es immer machte, aber ich schaffte es nicht. Es schlug auf den Boden auf und rollte herum, bis ich es an der Schnur wieder hochzog. Da lächelte er.

»Komm, ich zeig's dir«, sagte mein Dad. Er steckte den Finger durch die Schlaufe und ließ das Jo-Jo nach unten schnellen, und es wirbelte dem Boden entgegen und dann wieder hinauf zu seiner Hand. Ich hob den Kopf und lächelte ihn an. Er sollte es mir beibringen. Ich sah voller Hoffnung zu ihm auf.

»Reine Übungssache, Dumpling«, sagte er. »Wie das meiste im Leben. Das wirst du schon noch lernen. Es braucht Zeit. Mir hat es mein Vater beigebracht, aber das ist lange her.« Er dachte an irgendetwas – an irgendetwas vor mir und vor Plumpud und Daffers. An etwas aus einer Zeit, als es nur ihn, seinen Vater und Grammer gab. Hinauf und hinunter schnellte das Jo-Jo, und zurück und zurück ging er in die Zeit und an den Ort, wo sein Jo-Jo hinauf- und hinuntergeschnellt war. Gelb. Kreisendes Gelb. Gelbender Kreis. »Unser Vater hat die Papiere für dich besorgt, gleich nachdem wir dich gefunden hatten«, erzählte er mir. »Wir hatten dich schon tagelang gesucht.«

Jetzt war er sanft und freundlich. Ich betrachtete sein Gesicht und versuchte mich zu erinnern. An irgendetwas Verschwommenes, ich wusste nicht genau, was. Menschen fühlten sich ganz unterschiedlich an, wenn sie einen hielten. Grammer nach großem Busen. Mum rollte sich auf ihrer Bettseite zusammen, und wenn ich mich an sie kuschelte, wusste ich sogar im Schlaf, dass sie nicht Grammer war. Mein Dad hielt mich im Flugzeug; zuerst war sein Gesicht glatt, aber nach der langen Reise wurde sein Kinn rauh. Lang, lang zuvor versuchte ich zu gehen. Da war irgendetwas. Ich konnte mich nicht erinnern.

Ich nahm das Jo-Jo und ging in mein Zimmer. In meinem Schrank lagen alle Schachteln. Darin waren meine Erinnerungen. Manche kannte ich, ohne sie ansehen zu müssen. Ich holte sie heraus. Eine nach der anderen. Diese da. Und diese hier. In einer von ihnen war die Erinnerung, die ich suchte. Ich hob die Deckel ab. Einen nach dem anderen.

In einer Schachtel war die Erinnerung an die Götterspeise, die Plumpud für den Tag, an dem ich ankam, gemacht hatte. Plumpuds Arme, die mich hielten.

»Bleibt sie jetzt hier?«, fragte Plumpud.

»Ja«, sagte Mum.

»Ja«, sagte Dad.

»O Mann«, sagte Daffers.

Ich machte die Schachtel zu. In der nächsten war Theresa Carmody im Bikini auf der Wolldecke im Gras. »Was für ein Winzling«, sagte Theresa Carmody lächelnd und lachend. »Du bist hier immer willkommen. Da, setz dich neben mich auf die Decke!« Theresa duftete nach Parfüm. Ihr Lachen kitzelte. Ich legte den Deckel auf die Schachtel.

In der nächsten waren alle Nudelformen, die ich je gesehen und an die ich je gedacht hatte. Ich schob die Schachtel zur Seite. Die nächste war leer. Ich öffnete sie und ließ alle schönen Erinnerungen an das Mittagessen mit Waldorf und dem schweren Messer hineinfließen und die Erinnerung daran, wie Plumpud wegen ihres neuen Handys gelächelt hatte. Es würde schön sein, irgendwann wieder in diese Schachtel hineinzusehen.

Aber jetzt musste ich die finden, die zu dem lang Vergangenen gehörte. Langgang. Verlängern.

Ganz unten lag eine weinrote Schachtel. Meine Hand zögerte auf dem Deckel. Ich wusste, darin war es. Ganz langsam hob ich den Deckel, und als ich hineinsah, erinnerte ich mich wieder an den Geheimnisvollen Mann. Er hatte schwarze Locken. Er hatte eine breite Stirn wie Dad. Ein Muttermal auf der Stirn. Aber er war nicht Dad. Nein, er hatte graue Haare. Locken wie Dad. Die gleichen Haare. Sie fühlten sich auch gleich an. Schwarz. Grau. Das war nicht nur ein Mann. Das waren zwei Männer. Zwei Männer. Beide mit einem Muttermal. Der eine war mein Dad. Der Geheimnisvolle Mann war nicht mein Dad. Neben ihnen stand in meiner Erinnerung eine Frau. Kleiner als Grammer. Kleiner als Mum. Dünn wie Plumpud, aber kleiner. Glatte schwarze Haare. Augen wie meine, an der einen Seite schräg. Nicht runde Augen wie die von Plumpud und Daffers. Ein glattes Gesicht. Sie sah mich an. Sie lächelte. Ich roch ihre Umarmung. Vor langer Zeit. Die Sonne verbrannte die Erde. Kein Wind. Im Flugzeug hatte Mum zu Dad gesagt: Geheimnisvoller Mann. Voller Überraschungen. Ich hatte die Männer

miteinander verwechselt. Die Frau liebte mich. Irgendwann vor langer Zeit. Ich gehörte ihr. Die Frau liebte mich.
Und der andere Mann.
Ich legte den Deckel auf die Schachtel. Die Gesichter waren so deutlich gewesen, als hätte ich ein Foto betrachtet. Da war Dad, und da war Mums Geheimnisvoller Mann. Der Geheimnisvolle Mann war weg. Er war irgendwo, wo es heiß war und die Sonne die Erde verbrannte. Wo viel Regen fiel. Wo die Nacht brütend feucht war. Ein Mann mit Locken, der mich mit der Frau liebte. Ein Mann mit grauen Locken, der die Frau in den Armen hielt. Der manchmal kam und uns liebte. Ein Mann mit grauen Haaren, der unter den Hubschrauberpropeller lief. Ein Mann, der die Papiere für mich besorgte. »Unser Vater hat die Papiere für dich besorgt, gleich nachdem wir dich gefunden hatten« – das hatte mein Dad gesagt. Diese vielen Rätsel, alle durcheinander in einer Schachtel.
Draußen schneite es jetzt. Echter Schnee. Ganz, ganz viel. Wo immer die Sonne schien, gab es keinen Schnee. Es gab einen anderen Ort, an dem hob mich ein Mann vom Boden auf, ein Mann, der, glaube ich, Dad war. Er trug mich weg, und dann versteckte er mich. Dad und Dads Dad.
Mum kam. Sie brachten mich heim zu Grammer, Plumpud und Daffers. Was habe ich zurückgelassen? Es war ein schlimmer Ort, aber ich konnte mich nicht an ihn erinnern. Er war in keiner meiner Schachteln. Ein vor langer Zeit zurückgelassener Ort. An der Zeit zu gehen. An der Zeit wegzugehen. Ein verlassener Ort. Zurück. Gelassen.
Ich stellte die Schachtel zurück und schloss die Schranktür. Daffers rief mich. »Dumples!«
Ich hastete über den Boden, da öffnete sie schon die Tür.
»Komm runter und spiel was mit mir, Dumples!«, sagte sie. »Mum und Dad sind mit Plumpud weggefahren. Na, spielst du

was mit mir?« Sie hob mich hoch. Ich steckte das Jo-Jo in meine Tasche, und schon ging es die Treppe hinunter. La-la-la, summte Daffers.

»Wir spielen ein ganz besonderes Spiel«, sagte sie. »Mit deinen Penne-Nudeln, ja?«

Ich nickte.

Die Lämpchen am Weihnachtsbaum funkelten, und im Kamin brannte ein Feuer. Die Schachtel mit meinen Nudeln stand schon auf dem Boden. Grammer saß da mit einem Drink in der Hand. Und vor dem Kamin saß der Polizist, der Muskelmann, Ronald Fields. Kein Schmetterling. Kein tanzender Schmetterling.

»Hallo, Dumpling«, sagte er.

Ich glaube, er hatte schon auf mich gewartet.

NEUNUNDZWANZIGSTES KAPITEL

Daffers' Geschichte

Grammer schlug vor, dass Mum und Dad etwas mit Plumpud unternehmen sollten. »Ein paar schöne Stunden nur mit ihr«, sagte sie.

Plumpud war nicht gerade scharf darauf, weil ein paar schöne Stunden mit Mum und Dad normalerweise einen Restaurantbesuch bedeuteten und sie überhaupt keinen Appetit hatte.

»Wir haben beim Mittagessen mit Waldorf richtig viel gegessen«, sagte sie.

»Dann bestellst du eben nur eine Kleinigkeit«, entgegnete Grammer. »Du musst ja kein Drei-Gänge-Menü essen.«

Ich wusste, was los war. Das Ganze gehörte zu Grammers Plan. Sie musste die Eltern aus dem Haus kriegen, und Plumpud natürlich auch, weil sie Raleighs Vater rübergebeten hatte, und ich sollte Dumpling dazu bringen, ihm ihre Geschichte zu erzählen.

Grammer schaffte es, jeden Menschen zu so ziemlich allem zu überreden. Die drei fuhren los, und ich holte Dumpling. Als wir nach unten kamen, saß Ronald Fields im Wohnzimmer. Grammer war ganz schön fix, wenn sie wollte. Und sie wollte fast immer.

Waldorf brachte Drinks für die Erwachsenen, und ich setzte mich zu Dumpling auf den Boden.

»Dumples«, sagte ich, »erinnerst du dich an den Weihnachtsmorgen? Weißt du noch, wie du da die Nudeln auf den Boden gelegt hast?« Ich griff in die Kiste und holte den Behälter mit den Penne raus. »Leg sie genauso hin wie damals!«

Dumpling schaute erst mich an, dann die Nudeln und fing an,

sie in Reihen auszulegen. Es war dasselbe Muster wie beim ersten Mal. Drei Penne nebeneinander, dann eine Lücke, dann wieder drei, dann vierzehn, dann sieben.

»Ist das die Treppe, Dumples?«, fragte ich.

Sie deutete auf die Tür zur Diele und nickte. Ich holte die Barbie-Puppe, die sie zu Weihnachten bekommen hatte, und gab sie ihr. »Tu mal so, als ob das Plumpud wäre!«

Sie nahm die Puppe in beide Hände und gab ihr einen Kuss.

»Gut, Dumples«, sagte ich. »Also, das ist Plumpud. Erinnerst du dich, wie sie am Weihnachtsabend heimkam? Hast du sie gehört?«

Dumpling nickte.

»Und dann?«

Sie stellte die Puppe neben die ersten drei Nudeln und tat so, als würde Barbie die Treppe runtergehen.

»Ist sie rausgegangen?«, fragte ich.

Wieder nickte sie.

»Hat vorher jemand an die Tür geklopft? Ist sie deshalb rausgegangen?«

Dumpling schüttelte den Kopf.

»Sehr gut, Dumples«, sagte ich. »Du hörst doch alles, oder?«

Sie bewegte den Kopf heftig auf und ab.

»Hast du sonst noch was gehört?«

Sie ging zu ihrer Schatzkiste, nahm ein Spielzeugauto raus und schob es über den Teppichboden.

»Hast du das Auto gehört?«

Sie nickte noch heftiger.

»Weißt du, wem das Auto gehört?«

Sie sah mich an und nickte. Dann ließ sie den Kopf sinken und starrte auf den Boden.

»Welches Auto war das denn?«, sagte ich. »War es das von Mum?«

Sie schüttelte den Kopf.
»War es ein Taxi?«
Sie wirkte unsicher.
Ich versuchte es auf die ganz langsame Tour. »War es das Auto von Theresa Carmody?«
Wieder schüttelte sie den Kopf.
»War es das Auto von Polo Carmody?«
Sie nickte.
»Und du hast es draußen auf der Straße gehört?«
Sie nickte nach jeder Frage.
»Hat es angehalten?«
»Nebenan?«
»Ist jemand ausgestiegen?«
Sie reckte zwei Finger in die Luft. Zwei? Ich hörte auf zu fragen, um diese Antwort erst mal zu verdauen. Dumpling sah mich mit ihren dunkelbraunen Mandelaugen an.
»Zwei Leute?«
Sie nickte.
»Weißt du, wer es war?«
Sie schüttelte den Kopf.
Zwei. Das hatte ich nicht erwartet. Polo hatte also jemanden dabeigehabt. Ich dachte an den Mann mit den lila Augen – sein Name fiel mir nicht mehr ein – und fragte mich, ob er der Zweite gewesen sein könnte. Ich sah zu Grammer und zu Ronald Fields hin. Beide hatten sich auf ihren Stühlen vorgebeugt und hörten gespannt zu.
Grammer nickte. Es war ein aufmunterndes Nicken. Sie warf einen Blick auf Ronald Fields. Der nickte auch. Dann schüttelte er kaum sichtbar den Kopf, und ich kapierte, dass das Gespräch mit Dumpling jetzt beendet werden sollte.
»Möchtest du eine Partie Ludo mit Waldorf spielen?, fragte Grammer.

Dumples stand sofort auf und holte die Ludo-Schachtel.
»Sollen wir am Küchentisch spielen?«, fragte Waldorf. Dumples nickte und griff nach seiner Hand.
»Dumpling«, sagte Ronald Fields plötzlich, »hast du gehört, wie Plumpud dann später zurückkam?«
Sie schüttelte den Kopf, schloss die Augen und neigte den Kopf Richtung Schulter.
»Du warst eingeschlafen?«
Sie nickte.
»Hast du sonst irgendetwas gehört?«
Sie schüttelte den Kopf und sah zu Waldorf hoch, und die beiden gingen zur Tür.
»Du bist ein sehr kluges kleines Mädchen«, sagte Ronald. Sie strahlte ihn vor Freude an.

Ich begann die Nudeln wegzuräumen.
»Auch du bist ein sehr kluges Mädchen«, sagte Grammer. »Ich war dabei, als sie am Weihnachtsmorgen die Nudeln auf dem Boden angeordnet hat, aber ich habe damals kein Muster erkannt.«
»Damals habe ich es auch nicht gesehen«, gab ich zu. »Es kam mir nur irgendwie bekannt vor. Manchmal zählt man ja die Stufen, wenn man eine Treppe rauf- oder runtergeht, weißt du.«
»Ob sie das Auto von ihrem Zimmer aus wirklich hören konnte?«, fragte Ronald Fields nachdenklich.
»Sie hört alles«, erwiderte Grammer. »Tagsüber hört sie sogar Mums Auto, wenn es unten um die Kurve biegt. Und nachts wird es keine anderen Geräusche gegeben haben.«
»Außerdem horchte sie wahrscheinlich ganz konzentriert auf Santa Claus«, gab ich zu bedenken.
Ronald sah es ein. »Ich konnte als Kind wesentlich besser

hören als heute. Und ich muss zugeben, dass sich die Wahrnehmungsfähigkeit erhöht, je vertrauter einem ein bestimmter Ort ist. An die Geräusche von der Straße hier habe ich mich einfach noch nicht gewöhnt, aber sobald sie vertraut sind, erkennt man alles Mögliche, ohne dass es einem überhaupt bewusst wird.«

»Es waren also zwei Personen«, warf Grammer ein.

»Der Zweite war bestimmt der Mann mit den lila Augen«, sagte ich.

»Gervaise Holt«, fügte Grammer als Erklärung für Ronald Fields hinzu. »Sie haben ihn bei Theresas Party kennengelernt.«

»Ja, ich erinnere mich«, sagte er langsam.

»Hast du ihm erzählt, dass Polo ihn in den Finger gebissen hat?«, fragte ich Grammer.

Grammer sagte nein, aber sie würde es ihm jetzt erzählen. Und sie schilderte ihm, was ich ihr gesagt hatte, und Ronald Fields sagte, er würde sich daran erinnern, dass Gervaise Holt seinen blutenden Finger abgetupft hatte. Er hätte sich damals gefragt, wie das wohl passiert war.

Ich biss mir auf die Unterlippe und schwieg. Grammer hatte ich es erzählen können, aber vor Raleighs Vater konnte ich es nicht aussprechen.

»Du erzählst jetzt besser, wie es dazu kam«, forderte Grammer mich auf.

Komisch – ich konnte es kaum erwarten, Daisy davon zu erzählen, aber vor Ronald Fields wollte ich es auf keinen Fall aussprechen. Ich fand das ziemlich interessant und nahm mir vor, später mal darüber nachzudenken – dass es leichtfällt und Spaß macht, einem bestimmten Menschen irgendwas zu erzählen, und bei einem bestimmten anderen Menschen geht es einfach nicht.

Aber Grammer sah das offenbar anders, und zum Schluss musste ich Ronald Fields doch beschreiben, was ich im Wintergarten gesehen hatte. Allerdings nur sehr verkürzt. Die Shorts und das alles ließ ich weg.

»Hm«, machte Ronald Fields. »Habe ich das richtig verstanden? Polo Carmody ging in den Wintergarten, nahm seinen Daumen in den Mund und biss hinein?«

»Ganz so war es nicht«, gab ich zu. Ich saß in der Falle, denn wenn ich ihm nicht die Wahrheit sagte, würde er mir nicht glauben, und es war wichtig, dass er mir glaubte. Deshalb erzählte ich noch ein bisschen mehr. Hin und wieder stupste mich Grammer sozusagen zum Weiterreden an.

»Außerdem war es ein Finger, nicht der Daumen«, sagte ich.

»Gut. Allmählich kapiere ich, worauf du hinauswillst. Er hat also an ihr herumgespielt?«

Herumgespielt? Dieses Wort wäre mir nicht eingefallen, um zu beschreiben, was die beiden getan hatten.

»Ich glaube nicht, dass das ein Spiel war«, sagte ich leicht widerwillig, weil ich unter keinen Umständen in die Einzelheiten gehen wollte.

Grammer kam mir zu Hilfe. »Ein Erwachsenenspiel.«

So konnte man es natürlich auch sehen.

»Bist du sicher, dass es diese beiden Personen waren, die sich im Wintergarten aufhielten?«, fragte mich Ronald Fields.

Ich erklärte ihm, dass ich zwar nicht das Gesicht des Mannes, aber sein Jackett gesehen hatte und dass es dasselbe Jackett war, das der Mann mit den lila Augen getragen hatte, und dass die Bisswunde genau zu dem passte, was Polo gemacht hatte.

»Gut. Daphne, du sprichst bitte mit keinem anderen Menschen über diese Sache. Mit deiner Großmutter kannst du natürlich schon darüber reden. Aber ich brauche eine Aussage von dir.«

Eine Aussage. Daran hatte ich nicht gedacht. Aussage – das

bedeutete Anwälte, und Anwälte bedeuteten Gerichtsprozess. Und Gericht war genau das, was Plumpud auf keinen Fall wollte. Ich wusste nicht, was ich tun sollte.

»Grammer«, sagte ich, »Plumpud ...«

»Ich weiß. Ich weiß.« Sie kniff die Lippen zu einem dünnen Strich zusammen.

»Plumpud?«, fragte Ronald Fields.

»Sie will nicht, dass es zu einer Verhandlung kommt.«

»Ich weiß«, sagte er. »Das ist mir bei dem Gespräch klargeworden, das wir bei uns zu Hause geführt haben. Aber ich muss damit vor Gericht. Wir haben es hier mit Leuten zu tun, die weggesperrt gehören. Wir werden es Plumpud erklären. Ich werde Margaret informieren – Margaret McGregor, Sie kennen sie ja. Sie hat mir gesagt, dass Plumpud und sie gut miteinander klarkommen – sie schafft das schon.«

»Und was ist, wenn Plumpud es nicht schafft?«, fragte ich.

»Wir wollen doch nicht, dass noch jemandem dasselbe zustößt, oder?«

Er hatte natürlich recht, aber die Vorstellung, dass Plumpud noch mehr leiden musste, war schrecklich.

»Muss Plumpud denn da unbedingt mit reingezogen werden?«, fragte ich.

»Leider ja«, sagte Ronald Fields.

»Geht es wirklich nicht ohne sie?«, wollte Grammer wissen.

Nein, sagte Ronald Fields, ohne Plumpud ginge es nicht, weil sie das Opfer war.

»Und jetzt?«, fragte Grammer.

»Ich fahre gleich ins Büro, dann sehen wir weiter. Ich muss über die Sache berichten, dann wird über das weitere Vorgehen entschieden.«

Ich schaute Grammer an und versuchte in ihrem Gesicht zu lesen.

Als Ronald Fields aus dem Haus war, sagte Grammer, sie würde kurz weggehen.

»Du hast deine Arbeit erledigt, Daphne. Lass es jetzt erst einmal auf sich beruhen. Plumpud kommt bald zurück, dann leiste ihr ein bisschen Gesellschaft.«

»Können wir Ronnie und Raleigh besuchen, wenn es dann noch nicht so spät ist? Es würde ihr bestimmt guttun.«

»Das entscheidest du am besten erst, wenn es so weit ist. Warte ab, wie deine Eltern drauf sind, versuch, die Stimmung einzuschätzen.«

Irgendetwas hatte sie vor, so viel war schon mal klar.

DREISSIGSTES KAPITEL

Millicents Geschichte

Ich wartete, bis ich Ronald Fields' Wagen aus der Ausfahrt biegen und wegfahren hörte. Meine Ohren mögen nicht so gut wie die von Dumpling sein, aber wenn ich etwas Bestimmtes hören will, bekomme ich es schon noch mit. Ich hielt es für das Klügste, sofort zu Maureen Fields zu gehen, obwohl sich wahrscheinlich keine Gelegenheit bieten würde, das Rohypnol gleich anzuwenden. Aber ich hatte das Gefühl, dass mir die Zeit davonlief.

»Ich habe sie«, sagte Maureen, als sie mich sah.

»Wird er merken, dass sie fehlen?«

»Ja, wahrscheinlich schon. Komisch, dass er sie in seiner Jackentasche gelassen hat. Das sieht gar nicht nach ihm aus. Ich dachte, er würde sie heute Abend mitnehmen«, sagte sie, während sie mir ein kleines, mit Noppenfolie umwickeltes Päckchen in die Hand drückte.

Es enthielt zwei Tabletten, die völlig harmlos aussahen. Aber nur eine einzige solche Tablette hatte dafür gesorgt, dass meine geliebte Plumpud eine Nacht ihres Lebens verloren und der Rest ihres Lebens sich verändert hatte. Ich betastete die Folienseite. Die Tabletten waren rund – bestimmt hatte ich daheim im Bad welche mit dieser Form.

»Danke«, sagte ich.

»Wissen Sie auch wirklich, was Sie tun?«, fragte sie zaghaft und erhob ihre kleinen Hände in einer Geste, die ich nicht deuten konnte.

»Nein«, antwortete ich. Doch dann beschloss ich, anders vorzugehen. »Ich wollte nur wissen, wie sie aussehen.« Ich warf noch einmal einen Blick auf die Tabletten; dann unterhielten wir uns über das Wetter und darüber, ob sie sich schon eingelebt hatte. Und dann verließ ich das Haus mit den Tabletten in der Tasche, als hätten wir stillschweigend vereinbart, dass ich vergessen hatte, sie ihr zurückzugeben.

In der Verandatür sagte ich, als wäre es mir eben erst eingefallen: »Ach, würden Sie Ronnie bitte sagen, dass Plumpud mit ihren Eltern unterwegs ist, aber bald zurück sein wird – falls er sie anrufen möchte?«

»Hat denn niemand etwas dagegen?«

»Plumpud hat nichts dagegen«, sagte ich, »und nur das zählt.«

Und nur das zählte auch für mich. Dass Plumpud so unversehrt wie irgend möglich aus der Sache herauskam. Alles andere interessierte mich nicht.

Ich ging nach Hause, pulte die zwei Rohypnol-Tabletten mit einem Fingernagel – ich hatte immer lange und äußerst gepflegte Fingernägel – aus der Verpackung und ersetzte sie durch zwei andere runde Tabletten, die natürlich nicht identisch waren – ihnen fehlten der eingestanzte Name des Pharmaunternehmens und die Ziffer 2. Außerdem waren sie nicht ganz so dünn wie die ziemlich flachen Rohypnol-Tabletten, die ich nun in meine Tasche steckte. Dann ging ich noch einmal nach nebenan.

»Ich habe vergessen, Ihnen die Tabletten zurückzugeben«, sagte ich und händigte ihr das winzige Päckchen aus.

Sie nahm es schweigend entgegen.

»Ich habe mir überlegt«, sagte ich, »dass Sie die Tabletten in eine Hosentasche von Ronald stecken und die Hose dann aus Versehen waschen könnten, ohne daran gedacht zu haben, dass die Dinger in der Tasche sind …«

Sie tauschte einen Blick mit mir.

»Ich muss los«, sagte ich.

»Ich auch. Ich muss Wäsche waschen und den restlichen Haushalt erledigen.«
»Ja, ja, Frauenhände ruhen nie«, sagte ich aufmunternd, und sofort kam mir der Gedanke, dass dies einen guten Titel für meinen nächsten Roman abgäbe, der von einer Verschwörung zwischen zwei Frauen handeln würde, und zwar zwei Nachbarinnen ... Na ja, vielleicht besser doch keine Nachbarinnen – es ist immer angeraten, Überdeutlichkeiten zu vermeiden. In meinem Kopf entstand bereits eine interessante Geschichte. Die Handlungen meiner Bücher entstehen immer zu den unmöglichsten Zeiten. Der Roman, dachte ich, könnte von drei Frauen handeln, die alle mit demselben Mann verheiratet gewesen waren ... Aber ich sollte nicht abschweifen – schließlich musste ich mich beeilen.
»Ich muss mich sputen«, sagte ich.
Wir lächelten uns an, und ich ging nach Hause.

Was dann geschah, hatte ich nicht gewollt. Noch nicht. Nicht so, wie es passierte – wenn überhaupt.

Als George, Maria und Plumpud vom Essen zurückkamen, wirkte Plumpud noch matter als zuvor.
»Ist alles in Ordnung?«, fragte ich sie, als sie in die Küche trat. Sie antwortete nicht, was ganz untypisch für sie war. Ich hätte mich ohrfeigen können wegen dieser banalen Frage, aber was hätte ich sonst sagen sollen?
»Komm, setz dich zu mir«, sagte ich. Sie sah verweint aus. Ich stellte ihr keine Fragen mehr, sondern saß einfach neben ihr, und sie lehnte sich an mich an. Maria und George verließen die Küche. Ich hörte, dass sie nach oben gingen.
»Dad fliegt zurück zu seiner Arbeit«, sagte Plumpud leise.
Da ist noch nicht das letzte Wort gesprochen, dachte ich. Laut

sagte ich: »Ich weiß, mein Schatz. Sie haben ihn gedrängt, zurückzukommen – das tun sie ja immer, aber in diesem Jahr noch mehr als sonst.«
»Wirklich?« Offenbar hatte sie Zweifel.
»Wirklich«, sagte ich sehr bestimmt. Ich duldete nicht, dass dieses Kind auch nur die geringste Schuld für das Verhalten seiner Eltern auf sich nahm.
»Mum und er haben beim Essen gestritten.«
»Worüber?«
»Ich weiß nicht. Über so ziemlich alles.«
»Zum Beispiel?«, fragte ich hartnäckig, aber sanft und in möglichst beiläufigem Ton.
»Na, zum Beispiel darüber, warum Mum arbeiten musste, während er da war. Da sagte sie, so viel Zeit, wie er vor dem Fernseher und hinter der Zeitung verbrachte hätte, würde es sie wundern, dass ihm ihre Abwesenheit überhaupt aufgefallen wäre.«
»Erwachsene streiten nun mal«, sagte ich. »Das kommt selbst in den glücklichsten Ehen vor. Und dass er immer so lange weg ist, macht die Sache natürlich nicht einfacher.«
»Aber früher haben sie sich immer so darüber gefreut, zusammen sein zu können. Diesmal ist es anders«, sagte sie traurig. »Und das liegt an mir.«
Das arme Kind. Hatte das Mädchen nicht schon genug Kummer? Hatten wir alle nicht schon genug Kummer, auch ohne dass die beiden sich vor Plumpud zankten? Ich versuchte sie zu beruhigen. Immer wieder. Und dann erzählte sie mir, dass die beiden auch mit ihr gestritten hätten, weil sie nicht herausfinden wollte, wer ihr diese schrecklichen Dinge angetan hatte. Darüber unterhielten wir uns eine Weile. Sie hatte große Angst davor, dem Täter gegenübertreten zu müssen. Ihre Eltern bestünden darauf, dass der Täter gefunden und ins Gefängnis

gesperrt würde. Aber sie habe große Angst davor. Sie hatte Angst vor allem. Sie hatte Angst davor, es herauszufinden. Sie hatte Angst davor, dass die Leute es erfuhren. Sie hatte Angst vor einem Prozess. Plötzlich fielen mir die Frauen ein, die Dirk McHarg gebumst hatte, und das Grauen, das mich befiel, als ich herausfand, um wen es sich handelte. Ich versuchte ihr klarzumachen, dass Wissen stark macht – aber ich hatte leicht reden. Ich war erwachsen gewesen, als ich mich bestimmten Tatsachen meines Lebens stellen musste, und verglichen mit dem, womit sie es zu tun hatte, waren meine Erkenntnisse geradezu banal gewesen. Ein Erwachsener kann mit solchen Dingen einfach besser umgehen. Als mein ganzes Leben zerbrach, hatte ich mich zu wappnen gewusst; aber damals war ich Mitte dreißig gewesen und nicht, wie Plumpud, ein Kind. Und wenn sie vor bestimmten Dingen Angst hatte, dann mussten wir, die Erwachsenen, Möglichkeiten finden, an ihrer statt mit diesen Dingen umzugehen.

»Plumpud, Plumpud«, sagte ich. »Du darfst dir keine Sorgen mehr machen. Dein Dad, deine Mum und ich, wir werden uns um alles kümmern. Wir sorgen dafür, dass das alles vorbeigeht.«

Zumindest *ich* würde dafür sorgen. Dafür sind wir Großmütter nämlich da: um die Dinge für unsere Enkelkinder in Ordnung zu bringen, um ihnen mit unserer Erfahrung und unseren Jahren zu helfen – und ich konnte weiß Gott mit der ein oder anderen Erfahrung aufwarten.

Ich tröstete das Kind, so gut ich konnte, und meine Entschlossenheit wuchs.

Als Nächstes musste ich mit George und Maria reden – mit jedem einzeln oder mit beiden zusammen, das war egal. George hatte sich so sehr in seine eigenen Probleme und seine eigene

Sichtweise verbissen, dass ich nicht mit Sicherheit sagen konnte, ob er überhaupt verstand, was ich ihm mitteilen wollte. »So sind sie eben, die Männer«, hätte ich am liebsten gesagt, aber das ist nun einmal eine grobe Verallgemeinerung und trifft zum Beispiel auf Waldorf bestimmt nicht zu. Obwohl natürlich denkbar ist, dass Waldorf die einzige Ausnahme von dieser Regel darstellt.

Ich versuchte mit den beiden zu reden, aber sie ließen niemanden mehr an sich heran. Es war unglaublich.

EINUNDDREISSIGSTES KAPITEL

Marias Geschichte

Natürlich hätten wir uns nicht vor Plumpud streiten sollen, das war schon klar. Aber irgendwie war die Situation zwischen George und mir außer Kontrolle geraten.

Nach unserer Rückkehr von dem Restaurantbesuch mit Plumpud, der ein totales Desaster gewesen war – sie hatte nichts gegessen und darauf bestanden, dass alles, was mit der Vergewaltigung zusammenhing, fallen gelassen werden sollte –, gingen George und ich nach oben in unser Schlafzimmer, diesen einst von Liebe umhüllten Raum, der aber jetzt nur mehr kalt und leer wirkte und widerspiegelte, was in den letzten Tagen aus unserer Ehe geworden war.

Ich versuchte es noch einmal. »George«, sagte ich, »bitte hör mir zu. Ich brauche dich. Die Mädchen brauchen dich. Und trotzdem bist du gar nicht richtig da.«

»Ich bin da«, blaffte er mich an.

»Du weißt, was ich meine. Ich empfinde großes Mitgefühl wegen der Sache mit deinem Vater.«

Dirk McHarg, von dem Grammer glaubte, er wäre vor dreiunddreißig oder vierunddreißig Jahren ertrunken, war in Wirklichkeit erst im letzten Sommer gestorben. Aus diesem Grund war George im zurückliegenden Jahr nicht nach Hause gekommen. Er wusste, dass er es nicht schaffen würde, das Geschehene vor seiner Mutter zu verbergen, und nachdem er das Überleben seines Vaters mehr als zwanzig Jahre lang geheim gehalten hatte, war die Offenlegung des Geheimnisses nach Dirks tatsächlichem Tod das Letzte, was er wollte. Grammer musste es nicht erfahren. Sie hatte ihre Trauerarbeit viele,

viele Jahre zuvor geleistet – warum sollte sie jetzt noch einmal leiden?
Als ich Dirk McHarg in unseren Flitterwochen kennenlernte, war ich mir ganz und gar nicht sicher, ob ich ihn mochte. Er hatte seine Frau und seinen Sohn verlassen und in einem fernen Land ein neues Leben begonnen. George hatte mich damals natürlich zur Verschwiegenheit verpflichtet. Gleich nach dem College war er mit einem Filmteam hingeflogen – sein erster Auftrag – und hatte die Stelle gesucht, an der sein Vater im Meer verschwunden war. Wahrscheinlich suchte er nach einem Ort, an dem er trauern oder seinen inneren Frieden finden konnte … Ich weiß es nicht. Irgendetwas in dieser Richtung. Und dann wollte es der Zufall, dass er eines Abends in einer Bar etwas trank – und wer stand neben ihm? Elf Jahre lang hatte er seinen Vater nicht gesehen, aber er erkannte Dirk McHarg auf den ersten Blick.
Auch ich erkannte ihn sofort, als ich ihn kennenlernte. Er sah genauso aus wie auf den Fotos, die Grammer mir gezeigt hatte. Und er hatte eine frappierende Ähnlichkeit mit George – dieselbe hohe Stirn, dieselben Locken, inzwischen allerdings mehr grau als schwarz. Ein harter Mensch, fand ich damals, aber als ich ihn im Lauf der Jahre bei meinen regelmäßigen Besuchen dort ein bisschen besser kennenlernte, erkannte ich nach und nach die Eigenschaften, von denen Grammer mir erzählt hatte. Er war zweifellos hochintelligent, genau wie George. Er war attraktiv, flirtete gern, besaß großen Charme und war, wie sich herausstellte, ein sehr freundlicher Mensch. Er hatte das Beste aus der Gelegenheit gemacht, die sich ihm bot, als sein gechartertes Wasserflugzeug ins Meer stürzte – mit seiner Sekretärin an Bord, nicht aber mit ihm, weil er an jenem Tag an Fieber litt und in letzter Sekunde beschlossen hatte, nicht mitzufliegen.
»Ein Unfall«, sagte er zu mir. »Eine Gelegenheit, die mir der

Zufall in die Hände spielte – und ich ergriff sie. Dass ich George alleinließ, bereitete mir zwar ein schlechtes Gewissen, aber Millicent machte ohne mich aus ihrem Leben eine Erfolgsstory.«
Ich erzählte ihm nicht, was seine Frau über ihn gesagt hatte. Abgesehen von den positiven Dingen, hatte sie gesagt, hinter jedem großartigen Mann stehe eine noch großartigere Frau, und manchmal verschaffe das Verschwinden des großartigen Mannes der Frau die Gelegenheit, sie selbst zu werden. Ich fand es schlimm, eine Lüge zu leben, indem ich von Dirks Existenz wusste und Grammer nichts davon erzählte, aber ich hatte es George nun mal versprochen – und was hätte es auch gebracht, schlafende Hunde zu wecken? Beide, Dirk und Millicent, lebten jeweils ein neues Leben, und beide waren ziemlich zufrieden ohne den anderen. Deshalb behielt ich meine Meinung darüber für mich und schwieg, obwohl es mir in Anbetracht meiner engen Beziehung zu Grammer immer wieder unglaublich schwerfiel.
Ein einziges Mal hätte ich es Grammer fast erzählt. Das war, als wir Dumpling mitbrachten. Dirk, nicht George, hatte sie vom Boden aufgehoben und alle Hebel in Bewegung gesetzt, um ihr die notwendigen Papiere zu verschaffen, damit wir sie adoptieren konnten.
Ich war traurig, als er starb. Er hatte einiges wiedergutgemacht. Er hatte eine solide Beziehung zu seinem Sohn aufgebaut. Ich als Frau hätte wahrscheinlich einen gewissen Hass empfunden, wenn mein Vater abgehauen wäre und ich ihn Jahre später gefunden hätte, aber George war nicht so. Er empfand den wiedergefundenen Vater als absoluten Pluspunkt. »Ich hatte einen Ort gesucht, an dem ich einen Kranz ins Wasser werfen konnte. Wie hätte ich mich da nicht freuen können?«, sagte er einmal zu mir.

Nach Dirks Tod im letzten Sommer flog ich zu George. Grammer erzählten wir, es gebe irgendwelche Probleme mit Georges Arbeit, und er könne nicht nach Hause kommen. Sie war natürlich ein bisschen böse auf ihn, weil sie manchmal das Gefühl hatte, er wäre lieber im Ausland als daheim. Aber es war schwer für ihn gewesen. Er hatte zwei Leben geführt und versucht, eines dieser beiden Leben komplett getrennt zu halten von seiner Mutter, einer überaus scharfsinnigen Frau.
Doch sosehr ich mit George mitfühlte, als sein Vater starb und auch in den Monaten nach dessen Tod, so sehr hatte ich gleichzeitig den Eindruck, dass er sich nicht genug Mühe mit den Mädchen gab. Er wusste schlicht und einfach nicht, wie er mit dem, was Plumpud zugestoßen war, umgehen sollte – ich allerdings auch nicht. Keiner von uns wusste das. Es war absolutes Neuland für uns und brachte weder meine noch seine stärksten Seiten zum Vorschein.
Und dann kamen noch all die zusätzlichen Komplikationen hinzu – meine Affäre mit meinem »Chef«, als den Martin sich gern bezeichnete. Und nachdem ich nun George mit Marjorie Whelan gesehen hatte, wurde mir das alles einfach zu viel. Ich hatte Angst davor, ihn auf die Sache mit Marjorie Whelan anzusprechen. Ich hatte Angst, das Thema könnte alles Mögliche auslösen. Und mit welchem Recht hätte ich überhaupt darüber reden können? Ich hatte schließlich auch eine Affäre – falls das auf ihn und Marjorie ebenfalls zutraf, aber da war ich mir ziemlich sicher.
Es war einfach zu viel. Ich fühlte mich bedrängt von den Ereignissen und Umständen, und mir war bewusst, dass ich Plumpud zu einem Zeitpunkt, an dem sie mich mehr als je zuvor brauchte, im Stich ließ. Ich hatte das Gefühl, alle im Stich zu lassen, mich selbst eingeschlossen. Ich glaube, meine Affäre war da schon zu Ende, und ich hatte die Erwartung,

dass Martin und ich uns mit einer Freundschaft begnügen würden, aber es war schwierig, den Blick nach vorn zu richten. Es war schwierig, die Dinge klar zu sehen – es passierte einfach zu viel.

Einige Stunden später erreichten wir in dieser Nacht einen Punkt, an dem eine gewisse Ehrlichkeit zwischen uns möglich wurde. George sagte, ihm sei klar, dass er sich, wenn wir durch diese Lebensphase hindurchkommen wollten, beruflich verändern müsse. Es sei jetzt an der Zeit, einen Auftrag in Europa statt in Fernost anzunehmen. Dann hätten wir mehr Zeit, um gemeinsam alles aufzuarbeiten. Ich fragte ihn, ob das irgendetwas mit Marjorie Whelan zu tun habe. Ich musste ihn das einfach fragen. Ich hatte das Gefühl, wenn ich es nicht täte, würde sie wie ein Gespenst durch mein Leben spuken.
Er wirkte überrascht. »Marjorie?«
»Ja. Ich habe dich zufällig mit ihr gesehen. Ich bin auf der Strand Road in Sandymount nach Hause gefahren und habe euch zusammen gesehen«, sagte ich kleinlaut. Ich wollte nicht, dass er glaubte, ich hätte ihm hinterherspioniert.
»Sie ist eine alte Freundin meines Vaters.«
Eine alte Liebhaberin, dachte ich – und zwar sowohl deines Vaters als auch von dir. Aber das sagte ich nicht. Ich behielt es für mich.
»Ich musste zu ihr«, sagte George, »um mich von ihr zu verabschieden. Ich musste ihr sagen, dass es aus ist.«
»Aus?«, fragte ich. »Dass dein Vater gestorben ist?«
»Nein«, entgegnete er langsam. »Sie wusste nicht, dass mein Vater noch lebte. Das sollte niemand wissen. In diesem Punkt habe ich ihn nie hintergangen.«
Ich wollte gerade fragen, was er denn nun gemeint habe, als er sagte, es sei aus, aber dann wollte ich es plötzlich gar nicht

mehr wissen. Ich wollte keine Einzelheiten hören. Wenn es aus war, warum sollten wir dann jetzt noch darüber diskutieren? Entweder war es aus, oder es war nicht aus – die Zeit würde es zeigen. Und ich wollte keine Details wissen.
Alles schien aus dem Lot geraten zu sein, und ich sah keine Möglichkeit, voranzukommen, solange ich mich ausschließlich mit der Gegenwart und der Vergangenheit befasste. Deshalb beschloss ich, ihm nur mehr Aufmunterndes zu sagen. Schließlich wollte ich meine Familie zurückhaben – meinen Mann als meinen Mann und die Kinder in Sicherheit wissen.
Will das nicht jede Frau?

ZWEIUNDDREISSIGSTES KAPITEL

Millicents Geschichte

Ich schuldete Theresa Carmody einen Besuch. Ich hatte angekündigt, dass ich bei ihr vorbeischauen würde, und sagte mir, nachdem ich vergeblich versucht hatte, mit George und Maria zu reden, dass der richtige Zeitpunkt nun gekommen war. Na gut – ich hatte bemerkt, dass ihr Wagen nicht dastand, dafür aber der von Polo Carmody. Ich nahm mir vor, hineinzugehen und so zu tun, als hätte ich das mit den Autos nicht gesehen. Einfach hineingehen und vielleicht ein Schwätzchen halten. Der Moment erschien mir günstig, und man soll ja, wie die Jugend sich ausdrückt, alles immer schön flutschen lassen. Also lief ich zu Theresas Haustür.

Ich klingelte und klopfte gleichzeitig ordentlich an, und als geöffnet wurde, trat ich, ohne zu schauen, wer dastand, in die Diele und sagte: »Theresa, meine Süße – Kaffee! Ich brauche Kaffee!« Beim ersten Blickkontakt mit Polo Carmody stand ich schon in der Diele.

»Polo«, sagte ich, wobei ich mich leicht verlegen gab – allerdings auch nicht zu sehr, da ich nicht zur Verlegenheit neige, und als Verlegene hätte ich mich, eh ich mich's versah, vor der Tür wiederfinden können. »Polo, ich brauche unbedingt einen Kaffee. Ist Theresa da, oder wärst du so lieb und machst mir einen?«

Und ehe sie sich's versah, waren wir in der Küche.

Sie sah aus wie immer. Glattes blondes Haar, das – schlecht geschnitten, wenn ich das sagen darf – an ihrem etwas zu länglichen Gesicht herabhing. Muffig und unsympathisch, so würde ich sie beschreiben. Sie wirkte leicht benebelt, starrte auf

mich, blinzelte mehrmals hintereinander und stierte mich dann an, so als könnte sie nicht klar sehen.
»Wo ist Theresa?«, fragte ich, während ich mich auf einem Stuhl niederließ.
»Weggefahren«, antwortete sie knapp, während sie mit einem Löffel Kaffee in eine Kanne schaufelte. Sie verschüttete eine ganze Menge auf dem Tisch, schien das aber gar nicht zu bemerken. Völlig unkoordiniert.
»Soll ich Tassen holen?«, fragte ich, weil ich es für sehr wahrscheinlich hielt, dass sie sie fallen lassen würde.
Doch sie holte die Tassen selbst und stellte sie auf den Tisch.
»Wie war Weihnachten?« Ich versuchte das Gespräch am Laufen zu halten, weil sie ein so unberechenbarer Mensch war und ich aus eigener Erfahrung wusste, dass es in ihrer Anwesenheit oft zu ausgedehnten Sprechpausen kam. Ich konnte mich des Eindrucks, dass sie getrunken hatte, nicht erwehren. Es roch zwar nicht nach Alkohol, aber sie verhielt sich sehr, sehr merkwürdig.
»Wie immer«, sagte sie.
Ha!, dachte ich. Wie immer. So nennst du das also? Du betäubst und vergewaltigst meine Enkelin und bezeichnest das dann als »Wie immer«!
Ich glaube, genau dieser Ausdruck brachte mich schlagartig zum Handeln. Bis dahin war mir selbst nicht völlig klar, was ich tun und ob ich das, was ich mir vorgenommen hatte, tatsächlich durchführen würde. Aber schon berührte meine Hand die zwei Tabletten in meiner Tasche, und als sie den Kaffee eingeschenkt hatte und zum Kühlschrank ging, um Milch zu holen, tat ich sie in ihre Tasse. Ich überlegte kurz, ob ich nur eine hineintun sollte, was meiner Vermutung nach ausgereicht hätte, aber da ich nicht wusste, wie sich der heiße Kaffee auf nur eine Tablette auswirken würde, ob er die Wirkung abschwächen würde, warf ich dann doch zwei hinein.

»Nichts wärmt das Herz so sehr wie Kaffee«, sagte ich, obwohl mir etwas Stärkeres wesentlich lieber gewesen wäre. Ich umfasste die Tasse mit beiden Händen, um mich daran aufzuwärmen, denn draußen war es kalt gewesen.
»Ist Ihnen der Kaffee ausgegangen?«, fragte sie mich – ziemlich unhöflich, wie ich hinzufügen möchte.
Beinahe hätte ich gelogen und ja gesagt, aber ich dachte blitzschnell voraus und erkannte, dass sie oder sonst irgendwer irgendwann herausfinden könnte, dass im Haushalt der McHargs kein Mangel an Kaffee herrschte, und meine Lüge mich möglicherweise überführen würde.
»Ach, nicht die Spur!«, sagte ich lachend. »Aber eine alte Großmutter muss eben hin und wieder vor all den vielen Kindern flüchten.«
»Wie viele sind es denn?«, fragte sie.
Und ich dachte: Du widerliches Miststück, nicht mal das weißt du! Du schnappst dir wahllos eine meiner Enkeltöchter und vergreifst dich an ihr. Und dann kam mir der Gedanke, dass es genauso gut Daphne oder selbst die kleine Dumpling hätte sein können und dass es dieser Frau egal gewesen wäre. Irgendetwas an ihr hatte mich schon immer frösteln lassen, aber jetzt spürte ich Hass im Herzen, und die einzige Erleichterung, die es für mich gab, bestand darin zu wissen, dass sie, sobald das Rohypnol wirkte, genauso hilflos sein würde wie Plumpud damals. Und weil ich wusste, wie traumatisiert Plumpud durch den Gedächtnisverlust noch immer war, dachte ich: Geschieht ihr recht, dass sie jetzt dasselbe Trauma erleidet! Die Polizei kann sich später mit ihr befassen – erst bekommt sie ihre Strafe. Sie soll die Angst spüren!
Ich glaube, so war mein Gedankengang. Ich glaube, so rechtfertigte ich vor mir selbst, was ich getan hatte.
Gemächlich nippte ich an meinem Kaffee und plauderte über

das Weihnachtswetter, über das Buch, das ich gerade fertiggeschrieben hatte, und über das Buch, das ich als nächstes schreiben würde. Nach etwa zwanzig Minuten trank ich den letzten, nunmehr kalten Schluck. Dann ging ich und ließ sie am Tisch sitzen.

»Sie brauchen nicht aufzustehen«, sagte ich. »Aber ich gehe jetzt besser zurück und stürze mich wieder ins Getümmel.«

Das war das letzte Mal, dass ich sie sah.

Irgendwann nachts musste Theresa Carmody nach Hause gekommen sein, denn ich wurde vom Lärm zugeschlagener Türen wach, und als ich aus dem Fenster meiner Wohnung sah, blinkte draußen auf der Straße das Blaulicht eines Krankenwagens.

»Was ist los?«, fragte Waldorf, der, den Kopf in den Kissen, neben mir in meinem Kingsize-Bett lag. Er hatte, muss ich sagen, ein wirklich attraktives Profil, das, wenn er so dalag wie jetzt, ganz besonders gut aussah.

»Keine Ahnung«, sagte ich. Und dann legte ich mich wieder schlafen.

Am nächsten Tag war nebenan alles ruhig. Keiner aus der Familie erwähnte das nächtliche Spektakel auf der Straße, und so sagte ich nichts. Dumpling spielte auf dem Boden mit ihren Nudeln. Sie holte ihre Spielzeugautos und ließ den Krankenwagen ein bisschen herumkurven. George und Maria hatten offenbar zu einem gewissen Gleichmut gefunden, denn sie tauschten keine spitzen Bemerkungen mehr aus.

»Morgen fliege ich zurück zur Arbeit«, teilte mir George um die Mittagszeit mit.

»Wirklich? Jetzt schon?«, fragte ich.

»Ja. Mein Vertrag läuft noch ein halbes Jahr, danach möchte ich zurückgehen. In den sechs Monaten kann ich meine Angelegenheiten im Ausland regeln. Außerdem muss ich meinen Nachfolger einarbeiten. Ich will alles geordnet übergeben, wenn ich meinen Job an den Nagel hänge.«

Das überraschte mich. Meinem Gefühl nach hatte es immer irgendetwas gegeben, das ihn veranlasste, so weit weg von zu Hause zu leben, und ich fand es erstaunlich, dass er sich ausgerechnet zu einem Zeitpunkt, zu dem er mit dem Familienleben eindeutig nicht zurechtkam, zur Rückkehr entschloss.

»Und was sagt Maria dazu?«, fragte ich.

»Frag sie doch selbst.«

Schon gut, schon gut, dachte ich. Ich frage sie selbst.

Kurz darauf ergab sich die Gelegenheit, allein mit Maria zu reden.

»Wir haben jetzt sechs Monate Zeit, um herauszufinden, was wir eigentlich wollen«, erklärte sie mir. »So einfach, wie George es wahrscheinlich dargestellt hat, ist es nicht. Ich glaube, wir brauchen beide Zeit.«

Zeit, dachte ich. Genau das hatten die beiden doch schon immer getan – ihre Zeit getrennt voneinander verbracht. Ich wusste nicht recht. Aber ich wollte mich nicht einmischen.

»Auf jeden Fall hat er wohl kaum vor, sich direkt vor unserer Haustür Arbeit zu suchen«, sagte Maria. »Eher irgendwo in Europa.«

Das klang schon plausibler und mehr nach George.

»Wir müssen noch über etwas anderes reden«, sagte ich.

»Jederzeit. Ich muss auch mir dir reden. Ich muss dir etwas sagen …«

»Dann schieß los.« Ich hatte es nicht eilig, ihr mitzuteilen, was mich beschäftigte; ich wollte lieber erst hören, was sie mir zu sagen hatte. Wir gingen in meine Wohnung hinüber, um unsere Ruhe zu haben.

»Du zuerst«, sagte sie.

»Nein, erst du.«
Und dann, o Graus, erzählte sie mir, dass sie etwas getan hatte, etwas, das sie nicht hätte tun sollen – sie drückte sich wirklich so verschwurbelt aus, ich schwöre es –, aber ich las natürlich in ihr wie in … na ja, wie in einer Schwiegertochter eben.
Ein Techtelmechtel im Büro. Es überraschte mich nicht.
»Das liegt nun mal in der Natur des Menschen«, sagte ich.
»Ich glaube, ich sollte es George erzählen.«
»*Wie* bitte?« Sie schreckte zusammen. Ich hatte sie angeschrien, ohne es zu wollen. »Maria, meine Liebe«, sagte ich im strengsten mir möglichen Tonfall, »unter keinen Umständen wirst du George irgendetwas davon erzählen!«
»Aber ich will, dass unsere Ehe funktioniert, und Ehrlichkeit …«
»Nein!«, sagte ich. »Hast du verstanden? Nein! Das machst du nicht! Es gibt keinen Grund, es ihm zu erzählen. Behalte deine Geheimnisse für dich. Es würde nichts besser machen.« Also wirklich – warum um alles in der Welt wollte sie ihrem Mann eine Affäre gestehen?
»Aber ich weiß von Sachen, die er gemacht hat, und ich möchte mit ihm ins Reine kommen.«
Sie weiß nicht einmal die Hälfte, dachte ich. Meiner Einschätzung nach wäre es für eine Frau wie Maria nicht gerade angenehm gewesen, wenn sie von der Affäre mit Marjorie Whelan erfahren hätte. Es war eine schmutzige, eine schäbige Angelegenheit, die dazu führen würde, dass sie ihre gesamte Ehe in Frage stellte. Und es reichte weiß Gott, dass sie vermutete, er könnte Affären im Ausland gehabt haben. Und wahrscheinlich hatte er ja wirklich welche gehabt. Soll ja bei dem ein oder anderen Mann vorkommen.
»Hör mir zu. Was immer du getan hast, es hat dich gewappnet und gestärkt. Du kannst mir gern davon erzählen, aber ich

bin kein Trottel, und du warst unter enormem Druck. Ist es aus?«

Sie nickte.

»Dann behalte es für dich. George gehört zu den Männern, die gern glauben, ihre Frau sei immer noch so rein wie am Hochzeitstag. Und so soll es auch bleiben. Untreue Männer meinen immer, nur sie wären untreu, und gehen davon aus, dass ihre kleine Frau sich stets hundertprozentig loyal verhält.«

»Aber …«

»Du willst doch, dass er dir vertraut, oder? Dann erzähl ihm nichts, was dieses Vertrauen untergräbt.«

Es gelang mir schließlich, sie zur Vernunft zu bringen, aber es dauerte seine Zeit. Ich wusste, wovon ich sprach – immerhin hatte ich bereits die ein oder andere Erfahrung gemacht und war mir absolut sicher, dass Schweigen das Beste war, wenn Maria eine gute Ehe und ein funktionierendes Familienleben haben wollte.

»Und was wolltest du mir sagen?«, fragte sie.

Ich hatte es fast schon vergessen, aber eben nur fast. Ich erzählte ihr von der Geschichte, die Daphne sich zusammengereimt hatte. Maria reagierte hin- und hergerissen zwischen der Bestürzung darüber, dass Daphne ihr nichts davon gesagt hatte, und heller Wut auf Polo Carmody.

»Jetzt hörst du mir noch einmal zu«, sagte ich in dem Versuch, sie zu beruhigen. »Daphne hat es dir nicht erzählt, weil du viel zu sehr mit anderen Dingen beschäftigt warst, und solange Daphne es überhaupt erzählt hat, ist es egal, wem. Und was Polo betrifft …«

»Ich bringe sie um!« Sie meinte natürlich Polo.

»Rache«, sagte ich, »serviert man am besten kalt. Die Polizei verfolgt die Sache. Ich bin mir ziemlich sicher, dass noch heute etwas passieren wird.«

»Meine armen Töchter«, sagte sie. »Ich habe sie alle drei vernachlässigt.«
Wir hörten ein Geräusch und hoben den Blick. Da saß Dumpling, direkt an der Tür, auf dem Boden. Ich fragte mich, wie lange sie wohl schon dort war. Sie kam zu uns und umfasste mit den Armen die Beine ihrer Mutter, und Maria hob sie hoch und setzte sie sich auf den Schoß.
»Sie lieben dich«, sagte ich zu Maria.
Und das stimmte auch. Und nur das zählte.

Den ganzen Tag über dachte ich immer einmal wieder, wie es Polo Carmody gehen mochte, und hoffte nur, dass es ihr grauenhaft ging. Zumindest redete ich mir ein, dass ich das hoffte. Erst am Abend sah ich Theresa Carmodys Wagen wieder draußen vor ihrem Gartentor stehen.
»Ich gehe kurz zu Theresa hinüber«, sagte ich in die Runde hinein.
Plumpud lag auf dem Sofa und tat so, als würde sie lesen, zog aber immer wieder ihr Handy hervor und schrieb eine SMS. Dumpling beschäftigte sich mit einem Schachspiel. Soweit ich wusste, hatte ihr niemand das Schachspielen beigebracht, aber die Grundzüge hatte sie offenbar aufgeschnappt. »Gut gemacht«, sagte Waldorf, und sie sah zu ihm auf und lächelte. Daphne hatte sich in Plumpuds Zimmer verzogen – ihr war plötzlich eingefallen, dass sie für den Schulbeginn noch etwas zu machen hatte. Ich war wirklich beeindruckt, muss ich sagen, denn normalerweise schob sie so etwas immer bis zur letzten Sekunde auf. George trank einen Gin Tonic, und Maria las.
Ich warf mir den Pelz meiner Großmutter über und ging nach nebenan.

Theresa öffnete mir. Sie wirkte sehr niedergeschlagen, muss ich sagen.
»Millicent«, sagte sie. »Gott sei Dank! Komm rein!«
»Ist alles in Ordnung?«, fragte ich, während ich in der Diele meinen Pelz ablegte. Sie schüttelte den Kopf.
»Millie«, sagte sie, »Polo ist tot.«
Was immer ich erwartet hatte – das nicht. So einfach hatte ich es mir nicht vorgestellt. Polo war an einer Ateminsuffizienz gestorben – Koks, Alkohol und eine ganze Reihe anderer Drogen hatten sich in ihrem Körper gefunden.
Ich brachte Theresa dazu, sich in der Küche hinzusetzen, machte uns Kaffee, holte den Brandy und schenkte jeder von uns einen doppelten ein. Sie war sehr aufgewühlt, ich allerdings auch. Einen Mord zu begehen hatte ich nicht gerade beabsichtigt. Gut, ich gebe zu, dass mir der Gedanke gekommen war – irgendwann in den vergangenen Tagen hatte ich darüber nachgedacht, dass, wenn der Mensch, der Plumpud das angetan hatte, vom Angesicht der Erde verschwinden würde, meine Enkeltochter mit vielen Problemen nicht mehr fertig werden müsste. Aber ich hatte nicht vorgehabt, Polo zu töten. Ich hatte ihr eine Lektion erteilen wollen, mehr nicht.
Glaube ich.

»Sag das noch mal«, bat mich Waldorf hinterher in meiner Wohnung.
»Sie ist gestorben. Abgekratzt. Verreckt. Ich weiß nicht, wie ich es besser ausdrücken soll.«
»Und du hast ihr eine Rohypnol untergejubelt?«
»Zwei.«
Er schwieg. Er versuchte die Tatsache zu verarbeiten, dass die korsetttragende Berühmtheit Millicent McHarg in der Lage gewesen war, einen Mord zu begehen.

»Aber sie hatte ja alles Mögliche im Blut«, meinte er nachdenklich.

»Wahrscheinlich nicht mehr und nicht weniger als sonst auch«, sagte ich. »Mit Ausnahme der zwei Rohypnol.«

»Das Rohypnol werden sie nicht identifizieren können.«

»Ich weiß. Aber darum geht es nicht. Ich habe es getan.«

»Aber du wolltest es ja gar nicht tun«, entgegnete er in sachlichem Ton. »Oder?«

Nein, ich hatte es nicht tun wollen. Nicht wirklich. Nicht unbedingt.

»Und Plumpud muss sich jetzt nicht mehr vor Gericht mit ihr herumquälen, stimmt's?« Mein Gott, wie vernünftig er argumentierte! »Und«, fuhr er fort, »für den Fall, dass du mit dem Gedanken spielst, die Wahrheit zu sagen, würde ich dir sehr empfehlen, dir das gut zu überlegen. Erstens wären da die Fields zu bedenken, die, weil sie dir die Tabletten geliefert haben, mit hineingezogen würden. Dann hätten wir da noch die Tatsache, dass es in jeder Zeitung stehen würde – ja, ich weiß, für einen Schriftsteller gibt es keine schlechte Presse, aber … Vermutlich käme heraus, warum du es getan hast, und dann wäre, ob du willst oder nicht, Plumpud wieder in die Sache verwickelt.«

Jetzt ging es mir schon viel besser.

Ich zitierte aus der Bibel: »Die Rache ist mein; ich will vergelten, spricht der Herr.«

»Hm.« Waldorf reagierte ziemlich skeptisch, fand ich.

»Na gut«, sagte ich. »Die Rache ist mein, spricht Millicent McHarg.«

Wir gingen ins Bett. Der Tod, das muss ich sagen, ist ein großartiges Aphrodisiakum.

Außerdem schlief ich danach so gut wie seit dem Weihnachtsabend nicht mehr.

DREIUNDDREISSIGSTES KAPITEL

Daffers' Geschichte

Plumpud und ich gingen wieder zur Schule. Ich hätte sie begleitet, aber sie ging mit Ronnie, deshalb fuhren Raleigh und ich mit dem Rad hin, und ich hatte mein Referat fertig im Schulranzen – eine Premiere für mich. Dad war wieder weiß Gott wohin geflogen, aber er hatte versprochen zu Ostern zurückzukommen, und er hatte versprochen, alles würde gut werden. Mum freute sich, wieder zur Arbeit gehen und uns in die Schule schicken zu können.

»Ich liebe den geregelten Alltag«, sagte sie.

Das Begräbnis von Polo Carmody fand am letzten Ferientag statt. Ich ging mit Grammer und Mum hin. Plumpud blieb mit Dumpling zu Hause. Ich war froh, dass Polo tot war. Theresa Carmody sah toll aus in Schwarz, und sie wirkte gar nicht so wahnsinnig traurig. Sie weinte nicht oder so. Grammer sagte, ich soll nicht mehr darüber nachdenken. Sie sagte, sie würde mich nur deshalb zum Begräbnis mitnehmen, damit ich abschließen könnte, was immer das auch hieß. Sie sagte, das einzig Wichtige wäre jetzt, dafür zu sorgen, dass Plumpud wieder gesund wird. Sie hatte Plumpud erzählt, dass Ronald Fields den Fall übernommen hatte und dass Plumpud nicht vor Gericht müsste, aber sollte sie es sich jemals anders überlegen, wäre das kein Problem. Jetzt müssten wir Plumpud aber erst mal klarmachen, dass alles vorbei ist. Als Ronald Fields Plumpud sagte, er würde sich jetzt um die Sache kümmern und sie bräuchte nicht vor Gericht, war sie wahnsinnig erleichtert. Sie badete mindestens zweimal am Tag, was ich nicht normal fand, aber alle anderen sagten, es würde ihr guttun. Sie hatte schrecklich abgenommen, aber irgendwie merkte das keiner.

Dass Polo einfach so an einer Überdosis Drogen gestorben war, erschien uns wie ein wunderbares Ende dieser grauenhaften Weihnachtszeit. Grammer sagte, wir könnten alle etwas daraus lernen: »Lasst die Finger von den Drogen!« Dass Polo Drogen geschnupft hatte, war eine Art ausgleichende Gerechtigkeit. Ich fand, wir sollten Plumpud erzählen, dass Polo die Täterin war, aber Grammer meinte, Plumpud könnte im Augenblick keine weiteren Schocks vertragen.
»Und der Mann mit den lila Augen?«, fragte ich Grammer.
»Was soll mit ihm sein?«
Mir war nicht wohl bei dem Gedanken, dass er noch immer dort draußen herumlief.
»Er ist wieder in den USA«, sagte Grammer.
Er war nicht zum Begräbnis gekommen. Grammer sagte, die Polizei würde denjenigen suchen, der Polo mit dem Drogencocktail versorgte, den sie eingenommen hatte. Sie sprach von »Drogenmilieu«. Klang ziemlich verrucht.
»Aber der Mann mit den lila Augen?«, hakte ich nach.
»Den erwischen sie auch noch«, versprach sie mir. »Seine Vergangenheit wird ihn einholen.« Das sagte sie mit solcher Entschiedenheit, dass ich ihr glaubte. »Im Januar oder im März muss ich nach Amerika. Mein Verleger will, dass ich auf Pressereise gehe.«
»Das letzte Mal hast du bei ihm gewohnt«, sagte ich. Ich bekam Angst. Schon beim Gedanken an ihn fühlte ich mich unwohl.
»Mach dir keine Sorgen«, sagte Grammer.
»Ich könnte doch mitkommen«, schlug ich vor. »Ich war noch nie in Amerika, und ich würde mir so gern mal New York ansehen.«

»Du siehst dir die Schule an«, entgegnete sie, »und nichts anderes. Und du passt auf deine Mum, auf Plumpud und Dumpling auf, während ich weg bin.«
»Kommt Waldorf mit?«
»Ich habe ihn noch nicht gefragt, aber wahrscheinlich schon.«
Undenkbar, dass Waldorf sich eine Woche in Metropolis entgehen lassen würde. So nannte Grammer New York. Deshalb stellte ich mir Grammer sofort als Batman und Waldorf als Robin vor.
»Aber diesmal schläfst du nicht in seiner Wohnung, oder?«, fragte ich ängstlich. Grammer sagte nein. Sie würde sich im Carlyle einmieten.
»Aber du triffst dich mit ihm, oder?«
»Er arbeitet für meinen New Yorker Verlag«, sagte sie, »also wird mir kaum etwas anderes übrigbleiben. Aber es besteht überhaupt kein Grund, sich Sorgen zu machen. Ich weiß genau, was ich tue.«
Das bezweifelte ich auch gar nicht. Aber der Gedanke an den Mann mit den lila Augen jagte mir Angst ein.
Grammer sagte, sie würde ihm ein Exemplar von ihrem neuen Buch schicken, und er würde sich dann mit ihr im Carlyle treffen – sie freute sich schon auf einen Drink in der Bemelman's Bar und auf ein Abendessen im Café Carlyle –, und dann würden sie mit der U-Bahn nach Uptown oder Downtown oder wie auch immer zurückfahren. Sie nahm die Zeitung wieder in die Hand, und ich lugte ihr über die Schulter, weil ich wissen wollte, was sie las.
»Schau mal, Grammer, da bist du!«, sagte ich.
In der Zeitung war ein sehr hübsches Foto von ihr bei der Trauerfeier für Polo. Grammer hatte ihre Straußenfeder in den Filzhut gesteckt. Das war ihre prunkvollste. Sie steckte sie nur an, wenn sie sich wie eine Siegerin fühlte.

»Wirkt mein Kinn nicht ein bisschen breit?«, fragte sie.
»Überhaupt nicht, Grammer«, versicherte ich ihr. »Du siehst wunderschön aus.« Und das stimmte auch. Sie sah immer wunderschön aus.
»Ich kann nur hoffen, dass niemand auf die Idee kommt, *ich* hätte etwas mir ihrem Tod zu tun.«
»Also bitte, Grammer! Sie haben dich nur fotografiert, weil du zur Trauerfeier gekommen bist und weil Polo eine Erbin oder so war. Außerdem sagst du selbst immer, dass eine schlechte Presse besser ist als gar keine.«
Grammer lachte. »Da hast du recht!« Einmal erklärte sie uns, ein Kritiker wäre wie ein Eunuch im Harem. Im Harem gibt es ganz viele Frauen, die alle fließende, durchsichtige, violette oder rosa Gewänder tragen. Irgendein Mr. Wilde hätte das vor langer Zeit mal gesagt. Der Eunuch sieht es jede Nacht und weiß, wie es gemacht wird, aber er kann es nicht selbst machen. Als ich Grammer fragte, was das bedeuten sollte, sagte sie: »Wenn du alt genug bist, um es zu verstehen, wird es dir einleuchten. Aber bis dahin musst du dafür sorgen, dass die Kritiker nicht über dich herziehen.«
Wir hielten uns an den Händen beim Zeitunglesen. In dem Artikel stand, dass Polo Carmody, die Erbin des Wurstimperiums, nach der Trauerfeier verbrannt wurde. Gut so, sagte ich mir.
»Verbrutzelt wie eine zu lang gebratene Wurst«, sagte Grammer.
Da musste ich lachen.
»Die göttliche Gerechtigkeit«, fügte sie noch hinzu.

Mir gefiel die Vorstellung von einer göttlichen Gerechtigkeit, und mir kam der Gedanke, dass Grammer selbst ein bisschen wie die wandelnde göttliche Gerechtigkeit war. Sie schaffte es immer, alles wieder in Ordnung zu bringen.

VIERUNDDREISSIGSTES KAPITEL

Plumpuds Geschichte

Polo Carmody starb an einer Überdosis Drogen. Ich hatte nicht gewusst, dass sie Drogen nahm. Es war mir gar nicht in den Sinn gekommen. Theresa tat mir leid, weil Polo ihre Schwester gewesen war, und ich konnte mir vorstellen, wie es mir ginge, wenn Daffers oder Dumpling etwas zustoßen würde. Ich konnte mich nicht mehr erinnern, wann ich Polo das letzte Mal gesehen hatte. Wahrscheinlich bei einer von Theresas Weihnachtspartys.

An unserem letzten Ferientag wurde sie eingeäschert. Ich blieb zu Hause und passte auf Dumpling auf. Grammer und Daffers gingen zur Trauerfeier. Waldorf auch, glaube ich, ich weiß es nicht mehr genau. Aber einige Erinnerungen an diesen Tag habe ich schon noch.

Als sie gegangen waren – Mum war, glaube ich, in die Arbeit gefahren, und Dad war auch schon wieder zu seiner Arbeit geflogen –, kam Ronnie Fields mit WC. Wir hörten Musik, und ich las Dumpling eines ihrer neuen Weihnachtsbücher vor, und Ronnie und ich sprachen darüber, dass wir beide im nächsten Jahr auf die Kunstakademie wollten.

Manchmal fühlte ich mich ganz unwirklich, und manchmal vergaß ich ein paar Minuten lang, was passiert war. Es war so schön, so mit Dumpling auf dem Schoß und Ronnie neben mir dazusitzen.

Dass Mum und Dad in den Weihnachtstagen ständig gestritten hatten, fand ich schrecklich, und egal, was alle sagten – ich wusste, dass ich daran schuld war. Früher hatten sie sich nie gestritten, also musste das, was mir zugestoßen war, der Grund sein.

Ronnie sagte, seine Eltern hätte die Sache eher noch mehr zusammengeschweißt. Ich ging so gern zu ihnen hinüber! In der Kaffeemaschine in der Küche blubberte immer Kaffee. Wenn so etwas passiert, was mir passiert war, verändert das die Menschen. Daffers beispielsweise war jetzt anders. Sie war irgendwie erwachsen geworden in diesen zehn Tagen. Und sie begann Grammer zu ähneln. Wenn ich es geschafft hätte, irgendetwas Lustiges zu finden, über das ich hätte lachen können, dann wäre es das gewesen. Die Vorstellung von zwei Grammers hatte wirklich etwas Einschüchterndes. Grammer wusste, was sie im Leben wollte. Viele Leute wissen das nicht. Sie tun das, worauf sie programmiert sind. Aber Grammer sagt, wir können uns entscheiden.

An diesem Abend, nach der Trauerfeier, saßen wir alle beisammen und betrachteten das Feuer, und im Hintergrund spielte Musik. Mum las Zeitung, Dumpling saß auf dem Boden und spielte mit irgendetwas. Daffers hatte zu Weihnachten ein Tagebuch bekommen und schrieb tatsächlich etwas hinein. Da erschien Waldorfs Kopf in der Tür. »Hat es irgendjemand gesehen, mein …?«

Und Dumpling sagte einfach so, ohne auch nur den Kopf zu heben. »Jo-Jo?«

Einige Sekunden lang blieb es völlig still im Zimmer; nur Mozarts Klavierkonzert Nr. 21 war im Hintergrund zu hören. Einer nach dem anderen wandten wir Dumpling den Kopf zu und sahen sie an. Sie schlug sich mit der Hand auf den Mund und hob den Blick zu uns. Aber hinter der Hand lächelte sie.

»Sag das noch mal«, sagte Mum. Doch Dumpling senkte den Blick wieder auf ihr Puzzle und sagte nichts.

»Habt ihr das gehört?«, fragte Mum.

Wir hatten es gehört. Sprachlos saßen wir da und starrten unsere stille Dumpling an. Nach Waldorf kam nun auch Gram-

mer herein und sah uns so sitzen. Sogar Waldorf hatte sich auf einen Stuhl fallen lassen.
»Was ist denn?«, fragte Grammer.
»Dumples hat etwas gesagt«, sagte Daffers. »Sie hat ›Jo-Jo‹ gesagt. Hast du doch, oder, Dumples?«
»War aber auch allmählich Zeit«, meinte Grammer.
Was natürlich stimmte. Dumpling war nicht nur bei Spezialisten und Physiotherapeuten gewesen wegen ihres fehlenden Fußes, sondern auch bei Gehörspezialisten und Sprachtherapeuten, die sie zum Reden bringen sollten. Grammer hatte immer gesagt, sie würde schon sprechen, wenn sie so weit wäre, aber Mum hatte sich Sorgen gemacht, weil niemand herausfand, warum Dumpling nie ein Wort sagte, obwohl jeder Arzt im ganzen Land der Überzeugung gewesen war, mit ihr wäre alles in Ordnung.
»Sag es noch mal, Dumples«, bat Daffers.
Aber Dumpling war in ihr Schweigen zurückgekehrt und wollte nicht reden.

Das war eindeutig das Schönste, was in dieser Weihnachtszeit geschah. Sogar schöner, als dass Ronnie Fields mich zuvor, am selben Nachmittag, noch einmal geküsst hatte, als wir mit WC Gassi gingen – und das war schon sehr schön gewesen. Ich hatte geglaubt, etwas Schöneres könnte es gar nicht geben.
Ich glaube, wir lernen alles von unseren Eltern, und deshalb benahm sich Ronnie wie sein Vater und war so lieb zu mir wie sein Vater zu seiner Mutter. Ich bin vielleicht ein bisschen zu sehr wie Mum. Sie ist sehr fügsam, und ich eben auch, glaube ich. Daffers ist ganz anders. Daffers ist in den letzten acht Tagen oder so immer mehr wie Grammer geworden.
Und Dumpling ist natürlich wie niemand sonst – zumindest nicht wie jemand, den wir kennen.

Sechs Monate später

FÜNFUNDDREISSIGSTES KAPITEL

Plumpuds Geschichte

Also, Prunella McHarg?«, sagte Dr. Walmsley.

Ich saß auf einem Stuhl in seinem Zimmer. Der Stuhl ließ sich schwenken, und hin und wieder drehte ich ihn so, dass ich aus dem Fenster schauen konnte. Dr. Walmsleys Zimmer liegt im dritten Stock der Klinik, und vom Fenster aus sieht man eigentlich nur den Himmel. Aber der Blick auf den Himmel verriet alles Mögliche über den Tag.

Manchmal drehte ich den Stuhl nicht, sondern wandte mich Dr. Walmsley zu. Er trägt eine Brille und hat ein schmales, asketisches Gesicht. Seine Falten sind freundliche Falten. Manchmal bringe ich ihn zum Lächeln, das ist ein gutes Gefühl. Ich weiß, dass ich den Stuhl immer nur dann drehe, wenn wir die schlimmen Sachen ansprechen. Wahrscheinlich weiß er das auch, schließlich ist er Psychiater. Aber hier in diesem Zimmer muss ich nichts verbergen. In diesen vier Wänden ist alles geschützt.

Ich lächle ihn an. »Also, Dr. Walmsley?«

Heute geht es mir gut. Ich kann ein bisschen herumalbern, und dass ich seine Frage im selben Tonfall wiederhole, zeigt ihm, dass ich alles im Griff habe.

»Na, wie war das Wochenende?«, fragt er mich.

»Gut«, antworte ich ein bisschen zögerlich, weil ich manchmal nicht genau weiß, worauf er hinauswill.

»Und bist du bereit für das nächste Wochenende?«

Ich schaue auf meine Hände hinunter. Sie liegen auf meinem Schoß, die rechte auf der linken. Sie sind ganz ruhig.

»Ja, irgendwie schon. Ich habe zwar Angst, aber das war ja

nicht anders zu erwarten. Und das letzte Wochenende – mein viertes zu Hause – war wirklich schön. Zum ersten Mal habe ich mich überhaupt nicht danach gesehnt, wieder hierherzukommen.« *Gesehnt.* Die Wörter sind ganz schnell aus mir herausgesprudelt, aber als ich beginne, über das, was ich gesagt habe, nachzudenken, bleiben sie mir plötzlich im Hals stecken. Ich senke den Blick auf meine Hände, die jetzt locker verschränkt sind.

»Das ist ein Fortschritt«, sagt er. »Bei anderen Aufenthalten zu Hause warst du ja sehr erpicht darauf, in die schützende Klinik zurückzukehren. Das ist wirklich ein großer Fortschritt.«

»Ja, nicht wahr?«, sage ich und höre die kindliche Hoffnungsfreude in meiner eigenen Stimme. »Grammer sagt, wieder auf die Beine zu kommen ist ein langsamer Prozess. Sie meint, auch wenn ich nächstes Wochenende hier ausziehe, werde ich ab und zu wiederkommen.« Das sage ich, weil ich will, dass er es mir bestätigt. In der Klinik bin ich sicher. Hier gibt es keine Verstellung.

»Du wirst eine gewisse Zeit lang einmal wöchentlich herkommen.«

»Ich weiß. Aber ich glaube, eigentlich brauche ich das gar nicht«, füge ich hinzu, weil er mir sagen soll, dass es nichts damit zu tun hat, dass ich es brauche. Es ist einfach schön zu wissen, dass er für mich da ist.

»Es ist genau das Richtige für dich«, sagt er. »Dann kann ich mit dir reden oder dir zuhören – genau wie in den vergangenen Monaten.«

»Grammer bezeichnet es als eine Art zusätzliche Unterstützungsmaßnahme, und die soll ich unbedingt annehmen. Sie sagt, wenn ich immer mal wieder zu Ihnen komme, hilft mir das, mich langsam wieder an die wirkliche Welt zu gewöhnen. Die wirkliche Welt …« Ich lausche meinen Worten nach und überlege, was sie bedeuten. *Die wirkliche Welt.* »Das klingt, als wäre ich in einer unwirklichen Welt gewesen – sehen das die Leute so? Aber für mich war sie wirklich. Grammer sagt, ich habe meine Sache sehr gut gemacht.«

»Du hast deine Sache sehr gut gemacht. Du hast viel geschafft.«

»Sechs Monate.« Ich weiß, dass es sechs Monate waren, obwohl ich mich an die Tage und an die Einzelheiten dieser aufeinanderfolgenden Tage nicht erinnern kann. »Ganze sechs Monate …« Meine Stimme wird leiser. Diese sechs Monate haben mein Leben verlangsamt. Ist das gut oder schlecht? »Ich habe die Abschlussprüfungen in der Schule verpasst.«

»Und wie geht es dir damit?«

»Ich weiß nicht. Ich hatte mich so auf die Kunstakademie gefreut, und jetzt muss ich zurück in die Schule und das Jahr wiederholen.«

»Deine Mutter sagt, du wirst jetzt eine andere Schule besuchen.«

»Ja. Es ist besser so. Es ist eine Schule, an der man nur noch das letzte Jahr und den Abschluss macht, also mehr wie eine Universität. Ich habe ein ganz gutes Gefühl. Aber ich bin eben traurig, weil ich dieses Jahr noch nicht mit dem Kunststudium beginnen kann.«

»Warum genau bist du traurig?«

»Vor allem wegen Ronnie. Wir wollten uns an derselben Kunstakademie bewerben. Wollen wir immer noch.« Ich denke kurz darüber nach. Einerseits weiß ich, dass das, was geschehen ist, wahrscheinlich auch geschehen wäre, wenn ich es im letzten Jahr geschafft hätte, durchzuhalten und die Prüfungen zu bestehen und auf die Kunstakademie zu gehen. Aber darüber will ich nicht sprechen, deshalb versuche ich den guten alten Walmsley abzulenken.

»Er macht ein Jahr Pause«, erzähle ich ihm. »Ronnie, meine ich. Er kommt heute mit WC, dann gehen wir spazieren.«
Jetzt entsteht wieder eine von diesen Sprechpausen, zu denen es manchmal kommt, wenn ich mit Dr. Walmsley rede. Ich drehe mich auf dem Stuhl herum und schaue zum Fenster hinaus. Obwohl ich es eigentlich gar nicht will, schiebe ich die Pulloverärmel hoch und betrachte meine Handgelenke. Als ich den Blick wieder auf Dr. Walmsley richte, sehe ich, dass er mich beobachtet.
»Ich werde wieder ganz gesund, nicht wahr?«, frage ich ihn.
»Ja. Du bist jetzt schon gesund. Würdest du mir bitte sagen, wovor du im Augenblick am meisten Angst hast?«
»Draußen? Meinen Sie draußen?«
Er antwortet nicht, sondern sieht nur zu, wie ich den Stuhl wieder zum Fenster schwenke. Ich sehe weiße, bauschige Wolken, die ziemlich schnell dahinziehen. Die Wolken kommen von Süden her, also ist der Wind wahrscheinlich warm.
»Ich glaube, am meisten Angst habe ich davor ...« Ich suche nach den richtigen Worten. Ich will es ihm wirklich erklären. »Am meisten Angst habe ich davor ... also, dass ich noch einmal im Unterricht zusammenbreche.«
»Möchtest du darüber reden?«
»Über das, was passiert ist? Darüber, warum ich im Unterricht zusammengebrochen bin? Oder darüber, was passiert ist, als ich im Unterricht zusammenbrach?« Ich wende mich ihm wieder zu, ich will sein Gesicht sehen. Aber er gibt mir keine Antwort. Er schaut mich an und wartet.
Wieder drehe ich mich auf dem Stuhl zum Fenster, um die Wolken zu sehen.
»Dieser Tag damals«, höre ich mich sagen. »Dieser grauenhafte Tag. Wir haben doch schon darüber gesprochen, oder? Manchmal weiß ich nicht genau, ob ich mit Ihnen über etwas Be-

stimmtes gesprochen habe oder ob es nur in meinem Kopf passiert ist.«

»An diesem Tag …«, hakt er nach.

Ich denke zurück an die Zeit nach den Weihnachtsferien – das letzte Weihnachtsfest, das entsetzliche Weihnachtsfest. Daffers' Karotte ragte, mit Sekundenkleber befestigt, aus dem Schneemann am Fenster. Alles mit Rauhreif überzogen. Dad war zurück in der Arbeit. Alltag, Routine, sagte Mum. Genau das bräuchte ich, sagte sie. Zuerst glaubte ich das auch. Morgens stand ich auf, und Ronnie begleitete mich zur Schule. Wie ich das genoss! Es war wie ein Sprung in den Tag hinein und etwas, worauf ich mich freuen konnte, während ich versuchte zu frühstücken. Und wenn ich es nicht schaffte, mich den Tag über in der Schule zu konzentrieren, konnte ich mich darauf freuen, dass Ronnie draußen auf mich warten würde, wenn ich herauskam. So ungefähr vergingen die Tage. Dann kam der Tag, ungefähr sechs Wochen nach Ferienende. Ich saß im Werkunterricht. Die Schwärze in meinem Gedächtnis erschien mir an diesem Tag größer als sonst. Es war zwar immer da, dieses riesige, klaffende Loch, aber irgendwie kam es mir so vor, als wäre es an diesem Tag größer als ich selbst. Manchmal war ich morgens so zittrig und nervös, dass ich nur wegen Ronnie, der vor der Haustür stand und mich anlächelte, das Haus verließ. Aber an diesem Tag … Dieser Tag war der schlimmste.

»Ronnie brachte mich zur Schule«, sage ich. Es fällt mir schwer, weil ich mir sage, dass es doch ein ganz normaler Tag war. Zumindest am frühen Morgen, an diesem Morgen, hielt ich diesen Tag einfach für einen schrecklichen Tag mehr. Vor der Schule wollte ich nicht, dass Ronnie weiterging, aber das sagte ich ihm natürlich nicht.

»Wir hatten Werken. Das hatte ich immer geliebt«, sage ich zu

Dr. Walmsley. »Ich wollte einen Kerzenhalter machen. Als Teil meiner Abschlussarbeit.«

Manchmal schweigt Mr. Walmsley. Er wartet einfach. Es tut weh, daran zu denken. Ich will ihm ja erzählen, was passierte, aber es tut weh.

»Ich habe geschrien. Einfach nur geschrien. Nicht laut, sondern im Kopf, geschrien, immer nur geschrien.«

Ich weiß noch, wie dieser Schrei in meinem Kopf immer lauter wurde, während plötzlich winzige Erinnerungsteilchen kamen und gingen und wiederkamen. Ich konnte diese Erinnerungen nicht festhalten, aber sie waren da, wie Blitze. Sie waren größer als das Loch in meinem Gedächtnis. Sie waren größer als ich. Ich musste unbedingt weg von ihnen.

»Ich musste vor ihnen fliehen. Vor diesen Gedanken. Vor diesen Dingen in meinem Kopf. Ich bin losgerannt …« Ich war zur Tür gelaufen und sah kurz die Gesichter meiner Mitschülerinnen, die mich erstaunt anstarrten, und ich musste unbedingt weg, weil ich glaubte, sie wüssten alle, was geschehen war. Ich dachte: Es kann ja gar nicht sein, dass sie es nicht wissen.

»An alles danach kann ich mich nicht erinnern«, behaupte ich, weil ich aufhören will, daran zu denken.

»Wo setzt deine Erinnerung wieder ein?«

»Als ich hier war. Hier in der Klinik. In dem Gebäudeflügel mit der geschlossenen Abteilung. Sie wissen schon, wo Sie mich gefunden haben.« Ich höre meine Worte. Natürlich hat Dr. Walmsley mich nicht gefunden. Wahrscheinlich war ich ihm zugeteilt worden. Aber die Vorstellung, dass er mich gefunden hat, ist mir lieber. Ich stelle mir gern vor, dass er mich von dem Gebäudeflügel mit der geschlossenen Abteilung unter seine Flügel genommen hat. Unter Flügel, die viel sicherer waren als die geschlossene Abteilung. Unter Flügel, die mir Geborgenheit gaben.

»Möchtest du mir erzählen, was wirklich geschah?«, fragt Dr. Walmsley.
Ich könnte es ihm erzählen. Das würde ihn freuen. Vielleicht habe ich es ihm schon erzählt. Ich weiß es nicht genau.
»Der Kerzenhalter. Sie wissen schon, der Kerzenhalter …«
Stille tritt ein. Die Wolken ziehen träge dahin. Der Wind hat nachgelassen. Ich drehe mich wieder zu Dr. Walmsley.
»Da wusste ich es. An diesem Tag wusste ich es plötzlich. Es kam zurück – zumindest in Teilen. Der Kerzenhalter. Aber das habe ich Ihnen doch schon mal erzählt, oder?«
»Ja.«
Ich werde es ihm noch einmal erzählen.
»Da fiel es mir ein. Ich erinnerte mich daran, was sie mit mir gemacht hatten. Nicht an alles, aber an einiges. Und ich sah ihr Gesicht. Ganz deutlich.«
»Polos Gesicht?«
»Ja, Polos Gesicht. Sie ist tot. Sie kann es niemand anderem mehr antun«, sage ich. »Das ist das Gute daran. Das hatte immer so an mir genagt. Seit es geschah, meine ich. Seit Weihnachten. Das hätte mich fast – das hätte mich fast umgebracht. Nicht dass es Polo war – ich erinnerte mich ja nicht daran, wer es gewesen war. Sondern die Sache mit dem Schuldgefühl.«
»Die Sache mit dem Schuldgefühl?« Er versteht es so gut, mich zum Reden zu ermuntern.
»Ja, ich fühlte mich so schuldig. Nein, nein«, werfe ich hastig ein, »ich meine nicht schuldig an dem, was man mir angetan hatte – ich weiß ja, dass das absolut nicht meine Schuld war. Heute weiß ich es, auch wenn ich mir damals nicht ganz sicher war. Aber ich fühlte mich so schuldig, weil ich nicht wollte, dass die Polizei der Sache nachging – und alle anderen wollten, dass ich der Sache nachging.«
»Erzähl mir von dem Schuldgefühl.«

»Weil ich nicht wollte, dass Nachforschungen angestellt würden, glaubte ich später, dass er … die beiden … sie es vielleicht noch einmal machen. Es jemand anderem antun. Dann wäre es meine Schuld gewesen.«
»Die Polizei hätte die Sache so oder so verfolgt«, sagt Dr. Walmsley. »Sie tat es nur deshalb nicht, weil Polo bereits tot war.«
»Ja, aber das wusste ich doch nicht. Und deshalb fühlte ich mich so schuldig. Und als dann die Erinnerung zurückkam, damals an diesem Tag im Werkunterricht, als wir die Kerzenhalter machten – da wusste ich plötzlich, dass es Polo war, und mir fiel der Kerzenhalter ein, und ich wusste wieder, was mit mir geschehen war … Es war schrecklich. Ich glaube, es war schlimmer, als sich an nichts zu erinnern.«
Ich dachte daran zurück, wie ich aus dem Werkraum lief und mich jemand ins Krankenzimmer brachte und ich dort eine Weile lag und darauf wartete, dass Grammer mich abholte. Sie hatten sie angerufen. Aber irgendwie konnte ich nicht ausdrücken, dass Grammer nicht Auto fuhr und mich nicht abholen konnte. Ich tat so, als würde ich schlafen, damit sie mich in Ruhe ließen. Ich konnte mich an Polo und an den Kerzenhalter erinnern, und plötzlich wusste ich, dass Polo nicht allein gewesen war. Erst sagte ich mir: *Polo ist tot. Es ist vorbei. Ich weiß, was passiert ist – zumindest in groben Zügen. Und es ist jetzt vorbei* – aber dann wusste ich plötzlich, dass Polo es nicht allein getan hatte.
Ich hasste meinen Körper. Ich hasste ihn ganz unbeschreiblich. Ich fühlte mich widerlich. Ich dachte, wenn er nicht mehr zu mir gehört – und ich hatte nicht das Gefühl, als würde er noch zu mir gehören –, ich dachte, wenn ich ihn einfach zurücklassen könnte – einfach weggehen könnte …«
Ich stand von der Liege im Krankenzimmer auf und trat in den Gang hinaus. Ich ging zu dem Werkzeugschrank im Kunst-

korridor, in dem die scharfen Cuttermesser lagen. Ich hielt das Messer in der Hand und wusste, dass ich alles zu Ende bringen konnte, jetzt sofort alles zu Ende bringen konnte. Ich fühlte mich von tiefer Dunkelheit umgeben, als wäre ich in das Loch in meinem Kopf gefallen. Aber dann konnte ich es nicht. Ich konnte es einfach nicht tun. Ich weiß nicht, warum. Nicht dass plötzlich Licht in meine innere Leere gedrungen wäre – nein. Ich konnte es schlicht und einfach nicht tun.

»Ich konnte es nicht tun«, sage ich zu Dr. Walmsley. »Ich konnte einfach nicht. Mehr weiß ich nicht. Das war alles. Es gab keine Wiedergutmachung für mich. Ich …« Ich bemerke, dass ich die ganze Zeit über, während ich ihm das erzähle, meine Handgelenke anstarre. Es sind keine Narben daran zu sehen. Ich denke zurück an die Dunkelheit, die Stille, an den Schrei in meinem Kopf. Aber das alles ist Vergangenheit. Ich bin fast sicher, dass es Vergangenheit ist.

»Alles wird gut mit mir«, versichere ich Dr. Walmsley. »Das wissen Sie doch, oder?«

Ich spüre, dass er mich beobachtet, und drehe mich wieder zum Fenster.

Ich denke an Gervaise Holt. Ich habe niemandem gesagt, dass er ganz sicher in jener Nacht auch dort war.

»Habe ich Ihnen jemals von Gervaise Holt erzählt?«, frage ich Dr. Walmsley. »Er hatte lila Augen.«

»Bei einigen Sitzungen mit anderen Mitgliedern deiner Familie wurde sein Name erwähnt.«

Dr. Walmsley hat eine so ruhige Stimme. Es lässt sich aus ihr nur schwer heraushören, was er weiß.

»Ich glaube, die Zusammenhänge sind mir erst hier klargeworden.« Ich versuche es zu vermeiden, über diese Dinge nachzudenken. »Ich habe keine wirkliche Erinnerung daran, dass er damals da war, obwohl ich mich inzwischen ganz klar daran erinnern kann, dass ich zu Theresas Haus zurückging, um den Ring zu holen. Nein, ›klar‹ ist das falsche Wort. Ich erinnere mich so daran, als wüsste ich genau, dass es so gewesen sein muss, und manchmal glaube ich mich tatsächlich daran zu erinnern, dass ich noch einmal aus dem Haus ging. Der Ring … Dad hatte ihn mir eben erst geschenkt, und ich hatte ihn auf dem Abtropfbrett neben dem Spülbecken liegen gelassen. Ab und zu taucht das alles blitzartig auf.«

Wieder senkt sich Schweigen über den Raum.

»Diese Erinnerungen sind alle farblos. Nicht einmal schwarzweiß. Eher Umrisse und Gefühle. Nicht greifbar, und trotzdem weiß ich, dass es so war. In Theresas Haus kam plötzlich Polo in die Küche, genau in dem Moment, als ich mir den Ring überstreifte.«

Ich erschrak furchtbar, als die Küchentür aufschwang. Ich hatte nicht bemerkt, dass noch jemand das Haus betreten hatte. Und dann stand Polo Carmody in der Tür.

»Was machst du da?«, fragte sie. Ihre Augen waren ganz schmal, und sie gab mir das Gefühl, ich täte etwas Schlimmes.

»Theresa hat mich gebeten, nach Kater zu sehen«, sagte ich. »Ich habe meinen Ring liegen gelassen und wollte ihn mir gerade wieder an den Finger stecken.«

»Komm, wir trinken was«, sagte Polo.

»Ich muss nach Hause«, entgegnete ich. Nichts hätte ich mehr verabscheut, als mit Polo Carmody etwas zu trinken.

»Ist doch Weihnachten«, sagte sie. »Bleib ein bisschen und trink was mit mir.« Und ich wusste einfach nicht, wie ich ihr sagen sollte, dass ich das wirklich nicht wollte. Die ganze Zeit über dachte ich, wenn ich Daffers wäre, könnte ich nein sagen.

»Aber nur ein Glas Cola«, hörte ich mich mit meiner höflichen Stimme sagen.

Wir gingen mit unseren Gläsern ins Wohnzimmer, und dann saß ich wieder vor dem Tisch mit der Glasplatte und der Schale mit den Salzmandeln.

»Ich weiß noch, dass sie mich ansah. Ich erinnere mich an das Ticken der Kaminuhr und daran, dass ich durch die gläserne Tischplatte hindurch meine Schuhspitzen sah. Ich dachte an Dumplings Schuhe und daran, wie sie mit ihrem kleinen Finger die aufgenähten Herzen entlangfuhr. Ich sah mich um und dachte, da ist noch jemand … Danach ist alles wie ausgelöscht. Ich konnte mich nicht bewegen. Irgendwann sah ich Polo mit einem Kerzenständer und wusste, dass sie etwas Schreckliches mit mir machen würde. Ich glaube, ich war nackt. Ich hatte das Gefühl, niedergedrückt zu werden …«

Ich kann mich noch an diese Trägheit erinnern, die mich langsam und vollständig überwältigte. Einmal sah ich ganz deutlich die Zimmerdecke und dann Polos Gesicht, das auf mich herabsah, und ihr Gesichtsausdruck machte mir Angst. Und zwischen den Leerstellen wurde mir immer wieder bewusst, dass ich vergewaltigt wurde, dass etwas Grauenhaftes mit meinem Körper gemacht wurde und dass ich nichts dagegen tun konnte.

»Ich wollte schreien«, sage ich, »aber ich brachte keinen Ton heraus. Erst hier in der Klinik, als ich immer und immer wieder darüber nachdachte und mir wieder einfiel, dass sie gesagt hatten, ich sei gebadet worden und ganz sauber gewesen, als ich am Weihnachtstag ins Krankenhaus kam, erst da wurde mir klar, dass Polo nicht allein gewesen war. Sie allein hätte mich nicht baden können. Sie war ja nicht viel größer als ich. Und dann fiel mir der Mann mit den lila Augen ein. Eines Nachts hatten er und Polo zum Fenster meines Zimmers hochgestarrt, und ich wusste, dass noch jemand da gewesen war.«

»Erinnerst du dich daran, dass er da war?«, fragt mich Dr. Walmsley.

»Nein, das kann ich nicht mit Sicherheit sagen, aber ich weiß, dass er es war. Irgendwann hatte ich seine Augen gesehen, während ich bewegungslos dalag. Nicht als lila Augen, sondern mehr als Formen, die genau seine lila Augen waren. Allerdings frage ich mich …« Ich frage mich so vieles.

»Was fragst du dich?«

»Ich frage mich, wie sie glauben konnten, ungestraft davonzukommen.«

»Wenn sie die Droge schon mal verwendet hatten, kannten sie die Nebenwirkungen, unter anderem eben den Gedächtnisverlust.«

»Aber einiges kam ja dann doch zurück«, wende ich ein.

»Es hätte nicht gereicht, um im Gerichtssaal aufstehen und mit dem Finger auf sie zeigen zu können«, sagt Dr. Walmsley. »Und das wussten sie. Es gab keine Zeugen. Keine Beweise. Nur deine beeinträchtigte Erinnerung, die auch niemals wieder hätte zurückkommen können. Sie wussten, dass du dich nahezu an nichts erinnern konntest, und wenn doch, dann würde es sich als vage und kaum fassbar erweisen. Und als Polo tot war, konnte die Polizei keinen Komplizen finden.«

»Wurde Gervaise Holt eigentlich jemals verhört?«

»Soweit ich weiß, verließ er nach Polos Tod das Land«, sagt Dr. Walmsley. »Und es gab keinen Grund, ihn mit dem Verbrechen in Zusammenhang zu bringen.«

»Eigentlich bin ich ganz gut aus der Sache herausgekommen«, sage ich. »Es ist vorbei, und wie ich mit der Vergangenheit umgehe, ist meine Entscheidung, wie Grammer immer sagt. Sie sagt, wir können uns entscheiden, Opfer zu sein, aber sie wird dafür sorgen, dass ich nicht den Rest meines Lebens ein Opfer bleibe.« Grammer kann sehr hartnäckig sein, wenn sie etwas beschlossen hat.

»Das glaube ich sofort«, wirft Dr. Walmsley trocken ein.

Und wieder schweigen wir beide. Nach einer Weile sagt er: »Dann gehst du also am Wochenende nach Hause?«

»Ja. Wissen Sie eigentlich, dass Dad jetzt in Europa arbeitet? Wir werden demnächst zwei Wochen bei ihm verbringen. Im September, wenn Maya in die Schule kommt, möchte er nach Hause zurück. Dumpling besteht darauf, dass wir sie Maya nennen, und der Name passt jetzt auch wirklich zu ihr. Sie ist in den letzten Monaten gewachsen und freut sich schon sehr auf die Schule. Grammer meint, sie sei überfällig, vor allem, seit sie spricht – und sie kann jetzt auch viel besser gehen. Mum sagt, sie braucht viel Gesellschaft, viel Anregung. Grammer sagt, Dumpling wird es weit bringen. Sie sieht die Welt mit anderen Augen als wir – Dumpling, meine ich. Grammer sagt, Dumpling hat eine ganz eigene Sichtweise – und eine ganz eigene Art zu sprechen. Wir nennen unseren Vater ›Dad‹, aber seit Dumpling spricht, nennt sie ihn immer nur ›Bruder‹.« Ich muss lachen, als ich das erzähle.

»Bruder?«, fragt Dr. Walmsley.

»Ja, Bruder. Süß, oder?«

Er sieht in seinen Aufzeichnungen nach und notiert sich etwas.

»Weißt du, wo Gervaise Holt jetzt ist?«

Komischerweise weiß ich es. Ich bemerke, dass ich wieder mit meinen Fingern herumspiele, weil ich nicht an den Mann mit den lila Augen denken will. Schließlich nicke ich.

»Möchtest du es mir sagen?«

Ich möchte es ihm nicht sagen, weil ich nicht weiß, wie ich mich ausdrücken soll. Ich weiß, was mit Gervaise Holt passiert ist. Ich habe es zufällig erfahren, weil ich eine halbe Stunde lang in Dr. Walmsleys Wartezimmer gesessen habe, bevor unsere Sitzung begann, und weil dort eine Zeitung auf dem Tisch lag. Aber früher oder später hätten sie es mir wahrscheinlich sowieso erzählt.

»Ich habe es heute Morgen in der Zeitung gelesen«, sage ich.

SECHSUNDDREISSIGSTES KAPITEL

Millicents Geschichte

Ich wusste, was ich zu tun hatte. Ich hatte es schon seit Monaten geplant, aber Plumpuds Zusammenbruch – auf diese Bezeichnung haben wir uns innerhalb der Familie geeinigt – verzögerte die Sache. Plumpud brauchte mich, deshalb legte ich erst mal alles auf Eis. Aber als Plumpuds Entlassung näher rückte, wurde mir klar, dass ich es nicht länger hinausschieben durfte. Es war Zeit. Höchste Zeit.

Falls ich mit Polos plötzlichem Ableben irgendwelche Probleme gehabt hatte, so war ich schnell darüber hinweggekommen, und als mir ihr Tod richtig bewusst geworden war, bedauerte ich nur, dass sie aller Wahrscheinlichkeit nach nicht mitgekriegt hatte, dass wir ihr auf die Schliche gekommen waren. Und deshalb legte ich fürs Erste eine Pause ein. Ich genoss die Vorstellung, dass sie noch ein klitzekleines bisschen bei Bewusstsein war, bevor sie starb, und es ihr möglicherweise dämmerte, dass ich ihr etwas in den Kaffee getan hatte. Aber sicher kann ich mir natürlich nicht sein. Und aus diesem Grund hatte ich über die weitere Vorgehensweise sehr gründlich nachgedacht.

Ronald Fields meinte, für die Annahme, Gervaise Holt sei an der Betäubung und Vergewaltigung meiner Enkeltochter beteiligt gewesen, gebe es keinen offensichtlichen Grund, obwohl die Polizei nicht im Geringsten daran zweifelte, dass Polo Carmody die Tat nicht allein begangen hatte.

»Ronald«, sagte ich am Tag der Trauerfeier für Polo zu meinem Nachbarn, »ich *weiß*, dass nur Gervaise Holt ihr Komplize gewesen sein kann.«

»Wissen reicht nicht, Millicent«, entgegnete er. »Wir brauchen

Beweise. Irgendetwas, womit wir ihn ins Spiel bringen können. Aber wir stehen mit leeren Händen da. Für die fragliche Nacht hat er ein Alibi. Er übernachtete im Shelbourne Hotel, wurde dort in der Bar gesehen. Er hat Belege für Drinks unterschrieben. Und der Portier, der ihn vom Sehen gut kennt, sagt, er habe das Hotel nicht verlassen.«

»Aber wenn wir doch wissen, dass er es war …«

»Plumpud kann ihn nicht identifizieren. Polo kann nicht verhört werden, weil sie tot ist. Wir haben nichts, was ihn mit der Tat in Verbindung bringen könnte.«

Immer schön optimistisch bleiben, Millicent, sagte ich mir. Plumpud wollte keine Verhandlung. Ich wollte nicht, dass dieser Mann ungeschoren davonkam. Zwei und zwei macht vier. Ergo musste ich wieder einmal mein Racheengelgewand anlegen. Oder sollte ich besser sagen: meine Racheengelflügel?

Ich wusste, was zu tun war, aber er sollte unbedingt mitbekommen, dass sein letztes Stündlein geschlagen hatte. Er sollte es wissen, bevor er sich in einer, wie ich hoffte, ewigen Hölle zu Polo gesellte.

Meine Pläne mussten, wie gesagt, wegen Plumpuds Einlieferung in die Klinik zunächst auf Eis gelegt werden. Doch als sie zum vierten Mal hintereinander übers Wochenende nach Hause kam und in der Woche darauf entlassen werden sollte, wurde mir klar, dass mir die Zeit davonlief. Als sie an jenem Sonntagnachmittag zurückfuhr, begab ich mich schnurstracks zum Flughafen. Dank der Zeitdifferenz erreichte ich New York nicht lang nach meinem Abflug, wenn Sie wissen, was ich meine. Waldorf ließ ich zu Hause; er sollte den Haushalt am Laufen und, falls irgendetwas schiefging, die Stellung halten.

Adlerfeder am Hut – meine Raubvogelfeder, wie ich sie gern nenne –, Pelze um die Schultern, Business-Class durch und durch, hatte ich mich, als die Nacht über New York hereinbrach, bereits im Carlyle eingerichtet. Mit zwei Manhattans hinter der Binde – besser gesagt: unter dem Korsett – sah ich die Abfahrtszeiten der U-Bahn nach, ordnete meine Papiere und rief Gervaise Holt an.

»Gervaise, c'est moi«, sagte ich mit vor Begeisterung und Wärme triefender Stimme. Dass ich mich bei ihm meldete, schien ihn zu überraschen, aber nicht unangenehm, und so stimmte er einem Treffen am nächsten Tag in der Bar zu. Nur auf einen Drink und ein Schwätzchen, und dann sollte er mich zu meinem Verlag begleiten.

Es war ein ausgesprochen warmer Tag, und ich war froh, ein paar Leinen-Ensembles mitgenommen zu haben. Ganz zu schweigen von meiner Hutschachtel. Für Filzhüte war es um diese Jahreszeit schon viel zu warm in Metropolis. Ich holte einen sehr hübschen cremefarbenen Steifleinenhut mit einem kurzen Netzgewebe hervor, das einen Teil meiner Stirn verdeckte. Ich bestückte ihn mit einer meiner gefärbten Hahnenfedern, überprüfte mein Lippen-Make-up und ging hinunter in die Bar.

Kurz darauf kam er. Er sah genauso aus wie immer mit seinen lila Augen. Er lächelte – allerdings nur mit dem Mund – und hatte diesen Alles-schon-gehabt-Ausdruck, bei dessen Anblick ich am liebsten gekotzt hätte. Und zwar auf ihn, wie ich hinzufügen möchte.

Ich hatte meinen neuen Roman mitgebracht, der zuerst in den Vereinigten Staaten erscheinen sollte. Ich hatte ihm den Titel *Voll des süßen Weines* gegeben, aber meine Lektoren würden ihn garantiert umbenennen. Außerdem hatte ich den detaillierten Abriss der Handlung meines Buches *Aus nächster Nähe* dabei, den niemand anderer jemals lesen würde als der Mann mit den lila Augen, wie Daphne ihn getauft hatte. Ihm gegenüber gab ich vor, es handle sich um eine erfundene Geschichte,

in der ich jedoch die Namen realer Menschen verwendet hätte.
»Die kann man dann später ja ändern«, sagte ich. »Aber ich fand es einfach witzig, aus der Perspektive von Leuten zu schreiben, die ich kenne.«
»Interessant«, meinte er und nippte an seinem Pernod.
»Theresa hat nach Ihnen gefragt«, teilte ich ihm mit.
»Theresa?« Er wirkte ehrlich verwirrt.
»Meine Nachbarin. Theresa Carmody – Polos Schwester.«
»Ah, Polo«, sagte er.
Während des daraufhin einsetzenden Schweigens aß ich zwei Oliven und beobachtete ihn dabei, wie er die Zusammenfassung von *Aus nächster Nähe* las. Drei Seiten gönnte ich ihm. Dann sagte ich, wir müssten jetzt los.
»Liest sich gut«, sagte er nachdenklich. »Wie viel davon ist denn schon fertig?«
Ich klopfte auf meine Aktentasche, eine wunderschöne weinrote Ledertasche, deren Farbe zufälligerweise haargenau der meiner Bluse entsprach. Die Geste sollte ausdrücken, dass die Tasche den gesamten Roman enthielt, obwohl in Wirklichkeit die losen Manuskriptseiten von *Voll des süßen Weines* darin lagen. *Voll des süßen Weines* las sich nicht ganz so gut wie *Aus nächster Nähe,* auch wenn das Buch eine tolle Szene enthielt, in der die Heldin, nachdem sie sich endlich zum Kauf eines Wäschetrockners hat hinreißen lassen, auf ebendiesem Wäschetrockner den Beischlaf ausübte und dabei feststellte, dass die Vibrationen des Trockners die Qualität ihres Orgasmus nicht unbeträchtlich erhöhten. Woraus wir lernen, dass man immer bereit sein sollte, etwas Neues auszuprobieren.
Aber ich schweife ab.
Ich hatte zeitlich alles akkurat vorgeplant und nahm Gervaise im Aufstehen geschmeidig die Zusammenfassung aus der

Hand. »Sie wissen doch, wie wir Autoren sind«, sagte ich kokett lächelnd. »Immer in der Angst, jemand könnte unsere Ideen klauen.«
Wir gingen zu Fuß zur U-Bahn. Ich hatte behauptet, ein bisschen frische Luft zu brauchen. Auf unserem Weg durch Manhattan wirkte er tief in Gedanken versunken.
»Wiedererkannt«, sagte er mitten im Menschengewühl, »habe ich bisher die Figuren, die frei nach den Mitgliedern Ihrer Familie gestaltet sind.«
Frei gestaltet? Ich hätte am liebsten losgeprustet.
»Ich war eben erst am Beginn der Haupthandlung angelangt. Auf welches Verbrechen wird denn da angespielt?«, fragte er.
Wir gingen gerade die Treppe zum Bahnsteig hinunter, und ich erklärte ihm, dass es zu einer Vergewaltigung gekommen war und der Roman letztendlich von Rache handelte.
»Eine Vergewaltigung?«
Behutsam zwängten wir uns durch die Menschenmenge, die sich am Bahnsteigende angesammelt hatte.
»Nun ja, das Mädchen wird betäubt und vergewaltigt.«
Wieder blieb es eine Zeitlang still. Das musste er erst mal verdauen. Ich behielt die Wanduhr im Blick. Ich hatte nur diese eine Chance.
»Das ist ja mal etwas völlig anderes als Ihre bisherigen Romane«, sagte er.
»Ich weiß. Und das Außergewöhnliche daran ist, dass mich erst Polo Carmodys Tod dazu befähigt hat, zu vollenden, was getan werden muss.«
Er wirkte erstaunt. Er sah mich von der Seite an, und seine Augen wurden schmaler. Dann starrte er auf die Gleise, als würde er über meine Worte nachdenken.
»Hier«, sagte ich und gab ihm die letzte Seite der Zusammenfassung. »Werfen Sie mal einen Blick drauf.«

Dann hörte ich die U-Bahn, und schon formierte sich das unvermeidliche Knäuel von Menschen, die sich in Position brachten. Ich sah, wie er die wenigen Zeilen auf der Seite überflog, und ich weiß, ich bin mir absolut sicher, dass er begriff, was er da las, denn er streckte zaghaft eine Hand aus, wie um das Unvermeidliche abzuwehren, und dann donnerte der Zug in den Bahnhof.

Irgendwo schrie jemand auf. Manchmal hallt es mir noch durch den Kopf, aber dieser Schrei brachte meinem Herzen eine wunderbare Ruhe, und all meine Wut auf Polo Carmody und Gervaise Holt verschwand mit diesem Mann unter dem Zug.

Das Blatt Papier flatterte aus seiner Hand, als ich ihm den Stoß versetzte. Ich stopfte es in meine Tasche, um es später zu beseitigen. Folgendes hatte er gelesen: *Nachdem Polo Carmody an einer doppelten Dosis Rohypnol gestorben ist, die Millicent McHarg ihr in den Kaffee getan hatte, fliegt Millicent nach New York, um GH vor die U-Bahn zu stoßen.*

EPILOG

An manchen Tagen ist das klaffende Loch in meinem Gedächtnis immer noch größer als ich selbst, und an diesen Tagen fällt es mir schwer, Halt zu finden. Dann greife ich auf die grundlegenden Dinge zurück, die ich weiß – dass ich Prunella McHarg bin und zwei Schwestern habe. Ich weiß die Daten und Fakten von Ereignissen in meinem Leben und im Leben anderer.

Grammer sagt, wir werden zwar von den Ereignissen in unserem Leben geprägt, aber wir können uns entscheiden, ob wir das Opfer dieser Ereignisse sind oder sie überwinden. Sie sagt, an der Willkürlichkeit des Lebens lässt sich nichts ändern, aber hin und wieder können wir die Dinge eben doch selbst in die Hand nehmen. Ab und zu werden wir von den Ereignissen gelenkt, aber dann gibt es wieder Zeiten, in denen wir selbst lenken können.

Ich habe das Leben noch vor mir, und ich kann entscheiden.

Ich habe die Willkürlichkeit der Ereignisse erlebt, den Zufall, zur falschen Zeit am falschen Ort zu sein. Ich habe gesehen, wie Dad Überschwemmungen und Hungersnöte beobachtete und der Welt davon berichtete, damit die Welt den Opfern helfen konnte, denn diese Opfer sind in ihren Lebensumständen gefangen. Grammer sagt, ich habe Glück gehabt, weil ich in ein Land und in eine Familie hineingeboren wurde, in denen ich so viel Liebe und Unterstützung erfahre. Man hat mir eine Auszeit hier in der Klinik ermöglicht, damit ich mich wieder fangen kann. Ich lerne, mich den schrecklichen Bildern meiner Erinnerung zu stellen und sie dann beiseitezuschieben. Das beispielsweise kann ich entscheiden. An manchen Tagen weiß ich, dass ich stark genug bin, um das, was mir geschehen ist, zu überwinden. Ich werde immer ein Mädchen sein, das am Weihnachtsabend betäubt und vergewaltigt wurde, aber das muss nicht unbedingt das sein, was mich prägt. Meine große Angst, vor Gericht erscheinen und den Monstern, die mir das angetan haben, gegenübertreten zu müssen, ist weg, und die Monster sind auch weg. Niemals mehr können sie das einem anderen Menschen antun. Als ich in der Zeitung las, dass der Mann mit den lila Augen tot ist, hatte ich das Gefühl, wieder in Sicherheit zu sein. In der Zeitung war ein so schönes Foto von Grammer abgedruckt, weil sie dabei gewesen war, und sie schafft es einfach immer, Aufsehen zu erregen. In dem Bericht hieß es, sie stehe unter Schock, was überhaupt nicht zu Grammer passt, und sie wurde mit den Worten zitiert: »Gott ist gut.« Ich glaube nicht, dass sie sehr schockiert war. Aber so steht es nun mal immer in den Zeitungen. Jedenfalls wird Grammer darüber hinwegkommen, das weiß ich. Heute fliegt sie nach Hause.

Meine Kraft kommt und verschwindet und kommt wieder. Dr. Walmsley sagt, dass meine Kraft dann jedes Mal ein bisschen größer ist. Im nächsten Jahr mache ich meine Abschlussprüfungen, und dann studiere ich Kunst. Ronnie Fields legt dieses Jahr eine Pause ein, weil er auf mich warten will, damit wir zusammen studieren können.

Morgen gehe ich heim.

Ich bin Prunella McHarg und habe zwei Schwestern.

Mary Stanley

OHNE EINE SPUR

Roman

Dublin in der 70er Jahren. Die drei wohlgeratenen Töchter der Familie Dunville besuchen die beste Schule vor Ort und haben eine goldene Zukunft vor sich. Allein Becky, die Mittlere, durchschaut die manipulativen Spielchen, die ihre allseits beliebte große Schwester Bella mit Eltern, Lehrern und Nachbarn treibt. Doch eines Abends verschwindet Bella Dunville im Dezembernebel und kehrt nie wieder zurück. Während die Fahndung ins Stocken gerät und die Eltern immer mehr verzweifeln, macht sich Becky auf die Suche nach der Wahrheit: Wer war ihre Schwester wirklich?

KNAUR TASCHENBUCH VERLAG

Vena Cork

BÜHNE DES TODES

Psychothriller

Die grünäugige Stella bringt die Männer an der ehrwürdigen Universität Cambridge reihenweise um den Verstand – nicht nur Studenten verfallen ihren Reizen. Doch die junge Frau spielt ein tödliches Spiel: Eines Morgens wird auf der Theaterbühne die Leiche einer Kommilitonin gefunden, die Stella zum Verwechseln ähnlich sieht. Hat der Mörder die Falsche erwischt?

»Vena Cork schreibt echte Pageturner –
und der sarkastische Witz der Erzählerin
liest sich dabei besonders genüsslich ...«
The Guardian

KNAUR TASCHENBUCH VERLAG

Jackson Brodies persönlichster Fall!

Kate Atkinson

LEBENSLÜGEN

Roman

Als kleines Mädchen musste Joanna Hunter miterleben, wie ihre Mutter und ihre Geschwister getötet wurden. Um die Vergangenheit zu vergessen, hat sie sich ein Bilderbuchleben geschaffen. Doch was würde sie tun, wenn nicht nur sie noch einmal bedroht wäre, sondern auch ihr Kind?

»Atkinson ist definitiv ein neuer Stern am Himmel der europäischen Kriminalliteratur, eine Meisterin des Plots, eine grandiose Stilistin, witzig bis zur letzten Seite.«
Tobias Gohlis, Die Zeit

KNAUR TASCHENBUCH VERLAG